K.

Markus Flohr

ALTE SACHEN

Roman | Kindler

1. Auflage Februar 2016

Einbandgestaltung any.way, Barbara Hanke/Cordula Schmidt
Abbildung iStockphoto.com; thinkstockphotos.de
Satz Hoefler Text PostScript, InDesign,
bei Pinkuin Satz und Datentechnik, Berlin
Druck und Bindung CPI books GmbH,
Leck, Germany
ISBN 978 3 463 40653 4

Für Jette und Ellen

Vier Füße sah Otto zwischen den Bäumen verschwinden. Vier Füße, die in Stiefeln steckten. Im Kegel der Taschenlampe sah er das Profil. Die Hacken schleiften auf dem Boden, rissen Nadeln mit und Blätter. Sie wühlten die Erde auf wie Harken, die übers Beet gezogen werden. Es lief Blut vom Schaft der Stiefel auf die Nadeln, dick wie Harz. Auch wenn Otto es nicht richtig sehen konnte, weil es so dunkel war, ahnte er es. Es lief Blut aus den Löchern in den Körpern der Männer, aus den Löchern in ihren Uniformen, aus den Stiefeln. Otto trug Holz auf dem Arm, zerschlagenes Holz, aber nicht roh und mit Rinde, sondern lackierte Scheite. Das Stück einer Tür, ein Brett mit Scharnier. Zu einem Bündel verschnürt trug er die Scheite hin, als müsse man die Einrichtung verfeuern, wie in einem langen Winter, wenn das Brennholz ausgeht.

Hinter der Baumreihe, genau in der Mitte der kleinen Lichtung, hatte man eine Grube ausgehoben, die für das Holz gedacht war. Nun zog man erst die Männer hinein, mit den Stiefeln voran. Man stöhnte unter ihrem Gewicht. Gab am Ende einen Tritt, damit sie hinuntersackten. Damit man Stiefel, Uniformen und Gesichter nicht mehr sehen musste. Eilig warf man Holz darüber, Splitter einer Anrichte, Reste eines Sessels, ein paar Zweige. Vor allem Holz. Eilig warf auch Otto sein Bündel hinunter; die Bretter, das zerborstene Möbelstück. Es bildete sich ein Haufen in der Grube, ein Haufen aus Holz, ganz unten vier Stiefel, zwei Uniformen, zwei Männer, die Otto kannte. Eilig goss man Benzin in die Grube. Man zündete Pappe an und warf sie dazu.

Als das Holz zu glühen und zu brennen begann; als einer der Männer rief, alle sollten sich verstecken; als Otto vom Rauch, vom Geruch des Benzins, von allem grässlich schlecht wurde; als er einen Krampf im Magen und im Hals bekam und sein Körper alle Galle hochpumpte, die da noch war; als das alles gleichzeitig passierte – heulten wie aus der Hölle auch die Sirenen. Am Himmel, der hier im August nicht völlig dunkel wurde, erschienen dunkle, brummende Punkte. Es krachte, man hörte Schüsse. Blitze vor den Wolken. Eine Explosion, Schreie. Man rannte weg, jemand riss Otto mit. Über die Bahngleise, weg vom Feuer. Man sah ein zweites Feuer, ein Stück entfernt, ein drittes. Überall. Ganz nahe ein Krachen. Man zog sich in die kleine Hütte, einer den anderen. Man kauerte sich hin, unter die Holzstapel, die Möbelreste, die man nicht in die Grube geworfen hatte. Man kauerte da, und es war dunkel in der Hütte, viel dunkler als draußen im Wald.

Man hörte die Einschläge der Bomben, die Sirenen, das Surren der Bomber, das Rattern der Abwehrkanonen. Irgendwo Schreie. Otto wurde schwarz vor Augen, obwohl alles ohnehin schon schwarz war. Oder war es weiß? Eine starke, große Hand griff nach ihm, hielt ihm den Mund geschlossen. Otto schluckte bitter. Die Hand goss ihm Wasser aus einer Flasche über den Kopf. Sie roch nach Wacholder. Sie schob Ottos Lippen auf und drückte ihm zwei Kugeln hinein, die waren aus Pulver. Die Stimme sagte, das sei gut, um ruhig zu werden. Um nicht zu husten. Man solle still sein, bis der Morgen komme. Bis das Feuer nicht mehr brennen werde. Das eine wie das andere.

18. September 1944

Liebes Kind.
Es ist, als sei ich tot gewesen. Die Zehen ohne Gefühl, die Beine, die Hände, schließlich schläft man ein. Tagelang habe ich gelegen und nichts gespürt. Als die Schmerzen zurückkamen, wusste ich, dass ich lebe. Die Schwester hat mir einen Stift gegeben. Ich schreibe. Nicht viel, jeder Buchstabe schmerzt. Meine Augen sind schwach, sie tränen. Ich bewege mich kaum. Ich bin müde von den Kugeln, die wir vor der Fahrt genommen haben. Ich taue auf. Du mit mir.
S.

TEIL EINS

Pulver

Die Schlange vor dem Klo des Klubs, der überwiegend von Auswärtigen besucht war, zog vorbei wie eine Prozession. Geduldig schoben die Gestalten einander vorwärts. Blieben stehen. Gingen einen Schritt. Rieke hatte auf dem Waschbecken Platz genommen, Iza stand. In ihren Mündern glimmten Zigaretten. Sie warteten, allerdings nicht auf ein freies Klo, sondern auf einen Jungen, der Paul hieß und aus Paris kam. Paul war Riekes Junge, sie hatte ihn zuerst gesehen, und Iza hatte das bestätigt, wie sie da saßen und pafften: «Ja, du hast ihn zuerst gesehen.» Iza nickte, aber so, als wäge sie ab. Rieke dachte, dass sie gerne ein Bild von der Prozession gemacht hätte, aber Fotografieren war hier verboten. Sie rollte ihre Kippe sorgfältig zwischen den Fingern, rieb sie am Rand des Beckens, sodass die Asche gleichmäßig abfiel, als sei das zum Beispiel besser für die Gesundheit.

Sie blickte konzentriert auf ihre Hände. Spürte, wie der Rauch gemächlich in die Lunge zog. Iza dagegen paffte widerwillig und ohne Genuss. Sie balancierte ihre Aschewurst, die immer größer wurde, beiläufig auf dem Stängel, als halte die Zigarette dadurch länger. Sie sagte: «Du hast Paul zuerst gesehen, das stimmt, aber mich hat er so angeschaut, anders als dich, und darauf kommt es an.»

Es hatte geregnet an diesem Tag, der grau und viel zu kalt war für einen Donnerstag Ende August. Behäbig wie dicke Sahne waren die Wochen des Sommers dahingeflossen, eine

Zeit neben der Zeit. Mit der großen Feier nach dem Abitur hatte es begonnen, mit dem Händedruck vom Kunstlehrer und seinem zitternden «Ade». Seitdem waren sie durch die Tage getragen worden, durch die Zeit «nach dem Abitur», wie sie es genannt hatten. Sie konnten nicht aufhören, sich den Witz aus der Abiturrede des Jahrgangssprechers wieder und wieder zu erzählen, laut dem im Grunde nur zwei Dinge an der Schule unterrichtet worden seien: Nationalsozialismus und Sexualkunde. Ihre Köpfe waren randvoll mit Albernheit, und mit Stolz.

Im Zeugnis, das sie vom Schulleiter überreicht bekommen hatten; in den Glückwünschen der Eltern und Lehrer, der Erwachsenen, vor allem des Kunstlehrers; in den schnellen Küssen, den guten Ratschlägen, die sie einander gaben; auf den Fotos vom Abiball, die Rieke und Iza geknipst hatten; in den Kleidern und Anzügen, in die ihre jungen Körper noch gar nicht gepasst hatten; im wochenlangen Feiern, das mit jeder Nacht zügelloser geworden war: In alldem hatte stets ein Versprechen mitgeschwungen, eine Wette auf die Zukunft, die plötzlich offen und ungeregelt schien, ohne Stundenplan, Halbjahresnoten, Hausaufgaben und Klassenbuch. Das Einzige, was die beiden festhielten, war: Wir machen das zusammen. Wir ziehen gemeinsam los. Wir werden Fotografen oder so etwas. Auf jeden Fall zusammen. Versprochen.

Sie hatten die Prüfungen gemeistert, Kunst und Mathe, sie waren nächtelang durch die Stadt gezogen. Sie hatten ein wenig Geld gemacht, mit Fotos, solchen und solchen. Sie hatten Bewerbungen losgeschickt, aber mehr, um es gemacht zu haben. Sie bewarben sich stets zusammen. Nur kurz hatten sie sich damit aufgehalten, ihre Noten zu vergleichen; war ja auch egal. Länger hielt dieses besondere

Gefühl an, der Eindruck, dass alle Leute sie bewundernd anzusehen hatten, dass man ihnen Beifall schuldig war, dass sie den Schritt in die Gesellschaft geschafft hatten. Dass sie schon morgen, vielleicht übermorgen Bundeskanzler, Filmstar, Professor oder Supermodel sein würden. Wenn man sie nur ließe.

Sie probierten jeden Abend einen anderen Klub aus und wunderten sich, dass es Tage gab, an denen auch in Berlin kaum etwas offen hatte. Sie schliefen nicht zu Hause; sie schliefen zu Hause, aber nicht alleine; sie nahmen dies, sie nahmen das, alles mögliche Unvernünftige stellten sie an. Sie bissen in jeden Apfel, den man ihnen hinhielt. Sie investierten das Geld, das bisschen, das ihnen von den Eltern als Anzahlung auf ihr Erwachsensein gegeben worden war, nicht für eine Reise nach Ibiza oder Capri, nicht für den Flug nach Australien, wie fast alle aus dem Jahrgang, sondern sie gaben es mit beiden Händen und in Windeseile in der Nachbarschaft aus. Sie waren auch in jenen Winkeln der Stadt unterwegs, die schlecht ausgeleuchtet waren und in denen es übel roch.

Da es rund um den Klub nur Kieselwege und kleine Wiesen gab, trugen die Gäste an diesem Donnerstagabend jede Menge Matsch herein, der sich auf dem Boden in schwarzen Schlieren ablagerte. Es war wenig Platz vor dem Waschbecken, überall standen Leute, die zur Klo-Prozession gehörten. Rieke konnte kaum etwas sehen, und sie wusste ja auch nicht, hinter welcher Tür Paul aus Paris verschwunden war.

Neben ihr schminkte sich eine Frau; sie trug Leopardenleggins. Das Licht war so schlecht, dass die Frau in ihrem Taschenspiegel kaum etwas von sich sehen konnte, aber vielleicht ging es darum nicht. An der Wand fehlte jede Art von

Spiegel. Da war nicht einmal eine Scheibe, in der man sein Gesicht hätte erkennen können, im ganzen Klub nicht. Als ob die Besucher dieses Ladens ein Hofstaat von Vampiren und Trollen oder eine große Fata Morgana seien, die ganz schnell verschwände, wenn sie ihr Abbild sähe, wenn das Licht im falschen Winkel stünde.

Die Klotüren blieben lange, sehr lange dicht – daher die Schlange –, und man konnte sich denken, was dahinter geschah. Wenn Rieke neugierig gewesen wäre, hätte sie sich hinknien können und schauen, wie viele Füße in den Kabinen zu sehen waren oder wie viele Schuhe; wo nur zwei Füße zu sehen waren, die Füße von Paul. Vor nicht allzu langer Zeit hätte sie das vielleicht noch gemacht, aber jetzt nicht mehr. Zudem musste man schon sehr neugierig sein, um sich hier auf den Boden zu knien, der wie ein umgepflügter Acker aussah und stank wie eine Kloake.

Aus dem Gang wehte es warm herein. Riekes Hemd klebte auf ihrer Brust. Sie zog es mit den Fingern ein Stück nach vorne, um Luft heranzulassen. Sie warf die Kippe ins Waschbecken und drehte den Hahn auf. Es war nur ein Augenblick, den sie dafür brauchte, in dem sie wegsah. Er genügte, damit Iza sich vor sie stellte und laut rief: «Hi, Paul! Hier sind wir!»

Rieke trug an diesem Abend ein schwarzes, sehr kurzes Kleid, ärmellos, darunter eine schwarze Strumpfhose. Iza trug in etwa das Gleiche. Iza war zwar am Nachmittag mit anderen Kleidern zu Rieke gekommen; Sachen, die sie gerade erst gekauft hatte und die knapp und bunt waren und Izas Körper betonten. Als hätte sie das tun müssen. Ihre neuen Sachen hatte Iza aber auf Riekes Bett liegenlassen, weil sie ihr dann doch nicht mehr gefielen. Iza hatte auch mal einen Jungen auf Riekes Bett liegenlassen, Bastian aus dem Jahrgang, den sie mitgenommen hatte und zu Rieke geschleppt, weil es zu Hause nicht ging. Iza hatte ein kompliziertes Verhältnis zu ihrer Mutter. Einen Vater gab es nicht, also gab es schon, aber der wohnte in Stettin. Iza hatte einen Schlüssel zu Riekes Wohnung, und die Wochenenden verbrachten sie ohnehin zusammen.

Bei Rieke war die Sache mit dem Vater ähnlich: Den gab es nicht, und natürlich gab es ihn doch, aber er war angeblich Fischer auf der Ostsee, angeblich auf Bornholm, seit Rieke zwölf war, und angeblich deswegen selten zu sehen. Wobei es schwierig war, sich zu merken, ob diese Insel Bornholm zu Schweden oder Dänemark gehörte. Ob der Vater dort wirklich wohnte, war noch einmal eine ganz andere Frage, denn Riekes Mutter erzählte nicht viel von ihm, und gesehen hatte Rieke ihn seit Jahren nicht.

Auf Riekes Bett lagen also Izas Kleider, ohne Luft und Spannung, ohne Körper. Iza hatte sich stattdessen Sachen von Rieke genommen, und als sie sich fertig angezogen hatten, ähnelten die Mädchen einander sehr – jedenfalls, was die Kleider betraf. Ansonsten eher nicht. «Jetzt sehen wir aus wie Schwestern!», hatte Iza gerufen, als sei das etwas Neues, als sei es der erste Abend, an dem das so war; an dem Iza fand, sie sei Riekes Schwester. Sie hatte Rieke umarmt und an ihre Brust gedrückt, und Rieke hatte auch ein wenig lachen müssen. Weil man einfach lachen muss, wenn jemand lacht wie Iza. Sie lachte wie ein Kinderchor, und sie warf sich mit voller Kraft auf Rieke, sie kippten zusammen auf die Dielen im Flur, Iza oben, Rieke unten. Sie versuchten sich in dem kleinen Spiegel zu spiegeln, den die Mutter vor Jahren in den Flur gestellt hatte. Bloß angelehnt. Dazu mussten sie in die Knie gehen, wie Zwerge, und es sah aus, als pinkelten sie auf die Dielen. Iza war Rieke mit den Händen die Oberarme entlanggefahren. «Du bist die Schönste, schau dich an!», hatte sie gerufen. «So will ich auch aussehen!» Und: «Meine Schwester!» Heftige Umarmung, kniend. Iza sagte solche Sachen häufig. «Du bist die Schönste!»; «Du bist so schlau!»

Iza konnte das gut sagen, denn es war nicht wahr, und genau deswegen konnte sie es gut sagen. Sie war in der Position, ein solches Kompliment zu verschenken, da es doch immer klar blieb, dass Iza die Schönere von ihnen war. Jeder konnte es sehen, wie lange, volle Haare Iza hatte, dick wie die Haare der Wikinger. So dick jedenfalls, dass Rieke manchmal selbst einfach mitten hinein greifen musste, wenn sie auf dem Sofa lagen und irgendwas im Fernsehen schauten. Wenn sie aufs Dach kletterten und sich die Sachen auszogen, weil das da oben keiner sehen konnte. Wenn sie mit dem Rad raus an den Wannsee fuhren und in der kleinen, ruhigen Bucht hinter der Schmetterlingsinsel baden gingen. Ein Griff in Izas Haare, die sich anfühlten wie dicker, weicher Stoff. Danach küssten sie sich lange und feucht auf die Lippen, einfach weil es ging.

Paul war nicht Izas Kerl, Rieke hatte Paul zuerst gesehen. Sie hatte ihn angetanzt und ihm an der Bar ihre vier Sätze Schulfranzösisch herübergeschrien, Comment ça va, C'est la vie, Berlin liberté, Blah Blah Blé.

Paul hatte dunkles Haar, sprach Deutsch und hatte einen goldenen Ring im linken Ohr. Er war eher klein. Er hatte an der Bar freundlich genickt und Rieke an die blanke Schulter getippt, ein Franzosenlächeln aufgesetzt. Aber das alles änderte nichts daran, dass Paul von Rieke nicht mehr viel sah, als Iza einmal da war. Weil Iza alles verdeckte. Weil Iza Iza war. Paul sah nur noch sie. Izas Strumpfhose, Izas engen Rock, wie ihr Top spannte, ihre Haare schwangen. Er sah vor allem diese Haare, die hell waren und voll und blond. Rieke trat zwar hinter Izas Rücken hervor, da, am Waschbecken, auf dem Klo, damit Paul auch sie sehen konnte. Aber Iza zog sie sofort an sich, drückte zu und sagte zu Paul:

«Rieke, meine Schwester!»

Sie gingen auf die große Tanzfläche in der geographischen und ideellen Mitte des Klubs, wo Rieke recht schnell einen Kanadier kennenlernte, also immerhin einen halben Franzosen, und sie tanzten. Rieke sah an dem Typen vorbei zu Iza und Paul. Der Kanadier hatte einen Bart um Kinn und Mund wie Frank Zappa, und er schwitzte. Rieke nahm ihn mit zum Eisstand, wo sie ein Eis aßen und wo sie knutschten. Nach dem Eis kramte Frank Zappa ein Döschen aus der Tasche und legte sich Kügelchen auf die Hand, gepresstes Pulver. Eins nahm er, Rieke nahm zwei, wovon sie eines in den Mund steckte und das andere in die Tasche. Sie gingen zurück auf die Tanzfläche. Iza und Paul waren nicht mehr zu sehen.

Beim Tanzen begannen Bilder in Riekes Kopf zu zucken. Kugelbilder. Von einer Seite zur anderen, einige so kurz wie ein Blitzer im Werbefilm, andere blieben lange auf der Innenseite ihrer Augen kleben. Die Bilder konnten funkeln vor Wahrheit und Eleganz, sie konnten aber auch öde dröhnen wie halbgutes Gemale einer Abiturientin vom Land. Der Kanadier war weg.

Rieke suchte ihn kurz, ging die Treppen hoch und runter, von einem Plateau auf das nächste, ein großer Klub war der Klub. Die Stufen der Treppen fächerten auf und schlossen sich wie der Balg einer Ziehharmonika. Scheinwerfer blendeten. Rieke hielt sich an einem Stehtisch fest. Sie suchte nicht mehr den Kanadier, sie suchte jetzt Iza und Paul. Waren es die beiden, die an der Bar standen? Waren es Izas Haare, die Rieke in der Dunkelkammer verschwinden sah?

War es Pauls Ohrring, der von der kleinen Tanzfläche herüberblitzte? Standen sie auf dem Balkon, draußen, rauchten und sahen rüber zu den Dächern von Westberlin?

Rieke versuchte sich zu erinnern, an die kurzen Momente im Klo, die schon lange her schienen. Vielleicht waren die beiden gegangen? Mit einem Taxi über den Fluss, rüber in den anderen Teil der Stadt, zur Wohnung? Lagen sie schon im Bett, und Iza zog Paul das Hemd über den Rücken? Paul, den Rieke zuerst gesehen hatte? Ziellos irrte sie durch den Klub. Die Leute hatten sich in alle Ritzen und Winkel des Gemäuers ausgebreitet.

Rieke stieg nach oben, bis es nicht mehr weiterging. Unter dem Dach fand sie eine Fensternische, durch die es zog, weil auch hier keine Scheibe war. Sie kletterte hinein und setzte sich vor die Kante. Sie atmete tief ein. Ein Abgrund tat sich vor ihr auf.

Sie legte eine Hand flach auf die Mauer und spürte, wie selbst hier der alte, dicke Stein unter den Schlägen des Techno vibrierte. Sie legte die zweite Hand auf die Mauer, schließlich das rechte Ohr. Sie hielt die Mauer fest. Fester. Oder hielt die Mauer sie? Hallo, liebe Mauer, hältst du mich fest? Halte meine Hände, meine Füße, meinen Körper. Darf ich hier sein, und ruhig sein? Du kannst etwas erzählen, wenn du willst, liebe Mauer, lass mich nur nicht fallen. Was hast du schon erlebt? Wie lange bist du hier? Was ist an dir vorübergezogen – über dich weg? Welchen Krieg hast du überstanden? Hast du einen Krieg überstanden?

Rieke rückte ein Stück vor zur Kante, sie setzte sich so, dass sie auf der einen Seite noch in den Klub schauen konnte und auf der anderen den Eingang sah. Sie steckte den Kopf hinaus in die frische Luft und atmete tief ein, blickte auf die unglaubliche Schlange, die sich draußen, vor dem Eingang, gebildet hatte. Die längste Schlange von Berlin. Sie reichte sicher bis zur Spree oder noch darüber hinaus. Schritt für Schritt krochen sie da nach vorne, hoffnungsvolle, junge Menschen. Wer war das, der da stand?

Der Klub war ein Ort für Auswärtige. Sie gingen gerne hierher, sehr gerne, und so ganz war das nicht zu verstehen. Sie waren geradezu wild darauf, diese Besucher der Stadt, die kurz mal da waren, um das kennenzulernen, was sie für Berlin hielten. Jahrzehnte waren sie fortgeblieben, nun waren sie da. Sie kamen vom Flughafen und aßen schnell einen Burger an einem Stand unter der Hochbahn, tranken vor dem Spätkauf Bier, grölten Rammstein, machten einen Witz über die Reichshauptstadt und den Krieg; dann ins Taxi, zum Klub. In ein altes, dunkles, deutsches Gemäuer, von Nazis oder den anderen errichtet, um zu tanzen und Sachen zu nehmen. Um sie sich anzusehen, die Enkel der Dämonen, die sie aus den Schulbüchern kannten, von den Großeltern und aus «Schindlers Liste». Sie gingen hierher, um sie zu beobachten, dachte Rieke, solche wie sie, um sie zu beschnuppern, sie zu küssen und sich mit ihrem Schweiß einzureiben.

Am Eingang wurde die Illusion perfekt inszeniert: Das Schwadron der Türsteher verwechselte sich mit der Sicherheitspolizei – die aufgereihten Besucher wurden per Augenzucken zurück in den Orkus der Nacht geschoben, oder hinein in den Orkus des Klubs. Du links, du rechts, ich Chef, du nix, eine urdeutsche Kunst. Die Abgelehnten schlichen weg wie geschlagene Hunde, an der ganzen, langen Schlange der Ankömmlinge vorbei, die sie interessiert musterten, vom Kopf bis zum Fuß, um einen Hinweis zu entdecken, nach welchem Prinzip man sie aussortiert hatte.

Drinnen, wo die Musik stampfte, wurde es wärmer und enger, die Leute schwitzten. Sie schwitzten beim Tanzen, beim Knutschen, beim Trinken, beim Rauchen, beim Pulvern und bei allem, was sie sonst noch taten. Sie schubsten, hielten, massierten, bissen sich. Rot glomm die Arena, das Theater, und wenn es nicht ansonsten so dunkel gewesen wäre, hätte man Dampf aufsteigen sehen können.

Zwei Mal

Rieke wusste nicht, wo sie war. Sie suchte nach Straßenschildern, einer Haltestelle, einer Kneipe, die sie kannte. Aber die Ecken der Gegend sahen sich so ähnlich, die Häuser und die Gassen auch, dass sie mal rechts, mal links abbog und doch nicht recht vom Fleck kam. Die Wände, Türen, Bäume, Geschäfte, auch das Pflaster unter ihren Füßen begannen langsam die Farbe zu ändern. Sie verloren den Schummer der Nacht und tauschten ihn ein gegen hellere Töne, die das frühe Licht den Sachen verlieh. Die Stadt wachte nicht auf, nein, so weit war es noch nicht, aber das Licht war da. Der Tag begab sich auf den Weg.

Wie früh mochte es sein?

An einer Bushaltestelle entdeckte sie einen Stadtplan und blieb stehen. Mitten auf der Karte mit ihren Straßen und Linien und Zahlen und Namen war ein dicker Brandfleck enormen Ausmaßes. Da war Berlin in seinen Umrissen und Flächen verschiedener Farbe; der grüne Tiergarten, der blaue Wannsee, die grauen Wohnviertel, die breiten Boulevards; aber mittendrin sah es aus, als sei von Osten her ein Komet in die Stadt gestürzt und habe ihr das Herz ausgeschlagen.

Langsam fuhr Rieke mit dem Finger über den Plan, auf dem Plastik waren Brandblasen, ihre Fingerkuppen wurden schwarz. Sie suchte nach dem Namen der Haltestelle, fand ihn, aber er sagte ihr nichts. Sie sah sich um, setzte sich hin. Die Straße war gerade und abschüssig. Am Ende, ein ganzes Stück entfernt, schien sie auf eine größere Kreuzung zu führen. Man hätte dort hingehen und darauf hoffen können, dass die nächste U-Bahn-Station in Sichtweite kam. Aber jene Kreuzung, die kaum zu sehen war, und zu hören war sie auch nicht, schien weit weg zu sein.

Rieke fuhr die Dächer mit dem Blick ab, an einem Fallrohr zurück zum Bürgersteig. Ein schmaler Bürgersteig, eine schmale Straße. Alte, breite Häuser, eng beieinander, mit klobigen Türen; mit großen Fenstern, durch die es im Winter sicher stark zog. Im zweiten Stock links hatte jemand zwei Fahnen über den Balkon gehängt: Man sah den türkischen Halbmond und den deutschen Adler, dazu viel Rot, Schwarz und Gelb. Daneben grauer Stein und eine ausgeblichene Fassade. Fensterrahmen, von denen die Farbe abblätterte, neben hundert Jahre altem Putz. Steine über Steinen neben Steinen.

Aus einer Nische zur Rechten, vielleicht ein Bombentreffer aus dem Krieg, wuchs eine Eiche, die ihre überlebten Blätter kaum noch halten konnte. Ein Teil des Laubs war schon auf die Straße gefallen. Es lag hilflos auf dem Kopfsteinpflaster, bis das nächste Auto kommen würde – bald wäre es nur noch dunkelbrauner Matsch. Es würde dieses Geräusch geben, wenn das Auto drüberfuhr, das Rattern und Ruckeln, wenn die Reifen das Gewicht auf die Steine brachten und die kleinen Quader einander schoben und drückten.

Zu dieser Stunde aber rollte hier nichts. Die Autos standen stumm am Straßenrand, wie zu groß geratenes Spielzeug, unsortiert, schief, krumm. Da war eins mit dem Reifen halb auf dem Bürgersteig, das Heck in der Fahrbahn, die Felge bog sich, der Kotflügel zerkratzt, die Kühlerhaube von Blättern bedeckt.

Rieke suchte nach einer Nummer an den Häusern rings

umher, und als sie diese gefunden hatte, suchte sie die nächste, dann suchte sie die Fenster ab, hinter denen es dunkel war. Nichts in dieser Straße – außer Rieke, die da saß und stank – deutete darauf hin, dass sie belebt war, dass auch in diesem Teil der Stadt Menschen wohnten, die hinter all diesen Fenstern tatsächlich schliefen, in ihren Betten lagen, auf dem Sofa vor dem Fernseher eingenickt waren, mit einer Luftmatratze auf den Wohnzimmerdielen kampierten, sich einen Franzosen namens Paul aus dem Klub mit nach Hause genommen hatten und ihm sorgfältig oder fahrig aus der Hose halfen.

Eine Weile saß Rieke da und überlegte, wie hoch die Wahrscheinlichkeit war, dass bald ein Bus an ihrem Häuschen hielte. Sie sah drei Gestalten, Punker, die gegenüber den Bürgersteig hinunterschwankten. Sie riefen sich Dinge in einer Sprache zu, die Rieke für Polnisch hielt; sie hatte das bei Iza gehört. Einer der Punker zog mit Radau eine Mülltonne aus einem Hauseingang, trat dagegen und schmiss sie um. Der Inhalt purzelte auf die Straße: Pappen, Milchkartons, Joghurtbecher, Essensreste, Dreck, Laub. Der Punker trat noch einmal kräftig gegen die Tonne, stieß einen Laut aus. Zuletzt warf er eine leere Dose Bier auf den Haufen. Die Männer schwankten weiter.

Rieke richtete sich auf. Noch ein Geräusch. Hinter dem Bushäuschen, schräg, schloss jemand ein Türgitter auf. Ein Laden, draußen Werbung für Telefone, das halbe Schaufenster vollgestellt mit Flaschen, mit Bier, Limonade und Wasser. Über dem Fenster stand: Erfrischungen. Ein Mann kam heraus und öffnete den Stahlkasten, in den die Austräger nachts die neuen Zeitungen legten. Mit einem Bündel Papier ging er zurück in sein Geschäft.

Rieke trottete in seine Richtung, schob die Tür auf. Der

Mann stand vor seinem Tresen, mit einem Messer schnitt er den Kabelbinder durch, der die Zeitungen zusammenhielt. Auf seinem Unterarm sah Rieke eine Tätowierung, den Jesus-Fisch mit offener Flosse.

«Ist noch nicht offen», brummte der Mann.

«Ach so?», fragte Rieke, fast ohne Ton.

Der Mann legte das Messer beiseite und sah sie an. Er tippte sich mit dem Zeigefinger an den Nasenrücken. Rieke zuckte mit den Schultern, als müsse sie sich für etwas entschuldigen.

«Ich brauche eine Erfrischung», sagte sie.

Als sie den Laden verließ, hielt sie die Mateflasche hoch wie eine Fackel. Sie ging weiter und fragte sich, aus welcher Richtung der nächste Bus wohl käme. Vor einem Schaufenster, in dem Kleider auslagen, blieb sie stehen. Ein paar Hemden hingen da. Buchstaben klebten auf der Scheibe: «SCHNEIDER ILAN – MAß & ANDERUNG». Fehlten die Punkte über dem Ä? Rieke sah an dem Haus hoch – ein schmaler, trauriger Neubau, wohl der einzige in der ganzen Straße, man konnte ihn leicht übersehen. Drei Stockwerke hatte er, war weiß, unscheinbar, ein kleines Stück zurückgesetzt vom Bürgersteig. Die Kleider im Schaufenster wurden mit Klemmspots beleuchtet. Im ganzen Laden brannte Licht: an der Decke, über dem Arbeitstisch, in einem Raum weiter hinten.

Rieke dachte an ihre Mutter, die früher, vor Riekes Geburt, geschneidert hatte. Die alte Nähmaschine stand zu Hause noch in der Wohnung, in der Kammer neben dem Bad, tief vergraben, zugestellt, weil niemand sie mehr bediente. Artefakt einer Zeit, die Rieke nur aus Erzählungen kannte. Als sie auf die Welt kam, gab es das Land, in dem ihre Mutter geschneidert hatte, noch genau drei Monate. Oder vier? Nicht klar zu sagen.

Im Augenwinkel erfasste Rieke die Umrisse eines Menschen, die klaren Formen einer Schulter, ein Hals, eine Brust, Arme. Ein kurzer Schreck. Stand da jemand neben der Tür? Schaute er zu ihr?

Eine Schneiderpuppe. Eine Puppe, die Hemd, Weste und Fliege trug, illuminiert vom Lichtkegel einer Lampe. Dahinter sah Rieke Bügel auf einem Ständer, den Arbeitstisch mit allerlei Werkzeug, und ganz hinten – war das eine Nähmaschine? Waren es zwei? Und was hing da quer, auf einer langen Schnur aufgereiht, waren das Schablonen? Etwas saß auf der Schulter der Schneiderpuppe, bemerkte Rieke, auf dem weißen Hemd, ganz deutlich, braun-beige und mit so einem Rüsselchen und ... konnte das sein? Doch noch ein Pulvertraum?

Still lagen die Flügel auf dem Körper des kleinen Falters. Ein Zucken arbeitete sich durch seine Glieder, aber er blieb sitzen, senkrecht und beharrlich. Es gab keinen Zweifel: Auf dem Hemd im Schaufenster des Schneiders saß eine Motte. Kein Wunder, dass die Motte sich diesen Laden ausgesucht hatte, bei all der Beleuchtung. Nicht auszudenken, wo sie schon überall Eier gelegt haben könnte.

Rieke klopfte gegen die Scheibe, um die Motte zu verjagen. Sie trat einen Schritt zurück und suchte nach einer Klingel; es gab keine. Sie klopfte noch einmal gegen die Scheibe, doch die Motte bewegte sich keinen Millimeter. Hallo? Rieke schlug mit der flachen Hand gegen die Scheibe. Weg da! Blöde Motte. Kein Erfolg. Kurz dachte Rieke an ihren Bus und sah sich um. Bus kam nicht. Sie nahm die Flasche mit der Matebrause, sah auf die Motte und schlug mit der Flasche sanft gegen die Scheibe. Husch, husch! Jedenfalls war es Riekes Absicht gewesen, sanft vorzugehen, mit der Flasche. Pling pling, husch husch. Aber es klirrte.

Auf dem Boden lagen Scherben.

Im Laden ging ein weiteres Licht an, als sei das noch nötig. Ein Mann in weißen Boxershorts und einem Hemd, so einem Feinripphemd ohne Ärmel, kam zur Tür gelaufen. Er öffnete. Er schien ein wenig außer Atem, in seinem Gesicht sah man, dass er noch überraschter war als Rieke. Ihm stand der Mund offen, ein gerader, starker, schöner Mund, das fiel Rieke gleich auf. Man sah die Zähne. Auch diese groß, weiß und stark. Da er nichts sagte, begann Rieke zu sprechen. Sie versuchte es jedenfalls. Sie zeigte auf die Schneiderpuppe mit dem Hemd, die Klemmlampe hing schief, davor lagen die Scherben. Es dauerte einen Moment, bis sie herausbrachte: «Da ... war eine Motte.»

«Was?», fragte der Mann.

«Motte», sagte Rieke.

«Mate.»

«Nein, eine Motte», sagte Rieke und simulierte mit Daumen und Zeigefinger die Form des Tierchens. Der Mann zuckte mit den Schultern. Rieke überlegte, wie sie sich verständlich machen konnte. Sie sah auf die Straße. Der Mann blickte sie voller Erwartung an, was überraschend war, weil sie ihm gerade die Scheibe eingeschlagen hatte.

Als sie einen Gedanken gefasst hatte, der mit der Zerstörungskraft einer Motte gegenüber dem weißen Hemd zu tun hatte und damit, dass ein Schneider, der Motten im Laden hat, wie ein Koch ist, dem Ratten durch die Küche laufen, oder ein Taxifahrer, der Leute nach dem Weg fragt; gerade also, als Rieke zu sprechen beginnen wollte, hörte sie dieses Klackern des Kopfsteinpflasters. Wie sich die Steine aneinander rieben. Der Bus bog um die Ecke, auf den sie so lange gewartet hatte. Ein unpassender Moment nach all den Momenten, die nicht unpassend gewesen wären. Ein völlig unpassender Moment. Aber was, fuhr es Rieke durch den Kopf, war jetzt nicht mehr unpassend?

«Matte?», fragte der Mann im Unterhemd.

Grinste er dabei?

«Nein, Motte», sagte Rieke.

Sie drehte sich zum Bus und zeigte darauf. Sie hörte die Bremsen quietschen, die Türen öffneten sich, jemand stieg aus, sie schlossen sich. Rieke sah den Typen in dem weißen Unterhemd an, dessen Mund offen stand, dessen Lippen sich langsam zu einem Lachen formten, tatsächlich, ein Lachen, das Rieke schließlich deutlich hörte, sein Lachen, als sie zur Klärung der Situation beitragen wollte, indem sie sagte: «Da ... da fährt mein Bus.» Aber da lachte der Mann nur noch lauter.

«Du brauchst vielleicht ein Glas Wasser?», fragte er.

Rieke hob die Flasche mit der Matebrause mutlos hoch, die, im Gegensatz zur Scheibe neben ihnen, noch ganz war, die sie aber vor lauter Schreck falsch herum gehalten hatte, sodass sie die letzten Tropfen Mate neben sich auf dem Gehweg verteilte.

«Die ist leer», sagte Rieke.

«Das nehme ich an», sagte der Mann.

Er sprach irgendwie merkwürdig, dachte Rieke. Mit Akzent, aber korrekt. Er sah jung aus, hatte runde Augen und lange Wimpern. Er hatte einen Pickel im Gesicht, den er versucht hatte auszudrücken.

In der Küche, die hinter dem Laden lag, versuchte Rieke sich zu ordnen. Ein Glas Wasser stand vor ihr auf dem Tisch, das sie nahm und in einem Zug leerte. Gedanken fielen ihr wie

Bauklötze durch den Kopf. Keinen konnte sie auffangen, sie knallten mit der Kante gegen die Schädeldecke.

«Ich», begann sie.

Der Mann stand am Herd und machte irgendwas. Es roch nach Kaffee, aber da war auch noch ein anderer Geruch, etwas völlig anderes, das nichts mit Kaffee zu tun hatte. Rieke massierte sich die Stirn, um die Bauklötze in ihrem Kopf in eine Ordnung zu bringen.

«Ich», setzte Rieke noch einmal an.

«Willst du duschen?», fragte er.

Rieke nickte.

«Wie heißt du?»

«Lior.»

«Wie?»

«Li-or. Und du?»

«Rie-ke.»

Nach dem Kaffee ging Rieke ins Bad, schloss die Tür, ließ ihre Sachen auf den Boden sinken und stakste unter die Dusche. Einen Moment dachte sie über den Namen nach: Lior. Ein Franzose? Vielleicht aus Spanien, Griechenland? Er hatte dunkle Haare und so eine Haut. Und der Akzent.

Eine ganze Weile ließ Rieke sich stumpf das heiße Wasser auf den Rücken laufen, mit geschlossenen Augen, bis es endlich begann, weh zu tun. Sie nahm den Duschkopf und reinigte jeden Zentimeter ihres Körpers. Heiß, kalt, heiß. Das war gut, aber es reichte nicht. Sie stellte die Brause in einer angenehmen Stärke ein und führte sie gleichmäßig in einem Kreis um ihren Bauchnabel, bis ihr Unterleib sich zu entspannen begann. Sie schloss die Augen und dachte an die kleine Bucht hinter der Schmetterlingsinsel im Wannsee; stellte sich vor, dort baden zu gehen. Der Dampf des heißen

Wassers stieg an ihren Schenkeln hoch, die Lebensgeister krochen zurück in ihren Körper. Sie sah auf die Brause und wie das Wasser an ihrer Haut abprallte. Wie der Schwall an ihr herunterlief. Das war warm und gut. Die Muskeln da unten verloren jede Spannung. Rieke verlor jede Spannung. Das Gift der Nacht lief in einem tiefgelben Strahl allmählich aus ihr heraus. Es gurgelte kurz im Abfluss und verschwand in der Kanalisation. Es dampfte.

Als Rieke aus der Dusche heraustrat, waren Fenster und Spiegel beschlagen, im Bad stand Nebel. Sie hüllte sich in ein Handtuch. Gerade war sie mit dem Trocknen bei den Füßen angekommen, da nahm sie vor sich eine Bewegung wahr, ein Tierchen, ein Flattern. Sie schaute auf. Tatsächlich: Unter dem Spiegel, auf einem Flakon mit Rasierwasser, saß eine Motte.

«Die Motte!», rief Rieke.

Sie ging einen Schritt auf den Spiegel und das Rasierwasser zu und versuchte die Motte zu fangen. Sie hörte Schritte vor der Tür und band sich das Handtuch um die Brust, bis es fest saß. Sie schlug zu. Daneben. Das Rasierwasserflakon fiel ins Waschbecken. Sie stellte es zurück. Die Motte saß auf den Kacheln neben der Dusche. Es klopfte an der Tür.

«Alles gut?», fragte Lior.

«Nein. Hier ist die Motte. Ich habe sie gleich.»

Rieke schlug mit der flachen Hand gegen die Kacheln, aber traf die Motte nicht. Das Handtuch rutschte. Die Motte flog zur Decke, wo Rieke nicht rankam. Lior öffnete die Tür und trat ins Bad. Er knipste das Licht an. Rieke beobachtete, wie die Motte in einem Bogen von der Decke zurück zum Spiegel flog. Rieke pirschte sich heran, nahm das Flakon mit dem Rasierwasser, ignorierte Lior, der sie mit unverständlichen Worten versuchte zu bremsen, aber nicht wagte, sie am Arm anzufassen, da sie nur ein Handtuch trug. Rieke zielte, schlug mit dem Flakon nach der Motte – und traf nicht.

Das Insekt flog auf. Es setzte sich neben dem Becken auf die Wand. Rieke schlug noch einmal zu, wieder daneben. Die Motte flog zurück zum Spiegel. Ein dritter Schlag. Es klirrte, der Spiegel bekam einen Riss. Das Flakon brach oben ab, Scherben fielen ins Becken und zu Boden, auch auf Riekes Kleider, die verstreut herumlagen. Das Rasierwasser ergoss sich übers Waschbecken, über Riekes geduschten Arm, lief an ihren Beinen herunter, auf die Füße, landete in ihren Kleidern. Die Motte aber flatterte über Riekes und Liors Kopf hinweg, aus der Badezimmertür hinaus und Richtung Küche.

Dann konnte man sie nicht mehr sehen.

«Die Motte», sagte Rieke halblaut. Sie deutete zur Tür hinaus.

Lior nickte langsam, aber er hatte das Tier nicht gesehen. Er blickte ihm auch nicht nach, er versuchte es nicht zu erschlagen. Ob er überhaupt verstand? Er holte ein Kehrblech und fegte die Scherben zusammen. Er kontrollierte den Riss im Spiegel. Hob Riekes Sachen vom Boden auf, roch daran, legte sie zusammen und ging rückwärts aus dem Bad.

«Vielleicht duschst du noch mal», sagte er. «Ich gebe dir ein paar alte Sachen.»

Auf Liors Bett lagen eine Jogginghose, die viel zu weit war, und ein Hemd, ein dunkelblaues mit weißen Streifen auf der Schulter, so ein Fußballhemd. Das waren also seine alten Sachen. Vorne auf der Brust war ein Zeichen, wahrscheinlich das Symbol eines Vereins, eine Figur, die wie ein Karatekämpfer aussah, nur als Schattenriss, daneben Schrift. Was war das für eine Schrift? Rieke streifte die Sachen über. Der dicke Stoff des Hemds fühlte sich gut an. Sie setzte sich aufs Bett. Ihr Blick wanderte durchs Zimmer. Es gab weiße, lange Vorhänge neben den Fenstern, einen großen Spiegel, an der Wand zwei Fotos: Auf dem ersten sah man flache Steinhäuser, Bungalows im Bauhaus-Stil. Daneben Palmen und Büsche, dahinter Wüste und Felsen. Das zweite zeigte eine weite Wasseroberfläche, ein Meer, die Heckwelle eines Schiffes, ganz vorne eine Reling, Antennen, ein Tau. Im Wasser, ein Stück zurück, lag ein Tanker, ein paar kleinere Schiffe. Am Horizont verschwand die Mole eines Hafens im Dunst. Nur in Schemen war die Stadt zu erkennen; steil stiegen Häuser an einem Bergrücken auf, Dächer wie Stationen einer Seilbahn.

Durch Liors Tür kroch ein guter Geruch. Kaffee, und auch noch etwas anderes, ein Gewürz vielleicht? Auf dem Tisch neben dem Bett stand ein Glas Wasser. Rieke griff danach und trank es aus. Über der Lehne eines Stuhls hing eine schwere, alte Lederjacke, die so kaputt aussah, dass sie selbst in einem Altkleiderladen aufgefallen wäre. Rieke sah zur Decke, aber ihr Blick wurde unscharf.

Sie merkte, wie ihr Körper langsam nachgab. Sie legte den Kopf auf die Matratze, nur ganz kurz. Sie würde hier nicht einschlafen, das wäre ja die Höhe! Aber einen Moment musste ihr Kopf ausruhen, er hatte schon zu lange nicht mehr auf einem Kissen gelegen. Nur einen kleinen Moment. Gleich würde sie aufstehen und Lior sagen, dass sie jetzt nach Hause ging. Einen Kaffee noch, vielleicht. Aber dann. Er sollte nicht denken, sie würde hier nun auch noch einschlafen. Nur einen Augenblick, dann stünde sie auf.

Der Rest war der Geruch vom Kaffee mit Gewürz, und Riekes Kopf, der endlich, frisch gewaschen, auf einem Kopfkissen lag und darin versank.

Als sie die Augen irgendwann aufschlug, war das Licht vor den Fenstern ganz anders. War es schon Nachmittag? Riekes Blick fiel auf die große, weiße Lampe unter der Decke, in der mindestens drei Glühbirnen steckten und glühten. Hatte sie die angemacht?

Rieke setzte sich auf, und es war, als starte jemand hinter ihrer Stirn eine Motorsäge. Sie stellte sich hin, setzte behutsam einen Schritt vor den anderen. Ging zur Tür, den Flur hinunter. Lior saß im Laden an seinem Tisch. Vor ihm lag ein blaues Kleid, das glänzte. Wahrscheinlich Seide. Mit Papier hatte er den Stoff abgesteckt, er zog sehr langsam und vorsichtig eine Nadel hindurch. Vielleicht lag es an Riekes brummendem Kopf, aber ihr kam es vor, als arbeite Lior in Zeitlupe. Er trug weiße Baumwollhandschuhe. Den linken Fuß hatte er auf einen Hocker gestellt, ein Ärmel des Kleides lag auf seinem Knie. Er blickte kurz auf.

«Hast du geschlafen, alles gut?»

«Ich ... danke dir. Entschuldigung.»

«Ich mache neuen Kaffee?»

«Nicht nötig», sagte Rieke.

«O-kay.»

Der Geruch, dieses Gewürz, war noch in allen Räumen. Rieke suchte ihre Sachen, aber sie fand sie nicht. In der Küche drehte sich die Waschmaschine. Durch das Bullauge sah sie ihre Jacke. Schonprogramm, der Timer zählte noch. Sie hatte zwei Stunden geschlafen. Das blaue Trikot war ihr zu groß. Sie wollte nach Hause.

Auf dem Arbeitstisch im Laden sah sie einen Zettel und einen Stift. Sie zeichnete eine Motte, so gut es eben ging, und schrieb daneben: «Motte.» Zu Lior sagte sie: «Der schlimmste Feind des Schneiders.» Sie hielt ihm den Zettel hin.

Lior nickte. Er sog die Lippen ein und legte die Stirn in

Falten, wie man es macht, wenn einem etwas nicht gefällt, man aber nichts dagegen tun kann. Hatte er mit den Schultern gezuckt? Sein Kopf wippte in irgendeinem Takt.

Er legte das Kleid beiseite und zog die Handschuhe aus, steckte sie hinter den Hosenbund. Er klatschte in die Hände wie die Herbergsmutter, die ihre Schulkinder auf Klassenfahrt ins Bett schickt. Er nickte langsam und rhythmisch. «Ja», sagte er. Er roch nach Kaffee.

«Vielen Dank», sagte er, «vielen Dank.» Die Hände knetend, brabbelte er weiter, mehr vor sich hin als zu Rieke. «Ich bin dir zu Dank verflechtet. Deine Aufmerksamkeit ... beeindruckt mich.» Seinem Satz schickte er ein breites Grinsen hinterher. «Willst du das Trikot ... borgen?»

Lior sprach Deutsch, irgendein Deutsch, aber es klang, als komme es aus einem staubigen Wörterbuch. So sprach doch keiner. Als sei dieses Deutsch seit Jahrzehnten nicht mehr in Deutschland gewesen. Rieke nahm den Mottenzettel, den Lior auf seinen Tisch gelegt hatte, und schrieb unter die Motte in kleinen, runden Zahlen ihre Telefonnummer und ihren Namen. Lior nickte auch dazu. «Ja», sagte er.

Als sie sich verabschiedeten, versprach Rieke, die Sachen aus der Waschmaschine bald abzuholen. Sie wollte auch Ersatz für die Scheibe und den Spiegel organisieren. «Mache ich schon, kein Problem», sagte Lior. «Versicherung.» Er grinste schon wieder, ohne die Lippen zu bewegen, als wisse er das alles besser oder als habe er es schon mal erlebt.

Das blaue Trikot zurückbringen, sagte Rieke, werde sie auch. Sie zog an dem Karatekämpfer auf ihrer Brust, ließ den Stoff zurückschnappen. Jetzt bewegte Lior den Kopf irgendwo zwischen Nicken und Schütteln. «Of course», sagte er. «Na sicher.»

Er hielt Rieke zum Abschied die Hand hin. An Liors

Fingern sah Rieke kleine Wunden, auch eine der Kuppen schien aufgesprungen zu sein. Sie fragte ihn, ob er sich an den Scherben im Bad geschnitten habe – aber Lior schüttelte den Kopf.

«Nein, nein. Kein Problem.» Er lächelte noch breiter, sein Kopf wippte sanft. Er sagte voller Zuneigung: «Tschuss.»

Lavendel

Man hätte auch in den Grunewald oder noch weiter hinaus fahren können, aber Rieke ging auf den Türkenmarkt am Kanal und suchte nach dem Stand mit den Kräutern. Iza hatte am Telefon aufgeregt geklungen, vielleicht wollte sie sich für die Sache mit Paul entschuldigen. Wobei, dachte Rieke, wahrscheinlich nicht.

Die Verkäuferin gab ihr Verschiedenes zu riechen, dann erst fragte sie: «Was brauchst du?» Als Rieke den Duft beschrieb, wusste die Frau Bescheid: Lavendel brauchst du. Lavendel überall. Sie hielt Rieke eine Handvoll violetter Kräuter hin, und der intensive Geruch überforderte ihre Nase. Das hier roch wie alles, was auf einer Wiese in einem Jahr so blühte, nur eben alles in einem Atemzug.

Die Frau füllte vier Beutel mit Lavendel, knotete sie mit Bindfaden zu und wog sie in einer Schale. Sie zog Rieke an der Hand zu sich rüber, steckte ihr einen Finger unter den Saum des Pullovers und drückte von innen gegen den Stoff. «Musst du gucken», sagte sie und wedelte danach mit dem Zeigefinger. «Musst du gucken – genau!» Rieke nickte und bezahlte. In der Drogerie an der Kottbusser Brücke kaufte sie Fliegenpapier, drei Stück.

Sie überlegte, nach Hause zu fahren und sich erst danach mit Iza zu treffen, denn der Geruch drang so durch alles hindurch, dass Iza vermutlich eine Frage stellen würde. Und dann? Rieke würde ihr nicht von Lior erzählen, wenigstens erst einmal nicht. Wozu auch? Nett war er gewesen, aber auch ein merkwürdiger Typ.

Sie überquerte die Kottbusser Brücke, den Blick auf dem Boden, den Lavendel in der Tasche, und beinahe hätte ein Fahrrad sie umgefahren. «Pass doch auf!», schrie der Fahrer und rauschte Zentimeter an ihr vorbei. Sie blieb einen Moment am Geländer der Brücke stehen und sah hinunter auf den Landwehrkanal. Ein paar Enten vergnügten sich an der Mauer, die ihn begrenzte. Sie versuchten mit den Schnäbeln die bröckelige gelbe Fugenmasse aus dem Mauerwerk zu rupfen. Ihre Köpfe gingen vor und zurück und wieder vor, und Rieke dachte an Liors Kopf, wie er in seinem geheimen Takt gependelt hatte.

Rieke lächelte und spürte, dass ihre Wangen zu kleinen, halbrunden Kugeln wurden. Sie schüttelte sich. Sie würde Iza nicht von ihm erzählen. Denn selbst wenn Iza es nicht wollte, würde Lior sich für sie interessieren, hätte er sie erst einmal kennengelernt. Alle Jungen interessierten sich für Iza, so schien es wenigstens. Merkwürdig daran war, dass Rieke nicht das Gefühl hatte, Iza interessiere sich auch wirklich für die Jungen. Fast keinen hatte sie ein zweites Mal getroffen. Rieke richtete ihren Oberkörper auf, nahm die Tasche in beide Hände, ließ die Enten Enten sein und ging die Brücke runter.

«Hier bin ich!» Iza war schon aus hundert Meter Entfernung zu sehen, weil sie wild mit etwas wedelte, als wolle sie einen Linienbus stoppen. Ihre Haare wischten durch die Luft, und obwohl die Sonne nicht richtig schien, leuchteten sie in vollem Blond. «Rieke!», rief Iza.

Rieke ging einen Schritt schneller. Neben Iza hielt ein Taxi. Der Fahrer hupte. Iza beugte sich zum Fenster und schüttelte den Kopf. Er fuhr weiter. Iza lief Rieke entgegen. Sie umarmte sie fest und ein wenig überschwänglich.

«Was ist los?», fragte Rieke.

«Wir haben Post», sagte Iza und hielt einen Briefumschlag hoch. Sie gingen in ein Café am Kottbusser Tor, in dem es schwarzen Tee und Sesamringe gab. Iza wollte draußen sitzen, obwohl es nach Regen aussah. Auf den runden Tisch legte sie den Umschlag. Sie zog das Schreiben heraus. Es war von der «Schule für Fotografie». Rieke sah den Absenderstempel. Sie kannte das Logo, aber es wirkte auf sie wie ein entfernter Bekannter.

«Zwanzig Bilder», las Iza vor, «sie wollen zwanzig Bilder.»

Rieke spürte die ersten Tropfen im Gesicht, oder goss jemand seine Geranien?

«Lass uns reingehen, es regnet gleich.»

Iza hielt eine Hand hoch, auch sie bekam ein paar Tropfen ab.

Dieser Sommer, dachte Rieke, war an ihnen vorbeigezogen wie ein Cabrio auf der Autobahn. Das Einzige, was bewies, dass sie dabei gewesen waren, waren die Bilder, die sie von allem machten. Die Bilder bekamen keine Namen, sondern sie beließen es dabei, sie mit Datum und Uhrzeit zu kennzeichnen. Es war gut, dass der Kunstlehrer diese Bilder nicht sehen konnte. Wenn Rieke sie sich bei Tageslicht ansah, dann fragte sie sich mitunter, ob eine andere die Kamera gehalten hatte. Iza hatte einige der Aufnahmen an eine Fotoschule geschickt und Rieke sie dafür ausgelacht. Purer Größenwahn. Aber die Fotoschule hatte geantwortet. Der Brief in Izas Hand war der Beweis.

«Iza, ich weiß nicht», sagte Rieke. «Die wollen ernsthafte Fotografie. Da geht es um Belichtungszeit, Blende, Ausschnitt, Winkel, Komposition, um all das. Wir haben ein paar gute Schnappschüsse gemacht, aber was nun? Weißt du, wie viele Leute sich an dieser Schule bewerben? Heute kann jeder Bilder machen. Die Leute stellen doch alles ins Internet. Das ist nichts Besonderes. Die Leute ...»

«Wir haben es uns versprochen!», sagte Iza.

Rieke nickte langsam.

Sie hatten es sich versprochen, das stimmte. Es war noch in der Zeit, die sie die Zeit vor dem Abitur nannten. Damals hatten sie Geld verdient, indem sie Bilder machten, von Hochzeiten. Irgendwann kamen Taufen dazu. Irgendwann Beerdigungen, aber dafür gab es kein Geld.

Angefangen hatte es mit der Hochzeit von Izas Cousine, es folgten die nächste Hochzeit einer entfernteren Verwandten, eine Firmenfeier, ein neunzigster Geburtstag. Einmal hatten sie gar nach Stettin fahren sollen, zu Izas Vater, weil die Großmutter neunzig Jahre alt wurde. Erst hieß es, Rieke sei eingeladen, dann hieß es, der Geburtstag sei abgesagt, schließlich hatte Iza nicht mehr darüber geredet. Am Ende war Iza allein gefahren.

Fünfhundert, sechshundert Bilder machten sie an einem solchen Abend, eins nichtiger als das andere. Hundert Euro bekam jede von ihnen dafür, dazu das Buffet und ein paar Gläser. Lächerlich wenig verglichen mit dem, was ein echter Fotograf verdiente. Im Frühling hatten die Prüfungen an der Schule begonnen. Sie sagten die nächsten Hochzeiten ab. Aber sie fassten einen Plan, kurz vor den Klausuren: Wir ziehen das jetzt durch, und dann lernen wir richtig, wie das geht, Bilder machen. Nach dem Abitur. Es gab einen Grund, warum andere Leute das Zehnfache an einem Abend nehmen konnten für ihre Bilder. Sie versprachen sich, dass sie Fotografen würden – und damit war es bereits Wirklichkeit. Das war die Magie der Zeit nach dem Abitur: Man versprach sich etwas, und damit war es in der Welt, ein Teil vom ewigen Kosmos.

«Zeig mal her», sagte Rieke schließlich.

Allmählich, mit jedem Tag des Sommers, der vergangen war, erst Juni, dann Juli, mit jedem Tag, an dem das Leben nicht an der Tür klingelte, hatte zumindest Rieke zu ahnen begonnen, dass die Zeit nach dem Abitur doch nicht der verheißungsvolle Beginn einer neuen Ära war. Eher ein toter Winkel zwischen Geburt und Leben, zwischen Kind und Nicht-mehr-Kind.

Riekes Mutter hatte sich, pünktlich zum Abitur, aus Riekes Leben abgemeldet. Eigentlich hätte es umgekehrt sein sollen: Rieke hätte ausziehen müssen, «Ade» sagen, nach New York fahren oder zumindest einmal nach Stettin. Nach Bornholm. Aber in ihrem Fall war es die Mutter, die zum Abitur auszog. Einen neuen Freund hatte sie wohl, und den sollte sie ja haben, natürlich. Aber etwas daran war merkwürdig, denn weder kam der Freund einmal zum Abendessen, noch sagte die Mutter, wo er wohnte. Mit dem Abitur und dem Ende des Schuljahres war sie weg, auf einer Reise, hin und wieder gab es eine Kurznachricht oder eine Postkarte, die erste aus Dresden, die zweite aus Wien.

«Was schreiben die denn?», fragte Rieke.

«Sie wollen zwanzig Bilder von jeder von uns.»

Izas Telefon klingelte. Sie schaute auf die Anzeige.

«Moment. Gleich reden wir weiter.»

Iza stand auf und ging vor die Tür. Da es immer noch regnete, drückte sie sich mit dem Rücken an die Scheibe, um vom kleinen Vordach geschützt zu sein. Rieke hörte, dass sie Englisch sprach und hin und wieder ein französisches Wort. Iza begann, den Kopf zu schütteln. Sie schüttelte ihn immer noch, als sie auflegte. Nun schrieb Iza eine Nachricht. Hinter ihr, auf der Terrasse, fielen kleine Tropfen auf die Tische. Rieke nahm den Brief von der Fotoschule. Sie las. Man wollte:

zwanzig aktuelle Bilder

und gab ein Thema vor:

«Meine Stadt»

Rieke stöhnte leise auf. Sie las den Brief bis zum Ende. Die Bilder sollten Grundlage des «Bewerbungsgesprächs» sein. Der Termin war in drei Wochen.

Wir freuen uns darauf, Sie kennenzulernen.

Mit freundlichen Grüßen

Als Iza sich wieder gesetzt hatte, tippte Rieke mit dem Zeigefinger auf den Brief.

«Warum zwanzig?»

«Zwanzig?»

«Zwanzig Bilder. In drei Wochen. Bis zum achtzehnten September. Das ist in drei Wochen, das heißt ... jeden Tag ein Bild. Zwanzig Tage, zwanzig Bilder», sagte Rieke.

Iza nickte. Rieke nickte.

«Soll man alte Bilder schicken? Neue?», fragte Iza.

«Es gibt ein Thema: ‹Meine Stadt›», las Rieke vor.

Wieder klingelte Izas Telefon.

«Entschuldigung, mein Vater», sagte Iza, stand auf und ging wieder vor die Tür.

Durch die Scheibe hörte Rieke sie laut und angestrengt auf Polnisch sprechen. Rieke malte mit dem Zeigefinger Kreise auf den Tisch. Dann schrieb sie Luftbuchstaben. Ein «L», ein «I», ein «O», ein «R». Vor ihr stand ein leeres türkisches Teegläschen. Ob es hier auch Kaffee gab? Solchen mit Gewürz?

«Also neue Bilder», sagte Iza, als sie wieder am Tisch saß.

«Zwanzig Stück», sagte Rieke und nickte langsam in ihrem Pendeltakt.

«Warum wackelst du eigentlich so mit dem Kopf?», fragte Iza.

«Was weiß denn ich?»

Iza grinste dämlich. «Hast du deine Sprache verloren?»

Rieke nickte.

«Nun mal zur Sache», sagte Iza und nahm den Brief in die Hand. «Was macht man in zwanzig Tagen?»

«Man steht zwanzigmal auf», sagte Rieke.

«Die Sonne geht zwanzigmal unter», schlug Iza vor.

«Sonnenuntergänge? Damit bist du gleich aus dem Rennen.»

«Wieso ich? Wir machen das zusammen.»

«Hast du dafür überhaupt Zeit?», fragte Rieke.

Iza nickte.

«Okay, wir probieren es. Wenn es nicht klappt, ist jede für sich selbst verantwortlich.»

«Du bist ein Schatz!», rief Iza. «Gleich morgen fangen wir an.»

«Noch etwas: Wenn wir einen Termin haben und eine kann nicht, sagen wir ab.»

«Natürlich», sagte Iza.

«Versprochen?»

«Versprochen.»

«Wir gehen in den kommenden zwanzig Tagen nicht in den Klub.»

«In Ordnung.»

«Und wenn jemand von uns die Bedingungen bricht, ist das Versprechen nichtig.»

«In Ordnung. Wir machen das zusammen», sagte Iza. Dann massierte sie ihren Nasenrücken. Sie sah auf ihren Keks, den Tee, wieder auf den Keks. «Was riecht hier eigentlich so?»

Nummer 9

In der dunklen Kammer neben dem Bad, ganz hinten in der Ecke, zusammen mit einem Computer, in den man Disketten stecken musste, einer Waschmitteltonne voller Lego-Bausteine, halb verdeckt von einem Holzschlitten, fand Rieke die Nähmaschine VERITAS aus dem Kombinat Textima. Dass sie knallrot war, hatte Rieke nicht mehr in Erinnerung gehabt, aber als sie es sah, dachte sie, dass es passte. In der Kammer gab es nur eine schwache Glühbirne, die irgendwo weit oben unter der Decke hing, drei Meter in der Höhe. Neben der Tür lehnte eine Leiter, für den Fall, dass man die Birne mal auswechseln musste.

Rieke hob den Holzschlitten an, der auf der schmalen Rückseite stand, genau so, wie sie ihn früher nach dem Rodeln in den Schnee gesteckt hatte, in der Heide bei Schönow oder auf dem Teufelsberg. Der Schlitten kam erst einmal raus. Es gab etwas zu nähen, dieses Trikot von Lior, beim Waschen hatten sich die Streifen gelöst. Per Kurznachricht hatte sie ihn gefragt, wann er sein Hemd zurückhaben wolle.

Obwohl sich Rieke darauf eingestellt hatte, dass die Nähmaschine schwer sein könnte, obwohl sie mit beiden Händen die Platte anhob, mit der sie verschraubt war, und obwohl sie fest daran zog, bewegte sich das Gerät kaum. Es war eingeklemmt, festgewachsen, zu Stein erstarrt, als strafe es ihre Besitzer für die fehlende Beachtung. Früher, als sie noch drüben wohnten, bei der Pappelallee, drüben, was auch damals schon nicht mehr drüben war; früher in der Pappelallee also stand die Nähmaschine noch im Wohnzimmer, was der schönste und größte Raum der Wohnung gewesen war, und sie thronte selbstverständlich auf dem Platz, der ihr qua Existenz und Funktion gebührte: direkt vor dem Fenster, auf dem großen, knarrenden Holztisch von Opa. Stets gegen drei Uhr am Nachmittag kam die Mutter damals aus der Schule an der Rosenstraße nach Hause, wo sie Sport unterrichtete, das Einzige, was ihr der neue Senat der Einigkeit, des Rechts und der Freiheit zugestand. Die Mutter setzte sich meist direkt an die Maschine, nur selten nahm sie den Umweg über die Küche. Die VERITAS gab ein Klackern und ein Surren von sich, als wünsche sie der Mutter einen guten Tag, und die Mutter fuhr mit dem ausgestreckten Zeigefinger durch die Kleider, die auf einer Stange neben dem Tisch hingen. Einige lagen auch ausgebreitet daneben, mit Sicherheitsnadeln festgesteckt, mit kleinen Papierausrissen markiert, umgeschlagen, gefaltet.

Die fertigen Kleider, ob sie gestopft oder geweitet oder gekürzt worden waren, bügelte die Mutter, schob sie danach in eine durchsichtige Folie und brachte sie in den Laden an der Ecke, für den sie arbeitete. Manchmal war es auch Rieke, die mit einem Stapel Kleider dorthin geschickt wurde. Rieke erinnerte sich genau, als sie nun die VERITAS zum zweiten Mal anzuheben versuchte, wie vorsichtig sie seinerzeit mit den fertigen Kleidern gewesen war, damit sie nicht herunterrutschten und auf den Boden fielen oder ein Riss in die Folie kam.

Langsam bewegte Rieke die Maschine vorwärts, setzte sie kurz ab. Sie holte den Schlitten zurück, kippte ihn auf seine Kufen, wuchtete die Nähmaschine mit Platte darauf und zog das Ganze vorsichtig zur Tür. Hopp, über die Kante, durch den Flur, hopp, über die zweite Kante, ins Wohnzimmer. Riekes Telefon piepte. Eine Nachricht von Lior: «Komm, auch mit nassem Hemd. Imer.»

Rieke schloss die Nähmaschine an, nahm davor Platz und legte das blaue Trikot bereit. Die Streifen auf den Schultern hingen traurig herunter. Vielleicht musste man es mit der Hand waschen? Vielleicht hatte das Trikot schon ein paar Jahre erlebt? Klar war jedenfalls, dass Rieke es Lior so nicht zurückgeben konnte. Diese Buchstaben ... das war hebräisch.

Rieke nahm aus der kleinen Holzbox, in der die Mutter ihre Nähsachen aufbewahrte, weißes Garn. Als der Faden in die Maschine eingezogen war, fuhr sie mit der Hand über das Trikot. Sie rieb die Schulterpartie glatt und nähte beide Seiten akkurat fest. Als sie fertig war, hielt sie das Trikot hoch. Sie drehte es im Licht. Auf der Rückseite gab es eine Nummer, die ihr vorher gar nicht aufgefallen war: die 9. Im ganzen Trikot war kein Etikett, keine Größe, keine Waschanleitung. Die Nähte saßen zum Teil schief, an einigen Stellen hing ein Faden über, unter der Achsel blitzte schon ein Loch. Auch der gedruckte Karatekämpfer und die hebräischen Buchstaben auf der Vorderseite saßen schief. Ein solches Trikot gab es sicher nirgendwo zu kaufen. Das hatte Lior selbst gemacht.

Pseudomond

Im Bus kontrollierte Rieke ihren Beutel, in dem das Hemd lag, gewaschen, genäht und gebügelt. Neben dem Trikot die Lavendelsäckchen, die kaum etwas von ihrem Duft eingebüßt hatten, und das Fliegenpapier. Rieke stieg aus, ging über die Straße und sah, dass in Liors Laden Licht brannte. Aus ihrer Tasche angelte sie das Telefon, sie wollte es auf lautlos stellen, denn nichts wäre nun blöder als eine Störung. Auf der Anzeige sah sie eine Nachricht von Iza. Rieke zögerte einen Moment, aber öffnete sie doch. Iza wollte auf eine Modenschau im alten Tempelhofer Flughafen gehen. Rieke zögerte. Sie zögerte nicht, weil sie dorthin wollte, sondern weil sie überlegte, was sie antworten konnte. Sie überquerte die Straße und schrieb dabei, dass sie gerade Fotos mache, aber anderswo.

Das war die erste Lüge.

Rieke hielt kurz an, weil sie am Hals einen Tropfen abbekommen hatte. Der Tag war warm gewesen und schön, aber jetzt kam Regen. Dachte Rieke. Doch dafür war der Tropfen zu groß, außerdem kam kein zweiter. Sie wischte ihn sich vom Hals, er war dickflüssig und stank. Sie sah nach oben, da saßen drei Tauben auf einem Zweig und gurrten eifrig, als gratulierten sie einander zu ihrem Treffer. Iza schrieb: «Wovon machst du Bilder!? Hochzeit?» Rieke sah hoch zu den Tauben, sah hinter ihnen den Abendhimmel, der gelb und blau schimmerte. Die Luft war warm, über der Stadt die Spätsommerstille. Irgendwo knatterte ein Motorroller. Rieke schrieb mit einer Hand zurück: «Sonnenuntergang».

Das war die zweite Lüge.

Rieke wischte sich mit einem Taschentuch den Taubenschiss vom Hals und von der Hand. Ein roter Roller fuhr vor ihr auf den Bürgersteig und hielt vor Liors Laden. Ein Kasten war darauf montiert, auf dem stand: «Sushi Sushi». Darunter gekreuzte Stäbchen und ein Stück Lachs mit Reis.

Der Fahrer zog eine Plastikbox aus seinem Kasten, klopfte an Liors Ladentür und ging hinein. Neue Nachricht. Iza schrieb: «Allein?» Rieke überlegte, die Nachricht zu ignorieren, das Telefon einfach abzustellen, schrieb aber doch zurück: «Natürlich».

Das war die dritte Lüge, und Rieke hatte den Laden noch nicht einmal betreten.

Das Loch in der Scheibe hatte Lior mit Klebeband und Pappe ausgebessert. Der Lichtkegel einer neuen Klemmlampe im Schaufenster stand auf der Schneiderpuppe. Sie trug das weiße Hemd, das aber weniger zu leuchten schien als zuvor. Rieke hörte hinter sich den Motorroller abfahren. Das Licht am Arbeitstisch war eingeschaltet, wie auch alle anderen Lampen im Laden, aber niemand war zu sehen. Rieke schob die Tür auf und trat ein. Auf dem Arbeitstisch lagen Stoffe, eine Schere, Nadeln, ein Maßband, Garn. Und das blaue Kleid aus Seide.

Es drang Musik aus der Küche, Geräusche. «Hallo», sagte Rieke und verschwand im Bad. Sie zog sich den Pullover aus und wusch sich den Hals. Durch das Rauschen des Wasserhahns hindurch hörte sie Liors Stimme, «Hallo», rief auch er.

Der Geruch wollte nicht von ihrem Hals verschwinden, so viel Wasser sie auch darauf goss. Sie schaute sich um. Vor dem Spiegel stand ein neuer Flakon mit Rasierwasser. Sonst nichts. Sie ließ einen Tropfen auf ihren Finger fallen und rieb ihn sich ein.

«Hast du wieder eine Motte gefunden?», fragte Lior, als Rieke endlich in die Küche kam. Die Motten treffe ja keine Schuld, sagte Lior, was unsinnig, aber geheimnisvoll und wie der Anfang einer Geschichte klang. Er nahm eine Tasche und stellte die Sushi-Box hinein, darüber legte er zwei Handtücher. Wenn man eine Motte fliegen sehe, fuhr Lior fort und machte mit einer Hand den Mottenflug nach, dann sei das Schlimmste schon geschehen. Die Motten, die flögen, seien ohnehin unschuldig. Die «Weiber» seien das Problem. Die Weiber gingen in die Stoffe, sie drückten ihre Eier heimtückisch in die Kleider, und ihre Larven fräßen Loch nach Loch. Mit der Hand formte Lior ein Loch.

«Es heißt Weibchen», sagte Rieke.

«Die Weiber legen Weibchen? Das glaube ich nicht.»

«Nein. Man sagt Weibchen, nicht Weib.»

«O-kay.»

Sie gingen vor die Tür.

Lior zog seine Lederjacke an, das abgerissene Ding, so schäbig, dass das selbst in einem Altkleiderladen aufgefallen wäre. Er schloss den Laden ab, drinnen brannten die Lampen. Rieke verkniff sich einen Kommentar. Sie gingen zum nächsten Supermarkt. Rieke setzte sich davor auf einen Steinpoller, während Lior im Laden verschwand. Drei Punker lungerten an der Tür herum und bauten eine Pyramide aus Bierdosen – polnische Bierdosen, wenn Rieke es richtig erkennen konnte. Irgendwann zogen sie ab, die Pyramide ließen sie stehen.

Rieke öffnete die Sushibox und nahm sich eine Reisrolle, aß schnell und schloss sie wieder. Eine ältere Dame mit Hund und Einkaufstasche kam vorbei. Der Hund schnüffelte an Rieke, seine Schnauze suchte zuerst nach dem Sushi, dann nach ihrer Achselhöhle. «Betteln – aber Sushi essen, wa?», schnauzte die Frau. Rieke wollte antworten, ließ es aber bleiben. Der Hund schnüffelte an der Dosenpyramide, wandte sich erst ab, stieß sie dann aber gekonnt mit seinem wedelnden Schwanz um. Die Dosen rollten durcheinander.

Lior hatte nicht nur Soja gekauft, sondern auch Rotwein. Sie gingen einige Straßen weiter zu einer Brücke, die über einen Seitenkanal der Spree führte. Lior ging immer einen Schritt voraus, er war einfach schneller, denn seine Beine waren länger, und Rieke musste ihm hinterherlaufen wie einem großen Bruder. Lior lief, als habe er einen Termin einzuhalten oder als sei das bloße Gehen eine schreckliche Zeitverschwendung. Als sie auf der Brücke ankamen, war Rieke außer Atem. Lior zog seine Jacke aus und legte sie auf die Brüstung. Die war aus Stein und breit genug, um darauf zu sitzen. Rieke nahm das blaue Fußballhemd aus der Tasche und strich es auf der Brüstung flach. Sie fuhr mit den Fingern die Buchstaben nach, deren Bedeutung sie nicht kannte.

«Was steht da?»

«Ejin Haschloschah», sagte Lior.

«Was?»

«Ejin Haschloschah. Ejin, die Quelle. Schloschah, die dritte. Das ist Hebrew. Die dritte Quelle. Das ist ein Kibbuz. Mein Zuhause.»

«Es sieht wie eine Geheimschrift aus. Liest man sie von rechts nach links?»

«Ja», sagte Lior. «Von rechts nach links.»

Rieke sah Lior an, einen Moment zu lange. Er blickte erst zurück, dann auf den Kanal. Lior sah anders aus als beim ersten Treffen. Anders, als sie ihn in Erinnerung hatte. Er war dunkler dieses Mal. Vielleicht war es auch das Licht. Mehr

Bart, mehr Haare. War es möglich, dass es nicht der gleiche Lior war?

«Was riecht hier so?», fragte er. Rieke fasste sich an den Hals. Dabei wusste sie es ja. Lior nahm das Hemd und roch daran.

«Hast du es in Teewasser gewaschen?»

«Ich habe dir etwas mitgebracht, gegen die Motten.»

Sie zog die kleinen Baumwollsäckchen mit dem Lavendel aus dem Beutel, und das Fliegenpapier. Sie legte die Sachen auf die Brüstung. Lior nahm eines der Säckchen und roch daran. Er schrak zurück, er musste niesen.

«Du solltest alle Sachen überprüfen. Jeden Stoff. Oder hast du schon?», fragte Rieke.

Lior schüttelte den Kopf.

Was war das für ein Schneider, der nicht wusste, was eine Motte in seinem Laden bedeutete? War ihm das nicht klar? Dass die Motten überall Löcher fraßen? Vor allem in die teuren Stoffe, die echte Wolle, den Tweed, in alles, was vom Tier kam? Rieke sah auf Liors Hände. Wunden und Ratscher, als würde er sich bei der Arbeit in die Hände schneiden. Mit dem Bügeleisen verbrennen. Als wisse er nicht so recht, wie man das machte: nähen, schneiden, bügeln. Bei der Arbeit hatte er Handschuhe getragen, weiße Baumwollhandschuhe. Aber es waren nicht nur die Hände, auch auf Liors Unterarmen entdeckte Rieke Kratzer. Sahen so die Arme eines Schneiders aus? Sie würde ihn danach fragen müssen.

Lior hatte ein rundes Gesicht, runde Augen und lange Wimpern. Seine Lippen standen ein wenig vor und hatten einen eleganten Schwung. Sein Bart wucherte, und auch aus dem Hemd, das bis zum dritten Knopf offen stand, wuchs eine nicht unbeträchtliche Behaarung. Seine Augen waren braun, aber wenn man richtig hinsah, und das tat Rieke nun, schien es, als sei das eine Auge heller als das andere. Vielleicht war das bei allen Augenpaaren so, aber bei Lior fiel es auf. Wenn er ging, wenn er aufstand und ging, bewegte er sich klar, federnd, schnell und mit Kraft, und erst später verstand Rieke, dass dies auf die Zeit bei der Armee zurückzuführen war. Er roch gut. Er roch einfach gut, nach seinem Kaffee mit – ja mit was denn nun? Nach frisch gebügelten Anzügen, nach seinem Rasierwasser.

«Hast du das Trikot selbst genäht?», fragte Rieke.

Lior nickte. Er saß gleich ein wenig aufrechter da.

«Es gibt funfzehn, wir haben damit Fußball gespielt, das ganze Kibbuz.»

Lior öffnete die Sushibox. Sie enthielt nur ein Paar Stäbchen, er gab sie Rieke. Sie aßen. Rieke sah auf Liors Hände. Er aß schnell. Rieke musste sehen, dass sie etwas abbekam. Ihr Blick fiel auf seine Armbeuge, auch dort war ein Kratzer, die Haut gerötet.

«Ist das vom Glas?», fragte Rieke und deutete auf die Unterarme. «Vom Glas, das ich zerbrochen habe?»

«Nein, das ist von Arbeit. Berufsproblem.»

«Hat das jeder Schneider?»

«Weiß nicht. Ich habe es nicht gehabt. Fruher. Erst in Berlin.»

«Eine Allergie?»

«Fur was?»

«*Gegen* was», sagte Rieke.

«Gegen?»

«Man sagt: Allergie *gegen* etwas. Man hat eine Allergie gegen etwas.»

«Gegen was hast du Allergie?»

«Ich habe keine Allergie. Egal. Es kam erst hier? Diese Risse? Die kleinen Wunden?»

«Ja, in Berlin.»

«Seit wann bist du hier?»

«Wir sind vor einem Jahr gekommen, ein Freund und ich. Uri. Er ist auch aus dem Kibbuz. Wir haben zusammen die Schule gemacht, dann waren wir in der Army. Danach haben wir eine lange Reise gemacht, und dann die Profungen furs Schneidern. Schließlich sind wir nach Berlin gekommen. Anfang waren wir hier, in diesem Laden. Wir sind beide Schneider, aber er ist besser. Er arbeitet schneller. Ich bin genauer. Er hat einen neuen Laden aufgemacht, in Mitte. Wir arbeiten aber zusammen.»

«Ein Kibbuz ist ein Bauernhof?»

«Etwas, ja.»

«Warum bist du hier?»

«Meinst du: Warum ich bin in Berlin, oder meinst du: Warum ich bin nicht in Israel?»

«Sag es mir.»

«Ich war nach der Army ...»

«Du warst bei der Armee?»

«Alle mussen zur Army. Danach war ich in Mexiko, Costa Rica, Columbia, America, bis zum Feuerland. Aber weißt du, was? Jeden Abend saß ich mit Israelis am Tisch. Wir sind wie Kleber, wie Kaugumi. We stick to each other. Ich dachte, in Berlin ist es anders. Hier wäre ich ein normaler Rauslander.»

«Ausländer.»

«Genau. Wenn du aus, let's say, Belgien bist, oder aus New Sealand, oder aus Italien oder Canada oder Thailand, oder auch aus Deutschland, dann sagen Leute: Oh, interessant. Sie sagen die Hauptstadt, und einen Fußballspieler, wenn es gibt. Sie fragen nach Essen und Wetter. Sie fragen, welche Sprache man da spricht. Aber wenn es ist Israel, kann es passieren, dass die Leute schweigen und weggehen. Dass sie lauter Meinung haben uber dein Zuhause. Dass sie dir sagen, was da alles schieflauft. Dass dein Volk sich ein Land geraubt hat. Das traut man sich bei niemandem außer uns. Hier in Berlin ist es anders. Man lässt sich erst einmal in Ruhe. Vielleicht gibt es keinen guten Grund, aber so ist es.»

«Es sind ja schon einige aus Israel hier», sagte Rieke.

Lior nickte, nahm die Essstäbchen, spielte damit.

«Wir sind ein wenig spät. Wollten schon lange nach Berlin, aber ...»

Er ließ den Satz unbeendet.

«Aber?»

Sein Blick ruhte auf dem Wasser. Die Sonne stand so tief, dass man die Mücken sehen konnte, die in großen Schwärmen ihre Tänze über dem Kanal aufführten. Lior ließ sich Zeit. Rieke zog das Telefon aus der Tasche und machte ein Bild vom Kanal.

«Aber?», fragte sie ein weiteres Mal.

Die Essstäbchen hatte Lior auf seinen Oberschenkeln abgelegt, deren Umrisse durch die enge Hose gut zu sehen waren. Schmale, gerade Oberschenkel. Er schien nachzudenken. Bilder huschten vor seinen Augen entlang, Rieke konnte sie nicht sehen.

«Ich glaube ... mein Großvater hätte es fruher nicht erlaubt», sagte Lior schließlich.

Stumm aßen sie den Rest der Box leer. Sie blickten auf den Kanal. An den Rändern der Brücke standen große, altmodische Gaslaternen mit hellen Lampenschirmen, deren Licht immer stärker wurde, weil der Abend bereits der Nacht wich. Insekten schwirrten um das Licht. Die Sonne verschwand, und weil der Kanal an dieser Stelle nach Westen zeigte, sah es aus, als versinke sie im Wasser.

«Sind wir darum hier?», fragte Rieke.

Lior nickte. «Wegen der Sonnenuntergang. Er ist schon, oder?»

«Er ist schön.»

«Richtig schön», sagte Lior. «Leider ist es danach dunkel.»

In Riekes Tasche, auf Höhe des Oberschenkels, vibrierte das Telefon. Sie wartete ab, bis die Sonne verschwunden war, ob es noch einmal vibrieren würde. Es vibrierte noch einmal. Es war klar, wer allein in diesem Moment sein Recht einforderte – wenn sie sich schon nicht mit ihren langen blonden Haaren vor Rieke drängen konnte. Rieke las: «Morgen, zehn Uhr, bei dir? Iza».

Rieke tippte schnell: «Ja».

Weg mit dem Telefon.

Lior knetete seine Hände. Sein Kopf pendelte im Takt. Das Zwielicht gab seinen Lippen einen besonderen Schein.

«Da sind sie wieder», sagte Rieke und zeigte auf die Laterne am Rand der Brücke. Lior nickte. Sie sahen den Motten, den Mücken und Schnaken und Bremsen und Fliegen zu, wie sie ums Licht flogen.

«Sie denken, es ist der Mond», sagte Lior. «Stell dir vor, das wäre wirklich der Mond. Der Mond von Berlin.» Er betonte «Berlin» auf der ersten Silbe. Die Motten orientierten sich nach dem Mond, also dem richtigen, erzählte Lior in seinem merkwürdigen Deutsch; es gehe um den Winkel. Sie flögen eigentlich nur in der Dunkelheit und säßen tagsüber faul herum, zum Beispiel auf einem Kleidungsstück. Kaum Flugfehler machten die Motten oder anderen Falter, die im Dunkeln unterwegs seien. Aber wenn sie auf eine Lampe träfen, die der Mensch irgendwo hingestellt hat, wie diese Laterne, dann sei ihr feiner Sinn verwirrt, dann drehten sie sich im Kreis, um den Winkel zu halten, weil sie dächten, es sei der Mond, der ja seine Position nicht ändere. Das sei zum Scheitern verurteilt, weil der Pseudomond, um den sie da kreisten, eine Lampe sei.

Mit der Hand, auf der die Wunden und Kratzer im Halbdunkel kaum noch zu erkennen waren, malte Lior Kreise und Ellipsen in die Luft, als führe er an jedem seiner Finger eine Motte, die er sicher und im richtigen Winkel um den falschen Mond herumführen wollte. Durch seine Bewegungen machte die Lederjacke unter seinem Po leise Geräusche. Ein mildes Knirschen, das nur sehr altes Leder von sich gibt, wenn man es reibt.

Rieke war kalt geworden, sie begann ein wenig zu zittern. Lior nahm seine Lederjacke und legte sie ihr über die Schulter. Die Jacke war schwer, roch alt und fühlte sich rau an. Sie hing zu einer Seite über, weil in der Innentasche etwas steckte. Einen kleinen roten Rand sah Rieke herausschauen, ein Büchlein, vielleicht ein Notizblock. Die Jacke war schwer wie eine Rüstung. Als Rieke den Kragen richten wollte, der ihr im Nacken kitzelte, merkte sie, dass auf einer Seite das Revers fehlte. Sie fuhr mit dem Finger die Naht hinauf, bis zur Kante des Leders. Es wirkte nicht so, als sei da ein Riss oder ein Schnitt. Da fehlte einfach ein Stück.

«Weißt du, wir müssen trotzdem etwas gegen die Motten tun», sagte Rieke.

«Mussen wir?», fragte Lior.

«Sie fressen deinen Stoff. Sie fressen deine Kleider. Du bist Schneider, und du hast Motten. Ein Schneider, der Motten hat, ist wie ein Koch, dem die Ratten über den Herd laufen.»

Rieke kletterte von der Brüstung, um den Heimweg anzutreten. Lior nickte, aber in seinem Takt und nicht so, dass Rieke dachte, er würde es auch so sehen. Sie gingen los.

Immerhin lief Lior langsamer als auf dem Hinweg. Aus dem Stadtteil wich das Licht, in den engen Straßen leuchteten die Laternen, aber sie hatten keine Chance gegen das Dunkel, das sie aufsog. Zwischen den hohen Dächern wurde der Himmel zu einem schmalen Streifen, an dem noch ein kleiner roter Schweif stand, ein letzter Gruß der Sommersonne. Die ersten Raben flatterten durch die Luft, gerade angekommen aus dem Norden, wo der Herbst sie langsam von den Äckern schubste.

Als sie in Liors Straße einbogen, sahen sie schon von weitem das Polizeiauto. Es parkte quer über dem Bürgersteig. Ein Polizist lehnte an der Kühlerhaube und schaute in den Himmel, den Krähen nach.

Bis Rieke und Lior vor dem Laden ankamen, hatten sie sich einige Gründe ausgedacht, warum die Polizei dort stehen könnte. Keiner davon stimmte. Dass jemand die Pappe weggerissen, die Scheibe endgültig eingeschlagen und die Tür von innen geöffnet hatte, sahen sie erst, als sie direkt vor dem Laden waren. Die Schneiderpuppe war aus dem Fenster gekippt, das neue blaue Kleid aus Seide lag zusammengeknüllt in der Auslage. Sachen waren auf dem Boden verstreut, die Nähmaschine lag auf der Seite. Kaum ein Licht brannte noch.

Traumkauf

Sie saßen am Arbeitstisch, der Polizist hatte einen Schreibblock hingelegt. Er füllte ein Formular aus. Vieles im Laden war in Unordnung, aber auf den ersten Blick schien es Lior, als würde kaum etwas fehlen. Nur eine Geldkassette sei weg, sagte er, eine rote, in der er die Tageseinnahmen aufbewahrte. Er bringe sie zwei Mal die Woche zu Uri, seinem Kollegen, und die Buchhalterin zahle das Geld bei der Bank ein. Gerade gestern sei er mit der Kassette bei Uri gewesen.

«Wie viel war drin, Herr ...?», fragte der Polizist, den Stift im entsprechenden Feld seines Formulars.

«Ilan. Lior Ilan. So ... zwanzig.»

«Zwanzig was? Scheine?»

«Zwanzig Euro.»

Der Polizist räusperte sich. Er sah Lior an. Er rutschte auf seinem Stuhl herum.

«Was war noch in der Kassette?»

«Nichts. Zwanzig Euro. Zwei Scheine und Munzen.»

«Sonst nichts? Vielleicht die Buchführung? Ein paar Schecks? ’ne Uhr? Rechnungen?»

«Nichts», sagte Lior. Sein Kopf pendelte leicht.

«Ich brauche Ihren Pass», sagte der Polizist. Lior ging ins Schlafzimmer. Er kam mit einem rot eingeschlagenen Pass zurück. Auf der Vorderseite sah man den deutschen Adler. Der Polizist nahm den Pass in die Hand.

«Nein, nein. *Ihren* Pass meinte ich, Herr ... Ilan. Nicht den von Ihrer Partnerin.» Rieke wollte etwas sagen, aber sie war zu sehr damit beschäftigt, sich über den deutschen Pass in Liors Hand zu wundern. Sie bemerkte, dass ihr Mund offen stand – und schloss ihn schnell.

«Das ist mein Pass, das da», sagte Lior. Er tippte auf die rote Schutzhülle. Der Polizist klappte ihn auf.

«Lior ... Atzmon ... ich dachte, Sie heißen Ilan?»

«Das ist mein Kunstlername. Atzmon ist Familienname.»

Der Polizist atmete durch. «Also, Herr Atzmon ... geboren in ... Jerusalem? Israel?» Er starrte auf das Dokument, als stünden da die Lottozahlen. Er sah zu Lior. In den Pass.

«Sie sind ... also ich meine, also, verzeihen Sie, Herr Atzmon ...»

«So schlimm ist nicht in Jerusalem zur Welt zu kommen», sagte Lior.

«Ja, denk ich mir», sagte der Polizist. Stumm schrieb er die Daten ab, setzte eine Unterschrift auf das Formular und gab es Lior.

Als der Polizist gegangen war, holte Lior eine neue, größere Pappe aus dem Keller, Klebeband und eine Schere. Er setzte die Pappe anstelle der alten ins Fenster und befestigte sie. Jetzt war das Loch allerdings doppelt so groß, und die Pappe konnte es kaum abdecken. Quer durch die Scheibe lief ein Riss. An der Ladentür schraubte Lior auch noch herum, klopfte mit einem Hammer gegen das Schloss, zog die Tür vor und zurück.

«Geht schon», sagte er. Rieke hatte begonnen, Kleider aufzusammeln, die am Boden lagen. Das blaue Kleid zuerst, eine Weste, Teile eines Anzugs mit Nadelstreifen.

Papierschnipsel klemmten an den Stücken, festgesteckt mit Nadeln, darauf sah sie Symbole, vielleicht Buchstaben,

Wörter, Zahlen. Wenn es Wörter sein sollten, war das wohl auch Hebräisch. Rieke legte die Kleider auf den Arbeitstisch, in eine lange Reihe, so, dass man die Buchstaben erkennen konnte. Sie ertappte sich dabei, dass sie hin und wieder, wenn Lior gerade nicht hinsah, mit dem Finger durch die Stoffe fuhr und sie nach kleinen Löchern absuchte. Lior kramte aus einem Schrank Glühbirnen hervor und schraubte sie in die Lampen, die der Einbrecher umgeworfen hatte.

«Willst du ein Kaffee?», fragte er, als er fertig war. Rieke nickte. Während er in der Küche war, richtete sie die Nähmaschine auf, ein großes, eckiges, weißes Modell mit blauen Streifen, auf dem «Husqvarna» stand, und «Made in Sweden». Neben der Maschine auf dem Tisch, genau da, wo sie hingekippt war, entdeckte Rieke kleine, rote Punkte. Der Tisch war aus hellem Holz gezimmert, und deutlich sah man die Punkte, wie Inseln unterschiedlicher Größe im Meer, nur dass dieses Meer nicht blau war, sondern hellbraun, und die Inseln nicht grün, sondern rot. Einen Moment dachte Rieke, es könnte Rotwein sein, denn gleich neben der Maschine stand die Flasche, die sie halb geleert hatten. Doch der Korken saß fest. Mit Spucke versuchte Rieke einen der Flecken zu entfernen, und da er sofort verschwand, war auch ausgeschlossen, dass es sich um die Spuren eines Filzstiftes oder einer anderen künstlichen Farbe handelte.

Rieke roch den Kaffee, den Lior in der Küche kochte. Das unbekannte Gewürz kroch ihr die Nase hoch, und sie wunderte sich, dass Lior die Ruhe hatte, in einem solchen Moment Kaffee zu kochen. Aus der Tasche zog Rieke die Lavendelbeutel und verteilte sie. Zwei behielt sie, um sie später in Liors Küche und Schlafzimmer zu verstecken. Vom Boden des Ladens sammelte sie Garn auf, das einige Meter weit gerollt war. Eine Schere, Stoffreste, Fingerhüte und ein Nadelkissen hob sie auf, sogar Nadeln. Sie war gerade dabei, auch das Bügelbrett aufzurichten und auszuprobieren, ob das Eisen seinen Dienst noch tat, da spürte sie eine Hand auf ihrer Schulter. Liors Hand. Sie war schmal, aber groß. Starke Finger. Starke Finger mit Rissen und Kratzern. «Kaffee», sagte er. Zwei Tassen seien in der Küche auf dem Tisch.

Der Raum war voll mit diesem Duft.

Sie gingen und setzten sich.

«Was ist in diesem Kaffee, Lior?»

«Kardamom.»

«Kardamom? Das kenne ich vom Weihnachtsbacken.»

«Ich nicht», sagte Lior.

Im Schlafzimmer war die Matratze von ihrem Rost geschoben, und die paar wenigen Bücher, die Lior zu einem kleinen Turm neben dem Fenster gestapelt hatte, lagen aufgeklappt oder aufgefaltet, mit dem Rücken nach oben und nach unten, im Zimmer verteilt. Lesezeichen waren dazwischen, die Seiten zum Teil zerknickt. Auf der Fensterbank sah Rieke ihre Sachen: das Hemd ohne Ärmel, die Strumpfhose und den schwarzen, kurzen Rock. Säuberlich gefaltet und aufgeschichtet.

Die zwei Fenster des Schlafzimmers zeigten zum Hinterhof. Unter der Fensterbank war die Heizung montiert, ein klobiges Ding in Beige aus Metall. Zwischen der Heizung und der Unterkante der Fensterbank war ein breiter, hoher Spalt. Riekes Hand fuhr über die Heizung und stieß auf einen Gegenstand. Er war dick und aus Metall. Rieke sah zur Tür, zum Flur, sie hörte Lior, der im Laden die Husqvarna-Nähmaschine zum Laufen brachte, ein Surren. Rieke zog an dem Gegenstand, zog ihn ganz heraus aus dem Spalt. Eine

Geldkassette aus Metall, die rot lackiert war. Der Schlüssel steckte. Lior war im Laden, die Husqvarna ratterte. Rieke öffnete die Kassette, aber darin war – nichts. Nicht ganz nichts, aber fast nichts. Ein paar Staubkörnchen, ein Etikett von einem Hemd, ein Einnäher mit den Initialen «MR», aber sonst nichts; vor allem kein Geld. Der Einnäher sah alt aus, sehr alt. Rieke nahm ihn aus der Kassette. Sie ging zu Lior.

Sie habe die Kassette gefunden, sagte Rieke, als sie neben ihm stand, sie sei aber leer. «Bis auf das hier.»

Lior blickte kurz von der Maschine hoch, er hatte gerade einen Saum des blauen Seidenkleides unter der Husqvarna. Er sah auf zu Rieke. «Dann muss der Dieb die zwanzig wohl gefunden haben.» Sein Kopf sank herunter. Er konzentrierte sich.

«Was ist ‹MR›?»

«‹M› – weiß nicht. ‹R› ist Rettig. Mein Opa hieß Rettig, bevor er kam nach Israel.»

Rieke fuhr mit dem Daumen über den Einnäher; er war aus blauem Stoff, die Buchstaben mit rotem Faden hinein genäht. Sie legte ihn auf den Tisch, gleich neben die Husqvarna.

Liors Rechner spielte Musik. Da sang ein Mann mit hoher, schwankender, junger Stimme, in einem Takt wie aus Griechenland oder der Türkei. Seine Melodie machte Sprünge, hüpfte wie eine Grille, als sei er auf Brautschau unterm Balkon seiner Liebsten, klagte aber im nächsten Moment wie ein Kind mit Heimweh. Eine Mandoline spielte, eine Art Akkordeon, eine Trommel. Lior hatte den Computer auf einen Stuhl neben sich gestellt. Immer, wenn die Husqvarna stoppte, am Ende einer Naht, summte er mit und sang kurz eine Zeile an, dabei pendelte sein Kopf in diesem Takt, seinem Takt, immer stärker. Endlich wusste Rieke, welcher Takt das war.

«Was singst du?»

«Aus Israel.»

«Was singt der Mann? Ist das ein Mann?»

«Er fragt sich, wie lange sein Leben ohne Arbeit noch gut geht: ‹Kamah zman efschar› ...»

Lior schlug mit der flachen Hand einen Takt auf seinen Oberschenkel.

«Hä?»

«Warte» – Lior summte, die Hand blieb auf dem Schenkel. Er stellte die Musik lauter. «Da-da daa da-da-da-da da da da daa ... jetzt: Kamah zman efschar lehiot bli avodah, lalala ...»

Sein Gesicht lachte, aus all den kleinen Falten, sogar seine Augen wurden größer, die Äderchen auf der Stirn vibrierten. Durch seine Schenkel zuckte dieser Takt, und auch Riekes Knie wurden weich.

«Ich kann leider kein Hebräisch», sagte sie.

Lior hob den Zeigefinger, tanzte im Sitzen und sang dabei mit.

«Laila», «Lach», «ach», «kach», hörte Rieke. Überhaupt «ach, ach, ach», und doch war sie sicher, nichts verstanden zu haben.

Lior stand auf, ging in die Küche und kam mit zwei Gläsern zurück. Er nahm die angebrochene Weinflasche vom Tisch und goss ein. Sie tranken, wippten im Takt. Er summte mit und stimmte bei einzelnen Zeilen ein. Da-da daa da-da-da da da da daa. Sie stießen ihre Gläser aneinander, sie klangen wie Glocken. Lior hielt sein Glas auf Höhe der Brust. Dann stellte er es weg. Er stampfte den Takt zur Musik. Er drehte sich und hatte den Takt in den Beinen. Ein vollkommener, einfacher Schritt, eine Art Ein-Mann-

Sirtaki. Die Beine machten, was der Takt machte, und seine Hände klatschten zur Melodie. Im Refrain hob sich das Lied kräftig, blieb aber doch in seiner dauernden Schlangenlinie, die Stimme ging auf und nieder.

Nach dem dritten, vierten Schluck waren Riekes Beine weich genug. Der Takt hatte sich ihrer bemächtigt, aber Knie und Becken weigerten sich. Damit war nun Schluss. Lior stellte sein Glas ab:

«Es ist ganz einfach. Alles, was du machen musst, ist das hier!» Lior hob die Arme, als wolle er einen Ball fangen, sein Oberkörper pendelte im Takt, der Kopf, die Arme, der ganze Körper. Rieke tat es ihm nach. Er schlug mit Wucht die Hände zusammen, und sie federten ab, als seien sie gepolstert. Liors Augen wurden noch größer, und ein neues Lachen breitete sich von den Lippen her über Wangen und Stirn aus, auch die Augen lachten. Der ganze Lior. Selbst seine Augenbrauen schienen im Takt zu hüpfen.

Rieke spürte, wie sich ihre Wangen zu kleinen Bällchen aufbliesen, ihr wurde warm, sie lachte, wie sie lange nicht gelacht hatte. Wie Böen eines Küstenwindes kamen die Lachschübe aus ihr heraus. Sie sah ihre Hände klatschen. Sie sah ihre Knie, die wippten, und das Becken, wie es kreiste. Es dauerte noch eine Minute, und sie begann, den leicht eiernden Gesang zu mögen und Lior bei jeder Zeile zu fragen, was sie bedeute.

«Ich kaufe einen Diamant», rief Lior. «Einen Traum kaufe ich auch.»

Es dauerte noch einige Lieder, einiges Klatschen, eine halbe Stunde, eine ganze, zwei, bis Rieke müde wurde. In einem kurzen Moment, bevor sie auf dem Stuhl neben dem Arbeitstisch niedersank, fragte sie sich, was es für Lior zu feiern gab, an einem Tag wie diesem, an dem in seinen Laden eingebrochen wird, in einer Woche wie dieser, in der er anscheinend nichts verdient hat, jedenfalls kein Geld, in einer Zeit wie dieser, in der er seine Arbeit nur bestreiten konnte, indem er sich die Finger, die Hände und die Unterarme zerstörte. Es war wirklich nur ein kurzer Moment, in dem Rieke all dies dachte; denn schon nickte sie auf dem Stuhl, wie vorher auf Liors Bett, in rekordverdächtiger Geschwindigkeit ein.

Als sie aufwachte, lag sie wieder in seinem Bett. Sie hatte das Gefühl, etwas vergessen zu haben. Irgendwo in ihrem Hinterkopf klopfte es. Sie sah an sich herunter. Sie trug noch ihre Sachen. Nur keine Schuhe. Lior hatte eine Decke über sie gelegt. Sie sah nach rechts, sie sah nach links. Er war nicht zu sehen. Er war auch nicht in der Küche oder im Laden. Da lag auf einem der Stühle eine zusammengerollte Decke, so eine Tagesdecke, und Rieke tat bei dem bloßen Gedanken, Lior könne darauf geschlafen haben – und darunter nur der Boden –, der Rücken weh.

Sie goss sich ein Glas Wasser ein und spürte, wie das Telefon in ihrer Tasche vibrierte. Ihr Gefühl wurde allmählich klarer. Sie hatte etwas vergessen. Da war etwas. Was hatte sie vergessen? Eine Verabredung. Es ging um Iza. Langsam zog sie das Telefon hervor. Auf der Anzeige standen vier verpasste Anrufe, alle von Iza. Drei Nachrichten. Die letzte: «Wo bist du?»

Rieke schrieb einen Zettel für Lior, auf den sie schnell noch eine Motte malte. Und eine zweite daneben. Als sie aus dem Laden schlüpfte, zog sie die Tür hinter sich zu.

Rieke drehte sich um, nach rechts. Sie setzte zwei klare Schritte auf den Bürgersteig. Der dritte landete auf einem Gegenstand. Es knirschte und knackte, ihr Schuh blieb daran hängen. Sie stampfte auf, rieb ihren Fuß am Bürgersteig. Sie bückte sich und hob den Gegenstand auf. Eine Bierdose, polnisches Bier. Mindestens sechs Dosen lagen vor dem Laden verstreut. Am Abend hatten sie das einfach übersehen.

Graf Blitz

Die Tram kroch hinter der Torstraße gemächlich den Prenzlauer Berg hinauf. Rieke sah sofort, welcher Laden es sein musste, als sie ausstieg. Tür, Schaufenster und Front glänzten frisch renoviert, davor stand eine Bank aus Holz, mit Schnitzereien in der Lehne: ein Totenkopf, Schlangen, allerlei komisches Getier. «URI BLITZ» stand in eleganten Lettern in der Scheibe. Die Tür war geschlossen, aber neben dem Rahmen gab es eine Klingel, einen kleinen, runden Knopf, der mit einer messinggoldenen Schale eingefasst war.

Rieke drückte, irgendwo drinnen läutete es. Ein Mann kam aus dem Dunkeln im hinteren Teil des Ladens, seine Schritte knallten wie Peitschenhiebe auf dem Parkett. Zwei kleine Stufen führten von der Straße zur Tür hinauf, die sich nun öffnete, weswegen Uri, denn das musste er sein, auf Rieke hinuntersah wie Graf Dracula aus seinem Turm.

«Come in», sagte er mit einer Stimme, die dazu überhaupt nicht passte. Sie war zu tief und zu weich für Graf Dracula. Rieke nahm die Stufen und trat ein. Ihre Sportschuhe quietschten auf dem Parkett. Uri geleitete sie zu einem Ledersofa mit breiten Seitenlehnen in Schneckenform und einem Knopfmuster auf der Rückenlehne. Als sie sich hinsetzte, quietschte das Sofa, als küsse es ihren Po. Uri nahm in einem Schaukelstuhl Platz, der auf geschwungenen Kufen ruhte. Zwischen ihnen, auf einem Glastisch, standen Gläser und eine Karaffe mit einer Flüssigkeit, die funkelte wie zerlassenes Gold. Rieke hoffte, dass Uri ihr nichts anböte, denn das Goldwasser war ihr suspekt.

«Ich bin Uri», sagte er. «Und du bist hier nicht zum Anprobieren?» Es stimmte zwar, was er sagte, aber Rieke fühlte sich ertappt. Gering geschätzt. Nicht ernst genommen. Etwas dazwischen.

«Doch, bin ich wohl», log sie. «Ich brauche ein Kleid.»

«Okay», sagte Uri. «Dann erzähl mich was von dir.»

«Mir. Es heißt ‹mir›», sagte Rieke.

Uri lachte. «Of course», sagte er. Durch seinen Schaukelstuhl sah es so aus, als würde er in den gleichen Takt verfallen, wie Lior es tat. Rieke sah an ihm vorbei. An der Wand entdeckte sie eine Zeichnung, ein Porträt der Queen von England. Daneben mehr Porträts.

«Du arbeitest für die Queen?»

Uri sah sich nicht um.

«Vielleicht.»

«Ich glaube dir kein Wort.»

«Ich dir auch nicht. Du willst nicht, dass ich für dich schneidere», sagte Uri. «Was ist?»

Pause. Rieke suchte nach der richtigen Antwort. Uri musterte sie.

«Also», sagte er, «ich habe mehr Ruhe, wenn der Laden nicht offen ist. Du könntest am Abend wiederkommen ...»

«Ich bin hier wegen Lior», sagte Rieke schnell.

«Du?»

«Ja.»

«Echt?»

«Ja, verdammt.»

Uri schaute weg. Er erhob sich, machte ein paar Schritte durch sein Atelier. Vor dem Fenster fuhr eine Tram vorbei, ihre gelbe Farbe reflektierte in der Karaffe und den Gläsern, in den großen, goldumrandeten Spiegeln an den Wänden und in allem, was da sonst noch glitzerte. Uri ging zum Fenster. Er trug Stiefeletten, dazu eine enge schwarze Lederhose und ein schwarzes, sicher selbstgeschneidertes Hemd, bei dem er die oberen drei Knöpfe offen ließ. Um den Hals lag ihm eine dicke silberne Kette, die entfernt an ein Fahrradschloss erinnerte. Auch die Glieder der Kette funkelten, als seien sie frisch poliert. Um sein Handgelenk ruhte eine Uhr, die Rieke sich lieber nicht genauer ansah. An seinen Fingern zeichneten sich große Ringe ab, der am Ringfinger blitzte auf, wenn er die Hand bewegte, und Rieke war sicher, dass das kein Ehering war.

«Was ist mit Lior?», fragte Uri. Er klang ein wenig nervös. «Woher kennst du ihn? Oder eher: Woher kennt er jemand wie dich?»

Rieke erzählte von dem Einbruch, der zerstörten Scheibe, von der Geldkassette, die angeblich fehlte. Sie fragte nach der Versicherung. Uri blieb stumm, aber nickte. Rieke erwähnte nicht, dass sie die Scheibe auch versehrt hatte.

«Er redet kaum noch mit mir», sagte Uri. «Ganz selten ...» Dabei sah er zu Boden. Dann begann er eine Idee zu fassen, so viel war zu erkennen, während er umherwanderte. «Manchmal gebe ich ihm ein Auftrag», sagte Uri. «Aber Lior braucht Wochen.»

Rieke wusste nicht recht, was sie sagen sollte.

Schließlich lief Uri quer durch den Raum zu einem Schreibtisch, einem eleganten Sekretär, der an der Rückwand des Ladens unter einem kleinen Fenster stand, das in den Hof zeigte. Er zog etwas aus einer Schublade, ein Stück Papier, einen Briefbogen mit Namen, Adresse und Schmuckrand. Mit einem Füller schrieb Uri darauf und faltete den Bogen. Schließlich sah er mit einer eleganten Drehung seines Handgelenks auf die Armbanduhr. Rieke stand nun genau hinter Uri. Sie hatten aufgehört zu reden. Uri drehte sich um.

«Hast du Zeit für ein Spaziergang?»

Uri lächelte Rieke breit an, in seiner oberen Zahnreihe fehlte ein Zahn.

«Ja, also ...», sagte Rieke. Sie hob die Hände, als wolle sie sagen: Keine Ahnung.

«Jallah, bo», sagte Uri.

«Bo?»

«Komm.»

Sie gingen auf dem Bürgersteig hinunter Richtung Torstraße, Uris Schuhe knallten auch auf den Gehwegplatten. Sein Po machte in der engen Lederhose lustige Bewegungen. Seine Kette hüpfte im Hemdausschnitt umher. Er ging schnell und setzte dabei die Arme stark ein, als sei das Gehen auf diesem Bürgersteig im Prenzlauer Berg eine olympische Disziplin. Auch bei ihm fielen Rieke die genauen, federnden Bewegungen auf.

Ein bedeutender Unterschied, dachte Rieke: Junge Israelis werden nach der Schule in Uniformen gesteckt und gedrillt, durch die Wüste geschickt, durch die Luft und ins Wasser, bis ihr Schlaf so unruhig ist, ihre Kräfte so maximiert und ihr Wille so stark, dass sie wahrscheinlich bei jedem Geräusch mitten in der Nacht senkrecht im Bett stehen, nach der Waffe greifen und quer durchs Zimmer rollen, weil sie denken, ihr Land werde angegriffen. Deutsche Abiturienten schmeißen die Anzüge und Cocktailkleider nach dem Abiball zurück in den Schrank, fahren in Jogginghose ans Mittelmeer, gehen auf Pubwanderung in Schottland, liegen in der Hängematte, beenden jeden Sport, den sie als Schüler mal betrieben haben. Ihre Kräfte schwinden, allein die Leber arbeitet.

«Wo bist du in der Armee gewesen?», fragte Rieke.

«Bei der Marine», sagte Uri. «Ich war zusammen mit Lior dort.»

Er blieb stehen. Rieke nickte. Sie blickte auf den Boden, auf die Gehwegplatte. Sie waren an der Torstraße angekommen, Ecke Rosenthaler Platz.

«Hör mal, ich habe nicht so viel Zeit ...», sagte Uri.

«Schon gut.»

«Ein Moment.»

Uri verschwand in einer Drehtür, die zu einer Bank gehörte. Fünf Minuten später kam er wieder heraus. Er hatte einen Umschlag in der Hand, den er Rieke gab.

«Das sind zweihundert Euro. Außerdem da ist eine Adresse von einem Glaser, der bei mir mal die Scheibe eingesetzt hat. Er macht das auch bei Lior.»

«Das Geld nehme ich nicht», sagte Rieke. Sie hielt ihm den Umschlag hin. «Es gibt doch eine Versicherung?»

«Gibt keine Versicherung», sagte Uri.

Rieke dachte an den kleinen, dunklen Laden mit der kaputten Scheibe, in dem Lior saß und den ganzen Tag am gleichen Kleid schnitt, oder vielmehr es zerschnitt. Uri dagegen empfing das bessere Publikum und residierte geradezu in diesem Mitte-Salon für Königinnen. Irgendetwas kam da nicht hin.

«Was ist bei euch passiert?»

Hinter ihnen rauschte eine Tram über den Platz, Autos fuhren an. Uri verschränkte die Arme. Aus der Bank kam eine Gruppe Frauen und Männer in Anzügen, mit Rollkoffern an der Hand. Uri trat einen Schritt zur Seite. Die Rollkoffer ratterten vorbei. Uri kickte mit der Spitze seines Stiefels gegen eine Dose, die auf dem Boden lag.

«Das ist viel zu erzählen.»

Rieke nickte.

«Ist es immer», sagte sie.

«O-kay. Wir haben zusammen auf dem Kibbuz Schneider gemacht, weißt du?»

«Weiß ich.»

Uri rieb seine Finger aneinander, wohl um seine Aussage zu illustrieren. «Es war immer das Gleiche: Jersey, Hose, Strümpfe, Pullover. Alles mit zwei Farben. Aber die Technik haben wir gelernt. Manchmal haben wir Sachen gestopft. Wir haben kaum neue Sachen gemacht. Dafür wollten wir nach der Army die Prüfungen machen und nach Berlin. Es hat gedauert. Die Eltern wollten das nicht.»

«Ich dachte, die Großeltern?»

«Die Großeltern?»

Uri schüttelte den Kopf. Noch ein Tritt gegen die Dose auf dem Boden.

«Hat Lior das gesagt?»

«Hat er.»

«Das stimmt nicht. Die Eltern. Man denkt, es wären die Großeltern, aber es ist mehr kompliziert. Die Eltern waren nicht hier. Meine Mutter kannte die Deutschen nur als Namen, die getilgt sein sollten: the monsters, SS, SA, Gestapo, the Nazis und die, die zugesehen haben. Sie hat zwar Deutsch gelernt von Großmutter, aber sie kannte keine Deutsche. Nur die anderen im Kibbuz. Das war komisch. Wie eine Sammlung von Leuten, ihr Schiff ist versunken ...»

«Gesunken», sagte Rieke.

«Was?»

«Gesunken. Das Schiff ist gesunken, nicht versunken.»

«Ja. Das Schiff war also weg, und die Leute haben sich auf dem Kibbuz gesammelt wie auf eine Insel. Meine Großmutter war Deutsche. Bei Lior beide, Oma und Opa. Verstehst du? Das hat eine Bedeutung. Es gibt Leute, die *kamen* nur aus Deutschland, wurden aber schnell Israelis. So war es nicht. Sie *waren* Deutsche. Sie haben deutsch gesprochen und gedacht. Sie hatten nichts, wenn sie nach Israel kamen, außer das. Weißt du, was ich meine?»

Rieke war sich nicht sicher: «Weiß nicht?»

«Also, ich erkläre: Als wir nach Berlin wollten, haben die Großeltern zuerst nichts gesagt. Dann kamen aber langsam die Erzählungen. Auf Deutsch. Vor allem Miriam sollte das nicht hören. Sie haben sie nur gezählt, wenn die Eltern nicht dabei waren.»

«Wer ist Miriam?»

«Liors Mutter», sagte er. Meine Oma lebte nicht mehr, als Lior und ich den Flug gebucht haben. Liors Opa auch nicht. Meine Mutter hat gesagt: ‹Das kannst du Oma nicht antun.› Und Liors Mutter: ‹Opa hätte das nicht gewollt.› Aber so war das nicht. Liors Opa zum Beispiel ...»

«Opa Rettig?»

«Ja. Rettig, so hieß er fruher. Aber diesen Namen kannte bei uns niemand. Er hieß Nir, und er hatte auch ein Spitznamen.»

«Welchen?»

«Noe, Noach, das kurzten alle zu ‹Ach› ab.»

«Ach?»

«Ja, Ach.»

«Opa Ach? Warum?»

«Keine Ahnung. ‹Ach› ist ‹Bruder› auf Hebrew. Liors Opa war Schneider und trug so geschneiderte Sachen. Im Kibbuz waren wir vor allem mit praktische Kleider unterwegs. Die mochte er nicht. Die Sachen, die in der Schneiderei gemacht wurden, von Miriam, seine Tochter, waren nichts Besonderes. Trikotsätze und Trainingsanzüge für den Verkauf, Arbeitskleidung für die Kibbuzniks. Aber Liors Opa zog morgens schöne Sachen an, vor seine Spiegel. Mit Kleidern, die er selbst geschnitten hat und genäht. Bis er gestorben ist. Weißes Hemd, hellblauer Anzug, mit Weste, Hosentrager, so was. Wenn er zur Arbeit ging, schaute er so komisch. Als wurde er nicht verstehen, dass vor seiner Tür nicht Werderscher Markt war, sondern die Negev. Da spazierte er neben unseren Feldern, in dem weißen Hemd, und wenn es warm wurde, öffnete er zwei Knöpfe. Wenn es wäre nicht so unpraktisch, hätte er das Hemd auch zur Arbeit auf dem Feld getragen, glaube ich.»

«Und seine Frau? Also Liors Oma?»

«An die erinnere ich mich nicht. Sie ist vorher gestorben.»

«Keine neue Frau?»

«Nein. Ich glaube nicht.»

«Warum erzählst du mir das?»

«Ich wollte nur, also, ich wollte sagen, dass es nicht Liors Opa war und auch nicht meiner, der mit die Zeigefinger da stand und gesagt hat, man darf auf keinen Fall nach Deutschland fahren. Die Alten haben nicht so viel darüber geredet, erst ganz spät, und bei Liors Opa es ging meistens um Stoff und Schnitte, den alten Laden, die alte Nähmaschine. So Sachen. Meine Oma hat vor allem von deutschen Pralinen erzählt und vom Geographie-Unterricht in der Schule. Sie kannte noch alle deutschen Gebirge auswendig und die Flusse.»

«Von ihnen habt ihr auch Deutsch gelernt?»

«Genau. Aber fast jeder im Kibbuz sprach Deutsch. Das wirst du nicht los, oder wie sagt man?»

«So sagt man.»

Uri schaute versonnen, beinahe abwesend auf eine der

Ampeln am Rosenthaler Platz. Über sein Gesicht huschte ein Lächeln, das von weit her zu kommen schien.

«Liors Opa saß in der Werkstatt und schaute uns zu, wenn wir gearbeitet haben. Als Schuler, aber auch später, als wir es ernst meinten. Er hatte seine Kommentare. Seine Anzughose hielten solche Träger, er wurde immer dünner und dünner. Die Träger liefen auf dem Rucken zusammen, sie waren mit Clips am Hosesaum befestigt. Drüber zog er eine Weste, nur im Sommer nicht. Er ging nie ohne Jacke aus dem Haus. In den letzten Jahren, wenn Lior und ich bei der Army waren und ihn nicht mehr jeden Tag sahen, hat sich sein Rucken so gebogen, dass er die Träger immer kurzer schnallen musste. Wenn er aufstand, zog er immer zuerst die Hosenträger zurecht, und das Hemd, und am Ende die Weste.»

Uri fuhr mit den Händen von der Hüfte nach vorne, um die Unterkante einer Weste nachzuzeichnen.

«Er hat uns viel beigebracht: Maß nehmen, Schnittmuster, Stoff zuschneiden, abstecken. Er war genau. Er brauchte lange für jede Bewegung, er war schon so alt. Aber es sah gut aus, was er machte. Wir wollten beide werden wie er, I think.»

«Aber nur du hast es geschafft?»

Uri verschränkte die Arme.

Rieke sah erst ihn an, dann auf den Umschlag für Lior, den sie immer noch in der Hand hielt. Uri setzte an, etwas zu sagen, hielt aber inne. Er verschränkte die Arme fester. Er schwieg. Nun schaute er wie ein Türsteher, eine Spur zu freundlich. Die beachtlichen Muskeln an seinen Unterarmen spannten sich. Er atmete hörbar aus.

«Weiß nicht», sagte Uri. «Lior soll sich melden. Muss los. Jallah-bye.»

Starke, nasse Hände

Der letzte Samstag, vier Tage blieben Iza und Rieke für ihre Fotos. Draußen war es noch einmal heiß geworden, echter Spätsommer. Am Vormittag hielt Rieke ihre Füße in eine Wanne mit kaltem Wasser, die sie unter den Küchentisch gestellt hatte. Sie sah die Bilder durch. Häuser, Tiere, halbnackte Frauen auf dem Dach. Zufrieden war sie nicht. War ihr etwas abhandengekommen? Der Blick für die Dinge? Wusste sie nicht mehr, in welchem Winkel sie die Sachen anschauen musste? Sie würde Lior am Nachmittag anrufen. Er musste die Adresse vom Glaser bekommen, den Gruß von Uri.

Als es halbwegs erträglich war, so gegen sechs, nahm Rieke eine Sonnenbrille und einen Jutebeutel, in den sie eine Kamera und den Umschlag für Lior steckte, und spazierte den Kanal hinunter. Am Ufer lagen Familien, Pärchen, Leute mit Büchern. An der Kapitänsbrücke setzte sie sich in ein Eiscafé. Sie schob die Sonnenbrille ins Haar und blätterte mit einer Hand durch die Karte, mit der anderen bediente sie ihr Telefon. Die Hitze drückte, Rieke fächerte sich Luft zu. Sie bestellte eine Flasche Wasser, dazu einen Erdbeerbecher.

Am Nebentisch scheiterte ein Paar gerade daran, seine Kinder zu bändigen. Zwei kleine Mädchen aßen ihnen die Erdbeeren vom Eis, schütteten den Kaffee ins Beet, turnten quer über die Stühle, liefen umher. Sie lachten pausenlos, sodass sie bald außer Atem waren. Sie legten ihre Arme und

Köpfe auf den Schößen fremder Menschen ab. Sie zogen an der Kellnerin, obwohl nichts zu bestellen war. Die Eltern sprachen unterschiedliche Sprachen und mit ihren Kindern anders als miteinander. Englisch war dabei, etwas ganz und gar Unidentifizierbares, und ... war das Hebräisch? Sprach jemand Hebräisch? «Kach», «rutz», «kadimah», «kol haschalosch»?

Rieke schüttelte sich. Sie hörte Gespenster. Sie riss sich zusammen und tippte in ihr Telefon: «Eis an der Kapitänsbrücke. Kommst du?»

Die Oberin brachte den Erdbeerbecher. Rote Wassertropfen schimmerten auf den Früchten, als sei es auch ihnen zu warm. Jemand zog von hinten an Riekes Kleid, dem dünnsten, das sie im Schrank hatte. Drunter trug sie einen Slip, auch an dem zog es. Eine kleine Hand. Zwei kleine Hände. Das Telefon klingelte. Iza redete gleich los. Rieke rutschte die Sonnenbrille aus den Haaren, sie fiel auf den Tisch. Durchs Telefon hörte Rieke Autos rauschen.

«Ich wollte nur ...», rief Iza.

Rieke hörte nicht hin.

«Ich melde mich später, in Ordnung?», rief Rieke.

Sie legte das Telefon auf den Tisch, drehte sich um und sah in ein Mädchengesicht, das mit Schokolade, Erdbeeren und Milchschaum verschmiert war, genau wie die Hände, genau wie jetzt auch Riekes Kleid. Das Gesicht grinste sie zahnlos an. Rieke grinste zurück. Sie gab dem Mädchen eine Erdbeere. Das Mädchen inspizierte die Beere, mit halboffenem Mund, biss zu und lachte. Dann fehlte etwas auf dem Tisch. Riekes Telefon. Sie drehte sich um.

Der Papa versuchte gerade, es dem anderen Mädchen aus der Hand zu nehmen. Es malte mit dem Finger Kreise auf die Anzeige, hielt es sich ans Ohr, flötete Quatsch hinein.

«I am ... so sorry», sagte der Vater und gab Rieke das Telefon zurück. Mit einer Serviette reinigte sie die Anzeige. Endlich schickte sie Lior seine Nachricht:

«Eis an der Kapitänsbrücke. Kommst du?»

Schnell das Telefon in den Beutel. Es klingelte erneut. Jetzt nicht. Die zwei Mädchen tauchten erneut neben Rieke auf und zeterten; die verbliebenen Erdbeeren von Riekes Becher konnten sie besänftigen. Die Sahne zerfloss bereits, und gerade als Rieke den Löffel nahm, um sich auf die Suche nach den Resten einer Eiskugel zu machen, hörte sie hinter sich eine Stimme.

«Hast du mir etwas verschwiegen? Doch schon Kinder?»

Rieke sah hoch. Iza, mit Sonnenbrille.

«Ich war in der Nähe. Ist dein Telefon kaputt?»

«Wieso?»

«Du hast zehn Mal angerufen. Und diese kryptische Nachricht. Ich dachte schon, es sei etwas.»

Rieke zog das Telefon aus dem Beutel. Sie hatte zwei Nachrichten bekommen, eine von Iza, eine von Lior; beide schrieben, dass sie nun kämen. Es war nicht mehr nachzuvollziehen, welche anderen Menschen aus Riekes Telefonbuch die Kleine vom Nachbartisch außerdem angewählt und zum Eis an die Kapitänsbrücke eingeladen hatte.

Iza setzte sich und bestellte ebenfalls einen Erdbeerbecher. Bitte sehr, dachte Rieke, setz dich doch. Aber noch bevor sie etwas hätte sagen können, vernahm sie eine weitere Stimme hinter sich: «Schalom!»

Lior.

Lior, mit Sonnenbrille.

Der Mann und die Frau am Nebentisch drehten sich um. Zu Lior.

«Schalom!», sagte nun auch der Vater. Die Mädchen unterbrachen ihren Beutezug an den Nachbartischen, blieben vor Lior stehen und schauten kritisch an ihm hoch. Iza schaute ebenfalls an Lior hoch, oder eher herunter, nicht so kritisch. Rieke lachte, leicht panisch. Als die Kinder zu dem Schluss gekommen waren, dass von Lior keine Gefahr drohte, aber auch keine Erdbeeren zu erwarten waren, liefen sie lachend davon.

«Wer ist das?», fragte Iza.

«Das ist Lior», sagte Rieke.

«Li-Or», sagte Lior.

Rieke stand auf und umarmte Lior. Er sprach kurz mit dem Paar am Nebentisch auf Hebräisch, sie lachten. Dann begrüßte Lior auch Iza.

«Wir brauchen drei Mal Kaffee», rief sie der Kellnerin zu. Sie nahmen Platz.

Drei Sonnenbrillen lagen auf dem Tisch.

Iza begann, Lior auszufragen.

«Du bist Schneider? Das ist ja toll.»

Das hatte Rieke ihr erzählt. Das, aber nicht viel mehr.

Später setzten sie sich auf die Wiese zwischen Kanal und Krankenhaus. Iza fragte Lior weiter aus, Rieke machte halbherzige Versuche, sich einzumischen.

«Warum sprichst du so gut Deutsch?»

«Seine Großeltern kamen von hier», sagte Rieke, bevor Lior etwas antworten konnte. Sie warf Iza mit Nachdruck einen Blick zu. Iza verstand den Blick nicht, und noch weniger den Nachdruck.

«Warum sind sie ausgewandert?», war Izas nächste Frage.

Lior blieb still. Rieke blieb still.

«Ach so», nuschelte Iza. Sie fuhr mit dem Finger ihre frisch lackierten Zehennägel ab.

Bei einem Händler, der Getränke aus dem Einkaufswagen verkaufte, holten sie Wasserflaschen und Coladosen, um ihre Nacken zu kühlen. Auf dem Kanal trieben Schwäne wie angeschossene Segelschiffe. Das Ufer war gesäumt von Gruppen junger und nicht so junger Leute, ein paar Hunde schleppten sich kraftlos übers Gras. Die meisten Lebewesen hatten sich in den Schatten der Bäume verzogen, die den Rand der Wiese säumten. Man schlief oder döste und bewegte sich so wenig, wie es irgendwie ging. Die Wärme drückte, die Luft war feucht. Sie setzten sich auf den Boden.

Lior lief der Schweiß über die Wange. Er hatte die Ärmel seines Shirts aufgerollt, sodass man die sehnigen, schlanken Arme sah. Auf der linken Schulter hatte er ein großes Muttermal. Man sah auch seine aufgekratzten, roten Unterarme. Rieke zog den Reißverschluss ihres Kleides hinunter, sodass ein wenig Luft an ihren Rücken kam. Iza verknotete sich die Bluse vor dem Bauchnabel; drunter trug sie einen Bikini, der grün schimmerte und knapp an der Aufgabe scheiterte, ihre Brüste zu bedecken.

«Welche Art von Kleidern schneiderst du?», wollte Iza wissen.

Lior zögerte. «Also» war alles, was ihm einfiel, das aber zweimal. «Also.»

Statt seine Antwort abzuwarten, zog Iza eine Praktica-Kamera aus ihrer Tasche, nahm die Sonnenbrille von der Nase und knipste das Muttermal auf seinem Oberarm.

«Es sieht aus wie ein Herz», sagte sie, mit hoher Stimme und einem langen «e» in «Herz». Lior lächelte, so schief. Wie er lächelte, gefiel Rieke. Es schien einen Unterschied zwischen diesem Lächeln zu geben und dem, was er damit meinte. Wenn es das gab, dann lächelte er ironisch.

Rieke warf Iza einen zweiten Blick mit Nachdruck zu. Auch diesmal verstand Iza nicht. Es mochte an den Sonnenbrillen liegen. Iza sah auf Liors rote Unterarme. Sie hielt seine Kratzer und Schlieren offenbar für einen Sonnenbrand, denn jetzt ließ sie die Praktica ins Gras sinken und bot ihm Sonnenmilch an. Lior lehnte ab. Iza verstummte. Rieke trank Wasser. Man schwieg und schwitzte.

«Könntest du mir einen Rock schneidern?», fragte Iza. «Ich brauche einen, für ein Vorstellungsgespräch. Was Korrektes.» Iza zwinkerte Rieke zu. Rieke verdrehte die Augen.

«Ich weiß nicht ...», sagte Lior.

«Ich aber! Sollen wir gleich morgen zu dir kommen, damit du Maß nehmen kannst?»

Noch ein Augenzwinkern. Lior schien zu überlegen.

«Rieke braucht auch einen», sagte Iza.

Drittes Augenzwinkern. Lior ließ seinen Oberkörper zurücksinken und stützte sich mit den Ellenbogen auf der Wiese ab. Jetzt lag er schon halb.

«Iza, halt dich zurück», sagte Rieke. «Lior hat andere Dinge zu tun, als dir einen Rock zu schneidern. Das blaue ...»

«O-kay», sagte Lior. «Stopp. Wenn ich es sagen muss: Ich kann nicht, ich will nicht ein Rock schneidern. Ich muss nicht das blaue Kleid fertig machen. Ich habe auch nicht zu viel zu tun. Ich kann nicht. Ich will nicht. Beides.»

Rieke konzentrierte sich, geradeaus aufs Wasser und die angeschossenen Schwäne zu schauen.

«Aber ... was bist du denn für ein Schneider?», fragte Iza.

Rieke hob die Praktica aus dem Gras, stand auf und machte Bilder von den Schwänen.

«Das mit dem Schneider», sagte Lior, «weiß ich nicht ... genau. Ich dachte, ich ware einer. Im Kibbuz war ich der beste, nach Uri und nach mein Opa. Aber hier – nicht.»

«Wie viele andere Schneider gab es denn da?», fragte Rieke nun.

«Na ja, Yoni und Esther; manchmal hat Abi auch etwas genäht, und meine Mutter. Wobei meine Mutter kann auch mehr als ich.»

Liors Mundwinkel sackten nach unten.

«Ich bin sicher, du bist ein toller Schneider, nur viel zu bescheiden», sagte Iza.

«Ja ... wahrschienlich.»

«Wahrscheinlich», sagte Rieke.

«Genau.»

Lior nickte vor sich hin, in seinem Takt. Iza strich sich die Haare in den Nacken, Rieke zog den Reißverschluss ihres Kleides ein Stück zurück nach oben. Die Sonne stach nicht mehr, aber die Wärme drückte. Langsam leerte sich die Wiese zwischen Krankenhaus und Kanal.

Niemand sprach.

Es war so ein betretener Moment.

Lior holte tief Luft.

Er richtete seinen Rücken auf. «Beseder», sagte er. «Ich sage euch, was für ein Schneider bin ich.»

«Lass doch ...», sagte Rieke. «Lass uns über etwas anderes reden.»

«Nein, nein», sagte Lior.

Wenn er seinen Opa früher fragte, begann Lior zu erzählen; früher, im Kibbuz, als er noch ein Kind war. Wenn er seinen Opa da fragte, ob er mal ein Schneider werde, ein großartiger wie er, habe der ihn aus schmalen Augen angesehen. Sein Blick sei über Liors Hände gehuscht, und er habe nichts gesagt. Wenn Lior ihn fragte, warum er nicht antworte, habe der Opa gemurmelt, er habe nachzudenken, denn das mache ja keiner für ihn, und im Übrigen habe er ihm schon erklärt, dass es nicht von Opas Blick abhänge, ob Lior ein guter Schneider werde. Auch nicht von der Maschine, sondern von seinen Händen. Davon, und vom Fleiß. Davon, wie genau er die Schnitte setze, wie gut er seinen Stoff plane, wie sauber er nähe, wie gut er Maß nehme. Das sei eine ernste Sache, habe der Opa gesagt, und vielleicht nichts für Lior, der so selten ernst sein wollte. «Deine Hände sind nicht stark genug», hatte der Opa schließlich gesagt. «Mach lieber etwas anderes.»

Wenn Lior aber seine Mutter Miriam, Vorarbeiterin der Kibbuz-Schneiderei, Tochter des Opas, das Gleiche fragte, habe sie über den Opa gelacht. Sie habe Liors Finger genommen und einen nach dem anderen gestreichelt und Lior in die Augen gesehen und gesagt, dass sie sicher sei, wenn er es nur wolle, werde er ganz wundervolle Kleider nähen können.

«Ich habe mir bis zu mein sechzehnten Geburtstag nichts vorstellen können, als Schneider zu werden. Ist das lustig?», fragte Lior.

Wenn er seine Mutter dann angesehen habe, fuhr er fort, und sie nach den Händen gefragt habe, die nicht stark genug seien, habe die Mutter die Hände nur noch fester gehalten und noch einmal gestreichelt und gesagt: «Glaub das nicht. Deine Hände sind stark genug für alles, was du damit machen willst.»

Bekam der Opa das mit, habe er zwar gegen seine Tochter nichts gesagt und geschwiegen, aber in diesen Momenten habe er anders nichts gesagt und geschwiegen als sonst. Häufig seien auch Uri oder ein anderer Freund dabei gewesen, denn im Kibbuz aßen, tranken, rauchten und redeten eigentlich alle immer zusammen. Man machte sowieso immer alles zusammen, man teilte alles.

Und wenn Uri dabei gewesen sei, habe Mutter Miriam auch Uri gefragt: «Findest du nicht, dass Lior sehr starke Hände hat?» Uri, der die stärkeren Hände von ihnen beiden hatte, was Lior genau wusste, vom Raufen, habe sich dann auf die Aussage beschränkt, dass Liors Hände seiner Meinung nach auf jeden Fall nicht schwach seien.

«Ich habe also», sagte Lior, «Hände, die auf jedes Fall nicht schwach sind. Und ich bin, glaube ich, ein Schneider, der auf jedes Fall nicht schlecht ist. Vielleicht bin ich kein echter Schneider, aber sicher auch kein schlechter.»

Während sie nun schwiegen und auf den Kanal blickten, alle drei, dachte Rieke, dass es einen Unterschied gab zwischen dem, was Lior gesagt hatte, und dem, was er damit meinte. Aber Ironie war es nicht.

Nach seiner Geschichte war Liors Kopf ins Gras gesunken. Iza hatte es ihm gleichgetan. Lior lag rechts von Rieke, Iza links. Es wurde dunkel. Auf einer Bank saßen Punker, die eine ganze Reihe von Bierdosen in Form einer Pyramide vor sich stehen hatten. Sie sprachen, oder grölten eher. Einer lachte laut auf.

Die Wiese hatte sich geleert. Lior pulte Steinchen aus dem Boden und warf sie Richtung Wasser. Er schien den Ringen nachzuschauen, die sich an der Stelle bildeten, an der sie ins Wasser eintauchten.

Sie sammelten ihre Sachen ein und gingen den Kanal hinunter. Auf einem Schiff, das mit dem Ufer durch eine Brücke verbunden war, gab es ein Restaurant. Sie gingen aufs Schiff und setzten sich an die Bar. Sie teilten eine Flasche Weißwein. Iza erzählte von den Bildern und der Fotoschule und kam noch einmal auf den Rock zu sprechen, den Lior ihr schneidern sollte. Sie redete und redete, bis Rieke ihr von einem Barhocker zum anderen so fest gegen das Schienbein trat, dass es ihr selbst an den Zehen weh tat. Sie teilten sich eine weitere Flasche Weißwein. Riekes Kopf wurde schwer.

Irgendwann saßen auf dem Schiff kaum noch Gäste. Eine Lichterkette schwang sanft im leichten Wind. Über der Kette, weit oben, als sei das ihr Quell, stand der Mond. Die Wiese am Kanal lag leer und dunkel da. Rieke schob sich das Kleid zurecht. Iza lockerte den Knoten in ihrer Bluse. Lior wischte sich mit der Hand über die Stirn.

Sie verließen das Restaurantschiff und gingen ein Stück. Iza sagte, sie sei durstig. Lior sagte, ihm sei warm. Sie sahen sich um. In einiger Entfernung hörte man die U-Bahn fahren. Der Weg führte zwischen dem Kanal und einem Freibad entlang. Hinter dem Zaun zum Bad sah man den Mondschein im Wasser der Becken schimmern, die still und friedlich dalagen.

Sie blickten sich an, blickten über den Zaun. Sie sahen das Wasser. Es sah so herrlich nass aus. Ehe Rieke etwas sagen konnte, war Lior schon über den Zaun geklettert. Er hob die Hand wie ein Butler. Rieke traute sich zuerst. Sie warf ihren Beutel über den Zaun, Lior fing ihn auf. Sie kletterte hinterher, das Kleid über die Hüfte gerollt. Mit einem Satz landete sie neben Lior. Iza brauchte etwas länger. Sie kippte an der höchsten Stelle vom Zaun. Lior musste sie auffangen wie den Beutel.

Vorsichtig pirschten sie sich zu den Becken vor. Im Schatten einer Umkleide kauerten sie sich hin. Sie sprachen nicht; sie schauten nur auf das Wasser im Becken, das hellblau, klar wie Kristall, still und unglaublich einladend aussah.

«In zehn Minuten ist die Polizei hier», sagte Iza.

«Du kennst dich aus?», fragte Lior.

Sie streckte ihm die Zunge heraus.

Lior stand schon ohne Hemd da. Sein Oberkörper sehnig, schmal, trainiert, aber nicht muskulös, stark behaart. Er drehte sich ins Dunkel und löste den Knopf seiner Hose. Rieke zog sich das Kleid über den Kopf. Als die Luft der Nacht auf die nackte Haut zwischen Brust und Bauchnabel traf, lief ihr ein wohliger Schauer durch den Körper. Bald lagen alle Kleider in einem bunten Haufen auf den Betonplatten: Hose, Hemd, Kleid, Slips.

Bevor er loslief, legte Lior seinen Zeigefinger auf die Lippen. Wie nackte Gespenster huschten sie zum Beckenrand. Ihre Haut reflektierte das Mondlicht. Rieke sah Lior auf den Po, der besonders hell war; ein runder, kleiner, kräftiger Po. Lior ging in die Knie und ließ seinen Körper ins Wasser gleiten. Er tauchte ein, wie ein Fisch, bis zum Grund, bewegte sich tiefer ins Becken, und erst in der Mitte stieß sein Körper sachte durch die Wasseroberfläche.

Rieke nahm die Treppe ins Wasser und hielt sich am Handlauf fest. Sie traf Lior in einem Teil des Beckens, auf den der Schatten der Bäume fiel. Das Wasser funkelte, als sei die Oberfläche mit Kristallen bedeckt.

Stand Lior auf dem Grund? Schwamm er? Seine Haut war anders, neu, aufregend. Er war groß, schwer, er bewegte sich kaum. Er tauchte unter und stob auf. Geplansche und Gespritze. Rieke drückte Liors Kopf unter Wasser, hielt ihn fest, und er zappelte. Er taumelte, Rieke spürte seinen Körper vor sich, seine Arme auf ihren Schultern, seine Brust unter ihrer Hand. Haut, Muskeln, Beine, nass und warm und aufregend. Wie gut sich das anfühlte. Tropfen wie Perlen vor den Augen. Schneller Atem, Haar im Mund, Gänsehaut. Überall das Wasser, das sie zusammenband, mal waren sie darüber, mal darunter. Da war ein Bein, ein Knie, sie drückten sich aneinander. Ein paar Baumwipfel, das Mondlicht durch den wogenden Spiegel gebrochen.

Rieke wurde warm von unten, ihr Atem ging schneller, Liors Atem auch. Sie spürte, dass Lior unter Wasser nach ihr tastete, seine Hände suchten einen Halt. Starke Hände. Sie fuhr über Liors Unterarm, den Bauch und griff ihm in den Schritt. Sein Glied stand gerade und kräftig. «Ich ... komme gleich», rief Lior und lächelte. Dieses Mal gab es keinen Unterschied zwischen dem, was er sagte, und dem, was er meinte.

Lior drückte seinen Unterleib nach vorne. Rieke hob seinen Arm aus dem Wasser. Sie küsste ihn. Lior strich ihr durch die nassen Haare, und er stöhnte auf. Dann war er weg. Mit beiden Armen umklammerte Rieke ihn, sie sanken gen Grund. Sie tauchten einander hinterher, zurück an die Luft, suchten sich, verloren sich, bis sie außer Atem waren. Schwer atmend lehnten sie am Beckenrand.

Wo war Iza? Gegen das Mondlicht war kaum etwas zu sehen. Irgendwo machte es «Klick». Gegenüber, am Beckenrand. «Ratsch». Da stand Iza, nackt. In der Hand die Praktica. Sie machte Bilder. Vom Becken, von ihnen, vom Mond?

«Hey!», rief Rieke. «Das gilt nicht!»

«Du kannst sie alle wegwerfen!», rief sie zurück und ging ein paar Schritte ins Dunkel. Klick. Ratsch. Sie zogen ihre Körper am Rand hoch und stiegen aus dem Wasser. Klick. Ratsch. Lior schüttelte sich wie ein Hund. Klick. Ratsch. Er lief los, im Kreis, in Schlangenlinien über die Wiese.

«Trocknen!», rief er, und Rieke hinterher. Klick. Ratsch. Klick, Ratsch. Klick.

Außer Atem, mit kaum noch Wasser auf den Körpern, und wenn, dann war es Schweiß, lehnten sie an der Wand im Mondschatten der Umkleide. Lior entriss Iza die Kamera mit einem schnellen, gezielten Griff. Jetzt hielt er sie sich vors Auge. Klick. Ratsch. Iza schaute verdutzt, die Arme noch auf halber Höhe wie eine Statue. Sie schaute zu Rieke und umarmte sie. Sie küssten sich. Lior neben ihnen, die Kamera in der Hand, bald müsste der Film voll sein.

Rieke wollte vorschlagen zu gehen, da hörten sie ein Geräusch. Nicht die Kamera. Von der Stelle her, an der sie über den Zaun gekommen waren, drangen Stimmen durch das leere Bad. Sie bekamen Besuch.

Rieke griff ihr Kleid, Iza die Bluse, Lior Hose und Kamera. So schnell sie konnten, liefen sie zum Gebüsch. Ein paar Figuren stiefelten lärmend über die große Wiese, vom Eingang her. Sie lärmten auf Polnisch. Fiel da eine Dose zu Boden?

«Hier lang!», flüsterte Lior. Er tippte Iza auf die Schulter. Im Entengang bewegten sie sich durchs Gebüsch bis zum Zaun. Sie zogen sich an, so gut es ging. Iza nahm die Praktica. Sie kletterten hinüber, sie folgten dem schmalen Weg zwischen Freibad und Kanal, bis eine Brücke auftauchte. Sie liefen geduckt, sodass die Brüstung sie verdeckte. Lior war so schnell, dass Rieke und Iza nicht folgen konnten. Als sie die Brücke hinter sich hatten, blieb Rieke stehen, um Luft zu holen. Sie sah sich um. Lior war weg.

Aus der Entfernung war ein Polizeiauto zu erkennen, mit Blaulicht und Martinshorn, das vor dem Freibad hielt. Zwei Polizisten sprangen heraus und liefen zum Zaun. Rieke und Iza liefen weg und bogen in den nächsten offenen Hinterhof ein. In einer dunklen Ecke warteten sie. Lange sprachen sie kein Wort. Rieke merkte, dass sie etwas verloren hatte.

Ilans Mondfahrt

Lior saß auf einem Hocker, den Kopf in die Hände gestützt, und hörte Radio. Mit einer gedämpften Stimme verlas jemand auf Hebräisch, was der Tag gebracht hatte. Sie spielten Musik, eine leise, tiefe Frauenstimme, begleitet von Gitarrenklängen. Auf dem Tisch vor Lior stand die Husqvarna, ein Stück zur Seite geschoben. Das blaue Seidenkleid, blaues Garn, eine Schere. Erst auf den zweiten Blick sah Rieke, dass quer durch die Brust des Kleides ein Riss ging. Kurz hielt sie sich die Hand vor den Mund.

«Die Scheibe ist immer noch kaputt», sagte Rieke. Sie zeigte auf das Loch im Glas, in dem Pappe hing.

«Wie? Die Scheibe. Ja. Macht die Versicherung. Versicherung macht Uri.»

Rieke hob einen Fetzen Seide vom Arbeitstisch.

«Wann wird das fertig?»

Lior sah woanders hin.

«Brauchst du Hilfe?»

Rieke zeigte auf das blaue Kleid.

Hielt Lior sich ein Ohr zu? Damit er besser die Musik hörte? Seine Lippen waren ein schmaler Strich. Er kratzte sich am Unterarm. Die Haut warf Falten, und an einigen Stellen war sie schon wund gescheuert. Seine Fingernägel sahen spröde und leblos aus, die Kuppen trocken.

«Was ist los?», fragte Rieke.

Lior antwortete nicht.

«Hör mal ...», begann Rieke.

Lior drehte sich mit dem Stuhl in die andere Richtung. «Hör mir zu.»

Lior hörte aber nicht zu. Er hielt den Arm zur Seite, als wolle er sich Heroin spritzen, und fuhr mit den Fingernägeln grob durch die Haut. Das Geräusch war leise, aber furchterregend.

«Lass das!» Rieke griff nach seinem Arm. Lior riss sich los, plötzlich, rabiat. Sie schreckte zurück. Er stand auf, ging quer durch den Laden und griff nach seiner Lumpenlederjacke. Er zog den Reißverschluss zu. Auf halber Höhe klaffte zwischen Zahnreihe und Leder ein Loch, groß wie ein Daumen.

Sie gingen wortlos hinaus. Rieke wartete vor dem Schaufenster, schloss die Tür ab. Sie liefen an einem Park entlang zum S-Bahn-Ring. Es war die Zeit, in der die Blätter bunt wurden und der Spätsommer seine Kraft verlor. Für eine Lederjacke noch zu warm, aber Lior schien sie zu tragen, weil er sie tragen wollte, nicht, weil er musste. Er ging und schwieg. Erst als sie in der Bahn saßen und erst als die Bahn auch anfuhr und vor den Fenstern irgendwelche Fabrikbauten aus Backstein vorbeizischten, aus denen Rauch in einer geraden Säule in den Himmel aufstieg, fand Lior seine Sprache wieder.

Er erzählte, dass in Israel ein Flugzeug abgestürzt sei, ein Kampfjet der Armee. Irgendwo in den Bergen im Norden, «auf dem Golan». Zumindest das hatte Rieke schon einmal gehört. So etwas passiere nicht oft, sagte Lior, das wisse er, obwohl er nicht bei der «Air Force» gewesen sei, sondern auf einem Schiff.

«Darum das Bild in deinem Zimmer? Das vom Schiff?»

Lior schaute überrascht, aber er nickte.

Ein Soldat sei gestorben, der Pilot, ein sehr junger Pilot,

der gerade seine Ausbildung abgeschlossen hatte. Es sei sein erster Flug allein gewesen.

«Kann es sein, dass er abgeschossen wurde?», fragte Rieke.

«Nein, nein.» Lior schüttelte angestrengt den Kopf. «Und darum es geht auch nicht.» Wer Soldat sei, rechne damit, dass es jederzeit enden kann. Das sei nicht der Punkt.

«Kanntest du ihn?»

«Jeder in Israel kannte ihn. Oder: Jeder kannte sein Vater.»

Lior schaute aus dem Fenster. Den Blick ließ er aber nicht durch das weite, dunkle Blau streifen, das sich an diesem Abend über Berlin ausbreitete, sondern Lior sah steil nach oben. Er suchte den Mond. Er begann davon zu sprechen, dass die Menschen seit ein paar Jahrzehnten ins Weltall flögen und dass es bisher in der Geschichte Israels genau einen Menschen gegeben habe, der auf einer Raummission dabei gewesen sei.

«Er hieß Ilan, Ilan Ramon. Er hat sich so benannt, eigentlich war sein Name Wolfermann, sein Vater kam aus Deutschland. Seine Mutter aus Polen. Sie waren in der Schoah.»

Ilan Ramon habe, fuhr Lior fort, Anfang der achtziger Jahre, «da waren wir noch gar nicht auf der Welt», mit einem Kampfjet einen Angriff auf einen Versuchsreaktor im Irak geflogen, in dem der Diktator Saddam Hussein die Atombombe bauen wollte. Ilan Ramon hatte Erfolg. Der Reaktor lag in Trümmern. Mehr als zehn Jahre später, als die USA den Irak angriffen, schoss Hussein zwar doch noch Raketen auf Israel, aber es waren nicht so viele, und keine mit Atomsprengköpfen.

«Warum erzählst du mir diese Kriegsgeschichten?», fragte Rieke.

«Es ist wichtig», sagte Lior. «Moment.»

Als jener Ilan Ramon vor ein paar Jahren, fünf oder sechs, mit einer US-Rakete ins Weltall geflogen sei, habe in Israel für einen Moment die Zeit stillgestanden. Die Leute hätten nicht mehr nach Gaza, nach Hebron oder in den Libanon geschaut, sondern nach oben. Das Fernsehen übertrug quasi die gesamte Mission, auch im Radio und in den Zeitungen gab es kein anderes Thema. Lange sei Ramon nicht da oben gewesen, zwei Wochen vielleicht. Deutschland habe sicher mehr Astronauten gehabt ...

«... und Kosmonauten», warf Iza ein, weil sie sich daran erinnerte, dass ihre Mutter dieses Wort benutzte, und zwar für alle Raumfahrer.

«Wie viele?», fragte Lior. «Funf, zehn, zwanzig?»

Rieke wusste es nicht.

«Es waren uberhaupt nicht viele Menschen im Weltall. Lass es paar hundert sein», sagte Lior. «Ilan Ramon war der erste Israeli», wiederholte er.

Eine Zeitung aus Jerusalem habe damals geschrieben, dass das israelische Volk es zwar nicht hinbekomme, junge, aufgebrachte Palästinenserjungen davon abzuhalten, aus chemischem Dünger Bomben zu basteln und sich im Bus nach Tel Aviv in die Luft zu jagen – aber es schieße den ersten Hebräer in den Orbit der Erde, seit Elijahu, der Prophet, vor dreitausend Jahren mit einem Knall gen Himmel aufstieg. Selbst ein Sprecher der Palästinenser habe Ilan Ramon damals eine sichere Rückkehr zur Erde gewünscht, sagte Lior, aber nicht, ohne ... Lior musste kurz lachen, sein Pendeln begann wieder, was bedeutete, dass er sich wohl fühlte. Der Palästinenser wünschte Ramon also eine sichere Rückkehr, aber nicht, ohne einen Scherz darüber zu machen, dass man aufpassen solle, dass Ilan auf dem Mond nicht eine jüdische Siedlung gebaut habe.

«Das ist eine gute Geschichte», sagte Rieke. Sie wartete einen Moment. «Und was ist nun passiert? Heute? Was haben sie im Radio gesagt?»

«Warte ab», sagte Lior. Die S-Bahn hatte ein Drittel vom Ring abgefahren. Am Westkreuz nickte Lior Rieke zu, stand auf, stieg aus – und in die nächste Bahn ein. Rieke folgte ihm. Zwei Stationen fuhren sie, dann ging es wieder raus. «Wir gehen da hoch», sagte Lior und zeigte in so eine Richtung.

Nach der ersten Ecke fuhr er fort: Ilan Ramon sei kein religiöser Mensch gewesen, schon gar nicht orthodox, nicht einmal besonders traditionell. Aber als er mit der Raumfähre ins All flog, bat er um koscheres Essen, sprach Gebete und hielt die Sabbatruhe ein.

«Das ist ein Problem», sagte Lior. Im Orbit der Erde gehe die Sonne nämlich alle anderthalb Stunden auf und wieder unter, sodass ziemlich schwer zu sagen sei, wann der Schabat eigentlich beginne und wann er ende. In Jerusalem saßen damals die Rabbis zusammen und tüftelten an einer Lösung – «was sie am Ende befohlen haben, weiß ich nicht mehr», sagte Lior.

«Empfohlen», sagte Rieke. Und biss sich auf die Zunge.

«Was?»

«Die Rabbis haben es empfohlen, nicht befohlen.»

Sie gingen durch lauschige Straßen und schattige Alleen mit großen, teuren Häusern. Über ihnen legten mächtige Eichen und Fichten ihre Äste in die Luft. Durch die Zweige drangen die letzten Sonnenstrahlen. Das Licht tanzte auf Liors Gesicht, auf seiner Lederjacke, als würde es durch ein Stroboskop geschickt. Im Garten eines Hauses sprangen zwei Jungen auf einem Trampolin, eine schwarze Limousine rollte die Allee hinunter. Eine Mutter rief ihre Familie zum

Essen herein. Lior bog links ab, in eine Sackgasse, die am Ende auf einen Wald stieß. Dort begann ein kleiner Pfad. Sie liefen eine ganze Weile bergan durch hohes Gras, bis sie an einen Zaun stießen.

«Hier mussen wir hoch», sagte Lior.

Er war schnell auf der anderen Seite. Rieke zog sich mit aller Kraft herauf und saß schon auf dem Zaun, ein Bein links, eins rechts, den letzten Schwung tat sie zu schnell, sodass ihre Strumpfhose auf der Innenseite des Oberschenkels riss. Sie kippte, Lior fing sie. Er setzte sie sicher ab.

Sie schlängelten sich durch die Stämme der Bäume, bunkerartige Hügel ließen sie links neben sich, rechts alte Schuppen, einen niedergerissenen Stacheldraht. Lior strebte den Berg hinauf. Bald tauchte zwischen den Blättern die Silhouette großer, weißer Kugeln auf. Gigantische Golfbälle hätten es sein können oder die unausgebrüteten Eier eines monströsen Vogels. Eine Kugel saß auf der Spitze eines Turmes, die anderen beiden ruhten daneben auf einem Dach. Unter den Kugeln erhob sich ein grauer Bau, der über und über mit Graffiti bedeckt war, was aus der Entfernung den Eindruck machte, als habe das Gebäude Masern. Eine verfallene Abhöranlage der USA, an so viel erinnerte Rieke sich. Oder eine Raumstation?

Als sie dort ankamen, liefen sie einige Treppen hinauf, bis sie am Fuße der Kugeln standen. Die Monstereier waren von innen hohl, sie bestanden aus dreieckigen Waben, die so aneinandergeklebt waren, dass sie einen Ball ergaben. Lior und Rieke stellten sich an die Kante und schauten umher. Unter ihnen, wie ein grüner Teppich, lagen die Wipfel des Grunewalds. Dahinter begann die Stadt. Man sah die Hochhäuser am Potsdamer Platz. Die Kirchtürme stachen wie Streichhölzer in die Höhe, sie ordneten sich aber den zwei höchsten Spitzen unter: dem Funkturm im Westen und dem Fernsehturm im Osten.

«Da ist der Mond», sagte Lior. Gerade wie einen Pfeil hielt er den Arm in den Himmel.

Bevor Ilan Ramon ins All gestartet sei, sagte er, habe Ilans Mutter, die Auschwitz überlebt hatte, in der Gedenkstätte Yad Vashem um eine Kleinigkeit gebeten. Etwas, das sie ihrem Sohn, dem ersten Israeli im All, mitgeben könne.

Auch dort musste man eine Weile nachdenken. Im Raumanzug befand sich schließlich die Zeichnung eines tschechischen Jungen, der wie die Mutter in Auschwitz gewesen war, es aber nicht überlebt hatte. Vor seinem Tod hatte der Junge viele Geschichten geschrieben und Bilder gemalt. Eine seiner letzten Zeichnungen zeigte die Erde, vom Mond aus gesehen. Als habe er gewusst, wie es da aussieht. Als sei er Jahrzehnte vor Ilan Ramon schon einmal dort gewesen. Im Vordergrund des Bildes waren steile, spitze Berge zu sehen, wie die Türme eines Schattenreichs, und weiter hinten, in gehöriger Entfernung, die Erde in Schemen, in Bewegung, wie sie durch ein schwarzes und nur immer schwärzeres All dahintreibt.

Lior beschrieb mit seinem geraden Arm eine Kurve, als würde der Mond herunterkommen und auf den Osten Berlins zusteuern. Liors Kopf machte die gleiche Bewegung. Ein Bogen. Rieke sah, dass eine Träne über seine Wange rollte. Sie stellte sich nah neben ihn, so, dass sie sich beinahe berührten. Aber da war noch Luft; sie wagte nicht, ihn anzufassen. Da war Luft, da war ein Abstand. Und doch war da keiner.

«Nach zwei Wochen», sagte Lior, die Stimme ein wenig unsicher, den Arm auf halber Höhe, den Blick am Himmel und nicht auf Berlin, «machte sich das Schiff von Ramon auf den Weg zuruck. Als sie in Richtung USA unterwegs war, hat der Vater von Ilan Ramon in einem Studio von israelisches Fernsehen gesessen. Sie haben jede Minute gefolgt. Irgendwann kam ein Schreck. Es war kein Kontakt mehr da von den Reportern zum Schiff. Sie bekamen ihn auch nicht wieder. Etwas, das man sich nicht vorstellen kann, war passiert: Ilan und die Kollegen und die Zeichnung vom Mond sind vergluht, über der Wüste von Texas.»

Lior ließ den Arm, der eben noch einen Bogen gezeichnet hatte, heruntersinken, als habe er mit seiner Hand Erde in ein Grab geworfen. Er zog die Nase hoch. Sein Kinn sackte ihm in die Kehle.

Der Vater, sagte Lior mit leiser, durchsichtiger Stimme; der Vater Wolfermann, der aus Deutschland vor den Nazis nach Palästina geflüchtet sei, habe damals seinen Sohn, den ersten Israeli im All, mit Moses verglichen: Moses habe sein Volk ins Gelobte Land geführt, aber es selbst nicht betreten. Ilan Ramon dagegen habe sein Gelobtes Land betreten, aber nicht zu seinem Volk zurückkehren können.

«Heute», Liors Stimme hob an, «ist der Sohn von Ilan Ramon, Assaf Ramon, mit seinem Kampfjet abgestürzt. Der Sohn, der weiß, wie der Vater ist gestorben, der ihm damals ein Gedicht mit ins Spaceschiff gab, der auch Astronaut werden wollte. Heute ist dieser Sohn mit seinem Kampfjet abgestürzt und gestorben. Das ist ...»

Er verstehe es nicht: Wieso setzte sich der Sohn von Ilan Ramon, des ersten Israeli im All, der seinen Vater verloren hatte, als er ein Junge war, in seinem ganzen Leben überhaupt in ein Flugzeug? In ein teuflisch schnelles, teuflisch gefährliches Flugzeug? In eine Maschine, fast wie die Maschine, die seinem Vater das Leben hat gekostet? Seine Großmutter hat Auschwitz überlebt, sein Großvater ist den Nazis entkommen, sein Vater hat im Irak einen Atombunker zerstört und in mehreren Kriegen gekämpft. Bis er über Amerika verglüht ist. Der Sohn setzt sich, sobald er kann, sobald er darf, hinter den Steuerknüppel eines Kampfjets und stürzt beim ersten Flug ab, den er alleine unternimmt. Wahrscheinlich wäre jeder Pilot an diesem Tag mit der Maschine über den Golanhohen abgestürzt. Aber es hat Assaf Ramon getroffen. Sein Vater konnte nur der erste Israeli im All sein, weil seine Mutter und sein Vater den deutschen Mördern entkommen waren. Der Schoah sind sie entkommen, die nicht weit von hier geplant wurde, in Berlin. Lior sah Rieke an. «Ich habe mich heute, als ich diese Nachricht gehört habe, etwas gefragt. Ich habe mich gefragt, Rieke, warum eigentlich ich bin hier in Berlin. Ob das alles ein Fehler ist.»

Stahlträger

Am Freitag saßen Rieke und Iza in einem Gang in der Fotoschule, neben ihnen die anderen Bewerber. Draußen schien die Sonne, aber warm war es nicht. Iza hatte sich keinen Rock schneidern lassen, weder von Lior noch von jemand anderem. Sie trug an diesem Tag ausnahmslos Kleider aus Riekes Schrank: Strumpfhose, Bluse, Rock.

Ein Stuhl nach dem anderen leerte sich. Die Bewerber erhoben sich, ein jeder, wenn er seinen Namen hörte, immer zwei hintereinander, auf dass sie sich einschätzen ließen. Sie nahmen ihre Mappe oder ihren Ordner, die meisten atmeten einmal kurz durch, sie gingen hinüber zum Prüfungszimmer, die Tür öffnete sich, man sah drei Menschen hinter einem langen Tisch sitzen.

Riekes Mappe war ein einfacher Ordner aus grauem Karton. Sie steckte in einer kleinen Umhängetasche neben ihrem Stuhl. Izas Mappe sah ähnlich aus, aber Iza hatte sie auf ihren Oberschenkeln liegen. Sie unterhielten sich nicht viel. Rieke war zu nervös, um einen klaren Gedanken zu fassen, und sie mied Izas Blick. Auch Iza blieb still. Man schwieg in diesem Flur und wurde nacheinander ins Zimmer hinter der Tür gerufen, zu den drei Menschen, die da am Tisch saßen. Nach etwa zehn Minuten kamen die Bewerber wieder heraus aus dem Zimmer. Sie sahen zu Boden, einige ins Leere, ein junger Mann hatte Tränen in den Augen. Später fluchte jemand laut: Fuck. Fuck. Scheiße.

Nur zwei oder drei von denen, die herauskamen, schauten fröhlich, beschwingt, normal eigentlich. Nun konnten sie wieder raus und sich in ein Café setzen. Immerhin hatten sie es hinter sich und hockten nicht weiter im Gang, wie Rieke und wie Iza.

Weil ihr langweilig war, machte Rieke in Gedanken Bilder von allem, was sie hier sah: Stühle, Boden, Decke, das große, klare Fenster, an dem schwarze Aufkleber angebracht waren; Schattenrisse von Vögeln, von Raben vielleicht oder Tauben, damit die kleineren Vögel nicht gegen das Glas donnerten.

Rieke sah sich auch die Türen an, die auf den Gang führten, das Bild an der Wand, eine Fotografie aus New York: dreißiger Jahre, Bauarbeiter, die auf einem Stahlträger zweihundert Meter über Manhattan schweben. Sattsam bekannt, aber irgendwas an diesem Bild war falsch oder anders. Vielleicht war es im Original ein Bauarbeiter weniger gewesen, oder sie sahen in die falsche Richtung, oder es war nicht Manhattan, sondern Chicago, oder was auch immer. Als kaum noch jemand neben ihnen saß, ging Rieke noch einmal auf die Toilette. Über die Schulter nickte sie Iza kurz zu.

Auf dem Klo atmete Rieke durch. Ob Iza aufgefallen war, dass sie die Tasche mit aufs Klo genommen hatte? Sie schloss sich in einer Kabine ein und nahm den Umschlag mit ihren Bewerbungsbildern aus der Tasche. Sie nahm die zehn ersten Fotos aus der Mappe heraus und legte zehn andere an ihre Stelle. Zehn blaue Bilder. Zehn blaue Bilder, auf denen man Lior sah und einmal auch Iza. Sie hatte darauf achten müssen, dass sie selbst nicht zu sehen war. Auch jetzt, da sie die Bilder nur so kurz ansah, lief Rieke ein Schauer über den Rücken. Sie hatte genau bemerkt, dass Iza der gleiche Schauer über den Rücken gelaufen war, als sie die Fotos tags zuvor in der Küche auf dem Tisch ausgebreitet hatten – und schnell wieder beiseitegelegt. Rieke zählte die blauen Bilder noch einmal durch. Zehnmal Freibad, aber Rieke war nirgendwo zu erkennen. Fertig. Spülen. Am Waschbecken kontrollierte Rieke ihr Spiegelbild. Sie lächelte offen, freundlich, ironisch. Ironisch klappte nicht.

Als sie in den Gang zurücktrat, ruhte er grau und still im Schein von nichts und niemandem. Iza war weg. Rieke setzte sich und sah gegen die Wand, gegen das Bild mit dem Stahlträger. Irgendwann kam Iza aus dem Zimmer der Kommission. Rieke stand auf und ging ihr entgegen. Iza umarmte Rieke wortlos, kraulte ihr den Nacken. Rieke fragte: «Und?» Iza zuckte mit den Achseln. «Alles Gute», hauchte sie und gab Rieke einen Klaps auf den Po. «Ich rufe dich an.»

Rieke ging zur Tür. Sie wollte klopfen, aber das ging nicht. Als habe jemand dahinter gewartet, öffnete sich die Tür sofort, und ein Mann mit rotblondem Haar stand vor ihr. Er trug einen Rollkragenpullover und schwarze frisch geputzte Schuhe. Zwei Frauen saßen hinter den Tischen, die eine zeigte der anderen gerade ein Foto.

«Da, siehst du?»

«Beeindruckend, ja.»

Rieke schaute dem Mann mit dem Rollkragenpullover, der knapp vor ihr stand, ins Gesicht. Er war etwa so groß wie sie, hatte hellblaue Augen und einen Schmiss auf der linken Wange. Seine Nase und sein Mund erinnerten Rieke an den Schnabel eines Pelikans. «Ich heiße Lück, Rieke Lück, und ich frage mich, wann ich wohl dran bin.»

Der Mann wich ihrem Blick aus und auch der Frage, drehte sich um und sagte zu den Frauen hinter dem Tisch: «Sie heißt Lück und fragt, wann sie dran ist.»

Gelächter.

Die Frauen legten die Bilder, die sie sich besehen hatten, zurück auf den Tisch. Eine von ihnen nahm eine Liste zur Hand und ging sie durch. «Lück. Hatten wir schon gerufen. War nicht da. Wir dachten, Sie seien nicht gekommen. Das passiert manchmal. Der Gang war leer.»

Rieke räusperte sich. «Ich ...»

«Aber setzen Sie sich doch, dann reden wir miteinander», sagte die andere Frau. Der Mann trat Rieke aus dem Weg und machte eine Geste, die bedeutete: Herein.

Rieke trat ein, zögernder, als sie wollte.

Durch das Fenster hinter den drei Prüfern sah Rieke einen S-Bahnhof und Baumwipfel. Darüber den Kondensstreifen eines Flugzeugs. Eine Taube im Flug.

«Wo ist denn Ihre Mappe?», fragte der Mann, der aussah wie ein Pelikan.

Assaf

«Du bist nicht wie Assaf», sagte Rieke, «und auch nicht wie Ilan.»

Lior trug einen Schal um den Hals und die Lumpenlederjacke. Es sah aus, als wolle er gleich vor die Tür gehen, aber er trug sie, weil es in der Wohnung mittlerweile sehr kalt war. Seine Hände hatte er links und rechts in den Hosentaschen vergraben. Seine Schuhe waren entweder sehr dreckig oder hatten nie eine richtige Farbe besessen. Er war kaum rasiert, unter dem Schal quoll ein dichter, dunkler Bart hervor, und seine Haare sprossen in alle Richtungen. Ein wenig sah er aus wie ein Landstreicher. Er saß bewegungslos auf dem Küchenstuhl.

«Willst du das nicht stopfen?», fragte Rieke und zog an der Jacke.

Lior sagte: «Ich bin genau wie Assaf. Was weißt du schon darüber.»

«Erzähl es mir», sagte Rieke.

Liors Nase lief.

Rieke kramte ein Taschentuch hervor und hielt es ihm hin. Er schnäuzte sich. Dann stand er auf und sah sich um. Er setzte den Wasserkocher auf. Als es sprudelte, nahm Lior einen gebrauchten Teebeutel aus einem alten Becher. Er wollte ihn gerade aufgießen, da hielt Rieke ihn am Arm zurück.

«Nimm einen neuen, bitte.»

«Keiner da.»

«Ich gehe zum Spätkauf.»

Als Rieke mit einer Packung Hibiskustee zurück war, saß Lior wieder bewegungslos auf seinem Küchenstuhl. Die Hände in den Jackentaschen. Rieke brühte zwei frische Beutel auf und stellte ihm eine Tasse hin.

Lior rührte mit einem Löffel im Tee. Er trank, obwohl das Wasser noch heiß sein musste.

«Ich kann dir helfen», sagte Rieke. «Ich kann nähen und stopfen, schneiden kann ich auch. Zuerst müssen wir hier aufräumen ...»

«Äh?»

«Ich meine ... vielleicht brauchst du einen Partner, jemand, der dich unterstützt, bei der Arbeit, meine ich.»

Lior trank seinen Tee in einem Zug aus. Er unterdrückte einen Rülpser.

«Wie geht es eigentlich deine Freundin? Hat sie noch ein Kleid gefunden?»

Die Frage traf Rieke. Sie bemühte sich, nicht komisch zu klingen, als sie sagte: «Es geht ihr gut. Wieso fragst du?»

«Nur so», sagte Lior.

«Ich meine es ernst», sagte Rieke. «Ich kann hier nähen.»

Lior lächelte ein wenig dümmlich.

«Ich habe probiert, Rieke. Mit Uri. Ich kann das nur allein. Ich muss es machen alleine. Es war meine Idee. Ich dachte, wenn ich komme, in die Stadt, aus der meine Familie geflohen ist, dann es ist eine gute Idee. Weil es etwas bedeuten wurde.»

«Was denn?»

«Es wurde bedeuten, dass Menschen sich ändern konnen. Verstehst du? Es ist ja nicht, wie wenn wir mit der Schule nach Auschwitz fahren. Oder nach die Army nach Indien reisen.»

«Wie ist es denn?»

«Ich hatte das Gefuhl, ich konnte mir ein Teil meiner Geschichte zurückholen. Verstehst du? Man kann etwas stehlen, zum Beispiel Geld, und man kann es zuruckgeben. Es gab diese Gerichtsfälle, diese großen Organisationen, die Deutschland, die deutschen Stadte, Burger, Firmen verklagt haben. Sie mussten zahlen, und sie mussen weiterzahlen, und das ist richtig. Aber es gibt auch etwas, das ist mit Geld nicht zu ersetzen.»

«Dann ist es falsch, so etwas zu fordern?»

«Nein, es ist richtig. Aber es gibt Dinge, die kannst du nicht in ein Formular eintragen. Du kannst sie nicht ... einklagen. Das ist deine Geschichte, die Geschichte deiner Mutter zum Beispiel, deiner Oma, von deine Freunde. Fehlt dort etwas, musst du es suchen. Du kannst es von niemand fordern.»

«Aber warum sollte ich das tun? Es ist die Geschichte von Menschen, die vor mir gelebt haben.»

«Weil diese Geschichten deine Geschichten sind. Alle Geschichten, die dazu geführt haben, dass du bist auf der Welt, sind deine Geschichten. Sie sind in dir drin, bevor du auf die Welt kommst. Das ist mysterious, finde ich. Mehr mysterious als die Frage, was mit dir passiert, wenn du bist tot, ist doch, warum und wo du bist auf der Welt.»

Rieke schaute in ihre Tasse. Sie nahm den Beutel heraus, legte ihn in die Spüle, nahm einen neuen und goss ihn mit dem lauwarmen Wasser auf.

«Das klingt so nach Schicksal», sagte sie. «Schau mal: Ich kenne meinen Vater nicht wirklich. Er lebt angeblich auf Bornholm, dieser Insel in der Nordsee, und er hat mir mal eine Kamera geschenkt. Das ist alles. Mehr brauche ich nicht zu wissen. Da ist keine Geschichte.»

«Schicksal gibt es nicht, das glaube ich nicht. Es gibt auch nicht Bestimmung. Aber jeder hat seine Geschichte, und damit meine ich, was ist passiert vor deiner Geburt. Meine ... Familie zum Beispiel gefiel die Idee mit Berlin nicht. Sie wollten es verbieten, aber naturlich konnten sie mir nichts verbieten.»

«Wer? Deine Familie? Oder dein Opa?», fragte Rieke. «Opa Ach?»

Liors Augen weiteten sich.

«Woher kennst du diese Namen?»

«Ich war bei Uri.»

«Wieso?»

«Wegen der Versicherung.»

Stille. Mehr Stille.

«Es gibt keine», sagte Lior.

«Ich weiß.»

«Ich habe dich angelogen.»

Lior senkte den Blick.

«Zweimal, ja», sagte Rieke.

«Wann noch?»

«Du hast behauptet, dein Opa hätte nicht gewollt, dass du nach Berlin gehst. Aber es war deine Mutter.»

Lior dachte einen Moment nach. Er kraulte sich mit der Hand am Kinn. Gleich massiert er sich wieder die Stirn, dachte Rieke.

«Hat Uri erzählt?», fragte Lior.

«Hat er.»

«Was noch?»

«Nichts. Nicht viel. Eigentlich nichts.»

Eine kurze Pause entstand. Lior schien Kraft zu sammeln.

Tatsächlich massierte er sich wieder die Stirn, als könne er so die Gedanken, die sich dahinter verbargen, in eine sinnvolle Reihenfolge bringen.

«Uri hat recht. Opa hat nicht viel gesagt, als er noch lebte.»

«Ist deine Mutter früher einmal selbst nach Berlin gefahren? Mit ihm? Oder mit der Oma?»

«O nein. Meine Oma ist viel zu fruh gestorben. Ich hab sie nicht kennengelernt. Meine Mutter war auch zu klein, um sich an Oma zu erinnern. Jedenfalls sie hat nie von Oma gesprochen. Opa wollte auch nicht nach Berlin. Er hat lange gar nichts erzählt. Erst spät, als er alt war.»

Lior richtete seinen Oberkörper auf und sah Rieke an. Die Hände lagen nun flach auf dem Tisch. Hatte er die Gedanken geordnet?

«Als Uri und ich unsere Plan gesagt haben, war Berlin wieder ein Thema», sagte er. Es möge ja komisch klingen, aber in so einem Kibbuz gehe die Zeit anders als in Tel Aviv oder in Haifa, oder in Berlin. «Sie bleibt stehen.» Die Welt umher verliere ihre Wichtigkeit. Der Kibbuz habe sein eigenes Tempo. Die Dinge in der Welt passierten weiter, aber man bekomme sie nicht mit. Mama Miriam habe immer den Opa vorgeschoben, wenn sie ihm erklärte, warum er auf keinen Fall nach Berlin gehen könne. Er habe angeblich so sehr etwas dagegen gehabt, dass er nicht einmal darüber reden wolle. Er sei furchtbar traurig darüber, habe die Mutter gesagt, dass Lior und Uri überhaupt diese Idee hatten.

«Aber so war es nicht», sagte Lior.

«Wirklich nicht? Ich meine, möglich wäre es.»

Lior dachte noch einmal einen Moment lang nach. Hand am Kinn. Kratzen. Massieren. Dann wieder Hände auf den Tisch.

«Wenn es so war, dann es war nicht das Einzige, was er gedacht hat.» Da sei mindestens ein zweites Gefühl gewesen. «Es ist schwer, das zu beschreiben, weißt du?» Er achte seine Geschichte nicht, habe Mutter Miriam gesagt, wenn der Opa nicht da war. Er habe keinen Respekt. «Aber ich habe gefuhlt, dass es eine Ausrede war.» Es sei etwas Vorgeschobenes gewesen. In Berlin würden Uri und er scheitern, habe die Mutter gesagt, die Deutschen würden sie nicht verstehen. Er würde die Seele der Oma nicht ruhen lassen, und die Seelen all der anderen Toten. «Ich glaube nicht, dass es so ist», sagte Lior.

Rieke nickte.

Mama Miriam sei aber dabei geblieben. Er glaube bis heute nicht, sagte Lior, dass das ihre wahre Überzeugung gewesen sei. Wenn sie nach Berlin gingen, werde ein Fluch sie begleiten, habe Miriam gemeint; das hätten auch ihre Freunde im Kibbuz gesagt. Ein Fluch! So etwas hatte Lior von seiner Mutter vorher nie gehört. Sie war nicht religiös, so wie die meisten anderen auch nicht. Im Kibbuz gab es zwar eine kleine Synagoge, aber die war selten voll. Und plötzlich sprach die Mutter von mystischen Dingen. Flüche! Seelen! Totenruhe!

Sie hätten das Thema dann erst mal ruhenlassen, weil Uri und er zur Armee mussten. Danach seien sie auf Reisen gewesen. Als sie zurückkamen, legten sie die Handwerksprüfungen ab. Der Opa habe ihm und Uri gerne beim Arbeiten zugesehen und seine Kommentare abgegeben, Tricks gezeigt. Aber er habe nie etwas zu ihren Plänen gesagt. Irgendwann hat der Opa dafür begonnen, indirekt von Berlin zu erzählen, ganz allgemein, nie konkret auf Uri und Lior bezogen. Es sei um früher gegangen, wie er gearbeitet hat, was sie verkauft hätten. Er selbst habe die Geschichten als Zustimmung empfunden, erzählte Lior.

«Meine Mutter meinte, Opa hat versucht, uns Berlin zu verbieten. Bevor wir unsere Prufung hatten, ist er gestorben.»

«Gab es Streit bei eurer Abreise?»

«Nein. Es lag einige Zeit zwischen seinem Tod und dass wir nach Deutschland geflogen sind. Es war nicht so, dass wir gewartet haben, dass er stirbt.»

«Das wollte ich auch nicht ...»

«Egal.»

Sie wären ohnehin irgendwann gefahren, sagte Lior, aber in einem leisen Ton, der fast wie eine Frage klang. Er habe erst in Deutschland angefangen, die Behauptung der Mutter zu übernehmen: dass er gewartet habe, bis der Opa nicht mehr lebt.

«Warum?»

«Es lag an Uri. Bei ihm es war so: Seine Mutter und die Oma wollten auch nicht, dass er geht. Aber es war ein anderes Problem als bei mir. Sie hätten ihn zu sehr vermisst.»

Da sei Uri auf die Idee gekommen, sagte Lior, den Eltern den Umzug nach Berlin so darzustellen, als sei er unausweichlich. Uri erfand eine Geschichte, die halb stimmte und halb nicht: Er und Lior wollten ihren eigenen Laden, selber Kleider machen, hätten sie gesagt, aber leider, leider gehe das in Israel nicht, weil Tel Aviv zu teuer sei und in Jerusalem oder Haifa keiner ihre Kleider kaufen würde. London und Paris kämen ohnehin nicht in Frage. In Berlin dagegen wären die Leute ganz wild auf israelische Mode ... Außerdem hätten sie deutsche Pässe, weil die Großeltern die Schoah überlebt hatten. Das mache vieles einfacher. Die Entscheidung sei natürlich rein wirtschaftlich, hatte Uri immer behauptet. Miete, Stoffe, Maschinen – das alles sei in Berlin am günstigsten.

Lior musste über sich selbst ein wenig lachen, als er diese Geschichte erzählte. Als spreche er da über zwei Bengel, die einen Streich ausgeheckt hatten. «Aber so funktionierte es. Wir hatten unsere Geschichte, die auch die Mütter im Kibbuz gut erzählen konnten: ‹Uri und Lior sind in Berlin, weil sie mussen, um Geld zu verdienen. Nicht gerne, unsere Jungen, aber sie verdienen gut. Sicher kommen sie bald zuruck.›»

«Das war wirklich nur eine Geschichte?», fragte Rieke.

Lior presste die Lippen zusammen.

In den ersten Monaten hätten sie sich noch bemüht, sie aufrechtzuerhalten. Am Telefon oder wenn sie eine Karte schickten, hätten sie immer darauf hingewiesen, wie schlecht das Wetter in Berlin sei, wie dumm und geschmacklos die Deutschen und wie hässlich die Stadt.

«Das haben eure Eltern geglaubt?»

«Vielleicht – sie wollten es glauben.»

Es sei womöglich wie eine stille Verabredung gewesen, sagte Lior. Es wäre ihm falsch vorgekommen, zu erzählen, wie schön es anderswo sei, weit weg vom Kibbuz. Dabei ging es nur in zweiter Linie um Berlin oder um Deutschland. Er hätte es als Kritik an Mutter Miriam und der Familie empfunden, wenn es ihm anderswo zu gut gefallen hätte, sagte Lior. Dann hätte sie gedacht, dass er sie nicht mehr mochte.

«Das ist verrückt», platzte es aus Rieke heraus.

«Am Anfang dachte ich auch, ja. Uri meinte da, wir musssten weitermachen mit Theater. Damit sie uns in Ruhe lassen.»

Er habe sich lauter neue Sachen ausgedacht, sagte Lior, die in Berlin angeblich schlimm seien.

«Was denn? Das Essen?», fragte Rieke.

Lior schnaufte leicht verächtlich.

«Nein, es war ja nicht ernst.»

«Hä?»

Es sei um die Arbeit gegangen: ums deutsche Garn, das die ganze Zeit reiße und so spröde sei, dass es in jedem Stoff hängenbleibe. Um die Nähmaschinen, die ständig kaputtgingen. Die seien klobig und schwer zu bedienen. Um die Stoffe, die keine Qualität hätten und einfach hässlich seien. Uri bat seine Mutter sogar, in Tel Aviv Stoffbahnen zu kaufen und sie nach Berlin zu schicken. Das hätte ein Vermögen gekostet. Allein der Transport! Dafür hätten sie zwei Wochen arbeiten müssen.

«Hier stand der Stoff danach im Lager und wurde Staub.»

«Worüber habt ihr euch sonst so beschwert? Die deutschen Frauen?», fragte Rieke.

«Ohne Zauber», sagte Lior. «Können nicht kochen. Wollen keine Kinder.»

«Die Männer?»

«Dumm. Ohne Humor. Nazis.»

Es sei aber gut, dass die Frauen keine Kinder wollten, dann stürben die Deutschen wenigstens aus. Berlin, dein Name sei getilgt, habe er auf eine Karte geschrieben.

«Das Nachtleben?»

«Keine Freude, nur Rausch. Bier, Wurst, Techno, Schweiß, Maschmusik, Rammstein.»

«Marschmusik.»

«Genau. Rammstein.»

«Die Natur?»

«Zerstört, kaputt – oder stockdunkel.» Das Land sei ja voller ehemaliger Konzentrationslager und SS-Burgen, sagte Lior. So etwas wie Eifer lag nun in seiner Stimme. Schauerliche Dörfer gebe es in diesem Land, vollgestopft mit blonden Schlägertypen und schürzentragenden, dickhüftigen Wesen, die nur dadurch an Frauen erinnerten, dass sie keinen Vollbart trügen.

Rieke freute sich über Liors Leidenschaft. Außerdem bekam er beim Lästern gute Laune.

«Das hast du deiner Mutter erzählt?», fragte sie.

Jetzt lachte er. Sein Gesicht hellte sich zum ersten Mal an diesem Tag auf.

«Etwa. Es durfte nichts Gutes sein.»

Manchmal habe er am Telefon einfach von Dingen erzählt, die er erlebt hatte, ohne sie zu bewerten. Die Mutter habe dazu gesagt: «Das ist ja schlimm.» Und er so: «Ja, ja.»

«Das Essen?», fragte Rieke.

Jetzt lachte Lior lauter.

«Na ja, Essen hier ist wirklich schlimm. Alles schmeckt langweilig, ohne Gewurz. Essen in Farbe Beige. Monsterkartoffeln, verkochte Gemuse und Fleisch, das schmeckt nur nach Fleisch.»

«Ach so», sagte Rieke.

Lior hielt sich den Bauch. Entweder vor Lachen oder weil er Hunger bekam. Er wisse nicht, begann er wieder, ob Miriam seine Klagelieder je geglaubt habe. Wahrscheinlich seien sie eher ihr gemeinsamer Weg gewesen, damit zurechtzukommen, dass Lior eine Zeitlang weg war. Solange die Jungen zumindest darüber klagten, wie schrecklich es in Berlin sei, konnten alle die Illusion aufrechterhalten, dass sie sehr bald nach Israel und in den Kibbuz zurückkehrten.

«Wann hast du aufgehört, solche Sachen nach Hause zu schreiben?», fragte Rieke.

«Das ...», sagte Lior; aber er sprach nicht weiter.

Nur noch einmal: «Das ...»

«Ja?»

Sein Lachen war verflogen. Er massierte sich mit den Fingern die Stirn. Er schnäuzte sich. Er ging sich durch die Haare.

«Ist alles in Ordnung?», fragte Rieke.

Lior kratzte sich. Nach einer Weile schien er wieder in der Lage zu sein zu sprechen. Er legte die Hände auf den Tisch.

«Das war», sagte er, «als ich dabei war, mir die Klagen zu glauben. Als die Karten, die ich nach Hause geschrieben hab, so waren wie mein Leben. Es war da ernst gemeint, was auf den Karten stand.»

Verstanden habe er das erst, als er die Karten schon abgeschickt habe. Nicht, weil Berlin sich so stark verändert habe, sei das so. Es sei sein Leben, das sich den Flüchen angleiche, die er darüber ausgestoßen habe. Als würden sie wahr. Uri sei damals auf Distanz gegangen. Er habe seinen eigenen Laden aufgemacht. Am Anfang hätten sie es nicht als Trennung, sondern als Expansion bezeichnet. Aber jetzt glaube er, dass Uri vor allem nicht mehr mit ihm zusammenarbeiten wollte. Er sei immer seltener hierher zum alten Laden gekommen. Und den in Mitte, den habe Lior sehr selten betreten. Das sei nicht seine Welt. «Ich habe ihn gebremst», sagte Lior. Es sei, als hätte sich Berlin an ihm gerächt, dafür, dass er vorher so viele Lügen über die Stadt verbreitet hatte. Als sei wahr, was Miriam über Berlin gesagt hatte; dass ein Fluch Lior nach Deutschland begleite.

«Eigentlich», begann Lior noch einen Satz, habe er den gleichen Fehler wie der Opa gemacht. Er habe geglaubt, Berlin könne eine Heimat sein. Er habe geglaubt, dass Menschen sich ändern könnten. Jetzt stürze er ab. Wie Assaf Ramon. Wie Ilan. Opa Achmann.

«Als ich es im Radio gehört habe, hat es mich getroffen. Wie ein Blitz.»

«Warum klappt es bei Uri? Warum ist er kein Assaf?», fragte Rieke.

Darauf hatte Lior keine Antwort. Oder er wollte keine haben. Er stand auf, nahm die leeren Becher vom Tisch und goss den Tee noch einmal auf.

«Hab ich keine Ahnung», sagte Lior mit halber Stimme.

«Weil es nicht wahr ist», sagte Rieke. «Weil es auch bei Assaf Ilan nicht wahr ist.»

Lior stellte Rieke den Becher hin.

«Komm her», sagte sie.

Lior war träge in seinen Bewegungen, und seine Hand blieb einen Moment zu lang auf Riekes Tischseite, ob es nun Absicht war oder keine. Rieke griff nach dem Becher und dabei nach Liors Unterarm. Wie kleine Nadeln pikten seine Härchen in ihre Haut. Schön war das. Er ballte seine Hand in Zeitlupe zur Faust. Rieke spürte, wie sich sein Handgelenk wölbte und das, was drinnen war, straff wurde. Schön war auch das. Sie umfasste seinen Arm fester, als wolle sie einen Impuls durch seinen Körper schicken, durch die Venen und Arterien, die Nervenbahnen hinauf. Eine Nachricht, die von der Hand über den Arm über die Schulter irgendwann im Kopf von Lior ankommen möge. Lior befreite sich mit einem geschickten Griff, und mit einem Mal hielt er Riekes Handgelenk, das schmal war, in seiner Hand, und nicht umgekehrt. Sie stand auf, weil er sie zog. So blieben sie, der Tee dampfte, und das Schweigen kam zurück. Aber dieses Mal war es anders, ein anderes Schweigen. Ein gemeinsames Schweigen. Liors Nase schien aus dem Berg von Haaren, der seinen Kopf umgab, langsam herauszutreten wie eine Antenne.

«Du brauchst doch jemanden», flüsterte Rieke, «der dir hilft. Zum Beispiel mit dieser Jacke.»

Sie zog mit ihrer freien Hand den Reißverschluss an Liors Lederjacke herunter, an der Stelle vorbei, an der ein großes Loch gähnte. Rieke musterte Liors Augen, und sie hätte schwören können, dass beim letzten Mal das linke Auge heller gewesen sei als das rechte – aber nun war es umgekehrt. Unter der Jacke trug Lior etwas, das nach Schlafanzug aussah, und weil Rieke den festen Vorsatz gefasst hatte, ihn zu küssen, zog sie ihn am Unterarm um die Ecke ins Badezimmer. Dort half sie ihm aus den Kleidern.

«Du riechst ein wenig», sagte sie noch.

«Du hast zu viel an», sagte er und zerrte an Riekes Oberteil. Sie stellte das Wasser an. In der Dusche fand sie ein neues Shampoo, zu ihrer Überraschung mit Lavendelduft. Als der ganze Lior sich vor ihr in der Dusche aufbaute, sprühte sie ihn erst einmal mit der Brause ab und rieb ihn dann mit Lavendelshampoo ein. Unter den Achseln, am Bauch. In seinen Brusthaaren schäumte das Zeug. Sie schob sich die Hose über die Hüften, zog die Wäsche aus. Einmal noch sah sie Lior an, wie er da stand, mit Schaum und Haaren, in der Hand die Brause. Ihr wurde warm.

Osten oder Westen?

Eine Weile lag Rieke still unter Liors Decke. Sie wartete, dass ihr Atem sich beruhigen möge. Gemeinsam sahen sie aus dem Fenster, vor dem man nichts sah. Rieke schob ihren Mund zu Liors Ohr und flüsterte ihm hinein: «Erzähl von Ach.»

Er flüsterte zurück: «Warum?»

«Weil ich deine Geschichte hören will.»

Lior zog den Arm, der um Riekes Hüfte gelegen hatte, zu sich zurück. Mit beiden Händen bedeckte er seine Brust, sodass er Ähnlichkeit bekam mit einem Pharao im Sarkophag. Pharao Lior räusperte sich. Pharao sprach.

«Eigentlich hieß Opa ‹Nir›.» Lior sah Rieke nicht an, sondern gerade hoch zur Zimmerdecke. «Das ist der Name, den er sich in Israel gegeben hat. Eigentlich hieß er ... irgendwas mit ‹M› oder ‹N›, Micha, Niklas, Nils. So etwas. Die Leute haben sich neue Namen gegeben, wann sie nach Israel gekommen sind.»

«Deine Oma?»

«Sie hieß Selma.»

«Auf Hebräisch?»

«Ich weiß nicht. Ich weiß gar nicht, ob sie ein anderen Namen genommen hat.»

Rieke wollte noch etwas fragen, aber Lior erzählte einfach weiter. Manchmal hob er einen Ellenbogen an und hielt die Hand vor sich hin, so als hebe er seine Geschichte nach oben.

«Nir» sei ein theoretischer Name seines Opas geblieben, weil niemand ihn Nir nannte. Nicht einmal seine Tochter. So wie es Israel damals noch nicht gegeben habe, als er dorthin kam, habe es auch keinen «Nir» gegeben. Im Unterschied zum Namen des Opas habe die Sache mit dem Staat jedoch geklappt. Nach einem fürchterlichen Kampf zwar, weil alle Nachbarn den Juden den Krieg erklärt hätten; aber es habe geklappt. Der neue Staat war da, und er hieß Israel. «Nir» nannte den Opa jedoch keiner. Auch nicht nach dem Krieg und der Staatsgründung. Auch nicht, als David Ben-Gurion, der den jüdischen Staat führte, über Tel Aviv, Jerusalem und Haifa die Flagge mit dem Davidstern gehisst hatte und der Staat offiziell ausgerufen war. Selbst dieser David Ben-Gurion habe vorher übrigens einen ganz anderen Namen gehabt, sagte Lior.

«Wie hieß er?»

«Wer?»

«Ben-Gurion.»

«David, er hieß David.»

«Den alten Namen meine ich.»

«Grun. David Grun.»

Daraus sei «David Ben-Gurion» geworden, sagte Lior, und aus den jüdischen Kibbuzim, den Siedlungen und Städten der Staat Israel. Nur aus dem Opa wurde nicht Nir. Lior hob auch die zweite Hand, massierte sich die Knöchelchen, führte die Fingerspitzen aneinander, als habe er einen Faden durch ein Öhr zu führen. Jetzt wurde die Geschichte kompliziert: Auch nachdem der Krieg ausgestanden war, sagte Lior, habe kaum jemand den Opa «Nir» genannt. Man nannte ihn «Noach» wie den alten Noach in der Bibel. Im Kibbuz habe sich «Noach» bald zu «Ach» abgeschliffen, also zu «Bruder» oder «Freund».

«In Hebrew», sagte Lior.

Rieke lachte. «I anderhständ», sagte sie, und Lior freute sich auch.

«Irgendwann, nach dem nächsten oder nach dem übernächsten Krieg, kam zum ‹Ach› noch ein ‹Mann›: ‹Opa Achmann.»

«Mann? Wie, auf Deutsch?», fragte Rieke.

«Ja.»

«Warum?»

«Wie sage ich es ... Opa war ja ... ein ... Deutscher?»

Lior hob den Kopf und sah Rieke an. Sein Blick schien zu sagen: «Klingt komisch, oder?» Und das tat es auch.

«Er war ja Schneider, wie ich», sagte Lior.

«Wie du.»

«Wie ich.»

Achmann, erzählte Lior weiter, habe selbst im Hochsommer Anzug und Weste getragen und sich über verschlungene Kanäle sogar Weißwein vom Rhein in den Kibbuz bringen lassen, von dem er die Etiketten ablöste, bevor er ihn trank. Damit es keiner mitbekam. Er habe sich jeden Tag mit Pinsel und Schaum rasiert. Lior und Uri und die anderen Jungs hätten ihn dabei manchmal durchs Fenster beobachtet, am Morgen.

«Im Kibbuz kein Problem. Jeder weiß, was der andere zu Mittag gegessen hat.»

Wenn der Opa Bier trinken wollte, habe er sich geweigert, die Flasche anzusetzen, wie es alle anderen taten. Er habe sich immer ein Glas genommen, und war keins in der Nähe, blieb er beim Wasser. Mit Dosen habe man ihm nicht kommen brauchen. Er habe stets zur gleichen Zeit gegessen, am Morgen, zu Mittag und am Abend. Selbst wenn es Alarm gab, weil sie aus dem Gaza-Streifen mit Raketen schossen.

Wenn die Kibbuzniks nach der Arbeit gierig das Essen mit beiden Händen in sich hineinstopften – «so wie ich», sagte Lior und ahmte es mit seinen Händen nach –, habe Opa Achmann die Nase gerümpft und alles auf seinem Teller mit dem Messer fein säuberlich zerteilt, bevor er es aufgabelte.

Er habe Miriam, also seiner Tochter, jahrelang in den Ohren gelegen, dass sie einen bestimmten Kuchen backen solle, aus Hefeteig, Mandeln und Honig, mit einer Schicht Sahne dazwischen – viel zu schwer in der Wüste, sehr süß. Miriam weigerte sich. Aber eines Tages, vielleicht war es an Opas achtzigstem Geburtstag, hat sie ihn doch damit überrascht. Opa hat sich gefreut wie ein kleiner Junge. Fast ein halbes Blech hat er allein verputzt, mit einer Kuchengabel, natürlich. Dazu gab es Kaffee aus Porzellantässchen. Einen lustigen Namen habe der Opa für den Kuchen gehabt, der mit Sicherheit falsch gewesen sei, sagte Lior. Er habe ihn «Stich der Biene» genannt ...

«Bienenstich», sagte Rieke.

«Ja, genau.»

«Den gibt es hier beim Bäcker.»

«Ach?»

«Ach.»

«So eine Mensch war Opa», sagte Lior, «merkwurdig, aber ... ich mochte ihn sehr.»

«Das ist nicht merkwürdig», sagte Rieke.

«Das vielleicht nicht», sagte Lior. «Aber Opa Ach, der war merkwurdig.»

Liors Hände senkten sich auf die Brust. Er schluckte. Der Pharao ruhte. «Bienenstich», sagte er noch einmal.

«Ist alles in Ordnung?» Rieke legte eine Hand auf Liors Bauch. Er griff nach der Hand.

«Erzähl mehr», sagte sie.

Ein paar Minuten bewegte Lior sich nicht. Dann nickte er stumm.

«Was denn? Was soll ich sagen?»

«Was hat er über Berlin erzählt?»

«Berlin?»

«Berlin.»

«Weißt du ...»

«Ja?»

«Ich glaube ... ich glaube, sie haben gerne in Berlin gelebt.»

«Gerne?»

Der Opa sei knapp erwachsen gewesen, als sie geflohen seien, sagte Lior. Das dürfe man nicht vergessen. Er habe auch im Kibbuz noch deutsche Zeitungen gelesen und Bücher. Sein Häuschen sei voll damit gewesen. Eines nach dem anderen habe der Opa an ihn weitergegeben. Miriam sollte es nicht mitbekommen, also versteckte er die Bücher, Karl May und so etwas. Aber wenn er mit dem Opa alleine war, sprachen sie sogar manchmal Deutsch.

«Dabei er hat Wein getrunken, Kuchen gegessen und *Spiegel* gelesen.»

Lior machte eine kleine Pause.

«Nicht alles zur gleiche Zeit, naturlich.»

«Natürlich.»

«Aber ich glaube, man muss sagen, dass Opa Berlin vermisst hat, wann er alt war.»

Er habe nicht mehr so viel im Kibbuz zu tun gehabt, sagte Lior. Die jungen Leute begannen, dauernd über Berlin zu sprechen. Über Freunde, die dort hingingen, über das große, leere, aufregende, unbestimmte, offene Berlin. Da habe der Opa genau hingehört. Es klinge komisch, wenn er das so sage, komisch für ihn und für Rieke wahrscheinlich auch, aber die Wahrheit sei, dass der Opa Berlin wirklich vermisst hat. «Weil wir wissen, was hier ist passiert, konnen wir uns das nicht vorstellen. Wir haben Berlin nur so kennengelernt, wie es ist. Aber nicht, wie es war.» Wir wüssten ja, sagte Lior, dass sie die Juden auf Züge gebracht, weggefahren, rausgetrieben, geschunden, geschlagen, erschossen und vergast haben. Das habe der Opa auch gewusst. Aber so habe er Berlin nicht kennengelernt. Er habe auch ein anderes Berlin gekannt, in dem das noch nicht passiert war. Dieser Gedanke sei schwierig zu verstehen, aber er habe den Opa bestimmt.

Woran sich die Großeltern und alle Leute, die den Nazis entkommen waren, auch erinnert haben, war eine Welt, in der es Hitler noch nicht gab. Ihre Kindheit. Ihr Leben in einem anderen Berlin, einem, das es nicht mehr gab. Mehr noch: das nicht mehr vorstellbar war. An das sich selbst die Menschen, die es erlebt haben, kaum noch erinnerten, weil dahinter im Band der Erinnerung ein tiefschwarzes Loch war, wo alles weggebrannt war.

«Dieses Erinnerung kennen wir nicht», sagte Lior. «Sie fehlt uns. Aber sie ist ein Teil der Geschichte.»

Rieke nickte.

«In Israel wollte das lange keiner horen: Juden, die Deutschland vermissen. Was fur eine Idee! Was fur eine schreckliche Vorstellung.» Deutschland, vor allem Berlin, sagte Lior, sei für Israelis lange nicht viel mehr als das gewesen: eine schreckliche Vorstellung. So habe es seine Mutter erzählt. Auch der Opa habe scheinbar jede Verbindung aufgegeben. Lange habe er öffentlich nur Hebräisch gesprochen. Englisch vielleicht, auch Arabisch. Aber kein Deutsch. Er habe für Israel im ersten Krieg gekämpft, im nächsten Krieg und im übernächsten. Er habe den Kibbuz aufgebaut, die Felder bestellt, die Maschinen repariert, Steine vom Hof gewälzt, Skorpione zertreten, Spinnen verbrannt, abends auf der

Terrasse gesessen und Zigaretten geraucht. Aber von Berlin erzählt habe er kaum etwas. Er habe auch lange Zeit nicht als Schneider gearbeitet. All die Jahre habe in seinem Häuschen eine deutsche Nähmaschine gestanden, sagte Lior, wie ein stummes Zitat aus seiner Vergangenheit. Er wisse gar nicht mehr, wann der Opa wieder angefangen habe, daran zu arbeiten. Aber irgendwann, an einem Morgen, an dem er an Opas Tür klopfte, hatte er sie surren hören. Der Opa hatte die Tür geöffnet und seine Schuhe angezogen, und Lior fragte, ob es die Nähmaschine sei, die da surre, und der Opa nickte. Sie seien zum Feld gegangen, sagte Lior, nebeneinander, zumindest ein kleines Stück, wie öfters am Morgen, denn die Kibbuzschule habe in der Nähe gelegen. Am Nachmittag habe der Opa ihm gezeigt, wie die Maschine funktioniere. Später, als er größer war, hätten sie dann regelmäßig zusammengesessen, und der Opa habe regelmäßig an der Maschine gearbeitet. Meistens, wenn Lior Hilfe bei etwas brauchte.

«Und Berlin? Wollte er nie nach Berlin zurück? Hast du das nicht gesagt? Hat er keinen Kontakt aufgenommen?», fragte Rieke.

«Nein. Er hat es vermisst, aber er wollte nicht nach Deutschland.»

Das habe der Opa bis zum Ende nicht gewollt, fügte Lior hinzu. Irgendwann habe es begonnen, dass die jungen Leute nach Berlin gingen und es überall in der Zeitung stand. In Tel Aviv habe es ein Café gegeben, das «Salon Berlin» hieß oder etwas in der Art. In einer Kneipe hätten sie Straßenschilder aus Berlin an die Wand gehängt, die irgendwer abgeschraubt haben musste. Sie schickten Reporter nach Berlin, die das Leben der jungen Hebräer in der Hauptstadt der Nazis zeigen sollten. Das sei schon komisch gewesen. «Wie Hobbits in Mordor, weißt du?»

Man habe hinter vorgehaltener Hand von der «Alijah Berlin» gesprochen. Die Leute seien nach Berlin gegangen und hätten gesagt, das sei eine Alijah.

«Eine was?»

«Alijah. Ein Aufstieg. Das bedeutete: einwandern nach Israel.»

Die Zeiten und Wellen, in denen Juden seit Jahrhunderten zurück nach Israel gekommen seien, sagte Lior, oder genauer ins Heilige Land, nenne man so. Sie seien mit Zahlen versehen worden: «Alijah», «Zweite Alijah», «Dritte Alijah» und so weiter. Wer nach Israel gegangen sei, der habe sich auf die Alijah begeben, der steige auf. Umgekehrt hätten jene, die Israel verließen, einen Abstieg hinter sich gebracht. So sei die Sprachregelung gewesen.

Unter seinen Freunden, Liors Stimme begann zu hüpfen, sei es nun ein gängiger Scherz geworden, bei Berlin, was bekanntermaßen nicht in Israel liegt, auch von einer «Alijah» zu sprechen. Zum einen, weil so viele schon hierhergekommen seien. Zum anderen, weil es sich für einige tatsächlich wie ein Aufstieg anfühle.

«Was hat dein Opa dazu gesagt?», fragte Rieke.

«Zu Alijah Berlin? Ich weiß nicht.»

Den Sog habe der Opa wahrgenommen, sagte Lior, aber er habe ihn nicht kommentiert.

Mutter Miriam verstand auch gut Deutsch, und sie regte sich sehr darüber auf. Lior hörte sie nie darüber diskutieren, aber er war sicher, dass sie sich nicht einig gewesen seien. Opa begann, als Berlin ein Thema wurde, mehr zu erzählen. Er sei irgendwann häufiger zu Hause geblieben, weil seine Füße nicht mehr jeden Skorpion aushielten, weil sein Rücken sich wie ein durstiger Blumenstängel zu neigen begann.

Lior machte eine Pause. Er holte Luft. Rieke hob den

Kopf an und legte ihn auf Liors Schulter. Sie roch seine Haut und das, was aus seiner Achsel heraufzog.

«Seine alte Nähmaschine, war die aus Berlin?», fragte Rieke.

«Nein», sagte Lior. «Er hatte nichts mehr aus der Zeit.»

Sie hatten sich damals verstecken müssen, sagte er, in Kellern, auf Dachböden. Wo es ging. Dann die lange Flucht. Sie seien mit dem Schiff geflohen – da sei kein Platz für Andenken gewesen. Keine Bilder, keine Briefe. Opas Erinnerungen hätten sechzig Jahre unter Eis gelegen. Er habe nicht einmal mehr etwas von der Oma gehabt, außer so ein kleines, rotes Büchlein, in das die Oma in klitzekleiner Schrift etwas hineingeschrieben hatte. Aber das Buch habe er auch erst gefunden, sagte Lior, als sie nach Opas Tod das Häuschen aufgeräumt hatten.

«Was hat deine Oma hineingeschrieben?»

«Na ja, wir konnten nicht entziffern.»

«Es muss wichtig sein. Sonst hätte er es nicht aufbewahrt.»

«Es war wichtig!»

Mehr sagte er dazu nicht. Es lag nicht nur an der Kürze seiner Antwort, dass Rieke das Gefühl hatte, er verschweige da etwas. Und dass es darauf ankam, was er gerade nicht gesagt hatte, zu diesem Büchlein, das dachte Rieke auch.

«Erzähl weiter», sagte sie.

Lior wollte nicht mehr so recht. Es dauerte eine Weile und zwei Küsse, bis er wieder zu reden begann.

«Ich glaube, Opa wollte sein Erinnerung abschließen», begann Lior.

Er habe lange Zeit möglichst wenige Erinnerungen herauslassen wollen. Für Jahrzehnte habe der Opa genug Kraft gehabt, um sie wegzudrücken. Erst als er schwächer wurde, seien sie aus ihm herausgetröpfelt, weil seine Muskeln erschlafften. Er habe sich leider wenig davon gemerkt, sagte Lior, weil er zu spät verstanden habe – also verstehen im Sinne von beherzigen –, dass der Opa irgendwann sterben würde, wie alle Menschen sterben. Er begann, einiges aufzuschreiben, aber da war es schon zu spät gewesen, und mehr als Stichworte hatte es nicht mehr ergeben.

Der Opa sei immer schwächer geworden, wollte aber nicht ins Krankenhaus. Es sei traurig gewesen, weil man förmlich beobachten konnte, wie es mit ihm zu Ende ging. Eines Mittags habe Miriam den Opa in seinem Häuschen gefunden. Er sei da auf einem Stuhl eingeschlafen. Auf dem, der neben der alten Nähmaschine stand. Für ihn habe es zumindest so ausgesehen, sagte Lior.

Die Mutter meinte zwar, es sei ein anderer Stuhl gewesen und der Opa hätte nicht neben der Maschine gesessen. Auf dem Boden stand aber auf jeden Fall eine Flasche Wein und ein Glas. Der Opa hatte gespürt, dass es nicht mehr lange gehen würde, und sich einen Wein genommen und ein Glas, damit er das mit in den Tod nähme und nicht einen Arzt, der versuchte, ihn wiederzubeleben.

«Ich habe die Flasche», sagte Lior. «Nach der Beerdigung habe ich die mit Uri getrunken.»

Auf der Flasche fehlte das Etikett. Der Opa hatte es entfernt. Wahrscheinlich war der Wein vom Rhein gewesen.

Rieke hob den Kopf. Sie sah Lior an.

«Warum wollte er nicht, dass du Schneider wirst?», fragte Rieke.

«Du verstehst das nicht.»

«Erklär es mir.»

Lior drehte sich weg. Das dichte, ungezügelte Haar lag direkt in ihrem Blick. Er sprach die Wand an.

«Uri und ich haben die Schneiderei gemacht», sagte Lior.

Es sei gut gelaufen, sie hätten Aufträge gehabt, Geld kam in den Kibbuz. Vor allem Sportkleidung hatten sie genäht. Sie waren sehr stolz darauf und durften sogar nach einiger Zeit eine eigene Nähmaschine bestellen, auf Kosten des Kibbuz. Eine dicke, schwere Nähmaschine aus Schweden. Der Opa inspizierte sie genau an dem Tag, als sie mit dem Laster aus Tel Aviv kam. Wie ein Jockey, der seinem Pferd die Läufe striegelt.

Ja, und dann sei es so gewesen, dass Uri schneller gelernt habe, mit dem Ding umzugehen, und besser darin war als er, sagte Lior. Obwohl er Opas Enkel war. Obwohl sie beide vom Opa gelernt hatten. Das habe den Opa, sagte Lior, enttäuscht.

Die Kunst von Opa ist zum Teil auf Miriam gegangen – aber bei mir kam nicht mehr viel.»

«Das glaube ich nicht.»

«Opa hatte ein eigenes Geschäft hier», sagte Lior. «In Mitte.»

«Ach», entfuhr es Rieke, «im Osten oder im Westen?»

Lior drehte den Kopf zu Rieke. Er schaute verwirrt. Er wurde still, als müsse er darüber nachdenken. «Das gab es damals doch nicht. Osten und Westen», sagte Lior, drehte sich um und hustete. Beim Einschlafen wiegte er den Kopf hin und her.

Der treue Hebräer

Am Morgen war Lior verschwunden. Rieke suchte die Wohnung und den Laden ab, aber er war weg. Mit ihm die Lumpenlederjacke. Außerdem hatte Rieke den Eindruck, dass ein paar andere Dinge fehlten, aber sie hätte nicht genau sagen können, welche. Sie kochte sich einen Tee in der Küche, noch einmal Hibiskus. Sie trank ihn nur halb und ging unter die Dusche. Der Lavendelduft erinnerte sie an den vergangenen Abend. Wo war Lior? Warum nicht hier? Nicht einmal einen Zettel hatte er hinterlassen oder eine Nachricht auf dem Telefon. Rieke duschte lange und heiß. Sie wusste noch nicht recht, wie das alles zu verstehen war: der Abend, die Nacht, dieser Morgen. Sie zog sich an und machte sich fertig, um zu gehen.

Im Laden hielt sie kurz inne, ihr Blick wanderte über den Arbeitstisch. Die Husqvarna-Nähmaschine war ein Stück zur Seite geschoben. Auf der freien Fläche lag ein Schreibblock, das oberste Blatt war abgerissen. Rieke hielt den Block gegen das Licht. Spuren waren zu sehen, Vertiefungen dessen, was Lior auf das abgerissene Blatt geschrieben hatte. Sie sah sich nach einem Bleistift um. Sie schraffierte das oberste Blatt einmal komplett. Was sie sah, ergab keinen Sinn, zumindest ergab es keine Buchstaben. Da war etwas, ja. Sie drehte das Blatt, aber sie erkannte nichts. War es eine Zeichnung? Dafür sah es zu einfach aus, nur nach Strichen. Rieke blätterte durch den Block, drehte ihn. Auf der Rückseite, oder war es die Vorderseite, hatte Lior begonnen, Notizen zu machen, allerdings in ihr fremden Buchstaben. Das waren hebräische Buchstaben, natürlich. Hatte er das mit Absicht gemacht? Oder schrieb man halt Hebräisch, als Hebräer? Rieke riss den Zettel ab und versuchte, die Zeichen, die sie zum Vorschein gebracht hatte, einmal abzuschreiben. Es war kein langes Wort. Sie steckte die Zettel in ihre Jackentasche. Vor der Tür rief sie Lior an. Sein Telefon war ausgeschaltet. Im Schaufenster saßen keine Motten mehr.

Ein Tag verging, ein zweiter. Rieke räumte in der Wohnung auf und dachte einige Male darüber nach, Iza anzurufen, aber probierte es doch immer nur bei Lior. Sie sprach ihm auf die Mailbox, sendete Nachrichten. Nichts kam zurück. Sie saß zu Hause am Küchentisch und zeichnete mit dem Fuß auf dem Boden kleine Kreise. Konnte es tatsächlich sein, dass er einfach so gehen würde? Konnte es sein, dass ihr das etwas ausmachte? Nach einer Nacht und nach, na ja, dieser Sache im Schwimmbad ... Sie kramte durch die blauen Bilder, die auf dem Tisch lagen. Da war auch Lior zu sehen. Sie musterte ihn. Er war wie ein Stern, der aus der Bahn geraten war, dachte Rieke, irgendwie schon wie die Raumfähre von Ilan Ramon, instabil, im Fall. Trotzdem machte ihr die Vorstellung, dass Lior weg sein könnte, tatsächlich etwas aus. Nicht nur das: Sie spürte, dass sie es rückgängig machen wollte. Dass sie es rückgängig machen wollte, dass er nicht da war. Sie zählte in Gedanken die Tage, die seit der Fotoschule vergangen waren. Drei? Oder schon vier?

Am Nachmittag klingelte es an der Tür, und Rieke öffnete in der Hoffnung, es sei Lior. Doch schon an den Geräuschen auf der Treppe erkannte sie Iza.

Sie schwiegen sich lange an, bis Iza zu sprechen begann. «Ich habe die Fotos benutzt: die Fotos aus der Nacht, also ... Du weißt, die hier auf dem Tisch lagen.»

Riekes Mund stand eine Weile offen.

«Du hast ...» Schließlich begann Rieke zu lachen. Iza schaute wie ein Eichhörnchen, dem der Wintervorrat geklaut wird. Darüber musste Rieke noch mehr lachen.

«Ich», setzte Rieke an. «Ich auch.»

«Was?», fragte Iza.

«Die Bilder», sagte Rieke.

Iza verstand es langsam.

«Jetzt bekommen wir beide keinen Platz», stammelte sie.

«Sicher nicht», sagte Rieke.

Manchmal, sagte Iza nun, wünsche sie sich, es könne wieder so sein wie in den Monaten nach dem Abitur. «Weißt du, als wir noch kein Ziel hatten, außer, ich sage mal, das Wochenende.»

«*Du* wolltest auf diese Schule», sagte Rieke.

«Ich weiß. Aber ich wollte ja vor allem nicht ohne dich auf diese Schule.»

«Was meinst du damit?», fragte Rieke.

«Nichts», sagte Iza. «Wir gehören halt zusammen, oder?»

Rieke nickte. Da war etwas komisch.

«Nichts trennt uns», sagte Iza. Ihr Ton war hart geworden, kein Lachen schwang mehr mit. Rieke wurde auch ernst. Sie sagte, das klinge, als seien sie verheiratet.

«Wir sind Schwestern», sagte Iza bestimmt. «Lass uns heute etwas machen: Wir gehen in den Klub. Oder wir kochen etwas. Oder aufs Dach, komm.»

«Auf dem Dach ist es zu kalt. Es ist Ende September. Außerdem habe ich heute keine Zeit.»

«Was hast du denn vor?»

Rieke fiel auf die Schnelle keine Antwort ein.

«Der Hebräer?», fragte Iza.

Rieke merkte, dass ihr ein Lächeln über die Lippen huschte.

«Warum der?», fragte Iza.

«Er ist ... besonders. Er ist komisch, aber das mag ich. Er ist so altmodisch. Und er riecht gut.»

«Der ist nichts für dich.»

«Warum nicht?»

«Der verarscht dich. Vögelt zwei Frauen gleichzeitig. Und hat mit der dritten was am Telefon.»

Rieke biss die Zähne aufeinander. Sie drückte ihre Füße auf die Sohlen.

«Wieso sagst du so etwas?»

«Weil es stimmt. Ich will dich schützen. Ich will dir helfen.»

«Gerade tust du es nicht.»

«Ich sage die Wahrheit.»

«Woher hast du diese Wahrheit?»

Iza streckte die Arme aus und stellte die Finger hoch.

Rieke schlich eine kalte Hand ans Herz: «Du ... du hast doch nicht ... Iza, sag mir, dass das nicht stimmt.»

«Ich weiß nicht, was du meinst.»

«Du hast mit ihm geschlafen?»

«So würde ich es nicht nennen.»

Riekes Arme zitterten, die Brust, die Beine. «Ich will es gar nicht wissen», sagte sie.

Ihre Augen wurden wässrig. Eine Träne löste sich.

«Ich wollte es nicht erzählen, aber du hast mich quasi gezwungen. Aber hey! Er ist mir egal. Ich will von ihm nichts. Gar nichts. Er auch nicht von mir. Am besten, wir vergessen ihn schnell. Der soll uns nicht in die Quere kommen, Schwesterchen.»

Iza stand auf und wollte Rieke einen Arm auf die Schultern legen. Rieke drehte sich weg.

«Nenn mich nicht so.»

Sie schlug Izas Arm weg.

«Was ist los mit dir? Komm zur Vernunft! So ein Schwanzträger bringt uns nicht auseinander.»

«Er ist kein Schwanzträger. Und du bist nicht meine Schwester.»

Eine Stunde und eine Dusche später stand Rieke vor dem Spiegel im Bad. Sie trocknete sich das Gesicht ab, betrachtete ihre Augen. Die Rötung war kaum noch zu erkennen. Trotzdem malte sie sich einen sanften Lidschatten, zur Sicherheit. Sie zog sich an, einen engen Rock, schwarze Strumpfhose, Hemd mit tiefem Ausschnitt, drüber eine Strickjacke. Sie steckte ein paar Dinge in ihre Jacke und ging vor die Tür. Mit der U-Bahn fuhr sie zum Alex, dort wechselte sie in die Tram. Am Rosenthaler Platz stieg sie aus und lief die Straße hoch, bis sie vor dem richtigen Laden stand: «Uri Blitz».

Uri hatte gerade Kundschaft. Er nickte Rieke kurz zu. Wollte er, dass sie ging? Wollte er, dass sie blieb? Es war einerlei, denn sie hatte nicht vor, sich abwimmeln zu lassen. Rieke setzte sich diskret in das Ledersofa mit den breiten Seitenlehnen. Sie genoss das Geräusch, das es von sich gab, als sie sich darauf niederließ. Rieke musterte den Mann, dem Uri gerade einen Tuxedo anlegte.

Dann kam Uri zu ihr.

«Was willst du?»

Er sprach sehr leise und sehr schnell.

«Du weißt nicht zufällig, wo Lior ist?»

«Wieso soll ich das wissen? Was willst du von ihm? Ich meine, wenn ich aussehe wie du ...»

Rieke blinzelte affektiert mit den Augen.

«Graf Blitz, versuch's bei einer anderen.»

Uri fuhr sich mit der Hand über das Kinn.

«Graf Blitz? Gar kein schlechter Name», sagte er.

«Pass auf: Ich erreiche Lior nicht, im Laden scheint er nicht zu sein. Ich dachte, dass du es vielleicht weißt.»

«Ich kann dir nicht sagen, wo er ist», sagte Uri.

«Aber du weißt es?»

«Du ... ich weiß dein Namen gar nicht mehr.»

«Rieke.»

«Ach, richtig. Also, Rieke, ich habe ein Anruf von meinem Glaser bekommen. Er hatte Besuch von der Polizei, weil sie ein Blatt mit seiner Adresse und meinem Briefkopf gefunden haben. Bei drei polnischen Penner, die sie auf die Wache mitgenommen haben. Diese Polen meinten, dass ...»

«Sorry. Ich habe den Umschlag mit dem Geld auf einer Parkbank liegenlassen.»

«Auf einer Parkbank? Nicht in einem Schwimmbad?», fragte Uri.

«Hat die Polizei das gesagt?»

«Ich meine ...», stammelte Uri.

«Du hast also mit Lior gesprochen?»

«Es tut mir leid, aber ich habe Kundschaft. Die zahlt mein Lohn. Im Gegensatz zu euch mit eurem Versteckspiel.»

Rieke wollte etwas sagen, aber schluckte es herunter.

«Komm doch heute Abend wieder, dann habe ich mehr Zeit», sagte Uri. «Mein Nummer steht vorne an der Scheibe. Ruf an!»

«Das hättest du wohl gerne.»

«Schon.»

Rieke hielt den Zettel aus Liors Laden hoch, mit ihren Schreibversuchen: «Was steht hier?»

Uri blinzelte und legte die Stirn in Falten. «Was soll das sein? Ein Geheimschrift?»

«Hebräisch.»

Uri plusterte die Backen auf.

«F, Fa ... nein, Wa, Wans, Wannsee. Das heißt ‹Wannsee›.»

«Wannsee?»

«Ja. Konnte sein. Aber die Buchstaben sehen schlecht aus. Hast du geschrieben?»

«Abgeschrieben.»

«Ich sag mal: üben. Ich gebe gerne Privatstunden ...»

«Wannsee? Ganz sicher?»

«Ziemlich.»

Vor der Tür des Ladens bekam Rieke eine Nachricht aufs Telefon, eine Nachricht mit Bild. Sie war von Iza. Man sah das Bett von Lior, er lag darauf, nackt, auf dem Bauch. Eine Hand lag links ausgestreckt auf dem Bett, als wolle er da etwas festhalten. Sein Gesicht verschwand unter seinen Haaren.

«Dein treuer Hebräer», schrieb Iza.

Sonst nichts.

27. September 1944

Liebes Kind.
Heute will ich mehr schreiben. Wer weiß, ob du es jemals liest. Wer weiß, ob es irgendwer liest. Ich will es Dir wohl geben. Wir werden sehen.
Es gibt Momente, in denen bin ich noch immer wie aus Eis. Ohne Leben. Mir ist nicht kalt, obwohl der Winter hier schon begonnen hat, aber das meine ich nicht. Morgens, wenn ich mit Zittern aus den Träumen falle und auch die Fenster beschlagen sind, friere ich von innen her. Als sei ich da, aber nicht am Leben. Die Krankenschwester, die mir Essen gibt und mich untersucht und sogar ein wenig Deutsch spricht, ist der Beweis, dass das nicht stimmt. Sie nimmt mir Blut ab, das ist warm, und es fließt. Ich lebe. Ich kann atmen. Ich nehme weiter von der Medizin, die sie mir für den Zug gegeben haben. Eigentlich soll ich das nicht. Ich tue es heimlich – die Krankenschwester darf es nicht wissen. Ich stehle ihr die Kugeln aus dem Vorrat. Ich habe keinen Husten, aber mir wird warm, wenn ich die Kugeln schlucke. Ich werde ruhig.
Hier in der Klinik bin ich allein. Ich träume jede Nacht von Dir. Ich wüsste gerne, wo Nils ist. Ich hoffe, dass er lebt. Die Reise war anstrengend, die Kiste, das Schiff. Kalt war es, und er hat geblutet. Ich habe nur sein blasses Gesicht gesehen, als sie uns im Hafen aus den Kisten geholt haben. Er kam sofort in ein Krankenhaus, in eine größere Stadt.

Gestern fiel der erste Schnee. Zweimal am Tag stehe ich auf. Ich gehe zum Fenster, da steht ein Tisch mit Stühlen, daran setze ich mich und lese. Jetzt schreibe ich auch. Lesen und schreiben, mehr kann ich nicht. Ich fahre manchmal mit den Händen über den Stoff dieses weißen Umhangs, den sie mir angezogen haben; ein Kleid ist es nicht und ein Rock auch nicht. Dabei denke ich an Berlin. Der Stoff erinnert mich an früher. Er ist sauber und fest, das hatte ich lange nicht am Körper. Dieses Gefühl auf der Haut. Ich weiß nicht, ob ich jemals wieder etwas nähen will, ob ich es noch kann.

Der Kirchturm, den ich durchs Fenster sehe, hat zwei Spitzen wie dicke Nadelenden. Er ist anders als alle, die ich in Deutschland gesehen habe. Ich sehe viel Wald rings umher. Ich möchte bald weiter, sonst könnte die Zeit knapp werden. Der Arzt sagt, ich solle den Winter abwarten, ich solle hierbleiben. Aber wann ist der Winter vorbei in diesem Land, wenn er jetzt schon beginnt?
S.

TEIL ZWEI

1. August 1945
22 Aw 5705

Liebe Miri,

Du konntest nicht aufhören. Du hast geschrien, bis Dein Kopf rot wurde. Die Krankenschwester bekam nach zwei Tagen Angst. Ich nicht. Du wolltest kaum trinken am Anfang, aber das hat sich gelegt. Jetzt trinkst Du, und ansonsten schreist Du. Drei Mal musste der Arzt Dich untersuchen, weil die Krankenschwester es wollte. Drei Mal schon in den wenigen Tagen, die wir nun in der Stadt sind. Vielleicht hätten wir im Wald bleiben sollen, in dieser Klinik. Aber Nils hat gesagt, in der Stadt sei es besser. Du solltest in der Stadt auf die Welt kommen. Hier gibt es eine Gemeinde. Anders ist es hier als dort im Wald. Das auf jeden Fall. Eine Stadt: mit Straßenbahn, einen Hafen gibt es; ich sehe das Meer. Keine Schneeflocken auf den Bäumen.
Die ersten Tage mit Nils waren schwierig. Er hat nicht mit mir geredet. Gar nicht. Er hat Papiere besorgt. Wir sollen nach Eretz Israel, nach Haifa oder Tel Aviv. So haben wir es uns versprochen. Aber das ist lange her, und Haifa ist weit weg. Ich glaube nicht recht daran. Nils sagt: Wenn wir wollen, ist es kein Traum.

Der Arzt hat mich heute so angesehen, lange und ohne Ausdruck. Er hat mit den Schultern gezuckt und gesagt, alles sei in Ordnung. Es gehe Dir gut. Du müsstest schreien, das sei so.

Es sei nichts falsch daran. Ich dürfe nicht vergessen, was Du erlebt hast. Damit hat er recht, und das habe ich auch gefühlt. Manchmal hätte ich gerne geschrien, so wie Du es tust. Du schreist für mich.

Tagsüber denke ich nur noch selten an Berlin. Nachts kommt es. Ich schlafe schlecht auf diesen weichen Betten. Es geht besser, wenn ich mich auf den Boden lege. Es kommt vor, dass ich träume, ich sei in einer Kiste, eingenagelt, und man ließe mich nieder ins Grab. Erde fällt aufs Holz.

Wenn Du auf meiner Schulter liegst, schließt Du die Augen. Du liegst da, auf der Seite, die immer noch schmerzt – als wolltest Du sie beschützen. Manchmal kannst Du auch bei Nils auf der Brust schlafen, wenn er hier ist und sich auf meinem Bett ausruht. Sein Atem hebt Dich sanft in die Träume. Es ist gut, dass Nils hier ist. Seit es Dich gibt, redet er wieder.
S.

1934

Mutter zieht die Handschuhe aus, und Otto isst keinen Kuchen

Unter dem unwahrscheinlich langen Tresen, der aus Glas war, schoben Kellnerinnen in schwarzer Schürze mit weißem Rüschenkragen Torten, Pralinen und Gebäck auf die Bleche. Aus der Küche rief der Konditor energisch, auch den Baumkuchen zu holen. Ein Ober im Tuxedo schritt den Gang vor der Theke ab, eine Hand hinter dem Rücken, auf der anderen ein Tablett mit Kaffee, Kakao und zwei Stück Bienenstich. Er musterte die Gäste an den runden Tischen einen nach dem anderen, kontrollierte, wem er bereits serviert hatte, sah zwei Männer beim Schachspiel, die Tee tranken, eine Dame im grauen Etuikleid, die sich einen Taschenspiegel vors Gesicht hielt und ihren Martini nicht anrührte, einen älteren Herrn, der den vierten Cognac nur noch halb geleert hatte und hinter seiner weit aufgefalteten Zeitung eingenickt war, die Zigarre glühend im Aschenbecher.

Der Ober sah kurz aufs Tablett, roch den Kaffee, der beim «Kuchenkönig» immer und ausschließlich aus Bolivien kam, roch auch den Kakao, in dem eine Sahnehaube gemächlich versank, und er roch den Bienenstich, den der Kuchenkönig zuweilen bis ins Reichsinnenministerium lieferte, weil niemand in Berlin ihn besser buk.

Am vorletzten Tisch blieb der Ober stehen und senkte das Tablett.

«Bitte sehr.»

Ottos Mutter nickte.

«Danke sehr.»

Als der Ober sich umgedreht hatte, zog die Mutter ihre langen Handschuhe aus, faltete sie, legte sie über den Schoß, nippte am Kaffee, probierte den Kuchen. «Wir ziehen um ...», sagte sie. «Lieber Otto, wir ziehen um.»

Otto war die Hand, die nach dem Kakao greifen wollte, auf halbem Wege zu Eis geworden. Er blickte auf die Finger seiner Mutter, die er selten sah, weil sie eigentlich immer Handschuhe trug, nicht nur bei der Arbeit. Aber zumindest trug sie diese Handschuhe *wegen* der Arbeit.

Sie sagte noch etwas: «Ende des Monats packen wir.»

Ottos Blick wanderte links an ihr vorbei, zum unwahrscheinlich langen Tresen. Auf einer Säule aus Porzellan stand dort eine Zimmerpflanze, eine Art Palme, deren Blätter sich zur Decke reckten. Otto wurde klein in seinem Stuhl. Er sah den Rücken des Obers sich entfernen, vor dem Tresen entlang, ein paar Tische weiter. Jetzt blieb er stehen und drückte einem Gast die noch im Aschenbecher glimmende Zigarre aus. Otto fühlte sich wie der Aschenbecher.

Er wartete, ob seine Mutter noch etwas sagte. Tat sie nicht. Sie kaute. Er ließ den Arm auf den Tisch sinken und nickte. Er wollte damit nicht bestätigen, dass er einverstanden sei mit dem, was sie gerade verkündet hatte, sondern er nickte eher sich selbst zu. Er nickte, still und ein wenig bitter, denn sein Gefühl hatte ihn nicht getäuscht: Nie hätte seine Mutter ihn an einem Donnerstagnachmittag zum Kuchenkönig eingeladen, nicht einmal an diesem Donnerstagnachmittag, der immerhin der Donnerstag nach seinem Geburtstag war, um bloß einen Kuchen zu essen. Den Kuchen hätte man auch zu Hause essen können. Es gab etwas mitzuteilen.

Es gab etwas mitzuteilen, was seine Mutter für eine schlechte Nachricht hielt, darum der Kuchenkönig. War es eine schlechte Nachricht? Otto verstand sie noch nicht. Sie kam ihm unlogisch vor. Vor allem in der Kürze. Die Art, in der sie die Sache präsentiert hatte, nach dem Glückwunsch, aber vor dem Kakao, eine Verkündigung, kein Vorschlag, bedeutete allerdings, dass es reine Zeitverschwendung war zu protestieren.

Otto schaute an die Decke. Lampen hingen wie eine Reihe kopfgroßer Billardkugeln über der Theke, jede an einer Schnur von ungefähr einem Meter. Wenn oben in der Küche ein Packjunge mit seinen Kartons voll mit Kuchen zur Treppe lief, um sie für den Versand fertig zu machen, oder wenn es ein wenig schneller gehen musste und einem der Konditoren der Schemel zwischen den Beinen umfiel, dann zitterten die Lampen und pendelten hin und her. Otto stellte sich vor, wie viel Schwung die Lampen holen müssten, was oben umfallen, wer in Panik geraten müsste, damit eine der Kugeln gegen die nächste stieß und die zweite gegen die dritte, und ob sie wohl wie ein Pendelspiel zu wackeln begönnen? Ob sie zersplitterten?

«Otto? Hast du gehört, was ich gesagt habe? Dass wir umziehen? Dass du ein neues Zimmer bekommst?», fragte die Mutter, die Augen weit geöffnet.

Otto war einen Moment sprachlos gewesen, er merkte, wie ihm das Kinn absackte. Er ordnete die Worte, die ihm zur Verfügung standen, obwohl er noch kein Stück Kuchen gegessen und keinen Schluck Kakao getrunken hatte. Er fand einen Satz, den seine Mutter selbst gerne benutzte, wenn sie etwas sagen, aber eigentlich nichts sagen wollte:

«Wer weiß, wozu es gut ist.»

«Wir sind uns also einig?»

Otto nickte.

«Ende des Monats packen wir.»

Ralf treibt sich rum, und Gurken will Otto auch nicht essen

Es war ein Donnerstag, und darum lief Otto zu Ralf, der in der Nähe des Stadthafens wohnte. Zu Hause war Ralf nicht, sondern vor der Tür, was man verstehen konnte, weil vor der Tür der Stadthafen wartete und zu Hause Ralfs übellauniger Vater.

«Treibt sich rum», sagte Alfred, Ralfs übellauniger Vater, am Küchentisch sitzend, ein Messer in der Hand, mit dem er einen Laib Brot zerteilte. Er meinte seinen Sohn. Otto wollte sich schon zur Tür drehen und Ralf am Ufer des Stadthafens suchen, um ihm beim Rumtreiben zu helfen, da hielt der Vater ihn zurück.

«Hallo, nicht so schnell. Kannst hier auf ihn warten.»

Otto blieb stehen.

«Wie geht es deiner Frau Mama?»

«Wir ziehen um.»

Das interessierte Alfred: «Ach, wohin?»

«Friedrichstadt.»

Vater Alfred nickte ein anerkennendes, stummes Nicken. Er aß sein Brot. Er aß weniger, mehr zerteilte er die Brocken des Brotes mit seinen groben Zähnen. Er zerrieb sie wie ein Mahlstein. Er schluckte geräuschvoll. Dazu zog er dunkelgrüne Gurken aus einem Glas und schmiss sie dem Brot hinterher. Er bot eine Gurke an.

«Auch was?»

Otto lehnte ab.

Alfred drückte sich vom Tisch hoch und zog sich die Hosenträger fest, mit denen er seinen Sohn Ralf manchmal schlug, woran Otto in diesem Moment denken musste. Alfred sah Otto an.

«Sie hat sich also verbessert?», fragte Alfred.

Otto verstand nicht, ob er die Mutter oder ihre Arbeit meinte.

«Sie wird Geschäftsführerin bei ‹Mäntel Rettig›. Rettigs Frau lebt ja nicht mehr.» Otto schob nach: «Wer weiß, wozu es gut ist.»

Alfred schnaufte. «Wozu es gut ist? Wozu soll das gut sein? Für Rettig ist das gut. Aber warum tut sie das? Geschäftsführer bei Rettig. Als ob es hier keine Arbeit gibt. Verstehe ich nicht. Versteht keiner.»

«So ist das wohl», bestätigte Otto, «für Rettig ist das gut», ohne dass er folgen konnte, worüber Alfred sprach. «Versteht keiner.»

Alfred und Ilona Krebs besaßen einen Laden für Änderungen, eine Flickenschneiderei, die auch Wäsche, Trikotagen und Kurzwaren verkaufte. Ottos Mutter arbeitete hin und wieder für sie. Eigentlich war es vor allem Ilonas Laden; Alfred war selten dort. Und wenn doch, dann arbeitete er kaum. Er redete mehr.

Alfred war einer jener Erwachsenen, die mit solch merkwürdigen Sinnsprüchen ihren Tag bestritten, weil sie glaubten, dass sie immer passten. Doch gerade weil sie scheinbar immer passten, bedeuteten sie nie wirklich etwas. «Versteht keiner» passte in etwa so oft wie «Der Bart macht den Mann» oder «Der Ton macht die Musik» oder «Schnell eilt der Tod»; aber eben auch nie. Otto kam leer vor, was Alfred gesagt hatte, aber er nickte, und weil es nun still war, suchte er nach einem ähnlichen Satz, einem, der in seinen Ohren genauso leer und unsinnig klang, denn das war es, was man in einem solchen Moment zu sagen hatte. Das wusste Otto, und darum versuchte er es mit: «Es ist, wie es ist.»

So etwas konnte auch die Mutter sagen, fiel Otto auf, als er den Satz in Stellung gebracht hatte. Gerade wenn sie so einen wie Vater Alfred im Laden traf oder wenn sie fertig genähte Ware irgendwo vorbeibrachte.

Der Laden lag neben ihrer Wohnung, jedoch näher am Stadthafen als am Löwenplatz, und die Familie Krebs wohnte gegenüber. Vater Alfred verbeugte sich gerne, wenn er die Mutter sah, zum Beispiel am Kottbusser Tor. Das Verbeugen passte nicht so recht zu Alfreds übriger Erscheinung, und er griff nach der Hand der Mutter und küsste sie, eine merkwürdige Geste, die Otto sonst nur aus dem Theater kannte. Und gerne fragte Alfred Krebs, wie lange Ottos Vater, «Herr Kartberg», nun schon nicht mehr da sei und ob es gut sei, dass Otto so ganz «ohne Vater» aufwachse. Das war dann ein Moment, in dem die Mutter einen Satz sagen konnte wie:

«Ein Unglück kommt selten allein.»

Diese Sprüche waren, das hätte Otto zwar damals nicht so ausdrücken können, aber wahr war es doch, nicht als Teil eines Dialogs gedacht. Sie waren eher ein Hinweis, dass der Dialog beendet war, denn man konnte auf diese Nicht-Sätze eigentlich nur antworten, indem man selbst einen Nicht-Satz sagte, womit das Gespräch beendet war.

«Jeder spinnt, so jut er kann», auch so ein Spruch. Der spuckende Kersten aus der «Spreequelle» am Löwenplatz sagte ihn alle zwei Minuten.

Wahrscheinlich hatte Alfred Krebs keine Antwort mehr erwartet, als er an diesem Tag sagte: «Versteht keiner.» Eine Antwort hatte er aber von Otto bekommen, und er hatte noch einmal geschnauft, wie er eben schnaufte. Alfred aß sein Brot und eine sehr dunkelgrüne Gurke obendrauf.

Ralf hieß wie seine Eltern mit Nachnamen Krebs. Hätte Ralf einen Bruder gehabt, hätten die Eltern ihn «Fred» genannt, verkündete Vater Alfred manchmal, «Fred» und «Ralf» kämen «beide aus dem A-l-f-r-e-d». Wobei «Fred Krebs» schon sehr komisch geklungen hätte, noch komischer jedenfalls als «Ralf Krebs».

Um den Hinweis zu untermauern, den Alfred Krebs meist nur in der Spreequelle am Löwenplatz zum Besten gab, zeigte er gerne bei «die kommen aus dem Alfred» auf seinen Schritt und sagte, wenn zum Beispiel Otto und Ralf dabei waren oder ein anderer, der noch kein Bier saufen durfte, dass sie das noch nicht verstünden. Womit er sich irrte.

Ralfs Mutter hieß Ilona. Sie war offenbar an der Entstehung von Ralf eher unbeteiligt gewesen. Wie Ralf zudem geheißen hätte, wenn er ein Mädchen geworden wäre, traute sich Otto nie zu fragen. Ilona, da war er sich jedoch sicher, wusste es. Vielleicht «Ani» oder «Lona»? Beide aus der Ilona.

Ilona war meistens nicht zu Hause, denn sie stand ja im Laden, was Ralfs Vater nicht mehr so oft konnte, weil er sich vor ein paar Jahren bei einem Kampf mit der Polizei verletzt hatte, offenbar ein Unfall. Ilona Krebs und Ottos Vater hatten sich auch irgendwie gekannt, früher. Gemeinsame Lehrzeit, etwas in der Art.

Vater Krebs hinkte ein wenig, und als Otto an diesem Tag nach dem Kuchenkönig mit ihm in der Küche war, sah man das besonders, weil er vorher eine Weile gesessen und sein Fuß sich damit an den Ruhezustand gewöhnt hatte. Alfred hinkte zum Küchenregal und öffnete eine Schranktür. Er kramte nach etwas, nach einem Einmachglas. Er schraubte den Deckel ab. Da waren mehr Gurken. Vater Krebs schmatzte. Er schien nachzudenken.

«Habt ihr manchmal Besuch?», fragte er.

Otto nickte. Krebs schnaufte und schmatzte.

«Darf ich jetzt gehen?», fragte Otto, bevor Vater Krebs auch noch wissen wollte, von wem Ottos Mutter manchmal Besuch bekam. Otto war sich nicht sicher, wie das nun geklungen hatte, sein «Darf ich jetzt gehen?» – als sei er hier bei der Polizei womöglich, aber im Prinzip hatte er es so gemeint. Vater Krebs lachte tief und aus dem Hals. Er hatte Gurke im Mundwinkel. Er wischte sich den Mund ab mit der flachen Hand und räusperte sich.

«Darfst gehen. Treib dich rum. Bin ja nich Polente.»

Ralf war am Südufer des Stadthafens, am Fuße der Hafenbrücke. Er warf Steine aus der Deckung auf die Kähne, die an der Ladeinsel festmachten. Die Kähne hatten Schutt, Holz oder Ziegel geladen und lagen gleichmäßig aufgereiht hintereinander. Wenn man vom Südufer aus den ersten Kahn treffen wollte, musste der Stein etwa zehn Meter weit fliegen. Für den zweiten waren es zwanzig, für den dritten dreißig, für den vierten vierzig Meter. Den fünften Kahn hatte Ralf schon mehr als einmal, Otto aber noch nie getroffen. Manchmal zielte Ralf auch auf den sechsten Kahn. Es gab wohl niemanden in der Klasse, im Jahrgang, in der Schule, der unter fünfzehn war und so gut warf wie Ralf. Womöglich niemanden in Berlin. In ganz Deutschland.

Als Ralf sah, dass Otto über die Hafenbrücke gelaufen kam, nahm er einen Stein und schleuderte ihn in seine Richtung. Otto wich aus, duckte sich, der Stein flog auf die Straße und schlug einem Fahrradfahrer, der in Richtung Prinzenstraße unterwegs war, an den Hinterreifen. Der Fahrer fluchte, bremste und blickte sich um. Er sah Otto, der am Brückengeländer kauerte und schnell die Hände über den Kopf hob. Der Fahrer schrie «Nichtsnutz» oder so etwas und fuhr weg.

Ralf, das war sicher, konnte werfen wie kein Junge in seinem Alter – aber er traf nicht immer, zumindest nicht das, was er wollte. Otto hob den Stein auf, ein kleiner Bruch vom gelben Gemäuer am Fuß der Brücke, und ging weiter. Ralf lief ihm entgegen.

Sie warfen eine Weile abwechselnd auf die Ladeflächen der Kähne, und wie immer flogen Ralfs Steine weiter als Ottos. Als einer von ihnen nicht die Ladefläche, sondern die Brücke eines Kahns traf, sprang ein Schiffer aus dem Häuschen, lief in ihre Richtung und rief ihnen zu, was er mit ihnen täte, wenn er sie in die Finger bekäme. Otto zog Ralf am Arm, sie rannten die Ufertreppe hoch, über die Brücke Richtung Prinzenstraße. Vor dem Gasometer bogen sie links ab, quer über das Areal der Gasanstalt. Zwischen den Schuppen, in denen kaum noch Betrieb herrschte, saßen Landstreicher, die ihnen argwöhnisch nachschauten. Otto war schon ein paar Meter vor Ralf, denn der war zwar der bessere Werfer, aber Otto der bessere Läufer. Langsam wurde sein Laufen zum Traben. Nach einigen Metern und einigen Blicken zurück blieb er stehen.

Als sie wieder bei Puste waren, gingen sie zwischen den Schuppen Richtung Kanal und kletterten unter der Binzer Brücke ans Ufer. Dort gab es einen kleinen Steg, auf dem man sitzen konnte, er gehörte eigentlich zu einem Ausflugslokal auf der anderen Seite des Kanals, das hier im Sommer ein Bötchen vertäute. Das Lokal hatte seit Jahren keinen Pächter, und das Bötchen schwappte gelangweilt wie das Wasser des Landwehrkanals auf und ab. Tagsüber saßen Ralf und Otto da, wie im toten Winkel der Stadt. Sie hörten die Autos und Fahrräder und das Getrappel der Pferde oben auf der Brücke, die Arbeiter am Gasometer, die Landstreicher und ihr Geschimpfe, hin und wieder kam ein Kahn vorbei.

Nur die kleinen Schiffe passten unter der Binzer Brücke hindurch, niemals die großen. Die kamen von der anderen Seite in den Stadthafen, von der Spree. An die Unterseite der Brücke warf das Wasser ein Lichterspiel aus Schatten und Mustern. Enten und hin und wieder ein Schwan schwammen vorbei. Unter der Plane des Bötchens, das am Steg lag, hinten rechts, von außen nicht zu sehen, war eine Kiste von der Firma Bahlsen aus Hannover versteckt. Darin lagen Zigaretten, die Ralf seinem Vater oder dem Händler Noack im Exportviertel geklaut oder die jemand in der Spreequelle auf dem Tresen vergessen hatte. Sie nahmen zwei. An diesem Tag griff Otto als Erster nach dem Feuerzeug, und weil das nie passierte, fragte Ralf gleich, was los sei.

«Wieso?»

«Weil doch was ist», sagte Ralf.

Otto wollte Ralf natürlich erzählen, was los war, aber es ärgerte ihn, dass er so leicht zu durchschauen war.

«Ist nichts. Nichts Besonderes», log Otto. «Gar nichts Besonderes ist.»

Ralf nahm seine Zigarette in die Hand, sah Otto an, der am Feuerzeug fummelte.

«Es ist etwas. Du hast die Zigarette ...»

«Was ist? Ich rauch ja gleich.»

«Nein, ich meine, du ...», sagte Ralf, «du hast die ...»

Das Feuerzeug klickte, Otto steckte den Stängel in den Mund, hielt ihn in die Flamme, zog kräftig daran – und musste husten. Er spuckte und verzog das Gesicht.

«... du hast sie falsch herum in der Hand», beendete Ralf

den Satz. Ralf nahm eine dritte Zigarette aus der Bahlsen-Kiste, rauchte sie an und gab sie Otto. Sie inhalierten. Sie gaben sich Mühe, nicht zu husten. Sie bliesen den Rauch in einem tanzenden Schwall unter die Binzer Brücke.

«Wir ziehen um», sagte Otto. «Meine Mutter hat das beschlossen. Sie hat mich zum Kuchenkönig geschleppt und mir Kakao auf den Tisch gestellt. Sie meint es ernst.»

«Wohin?»

«Friedrichstadt, Hofstraße. Ich bekomme ein neues Zimmer.»

Ralf schien darüber nachzudenken, wie weit das vom Stadthafen entfernt war, in Würfen. Sicher weiter als bis zum sechsten Kahn.

So etwas wie einen Umzug hatte es bisher nicht in Ottos und nicht in Ralfs Leben gegeben. Die Häuser, in denen ihre Familien lebten, also bei Otto er und seine Mutter und bei Ralf noch der Vater, standen fest betoniert an den Straßen zwischen Löwenplatz und Stadthafen. Wer sie dahin gestellt hatte, wusste keiner. Ob die Eltern vorher einmal woanders gelebt hatten, womöglich Kinder gewesen waren, eine andere Familie gehabt hatten; das waren Fragen aus einer Welt, die Ralf und Otto noch nicht betraf – über deren Existenz sie sich aber Tag für Tag mehr Klarheit verschaffen mussten.

«Friedrichstadt?»

«Ende des Monats packen wir. Nach dem Sommer gehe ich in der Lindenstraße zur Schule.»

«Ist deine Mutter krank?»

Otto sah Ralf fragend an.

Manchmal müsse man umziehen, wenn man krank sei, sagte Ralf. Eine Tante von ihm sei wegen ihrer Lungenprobleme vor zwei Jahren an die Ostsee gezogen und ein Vetter aufs Land bei Seelow.

«Ich glaube nicht, dass die Luft in der Friedrichstadt besser ist als hier», sagte Otto. Er dachte zurück an den Nachmittag und an den Kuchenkönig und daran, dass Frau Rettig vor einiger Zeit gestorben war.

«Meine Mutter wird Geschäftsführerin bei Mäntel Rettig. Wir bekommen Zimmer über dem Geschäft. In der Friedrichstadt. Was kann da schon anders sein?»

Otto sah Ralf an, und beide verstummten. Das Problem war, dass sie genau wussten, was da anders sein konnte. Einige Jungs von der Schule an der Lindenstraße kannten sie, beim jährlichen Sportfest der Schulen war es gewesen, beim Staffellauf: Die Lindenstraßler hatten sich benommen, als seien sie etwas Besseres, aber diesen Eindruck hatten Otto und Ralf und ihre Freunde eigentlich von allen anderen Berliner Schülern, außer natürlich von denen aus Neukölln, die dachten gar nichts, und denen aus Grunewald, die dachten auch nicht viel, aber *waren* etwas Besseres. Trotzdem gewann die Schule von Otto und Ralf jedes Mal die Staffel.

An der Lindenstraße, eher am Ende Richtung Markt, stand das große Schulgebäude, gelber und roter Backstein, in einer Art Hof, zwei dicke Eichen vor dem Eingang, ein Platz um sie herum, eigentlich ein schönes Gebäude, oder zumindest ein großes. Nils, der Sohn vom Schneidermeister Rettig, ging dort zur Schule, war allerdings beim Sportturnier nicht dabei gewesen. Und auch im Übrigen wusste Otto nicht viel über Nils Rettig oder die Schule an der Lindenstraße, fiel ihm jetzt auf, da er mit Ralf darüber redete. Außer, dass Nils häufig im Laden der Rettigs herumlief, mit Stoffhose und Hemd und Weste, und dass er abstehende Ohren hatte und dass er viel zu erwachsen für sein Alter angezogen war und dass es Gerüchte gab, er habe ein Loch in einem seiner abstehenden Ohren und trage manchmal heimlich einen

Ring darin, wie ein Pirat. Aber das war nur ein Gerücht. Diese Dinge wussten im Übrigen wirklich alle Leute südlich des Alexanderplatzes, und die Sache mit den Kleidern erklärte sich Otto damit, dass Nils' Vater, der Meister, seinem Sohn vorschrieb, was er zu tragen habe. Klare Sache. «An sich» würde Nils Rettig vielleicht etwas anderes tragen, sagte Ralf. Er würde «an sich» andere Kleider tragen – so jedenfalls hätte es ihr Lehrer Kirchhoff formuliert.

Oder es hing damit zusammen, dass Nils Rettig seine Mutter verloren hatte und nun an ihrer Stelle arbeiten musste und quasi schon erwachsen war. Zum Begräbnis der Frau Rettig war seinerzeit auch Ottos Mutter gegangen, und er war froh gewesen, dass die Mutter beschlossen hatte, Otto sei zu jung für so etwas.

Man hätte in diesem Moment auch erzählen können, dass Meister Rettig ein paar Wochen nach der Beerdigung einmal bei Ottos Mutter zu Besuch gewesen war, und danach öfter, bei ihnen am Löwenplatz. Otto war dem Meister begegnet, als er einmal früher aus der Schule gekommen war, im Flur. Aber da Otto diese Sache Alfred nicht erzählt hatte, vorhin, wäre es komisch gewesen, es nun zu tun.

Womöglich, flüsterte Ralf, hing die Sache mit Nils Rettig und seinen Kleidern aber auch damit zusammen, dass Nils eine ältere Schwester hatte, die gut aussah, wie Fachleute aus den höheren Klassen zu berichten wussten. Genau genommen habe das Vetter Bernd gesagt, und der wisse so etwas. Die Schwester küsse jedoch lieber Frauen als Männer. Oder gleich gerne. Auch nur so ein Gerücht. Was für eine Vorstellung! Jungs mit älteren Schwestern waren anders. Und ein Junge ohne Mutter und mit älterer Schwester sowieso. So war es.

Otto pfiff durch die Zähne.

«Wenn du was herausfindest, musst du es mir erzählen, hörst du?», sagte Ralf. Er legte seine Hand auf Ottos Schulter. Otto hatte die Hand des besten Werfers der Stadt auf der Schulter. Sie war groß. «Dann erzählen wir es dem Kirchhoff, und dann soll der mal was Schlaues dazu sagen.»

Otto schnippte den Brösel gelben Sandstein ins Wasser.

Es gebe auch noch etwas anderes über die Rettigs zu wissen, etwas mit einem Einbruch und der Mutter, die nicht mehr lebte, meinte Ralf. Er griff abermals mit der großen Werferhand nach Ottos Schulter. Aber daran erinnerte sich Otto überhaupt nicht und Ralf nicht mehr so genau, als sie da am Stadthafen saßen. Ralf nahm seine große Hand wieder von Ottos Schulter. Selbstverständlich war es alles in allem so, stellten Ralf und Otto übereinstimmend fest, dass die Jungs von der Lindenstraße «an sich» dachten, sie seien etwas Besseres. Also auch Nils Rettig.

«So ist es», sagte Ralf und nickte. «Es wird nie anders sein.»

Dann kam so ein stiller Moment.

Ralf spuckte in den Kanal.

Otto spuckte auch.

«Aber ... vielleicht wird es jetzt doch anders», sagte Otto, ohne genau zu wissen, was er meinte.

Ralf sagte nichts.

«Man weiß ja nicht, wozu der Umzug gut ist», schob Ralf hinterher.

«Das sowieso.»

Der Moment hätte feierlich werden können. Wenn es noch ein wenig länger still gewesen wäre oder Otto Ralf nun auch einmal die Hand auf die Schulter gelegt hätte, dann hätte es ein solcher Moment werden können. Stattdessen schwamm eine Schwanenfamilie unter der Binzer Brücke hindurch, und die Vögel sahen die Lichtreflexe des Wassers an den Steinen, und ihre Augen und ihr Schwanengeist waren so verwirrt, dass sie lauthals zu schnattern begannen und Ralf dies als Zeichen interpretierte, die Bahlsen-Kiste mit den Zigaretten im Boot zu verstauen und das Versteck zu räumen.

Am Luisenufer, das den Stadthafen nach Norden hin begrenzte, hob Ralf einen dicken Kieselstein auf und warf ihn quer über das Hafenbecken. Es war ein kräftiger Stoß, mit dem er den Stein durch die Luft schleuderte, aber die gesamte Breite des Landwehrkanals konnte selbst er nicht überwinden. Das war auch für den besten Steinewerfer der Stadt zu weit.

Im folgenden Sommer und im Herbst und im Winter dachte Otto manchmal an die Schwäne und die Binzer Brücke und die Steine und an den Steg und das alte Boot. Vor allem aber erinnerte er sich noch einige Jahre später an diesen Ort. Das war ein Glück.

Sogar in der leeren Ankleide gibt's für Otto was zu sehen

Die Packer luden die Möbel aus. Otto fiel auf, dass am Haus Nummer 15 drei weiße, kugelrunde Lampen hingen, die den Lampen über dem unwahrscheinlich langen Tresen des Kuchenkönigs sehr ähnelten. Otto trug ein paar Sachen hinauf in die Wohnung. Geschirr in Papier und in Kisten. Kleider in Schachteln. Er sah zwei Zimmer, von denen eines schon eingerichtet war, und fragte sich, welches für ihn gedacht war.

Am längsten brauchten die Packer für Mutters Nähzeug. Auch die alte Singer war umgezogen – als wenn es bei Mäntel Rettig keine Nähmaschinen gab. Als Otto zum dritten Mal eine Kiste hinauftragen wollte, musste er warten. Zwei Männer stemmten gerade den Küchentisch nach oben. Otto stellte seine Kiste ab. Er stand draußen, auf dem Bürgersteig, vor der Scheibe des Ladens, blickte auf die runden Lampen, den Krämerladen nebenan, das Café gegenüber und den kleinen Gang neben dem Laden, der in den Hinterhof führte. Er inspizierte das Klingelschild neben der Tür: «Adam Rettig». Vor allem aber blickte Otto auf das große Schild über der Front, breit und groß war es und von weit her zu sehen: «Mäntel Rettig» stand darauf.

Kurz nach dem Tod des Vaters hatte Ottos Mutter zu nähen begonnen. Sie mussten von etwas leben. Am Anfang saß sie zu Hause in der Küche am Löwenplatz und stopfte mit großer Mühe Anzüge, Kleider und Blusen für jeden Händler und jeden Schneider, der Bedarf hatte. Sie nähte Bündchen und Saum an der Unterwäsche für den Laden von Ilona Krebs. Sie besserte Sachen aus, sie flickenschneiderte. Sie sortierte mit Alfred Krebs Garn, Nadeln und Hosenträger in die Regale. Sie bügelte. Manchmal half Otto ihr, aber er war langsam und vor allem mit Nadel und Faden nicht besonders geschickt. Die Mutter hatte an der Arbeit wenig Freude, das sah Otto ihr an, doch sie konnte Geld damit verdienen.

In den Straßen rings um die Wohnung, zwischen Stadthafen, Löwenplatz und dem Görlitzer Bahnhof, gab es allerlei Schneider, Stoffgeschäfte und Kleiderläden. Die Stücke, die ihre Auftraggeber der Mutter damals auf den Tisch legten, hatten im Vergleich zu dem, was bei Rettigs im Schaufenster hing, jämmerlich ausgesehen. In der Luisenstadt waren die Kleider aus den dunklen Ecken des Viertels gekommen, die voll waren mit staubiger Garderobe und alten Sachen. In den Buden am Schlesischen Tor, in den Kellern der armen Juden aus dem Osten, landete das, was sonst keiner mehr tragen mochte.

Zuerst sammelten die Hausierer das Zeug ein, das herumlag, sie sammelten, tauschten, kauften, sie stahlen. Sie nahmen alles, was noch zwei Ärmel oder zwei Beine hatte. In den Hinterhöfen der Skalitzer Straße verkauften sie es dem ersten Kleiderhändler. Der Händler befreite die Lumpen vom Staub. Er wusch sie und brachte sie am Samstag zur Kleiderbörse vor der Markthalle. Der nächstweniger arme Händler kaufte sie ihm dort mit einem kleinen Aufpreis vom Tisch weg. Er bügelte die Sachen, hängte sie in seinen Laden an der Wrangelstraße unters Schild und ließ sie flattern im Wind. Der dritte Händler suchte sich die besten Stücke aus, die, die einmal teuer gewesen waren, aber kleine Fehler hatten oder Löcher. Das musste er erkennen. Er zahlte wieder einen Aufpreis und brachte die Kleider zu Ilonas Laden am Löwenplatz – oder gleich zu Ottos Mutter nach Hause. Sie machte sie schick. Vom Gewinn bezahlte der Händler ihre Arbeit. So lief der natürliche Kreislauf der alten Sachen in der Luisenstadt.

Wer etwas konnte, der wurde empfohlen. Rita, Ottos Mutter, wurde empfohlen, und die Schneider kamen zu ihr und ließen sie ausbessern. Die Konfektionsläden kamen und ließen sie Stangenware nähen. Die Schneider kamen. Erst die aus der Luisenstadt, dann auch die ersten aus der Friedrichstadt. Das war schon etwas anderes. Irgendwann stand auch Meister Rettig bei der Mutter in der Küche. Davon hatten Otto und seine Mutter gelebt, ein paar Jahre, in einem einzigen Zimmer mit Küche am Löwenplatz. Nun zogen sie selbst in die Friedrichstadt.

«Mäntel Rettig», das war etwas Besonderes. Früher hatten sie bei Rettig nur Mäntel gemacht, aber das war lange her. Der Laden war klein, er sah bescheiden aus, kein Vergleich mit den Modeateliers in der Innenstadt. Aber auch kein Vergleich mit den Lumpenkellern am Schlesischen Tor. Keine Werbung. Keine Konfektion.

Meister Rettig fuhr alle paar Tage zu seinem Händler irgendwo in Schöneberg und kaufte Stoffe. Stoffe aus Schottland, aus Istanbul, aus dem Erzgebirge. Rettigs Kunden hatten Geld und wollten es ausgeben. Im Schaufenster zeigte Rettig stolz seine Stücke her, auf lebensgroßen Puppen. Rettig war langsam. Er ging nicht mit der Mode, er erfand sie. Manchmal kamen die Fotografen der Magazine und Zeitungen zu ihm und knipsten seine Modelle. Das hatte die Mutter erzählt. Der Laden lag mitten in der Friedrichstadt. In einer schmalen Gasse ohne Autos, aber in der Friedrichstadt. Otto sollte dort ein neues Zimmer bekommen. Das war alles etwas anderes.

Durchs Schaufenster, an den Puppen vorbei, sah Otto den schmalen Tresen, einen großen Schrank mit Spiegeltür, einige Sessel. Auf dem Boden einen Teppich, der den Raum ausfüllte. Der Stoff war rot wie schwerer Wein. Otto suchte etwas. Er kannte den Laden, weil seine Mutter schon eine Weile für Meister Rettig arbeitete und Otto mit fertigen Kleidern vorbeigeschickt hatte. An den Wänden entdeckte Otto weitere Spiegel, aber die suchte er nicht. Er schob die Tür des Ladens auf. Eine kleine Klingel läutete, die am Türrahmen befestigt war. Er ging hinein. Es roch nach Wolle, Wachs, Parfüm, nach dem Teppich, der auf dem Boden lag, und da war auch etwas in der Luft, was Otto nicht zuordnen konnte. Leise glitt die Tür zurück ins Schloss. Noch einmal das Klingeln. Laden und Stube lagen leer da, weil alle, die hier sonst arbeiteten, beim Umzug halfen.

Auf dem Tresen stand die Kasse, die, wenn man sie öffnete, auch ein Klingeln von sich gab. Hätte Otto sie geöffnet an diesem Tag, hätte er zwar kein Geld gefunden, denn das meiste hatte der Meister gerade zur Bank gebracht, aber dafür, wenn er ein wenig gekramt hätte, eine goldene Uhr. Auf der Rückseite dieser Uhr, die in der Kasse lag, war «Kaufhaus Wertheim» eingraviert. Ein Kunde hatte die Uhr einige Wochen zuvor als Pfand abgegeben. Ein Kunde, der bei Wertheim am Moritzplatz arbeitete und den Anzug, den er bei Rettig bestellt hatte, nicht bezahlen konnte. Doch Otto wusste noch nichts von der Uhr, und er suchte etwas ganz anderes.

Hinter dem Tresen knickte der Raum nach rechts ab. Dort begann die Nähstube. Auf vier Tischen standen Nähmaschinen, Bügeleisen, eines davon völlig verrostet. Oben hing ein Regal, in dem in zehn mal zwanzig Fächern Knöpfe, Knöpfe und Knöpfe lagen. An den Wänden waren Bretter angebracht, auf denen Kisten und Kästchen gestapelt wurden, mit Nadeln, Garn, Faden, Fingerhüten, Nadelkissen, Maßbändern, Scheren, kleinen Messern und kleinen Dreiecken aus Wachs. In einer Schale aus blauem Emaille lagen Einnäher mit den Initialen «MR», rote Schrift auf blauem Grund. Rettig nähte sie in jedes Stück.

Vor das Fenster, das zum Hinterhof zeigte, waren zwei Leinen gespannt, auf denen Schnittschablonen hingen. An den Enden der Leinen standen Schneiderpuppen. Einbeinige Gesellen ohne Kopf und Arme, die, vor allem wenn kein Stoff an ihnen hing, makaber aussahen. Dunkelblaue Vorhänge mit Goldrand teilten eine Ecke ab, als seien sie der Eingang zu einem Königsgemach. Dahinter blitzten Spiegel, und an der Wand daneben war, was Otto suchte.

Da waren sie, die Bilder. Bilder von Frauen, die kaum etwas anhatten, und Männern, die etwas anhatten. Alles im Laden hätte Otto sich in diesem Moment in Ruhe ansehen können, aber ihn interessierten in erster Linie diese Bilder. Zuvor hatte er sie nur blitzen sehen, im Augenwinkel wahrgenommen, aber sich nicht getraut, länger hinzuschauen. Stets war entweder seine Mutter da gewesen oder der Meister. Jetzt aber stand Otto alleine da, alleine mit den Bildern. Er musste sich setzen, um sie besser betrachten zu können.

Ottos Mund öffnete sich im Angesicht einer gezeichneten und nackten Frau, die so wohlproportioniert war, wie eine lebende Frau vielleicht gar nicht sein konnte. Otto sah auf ihre Brüste, die hell waren wie der Mond. Sie stand da halb im Profil, ihre langen Haare flossen wie ein Wasserfall über ihre Hände. Als Ottos Blick den Ansatz ihres runden Hinterteils streifte, den dunklen Schoß, da war es ihm, als öffne sich das Bild, als wehe ihm eine Wärme entgegen, die ihm ganz und gar neu vorkam. Anders als alles, was er bisher gefühlt hatte.

Ein Knacken, ein Geräusch, ein Irgendwas vertrieb die Wärme. Auf der Treppe fiel eine Kiste um, oder lief da eine Katze durch den Hinterhof? Für eine Sekunde schien es Otto, als habe ihm jemand zugesehen, wobei auch immer. Aber da war niemand.

Die Mutter spülte in der neuen Küche eine Kanne und Tassen ab. Sie trug ihre Handschuhe. Sie füllte Wasser in die Kanne und stellte sie auf die Flamme – ein echter Gasherd. Am Tisch saßen zwei Möbelpacker, große Männer, die nach Staub rochen und kaum sprachen. Einer rauchte. Die Zigarette klemmte zwischen seinen groben, gelb schimmernden Zahnreihen. Die feinen Teetassen, die ein blau-weißes Muster trugen und Wände dünn wie Buchseiten hatten, platzierte die Mutter auf dem Tisch. Otto sah die Zähne der Packer hinter ihren zersprungenen Lippen, kleine, gelbe Zacken, und er bekam Angst um die Tassen.

Er stand auf und suchte in den Umzugskisten nach robusteren Bechern. Zuerst in der Küche, dann weiter im großen Zimmer, in dem das Bett stand, das seine Mutter und er bisher geteilt hatten. Dort waren die meisten Kisten. Er wollte auch im kleinen Zimmer suchen, das er für das hielt, in das er einziehen sollte. Aber dort standen keine Kisten. Dafür ein Bett, das seine Mutter für ihn besorgt haben musste, und allerlei Zeug, das er nicht kannte.

Als Otto zurück in die Küche kam, hatte die Mutter ihre Handschuhe ein Stück hochgekrempelt, wahrscheinlich weil ihr vor dem Herd warm geworden war. Er sah auf die Unterarme seiner Mutter, auf die blasse, brüchige Haut. Viel Zeit hatte er gehabt, sie zu studieren, ihre Arme und Hände und ihre Bewegungen; wie sie den Stoff glättete, ein Stück Garn einfädelte. An den langen Abenden, die sie gemeinsam in der Küche gesessen hatten, hatte er ihr zugesehen und auch mal die einfachen Dinge gemacht: einen Saum abgesteckt, eine Falte in die Hose gebügelt, die Nähmaschine repariert. Als er klein war, hatte Otto seine Mutter bewundert für das, was sie tat. Später schämte er sich für das, was sie damit verdiente. Irgendwann war es ihm egal geworden. Aber mit Mäntel Rettig konnte man nun fast schon wieder angeben.

In der Küche am Löwenplatz hatten sie gemeinsam ihre Abende verbracht, auf dem Tisch eine Jacke oder eine Hose oder beides. Meistens saßen sie still da, oder die Mutter hatte ihn für die Schule abgefragt. Selten hatte sie versucht, ihm etwas beizubringen, das mit Nähen und Schneidern zu tun hatte. Je älter Otto geworden war, umso weniger wollte er es können. Die Mutter erzählte nicht viel, und wenn sie erzählte, dann von Ottos Vater und vom Krieg, in dem der Vater gekämpft hatte.

Die Finger der Mutter waren breit für die Finger einer Frau, stark und lang. Die Fingerhüte aus Blech passten kaum über ihre Kuppen. Bei den meisten Nadeln, die sie benutzte, sah es im ersten Moment so aus, als würden sie ihr zerbrechen. Manchmal geschah das auch. Die Mutter hatte sich eine Kuppe nach der anderen zerstochen. Nach ein paar Jahren passiert das jedem Schneider, dann wächst langsam die Hornhaut. Aber die Mutter musste immer stärkere Nadeln benutzen, und auch die Arbeit an der Maschine griff ihre Haut an. Nun trug sie, wenn es ging, Handschuhe. Ihre Finger bluteten häufig.

Auf dem Herd gurgelte das Wasser, die Mutter nahm es vom Feuer. Sie verteilte Teekrümel auf die Tassen. Das Wasser goss sie darauf. Es roch nach Tee, Staub und Rauch. Einer der Packer bot Otto eine Zigarette an. Der zweite Packer zog die Schachtel wieder weg. Ungeschickt hoben die Männer ihre winzigen Tassen an, sagten «Prost!» und versuchten zu trinken.

«Du bist im Laden gewesen?», fragte die Mutter.

«Ja», sagte Otto.

Er suchte nach einer guten Antwort auf die nächste Frage. Aber die nächste Frage kam nicht. Nicht von der Mutter. Einer der Packer fragte: «Hast du die Bilder gesehen? Die hinterm Vorhang?»

Er malte mit beiden Händen Brüste in die Luft.

Otto sah ihn an, den Mund offen, als sei der Mann eines der Bilder.

«Da gibt's was zu sehen!», rief der eine – «Das will ich meinen!», der andere. Sie hoben die Tassen. Darauf einen Schluck Tee! Sie prosteten sich zu und schlugen dabei die Tassen entzwei. Splitter lagen auf dem Tisch, wie Schalen von einem Ei.

Der Mann will eine Jacke, aber er will sie nicht bezahlen

Otto saß auf dem Fußboden im Bad und schmollte. Seine Mutter hatte ihn ausgetrickst. Hatte sie ihn ausgetrickst? Hatte er nicht richtig hingehört? In dem Zimmer, das Otto für sein Zimmer gehalten hatte, im ersten Stock, belegte ein Junge das Bett, und der Junge war Nils Rettig. Der lag dort und las ein Buch und hatte die Beine von sich gestreckt. Auf einem Stuhl neben dem Bett hing seine Jacke, darunter standen Schuhe. So tat Nils es nach Geschäftsschluss.

Man hätte denken können, wenn man Nils da so liegen sah, es sei sein Zimmer, und wahrscheinlich war es das auch. Otto hatte kein Zimmer. Er durfte sich entscheiden, ob er mit Nils oder der Mutter eines teilen wollte, das war das Neue. Was bedeutete, dass die Mutter ihn an der Nase herumgeführt hatte. Sie gab es auch zu, indem sie sagte, sie habe nie behauptet, er bekomme ein *eigenes* Zimmer, wenn sie in die Hofstraße ziehen, nur ein *neues*. Dazu hatte sie gelächelt, gestern Abend, ihm eine gute Nacht gewünscht und sich auf die Seite des Bettes gerollt, die nicht zum Fenster zeigte. Wichtiger als das, was sie gesagt hatte, war also bei der Mutter das gewesen, was sie nicht gesagt hatte. So war es, und so würde es bleiben.

Otto saß auf dem Klo, aber er saß dort nur, der Deckel war zu. Es war der einzige Ort, den er am ersten Tag in der Hofstraße 15 gefunden hatte, um ein wenig nachzudenken.

Im Oberlicht zum Hof kauerte eine Taube, die so energisch gurrte, als halte sie eine Rede vor dem Reichstag. Otto hätte auch auf die Straße gehen können, spazieren, Richtung Spree zum Beispiel, um nachzudenken, aber er war müde. Vom Tag, von der Schule, vom Ausräumen der Kisten, vom Einkaufen am Nachmittag im Krämerladen nebenan mit dem Namen «Krach». Otto wühlte mit der Hand in der Tasche, aber alles, was er fand, waren zerriebene Brösel des gelben Sandsteins vom Stadthafen.

Otto hörte seine Mutter im Laden arbeiten. Sie tippte etwas in die Kasse, den Tagesabschluss, die Kasse klingelte. Er hatte die Mutter heute nicht nähen oder schneidern sehen. Sie zählte und schrieb stattdessen und sprach mit den Kunden. Otto hörte ein zweites Klingeln, eher ein Klirren, als falle Glas zu Boden. Kam es von der Straße? Ein drittes Klingeln. Die Ladentür, das Glöckchen am Rahmen der Ladentür.

Die Mutter: «Guten Tag. Wir haben geschlossen.»

Eine Männerstimme.

Eine hohe, gepresste, heisere Männerstimme, die klang, als hocke dem, der da sprach, ein Insekt auf den Stimmbändern. Ein großer Floh zum Beispiel, oder eine Schabe. Otto wunderte sich. Er kannte die Stimme. Aber woher? Er kannte sie, und sie gefiel ihm nicht. Sein Groll gegen die Mutter verzog sich.

Es war nicht so, dass Otto bei der Mutter nicht mehr schlafen wollte oder zumindest ein Zimmer mit ihr teilen. Er war nur enttäuscht. Er hatte nicht viel nachgefragt, als seine Mutter umziehen wollte. Nach dem Sommer sollte die neue Schule anfangen, die höhere Schule, er würde neue Jungen kennenlernen, neue Lehrer bekommen. Was auch bedeutete, dass er kein Kind mehr war, so sah er das.

Er hatte immerhin schon geraucht und mit Ralf und Alfred auch Bier getrunken in der Spreequelle. Auch wenn beides ihm nicht schmeckte, das Rauchen und das Trinken, war es doch so, dass er es wieder probieren wollte, wie auch ein paar andere Dinge, und da sollte es nicht immer so sein, dass er neben seiner Mutter ins Bett stieg. Vorgestellt hatte er sich zumindest, das alles in Zukunft von seinem eigenen Zimmer aus bedenken zu können.

Jetzt lag da Nils. Otto blieb das Klo. Mit Nils sprach Otto bisher kein Wort. Es hatte sich noch nicht ergeben. Sicherheitshalber hatte Otto überprüft, als er Nils Rettig in seinem Bett hatte liegen und schlafen sehen, ob auf dem Tischchen ein Ohrring lag, aber da lag keiner. Dafür roch die Bettwäsche von Nils nach Wachs. Oder er roch nach Wachs. Irgendetwas roch nach Wachs. Wahrscheinlich stimmte die Sache mit dem Ring nicht. Und von einer Schwester bisher keine Spur.

Die Schabenstimme aus dem Laden: «Hier» oder so etwas sagte der Mann. Diese Stimme ... Otto war sich sicher, sie zu kennen. Wer war das? Otto stand auf, zog an der Kette, die hoch zum Spülkasten führte, der Riegel hob sich, das Wasser sauste das Rohr hinunter und spülte Luft davon. Otto klapperte mit dem Klodeckel und stellte den Wasserhahn an, hielt die Hände drunter und rieb sich die Tropfen an den Hosenbeinen ab. Sollte ja keiner denken, er sei nur zum Spaß auf der Toilette.

Die Stimme aus dem Laden wurde lauter: «Hier! Hier!» Otto überlegte, ob er einmal nachsehen müsse – vielleicht könnte die Mutter seine Hilfe gebrauchen? Andererseits hatte sie ihn ausgetrickst. Aber wenn sie tatsächlich Ärger hatte? Er sollte wohl nach dem Rechten sehen, dachte Otto und ging die Treppe hinunter. Nun hörte Otto den Mann genau.

«Die Uhr! Ich will meine Uhr!»

Da fiel Otto wieder ein, woher er die Stimme kannte. Er öffnete leise die Tür zur Nähstube und sah durch den Spalt seine Mutter. Sie stand hinter der Kasse. In der Hand, hinter dem Rücken, versteckte sie eine Schere. Vor ihr dieser Mann, einen Kopf größer. Die Mutter drehte sich zu Otto, sah ihn an und gab ihm ein Zeichen, dass er dort bleiben solle, wo er war. Der Mann redete auf die Mutter ein. In flüchtigen, aber energischen Sätzen, mit seiner Schabenstimme. Otto kannte diesen Mann, diese Stimme, aus der Spreequelle. Sie hatten ihm da einen Spitznamen gegeben: Flughund.

In der Spreequelle hatte der Mann neben Alfred und Ralf, oder mehr hinter ihnen, am Tresen gesessen, auf einem hohen Hocker, an dem Tag, an dem Ralf Geburtstag gehabt hatte und an dem sie deswegen in die Spreequelle gegangen waren. Das war ein paar Monate her. Ein wenig peinlich war der Abend geworden, weil Alfred davon ausgegangen war, dass die Jungen noch nie Bier getrunken hatten. Alfred hatte also ein feierliches Gesicht aufgesetzt wie der Papst am Karfreitag, als Kersten von der Spreequelle das Bier brachte, ein feierliches Gesicht, als teile er seinem Sohn und Otto das Geheimnis mit, das ein Mann nun einmal in seinem Leben erfahren müsse. Über die Frauen dieser Welt oder über sich selbst oder den Alkohol. Ralf hatte das Theater mitgespielt, das sein Vater um das Bier veranstaltete, und Otto darum auch, obwohl Otto schallend hätte lachen können, als Kersten ihnen die Biergläser auf den Tisch stellte, mit ebenso päpstlicher Miene wie Alfred. Das große Glas für Alfred, die kleinen für die Jungs; die kleinen Gläser, aus denen die Erwachsenen ihren Schnaps tranken, und dabei hatte Kersten gesagt: «Nicht alles auf einmal.»

Nichts ahnte Kersten davon, dass die Jungen schon lange herausbekommen hatten, wie sie durch die Hintertür in seinen Keller kamen, um ihm die Bierflaschen aus den Kisten zu klauen. Nie wäre Kersten darauf gekommen, den Schwund im Vorrat, den er wohl bemerkte, mit ihnen in Verbindung zu bringen – dann schon eher mit der Kampfgruppe Roter Spartakus, die sich bis vor kurzem bei ihm getroffen hatte, oder der SA-Abteilung Luisenstadt, die sich nun bei ihm traf. Oder gleich mit irgendeinem Juden oder Zigeuner, wie es dem Brauch dieser Tage entsprach.

In der Spreequelle also hatte der Mann mit der Schabenstimme gegenüber von Alfred und seinen zwei Jungs gesessen. Der Mann hatte sich da an den Tresen geklammert, mit der einen Hand – und mit der anderen am Bierglas, sodass es aussah, als habe er Angst, der Tresen könne wegfliegen oder das Glas. An diesem Abend hatte er viel Bier getrunken, sehr viel Bier, mehr als Alfred, Otto und Ralf zusammen. Dabei hatte er lauthals davon erzählt, dass er beim Kaufhaus Wertheim gearbeitet habe. Bis sie ihn rausgeworfen hätten, was deswegen passiert sei, nur deswegen, erzählte er in der Spreequelle, weil er angeblich eine Uhr geklaut habe, beim Wertheim, eine goldene Uhr. Aber das war natürlich, sagte er, eine Lüge. Lüge sei das, aber auch nicht weiter überraschend, da Wertheim ein jüdisches Kaufhaus sei und darum überwiegend in jüdischem Besitz und damit im Besitz von Lügnern. Da müsse man ja geradezu herausfliegen als ordentlicher Mensch. Als Deutscher. So war es ja.

Noch mehr Bier stellte Kersten dem ordentlichen Mann hin, der mal beim Wertheim gearbeitet hatte, damit er vergessen möge, dass er dort nicht mehr arbeitete. Je länger der Abend dauerte, desto mehr Unsinn hatte der Mann erzählt, über Wertheim und über die anderen Sachen, und desto stärker war er zur Seite gekippt. Tapfer hatte er sich am Tresen festgeklammert, auch noch, als bei ihm schon lange nicht mehr von Wertheim und den Juden die Rede war, sondern Stille herrschte.

Irgendwann war Otto aufgefallen, dass der ordentliche Mann dort am Tresen nicht mehr saß, sondern hing, irgendwas; und dabei schlief – was Menschen in dieser Position eigentlich nicht können. Mit seinen Armen über Kopfhöhe schlief der ordentliche Mann, und mit geschlossenen Augen, wie ein grauer Flughund im Tagesschlaf. So taufte man ihn. So lachte man ihn aus.

Alfred flüsterte Ralf etwas zu, seinem Sohn, und der ging hinüber zum Flughund, schaute noch einmal kurz zu seinem Vater und zu Kersten hinter dem Tresen. Die Männer nickten, Ralf schob Flughund sanft den Stuhl unter dem Hintern weg, nur ein kleines Stück. Es reichte, dass Flughund Übergewicht bekam. Dass er kippte, vom Tresen abrutschte und mit Glas und nassem Rest auf den Boden sackte.

Nun war Flughund im Laden, und er sprach feindselig mit der Mutter. Er war nicht gekommen, um einen Smoking oder einen Cutaway zu bestellen. Er wollte auch nichts ausbessern oder ändern lassen. Flughund kam aus einem anderen Grund.

Ottos Mutter stand alleine dort im Laden. Der Meister war im Kino. Er sah einen Fliegerfilm von der UFA, «Keine Antwort von OI-1», mit Helmut Graf und Maria Voss, für den Mäntel Rettig ein paar Kostüme geschneidert hatte. Auch das für den großen Helmut Graf, danach hatte Otto gleich gefragt. Otto blieb auf der Schwelle der Nähstube stehen, sodass Flughund ihn nicht sah.

«Ich will die Uhr!», schrie Flughund.

Seine Stimme ließ Otto erschaudern.

«Eine Uhr gibt es hier nicht», sagte die Mutter. «Ich habe keine Uhr. Wenn Sie sonst nichts wollen, verlassen Sie das

Geschäft. Wir haben geschlossen. Wenn Sie das Geschäft nicht verlassen, rufe ich die Polizei.»

«Ihr habt die Uhr!», schrie Flughund. «Du lügst!» Jude Rettig habe die Uhr, aber er lüge, wie Jude Wertheim, rief Flughund. Die Polizei könne sie schon rufen, die werde für Ordnung sorgen. Flughund zerrte Stoff von einer Stange und riss ihn kaputt. Otto hörte es um die Ecke, aus der Nähstube. Warum konnte Flughund so etwas einfach machen? Otto wollte zu seiner Mutter. Sein Herz schlug heftig. Er hörte sich atmen. Die Mutter schrie jetzt: Sie rufe gleich die Polizei.

«Ich gebe Ihnen Geld, aber gehen Sie! Lassen Sie die Ware in Ruhe. Verdammt noch mal, gehen Sie!»

Die Mutter öffnete mit einer Hand die Kasse, ein sanftes Klingeln. Sie griff nach einem Bündel Scheine. Die Uhr übersah sie. Ein Spiegel fiel um, Kleiderständer, eine Schneiderpuppe. Flughund riss alles um.

«Lassen Sie das!»

«Dann ruf doch die Polizei!» Flughund lachte jetzt. «Die Polizei weiß, was mit euch zu tun ist. Die kommt und räumt hier erst mal auf.»

Seine schweren, unregelmäßigen Schritte stampften auf die Mutter zu. Er riss ihr das Geld aus der Hand und schubste sie weg. Sie landete auf den Knien, die Schere in der Hand. Otto rief nach ihr. Er lief hin und legte ihr die Hand auf die Schulter. Die Mutter sagte, dass Otto laufen solle, raus, zur Polizei; aber Otto wollte nicht zur Polizei, er wusste auch gar nicht, wo die war. «Lauf weg!»

Flughund hatte sich eine Jacke übergeworfen, eine schwarze Lederjacke, so eine Fliegerjacke, mit hohem Kragen und breitem Revers, die nicht seine war, sondern eines von den Stücken, die der Meister für den Fliegerfilm mit

Helmut Graf geschneidert hatte. Die Jacke hatte auf einer der Puppen im Schaufenster gehangen.

Flughund sah nun Otto. «Bür...schchen!», rief er. Er wischte mit dem Unterarm über die Werkplatte. Kästchen mit Garnrollen, Stoffen und ein Maßband fielen zu Boden. Die Emailleschale mit den blauen Einnähern. Ein Kästchen zerdrückte Flughund mit dem Schuh. Es knackte unter seiner Sohle. Otto nahm der Mutter die Schere aus der Hand. Er sah den Mann an. Flughund in der Lederjacke lachte und sagte: «Bürschchen!»

«Raus!», schrie die Mutter und zeigte zur Tür. Sie stellte sich vor Otto, dabei war er es ja, der die Schere hatte.

«Raus!», schrie sie.

Die Tür zum Hausflur flog auf. Nils kam in die Nähstube, atemlos, vom Krach aufgeschreckt. Er brachte nur einen Ton heraus, eine Art «Nein!».

Otto klammerte seine Finger um die Schere. Er sah Flughund an. Der Mann war betrunken. Er trug eine Jacke, die ihm nicht gehörte. Er ging auf die Mutter und auf Nils und auf Otto zu. Flughund redete auch, aber was er redete, konnte Otto nicht verstehen. Der Schall brauste Otto durch die Ohren, blieb aber nicht hängen. Otto spürte die Hände der Mutter an seinem Arm. Ihre langen Handschuhe. Otto zählte stumm bis drei. Er sah in die Augen des Hundes, eins. Er öffnete die Schere, sodass beide Klingen frei lagen, zwei. Er schloss die Augen, drei. Er lief auf den Hund zu und stieß mit der Schere nach vorne.

Die Schere verfehlte ihr Ziel. Sie blieb im Pfosten der Werkbank stecken. Otto stolperte und fiel auf den Teppich. Flughund lachte. Er griff nach der Schere. Dem Bürschchen werde er die Ohren abschneiden, und dann hole er die Polizei, die sorge für Ordnung. «Ich hole die Polizei!», schrie

Flughund. Die Mutter trat nach ihm, aber er schlug ihr den Ellenbogen ins Gesicht. Sie taumelte. Flughund schaute auf Otto hinunter. Otto hielt den Unterarm vors Gesicht. Er krabbelte rückwärts Richtung Ankleide.

Gerade als Flughund nah genug war, um nach Otto zu stechen; gerade als er die Hand mit der Schere hob, Otto den Kopf hinter den Armen versteckte und Flughund sich anscheinend einen Moment überwinden musste, es auch wirklich zu tun, wirklich zuzustechen; gerade in diesem Moment blitzte etwas in der Nähstube auf. Flughund sah nach rechts, es war nur eine Sekunde, er konnte eben den Kopf drehen. Da flog etwas durch die Luft, ein Gegenstand flog auf ihn zu. Ein Bügeleisen flog auf ihn zu und traf ihn.

Er guckte verdutzt. Das Bügeleisen schlug mit voller Wucht ein. Ein dumpfer Knall. Flughund taumelte, hielt sich den Kopf – und fiel der Länge nach auf den Boden.

Moische Kredit ist verreist

Es war Selma, die geworfen hatte. Sie stand in der Tür der Nähstube, hinter ihr versteckte sich Nils. Das Bügeleisen, ein altes, schweres Teil, das wohl kaum jemand im Laden noch benutzte, lag neben dem Kopf von Flughund. Vom ewigen Dampfen war das Eisen an der Oberfläche zugerostet, beinahe schwarz. Die Unterseite aber war glatt und sauber.

Flughund lag auf seinem Gesicht, und das Gesicht drückte sich in den Teppich. Knöpfe, Fäden und die Reste des Kästchens waren um ihn her verstreut, wie Blumen auf der Wiese. Er blutete aus dem Kopf. Keiner sprach.

Die Mutter lief auf Otto zu, drückte ihn, und Otto spürte, dass sie fast so zitterte wie er, und es war möglich, auch wenn es unmöglich schien, dass ihre Augen ein wenig feucht waren. Ihre Handschuhe zog sie aus und legte die Hände um Ottos Wangen, wie einen Trichter. Selma kniete sich neben den Mann, den sie niedergestreckt hatte. «Er atmet», sagte sie. Die Mutter lockerte die Umarmung, in der sie Otto hielt, und erhob sich.

«Wir brauchen einen Arzt», sagte die Mutter.

«Nein», sagte Selma. «Wir bringen ihn ins Hospital. Er muss weg.»

«Ich rufe die Polizei.»

«Warum? Wenn wir Glück haben, erinnert er sich an nichts. Wenn wir Pech haben, kommt er wieder. Wenn die Polizei hier mit ihm spricht, wird er gefährlich.»

«Ich rufe die Polizei trotzdem», sagte die Mutter und zog sich die Handschuhe wieder an.

Sie schickte Otto und Nils weg, in den ersten Stock, und befahl ihnen, die Tür zu ihrem Zimmer zu schließen. Die Jungen gingen still die Treppe hinauf. Sie gingen ins Zimmer von Nils, und Nils schloss die Tür, und sie sahen sich zum ersten Mal richtig an und setzten sich hin, aufs Bett und auf den Boden. Otto war froh, dass es in diesem Moment keinen Grund gab, in einem anderen Zimmer zu sein; dass er kein eigenes Zimmer hatte, denn da wäre er allein gewesen. Die Jungen saßen zwar stumm da, aber sie saßen gemeinsam stumm da.

Unten hörten sie die zwei Frauen angestrengt miteinander reden. Auf halber Treppe lag die Toilette, und Otto sah die Tür an und erinnerte sich für eine Sekunde, dass seine Mutter ihn ausgetrickst hatte; dass es bei ihr wichtig war, auf das zu achten, was sie nicht sagte. Was hatte sie jetzt gerade nicht gesagt? Was war da passiert, im Laden?

«Das war Flughund», sagte Otto.

«Wer?»

«Flughund.»

Otto kam das Gesicht von Flughund vor Augen, wie ihm Blut aus dem Kopf lief. Flughund lag da vor ihm, und es lief dem Mann Blut aus dem Kopf. Otto merkte, dass er Angst hatte, es könnte Flughund etwas passiert sein. Warum? Eben noch hatte er dieses Gefühl nicht gehabt. Eben noch war er sogar mit einer Schere auf ihn losgegangen. Aber jetzt, da er darüber nachdachte, kam es ganz deutlich. Otto wollte es nicht, aber das Gefühl war da. Flughund hatte sie bedroht, und Otto selbst zitterte immer noch von dem Schrecken. Es war aber verdammt noch mal nicht leicht zu verstehen, dass es richtig war, dass der Mann dort unten lag und blutete. Es war das eine, ihm den Stuhl unter dem Hintern wegzuziehen – das andere war, ihm ein Bügeleisen an den Kopf zu werfen. Das andere war, dass er da unten lag und aus dem Kopf blutete.

«Ich kenne den Mann. Er wird von einigen ‹Flughund› genannt.»

«Komischer Name.»

«Ja.»

Flughund hatte sie bedroht. Er hatte vor allem ihn bedroht. Die Ohren hatte er ihm abschneiden wollen. Warum die Ohren? Hatte er sie wirklich bedroht? Oder war das auch nur so eine Geschichte wie die vom Kaufhaus Wertheim und den Juden? Und was war mit der Uhr? Welche Uhr?

Doch, sicher, sagte sich Otto. Doch, sicher, natürlich, dieser Mann war nur in den Laden gekommen, nach Feierabend, um zu stehlen und um etwas zu zerschlagen. Otto sprach es sich innerlich vor: «Doch, sicher.» Flughund hatte es verdient. Er hatte es einfach verdient zu bluten. So war es nun mal. Auch wenn das keiner verstand.

«Woher kennst du ihn?», fragte Nils.

«Aus der Spreequelle.»

«Ich meine, der war schon einmal bei uns. Hat einen Anzug bestellt», sagte Nils.

«Ach?»

Ein Auto hielt vor dem Haus. Nils stand auf und trat ans Fenster. Er wartete einen Moment, dann drehte er sich zu Otto.

«Ist das eine Kneipe, die Spreequelle?»

«Ja.»

Nils sah wieder aus dem Fenster.

«Sie bringen ihn weg.»

«Was wollte der hier?», fragte Otto.

«Geld, schätze ich.»

Otto schüttelte den Kopf.

«Warum hier?

«Wir sind Juden. Hast du es nicht gewusst? Sie schreiben es im Scheunenviertel schon an die Scheiben, in Rot: ‹Jude. Saujude. Moische Kredit ist verreist.›»

«Versteht keiner», sagte Otto.

Sie hörten Schritte und Stimmen im Laden, das Klingeln der Tür, das Klingeln der Kasse. Die Schublade der Kasse wurde aufgezogen und wieder geschlossen. Man sprach miteinander. Jemand stöhnte, ein Ächzen. Schritte im Hinterhof, Schritte, die durch den Flur hallten. Die Ladentür öffnete und schloss sich. Das Auto fuhr ab. Sie hörten Ottos Mutter, sie ging hin und her. Tür auf, Tür zu. Sie hörten Ottos Mutter in der Nähstube, Geräusche, wahrscheinlich räumte sie zusammen, was über die Teppiche verstreut worden war. Sie hörten Ottos Mutter, wie sie in den Hinterhof ging. Sie hörten das Klappern einer Tonne und einen dumpfen Ton. Sie hörten Ottos Mutter am Fernsprecher, wie sie den Hörer erst abnahm, ihn wieder auf die Gabel legte. Nils kniff die Augen zusammen. Er schien über etwas nachzudenken.

«War das deine Schwester? Die geworfen hat?»

Nils nickte.

«Sie heißt Selma.»

«Sie hat uns gerettet.»

Nils nickte.

Sie hörten die Ladentür. Meister Rettig. Man sprach. Schritte, dieses Mal auf der Treppe. Der Meister kam ins Zimmer. Er hatte nicht einmal den Mantel abgelegt. Ein Mann, lang wie die Tür. Er stand auf der Schwelle, um seine Füße zog es kalt herein. Er sah hin und her zwischen den Jungs. Hoch wie die Tür war er.

Auf dem Kopf trug er einen dunklen, runden Hut. Weil er so hoch und weit weg war, konnte Otto die Farbe des Hutes kaum erkennen. Der Meister roch nach Rasierwasser, das so stark war, dass es selbst Otto noch in der Nase kitzelte. Er umarmte seinen Sohn. Dazu musste er den Oberkörper vorbeugen. Er legte Nils eine Hand auf den Kopf, was ein wenig komisch aussah, weil Nils zwar kleiner als sein Vater war, aber nicht eben klein. Es war mehr die Art, in der der Meister es tat. Er atmete schnell. Er trat einen Schritt zur Seite. Die Hände am Hosensaum, den runden Hut auf dem Kopf, als wisse er nicht, wohin damit. Er bewegte sich hölzern und eckig, seine langen Beine unbeweglich wie Rechen. Er streckte die Hände zu seinem Sohn aus, aber Nils hatte sich schon aufs Bett gesetzt.

Dieser Mann wurde, wenn man ihn, wie Otto es gerade tat, fast vom Boden aus ansah, nur noch länger. Seine schwarzen Schuhe glänzten, an einem Tag wie diesem, die Bügelfalte der Hose fiel elegant am Bein, die Jacke saß ihm gut auf den Schultern, trotz der Größe. Das Hemd, die Weste, alles da, wo es hingehörte. Der Schnurrbart war getrimmt, der Backenbart begradigt. Er hatte feiern wollen, dass seine Arbeit, eine Fliegerjacke aus Leder, im Kino zu sehen war. Nun war es anders gekommen.

Der Meister rieb sich abwesend und langsam die Hände. Er tat ein paar verlorene Schritte. Mit seinen Fingern tippelte er auf dem Oberschenkel, als seien sie Tänzer beim Ballett. Seine Augen suchten etwas auf dem Boden oder in der Luft, irgendwo unterhalb seiner Hände, in Kniehöhe, wo selbstverständlich nichts war, und das, was er suchte, schon gar nicht.

«Hat er dir etwas getan?», fragte er, mehr an die Luft als an seinen Sohn gerichtet. «Hat er euch etwas getan?»

Rettig wartete die Antwort nicht ab. Er blickte weder seinen Sohn noch Otto länger an, sondern schritt durchs Zimmer. Feste, schnelle Schritte.

«Ein Missverständnis», stellte der Meister fest und ging sich mit der Hand durch den Bart. «Ein dummes Missverständnis. Hauptsache, euch geht es gut.»

«Das ist die Hauptsache», sagte Otto.

«Geht uns gut», sagte Nils.

«Eine Geschichte» sei das, «merkwürdig», fand der Meister, «aber kein Grund zur Beunruhigung.» Nur die Jacke sei fort und das Schaufenster leer, das sei ärgerlich. «Leer, als sei da ein Loch.» Aber wenn da einer komme und eine Jacke stehle, sagte der Meister, dann mache Mäntel Rettig eben eine neue Jacke. Im Fenster müsse eine Jacke hängen. Was sei der Mensch denn ohne sein Kleid? Nichts sei der Mensch ohne sein Kleid. Die Jacke müsse wieder her. Wenn sie weg sei, eine neue. «Jetzt ist der Film im Kino! Die Leute sollen die Jacke sehen. Maria muss das wissen.»

Mit wem der Meister sprach, war nicht klar, da er aus dem Fenster auf die Straße sah und Otto und Nils auf seinen Rücken schauten. Er steckte eine Hand beim Reden hinter den Gürtel. Nils nickte zu dem, was der Vater sagte. Otto nickte auch und sagte: «Selma hat uns ja gerettet.» Rettig wandte sich zu ihm, sein rechtes Auge zuckte, als würde ihn der Name seiner Tochter an etwas erinnern. Aber woran, behielt er für sich.

Nach diesem Abend begannen der Meister, die Mutter und Selma, die erst einmal in der Hofstraße blieb, sich zu treffen, wenn nach Geschäftsschluss der schwarze Vorhang hinter dem Schaufenster heruntergerollt war, wenn Otto und Nils ins Bett geschickt worden waren. Sie sprachen gedämpft bei geschlossener Tür, stundenlang. Das erste Ergebnis war, dass Otto eine Liege aus Metall bekam: die vom Dachboden, aus der «Mansarde», in der Selma nun schlafen sollte. Die Liege war so eine, die man zusammenklappen konnte, und sie quietschte so sehr, wenn Otto sich darauf niederließ, dass er am Abend mitunter eine halbe Stunde wach lag, weil er sich ausmalte, dass die Liege zusammenklappen könnte, wenn er sich zu viel auf ihr wälzte, und dann würde sie ihn verschlucken wie ein Krokodil den Kolibri. Er lag beim Einschlafen möglichst still und damit wach da, er hörte unten die Erwachsenen sprechen und roch im Dunkeln noch viel stärker als im Hellen den Wachsduft, der das Bett von Nils und Nils selbst umgab.

Die Erwachsenen hatten die Liege ohne weitere Hinweise in das Zimmer von Nils gestellt, was Nils nicht bejubelt hatte, aber akzeptierte. Wer weiß schon, wozu es gut ist, sagte Otto sich und lag abends da und wartete, bis er sich nicht mehr aufs Warten konzentrieren konnte. Er schlief meist ein, wenn auch die runden, weißen Leuchten an der Hausfront unterhalb des Fensters erloschen.

Ein Geist geht sich nicht waschen

Selma hauste auf dem Dachboden wie ein Geist. Man hörte ihre Geräusche aus der Mansarde, es roch nach ihr, wenn sie aus dem Bad kam. Mit einem Handtuch um die Hüfte und einem um die Brust lief sie durchs Treppenhaus. Man sah eine Spur aus kleinen Wasserflecken auf dem Boden, der Geist hatte getropft. In der Luft stand der Duft ihrer Seife, auch die Wanne roch noch den ganzen Tag nach ihr. Ein schöner Geist. Ein Geist, der nach Honig roch und kaum zu sehen war.

Otto kreiste in diesen Tagen ehrfürchtig um Selma. Er zog weite Bögen. Sie machte ihm, bei aller Dankbarkeit, auch ein wenig Angst. Sie war eben ein Geist, na ja. Wenn er ihr im Haus begegnete, wurde er, aus Gründen, die er nicht kannte, die ihn aber beherrschten, verlegen. Otto führte seine leise Angst darauf zurück, dass er Selma als seine Retterin betrachtete, als die Retterin aller. Retter bewundert man, aber man kommt ihnen nicht zu nahe. Zudem war da noch das, was Otto über Selma, die Schwester von Nils Rettig, unter der Brücke am Stadthafen verraten bekommen hatte. Die Sache mit den Männern und den Frauen. Eingeflüstert hatte Ralf es ihm, so musste man es nennen.

Wenn Selma von sich aus ein Wort mit Otto sprach, was in den ersten Tagen sehr selten vorkam, weil es keinen Grund dafür gab und Otto auch wirklich nicht nach einem suchte, blieb es bei technischen Hinweisen; dass eine Tür geöffnet, eine Lieferung zu einem Kunden gebracht, Tee (der mit dem Drachen) beim Krämer nebenan mit dem Namen «Krach» gekauft oder der Vorhang im Ladenfenster hochgezogen werden sollte. Dass in der Kasse Kleingeld fehlte. Trotzdem, obwohl diese Hinweise technisch waren, fragte ein kleiner Ralf, der Otto auf der Schulter saß, jedes Mal, wenn Selma mit ihm sprach, flüsternd in sein Ohr, ob Selma Frauen oder Männer küsse, und wenn Männer, welche, und wenn Frauen, welche? Otto sah Selma auf den Mund.

Am ersten Wochenende nach dem Vorfall und später immer wieder verschwand Selma zum Landhaus der Rettigs an einen See hinter Bad Saarow, der Müllrose hieß. Landhaus war sicher eine Übertreibung, wenn damit etwas anderes gemeint war, als dass es eben ein Haus auf dem Land war.

Otto dachte an das, was Ralf über Selma gesagt hatte. Da fuhr Selma also am Wochenende hin, küsste heimlich ihre Männer, zwischen den Steinen mit Blick auf den See am Samstagnachmittag. Darum fuhr sie stets ohne den Vater und den Bruder. Ob sie dorthin auch Frauen einlud? Alles sehr schwer zu glauben. Verstand keiner. Otto beobachtete Selma vorerst aus der Ferne.

Man wusste nie, wozu es gut war.

Umso überraschter war Otto, als er Selma, den Geist, an einem Sonntagnachmittag im Bett von Nils entdeckte, gewissermaßen also in seinem Zimmer, wohin er gegangen war, um sich umzuziehen, was er kurzfristig dann doch nicht tat. Selma musste gerade heimgekommen sein, und eigentlich war ihr Zimmer ja oben, unter dem Dach. Doch so weit hatte sie es nicht mehr geschafft. Sie hielt auf dem Bett ihres Bruders ein Schläfchen; ihre Beine hingen halb über der Bettkante, Schuhe, Rock und Bluse lagen verteilt auf dem Boden, sie lag ausgestreckt da in einem violettfarbenen

Hemd. Sie war wie auf die Decke gefallen. Sie atmete gleichmäßig in ihren Traum hinein. Auf dem Stuhl neben dem Bett lagen Ohrringe. Otto schlich lautlos und rückwärts aus dem Zimmer. Er schloss die Tür. Er sah nur Violett und Selmas blonde Haare. Er war benommen. Er roch das Wachs, das das Bett umgab. Woher kam dieser Geruch? Er traute sich nicht, noch einmal hineinzugehen, auch wenn er wollte. Selma hätte aufwachen können.

Otto ging an die frische Luft, ein kurzer Spaziergang. Vor dem Café Neumann gegenüber war ein langer Tisch mit Kuchen aufgebaut: Bienenstich, Butterkuchen, Pflaumenblech. Torte mit Kirschen und Schokolade, Käsekuchen. Krämer Krach hatte, trotz Sonntag, die Tür zu seinem Geschäft geöffnet. Er räumte und stapelte Kisten mit Tee, auf denen rote Drachen gedruckt waren. Ein Schleier aus Teegeruch, Druckerfarbe, Bienenstich, Kaffee und Selmas violettem Hemd stieg über der Straße in die Luft. Der Frühling blies durch die Gassen der Friedrichstadt. Er pustete die Gerüche aus den Häusern, die den Winter über in Regalen und unter Theken gehangen hatten. Otto spürte den Wind auf seinem Pullunder und auch auf der Hose, und das tat gut.

An einer Ecke in der Nähe der Wallstraße stand der Eismann mit seinem Kastenwagen. Dem legte man zehn Pfennig in die Faust, und er verschwand mit dem Geld in seinem Wagen. Wenn er zurückkam, mit der Waffel und der Kugel, bedankte man sich höflich, und der Eismann lächelte breit zurück, durch seine beeindruckenden Zahnlücken.

In den folgenden Tagen sah Otto im Laden bei der Arbeit zu. Er sah allen bei der Arbeit zu, aber nur wenn Selma an der Nähmaschine saß, beschlich ihn so ein Gefühl. Otto schämte sich, dass er dieses Gefühl nie gehabt hatte, wenn er seiner Mutter zugesehen hatte, an der Maschine zu Hause in der Küche am Löwenplatz. Sie hätte es wahrscheinlich auch verdient. Er kam sich schäbig vor und undankbar, und manchmal ging er hinauf zur Mutter in die Küche, die nun wieder ihr Arbeitsplatz zu sein schien, und er kochte ihr aus lauter schlechtem Gewissen einen Tee. Er musterte sie, wie sie aufrecht am Tisch saß, die Haare zurückgesteckt, eine Locke rechts über dem Ohr, eine links.

Wenn er ihr die Tasse auf den Tisch stellte, sah er Mutters Handschuhe, was ihn traurig machte, oder gleich ihre roten Finger und den Handrücken voller Kratzer, und er wollte weinen. Sie hatte sich mit der Arbeit, mit den Jahren in der Küche am Löwenplatz, mit dem Nähen und Bügeln und Sticken alles zerfurcht. Sie hatte sich am Ende die Hände für ihn zerfurcht. Dann ging Otto wieder und sagte nichts, denn wenn er es getan hätte, wäre es nur noch schlimmer geworden. So viel hatte er schon gelernt über die Momente, in denen man schweigen muss, auch wenn man reden will.

Aber wie konnte Selma seine schweren Gedanken vertreiben, wenn er bei ihr in der Nähstube saß! Ohne dass sie es wusste; sie ahnte es nicht einmal. Es gelang ihr mit einer kleinen Bewegung, einem kurzen, unabsichtlichen Blick. Otto dachte dann kaum noch an die Mutter, die ein Stockwerk höher saß, wenn Selma nach ihren Zigaretten griff, die Packung aus der Jacke zog, die über der Lehne ihres Stuhles hing. Sie nahm die Schachtel und sah dabei so sicher aus, so wenig wie er und Ralf unter der Binzer Brücke, die das Rauchen nur übten. Sie sah auch nicht aus wie Alfred in der Spreequelle oder die anderen Kerle, die da den Laden vollqualmten und am Ende des Abends nicht hätten sagen können, ob sie zehn oder hundert Zigaretten eingeatmet hatten.

Selma stand mit der Schachtel in der Hand auf und zog

ihren langen Jumper, also den Pullover, der im Sitzen hochgerutscht war, über die Hüfte. Es war ein hellblauer Jumper, der ihr bis zu den Oberschenkeln reichte, darunter trug sie einen grauen Faltenrock. Mit der Schachtel ging sie durch die kleine Tür neben der Schneiderpuppe aus der Nähstube in den Hinterhof. Dort rauchte sie. Selma lehnte an der Hinterwand des Ladens, die Tür stand ein wenig offen, sodass man es drinnen riechen konnte. Sie rauchte in aller Öffentlichkeit und auch wenn ihr Vater im Laden war, eine Zigarette, was Otto für eine unerhörte Tat hielt. Auch wenn im Prinzip keiner hinsah. Auch wenn Selma schon erwachsen war, fast jedenfalls.

Wenn sie zurück in die Stube kam, setzte sie sich neben die Nähmaschine und legte Nadel und Faden zurecht. Bevor sie begann, den Faden zu überprüfen und durchs Öhr zur führen, schob sie sich die Ärmel ihres Jumpers hoch. Der Jumper saß eng, und über der Brust spannte er leicht. Im Licht der Arbeitslampe konnte Otto die blonden Härchen auf Selmas Unterarmen erkennen, die wie Glühwürmchen in der Luft zu tanzen schienen. Helle, blonde Härchen.

Er sah sie an, als habe er noch nie den Unterarm einer Frau gesehen, zumindest nicht so, und die Härchen drohten durch Selmas rasche Bewegungen sich aus der Haut zu lösen und davonzufliegen. Sie strich sich über den Unterarm, und die Härchen lagen eine Weile brav da und dösten. Selmas Nase, auf deren Rücken der Schatten ihrer Haare fiel, war schmal, lang und unten rund, was dem Gesicht den Anschein eines Ausrufezeichens gab: einen Strich, einen Kreis: Selma!

Sie arbeitete schnell. Wenn sie nicht an der Singer saß, hielten ihre schmalen Finger das Kleid übers Knie, der Fuß stand auf einem Tritt. Sie ließ die Nadel durch den Stoff gleiten, der Faden flog hinterher. Selma zog ihn hoch in die

Luft, bis alles hielt. Sie nähte Kleid, Jacke, Hose. Sie besserte Mäntel aus. Sie blickte dann und wann auf und sah Otto an, und Otto fühlte sich von ihrem Blick aufgefordert. Er wusste nur nicht, wozu. Sie hatte braune Augen. Beide Augen braun und schön.

Man muss der nackten Puppe etwas anziehen

Es war gar nicht so lange her, da hatte Otto sich noch für das geschämt, womit die Mutter Geld verdiente. Die Eltern von Ralf nähten zwar auch, aber sie hatten immerhin einen eigenen Laden. Ottos Vater hatte früher Züge rangiert, auch immerhin. Die Eltern der anderen Kinder waren Beamte, arbeiteten in einer Fabrik, bei Borsig oben in Tegel, schraubten Tachos bei Deuta, waren Mechaniker oder Apparatebauer bei einer der Werkstätten längs der Köpenicker Straße. Sie arbeiteten am Flughafen in Tempelhof, oder sie waren bei der Wehrmacht. Eine Mutter zu haben, die schneiderte, war nichts, was irgendwelche Vorteile brachte. Nie würde es anders sein, hatte Otto gedacht.

Seit sie bei den Rettigs wohnten, hatte sich seine Sicht auf diese Dinge geändert. Da war der Meister, Meister Rettig, was für ein gutgekleideter Mann, hoch wie ein Laternenpfahl. Da waren Nils und Selma. Und selbst die Mutter sah in diesem Laden anders aus, der Hintergrund machte etwas mit ihr, die ganzen Sachen, der Teppich, die Bilder, der Geruch, die Kunden, das Café Neumann gegenüber, nebenan der Krämer mit dem Tee und den Zeitungen.

Der Meister nahm tagsüber Maß bei den Männern und Frauen der Friedrichstadt, die in den Laden kamen, allesamt schicke Leute, mit Anzügen und Hüten und Kleidern und Gehstöcken und Handtäschchen und glänzenden Schuhen.

Einige fuhren gar mit dem Auto vor. Der Meister notierte die Maße und machte eine Skizze vom Modell, wie kleine Kunstwerke sahen diese Zettelchen aus, die er in einer Reihe an ein Regalbrett in der Nähstube pinnte. Für jede Skizze eine Nadel. Er legte den Kunden die Stoffe hin, Exempel oder ganze Bahnen, die er aus dem Keller holte, oder Anzüge, Westen, Hosen, die schon genäht waren und auf den langen Stangen im Laden hingen, damit die Kunden eine Vorstellung bekamen, wie ihr gutes Stück einmal aussehen könnte. Den Stoff rieb der Meister behutsam zwischen den Fingern und sagte dazu irgendetwas, aber es war eigentlich egal, was er sagte, denn wie er den Stoff zwischen den Fingern rieb, das war entscheidend. Er rieb den Stoff so, dass man ihn sofort selbst anfassen wollte. Man wollte drüberstreichen, anprobieren, hineingreifen, zufassen. Die Kunden wählten einen Stoff, und der Meister verstand es, noch besser als Nils und Selma und auch besser als die Mutter, sie mit seinen Kommentaren in die Richtung zu bringen.

Es war wichtig, eine Meinung zu entwickeln, das hatte Otto sich bei ihm abgeguckt. Das hatte die Mutter sich bei ihm abgeguckt. Und Nils schon lange. Eine Meinung zu dem Menschen, den man bediente. Nichts ist schlimmer, als dem Kunden zu sagen, er müsse schon selber wissen, was für ihn gut sei, es sei ja er, der die Jacke später tragen müsse. Für einen solchen Satz geht niemand zum Schneider. Wer so etwas sagt, meinte der Meister, verstehe das Geschäft nicht. Wer so etwas sagt, der sei ein Trottel!

Wenn einer zum Schneider geht, dann will er ein Kleidungsstück, das wie ein Kompliment ist. Eine wohlverstandene Schmeichelei. Sie muss die Vorzüge der Person herausstreichen, aber es darf nicht überzogen wirken. Man spricht mit runden Frauen nicht über ihre Hüften und greift dem

Mann, der ein Hemd ist, nicht an den Oberarm. An jedem Menschen, das lernte Otto schnell, während er dem Meister und der Mutter im Laden bei der Arbeit zusah, fand der Meister zielstrebig etwas Gutes, Schönes, Vorteilhaftes. Etwas, das der Mensch selbst an sich mochte. Langsam drang man dorthin vor.

Einmal kam ein Mann, dem gefiel die eigene Nase nicht. Sie sei zu groß und mache einen Haken, fand er. Er fasste sich dauernd daran. Aber wenn die Nase diesem Kunden nicht gefiel und er das betonte, so konnte man fast sicher sein, dass seine Augen ihm doch sehr genehm waren. Oder die Haare. Oder die Oberarme. Also sagte in diesem Fall die Mutter, der Herr möge für seinen Anzug doch einen blauen Seidenstoff aus Italien in Betracht ziehen, so einen mit Nadelstreifen, denn das Blau des Stoffes unterstreiche das Blau in seinen Augen und die Streifen betonten seinen gleichmäßigen Körperbau. Italienische Eleganz, das stehe ihm sicher. Der Mann mit der Nase, die, das fand auch Otto, außergewöhnlich groß war, sah die Mutter lange an, als sie das gesagt hatte, das mit der italienischen Eleganz. Erst kritisch sah er sie an, dann befühlte er den Stoff, der auf dem Tresen vor ihm lag. Er sah noch einmal die Mutter an, aus seinen blauen Augen, und schließlich kaufte er den Stoff und ließ sich einen sportlichen Dreiteiler daraus schneidern.

Bei seinen folgenden Besuchen bestand er darauf, stets von Ottos Mutter bedient zu werden. Einmal wartete er eine halbe Stunde darauf, dass sie vom Einkaufen am Hausvogteiplatz zurückkam, um bei ihm Maß zu nehmen.

Wenn ein Kunde wie dieser den Laden nach der Anprobe verließ, Otto hatte es einige Male beobachtet, sagte er «Auf Wiedersehen», die Ladentür klingelte, und der Meister oder die Mutter riefen ihm hinterher, er habe eine gute Wahl getroffen! Es sei ein besonderes Kleid, das er geschneidert bekomme, und – was sei der Mensch schon ohne sein Kleid?

Zufrieden schaute der Kunde dann von draußen zurück in den Laden. Vorfreude spielte ihm um die Augen, die Wangen spannten sich, und er stellte sich vor, wie das Stück, das er gerade bei Mäntel Rettig bestellt hatte, seinen Körper umschmeicheln würde.

Otto ertappte sich dabei, wie er den Meister bewunderte, das, was er erschuf. Wie er Selma bewunderte, wenn sie in der Nähstube am Tisch saß, den Jumper an den Ärmeln hochgekrempelt. Er bewunderte auch Nils, den jungen Nils, jünger sogar als er selbst, in seinem grau-grauen Anzug mit Weste und Hemd, den er dauernd trug. Wie schnell und geschickt seine Hände waren. Otto war kurz davor, sogar seine eigene Mutter zu bewundern.

«Da», sagte der Meister, «muss die neue Jacke hin. Hilfst du mir?»

«Ja ...», sagte Otto.

«Gut. Fang an. Du kannst Leder aus dem Keller holen. Ich muss jetzt weg. Nils und Selma helfen dir. Ich muss zu Frau Voss. Ihre Fliegerjacke ist immerhin weg. Sie muss das wissen.»

«Maria Voss?», fragte Otto. Aber da war der Meister schon weg.

Es dauerte den gesamten Nachmittag. Als der Meister wiederkam, saß Otto mit Selma am Nähtisch, und sie besserten Kleider aus. Rettig erzählte, er habe die U-Bahn genommen, Richtung Wilmersdorf, sei dann aber umgestiegen, halb zurückgefahren, um einen Blumenstrauß am Leipziger Platz zu holen, denn am Leipziger Platz hatten sie die besten Blumen, und ohne die besten Blumen brauche man nicht vorstellig zu werden bei Frau Voss. Otto holte für Selma Garn aus der Schublade, hielt ihr Stecknadeln hin und schwieg ansonsten.

«Jetzt brauchen wir Leder!», rief der Meister.

Selma sah kurz hoch.

«Ich dachte, du hättest die Bahnen besorgt?»

«Nein. Noch nicht.»

«Ich habe noch welche im Wedding, im alten Laden.»

«Das dauert zu lange.»

«Wo warst du eigentlich die ganze Zeit?»

«Bei Maria.»

«Frau Voss? Sie war ansprechbar? Tagsüber?»

«Ich habe ihr von der Fliegerjacke berichtet. Sie ist besorgt. Sie will eine neue Jacke. Sie will Freunde schicken. Wenn es so weit ist, kommt sie zu Besuch.»

Rettig verschwand in den Keller und suchte dort nach Leder. Als er es fand, kam er die Treppe hochgelaufen, das Stück in der Hand, und verkündete, daraus würden sie die neue Jacke nähen, die neue Fliegerjacke fürs Schaufenster. Damit es nicht leer bleiben werde da vorne, wie sähe das denn aus. Damit sie die Puppe wieder hineinstellen konnten. Wie einen erlegten Hasen hielt Rettig das Stück Leder hoch. Groß war es nicht.

«Das ist zu klein», sagte Selma.

Der Meister nickte.

«Geh bitte und kaufe etwas. Aber nicht im Wedding, davon bekommst du nur schlechte Laune. Frag doch Eli Kattuso. Bring ein paar Bahnen allgemein mit und Leder.»

«Ich habe länger nicht mit Eli geredet», sagte Selma.

«Ist das ein Problem oder ein Vorteil?»

«Das Letzte, was er mich gefragt hat, war, ob er mich heiraten kann.»

«Ich weiß. Hat er mich auch gefragt.»

«Ob er dich heiraten kann?»

«Sei nicht albern.»

«Ich habe ihm nicht geantwortet.»

«Warum nicht?»

«Ich hatte ihm schon geantwortet. Mehrfach.»

«Wahrscheinlich war es die falsche Antwort.»

Selma blickte den Vater an. Sie lehnte sich zurück. Sie nahm das Kleid, das sie gerade änderte, es sollte enger um die Hüfte werden und enger auch am Hals. Sie legte es zur Seite. Sie nahm ihre Zigaretten und ging in den Hinterhof.

«Tweed brauchen wir auch», rief ihr der Meister hinterher.

Nils schob das Leder zurecht, nahm Schnittschablonen von der Leine, das Kurvenlineal und zog aus der Hosentasche einen flachen Gegenstand in Form eines Dreiecks. In der Küche am Löwenplatz hatte es auch solche Dreiecke gegeben. Dreiecke, über deren Funktion Otto nie so recht nachgedacht hatte. Zum Reinigen? In die Vorderseite des Dreiecks war ein «K» gestochen. Otto nahm es sich.

«Du musst es abbrechen», sagte Nils und brach eine Ecke weg. «Dann wird der Strich feiner. Auf dem Leder sollte jeder Strich sitzen.» Nils legte Schablone und Lineal zurecht und zog eine Linie. «Wenn eine Linie nicht stimmt und du schneidest auf ihr, fehlt am Ende der halbe Ärmel. Leder ist teuer. Du hast es ja gehört.»

«Lass ihn doch», sagte Selma aus dem Hintergrund, «man kann es ja wegwischen.»

«Vielleicht sollten wir nicht gerade mit Leder anfangen», sagte Nils. «Ein wenig Kreide bleibt doch zurück, auch wenn man wischt. Wenn lauter Linien hier sind, kann ich am Ende meine eigenen nicht erkennen, und ...»

«Gib Otto die Kreide», sagte Selma etwas lauter.

Otto legte eine Hand auf das Leder. Er spürte das Material, die Oberfläche, wie es langsam die Wärme seiner Haut aufnahm. Es kam ihm vor, als würde es weich werden. Als würde es zu leben beginnen. Eine echte Lederjacke. So etwas trugen nur Leute im Film. Helmut Graf, Maria Voss. Und Piloten.

Nils schob den Schnittbogen unter Ottos Hand. In der anderen hielt Otto das Wachsdreieck. Es roch nach Wachs. Nils führte seine Hand am Schnittbogen. Otto fuhr mit der spitzen, flachen Seite auf dem Leder entlang. «Jetzt alleine», sagte Nils. Am Anfang ging es gut, aber am Ende verließ die Linie, die Otto zog, die Kante des Schnittbogens. Er hatte sich vermalt. Die Linie war schief. Anfängerfehler.

«Das musst du noch einmal machen», sagte Nils.

Otto zog nach. Eine zweite Linie schwirrte ziellos neben der ersten. Die zweite noch schlechter. So recht mochte es ihm nicht gelingen.

«Gib her», sagte Nils.

Er schob den Schnittbogen beiseite, nahm das Kurvenlineal und zog mit der Kreide einen Schwung, freihändig, quer durch die krakeligen Linien von Otto. Einen weißen, klaren Schwung zog er aufs Leder, mit einer Rundung, so gefällig wie die Kuppel vom Berliner Dom.

«So.»

«Angeber», rief Selma herüber.

Nils malte eine gestrichelte Linie hier, eine durchgezogene dort. Es waren Formen zu erkennen, Teile der Jacke. Beim Arbeiten schien Nils zuweilen die Luft anzuhalten, hatte den Mund jedoch offen. Nach einer Weile erinnerte Nils sich, dass er atmen musste. Sein Körper erinnerte sich und sog mit einem Ruck Luft ein. Nils' Hände waren still wie Eis, seine Bewegungen genau. Vielleicht hielt er wirklich die Luft an?

Man müsse das Kleidungsstück in Gedanken zerlegen, sagte Nils, und zwar in Dreiecke. «Wie ein Modell aus Papier. Hier ein Stück, da ein Stück.» Er fuhr sich mit der Handkante über den Oberkörper und malte unsichtbare Linien hin. Der Meister kam dazu. Er stellte sich neben Otto. Sie sahen Nils bei der Arbeit zu. Selma mischte sich ein.

«Otto hat noch keinen Strich gemacht!», sagte sie.

Selma nickte Otto auffordernd zu. Otto zögerte. Er sah auf das Leder und versuchte sich vorzustellen, welche dieser Formen an welchem Teil des Körpers sitzen sollte. Seine Phantasie reichte nicht. Eine echte Fliegerjacke, wie für Leute beim Film. Was war der Schauspieler schon ohne sein Kleid? Was war Maria Voss? Helmut Graf?

Nils zog Striche, Bögen, Dreiecke. «Schau mal – alles, was du brauchst, ist ein Dreieck. Aufs Dreieck geht alles zurück», sagte Nils und hielt die Kreide vor Ottos Nase. Am Ende bleibe von allem ein Dreieck. Das Quadrat zerfalle in Dreiecke. Die Rechtecke am Ärmel – zerfallen in Dreiecke. Nur das Dreieck lasse sich nicht mehr teilen, außer in zwei Dreiecke. Ein Zweieck gibt es nicht, das ist eine Linie. Vom Dreieck geht alles aus. Das Dreieck ist die Grundform. Ober- und Unterweite.

Nils wischte mit der Hand über den Tisch, er zog gedachte Linien in die Luft – Dreiecke und Dreiecke. «Wirbelpunkt, Bauchpunkt, Armloch, Überschlag, Achselnaht», sagte Nils. «Alles zerfällt in Dreiecke.» Ein Punkt und ein zweiter Punkt, das sei gut, aber erst der dritte bringe das Verhältnis dazu, der dritte zeige dem ersten Punkt, dass er weiter entfernt vom zweiten sei, oder näher dran.

«Junge, rede nicht so viel», sagte der Meister. Er zwinkerte Otto zu. Beim Lächeln bildeten sich in seinem Gesicht allerlei Falten. Wie bei einem Stück Papier, das man leicht zerknüllte und liegenließ und das sich langsam von selbst entfaltete. Auch wenn der Meister nicht lächelte, hatte er da eine Falte, eine Linie zwischen zwei Punkten. Die Nase vom Meister war eher ein Dreieck. Linie – Dreieck.

Otto sah zu Selma. Der Jumper malte ihre Figur mit einfachen, gefälligen Linien ab. Am Hals schloss das Stück mit einem abgesetzten Bündchen. Je nachdem, wie sie zur Arbeitslampe stand, verliefen die Linien im Stoff anders. Ihre Figur zerfiel jedoch, sosehr Otto es sich auch vorzustellen versuchte, nicht in Dreiecke, nur an der einen Stelle. Sonst waren da Wellen und Kreise. Ihr Jumper bestand aus Wolle, und die Wolle war so gestrickt, dass sie in einem bestimmten Licht lauter sehr kleine Rauten ergab. Der Stoff malte Schatten und Licht auf Selmas Oberkörper. Wie eine zweite Haut umhüllte sie die Wolle, die Kleinigkeiten kaschierte, aber die grobe Form herausstrich.

«Otto? Träumst du?»

Nils fasste ihn hart am Handgelenk.

Ottos Blick traf Selmas Blick.

Sie lächelte. Lachte sie ihn aus? An? Einfach so? Lachte sie überhaupt?

«Mach», befahl Nils.

Otto nahm die Schneiderkreide und malte ein Dreieck rechts unten aufs Leder. Sonst nichts.

«Was soll das?», fragte der Meister. «Ist das ein Malwettbewerb? Glaubt ihr, wir haben zu viel Leder?»

Otto legte die Kreide auf den Nähtisch.

«Ich kann das nicht.»

Er sah über das Leder und versuchte sich die Teile im Geist an den Oberkörper zu kleben, sodass sie eine Jacke ergaben. Linke Schulter, rechte Schulter, Rücken, Revers. Er merkte, dass ihn Selma, Nils und der Meister ansahen. Alle Augen auf Otto. Keiner sprach. Sie guckten nicht böse, auch nicht belustigt. Sie musterten ihn, Otto spürte es ganz deutlich. Sein Oberkörper löste sich in Dreiecke auf. Sie schätzten ihn ab.

Die Ladentür klingelte. Der Meister drehte sich um und ging zurück in den Laden. Herr Kolman hatte sich angekündigt. Über die Schulter sagte der Meister noch zu Otto: «Steht dir sicher nicht. Die Jacke wird dich erdrücken.»

Nils nahm eine Schere und setzte den ersten Schnitt. Die Klingen sausten in seiner Hand durchs Leder, als sei es warme Butter. Er hielt zwei lange Lederblätter gegeneinander, die wie Flügel eines dunklen Vogels wirkten.

Nils griff nach Ottos Hand, legte ihm die Schere hinein und führte sie durchs Leder. Es knirschte. Otto spürte die Schere kaum, weil Nils eine Kraft in seinen Fingern hatte, eine Kraft wie ein starker, dunkler Vogel, in seinen gar nicht besonders breiten Handgelenken.

«Schneidern die Jungen schon an meiner Jacke?», sagte der Mann, der Herr Kolman war. Er kam in die Nähstube, mit langsamen, lautlosen Schritten. Er legte Nils eine Hand auf die Schulter.

«Guten Tag, Herr Kolman.» Nils hatte einen komischen Belag auf der Stimme. Wieder ohne Luft. Der Meister stand hinter Kolman, er überragte den Mann um einen Kopf und sah zerknirscht drein.

«Hast du Leder für mich ausgesucht?», fragte Kolman.

«Nein, das ist nur, weil, also ...», sagte Nils.

«Leder steht mir nicht. Ich fühle mich vom toten Tier so erdrückt. Rettig, was meinen Sie? Ein totes Rind auf meinen Schultern? Wie der große Goliath? Nein, nein. Ich mag was Leichtes. Habt ihr nicht was Leichtes? Der Sommer kommt.» Nils sah verlegen zu seinem Vater.

«Schau nicht so betreten, Junge. Das steht deinem schönen Gesicht nicht. Wie alt bist du? Zwölf, dreizehn? Seit dem Schiwesitzen für deine Mama habe ich dich nicht gesehen. Schon vierzehn? Wann hast du Geburtstag? Deine Bar Mitzwa? Ihr kommt doch zu mir? Rettig, sagen Sie mir, dass Sie zu mir kommen, wenn der Junge ...»

«Ich habe im Juli Geburtstag», sagte Nils. «Ich werde dreizehn.»

«Wir haben noch nicht darüber gesprochen», sagte der Meister.

«Es wird Zeit, lieber Rettig. Warum ist er nicht in meinem Unterricht? Sei nicht so mäßig mit deinem Sohn. Er hat ein Recht auf die Tradition, auf unsere Lieder. Bei deiner Tochter war es eine wunderbare Feier. Weißt du das nicht mehr? Ich erinnere mich noch gut daran ...»

«Ich habe Unterricht. In der Schule», sagte Nils.

«Ist der gut? Er kann nicht gut sein. In der Schule? Ich bin entsetzt.»

Kolman kam in Fahrt. Eine Strähne des dunklen Haares, das er fachmännisch zurückgestrichen trug, rollte über die weite, hohe Stirn. Nils sah seinen Vater an. Der Meister seufzte.

«Kolman, wir wollen Maß nehmen.»

Kolman war noch nicht fertig.

«Kann der Junge nicht Maß nehmen? Ich will, dass der Junge Maß nimmt.»

«Gerne!», rief Nils.

Der Vater seufzte noch einmal. Nils legte die Schere beiseite, zog seine Weste zurecht, schnallte sich ein Schneiderkissen ums Handgelenk, steckte ein paar Nadeln hinein, und sie gingen, alle drei, der Vater, der Sohn und der Kolman, vor den großen Spiegel im Laden.

Otto sah ihnen zu und rieb gedankenverloren ein Stück Leder zwischen den Fingern. Er dachte an das, was der Kolman über das Leder gesagt hatte. Das mit dem «toten Tier».

Otto sah auf die Teile, die auf dem Tisch lagen. Eines fiel ihm auf, das Nils nicht fertig geschnitten hatte. Otto nahm die Schere. Man könnte ja ... er sah zu Selma. «Kolman ist unser Rebbe», sagte sie leise. Otto nickte.

Er zog sich das Stück Leder her und setzte vorsichtig die Schere an. Er drückte die Klingen zusammen, und sie teilten den Stoff. Es knirschte, aber anders als bei Nils. Der Stoff warf Falten. Anfängerfehler. Als Otto ihn vollständig durchtrennt hatte, sah er, dass er eine Linie gekreuzt hatte, die er nicht hätte kreuzen dürfen. Selma kam dazu. Sie blickte auf das Leder. Sie sagte nichts, sondern trat genau hinter Otto.

Er konnte sie riechen. Sie beugte sich über seine Schulter und hob das Leder ein wenig ins Licht. Den Stoff ihres Jumpers spürte Otto an seinem Oberarm. Darunter war ihr Busen. Ihre Haare an seinem Ohr, nur ganz kurz. Ihr Atem. Selmas Unterarme vor ihm auf dem Tisch. Er sah die Unterarme mit den Härchen. Sie legte ein großes Stück Stoff über den Verschnitt und schob Otto mit der Hüfte zur Seite.

«Darf ich?»

Selma legte sich einen Finger auf die Lippen. Kein Wort. Dafür ein Blick aus ihren warmen, dunklen Augen. Ein verschwörerischer Blick. Selma schnitt, nicht besonders schnell, aber sehr genau, den Rest des Stoffes zu. Mit stillem Ernst zerteilte sie das tote Tier. Ottos Aufmerksamkeit ruhte auf Selmas Händen, auf den Unterarmen. Er sah ihr zu. Stück für Stück hob sie das Leder vom Tisch. Aus einer Schublade unter der Werkbank nahm sie ein Kästchen mit

Nadeln und Klammern. Eine Schneiderpuppe zog sie ein Stück nach vorne. Sie drapierte die Lederstücke nach und nach mit Klammern und Nadeln an der Puppe. Langsam wurde die Jacke erkennbar.

«Woher weißt du, wie es gehört?»

«Ich probiere. Wie bei einem Puzzle.»

Genau, dachte Otto. Ein Puzzle.

Am Ende hing sie da, zwar nicht vernäht, aber klar zu sehen: eine Fliegerjacke, mit hohem Kragen und breitem Revers. Mit dem Revers allerdings stimmte etwas nicht. Auf der linken Seite schien es halbiert.

«Das Revers», sagte Otto.

«Ist halbiert?», fragte Selma.

«War ich das?» – Selma nickte, Otto schämte sich.

Es war eine Jacke, genau wie die Jacke, die Flughund sich genommen hatte, bevor ihm das Bügeleisen an den Kopf geflogen war. Eine Jacke, wie sie im Schaufenster fehlte. Die Ladentür klingelte.

Auf Wiedersehen, Herr Kolman. Auf Wiedersehen, Rebbe Kolman. Natürlich kommen wir in den Tempel. Natürlich feiert der Sohn Bar Mitzwa. Nächste Woche kommen Sie zum Maßnehmen. Ein schöner Stoff. Auf Wiedersehen, auf Wiedersehen.

Selma fuhr mit ihren Fingern die Ränder der Jacke ab. «Hier, hier und hier ...», sagte sie und zog mit dem Zeigefinger eine Linie, «setzen wir den Reißverschluss.»

Nils kam in die Nähstube. Er blickte auf die Puppe.

«Was ist mit dem Revers?»

Otto wollte etwas sagen, aber Selma schnitt ihm das Wort ab.

«Ich habe mich verschnitten, kleiner Bruder.»

«Du hast ... was?»

Otto blieb der Mund offen stehen.

«Mich verschnitten. Aber so geht es auch. Findest du nicht? Hat doch was. Mal anders.»

Otto schloss seinen Mund.

«Was soll sie so haben? Ein halbes Revers hat sie. Keinen Käufer, das wird sie haben! Wer soll die tragen? Mit halbem Revers? Wer?»

«Ich würde es wohl versuchen», sagte Otto.

Nils seufzte. Er schüttelte den Kopf.

«Nein, nein. Die passt dir nicht, Otto.» Er legte ihm eine Hand auf den Rücken. «Deine Schultern sind zu schmal.»

Hübsche Mütter gibt es viele – Vaterland hin, Vaterland her

An Ottos Schule hatte es einen Lehrer gegeben, der jüdisch war und von dem man es wusste. Er hieß Joachim Schwer. Als Schwer sich von seinen Schülern verabschiedete, sagte er, dass er mit einem Schiff nach Palästina fahren werde. Er versprach zurückzukommen. Schwer unterrichtete Kunst, er trug eine Brille mit kleinen, runden Gläsern, karierte Sportsakkos und im Sommer Kniehosen, die zu hoch saßen. Es sollte nur eine Art Urlaub in Palästina sein, ein Land, das Schwer noch nie gesehen hatte. Er sagte, dass er bald nach Berlin zurückkommen werde, um zu erzählen, wie es dort so aussehe.

Über Joachim Schwer sagten die Hitlerjungen, als wüssten sie Bescheid, das sei ein guter Jude, der «Jude Schwer», denn er sei ausgewandert. Die anderen aber, die, die blieben, seien «Schädlinge» und gefährlich, vor allem für das Volk.

Wie sie das sagten, in einem für Otto fremden Deutsch, mit fremden Wörtern, klang es, als höre man auf dem Schulhof nicht die brüchigen Stimmen von Schüler Stüttgen, der in der Klasse ganz vorne saß, oder Birkholz, gleich daneben, sondern als pöbelten ihre Väter zu später Stunde in der Spreequelle. Der Vater von Stüttgen war schon eine ganze Zeit lang in der Nazipartei, das sah man auch an seinem Sohn. Man hörte es vor allem, weil Stüttgen ohne Pause über Deutschland, die Deutschen und das Deutsche sprach.

Über Volk und Schicksal. Vaterland und Verräter. Er sprach von diesen Dingen wie von einem Abenteuerroman, einem Märchen oder einem Film, den er am Wochenende im Kino gesehen hatte. Als sei Hitler ein Held aus einer Sage. Adolf und Joseph, sein treuer Begleiter. Jungadolf hoch zu Pferde. Jungadolf gegen alle.

Stüttgen trug sein braunes Hemd bereits seit der Machtübernahme, die schon eine Weile her war, gleich am ersten Tag hatte er es angezogen. Die Nazis waren an jenem Tag mit Fackeln durch das Brandenburger Tor gezogen, und Hitler hatte eine seiner Reden gehalten, und Stüttgen kam danach mit dem braunen Hemd zur Schule. So, als habe er immer in genau diesem Aufzug zur Schule kommen wollen und nur auf den richtigen Tag gewartet. Dazu zog Stüttgen eine zu enge Hose an und bekam alle zwei Wochen die Haare über dem Ohr abrasiert.

Stüttgens Vater gehörte eine Wäscherei am Engelbecken, zu der früher die meisten Kleiderhändler, Schneider und Konfektionisten der Luisenstadt ihre Sachen gebracht hatten. Gleich als die Macht im Reich auf die Nazis übertragen worden war, hatte Stüttgens Vater aber ein Schild am Eingang seiner Wäscherei aufgestellt, auf dem stand, dass er nun keine «Juden» mehr bediene. Damit jedoch hatte Stüttgens Vater sich verkalkuliert. Da ein großer Teil seiner Kunden jüdisch war, was Stüttgens Vater so womöglich nicht hatte absehen können, brach sein Umsatz bereits im Frühling nach den Fackelzügen ein. Er musste zwei seiner drei Mitarbeiter entlassen. Vater Stüttgen nahm das Schild also wieder vom Tor weg, doch der Umsatz kam nicht wieder.

Fortan verkündete er, wenn er abends in die Spreequelle ging, dass «die Juden» ihn «boykottierten», aber das werde sich eines Tages rächen. Darüber lachten die anderen Gäste der Spreequelle, auch Alfred und Flughund. Sie lachten herzlich. Kersten stieß Stüttgens Vater mit dem Ellenbogen in die Seite und meinte, dass sich der Deckel, auf dem Stüttgen bei ihm seit Monaten das Bier anschreiben lasse, auch bald einmal rächen werde.

Als die SA im April nach den Fackelzügen zum ersten Mal gewissermaßen offiziell durch die Gassen der Luisenstadt und der Friedrichstadt zog, am ersten April, also an einem Samstag, damit auch alle von der «Sturmabteilung» nüchtern waren und Zeit hatten, marschierte Stüttgens Vater vorneweg und stellte sich mit einem Plakat vor das Modehaus Gerson am Werderschen Markt. Früher hatte auch Gerson Wäsche zu den Stüttgens gebracht, früher, bevor Stüttgen das Schild aufgestellt hatte. Beim «Boykott» gegen «die Juden» am ersten April stand nun Stüttgens Vater vor dem Kaufhaus Gerson, mit seinen hochgezogenen Lederhosen, einem braunen Hemd und einer Kappe, wie die SA sie trug, und auf seinem Schild stand: «Deutsche! Wehrt Euch! Kauft nicht bei Juden!»

Das Modehaus Gerson hatte vorsorglich an diesem Tag die Türen geschlossen, und so hatte Vater Stüttgen mit seinem Plakat und einem anderen Mann von der SA vor einem geschlossenen Warenhaus gestanden und Passanten, die vorbeigingen, darauf hingewiesen, dass sie in diesem Kaufhaus nicht hätten einkaufen sollen, wenn es denn offen gewesen wäre – und zwar, weil es jüdisch sei. Ein Bild von Stüttgen vor der verschlossenen Kaufhaustür war in jeder Berliner Zeitung gedruckt worden. Die SA hielt es für ein Musterbeispiel des berechtigten Volkszorns. Viele lächelten heimlich darüber.

Den gesamten April über hatten sie den kleinen Stüttgen in der Klasse «Gerson» und nicht «Stüttgen» genannt.

Jedes Mal war der kleine Stüttgen wild geworden, wenn er das hörte, und drohte mit Prügel. Es war Ralf gewesen, der die Idee mit «Gerson» statt «Stüttgen» gehabt und damit angefangen hatte. Auf Ralf hörten damals noch die meisten in der Klasse. Ralf war stark und laut, kannte gute Witze und war außerdem der beste Werfer der Stadt. Bis die Sache mit Hitler, dem Sagenhelden, begann und bis die Sache mit den braunen Hemden in der Klasse überhandnahm, hörte man auf Ralf. Dann übernahm Stüttgen das Kommando.

In diesem Frühling, in dem Joachim Schwer nach Palästina gegangen war; in dem Otto und Ralf zuerst noch ihre Freundschaftszigaretten rauchten, aber später nicht mehr, kamen an einem Montag nicht nur drei, vier, fünf wie zuvor, sondern zehn der zwanzig Schüler mit einem braunen Hemd zur Schule.

Da wurde alles anders.

Vier von den Braunen nahmen sich nach der letzten Stunde Ralf vor und schlugen ihm in die Magenkuhle, bis ihm das Frühstücksbrot aus dem Mund kam. Danach hörte die Klasse nicht mehr auf Ralf.

Die Gespräche auf dem Schulhof rissen ab. Man schwieg und prügelte. Man redete kaum und gar nicht mehr über die wichtigen Dinge. Über Mädchen. Unterwäsche. Sport. Kino. So etwas. Die Braunen sprachen wohl noch, aber sie sprachen nur noch über Deutschland, über Verräter und das Volk. Sie ahmten Jungadolf nach und seinen Joseph. Otto vermutete, dass es etwas mit den Hemden zu tun hatte oder mit den engen Hosen oder den Armeefrisuren.

Ab Mitte März kamen auch die ersten Lehrer in Naziuniform. In der Klasse gab es fast nur noch braune Hemden, überall braun. Die Pausen verbrachte Otto mit Ralf und mit Peter Haber, einem stillen Jungen aus der Klasse, der auch noch nicht im braunen Hemd erschien – weil er nicht wollte – das sicher auch; aber vor allem, weil er nicht durfte, sagte er. Haber schloss sich ihnen deswegen an, weil Ralf und Otto die Einzigen waren, die ihn nicht wegjagten. Warum die anderen Haber wegjagten, warum er nicht dazugehören durfte, konnte Otto sich denken. Er traute sich aber nicht, Peter Haber danach zu fragen. Sie ließen ihn halt neben sich stehen, und Haber hörte zu, worüber Otto und Ralf sprachen.

Einmal kam Lehrer Kirchhoff zu ihnen. Er bat Peter Haber, ein paar Schritte mit ihm zu gehen, sie wanderten Richtung Aschenbahn. Von weitem sahen Otto und Ralf sie dort stehen, sie sprachen angestrengt miteinander, und Kirchhoff legte seine Hand auf Habers Schulter. Obwohl Otto spürte, dass es sich anders verhielt, wollte er für einen Moment glauben, es ginge um eine Schulnote oder darum, dass Haber sein Heft nicht abgegeben hatte. Aber so war es nicht. Er ahnte, dass Peter Haber Angst hatte; vielleicht, weil seine Familie jüdisch war, oder das war es zumindest, was Otto glaubte, aber er traute sich nicht, danach zu fragen.

Über alles konnten Ralf und Otto in der Gegenwart von Peter Haber allerdings nicht mehr reden. Ihre Vorstellungen zum Beispiel, die unerhörten, in denen so etwas wie Unterwäsche vorkam. Brühwarm hatte Otto Ralf von den Bildern in der Ankleide bei Meister Rettig erzählt, aber eben nicht in der Pause, nicht in der Schule, sondern an einem Dienstag auf dem Weg nach Hause. Über die schlafende Selma in ihrem violetten Hemd wusste Ralf ebenso Bescheid. Ralf wiederum wusste von Kersten aus der Spreequelle zu berichten, dass Kerstens Frau, Mutter zweier Töchter, schon wieder mit einem dicken Bauch herumlief, was ja nur bedeuten könne, dass sie schwanger sei. Das wiederum war immerhin der Beweis, dass sie es mit Kersten tatsächlich trieb. Dieser Gedanke war für die Jungen sehr schwer zu fassen, oder eher: sehr schwer zu ertragen. Sie trauten sich nicht recht, darüber zu reden. Immer brach ihre Unterhaltung ab auf der Skalitzer Straße, die Hochbahn donnerte vorbei, an der entscheidenden Stelle. Aber sie spürten, in diesen letzten Wochen, in denen sie sich Freunde nannten, dass es kurz nach dem Punkt, an dem sie die Sprache verließ, etwas Wichtiges zu ergründen gegeben hätte. Groteske Bilder, Ideen und Vorstellungen zischten durch ihre Köpfe, schnell wie die Hochbahn, voll mit heißer, unterdrückter Brunst.

Zum einen war da die Vorstellung, dass eine Frau einen Mann, nun ja, tatsächlich in sich eindringen ließ, was für eine unerhörte Vorstellung. Man durfte gar nicht darüber nachdenken. Zum anderen aber konnten Ralf und Otto nicht recht verstehen, Volk hin, Vaterland her, dass zum Beispiel Frau Kersten ihren Mann, den dicken, sabbernden Wirt der Spreequelle, der noch nach einem dreistündigen Bad nach Rauch und Bier stinken musste, freiwillig mit ins Bett nahm und sich dann ein Kind von ihm machen ließ. Eins, zwei, drei Kinder.

Mehr als das Mysterium der Vereinigung quälte die Jungen das Mysterium der Auswahl – es bereitete ihnen schlaflose Nächte. Schlaflose Nächte und sprachlose Spaziergänge. Wie diese Dinge bloß funktionieren sollten. Was sich die Frauen dachten. Das verstand einfach keiner.

Nichts wünschten sich Otto und Ralf im Stillen mehr, als einmal an Kerstens Stelle sein zu dürfen, aber das konnte man natürlich nicht zugeben. An der Stelle eines richtigen Mannes. Allein die Vorstellung! Sie hätten stundenlang diese Dinge erörtern wollen, aber genau das war es, was sie nicht konnten. Sie sprachen bis zu diesem Punkt, an dem ihre Augen glasig wurden, weil sie sich die Frau vom Kersten vorstellten, ihr mächtiges Hinterteil, das sie durch die Spreequelle schwang, während sie Bierkrüge servierte. Ihre zwei langen Zöpfe, die links und rechts über den vollen Brüsten lagen. Allein die Vorstellung. Otto und Ralf verabschiedeten sich mit belegter Stimme und leicht starrem Blick am Kottbusser Tor. Einsam trugen sie, jeder für sich, ihren Rucksack und ihre Gedanken nach Hause.

Otto konnte die runde Frau Kersten auf seiner quietschenden Liege bis spät in die Nacht quälen. Er war der Überzeugung, dass sie Ralf auch quälte, und auch Nils würde sie quälen, würde er sie kennen. Wobei Nils aus der Reihe fiel, denn er hatte ja eine ältere Schwester, und darum umgab ihn ein Hauch von Überlegenheit.

Noch lange nachdem Selma das Licht unten im Laden gelöscht hatte und auch die Leuchten an der Hausfront ausgegangen waren, quälten Otto die Gedanken an Kerstens Frau. Im Schlaf sah er sie durch die Tür kommen und sich mit ihrem nackten Hintern auf seine Bettkante setzen, die Zöpfe baumelten über den entblößten Brüsten. Der Gedanke verließ Otto erst, wenn er Selma auf den Dachboden steigen hörte. Dann dachte er lieber an Selma. Vielleicht könnte Selma wieder ins Zimmer kommen, dachte Otto, und sich bei ihrem Bruder ins Bett legen, wie sie es getan hatte, an diesem einen Nachmittag, und er könnte dann einfach hier auf seiner Liege liegen und sie atmen hören und riechen. Dann müsste Otto nicht mehr an die Frau von Kersten denken.

Oder Selma legte sich sogar in Ottos Bett ... eine unerhörte Vorstellung. Otto stellte sich vor, wie die Tür sich öffnete und das Zwielicht im Flur Selmas Umrisse in den Raum malte. Er sah sie mit ihrem Hemd durch die Tür kommen, das ihren Körper mehr verhüllte als bedeckte. Nils war gar nicht da, sein Bett war leer. Selma kam nur zu Otto. Sie legte sich neben ihn auf die Liege, die gar nicht quietschte.

Otto konnte diese Idee, diesen heißen Wunsch, der ihn wach hielt, dass Selma kommen möge und sich neben ihn oder auf ihn oder unter ihn legen möge, nur damit beenden, dass er die Augen fest, fest zudrückte, dass er sich fest anfasste und sich innerlich vorsprach, was Kersten, der elende Kersten, in der Spreequelle gerne sagte, wenn er nicht weiterwusste und besser nichts hätte sagen sollen: «Jeda spinnt, so jut er kann.»

Leder lebt, aber die Gans wird sterben

Als die Fliegerjacke fertig wurde, nach einer knappen Woche, war es Nils, der sie trug. Otto hätte sie auch gerne einmal getragen. Er dachte wieder und wieder an den Moment in der Nähstube und versuchte zu verstehen, warum Selma für ihn gelogen hatte. Er fand keine einleuchtende Erklärung. Auch keine, die ihm nicht einleuchtete. Einfach keine Erklärung. Vielleicht ging es um das, was sie mit ihrer Lüge nicht gesagt hatte? Das, worüber sie geschwiegen hatte, indem sie log? Aber was sollte das sein?

Nils bemerkte Ottos neidische Blicke. Er nahm die Jacke, und er nahm Otto. «Komm, wir laufen die Jacke ein. Sie muss an die frische Luft.»

«Darf ich auch mal?», fragte Otto.

«Später. Man kann nicht dauernd wechseln, weißt du. Dann bringt es nichts mit dem Einlaufen.»

Sie nahmen die Elektrische bis zum Alexanderplatz. Als sie ausstiegen, griff Otto nach dem Ärmel der Jacke. Nils schlug seinen Arm weg. Nils führte ihn in eine Seitengasse zu einem Fischladen, der ein eigenes, gemauertes Becken hatte, in dem die Fische lebend herumschwammen. Wollte man einen haben, zeigte man darauf, der Verkäufer holte ihn mit einem Kescher aus dem Wasser und erschlug ihn mit einem Stein. Wenn der Fisch über die Ladentheke ging, zappelte er noch. Gegenüber verkaufte ein Fleischer seine Wurst, auf dem Schild stand «Fleisch u. Wurstwaren». Am Rand des Schildes schlangen sich geheimnisvolle Buchstaben, die nach links schauten mit ihren kleinen Köpfen. Das war die Judensprache. Otto fragte Nils, ob er es lesen könne.

«Koscher.»

«Drei Buchstaben?»

«Keine Vokale: Ka-Sch-Er. Kaf-Schien-Resch. Die Vokale sucht man sich aus.»

«Ka-Sch-Er. Könnte es auch ‹Kescher› heißen?»

«Könnte. Tut es aber nicht.»

«Was steht da links?»

«Koscher – Fettgänse.»

«Rechts?»

«Koscher – Geflügel.»

«Drunter?»

«Koschere Fleisch- und Wurstwaren.»

«Ach. Und was ist koscher?»

«Es kommt darauf an, wie das Tier gestorben ist.»

«Das ist ja eklig.»

«Wieso?»

«Wie stirbt ein Tier koscher?»

«Es blutet aus.»

«Oh Gott.»

Kafschienresch, dachte Otto und sah in Gedanken eine Gans verbluten. Versteht keiner.

Um die Ecke, auf einem Abbruchgrundstück, stand eine Baracke, und um die Baracke waren Käfige aufeinandergestapelt, in denen allerlei Vögel saßen, sangen, gurrten und schabten. Auf einem Schild stand «Taubenbörse». Frauen trabten behäbig mit ihren doppelten Röcken den Bürgersteig entlang, alte Männchen tippelten mit langem Mantel, rundem Hut und Bart hinterher. Man sprach die Judensprache, und auch wenn Otto es nicht richtig verstand, sah er die Buchstaben doch vor sich, mit ihren kleinen Köpfen, die in die falsche Richtung sahen, wie Seepferdchen, wie Kaulquappen beim Tanz.

Ein Mädchen, oder war es eine junge Frau, schwirrte um Nils und Otto herum. Sie war aus dem Nichts gekommen, womöglich aus einem der Käfige, und sie hatte lange Haare, die ihr wie frisches Stroh um den Kopf hingen. Sie trug eine Schürze, auf der nicht mehr viel weiß war und unter der schon ein kräftiger Busen wuchs. Sie griff Nils am Arm, der in der Fliegerjacke steckte, aber Nils zog ihn weg. Das Mädchen sagte, Nils und Otto sollten kommen, weg von der «Taubenbörse», und sie werde ihnen etwas zeigen. Das Mädchen war eher klein, und aus der Distanz dachte Otto, sie sei jünger als sie, aber als er sie aus der Nähe sah, ihre Augen und die Haut auf den Wangen, hatte sie auf einmal etwas sehr Erwachsenes.

«Magst du mitkommen?», fragte sie. «Komm, ich zeig dir die Liebe. Ich weiß, wo sie wohnt.»

«Hau ab», blaffte Nils.

Vor den Käfigen blieben sie stehen. Nils griff durch die Gitterstäbe einer Gans an den Hals, zog sie zu sich und sah ihr prüfend auf die Federn. Die Gans schnatterte und schnappte und schlug mit den Flügeln aus. Hinter Otto lungerte immer noch das Mädchen mit der dreckigen Schürze herum. Sie flötete eine Melodie, auf die Melodie setzte sie einen Text, und Otto sah dabei zu, wie Nils der Gans den Hals fast umdrehte. Otto hörte hinter sich das Mädchen singen: «Taubenbörse, Enten, Gänse, Käfigviecher aller Art; Glucken, Mäuse, lange Schwänze, Ziegen mit und ohne Bart!»

«Hau endlich ab!», rief Nils.

Er ließ die Gans in ihrem Käfig. Sie bogen in die Kaiser-

Wilhelm-Straße ein, streiften an den Pferdefuhrwerken vorbei, die quer auf der Fahrbahn standen und sie halb blockierten. Die paar Autos, die versuchten hindurchzukommen, konnten nicht einmal Schritttempo fahren. Auf dem Bürgersteig hatten die Kutscher in langer Reihe Fässer mit Bier und Zeug abgeladen, Säcke mit Mehl, Paletten, Apfelsinenkisten. Handwagen parkten da, die halb leer und halb voll waren. Quer durch die schmalen Gänge sprangen die Laufburschen hin und her und lieferten ihre Waren ab. Männer mit Hut und Bart liefen im immer schnellen Schritt um die Häuserecken. Sie murmelten ein «Schma Jisrael» oder die Einkaufsliste vor sich hin, damit sie sie nicht vergaßen.

Über einigen Wagen lagen Planen; auf denen ohne Plane standen Arbeiter mit Schiebermütze und warfen ihr Gut mit Schwung herunter. Otto sah hebräische Buchstaben an den Häusern, den Davidstern, den siebenarmigen Leuchter. Da war ein Schild für einen Betraum im Keller. Er sah alte Männer im Keller, Altkleider im Keller, alte Möbel im Keller.

An einer Ecke fanden Otto und Nils den großen Eiswagen. Sie kauften Eis und liefen damit zurück über den Alexanderplatz. Otto schaute Nils eifersüchtig an, weil er so gut aussah mit seiner Fliegerjacke. Otto prüfte mit seinen Blicken die Schulterbreite bei sich und die bei Nils. Nils merkte das. Er sagte, er trage die Jacke nicht, weil er sie behalten wolle oder sie ihm gut passe, sondern weil sie «in Form kommen» solle, bevor sie im Schaufenster präsentiert werde. Die Jacke müsse an die frische Luft. «Leder muss atmen. Leder lebt», sagte er.

Nils sog tief Luft ein. Otto lachte. Zum einen, weil er in den Worten von Nils so deutlich den Meister hörte, und zum anderen, weil er sich vorstellte, dass diese Jacke jeden Moment wie ein Hund zu bellen begönne oder sich aus freien Stücken von Nils löste und quer über die Jannowitzbrücke weglief.

«Das Tier ist tot», sagte Otto. «Es kann nicht mehr atmen.» Nils zuckte mit den Schultern seiner Fliegerjacke. Seine Lippen schoben sich auseinander, und man konnte seine Zähne sehen. Er grinste. Seine Wangen bildeten kleine Beulen, seine Augen glänzten. Nils lachte ein tonloses Lachen.

Otto zog an der Jacke, an der rechten Schulter, er musterte die Nähte und die Ärmelenden, und er dachte an die Dreiecke, von denen Nils erzählt hatte. Daran, dass jedes Viereck in zwei Dreiecke zerfiel, dass am Ende eigentlich alles in Dreiecke zerfiel.

«Was ist das für ein Tier?»

«Rind.»

«Koscher gestorben?»

«Sicher nicht.»

Otto stellte sich das Rind vor, das die Jacke einmal gewesen war. Er sah es auf einer Wiese unter einem weiten, blauen Himmel grasen, behäbig trotten und mit schläfrigen Augen den Horizont absuchen.

«Muuh Muuh!», stieß Otto aus. Er ließ sein Eis fallen, griff mit beiden Händen nach der Jacke und zog Nils zu sich herüber. Nils war erst verwirrt. Er drückte Otto seine fast leere Eistüte mitten ins Gesicht. Otto wischte sich das Eis von der Nase. Er steckte den Finger in den Mund. «Schmeckt nach Rind.»

Otto zog an der Jacke und griff nach dem Revers. Nils riss sich los. Sie rannten über die Jannowitzbrücke, versuchten sich gegenseitig am Laufen zu hindern. Beinahe hätten sie eine Frau mit Kinderwagen umgerannt. Die Leute sahen sie an, als kämen sie aus dem Zoo. Sie stolperten das Ufer hinunter, das vor dem Märkischen Platz lag. Otto zog kräftiger an der Jacke, bis Nils den Griff lockerte, die Spannung verlor und auf die Knie sank. Otto bekam einen Schreck, weil Nils wieder nicht atmete, wie in der Nähstube. Er hielt kurz die Luft an. Töne kamen Nils aus dem Hals, als verschlucke er ein Dutzend Bonbons. Als es vorbei war, pustete und stöhnte er.

Alles gut, Schreck vorbei.

«Kleiner Scherz», sagte Nils. Er öffnete die Jacke und hielt sie Otto hin. «Probier das Tier halt aus.»

Sie setzten sich auf eine Bank und blickten auf die Kasematten gegenüber, auf denen der S-Bahnhof Jannowitzbrücke ruhte. Ottos Hände waren klebrig vom Eis. Er fand in der Jacke den Einnäher, auch den hatte Nils nicht vergessen, mit silbernen Buchstaben: «MR». Er zog die Jacke an.

Wie eine Rüstung fühlte sie sich an. Steif und stark. Otto richtete das Revers auf. Er stellte sich hin, damit die Jacke besser fiel. Er drückte die Knöpfe zu. Nils saß noch und legte den Kopf schief, die Nachmittagssonne stand ihm auf den Wimpern. Er hatte Eis auf der Wange, das sah lustig aus. Seine Zähne glänzten Otto an, sein Gesicht formte ein Lachen ohne Ton. Er musterte Otto. Er schaute ihn an, als habe er Land zu vermessen. Niels kniete sich vor Otto hin. Er schob die Hände unter den Saum und fuhr ihm um die Hüfte. Als sei Otto ein Kunde, dem die Jacke anzupassen war. Es fehlten nur das Schneiderkissen am Handgelenk und die Stecknadeln, und Nils hätte seine Weste anhaben müssen. Die beiden Jungen sprachen nicht, was dem Zurechtzupfen etwas Geheimnisvolles gab. Es war eine Zeremonie.

Nils kniete vor ihm auf den Steinplatten und griff nach dem Schieber des Reißverschlusses. Seine Hand landete leicht neben dem Ziel, in Ottos Schoß. Otto kicherte, als habe Nils ihn da gekitzelt. Ein bisschen zu nah kniete Nils vor Otto. Er kam hoch. Er sah ihm in die Augen.

«Deine Augen. Sie sind ...», sagte Nils.

«Nicht gleich.»

«Ja. Schielst du?»

«Ich kann ja eins zuhalten», sagte Otto. «Besser?»

«Kaum.»

Die Sonne stand Nils auf den Wimpern. Es waren die Wimpern seiner Schwester, dicht und lang wie eine Gardine. Irgendetwas blitzte. Ein kleiner Strahl. Für einen Moment dachte Otto, er habe im Ohrläppchen von Nils etwas funkeln sehen. Nils trat einen Schritt zurück. Otto nahm die Hand vom Auge. Er schob die Brust raus, damit das Leder auf seinem Oberkörper spannte. Er winkelte die Arme an wie ein Boxer. Er ballte die Hände zur Faust. Er sah Nils an. Da war etwas. Nils sagte nichts. So ein Moment. Jetzt musste es sein.

«Stimmt es, dass du einen Ohrring trägst?»

«Manchmal. Für die Konzentration. Beim Nähen, weißt du? Der leichte Schmerz. Das Blut steigt in die Finger. Solltest du probieren.»

Otto fasste sich ans linke Ohrläppchen. Leichter Schmerz?

«Stimmt es auch, dass deine Schwester ...»

«Selma trägt auch Ohrringe. Aber sie trägt sie zu oft. Bei ihr wirkt es nicht mehr.»

Das hatte Otto gar nicht wissen wollen. Aber der Moment für die Frage war vorbei. Otto überlegte, wie er seine Frage doch noch loswerden konnte. Jetzt, da sie einmal über die wichtigen Sachen sprachen. Er warf den Stein Richtung Wasser. Er landete mit einem Plumpsen mitten in der Spree. Nils hob auch einen Stein auf, warf, aber der Stein flog nicht halb so weit. Otto fasste sich wieder ans Ohrläppchen, erst ans linke, dann ans rechte. Es war ein Reflex. Er dachte an

Ralf und an den Stadthafen. Ralf. Die Steine. Der beste Werfer der Stadt.

«Ich kenne einen, der hätte von hier die S-Bahn getroffen.»

Otto blinzelte Nils an. Nils nickte. Die Sonne stand jetzt auch Otto auf den Wimpern. Nils fasste nach Ottos Oberarm, nach der Jacke.

«Ganz schön viel Luft», sagte Nils. Dann, eher leise, fast gehaucht: «Ich kenne einen, dem passen Fliegerjacken nicht.» Und dann, nach einer Pause: «Die erdrückt dich, Otto. Aber wir finden was.» Und er kniff Otto ins Ohrläppchen.

Ganz allgemein schwierige Zeiten

Wo das Bügeleisen sei, wollten die Polizisten wissen, die in den Laden gekommen waren. Sie trugen dunkelgrüne Uniformen, und einer von ihnen hatte immerhin seine Mütze abgenommen. Sie fragten den Meister, er zeigte ihnen die Bügeleisen, die im Flur im Schrank standen und auf dem Brett in der Nähstube, und keines war das Bügeleisen, das sie suchten. Die Polizisten glaubten dem Meister kein Wort.

Die Tür zum Hinterhof stand offen, Flattern und Gurren drang herein, denn zwei Taubenmännchen stritten sich da um ein Weibchen, so hörte sich das an. Der Meister führte die Polizisten durch den Laden, sie sahen die Bilder in der Ankleide, aber sie taten so, als sähen sie sie nicht. Der Meister führte sie durch die Kellerräume, den Hinterhof, zeigte ihnen den Durchgang. Sie fanden auch dort kein Bügeleisen. Sie glaubten dem Meister immer noch nicht und sprachen mit Selma. Die konnte ihnen auch keines zeigen. Die Mutter war in die Küche im ersten Stock gegangen.

Mit einem Bügeleisen, schwer, alt und rostig, sei ein Mann, der Kurt Köster heiße, hier niedergeschlagen worden, sagte der Polizist. So wie er es sage, meinte Selma, klinge es, als habe der Laden Herrn Köster überfallen und nicht Herr Köster den Laden. Sie zeigte den Beamten, wo «Herr Köster» randaliert hatte. Sie öffnete die Kasse und zählte ihnen das Geld vor, bei dem die Scheine fehlten, die «Herr Köster» gestohlen hatte. Auch Selma nahm dabei die Uhr nicht aus der Kasse, die Herr Flughund Köster hergebracht hatte und die immer noch eingeklemmt unter der Schublade lag. Selma stellte den Beamten dafür die nackte Schneiderpuppe vor die Nase, an der einmal die Fliegerjacke gehangen hatte. Sie stellte die Puppe mit solcher Wucht hin, vor ihre Augen, dass es knallte. Die Puppe wankte, und hätte sie einen Kopf gehabt, wäre dieser heruntergefallen. Regungslos verharrten die Beamten daneben, als seien auch sie bloß Puppen. Einer von ihnen ging dann nach drei Minuten, so lange dauerte es wirklich, wortlos in die Nähstube. Er nahm ein Bügeleisen vom Brett, irgendein Bügeleisen, wickelte es in ein Stück Stoff, das dort lag und ihm genauso wenig gehörte wie das Bügeleisen. Er sagte zu den Kollegen, er habe nun ein Bügeleisen gefunden, das ein Beweismittel sein könne. Er hielt das Stoffbündel hoch.

«Bitte sehr», sagte Selma. «Nehmen Sie sich, was Sie brauchen. Darf ich den Herren Wachtmeistern vielleicht noch einen Tee aufbrühen?»

«Tee» sagte Selma wahrscheinlich schriller als beabsichtigt.

«Lass doch. Lass doch», sagte der Meister.

Am Abend saßen sie am Küchentisch. Der Meister fand, das sei eine traurige Geschichte, aber kein Grund zur Beunruhigung. Es seien ganz allgemein schwierige Zeiten. Die Jacke sei fort, das Geld dahin, das alte Bügeleisen, nun auch ein neues. Das Schaufenster sei leer. Leer, als sei da ein Loch. Aber wenn da einer komme und eine Jacke stehle, sagte der Meister, dann mache Mäntel Rettig eine neue. Das wäre ja gelacht! Und wenn die Polizei komme, in ihren grünen, schlecht sitzenden Uniformen, und zwei Bügeleisen mitnehme, dann hätten sie noch zwei im Flur. Was auch immer die

Polizisten damit anstellten. Im Fenster sollte bald die neue Fliegerjacke hängen, am besten auch ein Mantel. Was sei der Mensch schon ohne sein Kleid? Ein Tier.

Selma schwieg, die Mutter nickte. Sie schickten Otto und Nils aufs Zimmer. Die Jungen lagen wach in ihren Betten, und sie hörten, wie unten noch gedämpft und sehr lange gesprochen wurde.

«Nils?»

«Hm?»

«Wohnt Selma jetzt hier?»

«Mh-hm.»

«Wo war sie vorher?»

«Wedding.»

«Sie schneidert auch.»

«Mh-hm.»

«Hat sie einen Laden?»

«Hatte.»

«Was ist passiert?»

«Probleme.»

«Was denn?»

«Schwierige Zeiten. Ganz allgemein schwierige Zeiten.»

In der Nacht schreckte Otto hoch, weil er dachte, die Zimmertür habe sich geöffnet. Als er den Kopf hob, sah er sie verschlossen. Er lauschte in die Stille. Nils atmete tief, als habe er eine Erkältung. Seine kurzen Aussetzer hatte er sogar im Schlaf – Momente, in denen er das Atmen einstellte. Otto war versucht aufzustehen, hinüberzugehen und Nils anzustoßen, damit seine Atmung einsetzte. Ohne Luft konnte der Mensch nicht sein, nicht einmal im Schlaf.

Mit den ersten Strahlen der Morgensonne schlug Otto die Augen auf, weil er wieder die Tür hörte. Dieses Mal war er sicher. Otto stand auf und schlich leise hinüber zu Nils. Er roch Wachs und noch etwas anderes, aber Nils lag ruhig da. Zwar an der Seite des schmalen Bettes, und ein Bein schaute heraus. Aber er lag da und schlief. Otto zog die Decke drüber, sodass auch das nackte Bein bedeckt war.

Beim Frühstück entdeckte Otto auf der Stirn seiner Mutter wieder eine Zornesfalte. Er kannte diese Falte. Sie war mal da, mal war sie verschwunden. Die Mutter hatte die Falte zum Beispiel immer dann im Gesicht, wenn sie von dem Tag erzählte, an dem Ottos Vater erschossen worden war, von der Polizei. Weil der Vater nicht schnell genug hatte davonlaufen können. Ein Unfall. Je älter Otto wurde, desto anders klang diese Geschichte und desto weniger unterstrich seine Mutter, dass es ein Unfall gewesen sei, zumal ein tragischer. Desto tiefer wurde ihre Falte beim Erzählen. Desto mehr überlegte Otto, was es noch gewesen sein könnte, mit seinem Vater und der Polizei. Ansonsten ging die Falte der Mutter, und sie kam. Mal stand es gut, mal schlecht, auf Regen folgte Sonnenschein. Die Mutter war zudem in einem Alter, in dem man Falten haben durfte, fand Otto.

Als es begonnen hatte, auch in der Luisenstadt, erst abends, dann auch tagsüber, mit den Stiefeln, die knallten, und den Schreien, die hallten, da kam die Falte immer öfter. Gut zwei Jahre war das her. Es blieb nicht bei der einen Falte. Sie war bald nur der Ausdruck von schweren Kopfschmerzen, die die Mutter nicht schlafen ließen. Besonders tief war die Falte in den letzten Monaten am Löwenplatz geworden, als zum Lärm, den die SA tagsüber in den Straßen veranstaltete, die Polizei, das Dröhnen der Märsche und der Radau der Hitlerjugend kamen. Weitere kleine Gräben hatten sich Woche für Woche durch das Gesicht der Mutter gezogen.

Ihre Augen waren rot und glasig geworden. Sie verbat Otto, im Dunkeln außerhalb der Wohnung zu sein.

Bei ihrem zweiten Besuch schnitten die Polizisten ein Loch in den Teppich. Auf allen vieren kroch einer von ihnen über den Boden. Das Stück war so groß wie zwei oder drei Bügeleisen.

«Was tun Sie da?», rief Selma.

«Freuen Sie sich, dass wir nicht den ganzen Teppich mitnehmen.»

«Ist die Schere auch ein Beweis? Nehmen Sie die mit? Bügeleisen, Stoff, Schere – man könnte meinen, Sie seien Schneider!»

«Lass doch», sagte der Meister.

Die Beamten wollten schon gehen, mit dem Teppich und der Schere, aber in der Tür drehte sich einer von ihnen noch einmal um. Der Meister verschränkte die Arme vor seiner Weste und presste die Lippen zusammen.

Die Polizei habe den Eindruck, sagte der Beamte, dass Herr Rettig seine Abrechnungen nicht richtig besorge. Herr Köster habe die Polizei bei seiner Aussage auf Unregelmäßigkeiten hingewiesen. Man verkaufe hier wohl gegen Pfand und presse den Kunden Zinsen ab. Das sei verboten. Das Finanzamt werde dies sicher interessieren.

«Das könnte ernst werden, Herr Rettig», sagte der Polizist. «Es wäre doch schade um den Laden.»

Der Meister sah den Polizisten lange an. Er sagte: «Wollen wir das gegenüber im Café besprechen?»

Der Polizist nickte.

Sie gingen ins Café Neumann. Sie saßen dort eine Stunde. Der Herr von der Polizei redete auf den Meister ein. Rettig redete zurück, eine Hand in der Luft. Sie redeten, bis Selma, die das Gespräch durch die Scheibe des Ladens beobachtete, wütend und mit jeder Minute wütender, Otto darum bat, einen Moment an der Kasse aufzupassen. Sie ging hinüber zum Café, klopfte mit einem Schlüssel an die Scheibe und bedeutete dem Meister, dass er zurück ins Geschäft kommen müsse. Was ein Vorwand war. Aber er kam.

Mehrere Stunden saß der Meister danach stumm auf einem Schemel in der Ankleide. Er sah auf das Loch im Teppich. Er rührte keine Nadel, keinen Faden und keinen Stoff an. Selma und Otto bedienten die Kunden. Die Mutter, die in der Küche im ersten Stock saß, abwechselnd nähte und Zahlen in Bücher schrieb, kam erst herunter, um nach Otto zu sehen, als es draußen bereits dunkel wurde. Sie sah den Meister. Er schwieg. Die Mutter schickte Otto ins Bett. Nils schlief bereits. Otto setzte sich im dunklen Zimmer ans Fenster. Er sah einige Zeit später den Meister erneut zum Café Neumann gehen. Dort setzte er sich allein an einen Tisch und trank.

Später hörte Otto die Ladentür. Er hörte, dass die Frauen den Meister die Treppe hochschleppten. Otto erkannte das Geräusch der Toilettentür. Der Meister würgte, die Mutter redete leise, aber eindringlich auf ihn ein. Jemand weinte.

In der Nacht wachte Otto auf. Die Zimmertür bewegte sich. Aber niemand war zu sehen. Er sah zu Nils hinüber, der schlief tief und fest in seinem Bett. Er atmete so laut, als habe er die Nase voll. Keine Aussetzer. Nils schlief, und scheinbar nichts konnte ihn stören. Otto stand auf von seiner quietschenden Liege, um nachzusehen, ob da jemand durchs Haus lief. Er war sicher, dass die Tür gegangen war. Seine Mutter? Der Meister im Restrausch? Selma? Ein Einbrecher? Otto schlich zur Tür. Er öffnete sie und sah sich um. Der Flur lag still da, es war dunkel wie nachts auf dem Felde. Otto ging die halbe Treppe zum Bad hinunter. Auch dort niemand. Er ging zurück ins Zimmer. Als er die Tür leise schloss, dachte er darüber nach, wie er es anstellte, ohne allzu viel Krach auf seine Liege zurückzukommen. Das Zimmer lag im Halbdunkel vor ihm. Durch das Fenster sah er den Nachthimmel über der Stadt, der zwar ein Nachthimmel war, aber nie richtig dunkel.

Zwei Schritte vor der Liege sah Otto zu Nils. Ein kurzer Schreck durchfuhr ihn, denn da lag nicht Nils. Da lag nicht nur Nils. Auf dem Bett bewegte sich etwas, was nicht Nils war. Dieses Etwas zog Nils die Decke weg, sodass sein Bein bis zum Po an der frischen Luft lag. Es war Selma. Sie hatte beide Arme um ihren Bruder geschlungen, ihre Beine in ihm verkeilt. Sie hielt ihn fest. Sie drückte ihn an sich, an ihre Brust, an ihren Bauch. Den ganzen dünnen, langen Jungenkörper, als wolle sie ihn nie wieder loslassen. Otto wünschte sich, im Dunkelblau der Nacht, dass neben Selma noch ein wenig mehr Platz gewesen wäre.

Otto bügelt ein Hemd und vermutet eine Menge

Die Mutter traf sich mit Alfred. Sie traf sich mit Alfred beim Kuchenkönig, immerhin das hatte sie gesagt. Otto wartete, dass das Bügeleisen warm wurde. Ein kleines Glas mit Wasser stand auf dem Bügelbrett, und zwei Stapel Hemden lagen vor ihm: einer für die Kunden, einer für die Familie. Für Familie Rettig.

Die Mutter würde Bienenstich beim Kuchenkönig bestellen und Alfred auf der Karte des Kuchenkönigs die grünen Gurken vermissen. Wahrscheinlich wäre es überhaupt sein erster Besuch beim Kuchenkönig. Er würde die runden, weißen Leuchten über dem unwahrscheinlich langen Tresen sehen, vielleicht hätte er beim Hereinkommen schon die Torten und das Backwerk bewundert. Alfred würde denken, es gehe um ihn, und die Mutter ließe ihn lange genug in diesem Glauben, um herauszufinden, was und wie viel er wusste. Wie sehr sich Alfred im Übrigen tatsächlich für die Mutter als Frau interessierte, konnte Otto nicht beurteilen. Vielleicht konnte sie das selbst nicht. Wie gut Alfred den Flughund kannte, ebenso wenig. Aber in beiden Fällen musste man davon ausgehen, dass es zumindest so weit damit her war, dass die Mutter es auf sich nahm, einen Nachmittag (einen Abend?) mit Alfred Krebs zu verbringen.

Nach dem Bienenstich würde die Mutter mutmaßlich einen Portwein oder einen Cognac bestellen und Alfred in purer Ignoranz gegenüber dem Ort, an dem er sich befand, ein Glas Bier. Der Ober nähme die Bestellung ohne Regung auf und würde so etwas sagen wie «Sehr gerne», «Sehr wohl» oder «Selbstverständlich». Hoffentlich, hoffentlich schenkte er im Geheimen der Mutter ein wenig mehr Cognac ein, damit die Stunden mit Alfred besser zu ertragen waren.

Wenn das Gespräch beim Bienenstich etwas ergeben hätte, würde die Mutter darauf warten, dass Alfred sie darum bat, ihr noch ein wenig Gesellschaft zu leisten, und er würde, aber das war eine Mutmaßung, die Spreequelle vorschlagen, weil sie zum einen nicht so weit entfernt lag und Alfred zum anderen kaum einen anderen Ort kannte. Von seiner Wohnung und dem Geschäft einmal abgesehen.

Um zur Spreequelle zu gelangen, müssten sie vom Kuchenkönig aus zuerst quer über den Oranienplatz laufen, am Kaufhaus auf der Ecke vorbei, dann links. Schnell ginge es nicht, da Alfred ein kaputtes Bein hat. Sicher schaute die Mutter an der nächsten Kreuzung kurz nach rechts, vielleicht aus purer Gewohnheit, vielleicht aus sanfter Sehnsucht; in die kleine Straße, in der sie fast gestern noch selbst gewohnt hatte. Sie erinnerte sich an viele Kleinigkeiten, an noch viel mehr als Otto, da sie viel länger ein selbstverständlicher Bestandteil dieser Straßen gewesen war als er. Da sie hier jeden kannte, oder zumindest fast jeden, und die Straßen damit auch ein Bestandteil von ihr geworden waren. Bis zum Umzug hatte das keine Rolle gespielt, aber jetzt bedeutete es etwas. Jetzt hatte die Farbe, die von der Fassade des Wäschegeschäfts abblätterte, am Löwenplatz gleich links, eine Bedeutung. Jetzt hatte auch die Litfaßsäule dort, die ständig überklebt und alle paar Monate mit Wahlplakaten tapeziert wurde, etwas zu sagen. Die Säule sagte der Mutter, dass sie schon eine Weile nicht mehr an ihr vorbeigelaufen war.

Alfred und die Mutter würden, wieder eine Mutmaßung, die Oranienstraße hinuntergehen. Für einen Moment wäre jede Scheibe wie ein Spiegel, jede Haustür sähe so aus, als führe sie zur alten Wohnung. Alfred und die Mutter könnten vom Oranienplatz aus auch die Elektrische nehmen, wegen Alfreds Bein, eine Station, und am Löwenplatz, wo der Wagen eine kleine Kurve fuhr, müssten sie raus. In den Straßenlaternen am Platz wäre vermutlich schon das Licht angegangen, vielleicht stünde unter der ersten Laterne rechts, neben dem Geschäft von Herrenausstatter Zallo, der Zeitungsjunge und erklärte mit einer Stimme, die sich leicht überschlug, leicht gehetzt, was in Berlin und der Welt seit der Mittagsausgabe passiert war. Sie würden quer über den Löwenplatz gehen müssen, an dem runden Kiosk mit Spitzdach vorbei, in dem Hospach aus Danzig Zeitungen, Zigaretten und unter dem Ladentisch auch Alkohol verkaufte.

Sicher sähe alles ganz anders aus an diesem Abend, ganz anders, auch wenn nichts anders war: das rote Metallschild, das für Juno-Zigaretten warb, die Laufzettel mit den Schlagzeilen, die Illustrierten, die mit Wäscheklammern an den Metallstreben des Kiosks klemmten. Der Laden von Schuhmacher Anton schließlich, auf der gegenüberliegenden Straßenseite, der so schmal war und noch dazu im Souterrain lag, dass man zwei Mal dran vorbeilief, bevor man den Eingang, die schäbige Treppe fand.

Das Bügeleisen war heiß genug, Otto nahm ein Hemd, strich es auf dem Brett glatt, benetzte seine Finger mit Wasser und ließ die Tropfen herunterregnen. Mit der Linken hielt er das Hemd, mit der Rechten das Bügeleisen. Langsam senkte er es auf den Stoff.

In der Spreequelle würde Alfred sich nicht an den Tresen setzen, sondern an einen Tisch nahe beim Fenster. Er wäre verwundert darüber, dass die Mutter tatsächlich mit ihm in die Kneipe ging, und Kersten hinter dem Tresen wäre genauso verwundert. Die Mutter würde aus dem Augenwinkel das Lokal absuchen nach dem Flughund. Alfred würde über einen passenden Satz nachdenken, den er zur Mutter sagen könnte, und die Mutter würde ihn fragen, wie es Ilona und Ralf gehe, und irgendwie enttäuscht und irgendwie erleichtert würde Alfred seine Hosenträger straffen und aus dem Fenster hinaus über den Löwenplatz schauen. Die Mutter auch. Sie sähen den runden Kiosk, in dem Hospach aus Danzig die Jalousien herunterließe, und sie sähen den Zeitungsjungen nach Hause und eine Elektrische zum Moritzplatz, eine andere zum Görlitzer Bahnhof fahren. Kersten brächte ihnen Bier und würde sich vor der Mutter umständlich vorstellen, und Flughund wäre eben doch nicht in der Kneipe, nicht an diesem Abend.

Der Stoff des Hemdes sah glatt, weiß und kleidsam aus. Otto stellte das Bügeleisen aufs Brett, nahm das Hemd in beide Hände, zog es stramm und prüfte es im Licht der Arbeitslampe. Er hielt es sich an den Oberkörper. Weil kein Spiegel in Sichtweite war, drehte er sich um und ging zur Ankleide. Er schob den Vorhang beiseite. Er sah die Bilder mit den nackten Frauen. Er dachte wieder an seine Mutter.

Irgendwann müsste sie Alfred fragen, irgendwann müsste sie es tun, ob er mit dem Mann gesprochen habe, dem Hund, Flughund, und das wäre der Moment, in dem Otto gerne dabei wäre, in der Spreequelle. Alfred würde ihrer Frage ausweichen, in seiner Art, mit seinen Sätzen, die innen hohl waren. «Ja», würde er sagen und dann so etwas wie, dass «mehr zwischen Himmel und Erde geschieht, als ein Schneider sich träumen lässt», haha, oder so ähnlich. Er würde sagen, dass es einem ja manchmal vorkomme, als habe man ein Brett vor dem Kopf, oder ein Bügelbrett, oder gleich ein Eisen. Haha. Und dabei würde er der Mutter zublinzeln, haha, und weil der Moment es erforderte, müsste die Mutter darüber lachen oder zumindest lächeln und Alfred zuprosten.

Die Mutter müsste weiterfragen, wahrscheinlich müsste sie noch ein Getränk bestellen, sodass die anderen Gäste sie schon beobachteten. Sie würde näher an Alfred heranrücken und ihre langen Handschuhe das erste Mal an diesem Abend ausziehen, und Kersten würde es sehen, während er hinter dem Tresen stand und zapfte, und Kersten würde daran denken, dachte Otto, während er den Kragen des Hemdes mit der Spitze des Bügeleisens bearbeitete, dass er, Kersten, noch nie in seiner Kneipe eine Frau ihre Handschuhe hatte ausziehen sehen, weil noch nie eine Frau mit langen Handschuhen in die Spreequelle gekommen war.

Die Mutter sähe Alfred in die Augen, die Augenbrauen zöge sie hoch und sie spräche gedämpft, aber eindringlich mit ihm. Mit einer Hand würde sie vorsichtig nach seinem Hosenträger greifen, von dem auch die Mutter wusste, wen er damit bisweilen schlug. Sie zöge Alfred an sich und würde ihn fragen, nach Flughund, und ob er wisse, was Flughund der Polizei erzählt habe. Alfred würde ihr sagen, ihm sei nicht klar, warum sie überhaupt dorthin gegangen sei, zu Mäntel Rettig, das habe er, Alfred, schon im Ansatz nicht verstanden. Sie hätte auch in der Flickschneiderei eine bessere Stellung bekommen. Mehr Geld.

Es könnte sein, dass Alfred anböte, Flughund bald auf ein Bier zu treffen, hier, an der Theke, und die Mutter würde, aber das war nun wirklich eine Vermutung, in diesem Moment ihre Hand auf Alfreds Oberschenkel legen, scheinbar aus Versehen. Sie würde nicken und sagen, dass Alfred mit Flughund ja einmal reden könne, und es könnte sogar sein, dass sie nun ihre Hand einen Zentimeter, ganz wenig nur, auf Alfreds Oberschenkel, auf seiner groben Stoffhose, nach oben schöbe. Alfred tränke in einem Zug sein Bier aus, so wäre es, damit er sich auf das Bier und auf nichts anderes konzentrieren müsste. Die Mutter höbe langsam ihre Hand von seinem Oberschenkel, so als habe sie dort nur aus Versehen gelegen.

Damit der Moment so stehenbliebe, wie er war, und damit beide gerade noch aus diesem Moment herauskämen, ohne dass er allzu viel bedeutete, würde die Mutter sagen, dass sie gehen müsse, sich für den Abend bedanken, ihre Handschuhe überstreifen, ihren Mantel nehmen, Alfred zum Abschied die Hand auf die Schulter legen und ihn bitten, Ilona und Ralf zu grüßen. Alfred wäre so überfordert von dem Moment, dass er vergäße, der Mutter Grüße an Otto mit auf den Weg zu geben. Oder vielleicht, aber das war nun die letzte Mutmaßung, fiele es Alfred erst ein, wenn er der Mutter durch das Fenster hinterherblickte, wie sie über den Löwenplatz ging, und erst wenn er ihren Rücken neben dem runden Kiosk von Hospach fast verschwinden sähe, würde er sich hochdrücken, zur Tür hinaushinken und rufen: «Grüße an Otto!»

Das dachte Otto, der in der Ankleide mit den Bildern nackter Frauen stand, sich das weiße, gebügelte Hemd angezogen hatte und sich im Spiegel ansah. Er fand, dass es ihm stand, das Hemd. Dass er damit älter aussah, mehr wie ein Mann. Erst nach dieser letzten Mutmaßung roch Otto, dass er das heiße Bügeleisen nicht mit der Unterseite aufs Brett hätte stellen dürfen.

Beide jut

Sie saßen in der U-Bahn, Linie D in den Wedding. Selmas alter Laden lag in der Badstraße. Otto träumte von einer eigenen Jacke. Sie sollte blau sein. Aus Tweed? Etwas Englisches, mit Kordelzug am Revers? Nils saß ihm gegenüber. Er trug die Fliegerjacke. Otto einen weißen Pullunder mit kurzen Ärmeln und rot-blauen Streifen am Kragen. Der einschätzende Blick: Das steht dir, das steht dir nicht. Mach es so, lass das weg. Wie der Meister es tat.

«Und?»

«Was und?»

«Was empfiehlst du? Was steht mir?»

«Jedenfalls keine Streifen. Steht dir nicht.»

«Leder auch nicht. Steht mir nicht.»

«Steht dir schon! Diese eine Jacke, die hier, die steht dir nicht. Aber ein Mantel aus Wildleder, hellbraun, mit Taille, Schlitz und Kragen – warum nicht?»

«Es ist Sommer, wer braucht da einen Mantel?»

«Läufst du im Sommer nur in Badehose herum? Bis zum Oktober?»

«Das denkst du wohl.»

«Denke ich.»

Am Gesundbrunnen stiegen sie aus, gingen durch die Gänge der Haltestelle, die mit hellblauen Fliesen gekachelt war und wie ein Schwimmbad ausschaute. Otto dachte darüber nach, ob dieses Hellblau eine gute Farbe für eine Jacke sein könnte. Es hatte etwas Glänzendes, etwas Hypnotisches, etwas Frisches. Ein wenig edel sah es aus. Eigentlich zu hell, da sah man jeden Flecken. Selma blieb stehen. Sie müsse eine Warnung aussprechen, sagte sie. Der Laden sei beschmiert worden. Als es passiert war, sei sie zurück in die Hofstraße gekommen. Seitdem sei sie nicht mehr hier gewesen. Es sehe nicht gut aus. «Wundert euch nicht.»

Treppe hoch, rechts. Laute Straße. Krach. Hundert Meter die Badstraße runter. Ein Straßenhändler schwatzte sie an. Er verkaufte tote Hühner ohne Kopf. Eins hielt er Otto vors Gesicht. Otto verzog das Gesicht. Auf der linken Seite der Straße, im Erdgeschoss eines stattlichen Hauses, entdeckte Otto ein Schild: «Bernhard & Isaak Barkowsky. Herren-, Knaben-, Jünglingsbekleidung». An der Wand Schmierereien: «Jude. Judensau. Auf nach Jerusalem».

«Da –»

«Ist es nicht», sagte Selma. Sorge lag in ihrer Stimme. Durch ihre Stirn grub sich eine Falte. Selma deutete nach rechts. An der Kreuzung Prinzenallee lag ein kleineres Geschäft mit Fenstern zu beiden Seiten. Die Tür lag auf der Ecke, wie bei einer Kneipe.

«Es sieht nicht gut aus», sagte sie erneut.

Aus der Entfernung konnte Otto die Farbe erkennen, die auf den Bürgersteig gelaufen war. Ein windschiefer Davidstern prangte auf der Scheibe zur Badstraße, in Blutrot. Er sah aus wie eine Wunde, und das Blut war heruntergelaufen. Kafschienresch, dachte Otto und sah in Gedanken eine Gans verbluten. Selma ging geradewegs an der Farbe vorbei. Sie wollte die Tür aufschließen, Otto und Nils warteten hinter ihr. Auch auf die Scheibe zur Prinzenallee hatte jemand einen roten Stern geschmiert. Otto las das Schild über der Tür: «Elieser Kattuso – Feinste Konfektion».

«Oh.» Selma blieb stehen. Die kleine Scheibe in der Tür war auch zerschlagen. Die Tür aufgebrochen. Das war neu, auch für sie. Mit der Hand schob sie die Tür auf und sah hinein. Sie rümpfte die Nase. Sie ging zwei Schritte über die Schwelle und blieb stehen.

«Es ... es riecht.»

Auf der Fußmatte lagen Scherben. Kleider, vor allem dunkle Anzüge, lagen über den Boden verstreut. Hemden, Hosen, Mäntel. Auseinandergerissen, aufgetrennt, zerstört. Hier lag ein Arm, da zwei Beine. Durcheinander und übereinander, als habe jemand einen Mantel nach dem anderen, einen Anzug nach dem anderen umgebracht. Als sei die Luft aus den Körpern gewichen. Nun lagen da die Reste.

Wut stieg in Otto auf, er merkte, wie enttäuscht er war. Er dachte an seine Jacke und daran, dass es heute wohl nichts damit werden würde. An die Nazis und daran, dass jemand in diesen Laden eingebrochen war, dachte er nicht so sehr. Er hasste die Einbrecher, aber er hasste sie dafür, dass es mit seiner Jacke nun noch länger dauern würde. Otto war sich sicher, dass es so herum nicht richtig war, aber so war es.

Kleiderbügel lagen auf dem Boden, ein Bügeleisen, Papiertüten, eine Schere, Stoffreste, eine kaputte Weinflasche, Gläser, Faden, Garn, Zwirn, Unterwäsche, überall Knöpfe. Die Regale waren von den Wänden gerissen, der Holztresen in der Mitte eingeschlagen. Die Kasse lag umgestürzt daneben. Ein paar Pfennige auf dem Boden.

«Die Kasse, warum die Kasse? Die war leer!», rief Selma.

Sie stand mitten im Zerstörungswerk, das die Einbrecher hinterlassen hatten, und hob einen Pfennig auf.

«Leer wie ein Loch», sagte Otto.

Einzelne Gliedmaßen der Schneiderpuppen ragten hoch wie Arme von Ertrinkenden. Der blaue Teppich hatte Flecken. Es roch nach Pisse. Nils ging umher. Otto folgte ihm. Selma rührte sich nicht von der Stelle. Nils ging zum Fenster. Er zog seine Fliegerjacke aus und legte sie auf einen Stuhl. Die Füße von zwei Puppen lagen abgerissen in der Auslage. Ein kleiner Tisch daneben, auf dem mal eine Nähmaschine installiert gewesen war. Man sah noch die abgebrochene Halterung. Die Maschine fehlte. Stattdessen klebte auf der Oberfläche etwas Braunes, Eingetrocknetes – und roch. Fliegen kreisten. Otto drehte sich zu Selma.

«Was ist?»

Sie sah den Tisch. Sie hielt sich eine Hand vor den Mund.

«Hinter dem Tresen ist eine Küche. Da gibt es Wasser und einen Eimer», sagte Selma und ging vor die Tür.

Nils folgte ihr. Otto ging zum Tresen. Dahinter gab es eine Tür. Genau genommen war es nur ein Rahmen, in dem die Tür fehlte und stattdessen ein Vorhang hing. Ottos Blick fiel auf eine Postkarte, die auf Augenhöhe an der Wand neben dem Türrahmen hing: Sechs kleine Bilder und ein großes, mal eine Ladenfront mit Menschen davor, mal Menschen im Inneren eines Ladens. Unter jedem Bild war ein Straßenname zu lesen: Meinekestraße – Knesebekstraße – Badstraße – Jägerstraße – Torstraße – Ritterstraße. Oben, in der Mitte, unter dem größten Bild, ein Haus mit sechs Stockwerken und einem Schild in Rot und Weiß:

Kattuso – Feinste Konfektion seit 1913
– Haupthaus Kaiserallee –

Davor stand eine kleine Gruppe, in ihrer Mitte ein Mann, nicht gerade der Größte, mit einem weißen Anzug, schwarzen Haaren und einem feinen Bart am Kinn und über der Lippe. Er trug einen Hut, den er vor sich hielt, als sei er ein Zirkusdirektor.

Otto schob den Vorhang beiseite. Die Küche wirkte kaum verwüstet … oder aufgeräumt? Eine Dose mit Kaffee stand auf dem Tisch, eine Tasse, Konserven auf dem Regal. Durch ein Fenster sah man den Hinterhof, auf der rechten Seite gab es ein Klo und ein Waschbecken. Darüber ein Zwischenboden. Die Ecke einer bezogenen Matratze schaute heraus. Gegenüber das Spülbecken, Geschirr, darunter Eimer, über dem Rand des Beckens hing ein Handtuch.

Otto nahm einen Metalleimer und füllte ihn mit Wasser, löste Seife darin auf, nahm auch das Handtuch und verließ die Küche. Er hatte gerade den Vorhang hinter sich gelassen und wickelte das Tuch um seine Hand, da blieb er stehen. Er sah seine Hand an, die unter dem Tuch steckte. Er sah sie an, als könne sie mit ihm sprechen. Etwas stimmte nicht. Etwas mit dem Handtuch stimmte nicht, er sah es an, als könne es ihm etwas sagen, und gerade als er spürte, was es war, als die Haut auf seiner Hand ihm meldete, dass das Handtuch nass war, obwohl er es nicht ins Wasser gehalten hatte, schlug sich auch schon ein Arm um seinen Hals.

Otto stieß den Ellenbogen nach hinten. Zu seiner Überraschung ließ der Griff um den Hals sofort nach. Ein Wimmern folgte. Ein Mann. Otto riss sich los, drehte sich um, trat zu. Ein lauteres Wimmern. Otto holte noch einmal mit dem Fuß aus. Der Mann hob die Hände.

«Nich!» Mehr ein Krächzen als eine Stimme. Otto wurde ruhiger. Der Mann hatte lange Haare, lange, filzige Haare. Ein breiter Bart hing ihm aus dem Gesicht. Er roch nach Alkohol. Er war wehleidig. Oder sehr schwach?

«Wer sind Sie?»

«Ja, ja.»

Wieder mehr ein Krächzen. Der Mann versuchte aufzustehen, er suchte mit der Hand nach Halt. Er wollte sich am Tresen hochziehen. Es gelang ihm nicht. Er trug Handschuhe, denen die Kuppen fehlten.

«Dit wa klar», sagte der Mann.

Seine Zähne schimmerten gelb und schwarz, es waren weniger als Finger an seiner Hand. Seine Schuhe hatten Löcher, man sah Teile seiner Füße, rot und geschwollen. Anzug und Mantel waren dagegen neu, sauber und aus feinem Stoff. Sie sahen aus, als gehörten sie nicht zu ihm. Wie eine Verkleidung.

«Wer sind Sie?»

«Wa klar», sagte der Mann. Er hob die Arme, als würde Otto mit einem Revolver auf ihn zielen. Die Augen geschwollen, mit roten Ringen, hinter einem milchigen Schleier, etwas Gelbes war da auch. Er zeigte auf den Boden. «Dit wa ick nich.»

Otto überlegte. Er sah, dass der Mann kaum richtig stehen konnte. Hochgezogen hatte er sich, aber aufrichten konnte er sich nicht. Sein Rücken blieb angewinkelt, er buckelte wie eine Katze. Es sah aus, als täte es ihm weh zu stehen. Als bereite es ihm Schmerzen, sich bloß auf zwei Beinen zu halten. Der Mann atmete auch schwer, als täte es ihm weh, bloß zu atmen.

«Wie heißen Sie?»

«Wa ja klar. Rufste jetzt die Polente?»

Selma kam in den Laden, Nils hinter ihr.

«Ich glaube nicht», sagte Otto.

«Jut.»

Selma blieb neben Otto stehen. Sie sah den Mann konzentriert an.

«Was ist passiert?», fragte sie.

«Holen wir die Polizei?», fragte Otto.

«Wegen dem?»

Der Mann blinzelte. Er trat einen Schritt näher an Selma heran und fasste ihr an die Schulter.

«Wa klar!», rief er. Er drehte sich um. Er zeigte auf den Boden. «Tja», sagte er. «Wa ick nich. Ick hab bloß aufjepasst.»

«Ihr kennt euch?», fragte Otto.

Der Mann nickte.

«Er heißt Seidel», sagte Selma.

Seidel reichte Otto die Hand. Mit einigem Widerwillen griff Otto zu – aber da war nichts. Dünn und schlaff war seine Hand, da war keine Kraft. Otto schüttelte einem Gespenst die Hand. Einem Gespenst, an dem Stoff hing. Seidel fühlte sich schauerlich an.

«Klar kenntse mich», sagte er.

«Wir holen nicht die Polizei», sagte Selma. «Wegen Seidel sowieso nicht. Von unserem Laden wollen die nichts wissen. Das Einzige, was die uns sagen werden, ist, dass wir die Schmierereien von der Scheibe entfernen sollen. Dass wir sie schon lange hätten entfernen sollen.»

Seidel nickte.

«Wa klar», sagte er.

«Hast du sie gesehen?», fragte Selma.

Er nickte.

«Dit wan drei. Braune.»

«Hat jemand die Polizei gerufen? Die Nachbarn?»

Seidel schüttelte den Kopf.

«An die Fenster hamse jestanden. Alle jeglotzt. Ick hab die Polizei nich jerufen. Mich mögen die nich. Euch ja och nich.»

Selma nickte.

«Du warst hier?»

Seidel nickte.

«Ick wa ufm Boden.»

«Danke, Seidel», sagte Selma. «Kriegst noch was. Schau dich um.»

Seidel schob sich langsam an den dreien vorbei. Er stakste unsicher durch die Kleiderhaufen. Otto sah Selma an, und Selma sah Nils an. Otto griff nach dem Wassereimer, Selma ging in die Küche. Seidel zog an diesem Stück und an jenem. Er formte sich ein Bündel. Schließlich ging er Richtung Tür, tippte sich mit zwei zitternden Fingern an die Schläfe, ein Abschiedsgruß. Er schob die Tür auf und versuchte hinauszugehen. Als er draußen war, sah man, dass er kaum noch gehen konnte. Alle drei Schritte musste er sich abstützen und Luft holen. Hinter ihm fielen Glassplitter aus der Tür. Da ging Seidel. Er hinkte in die Badstraße. Dann sah man ihn nicht mehr.

Nils begann, die Kleiderreste auf dem Tresen zu sammeln. Otto ging mit dem Eimer zur Auslage. Etwas fehlte da. Die Fliegerjacke. Wo war die Jacke? Sie war weg. Hatte Seidel ...?

Otto lief hinaus. In die Badstraße. Auf der rechten Seite, hundert Meter entfernt, etwa auf der Höhe von «Bernhard & Isaak Barkowsky. Herren-, Knaben-, Jünglingsbekleidung» sah er Seidel. Die rechte Hand hatte er an der Hauswand. Er hinkte, alle drei Schritte blieb er stehen. Otto lief ihm hinterher, mühelos holte er ihn ein. Seidel sah ihn verschreckt an.

«Sie haben die falsche Jacke mitgenommen.»

«Wa klar», sagte Seidel. Otto zog die Jacke aus Seidels Bündel. Sein Blick fiel auf die Füße des Mannes. Die roten, geschwollenen Zehen. Für einen Moment wollte Otto die Jacke zurückgeben. Man hätte etwas tun müssen, dachte Otto. Mehr jedenfalls. Essen, Schuhe, ein Bett. Die Jacke. Seidel ging weiter, jetzt war er fast am U-Bahnhof. Es sah aus, als könne er das Bündel nicht tragen. Als sei es ihm zu schwer. Es sah so aus, als täte es Seidel weh, bloß zu atmen.

Nils wartete bereits vor dem Laden. Als Otto ihm die Lederjacke hinhielt, machte Nils ein zerknirschtes Gesicht. Otto legte ihm die Jacke über die Schulter. Nils sah ihn an und hatte den Mund so komisch, wie ein Frosch im Gartenteich. Seine Haare, die sonst in einem schicken Bogen wie eine Welle über der Stirn standen, lagen zerzaust über den Augen.

«Behalt die Jacke», sagte Nils.

«Steht mir nicht», sagte Otto. «Schmale Schultern.»

Sie sammelten die Kleider ein. Otto fand in einigen den Einnäher von Mäntel Rettig, das rote «MR». Auch die Lederjacke legte Otto wortlos auf den Tresen. Sie räumten zusammen, was eben ging. Als sie begannen, den ganzen Laden zu putzen, schoss es Otto durch den Kopf: Wir dürfen nicht die Spuren verwischen!

«Halt. Wir müssen die Polizei rufen», sagte Otto. Keiner reagierte. Selma schob den Besen durch den zerstörten Laden. Nils legte Kleider zusammen.

Otto sagte es noch einmal: «Ich rufe die Polizei.» Er drehte sich zur Tür, ohne selbst genau zu wissen, wohin er gehen sollte. Er spürte eine Hand an seiner Schulter.

«Du bleibst hier», sagte Selma.

«Wieso?»

«Verstehst du nicht, was passiert ist?»

«Jemand ist eingebrochen.»

«Ja.»

«Jemand hat den Laden beschmiert.»

«Ja.»

Selma hielt die Arme verschränkt.

«Niemand hat die Polizei gerufen», sagte Otto.

«Nein.»

«Ist es wegen Seidel?»

«Nein. Otto. Schau mal: Elieser Kattuso, der Besitzer dieses Geschäfts, hatte sieben Läden in Berlin. Dort kannst du sie sehen.» Selma zeigte auf die Postkarte. «Die ersten Läden haben sie gleich nach der Machtübernahme beschmiert. Man könnte sagen: markiert. Die nächsten zur Sonnwendfeier, oder war es Pfingsten? Ich weiß es nicht mehr. Hier, im Wedding, habe ich zum Jahrestag der Machtergreifung zum ersten Mal die Scheiben putzen müssen. Seitdem jeden Monat einmal. Im Winter war es ruhiger, aber seit es wärmer geworden ist, traut sich auch der letzte Braune aus seinem Loch. Schau dir die Schaufenster zwischen hier und dem Alexanderplatz an, wenn einer Rubinstein oder Dreifuss heißt. Oder Kattuso.»

«Was ist da? Überall Sterne?»

«‹Jude raus! Auf nach Jerusalem›, eine Lok aus schiefen Strichen und ein Pfeil darunter. Es sah so lächerlich und kindisch aus, dass die Leute darüber gelacht haben. Aber Dreifuss und Rubinstein haben nicht gelacht.»

«Keiner ruft die Polizei?»

«Doch. Eli hat jedes Mal die Polizei gerufen. Erst sind sie nicht gekommen, zwei Tage lang. Dann sind sie gekommen, aber haben nicht den Schaden notiert und die Täter gesucht, sondern ...»

Selma unterbrach sich und atmete kräftig aus.

«Sondern?»

«Sie haben gesagt, dass er die Schmierereien von seinen Schaufenstern entfernen soll, auf eigene Kosten natürlich. In einer dänischen Zeitung sei bereits ein Foto davon abgedruckt worden. Und man wisse ja, dass die ausländische Presse jede Gelegenheit nutzt, um über Deutschland Lügen zu verbreiten.»

«Aber es ist ja keine Lüge!»

Selma sah Otto verwundert an. Ihr Mund blieb offen, ein wenig. Otto verstand es nicht.

«Nein, ist es nicht. Es ist keine Lüge», sagte sie.

«Nein», wiederholte Otto etwas leiser, «ist es nicht. Es ist keine Lüge. Aber ... dann ist es egal?»

Es kam so ein stiller Moment.

Selma nickte.

«Ach, Otto», sagte sie nach einer Weile, die sie dastanden und sich ansahen. Sie legte eine Hand auf seine Wange. Wieder fehlte etwas bei dem, was sie gesagt hatte, das spürte Otto ganz deutlich. Er grübelte, was es dieses Mal sein konnte. Er grübelte über den stillen Moment.

Sie wuschen den Tisch in der Auslage mit Wasser und Seife ab. Drei Stühle, zwei Schemel und zwei Sessel richteten sie auf und stellten sie in der Mitte des Raumes zusammen. Nils raffte die Stoffe, die sie mitnehmen wollten, in großen Ballen und verschnürte sie. Selma ging zum Nachbarn und rief mit dem Fernsprecher Eli Kattuso an. Otto wusch ab. Als Selma zurückkehrte, standen Otto und Nils draußen vor der Scheibe zur Prinzenallee und mühten sich, die Schmierereien zu entfernen.

«Bald ist es weg», sagte Otto.

Auf der Prinzenallee rollte der Verkehr – Kutschen, Autos, Busse. Die Elektrische brachte Arbeiter aus den Betrieben in Tegel und Pankow nach Hause. Berufsverkehr. Otto spürte die Blicke der Menschen in der Elektrischen auf seinem Rücken. Alle sahen, was sie da machten. Sie sahen die drei jungen Leute, den Laden und die Sterne. Die Elektrische hielt hinter ihnen, die Leute guckten. Einige stiegen aus, einige stiegen ein. Sie guckten. Die Elektrische fuhr weiter, die Leute gingen nach Hause. Sie aßen mit ihrer Familie zu

Abend. Sie hatten die Sterne auf der Scheibe gesehen und Selma, Otto und Nils.

«Vielleicht nehmen wir das Schild über der Tür ab, oder wir hängen etwas drüber, damit sie den Laden nicht noch einmal angreifen», sagte Otto.

«Nein», sagte Selma. «Dann haben sie erreicht, was sie wollen: Wir verstecken unseren Namen, weil er nach etwas klingt, was sie hassen. Dafür hetzen sie uns nur noch mehr.»

«Man muss es nur so lange verstecken, bis eine andere Regierung kommt», sagte Otto.

«Diese Leute hassen uns nicht, weil die Regierung ihnen sagt, dass sie es sollen. Sie hassen uns, weil sie uns hassen.»

Euch, wollte Otto sagen. Sie hassen *euch*, mich nicht. Er sagte es nicht. «Nicht alle», sagte Otto stattdessen. «Nicht alle sind so.»

«Stimmt», bestätigte Nils. «Otto hasst uns nicht. Stimmt's, oder hab ich recht, Otto?»

«Ich ...»

«Nils, sei nicht albern», sagte Selma.

«Stimmt's, Otto?»

«Nein, natürlich nicht. Ich mag euch ja. Natürlich! Ich mag euch alle beide. Sehr.»

Selma sah Otto an, und Otto sah Nils an. Selma griff sich in die Haare, als müsse sie die Frisur richten. Otto glotzte auf den Bürgersteig und strich mit der Fußspitze umher. Selmas Haare, die sie zum Arbeiten in einem Nest auf dem Kopf zusammengesteckt hatte, fielen ihr eines nach dem anderen auf die Stirn. Otto sah den Haaren dabei zu. Es kribbelte ihm irgendwo zwischen den Rippen. In der Mitte der Prinzenallee hielt eine Elektrische. Nils verschränkte die Arme und sah Otto an. Er grinste ein wenig.

«Wen magst du lieber?», fragte Nils. «Selma oder mich?»

Otto wusste nicht, was er sagen sollte. Irgendwas Schlaues. Die Elektrische fuhr an. Sie klingelte. Die Leute guckten durchs Fenster.

«Beide», sagte Otto leise, Kopf nach unten. «Ich mag euch beide lieber.»

Otto kann auf die Nerven gehen

Lehrer Kirchhoff verschwand, und der Rektor kam, um es der Klasse zu erzählen. Die Bäume im Schulhof trugen saftiges Grün. Man hörte Amseln. Die vorletzte Woche des Schuljahres. Sommer. Etwas an diesem Sommer schien Otto anders als zuvor. Etwas stimmte nicht. Als Rektor Meissner seine Mitteilung beendet hatte, stand in der ersten Reihe einer auf: Stüttgen. Er stand da wie ein Zinnsoldat. Gleich macht er den Hitlergruß, dachte Otto.

«Im Namen der Klasse bin ich froh, dass Lehrer Kirchhoff weg ist», sagte Stüttgen.

«Stimmt nicht», rief Otto.

Dem Rektor zuckten die Augenlider. In hohem, schwankendem Ton brachte er nur ein Wort heraus: «Wieso?»

«Er war ein schlechter Lehrer», sagte Stüttgen.

«Mund halten! Das hat für Sie ein Nachspiel», rief der Rektor. Als sei es abgesprochen gewesen, stand nun Niklas Grundweg auf, der am Ende der Fensterreihe saß und damit zwei Plätze von Otto entfernt, zwischen Ralf und Peter Haber. Grundweg war einer von denen, die noch kein braunes Hemd trugen. Grundweg fragte laut, ob er sich umsetzen könne, «und zwar sofort».

«Wieso?», war erneut das Einzige, was Rektor Meissner einfiel.

Er wolle sich umsetzen, sagte Grundweg, den Blick auf den Boden gerichtet, weil er schon länger habe ertragen müsse, dass seine Banknachbarn ... «so fürchterlich ... stinken».

Stinken? Otto klappte der Mund auf. Hatte Grundweg das gesagt?

«Haber stinkt nach Schweißfüßen. Nach jüdischen Schweißfüßen.» Grundweg zeigte auf Peter Haber. «Krebs auch. Ich kann mich nicht konzentrieren.»

Gejohle aus der Vorderreihe.

Ralf war außer sich: «Was? Was hast du gesagt?» Er schrie. «Das sagst du mir in der Pause noch einmal. Das sagst du meinen Füßen noch einmal!»

Jüdische ... Schweißfüße. Otto spulte den Satz, den er gehört hatte, im Kopf ab. Grundweg bekam Beifall. Peter Haber zuckten die Augenbrauen. Ralfs Kopf war rot.

«Ich bin kein Jude!», schrie Ralf. «Du Sau!»

Rektor Meissner ruderte mit den Armen. Ruhe! Ruhe! Bitte.

Mittags wartete Ralf am Schultor. Sein Gesicht war gerötet, ein Knie aufgeschlagen, die Lippe blutig. Otto verzog den Mund.

«Was ist passiert?»

«Scharmützel auf der Toilette.»

«Wer?»

«Stüttgen, Grundweg und die anderen.»

«Warum sagst du nichts? Ich hätte dir geholfen.»

«Meine Sache. Passiert nicht wieder.»

«Wieso?»

«Wir haben uns geeinigt.»

«Worauf?»

Ralf antwortete nicht. Er nahm ein Steinchen und warf es willenlos gegen die Schulhofmauer.

«Was wohl mit Lehrer Kirchhoff ist», sagte Otto.

Ralf antwortete nicht.

«Bald bin ich sie los», brummte Ralf, dieses Mal kickte er das Steinchen über den Boden. «Wenn ich nicht neben Haber säße, wär das nicht passiert. Dabei bin ich gar kein Jude.»

«Und wenn du's wärst?»

«Wie wenn? Gibt kein ‹wenn›. Werd ich Stüttgen schon beweisen.»

«Darauf habt ihr euch geeinigt?»

«Ach, lass mich.»

Ralf klang komisch. Er hatte eine Härte in der Stimme, die Otto nicht kannte.

«Ralf. Die Rettigs, Nils, Selma und ihr Vater, das sind auch Juden. Wir wohnen da.»

«Das ist was anderes.»

«Wieso?»

«Weil ich es sage. Weil das so ist. Du kannst einem echt auf die Nerven gehen.»

Am Nachmittag nahmen sie die S-Bahn raus zum Wannsee. Die Sonne brannte, und sie hatten den Plan gefasst, schwimmen zu gehen. Erst hatte Otto die Idee prima gefunden, aber als er seine Badehose in der Hand hielt, so eine enge mit einem aufgenähten Schiffchen, kamen ihm Zweifel.

Das große, lange Bad am Wannsee war vollgestopft mit Menschen. Im flachen Wasser am Ufer standen sie zu Hunderten hintereinander; man musste weit, weit rausschauen auf den See, um ein Stück Wasser zu entdecken, in dem niemand herumplanschte.

Sie suchten sich einen leeren Flecken Rasen, auf den sie ihre Beutel legten. Otto zog seinen Beutel auf und nahm langsam die Badehose heraus. Er beobachtete Ralf.

Ralf zog sich das Hemd über den Kopf, mit schnellen Bewegungen, man sah seinen Oberkörper und dass er schon Muskeln an der Brust hatte. Ralf schlug sich das Handtuch um die Hüfte und zog die Unterhose zu Boden. Otto sah an ihm vorbei, man konnte da ja nicht einfach hinsehen. Hinter Ralf hüllte eine Frau ihren Oberkörper gerade in ein Handtuch und wischte sich mit einem Zipfel die Wassertropfen von der Stirn. Ihr Badeanzug war gelb und knapp. Drei Mädchen liefen lachend, in noch knapperen Badeanzügen, mit wehendem Haar und wogendem Po Richtung Wasser. Ralf zog sich die Badehose hoch, das Handtuch fiel auf den Rasen. Er machte einen Knoten in die Kordel unter seinem Bauchnabel. An seinem Bein war ein kleiner Verband, vom Vormittag, den er nun langsam vom Fuß schob.

«Knallköppe», nuschelte Ralf. Er blinzelte Otto an. Otto hockte auf dem Boden, eine Hand an der Badehose im Beutel, die andere auf dem Rasen. Kaum Fortschritt.

«Was ist mit dir?», fragte Ralf. «Willst du nicht ins Wasser?»

«Was ist mit deinem Bein?», fragte Otto.

«Nichts Schlimmes. Halb so wild. Also ... ich gehe jetzt rein.»

Ralf hüpfte kurz hoch, und weg war er, zum Wasser. Sein Verband, das Handtuch, die Unterhose und Otto blieben zurück auf dem Rasen. Otto sah Ralf nach. Ralf lief vorbei an Mädchen mit langen Haaren, die da standen und ihm nachsahen. Ihre langen Haare funkelten. Otto sah die Frau mit dem gelben Badeanzug. Ihr Badeanzug funkelte auch. Otto sah zum Steg hinunter, wo viel los war. Viele Jungs und Mädchen, ein paar Erwachsene. Otto beobachtete, wie die Jungs dort hinliefen, so wie Ralf – zum Sprungturm, zum Wasser, über die Wiese. Sie liefen und richteten ihre Oberkörper auf wie Reitgerten, kurz vor dem Wasser. Sie tauchten ab ins grünblaue Wasser des Wannsees. Es platschte, sie tauchten, und kurz danach kamen sie wieder hoch. Sie spuckten das Wasser in die Luft, als seien sie Springbrunnen. Genauso machte es Ralf.

Otto ging mit seinen Sachen hinter einen Baum, damit ihn keiner sah. Er zog sich schnell um. Er ging unsicher hinunter zum Steg, als seien da glühende Kohlen auf dem Boden. Er suchte das Wasser nach Ralf ab. Als er ihn sah, kam Ralf auf ihn zugeschwommen, bis zum Steg, mit kräftigen, eleganten Zügen. Ralf zog sich hoch am Steg, das Wasser lief ihm in einem kleinen Strom zwischen den Brustmuskeln zum Nabel hinab. Das war schön anzusehen. Schnell sah Otto wieder weg.

Er blickte zu zwei Mädchen hinüber, die geringelte Badeanzüge trugen und gerade mit dem großen Zeh vom Steg herab die Temperatur des Wassers testeten. Otto sah sich genau an, wie der Stoff ihrer Anzüge; als sie den Zeh ins Wasser tauchten, als sie die Leiter hinabstiegen, als sie im See langsam versanken, als sie wieder auftauchten; wie der Stoff ihrer Anzüge an der Haut sich bewegte, wie er wogte und zu kleben begann. Wie der nasse Stoff ihre jungen Frauenkörper exakt abmalte. Sein Kopf schien Otto wie von Magneten hin und her gezogen. Er wollte sie anschauen, wie er Selma dauernd anschauen wollte, die gar nicht hier war. Also wollte er gar nicht Selma anschauen, wenn das auch mit anderen Mädchen so war? Und mit Ralf? Otto war verwirrt. Er dachte an Selma, wenn sie mit dem Handtuch um ihren Körper durchs Treppenhaus lief und man ihre nackten Füße auf den Treppenstufen sah.

Als eines der Mädchen aus dem See kam, weil ihr das Wasser zu kühl gewesen war, sah Otto auch ihre nackten

Füße, die schlanken, hellen Fesseln, an denen Tropfen herunterliefen. Die Beine, den Po, man konnte alles genau erkennen. Was man da alles sah. Ein unerhörter Anblick.

Wie das Mädchen sich in einiger Entfernung bäuchlings auf dem Rasen in die Sonne legte. Wie es Otto durchzuckte, bis in die Fußsohle, als er sah, dass sie die Träger ihres geringelten Badeanzugs von den Schultern schob. Wie er sah, dass da ein Rücken ganz und gar ohne Stoff zum Himmel blickte. Nackt und blank und weiß. Wie sich ein Vorhang aus Haaren über ihre dünne, nackte Haut auf den Schulterblättern legte. Wie eine Mischung aus Seeduft, Schweiß, Rasen und Handtüchern in Ottos Nase stieg.

Sein Blick verschwamm, weil man da nicht lange hinschauen konnte, und Otto bekam so ein Gefühl, als dürfe er das nicht. Als würde er jemanden hintergehen, vielleicht Selma, wenn er dem Mädchen auf den Rücken sah. Aber was war das für eine Idee? Niemals in der Welt würde Selma sich dafür interessieren, was Otto am Wannsee tat. Niemals würde sich ein anderes Mädchen dafür interessieren, auch nicht die, die hier im Schwimmbad lagen.

«Du glotzt», sagte Ralf zu Otto. Er unterbrach ihn in seinen Gedanken. Er spritzte ihm Wasser ins Gesicht.

«Mann», brachte Otto heraus. Ralf zog ihn hinunter ins Wasser. Eine ganze Weile blieb Otto dort. Schwamm, tauchte, drehte sich. Das war gut, denn er kühlte ab. Es war auf einmal so kompliziert, ins Bad zu gehen, dachte er.

Später lagen sie auf ihren Badetüchern, unter Bäumen am Rand des Bades. Sie hatten sich Wassereis gekauft. Sie blinzelten hinunter zum See, in dem immer noch Betrieb wie auf dem Hauptbahnhof herrschte, und schlürften ihr Eis. Otto sah hinüber zu den Frauen in ihren Badeanzügen, vor allem zu denen, die in der Sonne lagen und nichts auf dem Rücken trugen. Otto sah auch zu Ralf.

Ralf sagte: «Glotz nicht so.»

«Ich glotze nicht.»

«Klar glotzt du.»

«Gar nicht.»

«Du glotzt Frauen an.»

«Tue ich nicht.»

«Die merken das», sagte Ralf.

«Du glotzt auch», sagte Otto.

«Klar glotze ich», sagte Ralf.

Es war schwer, diese Dinge zu verstehen, aber dass Ralf das Gleiche tat wie er, beruhigte Otto. Sie saßen unter den Bäumen am Rand des Bades, schlürften und sahen den Frauen hinterher. Bald war das Wassereis alle.

Ralf begann, Otto Frauen vorzuschlagen: «Die da. Sprich die doch mal an!»

Die dahinten im blauen Anzug. Die hier vorne in Grün. Otto lachte am Anfang darüber, da ihm allein die Möglichkeit unerhört vorkam, man könne mit diesen halbnackten Wesen sprechen. Es war vielleicht ein Witz, dass man sie einfach ansprechen konnte, aber Ralf betrieb das Schauen mit einem feierlichen Ernst, der keinen Widerspruch duldete.

Ralf hatte sich der Länge nach, mit dem Bauch nach unten, auf das Handtuch gelegt, was Otto bald auch tat, denn das war eine ganz praktische Position. Ralf schlug vor, nach der schönsten Frau im Bad zu suchen, um sie dann anzusprechen. Eine aberwitzige Idee, die Otto kurz juchzen ließ. Ralf schlug eine Frau in einem grünen Badeanzug und mit kurzem Zopf vor, die mit kräftigen Bewegungen am Sprungturm hochkletterte, wobei ihr Hinterteil schwang wie die Flosse eines Hais. Oben angekommen, schritt die Frau zum Sprungbrett, machte zwei, drei federnde Schritte, ließ sich in die Luft katapultieren, flog, fiel und glitt elegant ins Wasser. Gespannt sahen die Jungs auf den Steg, bis sie dort wieder auftauchte, sich hochdrückte, der Zopf lag flach und nass auf dem Kopf. Ihr grüner Anzug malte den Körper eng ab.

«Das ist die schönste Frau im Bad», sagte Otto.

«Die schönste Frau von Berlin», sagte Ralf. «Geh und sprich sie an!»

Otto lachte. «Ja klar», sagte er.

«Ja klar», sagte Ralf. «Sonst mach ich es.» Und nach einer Pause: «Nun geh schon.» Ralf schlug Otto halbstark auf den Hinterkopf. Otto sah den grünen Anzug, die Frau im grünen Anzug, und aus einem Grund, der ihm nicht klar war, dachte er an Selma.

«Ich will das nicht», sagte Otto.

«Da geht die schönste Frau der Stadt, und du bleibst hier liegen», sagte Ralf.

«Das ist sie nicht», sagte Otto.

«Was?»

«Die schönste.»

Still glotzten sie weiter. Nach einer Weile stieß Ralf Otto in die Seite.

«Hast du eigentlich was herausgefunden?», fragte er.

«Worüber?»

«Über die Schwester von Nils Rettig? Oder wen hast du eben gemeint?»

«Wie gemeint?»

«Du weißt schon.»

Otto fühlte sich ertappt, mal wieder. Er schwieg. Er setzte sich auf die Knie, denn auf die Dauer war es doch nicht so bequem, mit dem Bauch auf dem Gras zu liegen und den Kopf nach oben zu recken. Auch Ralf schien das Interesse an dem Spiel zu verlieren. Er stand auf und ging irgendwo hin. Als er zurückkam, hatte er eine Zigarette zwischen den Lippen. Er zog daran und hielt sie Otto hin. Otto zog ebenso, versuchte nicht zu husten, gab sie zurück. Ralf rauchte und legte die Stirn in Falten. Als helfe ihm der Rauch dabei, über etwas Wichtiges nachzudenken. Darüber, wohin Lehrer Kirchhoff verschwunden war, zum Beispiel. Aber er sagte nichts. Nicht zu Kirchhoff. Oder zu Stüttgen. Ralf hatte nach Selma gefragt. Er hatte erraten, dass Otto gerade über sie nachgedacht hatte. War das so leicht zu sehen?

«Sie ist hübsch, oder?», fragte Ralf nach einer Weile.

«Wer?» Otto fand selbst, dass es scheinheilig klang.

«Wer schon.»

Otto legte sich zurück auf den Bauch. Kinn ins Gras.

«Hat sie einen Mann? Einen, mit dem sie ausgeht?» Er hatte so einen Ton in der Stimme. «Du musst sie ansprechen», sagte er. «Sprich sie an!»

«So einfach ist das nicht. Man geht nicht hin und spricht jemanden an. Verstehst du? Erst recht nicht die Schwester von Nils Rettig.»

Ralf nahm den letzten Zug und drückte den Stummel in den Boden. Er beugte sich zu Otto und pustete ihm Rauch ins Gesicht. Otto wedelte ihn mit der Hand weg.

«Hier stinkt es», sagte Otto.

«Wahrscheinlich sind es deine Füße.»

«Oder deine.»

Ralf packte ihn am Unterschenkel. Otto trat nach oben. Er traf Ralf am Knie. Sie schmissen sich aufeinander, zogen, rissen, knufften. Hände in die Haare, Ellenbogen gegen die Brust, Knie gegen den Schenkel. Beherzter Griff in den

Schritt. Bis sie ein paar Meter von ihrem Platz entfernt einen Picknickkorb umstießen, es klirrte und sie ihren Ringkampf aufgaben.

Auf dem Weg zurück legte Ralf einen Arm auf Ottos Schultern. Er kniff ihn.

«Du magst sie wirklich, oder?», fragte Ralf.

«Du ... kannst einem echt auf die Nerven gehen», sagte Otto.

Auch die alte Singer hat noch eine Seele

Mit den ersten heißen Tagen kamen die Kunden. Schnell noch etwas für den Sommer bestellt – obwohl die Mode schon für den Herbst plante. Der Laden füllte sich, laut wurde es, man probierte fleißig an, nahm Maß. Kölnischwasser floss über Wangen und Hände, es roch nach Parfüm. Die Kunden bekamen Tee aus den guten Tassen angeboten, Otto lief mit der Kanne von der Küche in den Laden und zurück. Die Treppe hoch und wieder runter. Man bestellte Kostüme, alte Gehröcke, Hemden mit Rüschen, Westen mit seidenbespannten Knöpfen. Viele Schauspieler kamen. Alle kannten Maria Voss.

Einer aber fehlte in dem Trubel: der Meister. Er machte sich rar. Nur am Abend ging er noch hinunter in den Laden, wenn es leer wurde, und das Erste, was er da machte, war, den schwarzen Vorhang innen, hinter der Scheibe, herunterzuziehen. Er stellte sich in die Nähstube und bügelte. Die Tage verbrachte er oben in der Küche. Damit sie in der spärlichen Ruhezeit am Feierabend mit den Aufträgen hinterherkamen, mussten alle mithelfen. Nils, Selma, Otto und die Mutter arbeiteten pausenlos. Der Meister aber zog sich zurück. Er trank morgens Tee in der Küche, aß ein Ei und blieb dort. Wie im Exil saß er da. Er sprach kaum. Manchmal sah man ihn mit Papier und Füller. Wenn er vor die Tür ging, dann früh am Morgen. Irgendwann begann der Meister in der Küche mit einer merkwürdigen Beschäftigung: Auf den Stühlen um den Esstisch häufte er Flicken an, kleine Stoffstücke, Reste und Fetzen, die zu echten Kleidern nicht mehr zu gebrauchen waren. Er trug eine Nähmaschine nach oben. Einen Kasten mit Garn. Irgendetwas tat er mit den Fetzen. Der Herr der Welt wusste, was.

Im Laden wurde ein Stück nach dem anderen fertig. Erste Anprobe, zweite, dritte, Abholen. Das Emaille-Schälchen mit den «MR»-Einnähern leerte sich so schnell, dass Selma bei Eli Kattuso bald neue bestellen musste. In der Nähstube stellten sie die Stühle beisammen, und jeder bekam einen Platz zum Arbeiten. Nur der Meister nicht, der blieb oben bei seinen Flicken. Wenn Otto ihn besuchte, sah er, dass die Flicken nicht weniger, sondern mehr wurden und dass er tatsächlich etwas damit tat. Der Meister bat Otto gar, im Laden Reste für ihn zu sammeln. Dieser große, lange Mann, der auch im Sitzen einen Rechen im Rücken zu haben schien, saß tatsächlich am Küchentisch, breitete Flicken vor sich aus und nähte irgendetwas. War das ein Spiel? Zeitvertreib? Für die Mahlzeiten räumte der Meister die Sachen beiseite. Ein Kasten mit Nähzeug stand auf der Fensterbank.

Nach dem Abendessen, wenn Selma, Otto und Nils wieder hinunter in die Stube gingen, blieb die Mutter beim Meister sitzen. Sie hielt seinen Unterarm, den er auf die Tischplatte legte, und seine Rückenlinie neigte sich in ihre Richtung. Sie steckten die Köpfe zusammen und sprachen leise und lange. Die Haare vor der Stirn berührten sich.

Otto erledigte einfache Dinge, auf schwierige Sachen verstand er sich nicht recht. Er holte Stoff aus dem Keller, spannte Garn in die Singer. Jedes Mal, wenn er versuchte, etwas zu schneiden, ging es schief. Beim Nähen verkantete er die Nadel, oder der Faden verhedderte sich in der Maschine. Seine Versuche sahen bemitleidenswert aus. Die Nähte saßen schief, er nahm zu grobes Garn, weil er das feine nicht durchs Nadelöhr bekam. Ungeschickt sei er, wie der Vater, bekannte Otto an einem Nachmittag gegenüber der Mutter. Die Mutter sah Otto voller Mitleid zu, wie er mit den Fäden und Nadeln kämpfte.

«Ich musste das auch einmal lernen», sagte sie. «Keiner kann es einfach so.» Sie strich ihm durchs Haar. «Tröste dich: Dein Vater konnte nicht einmal eine Nadel halten. Oder einen Stich setzen.»

Otto fädelte einen neuen Faden in die grobe Nadel ein.

Es war kein schlechtes Gefühl, etwas zu tun zu haben. Auch wenn er nicht nähte, wurde er gebraucht. Er sammelte am Abend die Stoffreste vom Boden auf, räumte die Arbeitsplatte auf, die Werkbank. Er besorgte Essen, kochte Tee, schloss den Laden auf und zu – ohne ihn ging es nicht. Die Mutter schob ohne Pause Dienst am Tresen, sie fuhr zu Eli Kattuso nach Schöneberg und kaufte neuen Stoff. Selma hockte still und fleißig hinter ihrer Nähmaschine. Nils nahm Maß und schnitt.

Nils war nun der Mann hier unten – dachte Nils. Er trug ständig seinen grau-grauen Anzug. Er putzte sich jeden Morgen zehn Minuten lang die Schuhe. Er hielt mit den Kunden Plausch. Als er sich einen Hut seines Vaters aufsetzen wollte, um damit vor die Tür zu gehen, schritt seine Schwester allerdings ein.

Wenn Selma an der Singer saß, nähte Nils neben ihr mit der Hand, ein wenig wie im Theater sah es aus. Mit großer Geste setzte Nils den Fuß auf einen Schemel, schwang die Nadel durch die Luft wie das tapfere Schneiderlein und stach sie endlich in den Stoff. Was mit der Hand genäht sei, trage mehr Seele in sich, tönte Nils. Dabei zog er die Augenbrauen hoch, um die Seele zu illustrieren, die er gerade in einen weißen Unterrock hineinnähte. Wenn aber am Abend Selma den Platz an der Singer freigab, um sich am Köpfe-Zusammenstecken und Gedämpfte-Gespräche-in-der-Küche-Führen zu beteiligen, kehrte Nils an die Singer zurück. Es musste schnell gehen, die Aufträge stimmten gerade, und schließlich hatte auch so eine Singer irgendwie eine Seele.

Es war amüsant, Nils dabei zuzusehen, wie er den Kunden Stoffe empfahl, wie er sie in einem Ton beriet, den er für den Ton der Erwachsenen hielt. Wie er mit den Kunden Preise und Termine verabredete, die von der Mutter oder Selma schleunigst korrigiert wurden. Nils hielt sich für den neuen Meister, denn der echte Meister saß oben in der Küche und nähte Flicken. Nils begann, auch der Mutter Ratschläge zu geben, zum Beispiel, wie das Bolero-Jäckchen für eine entfernte Bekannte der Frau Voss zu nähen sei. Er schaute verwundert, als die Mutter ihn deswegen auslachte. Selbst als Selma die Zornesröte im Gesicht stand, weil Nils ihr vorwarf, zu viel Stoff für eine Bluse zu brauchen und beim Bügeln das Eisen zu heiß werden zu lassen, verstand Nils nicht, dass er zu weit ging.

Also holte Selma ein Glas Wasser aus der Küche und leerte es über seinem Kopf aus. Nils war von der Dusche so überrascht, dass er spontan den Atem anhielt. Oder konnte er nicht anders? Jedenfalls atmete Nils nicht, es kamen Töne aus seinem Mund, als verschlucke er Kaugummis, als steckten sie in seinem Rachen. Selma klopfte ihm auf den Rücken, feste, mit der flachen Hand. Nils spuckte die unsichtbaren Kaugummis aus und atmete tief ein. Mit nassen Haaren stand der kleine Meister Nils noch eine Weile in der Nähstube und holte langsam und sorgfältig Luft.

Otto durfte nach ein paar Tagen zumindest den Grobschnitt machen. Aber nur, wenn Nils ihn dazu aufforderte. Sorgfältig zog Otto kleine Vier- und Dreiecke aus Wachs um den Papierschnitt, der auf dem Stoff lag. Er machte es mit dem Kurvenlineal. Er hielt sich genau an die Pläne, nach denen Nils die Stoffe zuteilte. Er arbeitete langsam. Zum einen, weil er nichts verschneiden wollte. Zum anderen aber, weil er auf diese Weise länger in Selmas Nähe sein konnte.

Wenn Otto an der Werkbank stand und Selmas Duft in seinem Rücken roch, dann dauerte es nicht lange, und er musste sich mit der Hüfte gegen die Werkbank drücken, um dem Druck ein wenig Entlastung zu verschaffen. Das war lästig, aber auch schön. Was hatte Ralf gesagt? Er müsse sie einfach mal ansprechen. Aber was sagt man da? Wenn Otto sich umsah, saß sie da, Selma, also sah er sich lieber nicht um. Otto schnitt Stoff zu und legte sich Sätze zurecht, mit denen er Selma «ansprechen» könnte. Keiner gefiel ihm. Außerdem sprachen sie ja miteinander, aber nicht über die Dinge, die Otto mit ihr gerne besprochen hätte. Wahrscheinlich sollte man sie lieber nicht «ansprechen» im Sinne von Ralf. Was sollte sie da sagen? Wahrscheinlicher war doch, dass es auch bei Selma auf das ankam, was sie *nicht* sagte. «Das, was sie *nicht* sagt», sprach Otto sich leise vor. Oder «das, was sie nicht *sagt*». Was war der Unterschied?

War ein Kleidungsstück fertig, kam es ins Schaufenster, auf eine von drei Puppen. Otto arrangierte die Stücke. Auf dem Boden hinter dem Fenster fand er ein altes Schildchen, auf dem «Die Jacke aus ‹Keine Antwort von OI-1› – mit den besten Empfehlungen von Maria Voss» stand. Aber diese Jacke, die Flughund gestohlen hatte, blieb gestohlen. Sie hatten noch die andere, der das Revers fehlte. Die lag oben bei Nils und atmete. Ins Schaufenster musste was anderes.

Es konnte ja nicht sein, hatte der Meister gesagt, auch noch, als er schon in der Küche saß und sich nicht mehr im Laden zeigte, dass sie das Fenster leer ließen, nur weil ein Hund eine Jacke gestohlen hatte. Otto malte neue Schilder, und als er sie ins Fenster gestellt hatte, ging er auf den Bürgersteig und sah sich die Sache an. Er trat rückwärts auf die Straße, damit er das ganze Fenster im Blick hatte. Er musterte es sorgfältig. Symmetrisch sollte es sein, hatte der Meister gesagt, für den besseren Überblick. Auch ein guter Mantel sei vor allem symmetrisch. Das Schaufenster war symmetrisch. Alles sehr symmetrisch.

Am Abend ging Otto mit seiner Mutter ins Filmtheater «Mozart» am Nollendorfplatz. Sie sahen sich «Keine Antwort von OI-1» an, mit Maria Voss, Helmut Graf und der Fliegerjacke. Seine Mutter kaufte Eiskonfekt für Otto, für sich selbst ein Glas Sekt, und auch wenn man es im Dunkeln vor der Leinwand nicht richtig sah, war Otto sich sicher, dass die Falte auf ihrer Stirn sich verzogen hatte.

In dem Film ging es um eine Plattform, die deutsche Ingenieure mitten in den Atlantik gebaut hatten. Flugzeuge konnten darauf landen, aber ein Gauner hatte sie in seine Gewalt gebracht und wollte die Plattform, die «Ozean-Insel 1» genannt wurde, versenken. Immerhin sah Maria Voss in der Fliegerjacke wirklich gut aus. Sie spielte eine Frau, die nie lachte, aber schicke Kleider trug und einen Luftikus von einem Piloten (Helmut Graf) dazu brachte, sie hier- und dorthin zu fliegen. Am Ende auf die Plattform im Atlantik.

Nach der Vorstellung nahmen sie die U-Bahn nach Hause, und als sie wieder vor dem Schaufenster von Mäntel Rettig standen, sah Otto sich die ausgestellten Kleider an. Er hielt sich ein Auge zu, erst das rechte, dann das linke. Es gefiel ihm nicht. Er kam zu dem Schluss, dass Symmetrie beim Schneidern schön war, aber bei einem Schaufenster für Langeweile sorgte.

Im Flur zog Otto die Schuhe aus. Er schob die Tür zum Zimmer auf. Langsam schlich er hinein. Er schlüpfte aus den Kleidern. Es war nicht richtig dunkel und nicht richtig hell, und als er nach der Decke auf seiner quietschenden Liege greifen wollte, merkte er, dass er sie nicht bewegen konnte. Dort, an Ottos Platz, schlief Nils. Otto drehte sich um – im anderen Bett lag Selma. Er schüttelte den Kopf und schlich aus dem Zimmer. Er klopfte bei seiner Mutter an die Schlafzimmertür und öffnete. Die Mutter lag am Rand ihres Bettes und hatte ein Buch in der Hand. Sie legte das Buch zur Seite und die Hände hinter den Kopf. Ihre Augen waren geschlossen. Sie öffnete den Mund, um etwas zu sagen.

«Mutter», sagte Otto. Sie schlug die Augen auf. Kurz hatte Otto den Eindruck, dass die Mutter überrascht war. Sie schob ihm eine Decke hinüber, es lagen zwei auf dem Bett.

Die Mutter geht ins Kino

Die Mutter traf sich mit Alfred. Sie traf sich mit Alfred, aber nicht beim Kuchenkönig, immerhin das hatte sie gesagt. Otto nahm sich ein Stück Kreide aus der Schublade, Papier vom Rechnungsblock und einen Bleistift. Er angelte eine karierte Sportjacke von der Stange, die auf ihre Abholung wartete. Sie hatte Ähnlichkeit mit den Jacken, wie Lehrer Schwer sie getragen hatte, bevor er nach Palästina gegangen war. Otto begann eine Skizze.

Er holte sich Schnittpapier und Tweedreste aus dem Keller und breitete die Sachen auf der Werkbank aus. Seine Skizze pinnte er mit einer Stecknadel an die Wand. Mit dem Kurvenlineal umriss er auf dem Papier die Ärmel, ein Auge stets auf der Skizze. Er brauchte lange, eine Stunde, noch mehr. Dann war der Bogen fertig. Otto sah seinen ersten selbstgezeichneten Ärmel an. Den zweiten bekam er schneller aufs Papier. Rücken, linke Seite, rechte Seite. Lineal drehen, mit dem Bleistift nachziehen. Langsam verstand er die Dinge, die er bei den anderen nur bewundert hatte.

Gerade Seite, geschwungene Seite. Abstand messen. Maßband dazu. Noch mal messen. Noch mal Bleistift. Otto hielt sich die Arbeitslampe dicht über die Werkbank. Dunkel lag der Laden um ihn. Dunkel die Straße vor dem Ladenfenster. Beim Café Neumann war schon Schluss. Nur der Schein der Lampe. Nur das Geräusch des Lineals auf dem Papier, des Stifts und sein Atmen.

Eine Art Klirren. Metall auf Glas. Jemand war am Schaufenster. Otto sah um die Ecke. Eine kleine, dunkle, gebückte Gestalt im Licht der Lampen an der Hausfront. Wie spät mochte es sein? Otto schob die Arbeitslampe zur Seite und drückte auf den Lichtschalter. Die Gestalt hielt sich den Arm vors Gesicht. Otto ging auf die Ladentür zu. Er sah durch die Scheibe. Der Mann vor ihm hatte lange Haare, lange, filzige Haare. Ein breiter, ungepflegter Bart hing ihm aus dem Gesicht. Seine Schuhe hatten Löcher. Aber der Anzug sah ganz passabel aus. Otto öffnete.

«Seidel?»

«Ick ... dat Mädchen?»

«Selma? Ist nicht da.»

«Ich ... oder, nen Tee, oder ... ach, bist ja nich erwachsen.»

Otto ging in die Küche und kochte Tee für Seidel. Er füllte eine Kanne und nahm eine Tasse aus dem Schrank. Er schnitt Brot, legte Käse und eine Gewürzgurke darauf. Alles kam auf ein Tablett.

Seidel nahm das Tablett entgegen und setzte sich an einen der leeren Tische vor dem Café Neumann. Otto hörte ihn schlürfen und schmatzen. Die Ladentür ließ Otto offen stehen. Er ging zurück an die Werkbank. Er fuhr mit der flachen Hand über das Schnittpapier und dachte an seine Mutter. Otto klopfte mit dem Bleistift auf die Werkbank. Er stand auf und ließ den Stift liegen. Seidel schmatzte draußen. Leise ging Otto durchs Treppenhaus, hoch in die Küche. Er schnitt sich ein Brot ab, legte Käse darauf und keine Gewürzgurke. Er füllte Wasser in den Teekessel und stellte ihn aufs Feuer. Durchs Fenster konnte er in den Hinterhof schauen, der still dalag. Eine Taube war zu hören, die laut gurrte und mit einem Nachdruck, als halte sie eine Rede. Otto fühlte sich an irgendetwas erinnert. Es war diffus.

Von der Straße her kamen Stimmen. Aufgeregte Stimmen.

Da schrie einer.

Etwas fiel um.

Einer schrie noch mal.

Etwas klirrte.

Eine Frau schrie.

Die Mutter.

Seidel krächzte.

Otto nahm den Kessel vom Feuer und löschte es. Er rannte die Treppe hinunter, durch die Nähstube, an der Arbeitslampe vorbei, deren Lichtkegel brav auf der Werkbank stand. Durch das Ladenfenster sah er den Rücken eines Mannes. Er trug eine Joppe und eine flache Mütze. Er hinkte, holperte, er hatte Hosenträger in der Hand. Seidel kniete neben ihm. Der Mann spannte die Hosenträger mit beiden Händen und schlug zu. Sie schnappten zurück. Seidel stöhnte. Dann trat der Mann Seidel mitten in den Magen. Schlug noch einmal zu. Dabei fiel der Mann mit den Hosenträgern beinahe selbst um.

«Alfred!», rief die Mutter.

«Stop!», rief Otto.

«Dieb! Räuber! Was haste gestohlen. Gib's her!» Alfred war außer sich. Er konnte nicht aufhören, schien betrunken zu sein, und er hinkte und wankte, aber er schlug noch einmal nach Seidels Hals. Alfred war wild. Die Mutter hielt ihn am Arm fest. Seidel bewegte sich kaum. Ihm lief Blut aus der Nase. Er lag da wie ein Sack mit alten Kleidern.

«Eine Schschande!», schrie Alfred. Er wankte. Er spuckte seine Worte mehr aus, als dass er sie sagte. «So wat wie du hat noch gefehlt. Mistkerl. Frisst dich voll und ... säufst ...» Alfred konnte kaum stehen.

Seidel zog sich langsam an der Hauswand hoch.

«Er hat nichts gestohlen», sagte Otto. «Ich hab's ihm gegeben.»

Alfred roch nach Bier. Er schwitzte stark, seine Joppe hing schief.

«Asozial», brummte Alfred. «Asozial.» Aus der Küche holte Otto ein Handtuch und eine Kanne mit Wasser.

Alfred hockte auf dem Bürgersteig, Seidel war verschwunden. Otto legte das nasse Tuch auf Alfreds Oberschenkel. Die Kanne Wasser stellte er neben ihn. Otto begann die Scherben des Geschirrs aufzusammeln; sie lagen verstreut zwischen den Steinen der Hofstraße.

Ein Fährmann, der Irma heißt

In der Küche saßen alle aufgereiht an dem Tisch, auf dem der Tee dampfte. Dazu gab es Rührei. Nach dem Tee würden Otto und Nils in die Schule gehen und Selma und die Mutter hinunter in den Laden. Der Meister würde am Tisch sitzen bleiben, auch wenn der Tee später nicht mehr dampfte. Er würde weiter an seinen Flicken flicken, dahinten lagen sie, er breitete sie mittlerweile wie eine Decke über der Fensterbank aus.

Ein Kunde nach dem anderen kam in diesen Tagen zur zweiten, zur dritten Anprobe und bezahlte seine Sommergarderobe. Im Laden leerten sich die Stangen. Jeden Tag zog Otto den Puppen im Fenster neue Stücke an. Wenn am Abend ein Kunde beim Spaziergang einen Blick ins Schaufenster warf und sein Stück an einer der Puppen entdeckte, wusste er, dass er am nächsten Tag vorbeikommen konnte, um es abzuholen.

Otto schaufelte sich Rührei auf den Teller und leerte darüber das halbe Salzfässchen. Nils tat in etwa das Gleiche, nur dass nicht mehr so viel Salz übrig war. Die Mutter ermahnte erst Otto, dann Nils (Esst langsamer), dann den Meister (Iss überhaupt etwas). Der Meister nahm sich ein Stück Brot, ohne Butter. Er sprach kaum. Er zog sich an wie zuvor, als er noch im Laden stand. Er machte sich den Bart, er roch genauso. Sein Rücken ein rechter Winkel ins Himmelreich. Er war der Meister. Nur sprach er nicht mehr.

Oder war mehr anders? Auch wenn Otto nicht über alles Bescheid wusste, schien es ihm so. Es war ihm sogar klar. Durch den Dampf aus der Teekanne war es klar. Es hatte angefangen mit Flughund und mit dieser Jacke und der Polizei. Seitdem war es nicht besser geworden. Seit dem Abend, an dem Flughund blutend im Laden auf dem Boden gelegen hatte, seit Nils die Sache mit Moische Kredit gesagt hatte, die Otto immer noch nicht in Gänze verstand, war es anders. Selmas Laden im Wedding. Die Polizei. Der schwarze Vorhang, den der Meister immer herunterzog. Otto sah auf seine Gabel. Es war Salz auf der Gabel. Er trank einen Schluck Tee. Genau genommen war es nie normal gewesen in der Hofstraße.

Otto dachte an den Tag, an dem er mit Ralf im Stadthafen gewesen war. Er dachte vor allem an Vater Alfred in der Küche und an sein Gurkengesicht. Hat sie sich verbessert, hatte er gefragt. Mäntel Rettig, hatte Alfred gefragt, was soll das? Versteht keiner. Ein zweites Bild: Alfred, auf dem Bürgersteig, mit Spucke auf dem Kinn und Blut auf der Lippe. Alfred, der Schläger. Alfred hatte Seidel blutig getreten. Warum? Irgendwie wegen der Mutter. Dazwischen ganz viel, was Otto nur vermuten konnte.

Am Nachmittag entdeckte Otto, als er den Laden betrat und in Gedanken nachzählte, wie viele Tage ihn noch von den Ferien trennten, auf einer der Puppen einen merkwürdigen Fetzen Stoff. Wirr gescheckt, wie eine Gardine, eine Hundedecke. Wenn man einen Schritt wegging und die Sonne richtig stand, blitzten die feinen Linien auf, blitzte der Schimmer der Fäden. Stofffetzen und Flicken hielten das Kleid zusammen, die tiefen Risse im Material waren kaum zu sehen. Es war ein Sammelsurium aus Zeug, es war das Stück, das der Meister seit einiger Zeit in der Küche fabriziert hatte. Seit er nicht mehr im Laden stand. Seit der Sache mit der Polizei.

Vom Kragen, der rund war, über das Dekolleté, das es nicht gab, die verstärkte Partie für die Brust über Bauch und Schritt bis hinunter an den Fußsaum saß auf dem Flickenkleid eine Reihe weißer, runder Knöpfe, die so neu und sauber und rein aussahen, als seien sie nur vorübergehend oder ganz aus Versehen auf dem Stoff gelandet. An die kurzen Ärmel, die für den Oberarm einer Frau recht stattlich ausfielen, hatte der Meister Bündchen gesetzt, was die Illusion erzeugte, da schaue ein Zentimeter der Unterwäsche unter dem Kleid hervor. Ein tolles Stück Stoff.

«Darf ich eintreten?»

Eine Frau stand hinter Otto. Die Stimme kam von weit oben. Otto konnte nur ihre Umrisse erkennen, wie bei einem Holzschnitt, denn die Sonne schien ihr auf den Rücken. Sie hatte dunkle, sehr dunkle, lange Haare. Oder war es nur das Gegenlicht? Sie war sehr groß. Oder war er so klein? Ihre Brust war kräftig und rund. Oder fand Otto jede Brust kräftig und rund – allein, weil sie da war? Sie roch gut. Nicht süß, nicht schwer, sondern frisch.

Der Meister kam mit großen Schritten herbei. Wie eine rennende Gerte marschierte er auf die Tür zu. Er zog die Frau, die so frisch roch, in den Laden. Schloss hinter ihr die Tür, nahm sie bei der Hand, nein, beim Arm. Ihre Haut war weich und weiß und wahrscheinlich gepudert. Ein schöner, fast bewegungsloser roter Mund. Rettig beugte sich hin, sein gerader Oberkörper neigte sich. Er küsste ihre Hand. Wie Alfred manchmal versuchte, die Hand der Mutter zu küssen. Nur besser. Er sah sie an. Maria. Etwas daran gefiel Otto nicht. Der Meister gefiel ihm. Maria gefiel ihm. Aber beides nicht. Die Bewegungen des Meisters waren eckig, nicht ungeschickt, aber eckig. Sehr männlich, fand Otto. Der Meister schob eine Puppe in den Laden.

«Hilfst du mir, Otto?»

Das Licht an, der Lüster strahlte in hellem Weiß. Man sah das Flickenkleid in all seinen Farben. Das Muster schimmerte. Maria ließ ihre Hand an der Hüfte des Kleides herunterwandern, als sei die Puppe ein alter Freund. Otto stand daneben, und beinahe hätte sie auch an ihm ihre Hand heruntergleiten lassen. Für eine oder gar zwei Wochen hatte der Meister sich in der Küche versteckt, hatte den Laden an seine Familie und an die Mutter übergeben, aber nun, da die Frau mit dem roten, bewegungslosen Mund ihre grazilen Fesseln über die Schwelle gehoben hatte, kam er daher und führte sie herum. Fast hätte der Meister sogar vergessen, den schwarzen Vorhang herunterzuziehen. Als er es tat, konnte man nicht mehr auf die Straße sehen, nur noch auf ein Stück schwarzen Stoff.

«Was hast du mit mir vor?», flötete Maria. «Darf uns niemand sehen?»

«Allgemein schwierige Zeiten», sagte der Meister. Er breitete die Arme aus.

«Maria! Wie wird dein neuer Film heißen?»

«Ferge Irma – Fährmann Irma. Oder ein anderer Titel. Jeden Tag hat der Regisseur eine neue Idee.»

«Ferge Irma? Wer ist Irma?»

«Ich bin Irma. Das ist mein Kleid, du hast es geschneidert.»

«Du bist kein Fährmann, und Irma ist kein Name für einen Fährmann.»

«Du bist kein Schneider, und Rettig ist kein Name für einen Schneider.»

Rettig drehte seinen großen, langen Körper, ging zum Tresen, nahm das Kölnisch Wasser heraus und gab sich ein paar Tropfen auf die Hände. Maria kam ihm ganz nah. Aber welchem Mann kam sie nicht ganz nah, dachte Otto. Sie flüsterte ihm etwas ins Ohr, und Otto hörte Tanzen und Ausgehen und Sekt, aber vielleicht bildete er sich das auch nur ein. Der Moment wurde ihm so unangenehm, dass er sich halb hinter den Puppen versteckte. Er nestelte am Flickenkleid, als gäbe es da etwas Neues zu entdecken. Er wollte nicht, dass Maria Voss den Meister zu Sekt und Tanzen einlud. Etwa genauso wenig, wie er wollte, dass sich die Mutter mit Alfred in der Spreequelle traf. Oder im Kino. Er wollte etwas anderes. Oder wollte er, dass Maria ...? Ein komischer Gedanke.

«Schau, Rettig. Ich bin ein guter Fährmann. Schau, meine Arme.»

Maria machte eine Pose wie ein Athlet. Sie stellte ein Bein ab, reckte den Arm in die Höhe und hielt die Luft an.

«Ich bin beeindruckt», sagte der Meister. Maria sah zu Otto. «Jungchen, was denkst du? Bin ich ein Fährmann?»

«Also ich täte schon in ihr Boot steigen», sagte Otto.

Guter Spruch, fand er.

«Wer hat dich denn erzogen?», donnerte der Meister.

Doch kein guter Spruch.

«Du vermutlich, Rettig. Aber schau: Du musst halt einmal mit mir fahren. Dann zeig ich dir, was ein Fährmann Irma ist!», sagte Maria.

«Fahren? Du kommst ja nicht einmal über die Spree.»

«Ach, Spree. Ich kann dich übers Meer rudern. Durch die Ostsee, bis an die Küste Dänemarks, bis nach Schweden, zu den Wikingern. Da bauen wir ein Haus am Strand und gehen fischen und trinken Met ... was meinst du? Rettig? Ich habe einen neuen Freund, der ist so ein Wikinger. Karlsson, der Wikinger. Adamsson, der Wikinger. Was meinst du?»

«Ich kann kaum schwimmen», sagte der Meister.

«Aber den Film, den schaust du an? Ihr müsst alle kommen, ich besorge Logenplätze. Auch für den Kleinen.»

«Wer spielt denn den Mann?», fragte Otto.

«Es gibt keinen Mann.»

«Es gibt immer einen Mann», sagte der Meister.

«Ich bin der Mann. Ich bin der Fährmann», sagte Maria.

Otto schaute verwirrt.

«Das ist übrigens Otto», sagte der Meister.

«Nicht deiner, Adam?»

«Nein. Das ist Otto Kartberg.»

Otto nickte, deutete einen Diener an und ging hoch in die Küche.

Sie brauchten Stunden mit der Anprobe. Otto trank kalten Tee, saß in der Küche und dachte über Alfred nach. Die Mutter kam nach Hause. Ihr Gesicht hatte kaum Farbe. Sie ließ sich unter Stöhnen auf einem der Stühle nieder. Die Falte mitten in der Stirn verschwand nicht mehr. Otto sah die Mutter fragend an, aber sie sagte nichts.

Sie sprach stumm mit dem Tisch statt mit Otto, über die Behörden und die allgemein schwierigen Zeiten. Sie fragte Otto nach Ralf, und Otto wusste nicht recht, was er sagen sollte, zu Ralf. Otto fragte seine Mutter nach Alfred, und die Mutter wusste nicht recht, was sie sagen sollte, zu Alfred. Ob sie wirklich andauernd arbeiten müsse, wollte Otto wissen. Die Mutter ging und brühte Wasser auf. Sie sah ihren Sohn traurig an. Sie nickte und fügte hinzu, das werde in Zukunft noch mehr werden. In Zukunft könnten der Meister und Selma nicht mehr so viel arbeiten. Nils auch nicht. Dann schwieg sie. Und da war etwas, na klar, was sie nicht gesagt hatte. Verstand nur keiner, was.

Gurken für Rita

Kolman kam zur Anprobe. Der Meister ließ vor dem Fenster einen Vorhang herunter. Es war gegen acht am Abend. Sie begrüßten sich, Otto bekam es mit, weil er in der Nähstube Hosen bügelte. Der Meister legte Kolman das Jackett über die Schultern. Mit all den Fäden und Abnähern und Sicherheitsnähten sah es aus wie ein abgestürzter Vogel, dessen Flügel Rettig notdürftig geflickt hatte.

Sie gingen zum Spiegel. Sie sprachen miteinander, ohne Pause, ein steter Schwall, ein Meer aus Worten. Otto hatte den Meister noch nie so viel reden hören. Nur konnte er sie kaum verstehen, weil sie so leise sprachen und das Bügeleisen auch Geräusche machte. Immer jedoch, wenn sie vom Spiegel weggingen und der Meister mit Nadeln die neuen Nähte absteckte, konnte Otto verstehen, was sie sprachen.

«... die Polizei war drei Mal hier. Uns wird gedroht», sagte der Meister. «Wir warten, bis es sich beruhigt hat. Vorher will ich nicht, dass der Junge zum Tempel geht.»

«Da beruhigt sich nichts!», entgegnete Kolman. «Es hat sich noch nie beruhigt. Es wird sich auch dieses Mal nicht beruhigen. Brauchst du einen Schubser, oder brauchst du Hilfe, Rettig?»

«Es hat sich immer beruhigt. Sonst stünden wir hier nicht.»

«Das Gegenteil ist wahr. Es war noch nie anders. Bist du mit Absicht gutgläubig, oder hast du alles vergessen?»

Der Meister nahm die Jacke, die Hose, und sie gingen zurück zum Spiegel. Es war eine komplizierte Sache, weil Rebbe Kolman aus Gewohnheit immer seine Hände in die Taschen der Jacke steckte und damit beim Maßnehmen die Nadeln und die Nähte verrutschten. Stets von neuem: Hände in die Tasche, Naht verrutscht. Otto faltete den ersten Stapel Hosen sorgfältig zusammen. Zwei weitere warteten. Die Männer sprachen wieder so schnell und leise, dass Otto sie nicht verstand. Bis sie zurück zum Spiegel gingen.

Dieses Mal nahm Kolman eine Hand aus der Tasche und hob den Finger in die Höhe. Er belehrte den Meister.

«Seit Hunderten von Jahren versuchen wir, in den Völkern, in denen wir leben, unterzugehen und nur einen Rest des Glaubens unserer Väter zu bewahren. Aber selbst das ist ihnen zu viel.»

«Den Satz habe ich schon gehört. Der ist nicht von dir», sagte der Meister.

«Na und? Wahr ist er trotzdem.»

«Wen meinst du überhaupt mit ‹wir›, Kolman?»

«Wir? Wir Juden.»

Gegen halb neun klopfte jemand an die Ladentür. Der Meister legte Kolmans Hose beiseite und ging hin. Kolman blieb beim Spiegel. Schaute er sich die Frauenbilder an? Otto blickte vorsichtig um die Ecke. Da stand ein Mann, man hörte seine Stimme, aber der Meister verdeckte ihn vollständig. Im Hinterhof hörte Otto die Taube aufflattern. Sie gurrte. Der Mann vor der Tür hatte ein grünes Glas, eine Art Einmachglas in der Hand, es blitzte links neben dem Arm des Meisters vorbei. War da eine Schleife aus Stanniolpapier ums Glas gewickelt?

Der Mann vor der Tür stand schief da, als habe er ein Holzbein. Die Mütze, die eigentlich auf seinem Kopf saß, hatte er abgenommen und hielt sie in der anderen Hand. Hosenträger konnte Otto auch erkennen.

«Wo ist Rita?», fragte der Mann so laut, dass es auch Otto hörte.

«Rita!», sagte er noch einmal, als verstünde Rettig nur einzelne Wörter, nicht aber ganze Sätze. Der Meister sagte höflich, dass er nicht wisse, ob sie da sei und ob sie noch Besuch empfangen möchte.

«Red nicht so geschwollen», blaffte der Mann den Meister an. «Ich bin Alfred.»

Alfred hinkte in den Laden. Er sah Kolman, aber er nickte ihm nicht einmal zu. Der Meister blieb neben Alfred stehen. Otto konnte es aus der Nähstube beobachten. Alfred wollte es sich gerade in einem der Anprobesessel bequem machen, da sagte der Meister, dass gegenüber ein Café sei, das noch geöffnet habe. Rita könne dort hinkommen, wenn sie wolle.

Alfred sah den Meister verdutzt an.

«Ich soll was? Wohin?»

Der Meister wiederholte seine Bitte, wies mit einem Finger auf das Café Neumann und versprach, sich zu beeilen.

Alfred blieb stumm vor Rettig stehen.

Er stopfte sich seine Mütze hinter den rechten Hosenträger. Der Meister wiederholte seine Bitte.

«Meinste, ich klau hier was? Die Fliegerjacke da? Hahaha.»

Der Meister bat Alfred nun mit erhöhter Lautstärke, das Haus zu verlassen. Aber Alfred blieb einfach stehen, halb schief, mit seinem Einmachglas.

«Wer glauben Sie eigentlich, dass Sie sind?»

«Mir gehört dieser Laden.»

«Ach ja?»

Die Mutter kam die Treppe herunter. Sie trug schon einen Schlafrock und Sandalen an den Füßen. Als sie im Laden stand, neben dem Meister, wusste Alfred nicht mehr so recht, was er sagen sollte.

«Ich werd dir ...», rief Alfred – und brach den Satz ab.

«Rita», sagte er dann.

«Alfred», sagte sie.

«Ich ... ich wollte, also, wegen gestern. Vielleicht können wir ... zu zweit ...»

Die Mutter schob den Meister sanft beiseite. Sie ging mit Alfred hinaus. Die Mutter schloss die Tür von außen. Kolman hatte sich auf den Schemel in der Ankleide gesetzt.

«Probleme?»

Der Meister schüttelte den Kopf. Er ging zurück zum Spiegel. Kolman schüttelte auch den Kopf.

«Du kannst nach einem Schlupfwinkel suchen für deine Kinder, aber glaube mir, das da draußen wird nicht besser. Vielleicht findest du noch einen Pfarrer, der sie tauft, jemand, der euch versteckt, wenn es so weit ist. Vielleicht findest du jemanden, dem ihr euren Laden anvertrauen könnt, womöglich kommt ihr davon. Vielleicht könnt ihr in eurem Seehäuschen warten, bis alles vorbei ist. Aber es kommt der Tag, an dem wir nichts mehr haben werden als unser Gebet.»

«Kolman, ich mag das nicht mehr hören. Halt bitte still, ich will fertig werden», sagte der Meister.

Otto hob den zweiten Stapel Hosen aufs Bügelbrett und faltete die erste auf. Er sah, dass Kolman sich anstrengte, den Körper zumindest einen Moment lang vollkommen stillzuhalten. Rettig setzte zwei Nadeln, stach sich mit der dritten in den Ringfinger. Er hielt den Daumen auf die Kuppe und setzte die letzte Nadel mit der anderen Hand.

«Ich bin fertig.»

Schweigend ging Rebbe Kolman mit dem Anzug in die Ankleide und zog ihn aus. Schweigend zog er seinen alten an.

«Komm in einer Woche, dann müsste ich fertig sein», rief Rettig durch den geschlossenen Vorhang. Otto griff nach dem Bügeleisen und lauschte.

Vom Bürgersteig drang nur das Gebrummel der beiden Stimmen herein, die Mutter und Alfred. Es war nicht auszumachen, worüber sie sprachen. Als es lauter wurde, verstand man zumindest einzelne Satzfetzen.

«... was du machst!», rief Alfred.

«Das geht ... nichts an!» Das war die Mutter.

Sie gingen ein Stück von der Tür weg, jetzt kamen nur noch einzelne Worte an. «Dankbar sein»; «gerade noch gefehlt»; «wer hat denn»; «früher»; «hab ich nicht gedacht»; «nicht trauen, nicht drauf einlassen»; «durchgedreht!»; «halt ich nicht die Klappe»; «asoziales Pack»; «wie denkst ... du denn»; «dein Mann hätte»; «was weißt du von»; «nicht im Griff»; «glaubst du das»; «wie damals»; «davon ... du gar nichts».

«Was ist denn da los?», fragte Kolman.

Der Meister zuckte mit den Schultern.

«Ich sag's ja», meinte Kolman.

Er beugte sich zu Rettig und begann, sehr leise und eindringlich mit ihm zu sprechen. Er dachte vielleicht, Otto würde sie nicht hören, weil er sie so, wie sie jetzt standen, nicht sah. Aber Otto stellte das Bügeleisen ab und verstand jedes Wort:

«Ich bitte dich, Rettig, denke nach. Sie waren noch nicht bei dir, aber sie werden kommen. Nicht die Polizei. Es geht nicht nur um die Polizei. Es ist eine Illusion zu glauben, du seist nicht gemeint. Das haben alle anderen ebenso gedacht. Sie meinen dich, sie meinen mich. Sie meinen uns alle. Sie haben bei den Hausierern am Schlesischen Tor begonnen. Sie haben die Eierhändler in Neukölln vertrieben. Sie haben Jagd auf die Männer im Kaftan an der Grenadierstraße gemacht. Sie haben die Penner am Stadthafen getreten, bis sie nicht mehr gebettelt haben. Sie haben die Möbelkeller hinten, beim Alexanderplatz verwüstet und es im Radio übertragen. Du bist gemeint wie ich und wie dein Sohn. Überall fällt brauner Regen, Rettig. Deine Tochter hat der Regen dir zurück nach Hause gespült. Er verschmiert alles, was klar und deutlich war. Die Nazis marschieren. Sie holen sich, wen sie wollen. Sie zerren uns in ihre Saufkeller und schlagen uns und pissen in die Wunden. Heute sind es noch Bettler und Kaftanjuden. Ständig überfallen sie Geschäfte. Bald sind die Lehrer dran, dann die Schüler. Dann die Beamten. Es verschwinden Leute. Siehst du das nicht?»

Der Meister blieb still. Er stützte sich mit beiden Armen auf dem Tresen ab. Was sollte er darauf antworten?

Kolman stand vor ihm und nickte. Er nickte zu dem, was er selbst gesagt hatte. Otto konnte nicht glauben, was er gehört hatte. Er stellte das Bügeleisen beiseite und trank das Glas Wasser, mit dem er die Hosen hatte benetzen wollen, in einem Zug aus.

Der Ton vor der Tür wurde schärfer und lauter. Mittlerweile schrie Alfred.

«Bitte geh jetzt!», rief die Mutter.

Man hörte Schuhe auf den Steinen der Straße. Unregelmäßig. Alfred ging weg. Er schimpfte. Er beschimpfte die Mutter. Böse Worte. «Hure», hörte Otto, und es war wie eine Ohrfeige.

Die Mutter sagte kaum etwas, oder sie war nicht zu hören. Alfred schrie: «Ich habe dich gewarnt!», schrie er. «Das wird dir noch leidtun. Das wird deinem Rettig noch leidtun. Leidtun wird es euch!»

Auf den Steinen vor dem Laden klirrte etwas, recht laut. Der Meister lief zur Tür und riss sie auf. Otto hinterher.

Nur Kolman blieb im Laden. Die Mutter lehnte von außen an der Scheibe. Sie atmete schnell. Ihr Gesicht war rot. Da war diese Falte. Otto ging zu ihr, und sie legte eine Hand auf seinen Rücken. Otto sah Scherben auf dem Bürgersteig. Es roch kräftig nach Gurke.

Ein paar Tage später fand Otto morgens, als er den Laden öffnete, einen Zettel auf der Scheibe, mitten auf der Scheibe. Er hatte solche Zettel schon an anderen Läden gesehen, aber noch nicht bei Mäntel Rettig. Da stand: «Wer beim Juden kauft, verrät das Volk!»

Jemand hatte ihn nachts an die Tür geklebt. Bisher hatten die Braunen den Laden bei ihren Aktionen vergessen, weil die Straße zu klein war, weil der Laden zu klein war. Otto brachte ihn dem Meister, der in der Küche saß und auf seine Teetasse starrte. Er las mit halb zugekniffenen Augen: «Wer beim Juden kauft ...» Er las es noch einmal, lauter, vom Zettel ab. Otto sah, wie seine Hände zu zittern begannen.

«Wer beim Juden kauft ...», rief Rettig. Er sah Otto entgeistert an. «Woher hast du das?» Rettig erhob sich, ging zwei Schritte und stand bebend im Türrahmen. Er wedelte mit dem Zettel. «Juden! Juden! Juden!», schrie er und zerknüllte das Papier. «Warum interessiert neuerdings alle, dass wir Juden sind? Es hat mich ja selbst nie interessiert.»

Selma zieht was an, und Otto steht daneben

Ein hellblauer Stoff mit Gittermuster, mit Dreiecken und Rauten und Fünfecken. Alles zerfällt in Dreiecke, die wiederum in Dreiecke zerfallen, dachte Otto. Ein Zweieck gibt es nicht, das ist eine Linie. Ein Viereck sind zwei Dreiecke.

Der Stoff hatte eine grobe Struktur, die Falten warf und ihn ein wenig glänzen ließ. Otto sah ihn mitten auf dem Nähtisch liegen, an einem Freitag, am frühen Abend. Keiner sonst war im Haus, nur Selma und er. Die Tage waren heiß. Wer konnte, fuhr am Nachmittag an den See.

Otto hatte mit dem Tag nichts Rechtes anzufangen gewusst, er hatte in der Schule die Minuten gezählt, das war das Beste, was man dort noch tun konnte. Am Nachmittag war er durch die leeren Zimmer im Haus gestreift, sogar im Keller und auf dem Dachboden war er gewesen. Meister Rettig hatte Nils aus der Schule abgeholt und sich direkt auf den Weg zum Haus nach Müllrose gemacht. Selma würde am Samstag folgen.

Sie saß an einer der Nähmaschinen. Über ihrem Kopf, auf der Rolle der Maschine, war ein weißer Faden eingespannt, der sich langsam abrollte. Selma hielt den Mund beim Arbeiten ganz leicht geöffnet, als flüstere sie dem Stoff etwas zu. Ihre Haare hatte sie im Nacken zusammengesteckt. Sie trug ihren Jumper, und die Ärmel über den Unterarmen waren hochgeschoben. Ihre feinen, hellen Härchen tanzten im Takt der Nähmaschine, im Takt des Pedals, das sie unter dem Tisch fleißig trat. Hin und wieder machte Selma einen spitzen Mund und blies Fussel und Reste vom Stoff, damit die Nadel der Maschine nicht ins Stocken geriet. Otto beschloss, bei ihr zu bleiben und Knöpfe zu sortieren. Besser, als nichts zu machen. Gegen zehn Uhr fragte Selma, ob er nicht schlafen gehen wolle. Er nickte.

Auf dem Nähtisch konnte er, als er aufstand und Selma eine gute Nacht wünschte, ärmellose Träger erkennen, Bündchen, einen runden Halskragen, aber keine Beine. Selma schneiderte einen Badeanzug, schloss Otto. Auf einem Stuhl lagen drei Sterne, die Nils für sie aus dem gleichen Stoff zugeschnitten hatte. Selma nahm einen der Sterne und legte ihn an die Stelle des Badeanzugs, an der der Schoß saß. Otto sah ihr dabei zu und zog den Mund zu einem Lächeln zusammen. Selma lächelte zurück. Nur mit dem rechten Mundwinkel, ein schiefes, hübsches Lächeln. Gute Nacht.

Auf seiner Liege versuchte Otto sich nicht zu bewegen und stattdessen zu lesen. Dreimal begann er mit einem Buch, das bei Nils im Regal gestanden hatte, «Demian» von Hermann Hesse. Drei Mal brach er ab, weil Selmas Geräusche aus der Nähstube jedes Wort in seinem Kopf übertönten. Hesse sprach nicht zu ihm. Selma sprach. Otto hörte die Sohlen ihrer Schuhe, die auf das Pedal der Nähmaschine tippten. Er hörte, wie die mechanische Nadel sich durch den Stoff arbeitete. Er meinte, Selma pusten zu hören, wie sie zuvor auch gepustet hatte, wenn da etwas auf dem Stoff lag, was dort nicht hingehörte.

Wenn es still wurde, lauschte Otto ganz besonders gut, und er sah Selma, wie sie den hellblauen, halbfertigen Badeanzug vor sich gegen die Lampe hielt, um die Nähte zu überprüfen. Wie sie mit der flachen Hand über den Stoff strich.

Wie ihr Blick über den Tisch wanderte und ihre feinen Augenbrauen dabei ein wenig hüpften. Ihre blanken Unterarme, auf denen die Härchen ein schwingendes Muster ergaben, wie Gräser im Wind.

Weil Otto doch nicht lesen konnte, legte er das Buch zur Seite. Weil er auch nicht schlafen konnte, ging er zur Toilette und wusch sich das Gesicht. Er sah sich an, sah auf sein Gesicht, seinen Hals und seine Brust. Er trug ein weißes Unterhemd und eine Unterhose, die auch weiß war. Er drehte das Wasser ab. Er ging die Treppe bis zur Hälfte hinunter, blieb dort stehen und lauschte. Es war stiller als zuvor. Die Tür vom Flur zur Nähstube stand offen, und Otto sah, dass Selma nicht an ihrer Nähmaschine saß. Er ging ganz hinunter. Er sah sich im Hausflur um. Er rief nach ihr.

«Selma?»

Sie antwortete irgendwo aus dem Laden. Otto ging in die Nähstube. Sie war in der Ankleide.

«Ich bin hier», sagte Selma. «Warte einen Moment. Bin gleich zurück.»

Otto setzte sich auf einen Stuhl. Ihm war ein wenig kühl in seinem Bettkleid. Sein Blick wanderte durch den Laden. Auf dem Boden entdeckte er Selmas Schuhe. Sie lagen vor der Ankleide. Ihre Strickjacke gleich daneben. Sein Blick wanderte hoch zu den Vorhängen. Selma hatte die Bahnen nicht richtig zugezogen, sodass ein Spalt offen blieb. Durch den Spalt konnte Otto Selmas Schulter sehen. Er sah auch den Spiegel, den sie aber mit ihrem Körper verdeckte. Otto wurde wärmer. Er versuchte sich zu zwingen, in die andere Richtung zu schauen, aber er konnte nicht. Er wollte nicht. Genauso wenig konnte er Selma darauf hinweisen, dass er sie sah, oder: Genauso wenig wollte er Selma darauf hinweisen.

Ihre Schulter lag weich, weiß und offen da. Ihr Nacken,

der Rücken, die Linie der Wirbelsäule, die Schulterblätter. Sie schob sich den Rock über den Po. Sie hob ein Bein und schlüpfte heraus. Otto sah durch den Spalt den Stoff auf den Teppich sinken. Das Höschen, das Selma trug, war weiß. Zwischen den Oberschenkeln sah er den Spiegel blitzen. Otto war sicher, bald das Bewusstsein zu verlieren, so schön war sie. Selma hob eines ihrer Beine an und zog ihren Badeanzug hoch, über das Knie, das Becken. Mit den Zeigefingern führte sie die Träger über die Schultern. Otto sah Selmas Hinterkopf, ihre hellen, buschigen Haare, die sie anhob und aus dem Anzug befreite. Sie fielen ihr wie eine Welle in den Nacken.

Selma besah sich von der Seite, von vorne, von hinten. Merkte sie nicht, dass ein Spalt im Vorhang war? Merkte sie nicht, dass Otto sie sehen konnte? Ein Bein vor dem anderen, verharrte sie vor dem Spiegel, in einer Pose wie für ein Werbefoto. Der Badeanzug malte die linke Seite von Selmas Körper, die Otto durch den Spalt sah, haargenau ab. Eine Rundung, so gefällig wie die Kuppel vom Berliner Dom. Der Stoff endete ganz knapp unter ihrem Po; die weißen Bündchen an den Oberschenkeln ergaben eine gerade Linie.

Otto wollte nicht, aber er konnte nicht anders, als Selma überall anzuschauen. Zwei weiße Sterne aus Stoff hatte sie links und rechts auf dem Anzug über die Brust genäht, wahrscheinlich, weil der helle Stoff sonst transparent wurde, wenn sie damit schwimmen ging. Der dritte Stern wuchs ihr aus dem Schoß. Durch die Falten, die der Schoß einer Frau dort unten warf, sah der Stern aus wie ein Ahornblatt.

Um die Hüfte hatte Selma sich eine Kordel aus weißem Frotté gelegt. Otto sah Selmas Bild im Spiegel, und er vergaß einen Moment, dass er sie heimlich beobachtete. Er sah ihr schon so lange zu, wie sie sich vor dem Spiegel drehte, und sie ging einen Schritt zurück, trat in den Vorhang, dessen Spalt sich noch weiter öffnete. Otto sah sich selbst im Spiegel der Ankleide, wie er da auf seinem Stuhl saß, hinter Selma, und durch den Spalt schaute. Als Otto das verstand, erschrak er. Nun entdeckte auch Selma ihn. Sie drehte sich mit einem Schwung um. Sie schob den Vorhang beiseite. Sie sah Otto an. Ihr Mund stand offen, ein wenig. Sie sagte: «Otto.» Sie schaute ihn an, aber Otto verstand nicht, ob sie ihn wütend ansah. Belustigt, provoziert, vorwurfsvoll? Ob sie bloß überrascht war?

Otto hielt ihren Blick nicht aus. Er drehte den Kopf weg, statt etwas zu sagen. Vielleicht reichte es noch zu einer sehr leisen Entschuldigung. Otto lief aus der Stube, in den Hausflur, die Treppe hoch, ins Zimmer, zurück auf seine Liege. Selma kam nicht hinterher.

Nun konnte Otto erst recht nicht einschlafen. Er legte sich starr wie eine Mumie auf seine Liege. Er merkte, dass sein Glied hart geworden war. Es tat fast schon weh. Er wagte nicht, sich zu bewegen. Irgendeine Bewegung zu machen. Er wagte nicht, ins Bad oder in die Küche zu gehen, um Wasser zu trinken. Er wagte nicht, sich zu berühren. Er lag dort und wartete ab.

Es kam ihm wie Stunden vor, bis er hörte, dass seine Mutter nach Hause kam. Erst als er sie leise in ihrem Zimmer verschwinden gehört und erst nachdem er auch gehört hatte, wie Selma alle Türen im Haus schloss und auf den Dachboden stieg, wagte Otto aufzustehen. Er atmete tief aus, als ob er die ganze Zeit den Atem angehalten hatte. Er ging hinunter ins Bad auf der halben Treppe, und schon bei den ersten Schritten im Flur dachte er wieder daran, wie er vor ein paar Stunden hier heruntergelaufen war, und sein Glied wurde wieder so hart, dass es schmerzte. Aber dieses Mal war es nicht schlimm, dieses Mal freute er sich darüber. Er setzte sich im Bad auf den geschlossenen Deckel des Klos. Er nahm sein Glied in die Hand. Seine Hand fuhr auf und ab, auf und ab, auf und ab. Ein Schauer lief endlich durch seinen Körper, er sah Sterne vor den Augen, drei, vier, mehr. Es kitzelte ihn überall, und er holte tief Luft. Noch tiefer. Einatmen. Ruhig werden. Einatmen. Bis er wieder richtig ausatmen konnte.

Otto öffnete den Wasserhahn, hielt seine Hände in den Strahl, hielt seinen Kopf in den Strahl, ließ sich das Wasser minutenlang ins Gesicht laufen. Er zog seine Schlafsachen aus. Er wusch sich gründlich.

Nackt und leise, als sei er ein Dieb, schlich er in sein Zimmer. Dort stand er noch eine Weile still im Dunkeln. Es roch nach Wachs und nach Seife. Nackt legte er sich ins Bett.

Auf Haare kann Otto nicht warten

Otto erwachte vom Klingeln der Ladentür. Jemand schloss von außen ab. Vom Fenster aus sah er Selma mitten auf der Hofstraße. Sie ging Richtung U-Bahn. Sie trug eine graue Ledertasche über der Schulter, und Otto war sich sicher, dass in dieser Tasche der Badeanzug lag. Otto versuchte sich Müllrose und den See vorzustellen, in dem sie baden gehen würde und an dem das Haus der Rettigs stand. Er sah an sich herunter und fragte sich kurz, warum er nackt war, aber dann fiel es ihm wieder ein.

Auf dem Bett von Nils fand er einen Zettel, den er tags zuvor übersehen haben musste.

Bis bald in Müllrose! Komm schnell. Wir können mit dem Boot fahren. Ich mag auch beide lieber. Nils

Müllrose. Boot fahren. Baden. Badeanzüge. Badehosen. Man wird baden müssen. Otto ging in die Küche, stellte den Kessel auf den Herd, nahm eine Teetasse aus dem Regal, legte ein paar Blätter hinein. Er war immer noch nackt. Er ging zum Kleiderschrank seiner Mutter und suchte nach seiner Badehose. Als er sie fand und ansah, kam sie ihm klein und kindlich vor, und er konnte sich kaum vorstellen, dass sie ihm noch passte. Dabei konnte es nicht sehr lange her sein, dass er sie zuletzt getragen hatte.

Er erinnerte sich ans Bad am Wannsee. An Ralf, die Mädchen und all das. Wie schwierig es gewesen war. Er nahm die Badehose und stellte sich vor den Spiegel im Schlafzimmer. Er hielt sie sich an den Körper. Er sah seinen sehnigen Körper an. Er sah sich an, im Spiegel seiner Mutter, und dachte an den anderen Spiegel, in dem er Selma gesehen hatte.

Er sah seine Arme und Beine an und fand alles an sich entweder zu dünn oder zu klein. Er drückte sich in den Oberarm, als sei er ein Hühnchen. Er grapschte sich an die Oberschenkel. Er dachte kurz, dass er an diesem Wochenende eher nicht nach Müllrose fahren wollte. Vielleicht in den Ferien. Der Zettel von Nils klang, als käme er erst mal nicht zurück. Dabei war ja noch eine Woche Schule.

Otto sah aus dem Fenster. Es war Sommer in der Friedrichstadt, die Leute aßen Eis und gingen schwimmen. Es war Sommer in ganz Berlin, für alle Berliner. Für Ralf und Alfred und Elieser Kattuso, leider auch für Stüttgen und Flughund. Nur Joachim Schwer konnte diesen Sommer nicht mehr erleben, der war schon in Palästina. Aber wahrscheinlich gab es dort auch einen Sommer. Wer konnte, fuhr nun an den See, ans Meer oder in ein Bad, um zu schwimmen, zu spazieren, auf dem Platz neben dem Bad Fußball zu spielen oder im Café eine Limonade zu trinken. Man sollte dabei natürlich kurze Sachen tragen. Am besten einen Badeanzug.

Otto sah wieder in den Spiegel. Er fand seine Unterarme zu dünn, um sie jemandem zu zeigen. Kurze Sachen trug er ungern. Otto rieb sich übers Kinn, als sei da Bart, er schlug sich mit der flachen Hand auf die Brust, er fühlte und tastete unter seinen Armen und im Schritt herum, auf der Suche nach Haaren. Er wollte nicht weichen, bis er ein Haar gefunden hätte, am Geschlecht, unter den Achseln, an den Unterarmen, oder einen Millimeter mehr Muskel oder irgendetwas, das den Schluss zuließ, auch aus ihm könne einmal ein Mann werden.

Otto befürchtete im Stillen, sein Körper habe am Tag seines dreizehnten Geburtstags beschlossen, sich nicht weiterzuentwickeln. Er befürchtete, dass er zeitlebens ein Junge, also ein halber Mann, bleiben würde. Er fürchtete, dass seine Stimme niemals Tiefe oder Weite haben würde, wie die von Meister Rettig, wenn er aus der Nähstube einen Kunden hereinrief, der auf der Türschwelle wartete. Otto wusste, dass er nie von seinem eigenen Vater zum Fischen an die Havel oder auf ein Schiff nach Hiddensee oder eine Wanderung ins Riesengebirge mitgenommen werden würde, was andere Väter mit ihren Söhnen taten, um sie zu Männern zu machen. Den Vater gab es ja nicht mehr. Sonst hätte er ihn sicher einmal mitgenommen, beim Rangieren der Loks am Tempelhof.

Alles, was es gab, war ein Foto von ihm, das bei der Mutter auf dem Nachttisch stand. Am Tag nach Ottos Geburt, so erzählte es die Mutter, hatte der Vater damals einen Strauß Kornblumen gepflückt, am Rande der Schutthalde neben dem Bahnhof, sie in Stroh gebunden und ein weißes Tuch besorgt, in das sie den Jungen wickeln sollte, das aber ein Handtuch war und damit zu klein. So ging der Vater ins Krankenhaus. Als er ins Zimmer trat, mit den Blumen und dem Handtuch, rief er: «Wonniges Mädchen!» So erzählten es alle. Und vielleicht war es ja so gewesen, dachte Otto. Als er gerade lernte zu laufen, war der Vater gestorben. Die Polizei erschoss ihn, im Sommer 1922, Ende Juni, am helllichten Tage. Auf einer Straße in der Nähe des Reichstags, und das war ein tragischer Unfall, so sagte es zumindest Ottos Mutter. Der Vater war tot. Otto fuhr auf keiner Lok, nicht ans

Haff, nicht ins Riesengebirge. Er fuhr höchstens mit Mama in der S-Bahn zum Wannsee.

Oder nach Müllrose.

Es konnte ja sein, dass er nie ein Mann würde, dachte Otto, immer noch nackt vor dem Spiegel, oder, und das war noch schlimmer, dass sich nie eine Frau für ihn interessierte, außer seiner Mutter. Vor allem würde sich Selma nicht für ihn interessieren. Oder doch? Und warum war ihm das auf einmal so wichtig? Sie würde sich nicht für ihn interessieren, bevor nicht die Sache mit dem Spiegel vergessen war. Bevor sie Otto das vergessen hatte. Man musste ein wenig warten. Oder ... war es umgekehrt? Er würde einen neuen Versuch machen, was für einen Versuch eigentlich? Er würde einen neuen Versuch machen, wenn er ein paar Haare mehr hätte, im Gesicht oder anderswo.

In der Küche pfiff der Teekessel. Otto stellte ihn vom Feuer und goss Wasser in die Tasse. Es roch angenehm. Der Dampf kitzelte ihn auf der Haut. Er nahm die Tasse und ging zurück ins Schlafzimmer. Er warf noch einen Blick auf sich.

Junge, mit Teetasse, Dampf.

Otto konnte es nicht recht benennen, aber er war sich sicher, dass sein Problem ganz eng mit dem verbunden war, was er da vor sich im Spiegel sah. Mit seinem zu kleinen Glied und den Haaren, die auf ihm nicht wuchsen. Mit den Dingen, für die er noch keine Namen hatte.

Er wandte den Blick ab von Mamas Spiegel, weil es ihm langsam vorkam, als würde der Spiegel ihn ansehen. Die Teetasse schien zu fordern, dass er etwas anzog. Nackt vor dem Spiegel, das ging ja noch. Aber nackt mit Teetasse vor dem Spiegel, das ging nicht. Er stellte die Tasse auf den Küchentisch und zog sich etwas an.

Er dachte an Selma. Ob es ihr Geruch oder die Berührung oder der Badeanzug gewesen war? Die Sterne, die auf der Brust? Unklar. Da war auch ein anderes Gefühl. Er war sich sicher, dass er dieses Etwas, dieses Nichts, dieses Unbeschreibliche, Unsagbare, für das ihm die Ausdrücke fehlten, dieses Selma'sche so schnell wie möglich wieder sehen wollte. Haben wollte. Auf seine Haare konnte er nicht warten. Genau deswegen war Müllrose keine gute Idee.

Otto – schämte sich. Es war ihm klar. Es war Scham, die er den Jungen im Strandbad gegenüber empfand, die vielleicht gar nicht älter waren als er oder gar jünger. Nils war auch jünger, und trotzdem schämte er sich auch vor Nils. Gerade vor ihm. Und genauso war es Scham, aber eine andere, eine warme, heiße Scham, die Otto in der Hacke und im Fuß und im Knie und bald im Magen kribbelte, wenn er an einer Frau vorbeiging, zum Beispiel in diesem Freibad am Wannsee, und sah, dass ihr Rücken frei und bloß und herrlich nackt dalag, und er sich vorstellte, wie ihre Brüste sich ins Handtuch drückten. Man konnte verrückt werden von solchen Vorstellungen. Wenn er vor den Bildern unten im Laden in der Ankleide stand und nicht aufhören konnte, sie mit dem Blick abzufahren. Wobei ihm das gar nicht mehr so aufregend erschien. Es war heiße Scham, wenn er an Selma und ihren Badeanzug dachte. Wenn er an die Bilder dachte, die er im Kopf hatte, die Sterne auf Selmas Brüsten und das, was sich unter den Sternen leise auf und ab bewegte.

Otto dachte an das Bad auf der halben Treppe, ans Klo, wie er ins Bett gekrochen war wie ein Dieb. Er dachte an die wenigstens kurze Freude und das lange Waschen. Er schämte sich. Man konnte die Hände danach gar nicht genug waschen.

Otto schämte sich, und das war schon komisch, am meisten gegenüber Selma, auch wenn sie nichts von allem wusste, nichts von ihm oder den Mädchen im Freibad am Wannsee. Otto beschloss, an diesem Wochenende auf gar keinen Fall nach Müllrose zu fahren.

TEIL DREI

27. August 1945
18 Elul 5705

Siehst Du das Datum? Vor einem Jahr sind wir nach Schweden gekommen. Heute sagen wir Lebewohl. Ein Zufall? Ich glaube nicht an Zufälle.

Wir sind auf einem Schiff, und Du bist still. Der Wellengang und die Seeluft haben Dich beruhigt, sofort, als wir an Bord gekommen sind. Deine Augen haben sich geschlossen, und Dein Kopf fiel mir auf die Brust. Hätte ich das gewusst, wäre ich früher auf ein Schiff gegangen. Ich habe nur Angst davor, es wieder zu verlassen. Ich habe Dich auf ein Kissen gelegt, und Du schlummerst. Du bist sehr hübsch. Hier ist es kühl, es riecht nach Fisch. Das scheint Dir zu gefallen. Wenn ich aus dem Bullauge sehe, kann ich die Küste kaum noch sehen, der Horizont verschluckt sie. Wir fahren nach England, nach Paris. Sicher noch weiter.

Ich liebe Dich.
S.

Wie ein Faden in der Singer

Ottos Füße sanken tiefer in den Schlick. Das Wasser rauschte um seine Beine, es kühlte, und das war gut, denn der Tag hatte warm begonnen, und nun war er heiß. Gegen Mittag kam zur Hitze Druck in die Luft, und Feuchtigkeit. Der beste Ort war das Wasser. Wie gut es sich anfühlen konnte, keine Steine unter den Füßen zu haben. Keine Schuhe. Auf der anderen Seite des Sees, am Ufer, ächzten die Bäume unter der Sonne und der Schwüle, die Wärme drückte mit ihrer unsichtbaren Kraft, und über den Wipfeln stand ein Himmel, rings umher so blau, dass es ins Auge stach.

Irgendwann würde die Hitze sich entladen, aber noch war es nicht so weit. Nur ganz hinten am Horizont schwebte ein grauer, ein roter Schimmer, eine Art Glocke, eine Haube über Berlin, die das Treiben in der Stadt erzeugte, von Borsig in Tegel über den Alexanderplatz, über die Hofstraße, über die Schule bis zum Stadthafen, bis zum Tempelhof und noch viel, viel weiter. Berlin lag da hinten, und da hinten war Otto nicht, sondern hier. Wie er mit nackten Füßen im Schlick von Müllrose bohrte, um die Hüfte eine Badehose, schien es ihm, als wolle er nie wieder dorthin zurück.

Wenn er den Fuß hob, schloss der Schlick die Kuhle, in der er geruht hatte, und wenn Otto sich umsah, die paar Meter, eine gewisse Strecke zum Haus zurück, das viel geräumiger war als gedacht, dorthin, wo das kleine Boot lag, sah Otto nur ganz am Anfang seine Spuren, dort, wo der Sand trocken war. Weiter vorne nicht mehr, der See füllte die

Spur mit seinem Wasser und glättete hinter ihm den Strand. Vögel segelten über die Oberfläche, schnappten nach Gras, stoben auf zum Himmel, zogen ihre Schleifen über den Wipfeln, verdrehten den Enten den Kopf, die in Gruppen, Paaren, Familien und ganz allein durch die samtigen Wellen trieben. Aus dem Schilf am Nordufer drang ein Knacken und Knicken, und irgendwo in einem der anderen Häuser, drei oder vier gab es, die vereinzelt, wie verloren, vergessen, am See standen und sich faul und froh über ihren guten Platz freuten, erklang das Lachen einer Frau. Jemand hackte Holz, ein Hund bellte. Nach Süden schien der See kein Ende zu nehmen, nach Süden floss all das Wasser, wenn auch nicht schnell, so doch mit klarem, stetem Druck.

Dort hinten, kaum zu sehen, war das Südufer, an dem angeblich ein Stein im Gebüsch lag, also, auf einer Lichtung. Ein Stein, groß wie ein Haus, in dem eine Zwergenfamilie wohnte. Hatte der Meister erzählt. Otto ging ein paar Schritte in die Richtung, der Schlick um seine Füße wurde tiefer, er sank durch bis zum Grund. Er blinzelte über die Oberfläche des Wassers, auf der ein Flirren stand. Die Uferlinie tänzelte, die Stämme der Bäume bogen sich wie dünne Elfen, es raschelte in den Blättern, aber von einem Stein war da nichts zu sehen. Schon gar nicht von einem Stein, der so groß war wie ein Haus. Zwerge sah man auch nicht. Der Meister erzählte Geschichten.

Otto kniff die Augen zu. Das Flirren des Wassers war ganz nah. Er hatte die Augen geschlossen, aber er sah etwas. Die schwankenden Baumstämme. Er hörte das Beil, das Holz zerhackte. Das Bild blieb ihm vor Augen, an der Innenseite der Lider. Das Bild war in seinen Augen, als hätte es jemand dort hingemalt. Er schlug die Augen auf. Ihm war schwindelig, aber wohlig schwindelig, übermütig schwindelig, wie auf einer Schaukel, wie beim Turnen, wenn man einen Purzelbaum schlug, wie auf ... der Toilette ... nachts ... Otto hob einen Fuß aus dem Wasser, als sei er ein Storch, winkelte ihn an, als sei er ein Storch, hielt ihn fest, wie ein Storch, und ließ sich rückwärts in die Fluten kippen.

Neben dem Boot saßen Nils und Selma. Selma trug ihren Badeanzug, die drei Sterne konnte Otto schon von weitem erkennen. Wie ein Magnet zog sie ihn an, wie ein Magnet, der sich ständig drehte. Plus, minus, plus.

Schon am Vorabend, als die Mutter und Otto angekommen waren, mit ihren Koffern, die sie von der Straße, wo der Bus sie abgesetzt hatte, ein ganzes Stück bis zum Haus hatten tragen müssen, war es ihm aufgefallen. Nils war ihnen entgegengelaufen, den kleinen Damm zur Straße hinauf, hatte der Mutter den Koffer abgenommen, die Sonne stand tief und tauchte seine Wimpern in ein warmes Rot. Der Meister war gesetzten Schrittes gefolgt, nur Selma stand ein Stück zurück, lehnte lässig, man musste es lässig nennen, an der Außenwand der Hütte, nicht des Hauses, und sie rauchte, wie sie im Hinterhof der Hofstraße stets rauchte. Otto wollte nur zu ihr.

In seinen Augen fror der Moment für zwei Sekunden ein. Das Bild malte sich ihm in die Erinnerung: Die drei Rettigs ergaben ein Dreieck – Selma hinten, Nils vorne, der Meister schräg zwischen den Kindern, verbunden mit ihnen durch unsichtbare Linien. Die Linien brachten das Verhältnis. Der Meister war näher noch bei Selma als bei Nils.

Wie ein Schauspieler kam Otto sich vor. Er ging geradeaus durch das Gras von Müllrose, weiter hinten standen das Haus und die Hütte, der See; aber doch schien es ihm, als sei all das eine Bühne, auf der er eine mittelmäßige Figur machte und Schwierigkeiten hatte, sich an den Text zu erinnern.

War Selma auch auf der Bühne, oder stand sie hinter dem Publikum, nahe dem Ausgang?

Otto hatte Nils begrüßt, und es war merkwürdig für eine Sekunde, denn die Rettigs gehörten ja nicht hierher, sie gehörten in die Hofstraße, und tatsächlich trug Nils keinen Anzug, kein Jackett, keine Weste. Otto musste sich zwingen, auf Nils zu achten, der direkt vor ihm stand. Otto blieb stehen, aber in Gedanken lief er weiter durchs Gras, zu Selma an der Hausecke.

Im hohen Gras raschelte es, ein Hase vielleicht. Vögel kreisten. Der Meister trug eine Leinenhose, er kam langsam näher. Selma war kaum zu erkennen. Nils stand genau vor Otto, und Selma war weit dahinter. Otto sah Nils an, und das Gesicht von Otto zerfloss in einem Lächeln, und das Gesicht von Nils auch, und über die Gräser ging ein warmer Wind. Die Lippen von Nils öffneten sich vorsichtig, er lachte sein tonloses Lachen. Das war wie ein Zuhause. Eine Sache, die man erst merkt, wenn man mal nicht zu Hause ist, dachte Otto. Man hätte auch, zum Beispiel, nach Istanbul fahren können, wahrscheinlich sogar nach Palästina, zum Lehrer Schwer, aber wenn Nils und sein tonloses Lachen dabei gewesen wären und wenn ihm dort auch die tiefe Sonne auf den Wimpern gestanden hätte, dann wäre Otto doch wieder zu Hause gewesen.

Nils trug Ottos Koffer den kleinen Abhang hinunter, einen Pfad entlang zwischen hohem Gras, wo die Halme platt getreten waren. Otto kam es vor, als trage Nils die Sachen direkt zu Selma, die an der Hauswand stand und rauchte; als sei da ein Magnet im Koffer, in seinem Innern, im Innern von Nils, im Innern von allem, der auf den unweigerlichen Mittelpunkt des Moments zustrebte, und dieser Mittelpunkt war Selma.

Sie nickte, als er ganz bei ihr war. Dann begrüßte Selma die Mutter, sie nahm sie in den Arm und drückte sie. Die Mutter war hinter Otto gegangen, und er hatte sie fast vergessen, bis sie die Begrüßung bekam, um die Otto sie beneidete.

Mit Otto sprach Selma kaum ein Wort. Sie war nicht abweisend, nicht unfreundlich, wahrscheinlich war Selma wie immer. Nur für Otto war es nicht wie immer. Er war sich nicht sicher, was er erwartet hatte, als er seine Sachen in der Hütte verteilte, die er mit Nils teilte, die kleine, neben dem Haus. Er war auf jeden Fall gespannt gewesen, wie Selma sich verhalten würde. Ob sie etwas zu der Sache vor dem Spiegel sagen würde. Er dachte noch vor dem Abendessen nach, wie er ihr unter die Augen treten sollte, und beging die Torheit, Nils zu fragen, ob seine Kleider ihm stünden.

Beim Abendessen schnitt Selma ihn nicht, sie tadelte ihn nicht, und er dachte von der Suppe bis zum Kuchen darüber nach, was er erwartet hatte. Selmas Bewegungen waren so sicher, sie war voller Anmut, ihre feinen Züge im Gesicht, das Haar, ihr Körper. Ihre Sprache war kontrolliert und kühl, und Otto wurde von innen heiß und wieder kalt, wenn sich ein Blick von ihr bei ihm verirrte, so kalt und heiß, dass er es kaum aushielt und auf jede Bewegung von ihr achtete und Mutmaßungen darüber anstellte.

Selma hatte sich auf die andere Seite des Tisches gesetzt – was sollte das bedeuten? Otto fehlte ein Löffel neben seiner Suppenschale, sie holte ihn aus der Küche und legte ihn hin. Dabei streifte ihr Unterarm Ottos Wange – hatte das etwas zu bedeuten? Sie fragte, ob Otto am nächsten Tag auch zum Baden an den See komme ... war das ein Hinweis? Sie fragte, ob Otto am kommenden Nachmittag mit ihr zum Bahnhof fahren wolle, sie würden den Besuch holen ... welchen Besuch? Sie sprach nach dem Essen in der Küche mit der Mutter, und zwar so, dass man es am Tisch nicht hören konnte. Worüber? Über diese Sache? Beschwerte sich Selma bei der Mutter? Otto sah Nils an und den Meister, auf dem Tisch standen Kerzen und eine Schale mit Nüssen. Der Meister stopfte sich eine Pfeife, das hatte Otto noch nie bei ihm gesehen. Wussten sie etwas? Von der Sache? Nils hätte ihn schon darauf angesprochen. Sie wussten nichts. Selma hatte nichts gesagt. Warum auch? Was auch? Für Selma schien es den Vorfall nicht gegeben zu haben – oder es war für sie gar kein Vorfall? Jedenfalls nicht der Rede wert.

Nach der Pfeife zog der Meister einen Samtbeutel aus der Tasche seiner Leinenhose, und aus dem Beutel purzelten Würfel aus Istanbul oder Damaskus, wie er sagte, und sie spielten. Die Tür stand halb offen. In das Klackern der Würfel, das Knacken der Nüsse und Geräusche, die von den Frauen aus der Küche drangen, mischten sich Rufe, Schreie, Murmeln, Knistern der Tiere dort draußen am See. Da heulte ein Wolf, aber das sei kein Wolf, sagte Nils, sondern der Hund von Nachbar Weiser, quer über den See, der den ganzen Tag Holz hackte.

Noch nie hatte Otto so etwas gehört. Einen Hund, sicher, das Gebrumme der Stadt, aber das war etwas ganz anderes als die Stille hier draußen, die alles, was man hörte, stärker machte, denn man hörte auf einmal viel mehr. Es passierte, dass Otto erschreckt herumfuhr, wenn wieder ein Geräusch durch die Tür drang, wenn sich die Tür womöglich bewegte, vom Wind leicht geschoben, wenn im See etwas aufstob und plätscherte, wenn ein Tier heulte. Ein Wolf? Ein Hund? Dann sah Otto hinaus, durch die Tür ins Dunkle, durch das Fenster in seinem Rücken auf die Hütte, in der er sich später mit Nils schlafen legen sollte. Nur die Umrisse der Hütte sah man durch das Fenster, und Otto malte sich aus, welche Bestien schon an ihrer Rückwand umherschlichen, ihre Flanken am dunklen Holz rieben und nur darauf warteten, dass die beiden Jungen in ihre Betten schlüpften.

Der Meister bemerkte Ottos Blicke, und als Nils gerade mit dem Würfeln an der Reihe war, zeigte er auf den See. «Schau, dahinten», sagte er. Über den See, das lange Ufer hinunter, ganz auf der anderen Seite, da stünde hinter den Bäumen, der riesige Zwergenstein. Zu zwei Dritteln in die Erde eingegraben sei er, unterirdisch viel mächtiger noch als oben, und so merkwürdig geformt, dass jeder, der vorbeikäme, ihn einmal umrunden müsse. Tagsüber kletterten die Kinder aus dem Dorf auf dem Stein herum und spielten. Immer wieder ziehe es sie zu dem Stein, und sie grüben Löcher an seinem Rand und versuchten ihn freizulegen, bis ein Erwachsener vorbeikam und es ihnen verbot und die Kinder mit nach Hause nahm. Es sei ein gefährlicher Ort für Kinder. Nachts, wenn der See und der Wald schlafen gingen, öffne sich an einer Stelle des Steins, die kaum zu finden sei, ein Loch, und kleine Wesen mit knolligen Nasen und verfilzten Haaren und Augen wie ein Luchs kletterten hervor. Sie tanzten auf dem Stein. Sie schlügen Purzelbäume und griffen nach Ästen, die über dem Stein hingen. Sie ließen sich von ihnen in die Höhe schießen und landeten lachend wieder auf dem Stein. Nur verlassen könnten sie ihn nicht. Fünf, zehn, zwanzig kleine Knollenzwerge tanzten da nachts auf dem Stein, und jeder von ihnen, bis auf einen, sei einmal ein Kind gewesen, aus dem Dorf oder den Fischerhäusern am See, das zu lange an dem Stein gespielt habe.

Der Meister sah über die Schulter verstohlen aus der Tür hinaus. Er flüsterte: «Kannst du sie lachen hören?»

Nils warf einen Viererpasch, vier Vieren. Die Würfel klackerten auf dem Tisch, und in der Küche fiel Besteck zu Boden.

«Ich höre nur dich und die Würfel», sagte Otto und war dem Meister dankbar, denn die Geschichte hatte ihm aus einem Grund, den er selbst nicht recht verstand, die Angst genommen, nachher in die Hütte zu gehen. Sicher würde er gut schlafen können. Selbst wenn der Hund von Nachbar Weiser weiter heulen wollte. Selbst wenn der Weiser gegen vier Uhr morgens begönne, Holz zu hacken.

Otto schlief dann doch nicht gut, aber das lag nicht an den Wölfen, die nachts um die Hütte zogen, und sicher auch nicht an den Zwergen, die am anderen Ufer des Sees auf dem Stein tanzten.

Am nächsten Tag: plus, minus, plus. Selma im Badeanzug, Nils in Badehose. Otto in Badehose. Daneben ein Boot. Vielleicht sollte Otto lieber ein paar Meter ins Wasser gehen? Bis es wieder in seinen Bauchnabel schwappte?

«Wir könnten hinüberrudern», sagte Selma, als Otto nahe genug an sie herangekommen war, auf dem Sand. «Ans andere Ufer und nach den Zwergen schauen. Oder nach Nachbar Weisers Wolf.»

Nils zog mit einem Steinchen Muster in den Sand. Was sagte man jetzt? Was war die richtige Antwort? Er hielt sich die Arme verschränkt vor seiner Brust. Er sah in den Himmel. Wolken zogen auf, dort hinten. Seine Haare lagen nass und in Strähnen auf der Stirn. Auf den Augenbrauen hing ein wenig Sand. Er musste nur immer auf den Sand oder das Wasser oder die Bäume schauen, auf die Wolken, dann würde es schon gehen. An die Wölfe in der Nacht denken. Sein Blick fuhr den Horizont ab.

«Hör doch mal auf mit deinen Mustern», sagte Selma und

nahm Nils das Steinchen weg, mit dem er schon ein beachtliches Stück Sand bearbeitet hatte. Das Steinchen hatte in etwa die Form einer Schneiderkreide. Selma drehte es zwischen den Fingern.

«Du bleibst ewig zu Hause. In Gedanken stets im Laden.»

«Gib das wieder her.»

«Nur ein Stein.»

«Ist es nicht.»

«Ist es doch.»

Selma warf den Stein weg. Er flog über das Boot, dessen Bug im Sand aufgelaufen war, das Heck hing halb im Wasser, an den Rudern vorbei, die wie Pfähle kopfüber im Strand steckten. Irgendwo machte er «plumps».

«Den holst du wieder.»

«Hole ich nicht.»

Nils stand auf, watete im Wasser um das Boot herum und begann, im Schlick den Stein zu suchen. Sanfte Wellen schoben seine Hände hin und her, sie schoben den Sand vor und zogen ihn zurück. Die Grübchen, die er mit den Händen aushob, füllten sich sofort. Vor und zurück und wieder vor.

Otto schloss sich ihm an, auch wenn der Versuch hoffnungslos wirkte. Was war schon ein kleiner Stein, wo es so viele kleine Steine in Müllrose gab? Vier Hände wühlten im Sand. Das Wasser spülte um die Schienbeine. Selma kam dazu. Sie suchten eine Weile zu dritt, zogen Kreise umeinander, und wenn der Stein irgendwo zu finden gewesen wäre, hätten sie ihn finden müssen. Er war weg. Selma begann am Ufer andere Steine zu suchen und sie in den Sand zu drücken und darauf zu warten, dass Nils sie fand. Sie staksten nebeneinander durchs flache Wasser, die Hände unten, die Oberkörper gebeugt, und Selma kam Nils immer näher und drückte ihn zur Seite und bespritzte ihn mit Wasser, und

Nils spritzte zurück. Sie hielt sich die Arme vors Gesicht. Sie trat einen Schritt zurück, und ihr rechtes Bein stabilisierte den Körper, der im hellblauen Badeanzug steckte, und ihr Po wurde fest und rund bei dieser Bewegung, und Otto sah schnell woanders hin. Selma griff mit beiden Armen nach Nils und warf ihn ganz ins Wasser. Sie sprang wie eine Ringerin hinterher. Ein Geplansche und Gespritze war da auf einmal. Nils rief nach Otto, aber Selma riss Nils' Kopf unter Wasser. Sie hielt ihn fest, er zappelte wie ein Fisch. Otto watete unschlüssig auf die beiden zu. Da riss sich Nils los, und mit einem schnellen Griff um die Hüfte fiel der ganze Otto mit dem ganzen Nils unter lautem Platschen ins Wasser. Es gurgelte. Es rauschte.

Als Otto auftauchte, hörte er Lachen. Das Lachen von Nils und Selma. Selma drückte Ottos Kopf unter Wasser. Nils zog von hinten an ihrem Badeanzug. Die zwei Sterne auf ihren Brüsten spannten kräftig. Sie malten ihren Busen haargenau ab. Alles wogte, Selma wogte, Nils wogte, Otto wogte. Selma verlor das Gleichgewicht und fiel rücklings ins Wasser, nicht aber, ohne Otto im Fallen mit den Beinen mitzuziehen. Er kippte hinterher. Er spürte ihren Körper, den Badeanzug, die Haut, die Muskeln ihrer Beine. Nass und warm und aufregend. Gleichzeitig zog Nils an ihm. Nils bekam irgendein Körperteil zu fassen, gespannte Muskeln, wie gut sich das anfühlte. Überall war Wasser, das sie zusammenband. Mal oben, mal unten. Ein Bein, ein Knie, der Po, nur knapp bedeckt von Stoff. Sie rieben und drückten sich, aneinander, ineinander, sahen nur die Sonne (kurz) über sich, ein paar Baumwipfel. Die Welt drehte sich, kippte und fiel in den nassen Sand. Sie zogen gierig nach dem Stoff, der sie voneinander trennte, nach einem Stein suchte keiner mehr.

Otto wurde warm, seine Haut glühte, sein Kopf glühte.

Sein Atem ging schnell, Schwindel kam dazu wie nach hundert Purzelbäumen. Ihm schien es, als wollten ihre Körper raus aus dem Stoff, als drückte alles aus den nassen Sachen, als sei der Stoff zwar schrecklich schön und schrecklich eng, aber auch schrecklich überflüssig.

Bis Nils stehen blieb.

Seine Bewegungen wurden hart.

Er legte eine Hand auf die Brust und hielt die Luft an. Töne kamen aus seinem Mund, ein Röcheln, als steckte etwas in seinem Hals fest. Otto und Selma wurden still. Ihr Keuchen beruhigte sich. Ottos Schoß wurde weich. Man hörte Nachbar Weisers Hund bellen. Sein Beil schlug gegen Holz.

Still saßen sie eine Weile im Sand. Selma hatte ihre Arme über den Bruder gebreitet. Otto kniete vor den Geschwistern. Nils schob Selmas Arme von der Schulter, er sei ja kein Patient, murmelte er. Er ging ein paar Schritte, sah auf den Himmel Richtung Westen, in dem allmählich dunkle Wolken aufzogen. Ein Wind kam auf, ein angenehmer Wind. Nachbar Weisers Hund jaulte.

«Wenn wir uns beeilen, schaffen wir es vor dem Regen bis zum Zwergenfels», sagte Nils. Er ging zum Boot und schob den Kiel ins Wasser. Die Ruder zog er aus dem Sand, legte sie hinein. Selma schritt langsam hinterher.

«Das ist zu klein für drei», sagte sie.

«Dann schwimme ich», sagte Otto.

«Kommt nicht in Frage», sagte Nils.

Als Nils losruderte, saß Selma im Heck des Bootes auf dem Bänkchen, Otto auf dem Bug. Das Boot lag tief im Wasser. Sie machten gute Fahrt. Der Wind milderte die drückende Wärme. Otto betrachtete den Rücken von Nils, seine nackten Schulterblätter, die sich hoben und senkten bei jedem Zug, den er mit den Rudern tat. Die Holzblätter tauchten neben dem Boot ins Wasser, der Kiel rauschte durchs Blau. Nils schob das Wasser weg. Vor, zurück, vor. Hoch, hinunter, hoch.

Das Südufer näherte sich. Man sah eine Lichtung. Die Bäume konnte man nun besser erkennen und auseinanderhalten, zumindest an den Stämmen. Die Kronen bildeten ein dunkles, grünes Dach, das undurchdringlich schien. Rechts von der Lichtung stand ein Streifen Schilf, noch weiter rechts begann ein Uferweg, und noch weiter rechts standen ein Zaun, ein Haus und eine Fahnenstange. Über dem Haus kreisten Vögel, die nicht zu erkennen, aber zu hören waren. In diesem Haus wohnten Weiser und sein Hund.

Als sie fast am Ufer waren, ließ Nils ein Ruder im Wasser treiben. Das Boot drehte sich. Sie waren so nah am Wald, dass die Sonne hinter den Bäumen verschwand. Ein kühler Hauch wehte ihnen entgegen. Selma fuhr sich mit der Hand über die Wange. Sie sagte, sie habe einen Tropfen abbekommen. Regen?

Durch die Stämme sah man den Zwergenstein. Sie zogen das Boot ans Ufer, steckten die Ruder in den Boden, der hier nicht sandig, sondern steinig wirkte. Es war merkwürdig still. Selbst das Holzhacken von Weiser hörte man nicht mehr.

Auch Otto spürte einen Tropfen auf seiner Wange. Regen. Die Badehose war auf der Überfahrt getrocknet, aber richtig warm war ihm nicht. Nils ging vorweg. Am Rand der Lichtung standen die Bäume so gleichmäßig auf einer Linie, dass man denken konnte, es sei so angelegt worden. Auch Nils fasste sich auf die Nase. «Regen!»

Sie waren nur noch ein paar Schritte vom Zwergenstein entfernt. Er sah tatsächlich wie eine versteinerte Hütte aus: mit einem schiefen Dach, das an den Seiten über den Sockel ragte, und geraden Flächen am Fuße, wo der Stein im Boden verschwand. Dort konnte man sich Türen vorstellen oder Fenster, durch die ein Zwerg aus dem Inneren des Steines nach Müllrose sah. Sie gingen zum Stein. Ein lautes Bellen drang aus dem Wald. Otto zuckte, weil es ihn erschreckt hatte. Der Hund von Weiser, näher als zuvor. Lief der Hund? Wohin? Nils sah Selma an. Otto sah Nils an. Aus den Tropfen wurde ein Regenschauer. Dazu kam das Bellen näher. Nils ging zum Stein und legte eine Hand darauf.

«Hier wohnt also der Zwerg.» Selma verzog das Gesicht. Sie sah über die Baumwipfel in den Himmel. Kaum noch blau, der Wind wurde stärker. Mehr Regen. «Vielleicht sollten wir umkehren? Es könnte ein Platzregen kommen.»

«Ich klettere auf den Stein», sagte Nils. Er setzte den ersten Fuß an den Fels – da preschte aus dem Wald ein Hund hervor. Der Hund bellte laut und böse. Er sprengte auf Nils zu. Der Hund turnte am Fels hoch und riss die Beine in die Höhe. Nils hielt sich den Arm vors Gesicht. Er wich zurück. Nachbar Weisers Wolf. Der Hund knurrte. Er schnappte nach Nils.

«Ruhig, ruhig», rief Selma. Der Hund schnappte wieder. Nils ging langsam rückwärts.

«Was hat der Hund? Warum ist der so scharf?»

«Er bewacht etwas.»

«Den Stein?»

Es hatte keinen Zweck. Sie gingen langsam zurück zum Boot. Der Hund kam hinterher. Wieder schnappte er nach Nils. Er blieb mit den Zähnen an seiner Badehose hängen. Er riss sie entzwei. Nils zog sein Bein weg, aber der Hund blieb an ihm hängen. Nils war nackt, der Hund hatte die Hose im Maul. Regentropfen schlugen ins Wasser, dunkle Wolken zogen sich über Müllrose zusammen.

Selma zog die Ruder aus dem Boden. Otto versuchte den Hund abzulenken. Nils blieb die Luft weg. Er hatte keinen Atem, er röchelte. Otto griff ihm unter die Arme, und sie schoben ihn ins Boot. Selma ruderte los.

«Ich schwimme», rief Otto.

Hinter sich spürte er den Hund, von oben den Regen. Er zog die Hose aus, um erst gar keinen Kampf entstehen zu lassen. Er hielt sie ihm hin. Der Hund schnappte nach ihr, durch den Regen. Es war tatsächlich ein Platzregen. Jetzt knüllte Otto die Hose zu einem Bündel und warf sie, so weit er konnte, in Richtung Zwergenstein. Während der Hund der Hose hinterherlief, machte Otto einige Schritte ins Wasser, bis er bis zur Hüfte im See stand. Der Hund blieb auf der Lichtung stehen, wedelte mit dem Schwanz und sah Otto hinterher. Jetzt bellte der Hund, als habe er Angst. Um was? Wovor?

Das Boot mit Selma und Nils sah Otto weit vor sich, schon fast bei der Hütte. Als er die ersten Schwimmzüge machte, kam der Donner. Otto sah hoch. Gewitterwolken. Platzregen. Das war ein wilder, böser, aber schlauer Hund.

Otto blickte über den See, zum Ufer. Wie viel Zeit hatte er noch? Bei Gewitter auf dem See, das war lebensgefährlich. Die Zeit reichte nicht. Wieder ein Donner. Und ein Blitz. Er würde an Land zurücklaufen. Nackt durch die Uferbüsche. Wenn er schnell lief, würde ihm immerhin dabei warm werden. Otto schwamm zum Ufer, lief aus dem Wasser, massierte seine Oberschenkel, spuckte einmal aus, und dann ging es los.

Er rannte durch hohes Gras und Schilf, immer wieder trat er auf Steine und strauchelte. Seine Schienbeine brannten. Kleine Zweige schlugen ihm ins Gesicht, rissen winzige Wunden. Tränen flossen ihm aus den Augen. War es doch so weit?

Sein Fuß rutschte von den glitschigen Steinen ab, die den

Uferrand säumten. Auch das Gras wurde rutschig. Ein Donner, ein Blitz, kurz nacheinander. Otto versuchte Abstand zum See zu gewinnen. Der Regen prasselte auf ihn nieder. Die Tropfen schlugen auf wie Millionen kleiner Nadeln. Sie schlugen auf seine Haut. Dreck, Gras, Nadeln und Insekten sammelten sich auf seiner Brust, am Hals, im Gesicht, auf dem Rücken. Otto schnaufte und schwitzte. Was war Schweiß? Was war Regen? Sein Kopf wurde heiß, am Oberkörper fror er.

An einer Stelle konnte Otto über den See schauen, da waren die Häuser. Weit war es nicht mehr. Noch ein Blitz. Otto zählte stumm. Der Donner. Weit war auch das nicht. Weisers Hund bellte. Jetzt bellte er wieder. Ein paar Bäume musste Otto noch umrunden. Da war die Hütte. Noch ein paar Schritte. Otto wurde langsamer. Er stolperte. Er verlor das Gleichgewicht und sank auf die Knie. Er hörte einen Donner, und jemand rief etwas.

Otto lag in der Hütte. Selma war da. Sie legte ein Handtuch um ihn. Sie hatte eine Kerze angezündet. Die Hütte hatte nur ein kleines Fenster. Sie waren allein. Otto setzte sich auf die Bettkante. Er sah sie an.

«Mir ist kalt», sagte Otto.

Selma rieb ihm mit dem Tuch die Brust ab. Sie trocknete seine Haare. Sie trug einen langen Rock, ein weite Bluse, die offen war, und nichts darunter. Dünner Stoff, durch den Otto alles sah. Sie roch nach Honig. Er stellte sich hin und ging einen Schritt zur Tür. Draußen sah alles grell und bunt aus. Es regnete nicht mehr. Als habe das Gewitter das Grau aus der Welt gewaschen, das Beige, die Halbtöne. Das Boot hatten sie auf den Strand gezogen. Die Ruder schauten mit den Blättern über den Rand.

Otto schlug sich das Handtuch um die Hüfte. Er sah an seinen Beinen herunter. Rot waren sie, voller Risse, Striemen und Ratscher. Selma musste schon etwas daraufgerieben haben, denn sie rochen nach Kräutern. Er blutete nicht mehr. Aber sein Körper sah nach Anstrengung aus, nach Kampf, nach Krieg, wie eine einzige Verletzung.

Selma legte Otto einen Pullover über den Rücken. Er drehte sich um. Sie standen ganz nah beieinander. Er roch den Honig, ihre Haare. Sie legte ihm eine Hand auf die Wange, wie eine Mondsichel. Sie war gar nicht so viel größer als er. Sie sah ihn an, aus dunklen Augen, die voller Farbe und voller Kraft waren. Warm wie die gute Erde im Herbst.

«Ich mag deine Augen. Die braunen Flecken», sagte Selma. «Und die blauen auch.»

Ottos Herz arbeitete, pumpte Blut in alle Bahnen. Pumpte Blut in den Schoß. Nichts wünschte er sich in diesem Moment mehr, als dass Selma ihre Hand nicht von ihm ließe. Dass sie ihre Hand in Stille absinken ließe, ganz nah an sich heran. Dass sie über seine Finger streichelte. Dass sie seine Hand nähme. Sie langsam hochschöbe, an ihrem Bauch; er würde ihre Haut spüren. Ganz langsam würde seine Hand über ihre Haut gleiten, wie man einen Faden in die Singer lässt. Behutsam und langsam vorwärts, unter den Stoff, unter die offene Bluse.

Wannsee

Rieke malte mit dem Finger Buchstaben auf ihren Oberschenkel. In der Tasche ihrer Jeans war der Zettel, auf dem das Wort stand, das sie abgeschrieben und das Uri als «Wannsee» entziffert hatte. Nun saß sie in der S-Bahn, die zum Wannsee fuhr, und aß salzige Erdnüsse aus einer Tüte. Mit der Handfläche fuhr sie die Oberkante des Beutels ab, so eine Art Seesack mit Kordeln. Es schaute ein Handtuch heraus; unten drückte ein Viereck durch den Stoff, das war eine Packung Shampoo.

Vor dem Fenster huschten Bäume vorbei, ein Park, eine Bank, auf der eine Frau in einem Kleid mit kurzen Ärmeln saß, daneben ein Hund. Über den Wipfeln der Bäume zeichneten sich die Umrisse eines riesigen Gerippes aus Stahl ab, als sei es ein Gerüst, nur ohne Gebäude, das dieses Gerüst umgab. Da hatte mal ein Gasometer gestanden.

Rieke stellte die Erdnüsse beiseite und öffnete den kleinen Knoten in ihrem Nacken, der zu ihrem Badeanzug gehörte. Er hatte sich verschoben und zwickte. Man knotete diesen knallroten und sehr teuren Badeanzug im Nacken fest. Sie hatte ihn sich gekauft, um mal im Wannsee damit schwimmen zu gehen. Aber dass es so sein würde, wie sie es heute plante, war überraschend.

Eigentlich war die Luft und damit auch das Wasser bereits zu kalt. Ins große Bad am Wannsee würde sie nicht gehen, sondern in die Schmetterlingsbucht, auch wenn es eine Weile dauerte, dorthin zu kommen. Vorher gab es noch etwas anderes zu erledigen.

Nachdem sie den Knoten im Nacken gelöst und neu gebunden hatte, presste der Stoff des Badeanzugs unter dem ebenfalls roten Kleid auf Höhe der Brust so sehr, dass die Nippel durchdrückten, was ihr ein wenig anzüglich vorkam. Das Kleid war obenherum zu eng, ein Fehlkauf. Untenherum war es jedoch noch unbequemer, denn unter dem Kleid trug Rieke eine Jeans, die man sich wirklich hätte sparen können; überhaupt eine Unsitte, ein Kleid und darunter noch eine Jeans zu tragen; aber sie hatte am Morgen vor dem Schrank einfach kein Vertrauen in die Wärme dieses Tages gehabt. Es war schon zu spät im Jahr. Ihre Haare, die seit Wochen einfach nur wuchsen, weil sie keine Zeit hatte, sie daran zu hindern, hatte sie mit ein paar Haarnadeln von der Stirn weggesteckt und sich auf dem Hinterkopf eine Art Nest gedreht.

Die Bahn glitt tiefer in den Südwesten der Stadt, die Häuser neben den Schienen wurden kleiner und schicker. Auch wenn der Höhenunterschied kaum zu benennen war, schien es Rieke, als gleite die S-Bahn hinab in eine Tiefebene. Man sah, dass hier nicht jeder Zentimeter neben der Bahn und zwischen den Häusern zugebaut wurde, wie in der Innenstadt. Richtung Wannsee leisteten sich die Menschen große Gärten, leeren Rasen, es konnte einem fast wie Verschwendung vorkommen, wie diese Grundstücke aussahen, jedenfalls war es ein deutliches Zeichen für den Reichtum ihrer Besitzer. Man sah Wald, nicht nur mal einen Baum oder zwei, in einer Mauerlücke, sondern Wald – Blätter, Nadeln, dichtes Grün.

Als das Wasser des Sees hervorblitzte, der Zug bremste und jemand «Wannsee» in die Lautsprecher grummelte, schob sich Rieke die letzten drei Erdnüsse in den Mund, lutschte die Finger ab, drückte das leere Päckchen in den Mülleimer und stieg aus. Sie machte nur zwei Schritte und blieb vor einem roten Kachelhäuschen stehen, in dem der Stationsvorsteher früher die Züge angesagt hatte. Heute verkaufte darin ein schlecht gelauntes Mädchen mit langen, schwarzen Locken Croissants und Bratwurst mit Brot. Wenn jemand sie etwas zu ihrem Angebot fragte, was ein Passagier gerade tat, sagte sie: «Weis isch nisch. Wallah, keine Ahnung.» Sie tippte auf ihrem Telefon herum und blickte kaum auf.

Mitten auf dem roten Bahnsteig-Kachelhäuschen war ein Stationsschild angebracht, das Rieke sehr gut kannte, weil sie es jeden Sommer drei, vier, fünf Mal gesehen hatte – oder sechs, acht, zehn Mal, um genau zu sein, bei der Ankunft und der Abfahrt. Rieke versuchte im Kopf zu addieren, wie oft zum Beispiel dieses Jahr, brach die Rechnung aber ab, denn erst jetzt, und nur jetzt, fiel ihr auf, in welch merkwürdiger Schrift da «Wannsee» stand: in Fraktur, Altdeutsch, Kaiserschrift, was auch immer. Das Schild war sicher übrig geblieben.

«Was' los?», fragte das Mädchen hinter der Bratwurst und den Hörnchen und ihrem Telefon, weil Rieke so starrte. Nix los.

Zwei Abende zuvor hatte Rieke damit begonnen, in unterschiedlichen Kombinationen den Namen Rettig und die Vornamen Selma und Micha oder Niklas und Nils im Internet zu suchen. Zuerst ohne Ergebnis. Es gab Menschen, die Rettig hießen. Es gab auch Menschen, die Micha, Niklas oder Nils hießen. Als Rieke aber auf die Idee kam, zusätzlich «Wannsee» einzugeben, landete sie einen Treffer. Sie fand eine Datenbank, in der man jüdische Geschäfte in Berlin recherchieren konnte, die es seit der Nazizeit nicht mehr gab. Ein Historiker betrieb sie, er hieß Doktor Just und saß in einem Büro am Wannsee, im «Haus der Wannsee-Konferenz».

Das musste es sein, dachte Rieke. Sie hatte eine Idee: Sie rief im Netz eine Lexikonseite auf, um sich den Artikel über diese Konferenz anzusehen, und klickte bei der Sprachauswahl auf Hebräisch. Einen Moment lang verloren ihre Augen die Orientierung, als der Bildschirm sich mit den fremden und ihr doch nicht mehr so fremden Buchstaben füllte. Man sagt das so leicht: Man liest von rechts nach links. Aber wenn alles damit voll ist, muss man trotzdem erst einmal den Anfang finden. Rieke zog ihr Zettelchen aus der Tasche und verglich es mit dem ersten Wort des Artikels: Wannsee – ואנזה. Lior hatte sich tatsächlich «Wannsee» auf einen Zettel geschrieben, und wahrscheinlich nicht, weil er schwimmen gehen wollte.

Als sie danach den Artikel auf Deutsch las und auf der Internetseite ein Bild des Hauses sah, den Portikus in der Mitte, das Buchsbaumrondell davor, fiel Rieke ein, dass sie dort mal auf einem Schulausflug gewesen war. Sie erinnerte sich an das Gebäude, eine Art Palais am See mit einem Garten, durch den gepflegte Kieswege führten, und einem eigenen Bootsanleger. Sie erinnerte sich auch an einen Vortrag von einer jungen Frau, die Rieke und ihre Klasse darüber aufgeklärt hatte, dass in dem Raum mit den großen Fenstern, durch die man den Wannsee sah, vor fünfundsechzig Jahren fünfzehn Nazifunktionäre gesessen, geredet und die «Endlösung der Judenfrage» beschlossen hätten: wie und in welcher Reihenfolge alle Menschen Europas, die sie für Juden hielten, auszurotten seien. Dabei trank man Kaffee und Cognac, sagte die Frau, nach anderthalb Stunden sei das

Problem abgearbeitet – und der Tod von elf Millionen Juden geplant gewesen. Anschließend gab es Frühstück.

Rieke hatte Doktor Just direkt eine Nachricht geschrieben und schon am nächsten Tag die Antwort bekommen, dass sich in der Datenbank etwas zu einer oder zwei Familien mit dem Namen Rettig befinde.

Jetzt ging Rieke den Bahnsteig hinunter. Bei dem Mädchen am Backschalter hatte sie eine Flasche Wasser gekauft. Sie trank sie halb aus, um das Salz der Erdnüsse aus dem Mund zu bekommen. Eine Treppe lief sie hinunter, eine Treppe hinauf. Vor dem Bahnhof überquerte sie eine Straße und wartete an der Ampel. Sie blickte zurück auf die Station, den wuchtigen Bau aus rotem Backstein und rot angemaltem Beton. Er hatte Fenster, die von weißen Rahmen mit Sprossen eingefasst waren. Am oberen Ende mündeten sie in einem Dreieck, was die Station wie eine Burg aussehen ließ. Rieke trank ihre Flasche aus.

Bei dem Schulausflug war Rieke damals nicht aufgefallen, wie weit sie vom S-Bahnhof hatten gehen müssen. Sie lief und lief, der Weg führte allmählich hinunter, immer näher Richtung Ufer. Lang war die Bucht, lang war der Weg. Man hätte einen Bus nehmen sollen. An der Spitze, ganz vorne, recht nah am Ufer und gar nicht hoch über dem Wasser, stand das Haus, zu dem sie wollte. Man konnte es noch nicht sehen, aber sie wusste, wo es sein musste.

Villen, Schlösschen, Haustüren und Gartentore, mannshohe Zäune, elektrische Pforten, zubetonierte Auffahrten und einen Gartenzwerg mit Zipfelmütze ließ Rieke hinter sich, eins nach dem anderen, aber die grauweiße Front und der Portikus wollten nicht auftauchen. Rieke kniff der Badeanzug im Nacken und auf der Innenseite der Oberschenkel. Er drückte an der Brust. Sie schwitzte um die Hüfte. Sie hatte Durst. Salzig schmeckten die Schweißperlen, die über ihre Lippe kamen. Salzig schmeckte die Spucke. Die Wärme drückte, als sei es noch Juli.

Als sie endlich ankam, lief Rieke schnell die Einfahrt hinunter, an den Buchsbäumchen im Rondell vorbei, und direkt ins Haus. Neben dem Portier war eine Tür, an der die Ziffern «00» hingen. Sie trank einen halben Liter Wasser aus dem Hahn und machte sich in Gesicht, Dekolleté und Nacken ein wenig frisch. Dann meldete sie sich am Empfang und wartete auf Doktor Just. Der Portier gab sich Mühe, seine Blicke zu zügeln, aber er starrte Rieke immer wieder auf die Brust. Der Badeanzug trug kräftig auf.

Nach einer Weile kam Doktor Just über eine Wendeltreppe aus dem Keller in die Vorhalle hinauf. Er war jung, hatte die Haare so kurz, dass sie kaum auszumachen waren, dazu im linken Ohr einen goldenen Ring. Er trug ein weißes Hemd und eine Krawatte im blauen Fischgrätenmuster, mit silbernen Fädchen dazwischen. Die Ärmel seines Hemdes waren über den Ellenbogen hochgeschoben.

Sie gingen die geschwungene Treppe hinunter. Der Raum hatte ein Fenster, das auf den See hätte zeigen müssen, aber der See war nicht zu sehen, weil das Fenster nur auf einen Lichtschacht hinausging. Der war zwar hell, aber zur Hälfte unterhalb der Grasnarbe. Oben schräg sah man eine Baumkrone und Zweige. Auf einem Tisch stand eine Arbeitslampe aus blauem Metall, die einen kleinen Lichtkegel warf.

Doktor Just sah, dass Rieke auf das Fenster und den Lichtschacht blickte. «Wir sind im Archiv», sagte er. «Wenn der Pegel vom Wannsee mal richtig steigt, steht hier alles unter Wasser.»

Rieke nickte. Wenn der Pegel steigt, dachte sie. Sie erklärte Doktor Just, wonach sie suchte. Just sah ihr erst in die Augen, aber dann huschte auch sein Blick so kurz wie irritiert über Riekes Busen, der sich durch die Anstrengung und den Schweiß selbst im Halbschatten dieses Kellers und unter Kleid und Badeanzug sehr deutlich abzeichnete. Rieke hüstelte.

Just drehte sich zum Schreibtisch und rief auf seinem Rechner eine Datenbank auf. Es ging sehr schnell, er musste die Seite schon vorbereitet haben. Sicherheitshalber fragte er noch einmal nach dem Namen, den Rieke ihm auf einen Zettel schrieb: RETTIG. Just wog den Kopf. Er lächelte wissend.

Auf dem Schreibtisch lag ein Büchlein mit dem Titel «Elieser Kattuso – Stoffbaron und Schoah-Überlebender». Darauf war das Bild eines Mannes zu sehen, der einen eleganten, grob karierten Anzug trug. Die Hosenbeine waren zu kurz, sodass man seine weißen Kniestrümpfe über den glänzenden Halbschuhen sah. Der Mann stand neben einem absurd großen Schreibtisch. Er rauchte eine Zigarre. Unter der Nase war ein Bart zu sehen, ordentlich in Form getrimmt und fein abstehend wie bei einem Luchs. Rieke nahm das Buch in die Hand. Just klackerte mit der Tastatur, drückte auf seine Maus. Er sagte beiläufig, gerade vor etwa einer Woche habe sich schon jemand nach dieser Familie Rettig erkundigt.

«Ist da was im Busch?»

Lior, dachte Rieke.

«Kennen Sie sich vielleicht?»

«Wie hieß die Person?»

«Ein Israeli ... Assaf, glaube ich. Assaf Atzmon oder so ähnlich. Er sprach gut Deutsch.»

Rieke huschte ein Lächeln über die Lippen. Assaf. Na klar.

«Assaf? Nie gehört.»

Rieke legte das Büchlein zurück auf den Tisch.

«Hier», sagte Doktor Just. Er drehte den Bildschirm so, dass Rieke ihn sehen konnte. «Das habe ich Herrn Atzmon auch gezeigt.»

Sie kam näher. In den Feldern der Datenbank waren erst nur Zahlen und Buchstaben zu sehen, die sie nicht verstand. Aber das oben in der Mitte, das war offensichtlich:

MÄNTEL RETTIG
Feine Herren- und Damenmoden nach Maß
(Textil und Bekleidung)
Eingetragen 1919, Besitztransfer: 1934
Hofstraße (Kreuzberg)

Rieke merkte, wie ihr Herz unter dem Badeanzug schneller schlug. Ihr Mund wurde trocken. «Haben Sie ein Glas Wasser?» Doktor Just nickte und verließ das Zimmer. Rieke las, was da zu sehen war, noch einmal. «Mäntel Rettig».

Doktor Just kam mit dem Wasser zurück.

«Besitztransfer?», fragte sie und trank das Glas in einem Zug aus.

«Sie haben den Laden verkauft. Oder sie mussten ihn verkaufen.»

«Haben Sie noch ein Glas?»

Just holte ein weiteres Glas Wasser.

«Was bedeuten die Zahlen und Buchstaben?», fragte Rieke, als Just wieder da war.

«Das sind Aktenkürzel und Signaturen.»

Er warf einen kurzen Blick auf den Schirm.

«Es gibt einige Akten im Landesarchiv, da sollten Sie hinfahren. Habe ich Herrn Atzmon auch geraten. Soll ich Ihnen die Seite ausdrucken?»

Als Rieke auf dem Rückweg das Rondell mit den Buchsbaumhecken halb umrundete, knirschte der Kies unter ihren Schuhen. In ihrer Tasche, zwei Mal gefaltet, lag der Zettel mit den Aktenzeichen und Signaturen. Daneben das Büchlein über Elieser Kattuso. Doktor Just hatte es ihr geschenkt. Auch ihre Flasche hatte er noch einmal mit Wasser gefüllt. Rieke zog das Telefon aus dem Beutel und rief Lior an. Keine Antwort. Natürlich.

Sie folgte der Hauptstraße, die am Haus der Konferenz vorbei in ein Waldstück führte. Nach einigen Metern endeten die Villengrundstücke, und der Wald begann. Rieke lief einen weichen, mit Tannennadeln übersäten Weg entlang, der immer tiefer in den Wald führte, sich schließlich öffnete und in einem sanften Bogen zurück ans Wasser ging. Ein Stück musste Rieke noch am Ufer entlanggehen, bis man auf der anderen Seite des Sees die orangen Striche des großen Bades sah. Trotz September schien viel Betrieb zu sein. Bald würde die Stelle kommen.

In der kleinen Bucht, die Iza und Rieke «Schmetterlingsbucht» genannt hatten, setzte Rieke sich ans Ufer und trank ihr Wasser. Das Salz der Erdnüsse war hartnäckig, es lag ihr immer noch auf der Zunge. Rieke zog die Schuhe aus und watete ins Wasser. Sie fühlte mit einer Hand über die Oberfläche. Sie sah auf den See hinaus, dessen Wasser von einem leichten Wind geschoben wurde, sich rhythmisch kräuselte wie Liors Haare. Sie dachte an das Foto von Iza. «Mein treuer ...»

Mein treuer. Liors Haare auf dem Bild waren zu kurz. Es musste eine Weile her sein, dass sie es gemacht hatte. Aber warum hatte Iza überhaupt so ein Bild? Warum hatte sie es gemacht? Und ihr geschickt?

Riekes Blick wanderte durch die Bucht, an den Stämmen

der Bäume entlang, der kleinen Grasfläche auf der Ecke, hinter der sich der See weiter öffnete. Sie erinnerte sich, wie Iza einmal auf diesem Flecken Gras auf einem grünen Handtuch in der Sonne gelegen hatte. Wie sie zusammen schwimmen gegangen waren, natürlich ohne Badeanzug. Wie sie sich mit nackten Körpern an die Stämme der Bäume gelehnt hatten. Ein lustiges Gefühl, wenn die Rinde an den Schulterblättern schabt.

Rieke ging zurück ans Ufer, zog sich aus bis auf den Badeanzug, versteckte ihre Sachen hinter einem Baum, zog nun auch den Badeanzug aus. Sie ging ins Wasser, zehn, zwanzig Meter, dann sprang sie vorwärts, die Arme ausgebreitet, und flog wie ein Schmetterling in die weichen Wellen des Wannsees, der ein wenig grün war und nicht gerade klar. Vierzig, fünfzig Züge tat sie raus auf den See. Nach rechts herum, sodass sich die große Bucht vor ihr öffnete.

Das Wannseebad war deutlich zu erkennen, und wenn sie sich nicht täuschte, sah sie auch den hellen Stein des Hauses der Wannsee-Konferenz. Das frische, fast kalte Wasser umfloss ihre Füße, kitzelte an ihren Beinen, massierte ihre Oberschenkel. Mit jedem Zug wurde ihr wärmer. Ihre Hände teilten das Wasser. Ihr Körper wurde leicht. Langsam wich die Spannung, sie tat nur noch träge Züge und fühlte sich sehr wohl. Ihre Augen knapp über der Oberfläche, die Lippen vom Wasser gestreichelt. Ihr Blick huschte an der Uferlinie entlang, links und rechts. Da war das Haus, ganz sicher. Da waren Doktor Just und eine Villa zur Endlösung der Judenfrage. «Wenn der Pegel nur ein wenig steigt», hatte Just gesagt. Rieke drehte sich und trieb auf dem Rücken wie ein Stück Holz. Sie spürte die leichte Strömung, die ihren Körper allmählich davontrug. Kitzelte sie ein Fisch an den Füßen? Küsste sie ein Karpfen? Ihre Muskeln lagen dösend im trüben Wasser. Nur ihr Unterleib drückte ein wenig. Die Blase.

Rieke überlegte, wie häufig sie mit Iza in die Schmetterlingsbucht gekommen war. Wie viele Sommer nacheinander. Es waren viele. Und wenn es so viele waren, dachte Rieke, die Augen geschlossen, auf dem Rücken im See, dann geht man nicht zu Lior ins Bett und macht am Morgen ein Foto. Wozu auch? Das macht man nicht.

Die Strömung des Sees schob Riekes nackten Körper weiter hinaus, drehte sie wie einen Tonteller beim Formen. Das Wasser streichelte ihren Schritt. Die Sonne wärmte ihr Gesicht, die Wangen, die Stirn. Kurz hob Rieke den Kopf an und blinzelte. Sie paddelte, ließ die Beine hinuntersinken, hielt sich mit ausgebreiteten Armen in der Senkrechten. Sie ließ die Glieder hängen wie eine Vogelscheuche, atmete tief ein, war vollkommen. Auch ihr Kopf entspannte sich, ihre Gedanken flossen mit dem Wasser auf den See hinaus. Der letzte Muskel ihres Körpers erschlaffte, sie ließ die Dinge laufen. Kurz dachte sie an Doktor Just und seinen Pegel.

16. April 1946
17/18 Nissan 5706

Liebe Miri,
heute hast Du zum ersten Mal Geburtstag. Wir sind nicht mehr in Schweden, nicht mehr auf dem Meer, aber ich sehe es von unserem Fenster aus. Wir sind in Marseille in Frankreich und warten auf ein Schiff. Ich küsse Dich. Herzlichen Glückwunsch, meine liebe Miri. Ich sehe Dir bei Deinen ersten Schritten zu. Ich sehe, wie Du lachst, und freue mich.

Nils, der sich jetzt Nir nennt, hat Gebäck aus der Stadt hochgebracht und Eli ein paar Kleider geschickt. Eli hat jetzt zwei Kinder, die älter sind als Du. Irgendwann werde ich Dir erzählen, wer Eli ist. Die ersten Tage nach der Ankunft haben wir bei ihm verbracht. Das Buch, in dem Du diese Zeilen irgendwann einmal liest, falls Du sie liest, ist von ihm. Meine letzte Erinnerung an Berlin. Mehr brauche ich nicht. Eli hat gefragt, ob ich Berlin nicht vermisse. Da habe ich Dich auf den Arm genommen, und Du hast mich angesehen, mit einem Blick, der mir so vertraut ist. Mehr will ich nicht. Ich vermisse nichts.
Die anderen Kinder im Heim sind älter als Du. Viele waren heute in unserem Zimmer und haben ein Lied für Dich gesungen. Jemand hat eine Kerze auf den Nachttisch gestellt und angezündet. Du hast erst nicht gewusst, was sie wollten, mich verschreckt angeguckt und geschrien. Wenn keine Bewegung da ist, fängst Du an zu schreien, so ist es eben. Ich frage mich,

ob Du eines Tages lernen wirst, wie man auf einem Stuhl sitzt, ruhig, um zum Beispiel etwas zu schreiben?

Im Garten vor dem Fenster steht eine Palme. Jeden Morgen gehen wir dorthin und schauen in die Bucht, auf den Hafen. Wir warten auf das Schiff, mit dem wir bald nach Haifa fahren. Nils (ich kann mich an «Nir» nicht gewöhnen und auch nicht daran, dass er diese abgerissene Lederjacke wieder trägt) hat erzählt, dass ein reicher Freund aus Göteborg, der auch für seine Organisation arbeitet, zwei Schiffe von der Schären-Reederei gekauft hat. Das sind Küstendampfer, mit denen sie in Schweden Urlauber auf die Inseln bringen. Ich frage mich, wie man damit über das Mittelmeer kommen soll.

Nils arbeitet den ganzen Tag. Wenn er mal zu Besuch kommt, ist es dunkel. Er bringt Kleider und Lebensmittel von der Organisation aus Paris. Ich freue mich darüber, aber ich verstehe nicht, wo diese Organisation war, als wir uns auf dem Land verstecken mussten. Als die Deutschen den Vater abgeholt haben. Als sie den Laden verwüsteten. – Das sind keine guten Gedanken, ich weiß. Ich werde sie in diesen Zeilen lassen und mit niemandem darüber sprechen. Vielleicht liest Du dieses Büchlein irgendwann. Dann weißt Du sicher besser, was darüber zu denken ist. Wenn ich zu lange nachdenke, sinkt mir der Mut so tief, dass es nicht gut ist.

Der Ort, an dem wir sind, ist schön. Im Heim gibt es Kinder, vielleicht lernst Du Französisch. Wir bekommen Essen und Trinken, und die Nonnen schauen gütig. Sie legen ihre zittrigen Hände auf Deinen kleinen Kopf und sprechen Gebete. Doch am Tor ist ein Gitter, da geht es nicht raus. Lange halte ich das nicht mehr aus.

Ich habe nachgezählt: Seit zehn Jahren lebe ich nicht mehr, wie ein Mensch leben soll. Da sind immer Türen, Wände, Tore, Fenster. Alles ist zu, man darf nicht hinaus, muss schnell wieder fort. Ich musste den Nonnen unsere Pässe abgeben. Ich hatte sie lange nicht angesehen, diese Pässe. Seit zehn Jahren verstecke ich mich vor der Welt, weil die Welt schlecht ist. Wer braucht da einen Pass? Mein Kopf wird immer schwerer, mir ist, als würde er zu Stein. Meine Brust brennt, als würde ich nachts in Nesseln schlafen. Ich kann nicht richtig gehen. Meine Nase lässt kaum Luft durch. Meine Augen werden plötzlich auch schwer, und ich habe das Gefühl, etwas Wichtiges zu vergessen.
Ein dumpfer, blinder Punkt bildet sich in meinen Augen, eine graue Stelle, auf der ich nichts sehe. Etwa einmal im Monat kommt der Traum von der Kiste wieder. Häufig, wenn es regnet, oder bei Neumond, wenn es nachts besonders dunkel ist. Ich will nichts lieber als vergessen. Ich nehme zu viel von dieser Medizin. Ich habe mich daran gewöhnt.

Wenn es nur um mich ginge, meine Kleine. Aber was ist mit Dir? Wieso soll ich Dich verstecken? Wovor? Was kannst Du dafür? Es ist so ungerecht. Manchmal will ich Dich auf den Arm nehmen, nachts über die Mauer klettern und einfach weglaufen. Irgendwohin, wo keiner weiß, was oder wer wir sind. Wo Du leben kannst und ich auch. Ich denke manchmal, ich lebe nicht mehr, ich sterbe nur sehr lange. Ich will einen Ort, an dem ich ruhig schlafen kann, an dem es Dir gutgeht. Ich wünsche es Dir. Wenn wir nur wollen, ist es kein Traum, sagt Nils. Das wäre wunderbar.

Ich küsse Dich,
S.

1934

Lampen aus

Allein kehrten sie in die Stadt zurück. Vor dem Abschied, am letzten Abend, ein Freitag, hatte es Forelle mit Zitrone, Butter und Kartoffeln gegeben. Herr Kolman war nach Müllrose gekommen. Sie hatten den großen Küchentisch nach draußen gebracht, Kerzen und Brot daraufgestellt und eine Flasche dunklen Wein. Als alles dastand und die Kerzen angezündet waren, sang Kolman etwas. Seine Stimme hallte über den See bis zum Zwergenstein, und es klang so schön, dass Otto eine Träne auf die Wange lief. Was Kolman sang, verstand Otto nicht, denn es war wohl in der Sprache, deren Buchstaben in die falsche Richtung schauen. Aber der Ton, in dem er sang, trug Wehmut in sich, wie bei einem Abschied, als singe er vom kommenden Tag, an dem er aufbrechen müsste, als singe er vom Sommer, der bald vorbei war, von etwas, das weit in der Ferne lag. Otto rollte die Träne bis zum Kinn, und er nahm sie und schickte sie über den zitternden Spiegel des Sees Richtung Westen, wo die Sonne in den Dächern von Berlin versank.

Kolman goss Wein ein und trank davon. Er gab den Becher weiter an den Meister. Auch der Meister trank, gab den Becher weiter an Nils, und er trank, weiter an Otto, und er trank und schniefte, an die Mutter, und sie trank, an Selma, die trank und dabei auf den Boden sah. Sie aßen Brot und die Forelle, und Ottos Teller blieb halb voll, weil seine Brust nichts durchließ, weil er Selma ansah und es sich in ihm zusammenzog, weil er Nils ansah und es sich in ihm zusammenzog, weil der den Meister ansah und es sich in ihm zusammenzog, und er trank noch etwas von dem Wein, noch etwas, bis die Mutter den Becher nahm und verschwinden ließ.

Morgens, beim Abschied am Damm, auf dem die Straße verlief und auf dem der Bus schon wartete und der Fahrer hupte, umarmte der Meister die Mutter so fest und lange, dass Otto schon dachte, der Bus werde ohne sie fahren. Nils lief im letzten Moment noch einmal zur Hütte, den Pfad durchs hohe Gras hinunter, zur Hütte, an deren Ecke Selma stand und wartete und rauchte, wie zu Beginn der Tage in Müllrose. Nils kam mit etwas zurück, einem dunklen Bündel, kam durchs Gras zurückgelaufen und drückte Otto das Bündel in die Hand, die Mutter stieg schon in den Bus – es war die Fliegerjacke mit dem halben Revers.

Auf der Fahrt sah die Mutter Otto immer wieder mit einem Ausdruck an, den Otto nicht verstand. Nichts Böses, etwas zwischen Stolz und Abschiedsschmerz. Den Abschied verstand er noch, denn er selbst hatte Müllrose nicht verlassen wollen, und er dachte an den Gesang von Kolman. Aber den Stolz und die Hand seiner Mutter auf seinem Kopf, als wolle sie ihn festhalten wie einen Vogel, und ihr «Ja, ja» und «Ach, ach» und «So ist es, es wird nicht anders sein»; das verstand Otto nicht. Es fehlte nur, dass die Mutter noch etwas sagte wie: Ein Unglück kommt selten allein.

Als sie in die Hofstraße kamen, am frühen Abend, denn die Reise aus Müllrose hatte ihre Zeit gedauert, sahen sie schon an der Straßenecke, dass etwas nicht stimmte. Bis Otto verstand, was falsch war, dauerte es aber einen Moment. Es dauerte einen weiteren, bis ihm klarwurde, was das bedeutete. Eine Seite der Straße lag im Dunkeln. Die Mutter blieb stehen, den Koffer in der Hand, eine Tasche noch über der

Schulter. Ihr Blick wanderte den Bürgersteig hinunter. Am Schaufenster von Krämer Krach entlang, bis zum Laden. Sie stellte den Koffer auf den Boden. Ihr Kopf sackte aus der aufrechten, gereckten Position, in der er sonst stand, langsam hinunter, aber unaufhaltsam, als sei in ihrem Nacken etwas zerbrochen. Das Kinn landete auf dem Brustbein. Sie schwieg. Kein Ton. Leiser, flacher Atem. Sah Otto da eine Träne?

Fast wären sie am Laden vorbeigelaufen, weil alles Licht fehlte. Man sah kaum die Nummer. Sie hing traurig im Halbdunkel. Die Mutter schloss den Laden auf, Otto entdeckte Glassplitter auf dem Boden. Weiße, runde Glassplitter, von den runden Lampen am Haus. Dazwischen das milchige Glas der Glühbirnen und kleine Stücke des gelben Sandsteins, wie man ihn an den Brücken in der Nähe des Stadthafens fand. Ein Stein hatte das Schaufenster getroffen, wie ein Spinnennetz gingen die Risse in alle Richtungen. Man musste es nur noch antippen, und es wäre in sich zusammengefallen.

Otto drehte den Steinrest in seiner Hand. Die Mutter machte im Laden Licht. War der Stein wirklich gelb? Er war es. Gelb wie der Sandstein am Stadthafen.

Aus dem Hinterhof drang ein Geräusch. Otto ging durch den Gang. Der Hof lag dunkel da und leer. Ein Fenster, das ins Stofflager im Keller führte, stand offen und klapperte. Otto kniete sich auf den Boden und zwängte sich hindurch. Das Glas fehlte. Im Stofflager roch es merkwürdig. Otto machte das Licht an. In einer Ecke lag ein großes, dunkles Bündel Kleidung. Daneben eine umgekippte Flasche, aus der etwas geflossen war, das nach Alkohol roch. Otto stupste das Bündel mit dem Fuß an. Er zog daran. Er fand einen Schal, auf dem «Kattuso – seit 1913» stand. Otto überlegte einen Moment. Es war keiner hier. Nicht mehr.

Otto holte Töpfe und Besteck aus der Küche und einen Bindfaden. Er zog durch das Knopfloch eines Hemdes und die Gürtelschlaufe einer Hose nacheinander in gewissem Abstand einen Faden, am Ende band er ihn um den Topf. Das Besteck legte er hinein. Den Topf stellte er auf die Kellertreppe, auf Kipp, sodass er schnell umfallen konnte.

Otto konnte stundenlang nicht einschlafen. Er wälzte sich auf der Liege, die quietschte. Das Zimmer war leer. Aber anders leer als zuvor. Er setzte sich auf und sah umher. Auf dem Bett von Nils lag immer noch der Zettel, den er vor der Abreise nach Müllrose geschrieben hatte. Otto nahm die Fliegerjacke und steckte den Zettel hinein. Mit dem Daumen rieb er über den Einnäher der Jacke, erst über das M, dann über das R. Er roch an der Jacke. Er roch an der Bettwäsche von Nils. Wachs. Leder. Seife. Er kniete sich auf den Boden vors Bett und ließ seinen Kopf auf die Decke sinken. Er stellte sich vor, Nils würde vor ihm liegen. Langsam dämmerte er weg.

Mitten in der Nacht erwachte Otto. Mit einem Schrecken fiel er aus der Mitte eines Traumes, in dem er Ralf sah, der Steine wahllos in die Luft warf, und Otto lief wild hin und her, weil er sie fangen musste, bevor sie den Boden berührten. Der Boden bestand aus Glas, das die Steine durchschlagen hätten. Ein Stein nach dem anderen glitt Otto im Traum durch die Hände. Es machte einen einzigen Lärm. Dieses Klirren. Der Boden bekam tiefe Risse. Der Boden?

Otto sprang auf. Der Kochtopf!

Er lief durch die Nähstube zur Hintertür hinaus. Eine Gestalt versuchte, aus dem Kellerfenster zu klettern. Hände mit Handschuhen, die keine Fingerkuppen hatten. Ein Kopf mit langen, filzigen Haaren. Otto hielt die Gestalt fest. Er hörte die Mutter auf der Treppe.

Es dauerte, bis Seidel zu reden begann. Otto holte ihm die Sachen aus dem Keller, darunter der Schal, auf dem «Kattuso – seit 1913» stand. Er brachte Seidel hoch in die Küche, die Mutter kochte Tee. Otto stellte Sultaninen hin. Aber erst als die Mutter ihm versprochen hatte, dass er sich waschen dürfe, begann Seidel etwas zu sagen.

Er sagte, er habe nichts gesehen.

Die Mutter hakte nach: «Warum waren Sie hier?»

«Scheibe wa wech. Hat der Verrückte jemacht.»

«Welcher Verrückte?»

Seidel hob den Kopf und sah die Mutter an; langsam senkte er ihn wieder.

«Nich jesehn», nuschelte Seidel. Er wackelte nervös.

«Und die Lampen?»

«Dit war der nich.»

«Ich dachte, Sie haben es nicht gesehen?»

«Hab ick nich. Bin wech.»

Pause. Otto kam eine Idee.

«Hatte er Steine dabei? So Brocken?»

«Nich jesehn.»

«Dass er keine Steine hatte?»

«Nee. Hat reinjetretn. Is jestolpert. Jehen konnte der och nich richtich. Da war dit Licht schon wech.»

«Ich dachte, Sie haben es nicht gesehen?»

«Hab ick nich. Wa ja dunkel.»

Sie gaben es auf.

Otto bezog Seidel die quietschende Liege und kroch ins Bett der Mutter. Vor dem Einschlafen fragte er sie, wann Rettigs aus Müllrose zurückkämen. Die Mutter gähnte, löschte das Licht und drehte sich zum Fenster. Unter der Bettdecke griff sie noch einmal nach Ottos Hand. «Sie kommen, sie kommen», flüsterte sie. «Lange können sie da nicht bleiben.»

Am Morgen wollte Otto Seidel wecken, aber Seidel war weg. Seine Sachen hatte er mitgenommen, die Decke und das Kopfkissen lagen auf dem Boden. Im Zimmer von Nils fehlte die Fliegerjacke mit dem halben Revers, in der Küche das Schälchen mit den Sultaninen.

Die Mutter ließ neue Lampen kommen. Ein Elektriker stellte eine Leiter an die Hauswand, kletterte hinauf und schraubte sie fest. Otto sah ihm zu und drehte den Brösel gelben Sandsteins, den er in der Hosentasche hatte, zwischen den Fingern. Er dachte an seinen Traum und an Seidel. Die Mutter bestellte einen Glaser und ließ die Fensterscheibe austauschen. Otto saß im Laden in einem Sessel, sah ihm zu und drehte den Brocken in seiner Hand. Er musste mit Ralf sprechen.

Otto suchte Ralf am Stadthafen. Er suchte ihn am Gasometer. Unter der Binzer Brücke. Schließlich ging er zum Löwenplatz. Als er in Ralfs Straße einbog, sah er von weitem eine Gruppe Männer vor dem Geschäft stehen. Sie hatten braune Uniformen an, ein SA-Trupp. Der alte Stüttgen war dabei. Sie trugen Stiefel und Kappen, bei den meisten war der Nacken ausrasiert. Sie trugen dicke Armbinden mit dem Hakenkreuz. Ein weiterer Mann in brauner Uniform mit Stiefeln und Hakenkreuz kam aus dem Laden, er hinkte. Der Pulk marschierte Richtung Löwenplatz, die Hakenkreuze an den Oberarmen schwangen im Takt.

Otto ging in den Laden. Ilona legte Tischdecken zusammen, begrüßte Otto mit einem Lächeln und umarmte ihn. Ilona fragte nach der Mutter. Otto nickte. Er nickte noch einmal. Er fragte nach Ralf. Die Mutter verzog das Gesicht. Sie deutete mit dem Kopf zum Löwenplatz: «In der Quelle, fürchte ich.»

Rauch stand im Lokal, der Geruch von Bier und Schweiß. Kersten wuchtete Bierkrüge herum, seine Frau wuchtete mit. Ihr Bauch stieß schon weiter vor als ihre mächtigen Brüste. Nils hockte mit ein paar Jungs an einem Tisch. Grundweg war da, auch der junge Stüttgen. Alfred saß daneben, Flughund, der alte Stüttgen, vier weitere Männer. Sie trugen braune Hemden. Stüttgen führte das Wort. Andauernd hob er den Zeigefinger. Otto wollte schon gehen, aber Ralf entdeckte ihn an der Tür. Ralf stieß seinem Vater in die Seite und zeigte auf Otto.

Das Gesicht entglitt Herrn Krebs. Er nickte, wie man nickt, wenn der Wirt die Sperrstunde verkündet. Ralf kam auf Otto zu. Fest legte Ralf ihm eine Hand auf die Schulter. Er schob ihn durchs Lokal, zur Hintertür hinaus, in den Hof. Otto sah die kleine Treppe, die in den Keller führte. Er dachte daran, wie Ralf und er runtergeschlichen waren und Kersten das Bier stibitzt hatten.

Otto blieb stehen.

Ralf blieb stehen, recht weit entfernt.

Aus der Hosentasche zog Otto ein paar Brocken vom Sandstein. Er hielt sie Ralf hin. Ralf zuckte mit den Schultern.

«Steine.»

«Deine?»

Noch ein Schulterzucken. Otto erzählte von den zerbrochenen Lampen.

«Muss ein guter Werfer gewesen sein. Wahrscheinlich der beste der Stadt.»

«Nein, das bin ja ich.»

«Eben», sagte Otto.

«Du ...»

Ohne Warnung bekam Otto eine Backpfeife. Ralfs Hand

roch nach Bier. Er entschuldigte sich. Aber sauer war er doch: «Idiot. Ich war das nicht.»

Otto hielt sich eine Hand vor die Wange. Es brannte. Nervös wippte Ralf von einem Fuß auf den anderen. Er kickte einen Stein die Treppe herunter. Aus der Kneipe drang ein Nazilied. Die Stimmung stieg.

«Eine Unverschämtheit», sagte Ralf. Er trug das Hemd der Hitlerjugend. Wie Otto darauf komme. Ralfs Stimme war laut, aber schwach.

Du musst das durchziehen, sagte Otto sich. Sonst wird er nie wieder dein Freund. Wenn überhaupt.

«Stüttgen», sagte Otto, «du hast es für Stüttgen gemacht. Wegen Haber. Oder hat Alfred dich geschickt?»

Zack. Da schlug Ralf richtig zu. Mitten ins Gesicht. Voll auf die Nase. Blut lief Otto über die Lippen. Jetzt begnügte Ralf sich nicht mehr mit Steinchen, er trat mit dem ganzen Fuß gegen die Hinterwand der Spreequelle. Er schrie etwas. Aus der Kneipe drang Gesang: «Die Fahne hoch! Die Reihen fest geschlossen! SA marschiert ...»

«Schnauze!», rief Ralf. «Halt den Mund. Otto, halt's Maul. Die wollen uns nur auseinanderbringen!»

«Wer?»

«Die Juden!»

«Welche?»

«Rettig, Haber, keine Ahnung.»

«Du spinnst.»

«Der ist nur scharf auf deine Mutter!»

«Ganz im Gegensatz zu deinem Alten», rief Otto.

Zack. Ralf schlug ein drittes Mal zu. Voll auf den Wangenknochen.

«Halt endlich die Klappe!», schrie Ralf. Er packte Otto am Kragen und schüttelte ihn. Spucke landete in Ottos Gesicht.

Ralfs Stimme überschlug sich. Er hatte rote Augen. Heulte er? Oder was war das? War er besoffen?

«Du bist ja selbst schon ein halber Jude!», schrie Ralf.

Otto machte sich los. Er leckte sich das Blut von der Lippe und wischte die Nase in der Armbeuge ab.

«Ich will, dass du es zugibst», sagte Otto nach einer Weile. «Du kannst mich so viel schlagen, wie du willst, damit wird es auch nicht anders. Du musst es zugeben.»

«Nichts gebe ich zu. Gibt nichts zuzugeben.»

«Dann ist es so», sagte Otto.

«Es wird nicht anders sein.»

Ralf wackelte nervös, die Hände immer noch zu Fäusten geballt. Otto nickte langsam. In der Kneipe stimmten sie die nächste Strophe an: «Die Straße frei den braunen Bataillonen ...»

«Du wurdest gesehen, Ralf.»

«Was?»

«Ein Obdachloser, der im Hof geschlafen hat. Dich und deinen Vater hat er gesehen.»

«Kann jeder sagen.»

Ralf sah sich ungeduldig um. Zur Kneipe, zur Straße. Er zog die Nase hoch. Keine Fäuste mehr. Er kam näher zu Otto.

«Wie heißt der Typ?»

«Sag ich nicht.»

Ralf spuckte auf den Boden. Seine Augen waren immer noch rot. Er würgte leicht. Er rülpste.

«Ich glaub dir kein Wort», sagte Ralf. Er drehte sich um und ging zurück in die Kneipe.

«Ich dir auch nicht!», rief Otto ihm hinterher.

Ralf riss die Tür auf. «Es schau'n aufs Hakenkreuz voll Hoffnung schon Millionen – Sieg Heil!», grölten sie drinnen.

Beim Zeitschriftenkiosk von Hospach bekam Otto eine Serviette. Am Waschbecken konnte er sich das Gesicht waschen. Ein Stück der Serviette rollte Otto zu einem Röhrchen und steckte es sich in die Nase.

Vom Löwenplatz nahm er die Oranienstraße. Er ging zum Stadthafen. Danach war es nicht mehr weit bis zum Gasometer.

Schon hinter der zweiten Baracke fand er Landstreicher. Erst rafften sie hektisch ihr Zeug zusammen und griffen nach den Flaschen, aus denen sie am Tage tranken. Als sie aber merkten, dass hinter Otto niemand mehr auftauchte und auch Otto nicht schrie, sie mit Sachen bewarf oder zu treten begann, beruhigten sie sich.

«Was willste? Alkohol? Zigaretten? Haste wat für uns?»

Otto schüttelte den Kopf. Er malte mit dem Schuh einen Kreis auf den Boden.

«Sach schon oder zisch ab.»

«Ich suche jemanden.»

Einer lachte laut und dreckig. Sein Mund stand weit offen. Otto konnte da kaum einen Zahn erkennen, der nicht schwarz war. Auch der andere fing, angesteckt vom Kollegen, mit dem Kichern an. Es klang wie eine rostige Fahrradkette.

«Ich meine es ernst.»

«Ich auch», prustete der Mann ohne Haare. «Alle meinen's ernst.»

«Er heißt Seidel, und er tauscht alte Sachen. Glaub ich», sagte Otto. Das Lachen verstummte. Räuspern. Flaschen gingen an die Lippen.

«Wenn ihr ihn kennt, könnt ihr ihm sagen, dass er sich bei Otto Kar… bei Otto Rettig melden soll. Von Mäntel Rettig, Hofstraße. Er kennt mich. Er hat … ich meine, ich habe ihm gestern eine ... eine falsche Jacke gegeben. Wenn er sie zurückbringt, bekommt er eine andere und fünf Reichsmark.»

Otto sah in die Runde. Man schluckte kräftig. Sicher war der Betrag zu hoch, dachte Otto bei sich. Aber was soll's.

«Habt ihr das verstanden?»

Man nickte. Otto nickte auch.

Unter der Binzer Brücke sah Otto noch kurz nach, und auch unter zwei anderen Brücken, aber er fand Seidel nicht.

Zurück ging Otto am Luisenufer. Er schaute über den Stadthafen und auf die Kähne. Er nahm einen Stein und warf ihn quer über den Kanal. Er dachte an Ralf, und als der Stein ins Wasser fiel, zog er sich das Stück Serviette aus der Nase. Es war dunkelrot und schwarz verkrustet. Er warf es hinterher.

Otto war nicht aufgefallen, dass ihm jemand gefolgt war. Es fiel ihm auch nicht auf, als er wieder zum Oranienplatz lief. Er übersah es einfach. Wenn Otto auch mit viel zu rechnen hatte, so viel hatte er inzwischen verstanden: damit nicht. Wie sollte er auch.

Zerfasertes Zeug

In den ersten Wochen des Herbsts hatte Otto kaum schlafen können, nicht einmal neben seiner Mutter. Es fehlte etwas. Er versuchte dieses Etwas nachzuspielen, indem er Kreide ins Kopfkissen stopfte und sich mit Selmas Seife wusch. Sogar ihre Sachen, die noch in der Mansarde lagen, holte er heimlich hinunter und schlief in ihnen, er rieb sie an der Wange, ließ sie durch die Finger gleiten, probierte sie gar an. Der Geruch verblasste mit der Zeit. Im späten Herbst, in dem auch draußen vor der Tür stets der Geruch von Vergehen stand, von Blättern, die von ihren Bäumen nicht mehr gehalten werden konnten, von Biergärten, in denen der Grill nur noch auf halber Flamme brannte und die alte Kohle der Sommerabende ein zweites Mal verfeuerte, von überreifem Obst und der reichen Ernte des Sommers, die langsam verkocht, verbraten, verspeist wurde; im späten Oktober also schien es Otto doch verständlich, fast natürlich zu sein, dass auch der Geruch von Selma und Nils zusehends verschwand. Nach und nach konnte er wieder schlafen.

Der Nähtisch war regelmäßig bedeckt mit Kleidung, aber kaum etwas davon war neu gemacht. Die Sachen kamen aus anderen Stuben. Sie hatten Löcher, lose Fäden, Risse. Ein Kunde nach dem anderen blieb weg, nur einmal die Woche, höchstens, kam jemand, der ein neues Kleidungsstück in Auftrag gab. Sie stopften und besserten aus. Die Mutter hatte wieder, wie früher, Fertigware von den Konfektionisten am Hausvogteiplatz angenommen. Immerhin konnte Otto ihr an den Nachmittagen helfen. Es war anders als zuvor. Warum die Kunden nicht mehr kamen, darüber sprach er mit der Mutter kaum. Die Zeiten seien allgemein schwieriger geworden, sagte sie, aber Otto konnte das nicht finden. Wenn er sich umsah, in der neuen Schule, bei seinen Mitschülern in der Lindenstraße, in den Läden der Friedrichstadt rund um den Gendarmenmarkt – für die anderen war es nicht schwieriger geworden. Kleider kauften die Leute mehr als zuvor. Sie schauten nicht sorgenvoll drein, gingen kaum gebückt. Aber es gab etwas, das komisch war. Dinge verschwanden. Menschen verschwanden. Langsam verschwanden sie. Vielleicht meinte die Mutter das mit den «schwierigen Zeiten».

Die Zeiten wurden nicht schwieriger im Allgemeinen, sie wurden nur schwieriger für Mäntel Rettig. Ein bestimmter Schnitt, der Stil, die Linien, die Eleganz verschwand. In ihre Schaufenster legten die anderen Schneider mit einem Mal klobige Röcke, aus Stoffen, die wie Gardinen ausschauten, oder verwaschene Betttücher. Mit Blümchen und Rüschen und bauchigem, weitem Schnitt, in den immergleichen Grundfarben, wie beim Dorfauftrieb in der Lausitz. Für die Männer sollten es fette Ulster-Mäntel sein in der Art von Regentonnen und in Farben, gegen die selbst die ausgelutschten und verblichenen Töne des Mauerwerks an den Mietskasernen der Luisenstadt wie ein Regenbogen wirkten. Alberne Reithosen trug man jetzt, nicht nur die SA. Bundhosen, die zum Wandern gut waren, aber in der Stadt höchstens, um einen Scherz zu machen. Oder man nahm gleich den Trachtenjanker und die grüne Filzjoppe. Die Frauen knoteten sich Zöpfe wie aus Teig und legten lange Schürzen an. Die Männer rasierten die Nacken frei. Was elegant war und gewagt, was glitzerte und schmeichelte und bestach, das verschwand. Das verschwand wie die Menschen, die früher zu Mäntel Rettig gekommen waren.

Otto fand es schauerlich, darüber nachzudenken, warum das alles verschwand. Er redete sich ein, man sei umgezogen. So wie Rettigs eine Zeit aufs Land gegangen waren. Man sei umgezogen, habe den Geschmack geändert.

Es kamen neue Gesetze, die erklärten, wer Jude war, wer zur Hälfte Jude war, wer zu einem Viertel und wer zu einem Achtel. Die Mutter schickte Otto mit unglaublich schweren Taschen und dicken Umschlägen zu Rebbe Kolman in den Tempel. Sie schärfte Otto ein, nicht hineinzusehen, sie nicht zu öffnen. Aber natürlich tat Otto es. In der Tasche waren Konserven und im Umschlag Geld. Einmal in der Woche leerte die Mutter die Scheine aus der Kasse in den Umschlag, viele waren es nicht, und Otto trug die Sachen zu Kolman. Er hatte sein Büro in einem Gebäude, das er «Tempel» nannte und das mit seinen Rundbögen über den Fenstern auch ein wenig wie ein Tempel aussah. Otto nahm stets die U-Bahn, Linie B-II bis Uhlandstraße. Er trug Tasche und Umschlag den Ku'damm hinunter, dann rechts und wieder links, fast bis nach Halensee.

Wenn er bei Kolman schließlich saß, auf einem Stuhl, der mit Leder bezogen war, und im Schrank all die Bücher mit den Buchstaben sah, deren Köpfe in die falsche Richtung schauten, sagte Otto sich stets die drei Buchstaben vor, die Nils ihm beigebracht hatte. Kafschienresch. Lieber Herr Kolman, bitte nehmen Sie die Sachen und richten Sie Nils und Selma einen Gruß von mir aus, Kafschienresch. Kolman sah kurz in die Tasche, schüttelte den Kopf und meinte, nichts in der Tasche sei koscher, nichts sei Kafschienresch, was für die Rettigs aber egal war. Lange könnten sie dort ohnehin nicht bleiben, die Rettigs, wo sie waren.

Kolman fragte Otto, wie es der Mutter gehe, er zog an seinem Anzug, der sehr gut saß und ihm stand, und behauptete, er brauche bald einen neuen, wenn er genug Geld gespart habe. Er kam dann doch nicht mehr zur Anprobe. Otto überlegte, was Kolman damit meinte, dass die Rettigs dort nicht bleiben konnten, aber ihm ging erst später auf, dass er Kolman missverstanden hatte, bei jenen Treffen im Tempel, denn für Otto legten Kolmans Äußerungen nahe, dass die Rettigs bald wieder in die Hofstraße kommen würden, aber tatsächlich meinte Kolman damit das genaue Gegenteil. Als Otto dies verstand, hätte er mit Kolman gerne darüber geredet; aber es kam ihm erst Jahre später in den Sinn, so lange nach jenen Treffen jedenfalls, dass er Kolman nicht mehr danach fragen konnte, denn er war da auch schon lange nicht mehr da.

Auf Kolmans Tisch stand eine kleine Schale mit Sultaninen, auf der ein Deckel ruhte, den man erst abnehmen musste, um eine nehmen zu können. Am Ende jedes Treffens nahm Kolman den Deckel ab und bot Otto Sultaninen an, wobei sich Otto vorkam, als sei er ein kleiner Junge, der sich besonders viel aus Süßigkeiten machte.

Zum Abschied rief Kolman «Schalom», was «Frieden» bedeutete, das wusste Otto. Er antwortete mit dem ersten hebräischen Wort, das er gelernt hatte: «Kafschienresch, Herr Kolman, Kafschienresch.»

Kolmans Lache begleitete Otto noch bis auf die Straße hinaus.

In der U-Bahn fragte sich Otto, zwischen den Leuten, die keine Ahnung hatten, woher er gerade kam und was er dort getan hatte, ob die Sachen, die er Kolman brachte, zu einem Viertel oder einem Achtel oder sogar einem Drittel, nach Hitler-Gesetzgebung, einen Juden aus ihm machten. Oder ob er es schon gar zur Hälfte war, wie Ralf ihm vorgeworfen hatte, weil er die paar hebräischen Wörter beherrschte und Herrn Kolman die Tüten für die Rettigs brachte.

An einem Freitag Ende Oktober, die Tage waren noch kälter und dunkler geworden, wachte Otto davon auf, dass vor dem Fenster geredet wurde. Die Mutter sprach vor dem Laden, sie lag nicht neben ihm im Bett; das dort unten, das war die Mutter, die dort sprach. Otto rollte sich von der Matratze und schlich im Bettanzug zum Fenster. Die Mutter stand so, dass er sie nicht sehen konnte. Vor ihr, auf dem Bürgersteig, stand Alfred. Er redete auf sie ein. Sie solle sich beruhigen. Er wisse nicht, was sie habe. «Nimm's halt hin», sagte Alfred. Nimm's halt hin. Etwas fiel zu Boden. Die Mutter schickte Alfred weg.

Auf der Werkbank hatte die Mutter Sachen ausgebreitet: Stoffe, Jacken, eine Hose. Zerfasert, Nähte aufgetrennt, schmutzig, stinkend. Die Sachen verschwammen vor Ottos Augen zu einem Muster. Otto rieb sich die Augen. Ein Schal war dabei. Auch wenn der halbe Schriftzug fehlte, auch wenn nur noch das «Ka» von «Kattuso» zu sehen war, wusste Otto, wem der Schal gehörte. Otto fand auch die Fliegerjacke mit dem halben Revers. Sie sah aus wie der abgerissene Flügel eines Vogels, der unter die Räuber geraten war. Seidels Gesicht kam Otto in den Sinn. Wie er geschaut hatte, auf der Badstraße, vor Barkowskys Laden für Jünglingsgarderobe. Die geschwollenen Zehen. Otto drehte die Fliegerjacke um. Auf der Rückseite war sie voller Blut.

Jetzt verliert Otto den Faden

Anfang Januar schloss die Mutter den Laden nicht mehr auf. Nur in der Küche war es warm. Tagelang blieb der Vorhang vor dem Fenster. Die Mutter zog ihn nur hoch, um zu lüften oder weil ein Kunde kam, der angekündigt war. Das Glöckchen am Rahmen klingelte nicht, auch die Kasse blieb stumm. Otto trottete verloren durch den kalten Laden, er ließ die Hand durch die Kleider gleiten. Wenn die Mutter in der Nähstube das Licht anknipste, sah sie stets nervös umher, ob ein Geräusch von der Straße kam, als könne da jemand kommen. Und wenn da wirklich jemand war, was selten passierte, dann schloss sie die Tür rasch auf, hielt die Hand am Schlüssel, sperrte schnell wieder zu. Otto hatte aufgehört, nach den Rettigs zu fragen, und die Mutter hatte aufgehört zu sagen, dass sie kommen, sie kommen. Sie kamen nicht.

Alle zwei Wochen packten sie eine Tasche für die Rettigs, und Otto fuhr zu Kolman. Er fuhr U-Bahn, manchmal lief er auch, mit schnellem Schritt, damit ihm warm wurde. In der Stadtmitte sah er, wie Berlin sich veränderte. An den Boulevards, an den Alleen wurde geflaggt wie im alten Rom: gigantische Stoffbahnen mit den Insignien des Herrschers, langer, roter Stoff. Fette, steinerne Adler. Männer mit Gewehren und Säbeln. Im Auto unterm Verdeck fuhren sie umher, die Schwarzhemden und die Ledermäntel. Ihre Kappen ragten steil gen Himmel, die Augen starr. Die Zähne glänzten wie Messer, wenn sie lachten, es blitzten die Abzeichen am Revers. Gleich dort hinten, kurz vor dem Tiergarten, konnte man sie sehen. Dort fuhren sie entlang, dort marschierten sie. Dort gingen sie essen, rauchten Zigaretten, und einer erzählte einen schmutzigen Witz. Sie lachten, hahaha, sie lachten, ihre Uniformen mit Adler, Totenkopf und Hakenkreuz bebten, und nach dem Lachen ertönte drei Mal «Sieg Heil!».

Es war Ende Januar, als ein dünner Mann in der Hofstraße vor der Tür stand und anklopfte, früh am Abend, die Mutter war Ware ausliefern im Konfektionsviertel. Er hörte nicht auf zu klopfen, obwohl Otto es nach Kräften ignorierte. Schließlich ging Otto hin und sah durch die Tür. Otto kreuzte die Arme zu einem X, wie an einem Bahnübergang. Er formte mit dem Mund das Wort «geschlossen». Der dünne Mann machte keine Anstalten zu gehen. Otto hatte den Mann noch nie gesehen, aber er kam ihm bekannt vor. Er trug einen dunklen, eleganten Trenchcoat, darunter einen grobkarierten Anzug, seine Hosenbeine waren ein wenig zu kurz, sodass man die weißen Kniestrümpfe über den glänzenden Halbschuhen sah. Um den Hals lag ihm ein Schal, rot und blau, der schimmerte. Otto öffnete, ließ ihn ein und schloss hinter ihm die Tür. Der dünne Mann streckte Otto die Hand hin. Unter der Nase stand ihm ein Bart, ordentlich in Form getrimmt und fein abstehend wie bei einem Luchs, nur nicht so lang. Runde, kleine Augen, spitze Ohren. Handschuhe und eine Aktentasche aus braunem Leder.

«Kattuso. Du bist Otto?»

«Wie kann ich helfen?»

«Hast du Nachricht von Selma?»

Otto zögerte. Warum fragte der dünne Mann, der sagte, er sei Kattuso, nach Selma? Warum fragte er einzig nach ihr?

Warum nicht nach den anderen Rettigs? Was für eine Nachricht? War das tatsächlich Kattuso? Wusste Kattuso, wann die Rettigs wiederkommen würden?

«Vielleicht können wir auf meine Mutter warten?», schlug Otto vor.

«Na schön.»

Er zeigte Kattuso den Weg in die Küche, kochte ihm Tee, stellte Sultaninen auf den Tisch. Kattuso legte seine Jacke, Schal und Tasche auf die Bank. Er hob die Tasse und trank, der Dampf stieg ihm in die Haare. Seine Barthaare drückten sich um die Teetasse. Er schlürfte.

Otto merkte, wie ein komisches Gefühl in ihm aufstieg. Ja, der dünne Mann war Kattuso, aber Otto wollte nicht mit Kattuso sprechen. Vor allem wollte er nicht mit Kattuso über Selma sprechen. Oder genauer: Er wollte nicht hören, was Kattuso über Selma zu sagen hatte. War das Angst? Es war ein ganz und gar absurdes Gefühl, aber es kroch Otto Millimeter für Millimeter tiefer in den Körper. Tiefer mit jeder Minute, die sie dasaßen. Es hatte mit Selma zu tun. Es kam vom Ohr her und war schon im Hals, das Gefühl.

Kattuso wollte wissen, ob noch Kleider von Selma im Haus waren. Otto zuckte mit den Schultern. Er dachte an die Dinge, die er zum Einschlafen gebraucht hatte. Selmas Dinge. Es war unmöglich, Kattuso die Sachen zu zeigen. Wahrscheinlich rochen sie nach Otto. Wo Selma geschlafen habe, wollte Kattuso wissen. Er wollte es sehen. Dazu hatte er gar kein Recht. Oder doch? Otto zögerte.

«Wir kennen uns gut, glaub mir», sagte Kattuso.

Otto nickte.

Sie gingen in die Mansarde hinauf. Weil es keine Lampe gab, nahm Otto eine Kerze mit. An einer Stange, halb noch im Treppenhaus, hingen Kleider, die Selma nie getragen hatte, die ihr aber gehörten. Kattuso schob sie hin und her, bis er eines herauszog. Ein schwarzes Kleid, zweireihig geknöpft, mit einer Art Cape. Kattuso rieb das Material zwischen den Fingern. Das sei Georgette, sagte er und hielt es Otto hin. Es fühlte sich an wie Krepp. Das Abschlusskleid von der Modeschule, Selmas beste Arbeit, sagte Kattuso. «Kurz bevor sie bei mir angefangen hat.» Es klang, als spreche er über eine Tote. Oder über ein früheres Leben von Selma. Jedenfalls über eine Selma, die Otto nicht kannte, von der er nichts wusste. Eine andere Selma. War das möglich?

Kattuso sah sich in der Mansarde um. Als er eine Kommode öffnen wollte, in der Selma Unterwäsche aufhob, schaute Otto ihn erschrocken an. Kattuso ließ es bleiben. Womöglich wäre ihm aufgefallen, dass Otto sich bedient hatte?

Mit dem Kreppkleid über dem Arm gab Kattuso sich zufrieden. Als sie wieder in der Küche saßen, faltete er das Kleid, strich es glatt und lächelte Otto an. Kattuso strich sich über den Luchsbart.

«Ich nehme das Kleid mit. Ich gebe es ihr zurück, wenn sie nach Paris gekommen ist. Dort kann sie es tragen.»

Nach ... Paris ... gekommen.

Nach Paris?

Rettigs kommen nach Paris?

Selma kommt nach Paris?

Kattusos Worte stachen Otto in die Brust wie kleine Nadeln. Er wollte ihm das Kleid aus der Hand nehmen und sagen, dass Selma nicht nach Paris komme, ob er das Kleid nun mitnehme oder nicht. Ob er einen Luchsbart trage oder nicht. Dass das nicht in Frage komme. Dass er Selma vielleicht aus einem anderen Leben kenne, aber nicht aus diesem. Dass er gar nicht wisse, wer Selma sei.

Er sah Selma an der Hütte in Müllrose lehnen, mit der Zigarette in der Hand, dort im Hintergrund, und Nils direkt vor ihm auf dem Weg im hohen Gras. Der Meister dazwischen. Kattuso war da nicht zu sehen, sondern weit, weit hinter dem See, hinter den Bäumen, weit weg, unter der Glocke aus Staub und Licht, dahinten, wo Berlin lag.

Otto sah die Wände an, weil er sich fragte, hinter welcher der Wände es nach Müllrose ging, welche Himmelsrichtung, wer Selma also in diesem Moment näher war, Kattuso oder er. Wessen Linie direkt zu ihr führte. Zwei Punkte sind eine Linie, und mit der dritten kommt das Verhältnis dazu. Wer war näher dran? Wer hatte den kürzeren Weg zu Selma?

Er wollte Kattuso fragen, wo er in all den Monaten gewesen sei, wenn nicht hier. Warum er so lange gebraucht habe, um den Weg in die Hofstraße zu finden. Warum er jetzt auf einmal auftauche. Warum er so tue, als sei Selma mit ihm verheiratet. Er erinnerte sich an das Gespräch zwischen Selma und ihrem Vater. Dass Kattuso gefragt hatte, ob er sie heiraten könne. Dass sie nein gesagt hatte. Dass das wahrscheinlich die falsche Antwort gewesen war.

Otto musste Kattuso sagen, wie es gewesen war in Müllrose. Er sollte es wissen. Am letzten Abend, als es Wein gab und Fisch und Brot. Und an den Tagen davor. Nur wusste Otto selbst nicht so genau, was da gewesen war. Oder eher: wie man es verstehen sollte. Er sah Selma in ihrem violetten Hemd auf dem Bett von Nils liegen, nebenan, gar nicht weit. Er sah sie in der Nacht ihren Bruder an sich drücken, auf dem gleichen Bett, nebenan, gar nicht weit. Er sah sie in ihrem Badeanzug, der ihr halb die Schulter heruntergerutscht war, mit diesem Blick, den Otto bis heute nicht verstand, unten, im Laden. Er sah sie in der in Hütte, und er sah seine Wunden, und er sah ihren Mund und ihre Bluse, die vorne aufgeknöpft war. Er sah ihren glatten, weißen Rücken, ihre Schulterblätter und den Nacken. Ihr Duft stieg ihm in die Nase. Ihr Geruch ... all das wollte Otto dem dünnen Herrn Kattuso in diesem Moment sagen, am besten alles auf einmal. Dann würde er verstehen, wie es sich verhielt. Dann würde er nicht diese Dinge sagen. Dann würde er das Kleid liegenlassen, gehen und alleine ins Ausland fahren. Alles wollte Otto ihm erklären. Aber aus seinem Mund kam nur ein Wort:

«Paris?»

«Wir müssen doch zusammenhalten», sagte Kattuso. «Es sind schwierige Zeiten.»

«Warum wollen Sie nach Paris?»

«Ich kann hier nicht bleiben. Wir können hier nicht bleiben. Das solltest du wissen. Sie bringen uns um.»

Otto wurde der Mund trocken, die Zunge klebte am Gaumen. Auf dem Schoß des Mannes lag immer noch Selmas Kleid. Er sah Kattusos Augen nicht, weil sie hinter einem Schatten verschwanden, den die starken Knochen und die haarigen Brauen warfen. Sicher waren seine Augen braun.

Als die Mutter nach Hause kam, ging Kattuso ihr auf der Treppe entgegen. Seine Halbschuhe klackerten auf den Stufen. Otto hörte, wie er sie begrüßte, und er hörte, wie seine Mutter lächelte. Man konnte an ihrer Stimme hören, dass sie lächelte. Otto wollte das Kreppkleid nehmen, das Kattuso auf der Küchenbank liegengelassen hatte, und es verstecken. Er hatte die Hand schon ausgestreckt. Aber sein Blick fiel auf Kattusos Schal und das Etikett: «Kattuso – 1913». Kattusos feinste Konfektion, die es nicht mehr gab. Weder in der Badstraße noch in der Kaiserallee oder anderswo. Kattusos Konfektion, die man beschmiert hatte mit Sternen und

Drohungen, wie den Laden in der Badstraße. Aber Kattuso hatte die Polizei gerufen. Jude Kattuso. Elieser Kattuso, auf nach Jerusalem. Sie bringen uns um, hatte er gesagt. Elieser Dreifuss Kattuso, auf nach Paris. Sie kamen die Treppe hoch.

Wieder das Klackern der Schuhe, jetzt auch von der Mutter. Otto griff nach dem Kreppkleid und drückte die Nase hinein. Es roch kein bisschen nach Selma.

Mitte Februar stand Elieser Kattuso noch einmal vor der Tür. Die Mutter öffnete ihm. Er sah noch dünner aus als beim ersten Mal, seine Augen waren müde. Er sprach nicht viel, gab nur ein paar Höflichkeiten von sich. Er legte seine Ledertasche auf den Tresen und zog etwas in der Form eines Buches heraus. Ein Buch aus Stoff. Ein Buch in einer Stofftasche, einer Art Hülle. Otto saß still auf einem Stuhl in der Nähstube und trennte eine alte Jacke auf. Er sah hinüber. Kattuso legte der Mutter das Stoffbuch in die Hand; er drückte es ihr förmlich an die Brust. Er bat sie, es zu Selma zu bringen.

«Warum machen Sie das nicht selbst?»

«Ich kann nicht. Ich werde gesucht. Man hat mich schon drei Mal mitgenommen.»

Kattuso zog seinen Hemdkragen ein Stück zur Seite. Er zeigte der Mutter seinen Hals. Sie verstand es erst nicht, aber dann fiel ihr Blick auf seine Kehle. Otto sah es auch, nur flüchtig, aber doch so, dass er sofort die Augen schließen musste. Kattuso hatte tiefrote Schlieren am Hals, als habe man ihn aufgeknüpft. Als habe man ihm Ketten um den Hals gelegt. Über dem Schlüsselbein war alles rot. Otto sah in diesem Moment nur den Hals, aber nicht die Scham, die in Kattusos Blick lag. Als die Mutter es sah, musste sie die Hand vor den Mund legen. Der Schrecken zog wie eine

Welle durch ihren Körper, von den Schultern das Rückgrat hinunter bis in die Beine.

Die Mutter fasste nach Kattusos Arm, eine Minute ließ er es zu, länger nicht, dann wandte er sich ab. Er griff nach der Tasche, und die Hand der Mutter blieb in der Luft hängen.

«Was hat man mit Ihnen gemacht? Warum?», fragte die Mutter. Kattuso sagte, er wisse es nicht. Er wisse aber, dass sie wiederkommen würden. Darum müsse er weg. Damit sie ihn nicht fänden, nicht in der Kaiserstraße und auch in keinem der anderen Geschäfte. Er werde nie wieder dorthin gehen.

«Aber ... wo kann ich Sie erreichen?»

«Gar nicht.»

«Wenn es sein muss?»

«Es muss nicht sein.»

«Wenn Selma kommt?»

«Geben Sie ihr das Buch. Sie wird wissen, was zu tun ist. Adieu.»

Das Buch, das in eine Stoffhülle gewickelt war, legte die Mutter auf ihren Nachttisch. Ein ums andere Mal, wenn sie das Haus verlassen hatte, stand Otto vor dem Nachttisch, auf dem es lag, eine Art Täschchen aus Leinen, kaum größer als eine Hand. Er rang mit sich. Es ging ihn nichts an. Aber gab es die Möglichkeit, dass dieses Stück Stoff und was es verbarg, die Kraft hatte, Selma weit, weit fortzubringen? So weit, dass er sie nie wiedersehen würde? Welches Geheimnis verbarg es? Einen neuen Pass? Eine Landkarte? Fahrkarten? Für ein Flugzeug? Er könnte es einfach nehmen und hineinsehen und dann immer noch entscheiden, was zu tun sei. Wieder und wieder stand Otto vor dem Nachttisch.

Als das Buch Mitte März immer noch dort lag, unangetastet, nahm Otto es sich. Auf der Rückseite war der Stoff mit einem Faden vernäht, sodass man es nicht öffnen konnte, ohne ihn zu zerreißen. Otto ging in die Nähstube und zog mit einer Pinzette den Faden heraus. Er sah ängstlich zur Ladentür, die stand still. Er zog das Buch aus der Tasche. Es war klein, recht dick und hatte einen Einband aus rotem Leder. Auf dem Rücken stand in einzelnen, wackeligen, aber goldenen Lettern:

Sionstoner

Die Seiten waren hauchdünn, sodass man aus Versehen immer mehrere umblätterte. Es war ein christliches Liederbuch, in einer Sprache, die Otto nicht zuordnen konnte. Bis er entdeckte, dass das Buch an einem Ort namens «Uppsala» erschienen war. Uppsala lag in Schweden, das wusste jeder Schüler, der ein wenig aufpasste, denn nach keiner Stadt fragten die Lehrer lieber, wenn sie die Karte von Europa vor der Tafel entrollten: Erster Schüler – wo ist Ulm? Zweiter Schüler – Olympia? Dritter Schüler – Uppsala? Uppsala, eine Stadt, was für ein Name, haha. Ein Buch aus Uppsala.

Otto blätterte, aber es schien nichts darin zu liegen oder zu stecken. Otto suchte das Inhaltsverzeichnis, war es vorne, war es hinten? Sein Finger glitt durch die hauchdünnen Seiten. Seine Gedanken wanderten zu Kattuso, der gesagt hatte, Selma wisse, was zu tun sei, wenn sie das Buch habe. Der Selma nach Paris mitnehmen würde und ihr das Kreppkleid anziehen. Dann blieb eine Seite am Finger hängen. Otto las auf dem Seitenkopf: «Pilgrim – och hemland ssånger», Nr. 743, 744, 745. Was immer das bedeuten mochte. Lieder. Irgendwelche Lieder. Kein Zettel, kein Brief, keine Karte. Kein Paris. Es stand zwar kein Text auf der Seite, aber sie hatte verräterische Wellen. Ein Stift musste auf sie durchgedrückt haben. Otto blätterte zurück: Lied 736, 737. Die

Seiten dazwischen klebten zusammen. Er versuchte sie zu öffnen, dabei rissen sie sofort aus dem Buchrücken. Er hatte die Seiten in der Hand und bekam ein schlechtes Gefühl im Bauch. Langsam legte er sie vor sich auf den Tisch. Mit Bleistift war jeder Flecken, auf dem keine Worte oder Noten gedruckt waren, auf den Seiten vollgeschrieben. Otto las sie im Licht der Arbeitslampe.

Liebe Selma. Ich hätte Dich nicht drängen dürfen. Nun flehe ich: Komm mit mir. Keiner kann bleiben. Es ist organisiert. Ich warte. Eli

Otto las den Text ein zweites Mal. Er warf auch einen Blick auf das Lied, um das er gekritzelt war: «Härlig är jorden». Otto verstand kein Wort. Lied 741 – Härlig är jorden. Ottos Hände begannen zu zittern. Vorsichtig steckte er die Seiten zurück ins Buch und das Buch in die Tasche. Er ging ins Schlafzimmer und legte sie zurück auf den Nachttisch. Nur den Faden vergaß er wieder anzunähen.

Etwas später wanderte die Buchtasche in einen Beutel mit Konserven, den Otto Mitte April zu Herrn Kolman brachte. Auf dem Kurfürstendamm sah Otto im Kino ein Plakat für einen Film von Maria Voss. Sie trug da ein rotes Kleid. Hinter ihr war ein dunkler Fluss zu sehen, der Schatten eines riesigen Mannes, Maria stemmte sich gegen das Ruder eines Bootes. Dass ihr Kleid rot war, lag am Kinoplakat, denn das echte Kleid war nicht rot. Der Film hieß «Ferge Irma» und lief bereits seit einigen Wochen.

Als Otto Kolmans Tempel betrat, kamen ihm zwei Männer in langen Ledermänteln entgegen, ihre Lippen starr wie Striche. Kolman stand im Flur. Er blickte den Männern hinterher. Zitterte Kolman? Er nahm Otto in den Arm. Das hatte er noch nie gemacht. Ottos Kopf landete auf Kolmans Kehlkopf. Er schwitzte. Sein Körper bebte. Er roch von der Brust her. Otto wusste nicht recht, wohin mit seinen Armen und dem Beutel. Kolman entließ ihn aus der Umarmung, nahm den Beutel, sah hinein, zog die Stofftasche mit dem Buch hervor und fragte Otto, was das sei. Otto brachte kaum ein Wort heraus. Er sah sich um. Vor der Tür standen die Männer mit den langen Mänteln. Sie rauchten. Kolman drehte das Buch mit der Tasche in seiner Hand. Er hielt es schräg. Er schüttelte den Kopf. Er öffnete die Stofftasche, sah sich das Buch an, steckte es zurück.

«Hast du eine Jackentasche?», fragte Kolman.

Otto nickte.

«Zeig mal.»

Otto öffnete seine Jacke und zog mit einem Finger den Saum nach vorne. Kolman steckte das Buch hinein.

«Das ist ja deins», sagte er, «das hast du wohl vergessen.»

Backsteinarchiv

Es dauerte eine ganze Weile, bis Rieke die Adresse auf dem Stadtplan gefunden hatte. Sie konnte sich nicht erinnern, jemals in diesem Teil von Berlin gewesen zu sein. Am Flughafen Tegel, sicher – und ein Mal vielleicht am Tegeler See. Aber sonst erschien ihr die Gegend wie ein weißer Fleck auf der inneren Landkarte.

Gegen Mittag nahm sie an der Yorckstraße eine S-Bahn, fuhr eine halbe Stunde und wechselte noch in einen Bus. Ihre Haltestelle hätte sie fast übersehen, außer ihr verließ nur eine ältere Dame mit Dauerwelle und einem Dackel den Bus. Als er abfuhr, sah Rieke die sehr lange, sehr gerade Straße hinunter. Dicke Eichen und Linden wuchsen auf dem breiten Streifen zwischen Bürgersteig und Fahrbahn. Auf der linken Seite der Straße zog sich ein roter Backsteinbau in mehreren Blöcken zweihundert Meter weit entlang. Ringsum war er eingefasst von einer Mauer aus dem gleichen Backstein.

Schräg gegenüber der Haltestelle lag das Portal. Der Bau hatte drei Stockwerke, darauf saß ein spitzes Dach, das mit roten Ziegeln gedeckt war. An einigen Stellen schauten Gauben heraus. Die Blöcke endeten in angedeuteten Türmen. Das Ensemble wirkte wie eine Burg, wobei es sicher mal eine Fabrik gewesen war oder Lagerhäuser. In den Fensternischen im Erdgeschoss glänzte Metall, dazwischen spiegelte sich die Sonne in geputzten Scheiben, eingefasst von weißen Rahmen. Rieke ging über die Straße und durch das Portal. Zum Hauptgebäude führte eine schmucklose Auffahrt. Riekes Schritte wurden schwer. Auf einem Schild stand «Landesarchiv».

Die Frau am Schalter, sie hieß Frau Hecht, legte Rieke einen Zettel hin, in den sie ihren Namen eintrug, ihre Adresse und wonach sie suchte. Frau Hecht wollte außerdem ihren Ausweis sehen und verglich ihn mit dem Zettel.

Durch eine Glaswand konnte Rieke in einen großen Saal schauen, in dem hintereinander mindestens zehn graue Tischreihen mit kleinen Lämpchen standen. Menschen saßen daran, mit Brille und ohne, Männer, Frauen, Gruppen, Paare. Vor ihnen kleine und große Stapel mit Akten. Einige Wälzer sahen schon aus der Entfernung so aus, als würden sie nach Staub und Schimmel riechen, andere lagen flach in farbigen DIN-A4-Heftordnern auf dem Tisch. Ein paar Leute trugen Handschuhe aus Baumwolle. Sie blätterten die Seiten mit geheimnisvollen Bewegungen um. An einem Tisch auf einem Podest saß ein kleiner Mann mit einer rundglasigen Brille und übersah das Geschehen. Hin und wieder holte er neue Akten von einem Rollwagen, der von der Seite hereingeschoben wurde.

Rieke schaute mit schnellem Blick von einer Reihe zur anderen – kein Lior. Den Raum begrenzte eine wuchtige Regalwand mit allerlei Büchern. Gleich am ersten Tisch hielt eine Frau mit einem Zopf eine Digitalkamera im rechten Winkel vor sich über den Tisch. Alte, handgeschriebene Akten lagen überall vor ihr verteilt. Sie knipste eine Seite nach der anderen.

Frau Hecht führte Rieke in ein Zimmer ohne Fenster, in dem auf einem Tisch Bildschirme standen, davor Tastaturen.

«Aktenaushebung erfolgt jeden Tag um elf Uhr am Vormittag und um fünfzehn Uhr am Nachmittag. Bestellungen für den gleichen Tag müssen bis spätestens zwölf Uhr erfolgen. Kopien lassen Sie von unserem Reproduktionsdienst anfertigen, dafür liegen am Aufsichtstisch im Lesesaal die entsprechenden Formulare bereit.»

Rieke zog den Zettel von Doktor Just aus der Tasche: «Zu welchen Akten gehören diese Nummern?»

Frau Hecht nahm den Ausdruck und studierte ihn. «Haus der Wannsee-Konferenz?», fragte sie.

Rieke nickte.

Frau Hecht las ein zweites Mal. «Mäntel Rettig, feine Herren und Damen-Moden. Ich ...», begann sie, sah Richtung Decke, brach den Satz ab. Sie klickte auf dem Bildschirm herum, zeigte Rieke die Stelle, an der sie ihre Suche eingeben musste. «Das sind Akten aus der Handelskammer und vom Amtsgericht.»

Rieke tippte, der Computer unter dem Tisch arbeitete, bald zeigte der Bildschirm eine Handvoll Zeilen mit Namen, Begriffen, Jahreszahlen und allerlei Nummern, Buchstaben, Zeichen. Frau Hecht deutete auf eine Zeile: «Das hier ist die Hauptakte zu Ihrem Betrieb, ein Schneiderladen.» Frau Hecht klickte zwei Mal. Sie sah Rieke an. «Gerade in Benutzung.»

«Jetzt gerade?»

«Ein Benutzer hat sie bestellt und zur Durchsicht zurücklegen lassen. Soweit ich sehe, ist der Benutzer gerade nicht da.»

«Wie heißt denn der Benutzer?»

«Das steht hier nicht, und das darf ich Ihnen auch nicht sagen.»

«Und wenn ich Sie frage», sagte Rieke, «ob der Benutzer Lior Atzmon heißt?»

«Dann darf ich Ihnen trotzdem nicht antworten. Soll ich die Akte vormerken?»

«Sagen Sie mir doch, wie man sich bestellte Akten zur Benutzung zurücklegen lässt», sagte Rieke, ein wenig stolz, dass sie schon einen kompletten Satz in Archivdeutsch bilden konnte.

«Man legt sie zur weiteren Benutzung auf den großen Tisch neben der Aufsicht im Lesesaal, mit einem Zettel, auf dem Signatur und Benutzernummer stehen.» Frau Hecht zeigte mit einem Finger zur Tür, die in den Lesesaal führte, als sei damit alles klar. «Darf ich Ihnen die Akte nun vormerken?»

Rieke nickte, Frau Hecht ging.

Rieke schrieb sich die Signatur der «Hauptakte Rettig» vom Bildschirm ab, in großen Lettern auf einen kleinen Zettel. Sie ging in den Lesesaal und trat zu den Akten, die auf dem großen Tisch neben der Aufsicht gestapelt waren.

Die «Hauptakte Rettig» lag ganz oben rechts. Rieke spürte, wie ihr Herz pochte, als sie die richtige Zahlenkombination vor sich sah. Sie kontrollierte es nicht noch einmal, das wäre aufgefallen. Stattdessen griff sie nach der Akte, als sei es ihre, und ging zum nächsten freien Tisch.

Auf dem Deckel stand in Handschrift: «Abraham Rettig, Schneidermeister». Darunter: «Auch: Adam Rettig, Mäntel Rettig». Am oberen Rand war ein Name eingetragen, unter «Benutzer»: *Lior Atzmon*. Das Datum war von gestern. Rieke blätterte die Akte auf.

Eine ins Papier vorgedruckte Tabelle strukturierte die Seiten sowie die schwingenden, weit ausholenden Bögen der Handschrift eines Beamten aus dem Kaiserreich, der sicher nicht mehr lebte.

Zuerst kam die Adresse: Hofstraße 15. Zahlen sah Rieke,

Jahreszahlen: September 1909, Juni 1915, August 1921. Sie blätterte weiter. Es ging um Änderungen im Handelsregister und beim Amtsgericht. Prokuristen wurden bestellt und wieder entpflichtet. Auf einer Seite gab es eine Art Fragebogen über Größe und Umsatz. Die Jahreszahlen wanderten: 1922, 1924, 1925.

Adam Rettig übernimmt den Laden im Sommer 1925 von seinem Vater Abraham. Beim Handelsregister beantragen sie die Änderung des Namens in «Mäntel Rettig – feine Herren- und Damen-Moden». Am ersten September wird die Änderung genehmigt. Rieke blätterte weiter. Frau Regine Rettig wird als Prokuristin ins Register aufgenommen. Die zwanziger Jahre vergehen, der Laden wird erweitert, die Bilanzsumme immer wieder neu ausgewiesen. 1928, 1929, 1930. Ihr Atem wurde flacher. 1931, 1932 ... 1933.

Auf der neuen Seite war das Erste, worauf Riekes Blick fiel: ein Stempel mit Adler und Hakenkreuz. Im Herbst 1933 scheidet Frau Regine Rettig als Prokuristin aus dem Register aus. «Die betreffende Person ist verstorben», schreibt Adam Rettig auf einem Kärtchen, das er beim Amtsgericht ausgefüllt haben musste. Dabei lag ein Begleitschreiben einer Person, die Rettigs Anwalt zu sein schien, ein Jurist mit dem Namen Johan Siller. Herr Siller bekräftigt die Angaben von Adam Rettig. Er schreibt auf einem feinen Briefbogen mit einem Wappen im Kopf der Seite. Obendrauf eine Krone. Am Ende der Seite steht: «Die Änderung ist rechtmäßig wie in Begründung angeführt. Berlin, den 3. Oktober 1933. Amtsgericht Berlin (Gerichtstraße), Abt. 551, gez. Gottschlich, Amtsgerichtsrat».

1934 wird Adam Rettig dazu aufgefordert, die Größe seines Betriebes mitzuteilen und wie viele Beschäftigte er hat. Außerdem äußert ein neuer Gerichtsrat namens «A. Groschuff», dass er «einige Zweifel an der im Fragebogen ausgewiesenen Bilanzsumme» hege, die er «dem Finanzamt umgehend mitteilen» werde.

Im März 1934 fordert «Amtsrat A. Groschuff» den «Betrieb Adam Rettig» dazu auf, seinen Namen, sein Briefpapier, seine Ladenfront und alles, was den Laden betrifft, eindeutig in solcher Art zu gestalten, dass zu erkennen sei, dass es sich «um einen jüdischen Betrieb handelt».

Adam Rettig lässt durch seinen Anwalt Siller protestieren: wieder ein wohlformuliertes Schreiben auf edlem Papier, mit Wappen. In seiner Erwiderung schreibt Amtsrat A. Groschuff jedoch, es sei «die Annahme gerechtfertigt, dass die Firma ‹Mäntel Rettig› ihren Namen lediglich in der Absicht gewählt hat, um an die Stelle des jüdisch klingenden Namens ‹Adam Rettig› einen neutralen Titel für das Geschäft zu setzen und den falschen Eindruck einer nicht jüdischen Firma hervorzurufen». Ein solches Verhalten verstoße nach der jetzt geläuterten Verkehrsauffassung gegen die guten Sitten. Es sei bezweckt, bei den Volksgenossen, die geschäftlichen Verkehr mit Juden ablehnten, unter Ausnutzung ihrer Unkenntnis Kunden zu gewinnen. Daraus folge, dass die Erlaubnis zur Namensänderung aus dem Jahr 1925 nunmehr gemäß Paragraph 138 BGB nichtig sei. Im Übrigen, schreibt Amtsgerichtsrat A. Groschuff weiter, sei es «selbstverständlich, dass das Registergericht im vorliegenden Falle, wo eine jüdische Firma durch die Führung eines neutral klingenden Namens getarnt wird, um die jüdische Abstammung des Besitzes zu tarnen, von seinen Möglichkeiten, ein solches Verhalten zu unterbinden, im öffentlichen Interesse Gebrauch machen muss».

Groschuff grüßt: «Heil Hitler!»

Mit jedem Wort, das Rieke las, öffnete sich ihr Mund

ein Stück mehr, was sie erst merkte, als sie ihre trockenen Lippen aneinanderreiben wollte. Sie musste einen Moment innehalten und die Worte ein zweites Mal lesen. Den deutschen Bürokratenstaub wegpusten. Dann wurde klar, was Herr Groschuff wollte: Es ging ihm nicht ums Gesetz oder die Ordnung. Er wollte Adam Rettig und seinem Geschäft schaden. Es mit einem gelben Stern bekleben, ausgrenzen, vernichten. Rieke blätterte weiter.

Adam Rettig widerspricht der Aufforderung mit der Begründung, sein Betrieb sei nach seiner Familie benannt, was auch nach der «neuen Sicht auf Sitten und Geschäftsverkehr» ausreichen müsse. Er beantragt im Frühjahr 1934, eine Frau namens «Rita Kartberg» als Prokuristin eintragen zu lassen. Amtsgerichtsrat A. Groschuff droht damit, ein Löschungsverfahren einzuleiten, bestätigt aber die Aufnahme von Rita Kartberg, Vollarier, als Prokuristin. Im Sommer 1934 beantragt Adam Rettig, den Betrieb vollständig auf die Prokuristin zu überschreiben. Er scheidet als Besitzer und Gesellschafter aus. Amtsgerichtsrat A. Groschuff trägt in der Handelsregisterakte ein, der Betrieb könne nun, nach Prüfung, als «arisiert» gelten.

Rieke musste durchpusten.

Sie sah auf die Uhr. Seit einer Stunde las sie in der Akte. Keine Bilder waren darin, keine Fotos, nur Text, Handschrift, Schreibmaschine, die Akte roch streng. Aber das, was hier stand, war wirklich passiert. Ihr Herz schlug schnell. Sie wollte es jemandem erzählen. Man musste den Leuten doch erzählen, was in dieser Akte stand.

Kurz nach der Machtergreifung der Nazis, überlegte sie, war Adam Rettigs Frau, Liors Uroma, gestorben. So musste es sein. Liors Uroma, Liors Uropa. Ein echter Amtsgerichtsrat namens A. Groschuff schrieb diese Briefe an Adam Rettig, machte ihm aus lächerlichen Gründen das Leben zur Hölle, aus Niedertracht, aus purem Hass, der hier die Sprache der kaiserlichen Bürokratie sprach. Adam Rettig hatte sich den Kopf zerbrochen, wie es weitergehen sollte. Erst hatte er eine Prokuristin aufgenommen und ihr den Betrieb schließlich überschrieben. Freiwillig? Unfreiwillig? Hatte sie ihn gedrängt?

Im Frühjahr 1939 wird der Betrieb an Rita Kartbergs Sohn übertragen, so stand es in der Akte. Otto Kartberg ist minderjährig und wird vertreten durch seinen Vormund Alfons Krach. Das Übertragungsdokument trägt drei Unterschriften: die von Alfons Krach, von Otto Kartberg und von einem Beamten, Rechtspfleger. Darunter ein Stempel mit Adler und Hakenkreuz, «Heil Hitler!».

Damit endete die Akte.

Einige Minuten saß Rieke still da. Sie starrte auf den Stempel. Sie dachte über die Namen nach. Otto Kartberg? Alfons Krach? Johan Siller? Über die Tischreihe, an den kleinen Lämpchen vorbei, schaute Rieke aus dem Fenster. Leute gingen nach Hause, den Kopf gesenkt, den Blick auf den Steinen der Auffahrt. Die Backsteinwand schimmerte in der Nachmittagssonne. Rieke sah sich im Lesesaal um. In der ersten Reihe stand die Frau mit Zopf und Digitalkamera. Sie knipste: Foto, umblättern, Foto. Im Vorraum begrüßte Frau Hecht den nächsten Gast.

Rieke nahm sich einen Zettel. Sie schrieb die neuen Namen, ein paar Daten, die Adresse von «Mäntel Rettig» auf: Hofstraße 15. Sie klappte die Akte zu und trug sie zurück. Sie ließ den Ordner unauffällig auf den Wagen zurückgleiten. Die Frau mit Zopf, die ihre Seiten abknipste, beobachtete sie dabei. Huschte ihr ein Lächeln über die Lippen? Rieke ging zu ihr.

«Ich ...»

«Habe nichts gesehen», sagte die Frau.

Rieke schaute auf ihren Tisch. Die Bände sahen alt aus, sehr alt. Sie rochen schon aus der Entfernung modrig. Vergilbte Seiten, auf denen ein Mensch enge Reihen mit einer Schrift vollgeschrieben hatte, die kaum zu entziffern war.

Rieke ging in den Computerraum. Sie setzte sich vor einen Bildschirm. Sie tippte in die Suchmaske: Hofstraße 15. Zwei, drei Einträge erschienen, aber nur einer wirkte vielversprechend. Rieke klickte auf «bestellen». Sie trug ihre Daten ein und sah auf die Uhr: kurz nach drei. An diesem Tag zu spät für die «Aushebung».

«Jallah, bo», schrieb Uri in der Nachricht, mit der er Rieke auf ihre Frage nach Lior antwortete, und: «Ich glaube, dass Liors ist in Israel.» Rieke ließ die Tür des Landesarchivs hinter sich ins Schloss fallen und ging zur Bushaltestelle.

«Ich glaube dir kein Wort», schrieb sie zurück.

«Jallah, bo», sagte Uri, als sie sich später am Tag in einem Café am Oranienplatz trafen. An der Wand hingen Fotos, sie zeigten den Ort, wie er vor siebzig Jahren ausgesehen haben musste: ein unwahrscheinlich langer Tresen, der aus Glas war. Kellnerinnen in schwarzen Schürzen mit weißem Rüschenkragen. Prächtige Torten, Pralinen und Gebäck. Jetzt standen vor Rieke und Uri auf dem Tisch zwei Tassen in unterschiedlichen Farben, in denen Kakao war, und ein Tellerchen in einer dritten Farbe, auf dem Bienenstich lag, den Uri in Rekordgeschwindigkeit verdrückte. Rieke war in dem Café noch nie gewesen. Uri hatte es vorgeschlagen, weil Lior gerne hierherkam.

«Jallah, bo!», rief Uri wieder, als Rieke sich zu Hause im Bad den Lidstrich nachzog. Sie zog den Bauch ein und quetschte sich in das engste Röckchen, das sie hatte. Sie schnallte sich um die Hüfte einen absurd breiten Ledergürtel, den sie ausnahmsweise aus dem Schrank ihrer Mutter genommen hatte. Ebenfalls ausnahmsweise zog Rieke obenrum die Unterwäsche an, die ihren Busen ein Stück nach oben schob.

Sie nahmen ein Taxi, und Rieke schlug vor, zum *Klub* zu fahren, aber Uri hatte etwas anderes vor. Er trommelte mit den Handflächen auf seinen Oberschenkeln. Es klatschte, weil er eine enge, glatte Lederhose trug. Sie glänzte stumpf im Licht der tiefstehenden Sonne.

Ihr Wagen rollte eine lange, öde Straße in einem Industriegebiet hinunter, bis Uri vor einem Grundstück, das völlig von Büschen überwuchert war, den Taxifahrer bat anzuhalten. In einem der Büsche, die fast bis auf die Straße wuchsen, hing ein kleines Schild: «Moogfeld». Daneben öffnete sich im Grün eine Gasse, an deren Ende man aber nur den nächsten Busch sah.

Uri ging voran. Hinter den Büschen öffnete sich eine Wiese, Gläser mit Teelichtern hingen an den Zweigen kleiner Apfelbäume, im Boden steckten Fackeln. Auf einer Schaukel schwangen zwei Frauen, eine Gruppe Männer stand daneben und schaute ihnen zu. Ein runder Tresen mit Holzdach an der Seite, verkleidet mit Bambusstäben, daneben eine Palme mit Hängematte. Quer über der Wiese, von Baum zu Baum, vom Tresen zur Schaukel, und überhaupt überall: Lampions, Lichter, in allen Farben, die es so gab. Im Gras lagen junge Leute, sie knieten, hockten, weiter hinten knisterte ein Lagerfeuer. Jemand hatte eine Gitarre und sang ein Lied über einen Michael, der den Farbfilm vergessen hatte. Seine Zuhörer klatschten den Takt dazu, jemand schrie lauthals und ausgesprochen schrill: «Alles blau und weiß und grün und später nicht mehr wahr!»

Die Wiese endete an einem Steg über der Spree. Gegenüber, von der untergehenden Sonne beschienen, rauschte die S-Bahn Richtung Osten. Über dem Fernsehturm am Alex stand ein Fesselballon in der Luft. Am Ufer wogten kleine Schiffchen im Wasser, auch sie geschmückt mit Lampions, Lichtern, kleinen Fackeln. Der Steg mündete in ein Gebäude, das halb über den Fluss ragte. Eine Außentreppe aus Metall führte in den ersten Stock.

Als Rieke durch die Türöffnung schritt, wanderte ihr Blick gleich hoch zur Decke, an der ein Lichterspiel aus Schatten und Mustern zuckte. Ein eigentümliches Gluckern erfüllte den Raum. Erst im zweiten Moment sah sie, dass sie in einem Bootshaus standen. In seiner Mitte war ein alter Spreedampfer vertäut, gemütlich schunkelte er hin und her. Auf der Längsseite des Bootshauses lockte eine endlos lange Bar mit hohen, runden Stühlen; ein Typ mit Dreadlocks mischte gerade einen Drink. Aus großen Boxen, die von der Decke herabhingen, spielten sie Dixieland, eine Discokugel groß wie ein Dinosaurierei drehte sich dazu. Das wabernde Muster aus Licht flutete durch den Raum. Wer zu lange hinsah, dem wurde schwindelig.

Rieke hielt sich an der Balustrade fest und schaute hinunter aufs Wasser. Scheiße, dachte sie. Lichter tanzten vor ihren Augen. Man darf halt nie die Kontrolle aus der Hand geben. Uri kam ihr entgegen, in jeder Hand ein großes, bauchiges Glas, gefüllt mit einer bunten Flüssigkeit. Auf dem Rand glänzten braune Zuckerkristalle. Ein Getränk war blau, das andere rot. Rieke griff nach dem blauen, das Uri in der linken Hand hielt. Als sie zu trinken begannen, fiel Rieke auf, dass Uri den Cocktail in seiner linken Hand hielt, woraus sie schloss, dass er Linkshänder war.

Uri legte seinen freien, rechten Arm um Riekes Hüfte. Sie gingen hinaus auf den Steg. Man sah auf dem gegenüberliegenden Ufer ein langes Stück der ehemaligen Mauer. Hier hatten sie das Bauwerk stehenlassen, als Erinnerung, als was auch immer. Dahinter erhob sich eine große Baustelle, der Ostbahnhof wurde umgebaut. Die Kräne sahen vor dem

Abendhimmel aus wie Schattenrisse, wie riesige Insekten. Uri blickte lange auf die Reste der Mauer, die von Graffiti, Sprüchen und Quatsch übersät war. Das hatte Ähnlichkeit mit dem, was man in der Schule auf die Klowände schrieb, dachte Rieke.

«Ich mag diesen Blick», sagte Uri.

«Nicht viel zu sehen», sagte Rieke. Sie beugte sich vor und suchte rechts nach den Türmen der Oberbaumbrücke.

«Doch – da ist die Mauer, aber nicht mehr da. Als Erinnerung, aber nicht so wichtig. Verstehst du?»

Uri nahm einen großen Schluck aus seinem Glas.

«Ich verstehe.» Kein Wort, fügte Rieke in Gedanken hinzu. Sie trank ihren halben Cocktail in einem Zug aus. Er schmeckte vor allem nach Zucker und Alkohol. Ups, ein kleiner Rülpser.

«Erzähl mir von Lior», sagte Rieke.

«Fur dich gibt es nur ein Thema», sagte Uri.

«Wie war das, als ihr in Berlin angekommen seid? Die ersten Tage, die erste Woche?»

«Don't remember.»

«Wieso habt ihr euch einen Laden so weit im Osten gesucht? Oder zumindest: so weit weg von der S-Bahn? Und der U-Bahn? Und allem anderen? Da ist doch nichts. Auch nichts Altes, nur so Mittelaltes.»

Uri kaute an seinem Strohhalm.

«Damals wir haben lange nach ein Laden gesucht, der nicht in einem Altbau war. Wir wollten den Neubau.»

«Hä?»

«Auf jeden Fall Neubau. Bei einem alten Haus haben wir uns immer gefragt, wer da vorher gewohnt hat. Was mit den Leuten passiert ist. Erst recht, seit sie diese Steine vor die Hauser legen. Gedenksteine oder was. Auf denen steht, wer wann ermordet wurde und deported. Glaubst du, in so einem Haus könnte ich leben?»

«Glaub ich nicht.»

«Siehst du.»

Noch so eine Pause.

«Bist du mal am Wannsee gewesen?», fragte Rieke. Sie wunderte sich, wie komisch das Wort «Wannsee» sich auf einmal anfühlte, vollkommen anders als früher. Früher schmeckte «Wannsee» wie Wassereis, Pommes frites im Strandbad, es roch nach Sonnenmilch. Jetzt schmeckte «Wannsee» stumpf, holzig, staubig. Es roch nach Schimmel und alten Akten.

Uri atmete hörbar aus.

«Ich bin», sagte er.

Uri sprach leise und gleichmäßig über seinen Besuch am Wannsee. «Das war komisch», als er das erste Mal in Berlin vor dem Plan mit den S-Bahnen und den U-Bahnen gestanden und links unten den Namen «Wannsee» gesehen habe. Alle Kinder lernten in Israel in der Schule etwas über diesen Ort.

Uri zählte auf, woran er sich erinnerte. Jedes Detail des Hauses und der Konferenz, auf der die Ermordung von elf Millionen Juden geplant worden war, schien ihm ein Begriff zu sein. Er konnte sogar die Namen der fünfzehn Männer sagen, die dort gesessen hatten, und ihre Funktion. Er wusste das Datum auf den Tag genau, er wusste, wie lange die Konferenz gedauert hatte, und er sagte, dass er dorthin nicht noch einmal fahren wollte. Der Wannsee sei im Prinzip das Gegenteil der Mauer, die sie gerade vor sich sahen: Am Wannsee, da sei alles noch wie damals. Nichts störe dort die mörderische Ruhe, in der die Vernichtung von elf Millionen Menschen beschlossen wurde. Diese Ruhe sei dort immer noch.

«Wieso gerade dort?», fragte Rieke.

Es sei für ihn ebenso komisch, sagte Uri, den Reichstag zu sehen. Den Tempelhof, ganz besonders das Olympiastadion. Überhaupt Gebäude, die es schon gab, als all diese Menschen noch hier waren, die Großeltern, bevor alles passierte. Aber ein Gebäude wie der Tempelhof sei wie ein riesiges, totes Insekt, wie ein brauner Monsterkäfer, der rückwärts vom Baum gefallen sei. Seine Füße ragten noch in die Höhe, und einen kurzen Schauer des Horrors könne man spüren, wenn man an ihm herunterschaue. Und bald schon, das sei sicher, gehe er ein in den Humus der Geschichte. Der Wannsee sei anders.

Ihre Gläser waren leer, Rieke nahm sie, traute sich zurück ins Bootshaus mit der Discokugel, wo sie zwei neue bestellte. Eines mit doppeltem und eines ohne Alkohol, beide blau. Sie brachte die Cocktails zurück auf den Steg, wo Uri mittlerweile auf den Brettern saß, die Beine baumelten über der Spree. Er trank schnell und schwieg. Rieke tat es ihm nach. Ihre Gedanken gruben sich tief in den Grund des Flusses, Richtung Humus der Geschichte.

«Jallah, bo», sagte Uri, nachdem sie noch einen weiteren geleert hatten, er wieder mit, Rieke ohne Alkohol. Als sie zurück über die Wiese schritten, hinaus aus dem Moogfeld, spürte Rieke Uris Atem im Nacken. Im Taxi spürte sie auch seine linke Hand auf ihrem Oberschenkel. Sie legte ihre Hand auf Uris Kopf. Im Treppenhaus ging Uri vorneweg, obwohl sie ja bei ihr waren, und sechsundsechzig Stufen lang versuchte Rieke sich vorzustellen, wie Uris Po, der in der engen Hose lustige Bewegungen machte, ohne ebendiese Hose aussehen würde.

Die Haustür hatte sich kaum geschlossen, da spürte Rieke Uris Arme, den linken und den rechten, um ihre Hüfte, und seine Lippen auf ihrer Stirn. Er roch nach Alkohol, nach Zucker und ein wenig nach der Spree.

«Jallah, bo», sagte dieses Mal Rieke, weil Uri nicht mehr so viel sagen konnte.

Auch wenn sie es war, die ihm die enge Lederhose von den Beinen ziehen musste, und die Boxershorts; und auch, wenn Uri auf Riekes Bett nicht viel mehr hinbekam, als kurz die Arme und die Beine baumeln zu lassen, wie auf dem Steg, und dann da zu liegen, die Augen zu schließen und zum Beispiel vom Humus der Geschichte zu träumen, war es doch schön, als Rieke endlich seinen Po ohne die Hose zu sehen bekam.

Sie legte behutsam eine Decke über ihn, betrachtete einen Moment lang den Mann auf ihrem Bett. Sie zog die Decke wieder ein kleines Stück zur Seite. Sie trat einen Schritt Richtung Zimmerecke, nahm ihr Telefon vom Nachttisch, hielt es hoch, knipste. Zwei, drei Bilder, mittendrin Uri, von der Decke unbedeckt. Sie sendete die Bilder an Iza. Sie schrieb: «Noch ein treuer Hebräer.»

Sackgasse

Ein kurzer Blick über die Tische – Lior war wieder nicht da. Hatte Rieke in der Akte etwas übersehen, was er gefunden hatte? Sie setzte sich an einen freien Platz und schrieb eine Nachricht an ihn, drei Wörter: «Wo bist du?» Sie legte das Telefon auf den Tisch und wollte zum Rollwagen mit den Akten gehen. Nach zwei Schritten drehte sie um und schrieb eine zweite Nachricht: «Melde dich!»

Die Akte, in der ein Zettel mit ihrer Nummer steckte, schien noch älter zu sein als die Akte, die sie tags zuvor in der Hand gehabt hatte. Dafür war sie recht dünn. Auf dem Deckel stand «Hofstraße» und die Ziffer «15». Vor der Ziffer hatte die Akte einen dicken, schwarzen Fleck abbekommen. Rieke blätterte sie auf.

Urkunden über Kauf und Verkauf, erst in Handschrift, dann mit Schreibmaschine. Briefwechsel über Umgestaltung der Fassade, Verbreiterung der Einfahrt. Viele Namen, von denen Rieke keiner bekannt vorkam. Nicht ein Mal fand sich der Name Rettig, weder mit «Adam» davor noch mit «Selma» oder «Nils». Auch den Namen «Kartberg» fand Rieke nicht, keinen «Siller». Ab 1935 gab es in der Akte einige Briefwechsel.

Im August 1938 sorgt sich ein Wilhelm Peters, 2. Obergeschoss links, ob ein bestimmter Baum in der Straße etwa gerodet werden solle. Peters schreibt, dass der «Nachbar Schmidt», Besitzer der «Kraftag, Groß-Berliner Kraftdroschken AG» (Nebenhaus), behaupte, der Baum durchschlage das Pflaster. Peters räumt ein, dass die Wurzeln den Bürgersteig «ein wenig» anhöben. Der Baum solle aber geschützt werden, auch wenn er halb oder ganz vor der Einfahrt der «Kraftag» stehe. Das Postamt Lindenstraße ist später auch an der Korrespondenz beteiligt, weil seine Autos schon mehrfach in der Hofstraße von fallenden Zweigen des Baumes beschädigt worden sind. Am 25. Februar 1940 teilt das Bau- und Gartenamt den Beteiligten mit, dass die «Umsetzung und Nachpflanzung von vier Straßenbäumen» in der Hofstraße vorgesehen sei. «Das hierzu benötigte Mosaik- und Reihenpflaster», schreibt das Amt, «wird von der Gartenverwaltung unentgeltlich geliefert und angefahren. Heil Hitler.»

Im hinteren Teil der Akte ging es um Instandsetzung und Beseitigung der Brandfolgen im Haus Nummer 15. Es war amtlich gesperrt worden, es musste einen Bombentreffer abbekommen haben. Die letzte Eintragung stammte aus dem Jahr 1952. Der Besitzer zu diesem Zeitpunkt, ein Herr Horst Lorenz, hatte den Antrag gestellt, auf seinem Grundstück eine Bude aufstellen zu dürfen, um Würstchen zu verkaufen. Er hatte eine Zeichnung beigefügt – darauf sah man einen Bauzaun, in der Mitte eine Bude mit einer Wurst auf dem Schild. Ein Haus stand dort nicht mehr. Das Amt lehnte den Antrag ab, weil die Bude den Bürgersteig blockiert hätte. Rieke blätterte in der Akte zurück und schaute, ob sie etwas übersehen hatte. Bäume, Bude, Heil Hitler. Sie hatte nichts übersehen.

Auch im Computer fand sie nichts, was sie weiterbrachte. Sie gab in allen möglichen Kombinationen und mit verschiedenen Schreibfehlern «Rettig», «Schneider», «Mäntel», «Damenmoden» und «Hofstraße» ein. Dann auch «Kartberg» und «Siller». Zu Johan Siller gab es einige Dokumente, viele gehörten zu einem Prozess in der Nachkriegszeit, in der es um den Tod einer Frau namens Maria Voss ging. Außerdem tauchte der Name von Johan Siller in der Chronik der Schwedischen Victoria-Gemeinde Berlin auf, und Rieke wunderte sich, was es nicht so alles gab. Es war jedenfalls keine andere Verbindung mehr zu den Rettigs zu entdecken.

Noch einmal gab Rieke «Hofstraße 15» ein, wieder zeigte der Bildschirm ihr genau einen Eintrag. Diese Akte kannte sie schon. Sie starrte entnervt ins Leere, saß still auf ihrem Stuhl. Es kam ihr vor, als spule sich ein Film zurück seit der Nacht mit Lior. Sein Verschwinden, die Fahrt an den Wannsee, sogar der Abend mit Uri ergaben in sich irgendwie einen Sinn. Rieke hatte die ganze Zeit das Gefühl gehabt, es würde weitergehen, sie sei auf der richtigen Fährte. Aber jetzt? Die Hofstraße schien eine Sackgasse zu sein.

Rieke sah sich im Computerraum um. Eine Frau mit langen braunen Haaren und einer großen Nase las konzentriert in einer Akte. Sie machte sich, ohne hinzusehen, mit der linken Hand Notizen.

«Frau Lück?»

Rieke drehte sich um. Frau Hecht stand neben ihr.

«Ihre vorgemerkte Akte. Sie liegt nun zur Benutzung bereit.»

«Wie bitte?»

«Der Vornutzer hat sie vor einer Viertelstunde abgegeben. Sie können jetzt ...»

«Der Vornutzer? Er war hier?»

«Nun ...»

Rieke zog ihr Telefon aus der Tasche. Sie verließ den Computerraum. Lesesaal, am Anmeldetresen vorbei, durchs Foyer, hinaus auf den Hof zwischen den backsteinroten Burggebäuden. Sie zitterte fast, als sie Liors Nummer wählte.

Keine Antwort.

Was nun?

Im Foyer des Archivs hing eine große, alte Karte von Berlin. Rieke suchte die Hofstraße und merkte sich die nächstgelegene U-Bahn-Station. Sie holte ihre Sachen aus dem Lesesaal, nickte Frau Hecht noch einmal zu, die nicht mehr als ein Kopfschütteln für sie übrighatte, und verließ schnellen Schrittes das Gebäude.

Als die U-Bahn am Spittelmarkt einfuhr, piepte das Telefon. Eine Nachricht von Lior:

«Bin in Israel.»

Ganz bestimmt, dachte Rieke.

Sie stieg aus dem Zug. An der ersten Ecke wäre sie beinahe einem BMW vor den Kühler gelaufen. Sie ging mitten auf der Straße weiter, weil der Bürgersteig von Touristen, Kinderwagen und Baustellen besetzt war.

Das Schild zur Hofstraße war kaum zu sehen, weil das Eckhaus gerade renoviert wurde. Oder eher: neu gebaut. Rieke sah sich um. Wieder so ein weißer Fleck auf ihrer inneren Karte. Diesen Straßenzug hatte sie noch nie gesehen. Hohe, hässliche Klötze aus Sandstein hatten die neuen Baumeister für die Hofstraße vorgesehen. Vor jedem zweiten Haus schraubte sich ein Gerüst in die Höhe, sodass die Hausnummern schwer zu finden waren. Die Bauherren hatten Werbeschilder angebracht, die dafür warben, in den Trabantenpalästen mit Innenstadtanschluss ein paar Quadratmeter Luxuswohnung zu erwerben. Die Namen der Firmen klangen allesamt behämmert und waren meistens aus dem alten Rom abgekupfert: «Patrizia» hieß eine, «Consul» die nächste, «Colosseum» gab es auch und, tatsächlich, auch die «Agrippa Real Estate».

Die Nummer 15 gehörte der «Patrizia Wohnträume KG». Aus einem Stockwerk, oder aus mehreren, dröhnte Baulärm. Irgendwo lief ein Radio. Ein Schweißer schweißte. Es roch nach Beton, Gips, nach Plastik, nach Farbe, nach irgendetwas. Ein Arbeiter rief etwas auf ... war das Polnisch? Rieke ging durch eine Toreinfahrt.

Ein Stück Rasen hatte man angelegt, hingelegt mehr, wie einen grünen Teppich ins Wohnzimmer, mit dem Lineal abgemessen. Daneben eine massive Bank aus Marmor oder nachgemachtem Marmor. Eine riesenhafte Einfahrt versank unter dem Seitenflügel des neuen «Patrizia»-Wohntraums. Sie war so breit, dass man einen LKW darauf hätte wenden können, aber so musste das wohl sein, wenn zwei Stadtjeeps aneinander vorbei passen müssen, dachte Rieke.

Falls hier jemand gewohnt hatte, der etwas über Familie Rettig, Familie Kartberg oder Mäntel Rettig gewusst hatte, dann war der lange weg. Baustaub stieg Rieke in die Nase, sie musste niesen. Sie ging zurück auf die Straße. Haus für Haus suchte sie nach etwas Altem, etwas, das schon länger als seit ein paar Monaten hier war. Sie fand nur einen Trödelladen, im Haus mit der Nummer 27. Sie ging hinein.

Das Schild am Laden war verrostet, gerade noch das Wort «MÖBEL» war zu erkennen. Das Schaufenster war vollgestellt mit Möbeln. Es gab auch ein paar alte Kleider. Eine kleine Fahne, blau mit gelbem Kreuz, stand da etwas verloren auf einer Kommode. Am Ständer der Fahne lehnte eine Postkarte aus Sassnitz auf Rügen. Da war ein Fischerboot zu sehen, das gerade den Fang aus dem Meer zog. Rieke ging zur Tür und drückte die Klinke herunter. Sie war verschlossen.

15. August 1946
18 Aw 5706

Miri.
Seit einem halben Jahr sind wir hier – und warten immer noch. Ich weiß nicht, was passieren muss, damit wir endlich abfahren. Als wir im Mai das Heim auf dem Berg verlassen durften und an den Hafen gezogen sind, dachte ich, die Abfahrt stünde kurz bevor. Sie haben mir sogar die Pässe gegeben. Unsere neue Unterkunft ist eine Sammelstelle. Nun sind wir schon drei Monate hier. Immerhin nicht eingesperrt. Es ist eigentlich eine Kaserne, hat Nils gesagt, und ich fühle mich auch, als sei ich bei der Armee.
Man hat keine Zimmer, nur mit Decken und Tüchern haben wir uns notdürftig unsere Ecken eingerichtet. Wir waschen uns in einem großen Raum mit einer Rinne und Hähnen in der Mitte. Alle schlafen in ihrer Kleidung, weil es jederzeit losgehen kann. Am Anfang wollte ich das nicht, es kam mir ekelhaft vor. Nach dem ersten Alarm habe ich es dann aber auch gemacht.
Als der Alarm kam, war ich erschrocken und aufgeregt und habe im Dunkeln, das Licht musste ausbleiben, unsere paar Sachen zusammengerafft und Dich auf den Rücken geschnallt. Ich habe mich gewundert, wie ruhig die Leute auf den Alarm reagierten. Die meisten kommen aus Polen oder Jugoslawien, und ich kann kaum mit ihnen reden. Aber wir haben ein gemeinsames Ziel, das macht es erträglicher.
Fünfzehn Kilo durften wir mitnehmen, und in den Zimmern sollte nichts bleiben. Wir sind raus an die Küste. Die Leute

von der Organisation haben uns einen Hügel hochgescheucht, dann runter zum Strand, noch einen Hügel hoch und zum nächsten Strand. Da sollten wir uns aufstellen. Es war mitten in der Nacht. Beim zweiten Alarm wurden wir auf ein kleines Schiff gebracht, doch das Schiff fuhr nicht nach Eretz Israel. Es brachte uns zurück in die Stadt.

Vier Mal mussten wir nun schon nachts raus, seit wir in der Kaserne sind, seit wir in unseren Kleidern schlafen. Ich ertrage es nicht mehr lange. Ich verliere meine Kräfte bei diesen Übungen. Ich sehe sehr schlecht, der graue Punkt in meinem Auge, dieser blinde Fleck wird immer größer. Morgens ist es für mich, als sei die Sonne nicht aufgegangen. Ich nehme viel zu viel von der Medizin. Ein Kollege von Nils, den er aus Berlin kennt, er heißt Joachim, aber er hat sicher auch so einen anderen Namen, besorgt es mir heimlich. Joachim ist viel älter als Nils.

Lesen und Schreiben strengen mich an. Wenn wir auf die Berge klettern, bekomme ich Atemnot. Meine Brust brennt, die Knochen werden weich. Du kannst ja noch nicht laufen.

Ende Juli ist tatsächlich ein Schiff abgesegelt. Es gab einen Alarm mitten in der Nacht. Sie sind zu einem leeren Strand gelaufen. 800 Leute kamen an Bord, die halbe Kaserne. Doch wir, Du und ich, sollten hierbleiben. Nils wollte das so.

Das Schiff hat fast zwei Wochen bis Haifa gebraucht. Ich glaube, dass Nils verhindert, dass wir hier wegkommen. Er will mit uns fahren, worüber ich mich freue – aber die Organisation lässt ihn nicht gehen. Er ist so beschäftigt mit diesen Leuten. Sie kaufen Schiffe und bauen an ihnen die ganze Zeit, mehr Pritschen, mehr Bänke, damit sie noch mehr Menschen nach Eretz Israel bringen können.

In einer der Zeitungen, die vorne im Speiseraum lag, habe

ich ein Bild aus dem Hafen von einem Schiff gesehen, das die Polizei kontrolliert hat. Sie haben da Waffen, Sprengstoff und Gasmasken gefunden. Ich kann nicht genug Französisch, ich habe nicht alles verstanden. Ich habe mich so erschrocken. Wozu brauchen wir Waffen und Sprengstoff? Sind wir auch in Eretz Israel nicht sicher? Warum nicht? Warum sind wir aus Schweden weggelaufen? Da war es kalt, aber Nils musste keine Waffen verstecken. Und wir haben nicht in Kleidung geschlafen.

Das Boot, das sie in Schweden gekauft haben, dieser Schärendampfer, liegt tatsächlich hier am Kai. Nils arbeitet dort oft. Ich sehe ihn Holz schleppen. Ich hoffe, dass wir nicht mit diesem Boot nach Haifa müssen. Das kommt niemals an.

Seit wir am Hafen sind, schreist Du kaum noch. Du rennst auf den Kai zu, und auf die Schiffe. Du zeigst auf sie. Ich muss Dich stoppen, sonst würdest Du kopfüber ins Hafenbecken springen.

Ich liebe Dich.
S.

Leute, die verschwinden

Draußen schob der eisige Wind Menschen in dicken Mänteln durch die Straßen. Es hatte lange keine Sonne gegeben, das neue Jahr war gerade ein paar Wochen alt. Die Kälte arbeitete sich beharrlich durch die Ritzen der Gemäuer, durch die Spalten der Dachziegel.

Otto saß mit Mantel, Mütze und Schal in der Nähstube und versank in seinen Gedanken. Es war Nachmittag, halb fünf, aber vor dem Fenster schon dämmerig. Er sah die Werkbank, die leer war. Er schloss die Augen. Er träumte, dass er selbst dort an der Werkbank stand und Stoff schnitt. Dass die Singer nicht ruhte und fror, wie sie es tatsächlich tat, weil keiner ihr Schwungrad trat; sondern in Ottos Gedanken streichelte Selma sie mit ihren Füßen, legte geschickt und behutsam die Fäden ein. Führte Stoff unter der Nadel durch. Der Laden lag nicht staubig, dunkel und eiskalt da, wie jetzt, als sei der Besitzer schon vor Jahren gestorben oder verschwunden; sondern der Meister angelte mit seinen langen Armen die Jacken von den Stangen, die knapp unter der Decke hingen. Er neigte seinen geraden Rücken zu den kleinen Damen herunter, die vor dem Spiegel standen und sich von ihm die Hüfte vermessen ließen.

Ein Geräusch kam von der Ladentür her. Otto blieb in seinem Wunsch hängen. Für eine Sekunde dachte er, es könnte Selma oder Nils oder der Meister sein, der vor der Tür stand, der zurückkam. Oder alle drei. Aber es war die Mutter. Otto hatte auf sie gewartet, er hatte schon die Mütze auf und den

Mantel an, anders konnte man es hier unten auch kaum aushalten. Die Mutter wartete in der Tür, den Schlüssel in der Hand. Otto knipste die Arbeitslampe aus und stand auf.

«Gehen wir?»

Sie nahmen die U-Bahn, Linie B bis zum Bayerischen Platz. Otto sah durchs Fenster ins Schwarz des Tunnels. Der Blick zerfloss ihm. Er dachte an Nils und Selma. Wie sie in der U-Bahn gesessen hatten. Er dachte viel an sie, denn er fühlte sich schuldig, wenn er sich dabei ertappte, dass er sie mal für einen Moment vergessen hatte. Weil das bedeutete, dass es möglich war, also dass es passieren konnte, dass man sie vergaß. Niemand sprach mehr darüber, ob und wann die Rettigs zurückkämen.

Als der Film begann, sank Otto tief in seinen Sessel. Maria Voss trug das Kleid mit dem Rautenmuster und den tausend Flicken, das der Meister ihr in der Küche genäht hatte. Sie spielte eine Frau, die Irma hieß und lange, volle, dunkle Haare hatte. Irma nahm in einem Dorf in der Heide, das am Ufer von einem breiten Fluss lag, die Stelle als Fährmann an, den die Leute «Ferge» nannten. Das Kleid, das sie da trug, hatte Otto selbst in den Händen gehalten. Er konnte sich gut erinnern, wie der Meister damit in der Küche gesessen hatte, mit all den Flicken. Ferge Irma brachte die Leute über den Fluss. Sie füllte ihren Krug am Wasser und beobachtete skeptisch das Ufer gegenüber. Ein verletzter Jüngling kam des Weges, gehetzt und auf der Flucht, und Irma fand ihn in ihrem Kahn, mit zerrissenem Mantel und schwerverletzt. Sie half ihm über den Fluss und nahm ihn bei sich auf. Er war vertrieben worden aus der Heimat auf der anderen Seite des Flusses. Er wurde verfolgt von dunklen Reitern.

In der Pause, als der Vorführer die neue Rolle auflegte, ging Otto ins Foyer. Er stellte sich an den Rand und beobachtete die Leute. Da waren Männer mit der Hakenkreuzbinde um den Arm und auch solche in Uniform. Da waren Frauen mit langen Röcken und mit kurzen Röcken. Männer ohne Hakenkreuze. Wie ein Späher stand Otto an der Wand, wippte mit dem Rücken auf und ab, die Hände hinter dem Hintern verschränkt. Er schaute herum. Genau das tat er den ganzen Tag.

Spärliche Nachrichten hatte Kolman ihnen ausgerichtet, von den Rettigs. Dass sie ausharrten, dass sie kommen wollten. Dass sie umziehen würden. Vielen Dank für die Hilfe. Irgendwann hatte Kolman gar nichts mehr gesagt. Erst als Otto nachfragte, begann er wieder, Dinge auszurichten. Aber Otto kam dahinter, dass Kolman sich dabei wiederholte, und Otto schien es, als würde er sich die Nachrichten ausdenken. Die Konserven und das Geld, komme das denn an? Jaja, hatte Kolman gesagt, das kommt an.

Eine Woche später traf Otto auf der Straße Peter Haber, seinen alten Mitschüler. Zufällig, in der Nähe der Volksbühne. Otto sah Haber, wie er mit gesenktem Kopf, Mantel, Hut und Schal vor dem Gesicht, den Bürgersteig Richtung Alexanderplatz hinunterlief.

Die Gegend hatte sich verändert. Otto hatte sie anders in Erinnerung, von den Ausflügen, die er mit Nils hierhin unternommen hatte. Die Straßen sahen traurig aus, stumm, leer. Otto wollte Haber erst gar nicht ansprechen, weil er sich ertappt fühlte – er war nicht ohne Grund in diese Gegend gekommen. Doch seinen Grund hatte Otto bis zu diesem Moment nicht gefunden, und überhaupt war es mehr eine Vermutung gewesen, ein stiller Wunsch, der ihn darauf gebracht hatte, nach dem Mädchen zu suchen, das Nils damals so harsch weggejagt hatte, damals, als Nils der Gans den

Hals umdrehte. Als Otto lernte, was Kafschienresch bedeutete. Eine Vermutung, ein Verlangen, eine Erinnerung hatte Otto hergebracht, ein Wunsch nach dem, was sich über dem Herzen des Mädchens, das eine dreckige Schürze getragen hatte, auf und ab bewegte. Ein Wunsch nach dem, was unter ihrem Rock zu finden war.

Weil Haber aber das alles nicht wissen konnte und weil es ohnehin ein Quatsch gewesen war, ging Otto über die Straße und stellte sich Haber in den Weg. Haber sah nicht einmal auf, sondern umrundete ihn mit einem Bogen. Ging weiter, schnellen Schrittes. Otto rief seinen Namen. Otto lief ihm hinterher. Otto rief noch einmal seinen Namen: «Haber, bist du's nicht?» Otto hielt Haber fest. Haber ballte eine Hand zur Faust, bereit zuzuschlagen. Otto sah Habers Augen, er sah in seine Augen, und er erschrak. Es waren nicht Habers müde, leise Augen, die er aus der Fensterreihe in der Schule in Erinnerung hatte. Habers Augen waren weit aufgerissen, gerötet. Der blanke Horror lag in seinem Blick. Otto fürchtete sich vor Habers Blick und ließ ihn los. Nein, er fürchtete sich nicht nur vor Habers Blick, das allein war es nicht. Er sah Habers Augen und fürchtete sich vor dem, was Haber gesehen haben musste.

«Otto?», fragte Haber.

«Haber?», fragte Otto.

Langsam, während sie einige Sätze austauschten, erkannte Otto in Habers Gesicht Dinge, die er bis dahin nur geahnt hatte. Haber erzählte, dass er nun an einer anderen Schule sei, obwohl sie nicht umgezogen waren. Er sei in einem Sportverein, in dem es nur Juden gebe. Das sei schön, so viele Juden wie jetzt habe er noch nie gekannt. Aber es mache ihm auch Angst. Sie würden weniger werden.

«Warum?»

«Sie bringen Leute weg, Kartberg. Weißt du das nicht?»

An der Judenschule seien die Klassen riesig, fünfzig Schüler, sagte Haber, nur Juden. Auch die Lehrer. Haber sprach schnell und gehetzt, als laufe eine Uhr ab, die Uhr für dieses Gespräch. Haber sah Otto nicht direkt an, sondern knapp neben ihn, sodass er im Blick hatte, was hinter Otto auf der Straße passierte. Er lerne ganz andere Sachen als früher, sagte Haber, Hebräisch, was er nie gekonnt hatte, Englisch, Spanisch. Kochen und Nähen standen auf dem Programm, sogar Landwirtschaft. Einer der Lehrer brachte den Jungs am Wochenende auf einem Gutshof in Brandenburg bei, wie sie mit dem Revolver schossen.

«Wozu?», fragte Otto.

«Wir müssen das können», sagte Haber.

Schwieg. Zog die Nase hoch. Stieg nervös von einem Fuß auf den anderen.

«Wir müssen weg. So oder so.»

«Weg?»

«Wer kann, versucht zu gehen. Ins Ausland. Die meisten Länder geben Nummern aus, es dauert. Die Grenzen sind zu. Keiner will Juden. Die Leute verschwinden. Sie kommen nicht wieder.»

Es war an diesem Märztag auf dem Heimweg, eine halbe Stunde nachdem er Haber getroffen hatte, eine halbe Stunde nachdem Haber seine Hand von Ottos Schulter genommen hatte und verschwunden war, dass Otto daran dachte, es könnte tatsächlich so weit sein, dass die Leute flohen, dass es nicht mehr ging, in Berlin zu bleiben. Lehrer Schwer. Kattuso. Die Rettigs kamen nicht wieder. Jetzt Haber.

Otto blieb stehen. Er stand auf der Jannowitzbrücke und blickte auf die graugrünen Wellen der Spree. Die Sonne war kaum noch zu erkennen, ein milchiger Schimmer stand über der Stadt. Die Leute verschwanden einfach, und keiner fragte nach. Sie kamen nicht wieder. Alle sahen es, sie sahen, dass sie die Leute nicht mehr sahen. Es ist leicht, etwas zu vergessen, wenn es einmal nicht mehr da ist. Konnte es so sein?

Selbst Otto kannte die Momente, in denen er Nils vergaß, den Meister, sogar Selma. Keiner kann bleiben, hatte Kattuso ins Gesangbuch geschrieben. Eine verzweifelte Nachricht, versteckt, hinter verklebten Seiten. Das Buch ... wo war es? In der Innentasche der Fliegerjacke. Wo war die? Warum trug Otto sie nicht? Haber lernte, mit dem Revolver zu schießen. Er war so alt wie Otto. Die Spuren auf Kattusos Hals. Man hatte ihn gewürgt. Oder ein Seil? Hatte er selbst ...? Die Sterne auf den Scheiben. Die Schmierereien. «Auf nach Jerusalem!» Die braunen Hemden der Hitlerjugend. Die zerbrochenen Lampen an der Hauswand. Die Leute, die verschwanden.

1938

Pogrommorgen

Es war Anfang November. Die ganze Woche hatte es in den Zeitungen gestanden, sie hatten im Empfänger davon berichtet. Ein deutscher Diplomat in Paris war angeschossen worden, von einem Juden, wie sie im Empfänger sagten, wie sie nicht müde wurden deutlich herauszustreichen, von einem Juden. Otto und die Mutter saßen in der Küche und sprachen kaum. Sie nähten. Otto dachte, es sei vielleicht Kattuso, der geschossen hatte. Oder sogar Selma? Sie sprachen von einem Mann.

Auf den Dächern der Hofstraße, rund um den Hinterhof, hatten sich Raben versammelt, die aus dem Norden gekommen waren und in den Süden flogen. Die Vögel strichen umeinander und keiften sich an, ihre Flügel schlugen zusammen, als wisse der eine besser als der andere, wo zu dieser unwirtlichen Jahreszeit in dieser unwirtlichen Stadt noch Futter zu finden war. Auf einem schwedischen Acker hatten sie im Sommer gesessen, dachte Otto, den ganzen, warmen Herbst über, dort oben, wo es keine Häuser und keine Straßen und keine S-Bahn gab und keine Hinterhöfe und keine Hakenkreuze. Jetzt krächzten die halbschwedischen Raben einander so durchdringend an, dass man glauben konnte, es ginge um ihr Leben. Dass man glauben konnte, dies sei der erste Winter der Geschichte, der nicht wieder von einem Frühling vertrieben werden würde. Als sei dieser November der November, der für immer bleibe, und nicht bloß der Auftakt eines Winters von vielen.

Die Raben krächzten, als seien sie ein ganzes Parlament, als seien sie ein Staat, ein Land, ein Volk. Als seien sie nicht nur ein kleines Grüppchen, das sich verflogen hatte, von Uppsala auf dem Weg nach Olympia. Ein Grüppchen, das gerade mehr Energie ins Schimpfen legte als darin, einen Vorrat und ein Versteck für den Winter zu suchen – oder die Flügel auszustrecken und in den Süden zu fliegen.

Der Jude von Paris hieß nicht Kattuso, er hieß nicht Elieser, sondern er hieß Herschel. Sie sagten im Empfänger nichts darüber, warum Herschel auf den Diplomaten geschossen hatte, nur, dass es das «Weltjudentum» gewesen sei, und das «Weltjudentum» müsse diese Tat verantworten. Der Sprecher las seine Sätze ab, er klang mit jedem Wort mehr wie eine Maschine, die leere Phrasen abspulte. Leider waren die Sätze nicht so leer wie früher, wenn die Mutter und Alfred sie von sich gegeben hatten. Wenn sie sich auf der Straße begegnet waren, Alfred sich zum Handkuss vorgebeugt hatte und Sachen sagte wie: «Ein Unglück kommt selten allein.»

Die Maschine im Radio sprach vom Vaterland und den Verrätern, von Deutschland, als sei das Wort eine Drohung, eine Verheißung oder beides. Eine Urgewalt wie das Jüngste Gericht, so klang es. Von der «jüdischen Mörderkugel» sprachen sie, davon, dass der Täter siebzehn Jahre alt war und also sicher nicht Kattuso, denn siebzehn Jahre alt war nicht Elieser mit den Luchsaugen, siebzehn Jahre alt war Otto selbst. Die Maschine sprach davon, dass die Juden Deutschland den Krieg erklärt hätten, davon, dass immer noch Hunderttausende Juden Läden und Geschäfte in Deutschland besäßen; und was sei das für eine Unverschämtheit! Dass sie von deutschen Mietern das Geld einsteckten. Dass sie Deutschland von innen zerfräßen. Das deutsche Volk müsse und werde seine Folgerungen daraus ziehen. Der gerechte Zorn werde die Juden erfassen, die für die feige Tat verantwortlich seien.

Man redete im Empfänger so wie der junge Stüttgen auf dem Schulhof. Wie Grundweg und die anderen, wie irgendwann auch Ralf gesprochen hatte. Als seien sie alle in einem Ritterepos aus dem Mittelalter gefangen, als ginge man bald wieder mit Kettenhemd und Langschwert auf die Straße, als künde der Herold mit Posaune von der Ankunft des Heilands. So hatten die Jungen an der Schule geredet, die Braunen, bevor sie alle in die Oberprima gekommen waren, bevor Otto an die Lindenstraße gewechselt war, und das war nun schon eine ganze Weile her. Mittlerweile ging Otto gar nicht mehr zur Schule. Vielleicht war es besser so. Man wusste nicht, wozu es gut war.

Am Mittwochabend jener Woche, es war schon nach zehn Uhr, kalt und neblig, liefen Otto und seine Mutter quer über den Löwenplatz. Sie wollten nach Hause, und sie sahen schon von weitem, dass Hospach aus Danzig seinen Kiosk dichtmachte. Er räumte die Zeitungen ein und legte eine Holzlatte vor die Schlagläden, als komme ein Sturm auf. Das hatte er noch nie getan. Als sie näher kamen, sahen sie, dass es gar nicht Hospach war, sondern ein anderer Mann, und sie fragten ihn, wo Hospach sei. Der Mann wollte erst gar nicht mit ihnen reden, aber dann tat er es doch; es war ein Schwager von Hospach, und der Schwager sagte, sie hätten 20 000 Leute ausgewiesen, nach Polen, einfach über die Grenze gejagt, auf ein Feld. Die Polen wollten diese Leute jedoch auch nicht haben, und darum saßen sie da nun auf dem Feld. Mittendrin sitze auch Hospach. Das sei schrecklich, sagte die Mutter, und der Mann, der ein Schwager von Hospach war, zog die Augenbrauen hoch.

Ja, schrecklich.

Die Leute interessiere es nicht, sagte er, schauen Sie da, sagte er und zeigte zur Spreequelle. Die Leute liebten ihren Hitler. «Ihr liebt euren Hitler!» Sie lieben das große, heilige Deutschland und die Hakenkreuzflaggen, die an den Palästen Unter den Linden flattern. Der Jude sei im Übrigen selbst schuld, denn er begreife es nicht, sagte der Schwager von Hospach, und ein wenig komisch sei er ja schon. Der Jude.

«Vielleicht liegen wir falsch, und es stimmt?», überlegte er weiter. Ein Mann, der es in zwanzig Jahren aus dem Nichts zu Europas stärkstem Mann gebracht habe, müsse doch etwas richtig machen. Hospach hatte vor zwanzig Jahren schon seinen Kiosk, na gut. Aber Hitler war vor zwanzig Jahren ein Nichts. Heute ist er der Kaiser von Deutschland – und Hospach haben sie aus dem Land geschmissen. «Wer hat also recht: Hitler oder Hospach?», fragte der Schwager.

Aber das meinte er nicht ernst, verstand Otto, denn der Schwager verzog sein Gesicht so komisch, als er «Kaiser von Deutschland» sagte. Es war also keine Frage, die er wirklich gestellt hatte, und die Mutter antwortete auch nicht. Sondern es war eine Feststellung, die der Schwager an diesem Abend machte, eine Feststellung, die das Gegenteil dessen bedeutete, was er gesagt hatte. Als der Schwager auf die Spreequelle zeigte, dachte Otto trotzdem an Alfred und Ralf und daran, was einfacher gewesen wäre. Wo sie jetzt sitzen würden, die Mutter und er, wenn sie auf Alfred gehört hätten, vielleicht von Anfang an. Wenn Otto aufmerksam gewesen wäre, als Alfred in der Küche saß und Gurken aß und dagegen war, dass sie zu den Rettigs zogen, und Alfred gesagt hatte: «Versteht keiner.»

Aus der Spreequelle tönte Lärm, Gegröle, die Stühle

scharrten auf dem Boden, die Stiefel der Männer stampften durcheinander. Durchs Fenster neben der Tür, nur unklar, da dort eine Gardine hing, sahen Otto und seine Mutter die Kerle in ihren Bundhosen, in ihren knöchellangen Lederhosen, im Hemd der SA. Sie reichten sich Stöcke zu, oder waren es Bierkrüge, was machten sie da? Der große Tisch an der Seite war über und über bedeckt mit Geräten, mit Sachen, mit Werkzeugen. Aus dem Empfänger schepperte eine Stimme, aber sie ging unter im Johlen und im Rufen der SA. Otto meinte, sie alle zu erkennen, Stüttgen und Alfred und Kersten und Flughund und Ralf waren dabei. Hinter dem Tresen Kerstens Frau, die fleißig Bier zapfte. Einer schrie «Heil Hitler!», und alle schrien mit. Beile, Äxte und Knüppel reichten sie einander, jeder sollte einen haben. Sie reckten die Waffen in die Höhe, riefen «Hurra» und «Holt die Juden raus!».

Die Stimmung war prächtig.

Otto und die Mutter gingen, mit schnellem Schritt und ohne zu sprechen, in die Hofstraße. Leer war die Gasse, still, bis auf den letzten Winkel wirkte sie unbewohnt. Dunkel lag die linke Seite des Bordsteins da; dunkel, weil Otto und die Mutter es leid geworden waren, immer wieder neue Lampen zu bestellen. Runde, weiße Lampen wie die, die über dem unwahrscheinlich langen Tresen des Kuchenkönigs hingen. Wenn sie neue angebracht hatten, war nach einer, nach zwei Wochen wieder jemand gekommen und hatte sie zerstört. Es konnte nicht jedes Mal Ralf gewesen sein, aber stets hatte sie jemand zerstört.

Das Schaufenster des Ladens hatte man zuletzt im Juni beschmiert, an einem sonnigen Tag mittags um zwölf waren sie gekommen, drei Männer, die heranschritten, als seien sie beim Militär. So waren sie danach auch weggeschritten.

Zwischendrin hatten sie «Du Jud!» ans Fenster geschrieben, in tiefroter Farbe, und einen Davidstern daneben, der am Galgen hing. Leute waren vorbeigelaufen und hatten es gesehen, aber gemacht hatte keiner etwas. Es war nicht die Zeit, in der man etwas machte.

Otto hatte die Männer mit ihrer Farbe beobachtet, vom Schlafzimmerfenster im ersten Stock aus, und die Mutter hatte in der Küche gesessen und zitternd Tee getrunken und nichts, gar nichts gesagt. Fast so schlimm wie das, was die Männer dort unten taten, war die schreiende Stille, mit der die Mutter, er selbst und die Nachbarn und alle, die es mitbekamen, es hinnahmen, als die Männer feixend abmarschierten. Wie ein paar Tage schlechtes Wetter nahm man es hin; weil es für die anderen, für die, die nicht bei den Rettigs im Haus wohnten, auch so war. Es sah nicht schön aus, was dort an der Scheibe zu sehen war; aber war nicht doch etwas Wahres daran? Waren die Juden nicht selbst schuld? Das Lachen der Männer hatte noch eine Weile durch die schmale Straße gehallt.

Später sagte die Mutter gar, man hätte hinuntergehen sollen und ihnen sagen, dass sie falschlägen mit ihrer Schmiererei, weil der Jude, den sie suchten, schon gar nicht mehr da sei.

In der Nacht hörten sie Klirren. In der Nacht begann es auch nach Rauch zu riechen. Sie erinnerten sich an das, was sie in der Spreequelle gesehen hatten. Die Beile, das Singen, Mutter Kersten zapfte Bier. Sie löschten die Lichter und drehten das Radio auf stumm. Im Laden zog die Mutter den Vorhang vors Fenster, alle Türschlösser wurden zwei Mal geschlossen. Irgendwann setzten sie sich aufs Bett und waren still. Nur selten drangen Geräusche in die Hofstraße, sie kamen herangeweht über die Dächer der Häuser. War das ein Klirren? Schrie da jemand? Jubeln? Klatschen? Singen? Flackern? Ein Feuer? Otto sah aus dem Küchenfenster in den Himmel über den Hinterhof, und ihm war, als stünde da ein rotgelbes Zittern an den Wolken. Schwach, aber doch ganz und gar vorhanden.

Ein unsichtbarer Kreis zog sich um die Hofstraße zusammen, ein Kreis aus dumpfem Lärm und bitterem Rauch, der in den Himmel stieg, wo er von den Novemberwolken kaum zu unterscheiden war. Otto ging ans Fenster und sah auf die Straße, die still dort lag, still wie noch nie. Sie würden kommen, sagte die Mutter. «Sie kommen, sie kommen.» Nicht die Rettigs. «Sie haben uns bedroht, bis Rettigs geflohen sind. Sie haben das Schaufenster beschmiert. Sie haben uns die Sachen davorgelegt, sie wissen, wer hier wohnt, Otto. Sie werden kommen. Sie kommen, sie kommen.» In der Nacht kam niemand.

Als Otto gegen drei Uhr aufwachte, lag er ohne Decke auf dem Bett. Er fror. Seine Mutter kauerte krumm wie ein Fragezeichen neben ihm. Otto zitterte, sein Rücken war kalt. Im Halbschlaf ging er durch das dunkle, stille Haus. Er war benommen von der Kälte. Selbst im Haus roch es nach Rauch. Nach Frost und Rauch. Otto traute sich nicht, Licht zu machen. In der Nähstube fand er die Fliegerjacke. Sie hing über dem Stuhl neben der Singer. Er nahm sie an sich. Mit der Jacke ging er zurück zur Mutter, legte sich ins Bett und breitete sie über seiner Brust aus.

Sie kamen am Morgen. Sie füllten die Hofstraße von einem Bordstein zum anderen. Sie riefen, schrien, johlten. War es neun Uhr, zehn? Welcher Tag war heute? Donnerstag? Es musste ein Donnerstag sein. Waren sie betrunken? So früh?

Es gingen auch Frauen mit, sie hatten Kinderwagen dabei. Warum hatten sie Kinderwagen dabei? Die Männer kamen mit Keulen und Stöcken, mit Beilen. Einige trugen Uniform, die von der SA, andere keine. Sie kamen vom Moritzplatz her. Polizei war nirgendwo zu sehen.

Ein paar Nummern vor Mäntel Rettig blieben sie stehen. Otto sah den Hauswart herauskommen. Er rief, man solle in den zweiten Stock gehen, «Treppe rechts». Da sei man richtig. Einige gingen hinein, und bald öffnete sich im zweiten Stock ein Fenster. Ein Mann hielt einen Stuhl heraus und ließ ihn auf die Straße fallen. Der Stuhl zerbarst mit einem Krachen.

Ein zweiter Mann warf Teetassen in die Menge. Ein Ölbild. Besteck. Die Frauen sammelten ein, was auf dem Boden noch ganz war. Sie legten es in ihre Kinderwagen, in denen keine Kinder lagen, sondern Dinge, die ihnen nicht gehörten. «Holt sie raus!», grölte man und klatschte. Als aus dem Fenster keine neuen Sachen mehr geflogen kamen, kam Bewegung in die Masse. Sie schoben sich vorwärts wie ein riesiger Wurm. «Hier!», schrie schon einer. Ein Zweiter schlug mit seinem Stock gegen das Schaufenster von Mäntel Rettig.

Otto spürte die Hände seiner Mutter auf den Schultern. Sie zitterte. Sie zitterte schrecklich. Otto zitterte auch. «Bitte, geh auf den Dachboden», sagte sie. «Schließ dich ein, dort wird dich keiner suchen.»

Es klirrte so laut, dass Otto ein Pfeifen in den Ohren bekam. Was war das? Im kleinen Zimmer fand Otto einen Stein auf dem Boden, hinter dem Stein tausend Splitter wie der Schweif einer Sternschnuppe. Splitter auf der Liege, die immer gequietscht hatte, Splitter auf dem Bett von Nils. Splitter auf der Fensterbank. Wie ein Alarm pfiff es immer noch in Ottos Ohr. Er schrie, was er schrie, wusste er kurz danach schon nicht mehr, und auch am folgenden Tag erinnerte er sich nicht. Nie mehr in seinem Leben erinnerte er sich, was er geschrien hatte.

Otto nahm den Stein, er dachte kaum nach, hob ihn hoch, ging zum Fenster, biss die Zähne zusammen und wuchtete ihn hinaus. Der Stein flog weniger, er fiel. Otto war eben nicht Ralf. Der Stein schlug gegen den Rest der Lampe, die unter dem Fenster an der Wand hing, und fiel von dort mitten in einen Kinderwagen. Hätte ein Kind darin gelegen, wäre es erschlagen worden. Aber da lag kein Kind, sondern geklautes Besteck. Jemand schrie auf. Otto erschrak.

«Geh!», rief die Mutter. «Geh endlich.»

Otto ging in den Flur, auf die Treppe, seine Mutter hinter ihm. Er machte kehrt und holte die Fliegerjacke. Er zog sie über. Die Mutter sah ihn an, wie sie ihn noch nie angesehen hatte. Otto ging abwärts, die Treppe hinunter. Vor ihm die geschlossene Tür zur Nähstube. Stoff wurde drinnen zerrissen, ein lautes Klingeln, mehr ein Rattern. Die Kasse. Otto sah die Kasse nicht, aber er wusste, dass sie da nun lag, umgedreht auf dem Teppich.

Man warf die Stühle um, den Tisch. Als Otto schon auf der Treppe in den Keller war, hörte er mit einem Schlag die Werkbank umkippen. Otto lief zum Bodenfenster, das in den Hof führte. Er riss es auf und kletterte hinaus. Die Jacke blieb am Rahmen hängen. Der Rahmen riss eine Spur in die Schulter. Otto rollte sich hinaus in den Hof. Er stand auf und drückte sich mit dem Rücken an die Hauswand. Er schob sich in den dunklen Durchgang. Drinnen rissen sie die Regale aus den Wänden, warfen Dinge auf die Straße, waren sie schon im Treppenhaus? Er hörte sie poltern.

Es gelang ihm, sich hinter dem Rücken der Leute auf die Straße zu schleichen. Er versuchte auszumachen, wie viele es waren, aber es war schwer zu sehen. Auch beim Café Neumann hatten sie die Scheibe eingeschlagen. Otto ging, den Kopf gen Boden gesenkt, nur nicht umsehen, Richtung Straßenecke. Sollte er sich doch umdrehen? Besser nicht. Bei Krämer Krach war alles dunkel. Otto blieb stehen. Es ging nicht, er musste sich umsehen.

Dort, wo Mäntel Rettig gewesen war, gähnte jetzt ein schwarzes Loch. Alles hatten sie herausgerissen. Die Frauen mit den Kinderwagen zogen schon weiter, es war nichts mehr zu holen. Einige Männer blieben aber noch vor dem Laden. Sie sahen sich unentschlossen um. Es waren zehn, vielleicht zwanzig Männer. Sie suchten ein neues Ziel. Der kaputte Laden reichte nicht. Es drohte Langeweile. Bis einer der Männer am Fenster im ersten Stock die Mutter entdeckte. «Da!», schrie er. «Holt se raus!» Ein zehnfaches Echo spornte ihn an: «Raus mit der Jüdin! Raus!»

Sie zerstörten die Haustür und donnerten durchs Treppenhaus.

Sie schubsten die Mutter vor sich her. Ihre Haare waren bereits offen, zerrissen, der Rock aufgetrennt, sie trug keine Schuhe, über der Wange klaffte eine Wunde. Sie schubsten die Mutter zwischen sich her. Eine Frau, die einen Brotbeutel ums Handgelenk trug, in dem sie Besteck sammelte, wickelte den Beutel fest um den Unterarm und schlug der Mutter auf die Brust. Ein Kerl trat nach ihr. Otto wollte schreien und hinrennen und diese Leute treten und töten. Er biss sich, so fest er konnte, auf die Lippe. Er zwang sich, nicht zur Mutter zu sehen, nur nicht zu der Mutter zu sehen, die nur zehn Meter weit weg war. Benommen suchte Otto den Boden ab. So viele Steine, wie er gebraucht hätte, lagen dort nicht.

Jemand rief: «Eine Feigheit ist das! Eine unglaubliche Feigheit!» Es kam vom Café Neumann her. Jemand schlug gegen die Reste der Scheibe. Otto merkte, wie sich mitten in seinem Gesicht eine tiefe Falte bildete. Wieder sah er, dass jemand nach der Mutter trat, die schon auf dem Boden kniete, und wieder schrie jemand «Feigheit!». Da schlugen sich Leute vor dem Café. Faust gegen Faust. Otto hielt es nicht mehr aus, er schrie auch etwas, einen Ton, der wie «Nein» klang, und er trat wild um sich.

Eine Sirene ertönte von irgendwo, ein Polizeiauto fuhr vor. Der Motor, die Beamten, ihre Hüte. Die Bremse quietschte, direkt vor Otto. Seine Hände zitterten, der ganze Körper, die Lippen. Sein Magen krampfte, es brannte mitten im Körper. Er wollte würgen. Er sah die Mutter auf dem Boden, wieder schlug die Frau sie mit ihrem Besteck. Jemand rief etwas. Otto pfiff es in den Ohren. Die Hände der Polizisten griffen nach der Mutter. Sie zogen sie ins Auto. Andere Hände griffen nach Otto, der an der Hauswand lehnte, schrie und heulte. Die Hände zogen ihn in den Laden von Krämer Krach hinein. Sie schlossen die Tür. Otto sah durch die Scheibe das Polizeiauto mit der Mutter wegfahren.

Forellenauge

Rieke stand im Foyer des Bürgerhauses Kreuzberg und zog die Notizen aus der Tasche, die sie sich bei ihrem letzten Gespräch mit Frau Hecht gemacht hatte.

Eigentlich hatte Frau Hecht nur wissen wollen und per Mail nachgefragt, ob die Akten, die Rieke auf dem Rollwagen im Lesesaal hatte liegenlassen, von ihr noch genutzt würden; außerdem hatte Rieke ihren Ausweis am Tresen des Landesarchivs vergessen, und Frau Hecht bat darum, dass sie ihn recht bald abholen möge. Rieke war noch einmal hinausgefahren, zum Landesarchiv in der Backsteinburg kurz vor dem Tegeler See. Frau Hecht hatte Rieke den Ausweis auf den Tresen gelegt und sie gefragt, ob sie denn gefunden habe, wonach sie suchte. «Nein», hatte Rieke geantwortet. Weil das ihre Aufgabe war, fragte Frau Hecht zurück, woran es gelegen habe.

Etwa zwanzig Minuten später standen sie in der Kartensammlung des Archivs, Rieke und Frau Hecht, vor ihnen auf dem Tisch das Blatt einer Katasterkarte aus den zwanziger Jahren. Man sah da die Mitte von Berlin, das Viertel rund um die Hofstraße. Damals nannte man den Stadtteil «Friedrichstadt». Frau Hecht fuhr mit dem Finger die Häuserreihen ab.

«Nummer 15?», fragte sie.

Rieke nickte.

Die Straße sei in den dreißiger Jahren umnummeriert worden, sagte Frau Hecht, aus der «Hufeisennummerierung» wurde die «Orientierungsnummerierung», vom Spittelmarkt aufsteigend. Frau Hecht nahm sich einen Zettel. Sie schrieb eine Zahlenreihe, mit der Ziffer «1» beginnend, darunter die «2», die «3» und so weiter. Immer wieder blickte sie auf das Katasterblatt. Hinter die erste Reihe begann sie eine zweite zu schreiben, allerdings ließ sie die «1» frei. Neben die «2» schrieb sie eine «3», neben die «4» eine «7», neben die «5» eine «9». Als sie fertig war, stand neben der Nummer «8» eine «15» – neben der «15» eine «29». Frau Hecht riss den Zettel vom Block und gab ihn Rieke.

«Also», sagte sie. «Früher Nummer 15 ... Umnummerierung ... jetzt 29. Versuchen Sie es mit der Bauakte Hofstraße 29. Aber ...»

«Aber?»

«Sollte das Haus noch stehen, also nicht abgerissen, zerstört oder neu gebaut worden sein ... werden Sie es bei uns nicht finden.»

«Wieso?»

«Wir haben nur die Akten der Häuser, die nicht mehr stehen. Der Rest ist im Bauamt des Bezirks.»

Rieke nickte.

«Und ...», fuhr Frau Hecht fort, «die Straße war von der Mauer getrennt. Die Mauer verlief ... zwischen Nummer 9 und Nummer 12.» Frau Hecht sah auf das Katasterblatt. «Sie müssen zum Bauamt Kreuzberg.»

Der Pförtner des Bürgerhauses schickte sie in den dritten Stock. Rieke stand vor dem Zimmer mit der Aufschrift «Bauamt, Archiv. Sachbearbeiter Herr Bernhard» und klopfte an die Tür. Sie hörte ein Radio spielen, aber keine Reaktion. Ein zweites Geräusch, wie ein Scharren. Holzfällen aus der Entfernung. Rieke klopfte noch einmal.

«Ja!», rief jemand. «Ja! Hier. Ick bin da.»

Sie schob die Tür auf. Rechts vom Fenster saß ein Mann, die Unterarme auf seinem Schreibtisch, auf dem das Radio stand. Die Längsseiten des Raumes waren vollständig von Kisten verdeckt, die mit Straßennamen beschriftet waren. Durch die Grifflöcher sah man Aktenordner. Auf dem Boden mehr Aktenordner.

Rieke fragte: «Bauaktenkammer?»

«Jo, ick bin da», sagte der Mann.

«Herr ... Bernhard?» Rieke tat einen Schritt in sein Büro.

«Ick bin da.» Herr Bernhard nickte.

«Ich suche die Bauakte ...»

Herr Bernhard ließ sie nicht aussprechen: «Dann müssen Sie in die Bauamts*aktenkammer*.»

«Ach so?» Auf dem Gang hinter Rieke hallten Schritte, feste Schuhe auf dem Linoleum. Ein Windzug im Nacken. Rieke drehte den Kopf kurz zur Seite.

«Kurz Bauaktenkammer. Zu Herrn Seraf», sagte Herr Bernhard.

«Herrn Seraf.»

«Genau. Hier ist das Archiv des Bauamts. Was hier steht, liest keiner mehr. Sie gehen den Gang hoch, einmal rechts, links durch die Schwingtür, an die zweite Tür auf der linken Seite klopfen und ...»

Rieke hörte Herrn Bernhard kaum noch zu. Sie roch etwas, das sie kannte. Sie drehte wieder den Kopf zur Seite. Die Schritte auf dem Gang. Ein Geruch. Von wo kam er? Konnte es sein? Rieke trat rückwärts auf den Gang hinaus, sah nach rechts. Beinahe wäre Lior mitten in sie hineingelaufen.

Rieke hielt es für einen Scherz, aber im vorderen Flügel des Bürgeramts gab es fünfzehn Stockwerke. An den Knöpfen im Fahrstuhl war das klar zu erkennen. Lior drückte auf die «15». Er trug seine Lederjacke, an der Rieke mehr und mehr Löcher entdeckte. Eines war kreisrund und sah wie eingebrannt aus. Liors rechtes Auge war rot.

Der Fahrstuhl zog sich ächzend in die Höhe, vierter Stock, sechster, zehnter, vierzehnter, fünfzehnter Stock. Als sich die Tür öffnete, roch es nach Essen. Nach Fisch? Man sah Tische, Stühle, einen langen Tresen. Lior ging auf eine der Ecken zu. Von dort konnte man in alle Richtungen über die Stadt gucken. Er nahm an einem Tisch Platz, Rieke gegenüber. Links schauten Lior die Hochhäuser am Potsdamer Platz über die Schulter. Rechts sah Rieke den Fernsehturm.

«Du bist in Israel?», fragte Rieke.

Lior machte eine Schnute. Er hatte seine Jacke anbehalten. Auf den Tisch legte er eine Mappe, aus der allerlei Blätter herausragten. Der Deckel stand hoch in die Luft, weil etwas Dickes darunterlag. Ein Buch.

Lior war rasiert und seine Haare geschnitten, was Rieke mehr verunsicherte als der Fakt, dass er sie angelogen hatte. Sein rasiertes Gesicht verunsicherte sie auch mehr als die Schwellung, blau und ein wenig rot, die sich rund um sein rechtes Auge gebildet hatte. Ein ordentliches Veilchen, als habe er sich mit jemandem geprügelt. Rieke stellte sich vor, wie eine Faust das Auge von Lior traf, das rechte, und sie kam zu dem Schluss, dass diese Faust einem Linkshänder gehört haben musste oder einer Linkshänderin.

«Wann bist du beim Friseur gewesen?», fragte Rieke.

«Gestern», sagte Lior. Sie merkte, wie sehr seine Antwort sie beruhigte. Sie ärgerte sich aber auch darüber, dass, ja *dass* die Antwort sie beruhigte.

«Ist das Auge von Uri?», war die zweite Zumutung, die Rieke in eine Frage verpackte und in die Richtung von Lior schmiss.

«Er hat es auch», sagte Lior. «Ich habe ihm in den Arsch getreten.»

«Dabei ist der so hübsch», sagte Rieke.

«Wer? Was?»

Lior schaute verschwommen aus seinen anderthalb Augen.

«Der Arsch von Uri.»

Lior zog über dem geschwollenen Auge die Braue nach oben. Das schien ihm Schmerzen zu bereiten.

«Von Iza ist auch nicht schlecht», sagte er.

Rieke nickte. «Weiß ich wohl.»

Sie deutete zum Tresen hinüber. «Wollen wir etwas essen? Es gibt Fisch, glaube ich», sagte sie.

Lior sah zum Buffet, hinter dem ein Koch stand, der eine weiße Mütze aufhatte und eine Schöpfkelle in der Hand hielt. Sie standen auf, gingen zum Tresen, nahmen Tablette, stellten Teller darauf, legten Besteck daneben, rückten vor in der Reihe, die nicht lang war und aus einer Handvoll Beamten des Hauses bestand. Der Koch belud einen Teller nach dem anderen mit einem Fisch, der quasi noch ganz war, dazu Kartoffeln, ein paar grüne Bohnen, Zitronenscheiben, Zwiebeln.

«Was ist das?», fragte Rieke, als sie an der Reihe war.

«Wonach sieht et aus?», fragte der Koch.

«Fisch», sagte Rieke.

«Richtich. Forelle.» Der Koch hielt ihr den Teller hin. «Juten Appetit.»

Vorne und hinten ragte die Forelle über den Tellerrand, Auge und Flossen waren noch dran. Drei Zitronenscheiben lagen darauf. Daneben die Zwiebel in Dreiecke geschnitten.

Das Auge des Fisches sah ein wenig schauerlich aus, blau schimmerte es und rot.

Lior hielt hilflos seine Gabel in der einen, das Messer in der anderen Hand und besah sich nacheinander, was auf seinem Teller lag. Er begann, die Kartoffeln zu essen. Rieke nahm das Messer, schnitt die Flosse an und den Kopf; sie fuhr seitlich in die Forelle, setzte den Schnitt und hob gekonnt das obere Filet ab.

«Also?», sagte Rieke.

Lior nahm noch eine Kartoffel. Legte die Zitronenscheiben an den Rand des Tellers, als seien sie nicht essbar. Schaute Rieke auf die Finger. Versuchte zu verstehen, wie man mit diesem Fisch vorging. Schließlich legte Rieke das Fischmesser beiseite und verschränkte die Arme. Lior verdrehte ein wenig das Auge, das er bewegen konnte.

«What also?», fragte er zurück.

«Du bist verschwunden? Erst die Nacht – dann einfach weg?»

«So war es», sagte Lior.

«Das ist alles?»

«Ich gehe zuruck nach Israel, fur eine Zeit. Ich muss nachdenken.»

Rieke fröstelte es bei diesen Worten.

«Das glaube ich nicht», sagte sie. Aber sie glaubte es doch.

«Auch wenn du nicht glaubst», sagte Lior.

Dann war es still.

«Ich war am Wannsee», sagte Rieke, damit die Stille aufhörte.

«Gratuliere.»

«Du bist nicht dort gewesen ...»

«Ich? BaChaim lo.»

«Was?»

«Im Leben nicht. Wannsee ist Nazisee.»

«Angerufen hast du da.»

«Und?»

«Ich war auch im Landesarchiv», sagte Rieke.

«Congratulations.»

«Ich habe deine Akten gelesen. Die Hauptakte Rettig.»

«Aha.»

«Du suchst nach dem Laden, oder? Nach dem Haus. Ob es euch jemand gestohlen hat.»

«Da brauche ich nichts suchen. Naturlich hat es jemand gestohlen. Was soll ich suchen? Was ist geheim? Was gibt es zu wissen? Naturlich hat jemand meine Familie ermordet. Ich bin kein Detektiv, kein verdammter Columbo, der lauter annoying questions stellt, um den Täter zu kriegen. Du brauchst nur auf die Straße gehen, da ist alles. Da findest du Täter. Man braucht nur auf den Boden schauen: Sogar die Häuser sind markiert, in denen sie gestohlen und gemordet haben.»

Liors Stimme war gedämpft, aber hart. Er klang bitter. Rieke starrte das Auge der Forelle vor ihr auf dem Teller an, und für einen Moment schien es ihr, als starre die tote Forelle zurück. Aus ihrem Auge, das rot war und blau und irgendwie geschwollen.

«Was suchst du dann?», fragte Rieke.

Lior schwieg und aß Kartoffeln.

«Ich bitte dich, mir nicht zu helfen. Du gehorst nicht dazu.»

«Du spinnst.»

«Ja. Meinetwegen.»

«Du isst nur die Kartoffeln.»

«Ich mag Kartoffeln», sagte Lior. «Schon immer.»

Rieke beugte sich vor, streckte die Hand aus und legte

einen Finger in die Mappe mit Zetteln, die Lior auf den Tisch gelegt hatte. Sie hob den Deckel ein Stück an. Auf den Zetteln lag ein Büchlein, roter Einband, kaum größer als ein Portemonnaie. Ein Wort hatte mal daraufgestanden, das kaum noch zu entziffern war. Der erste Buchstabe mochte ein «S» gewesen sein, der letzte ein «R».

«Darf ich?», fragte Rieke.

«Nein», sagte Lior. Er hielt drohend sein Messer in die Höhe. Rieke zog die Hand zurück.

«Das Büchlein von deiner Oma? Konnte es jemand lesen?»

«Nein», sagte Lior, und es klang nicht besonders überzeugend. Er aß auch die letzte Kartoffel auf seinem Teller auf. Der Fisch war nun sehr alleine.

«Es ist ein Gesangbuch», sagte Lior, «aus einer Kirche. Da sind Noten drin und Texte.»

«Vielleicht hat deine Oma sich als Christin getarnt?»

«Niemals.»

«Wieso niemals?»

«Warum sollte sie das Buch nach Israel nehmen? Weil sie sich in Israel als Christin ausgeben wollte?»

«Als Andenken?»

«Woran? Oma hat viele Sachen reingeschrieben, eine Frau im Landesarchiv sagt, es ist ein Tagebuch. Aber die Schrift ist zu klein. Niemand kann das lesen. Und es ist nicht aus Berlin.»

«Sondern?»

Lior schluckte. «Aus Schweden», sagte er schließlich. Das Buch sei ein schwedisches Liederbuch. Die Sprache der Lieder, das sei nicht Deutsch. Die Oma müsse es mitgenommen haben, auf der Flucht. Sein Opa habe mal erwähnt, dass sie über Schweden geflohen seien, mit einem Schiff. Er habe immer gedacht, sagte Lior, das sei nur eine Zwischenstation gewesen. Sie hätten da ein paar Tage im Hafen gelegen – und das nächste Schiff genommen. Nach England, Frankreich, über das Mittelmeer.

«Darf ich kurz hineinsehen?», fragte Rieke noch einmal.

«Wenn es muss», sagte Lior.

Rieke nahm das Buch in die Hand, drehte es, blätterte. Die Seiten waren hauchdünn und an der Seite vergoldet. Einige hatten an der oberen Ecke Eselsohren. Rieke schlug eine solche Seite auf. Erst sah sie es nicht richtig, aber dann entdeckte sie die kleine, geschwungene Handschrift: enge Zeilen, die sich in die Zwischenräume zwischen gedruckten Psaltern und Noten drängten. Es gab ein Datum, eine Anrede. Rieke kniff die Augen zusammen und hielt die Seite ins Licht.

«Achtzehn ... achtzehnter September 1944», las sie vor.

«Lieb ... tot ... zehn. Das ergibt keinen Sinn.»

«Eben», sagte Lior. Er sagte es sehr schnell.

Rieke sah auf die Anrede. «Mir» stand da, oder «Nir». War dies nicht der hebräische Name von Nils Rettig? Dem Opa von Lior?

«Es ist an Nir», sagte Rieke. «Das war doch der Name deines Opas?»

Lior zeigte keine Reaktion. Er starrte auf den Fisch. «Möglich», sagte er nach einer Weile.

Rieke blätterte das Büchlein bis zum Ende durch. Auf der Innenseite des Einbands war mit Bleistift und in Handschrift, aber einer anderen als vorher, eine Eintragung gemacht worden: «Victoria-Gemeinde».

«Da steht ‹Gemeinde›», sagte Rieke.

«Ja, und?», fragte Lior.

«‹Gemeinde›, das ist doch Deutsch. Ich kann kein Schwedisch, aber ich glaube, die haben ein anderes Wort.»

«Na und?»

«Wieso schreibt da jemand auf Deutsch ‹Gemeinde› in dieses Buch?»

«Kein Ahnung. Wahrscheinlich eine Gemeinde in Schweden, von der Oma das Buch hat. Irgendwas. Es spielt kein Rolle.»

«Wie sind sie eigentlich nach Schweden gekommen?», fragte Rieke.

«Mit einem Zug und dann mit dem Schiff», sagte Lior. Das habe Opa Achmann mal erwähnt. Kurz vor seinem Tod habe er davon gesprochen. Das war so eine Geschichte, die er vermutlich nie erzählen wollte. Aber dem Opa habe am Ende die Kraft gefehlt, um sie zu unterdrücken. Viel mehr wusste er nicht, nur dass alles geheim passiert sein musste, wie der Rest der Reise.

Rieke klappte das Büchlein zu und legte es auf den Tisch. Die Mappe mit Liors Blättern lag offen vor ihr. Sie schob das Buch dazu. Mit einem Finger tippte sie auf die Blätter. Es waren Kopien aus Akten, wie sie auch eine in der Hand gehabt hatte. Ein dicker Stoß Kopien.

«Erzähl, was drinsteht», sagte Rieke. «Es ist die Akte über die Hofstraße 29?»

«Richtig», sagte Lior. «Aber ich habe nichts gefunden. Nichts. Nothing. Die Akte ist ein Sackgasse.»

Der Laden sei eine Sackgasse, die Suche sei überhaupt eine Sackgasse.

«Das ist nichts», wiederholte Lior. Beherzt schnitt er in die Forelle. Er lud sich ein Stück davon auf die Gabel. Rieke sah mindestens sechs Gräten herausragen. Lior biss in den Fisch.

Das Haus sei einige Male repariert worden, sagte er und kaute tapfer. Später habe da ein «Otto Kartberg» gewohnt.

Der letzte Eintrag in der Akte stamme aus dem Jahr 1966: «Da hat es gebrannt. In der Nacht vom zwölften auf den dreizehnten April.» Es hatte einen Großeinsatz der Feuerwehr gegeben, aber es war nichts mehr zu retten gewesen. Otto Kartberg, der Besitzer, hatte aber überlebt. Er verkaufte das Grundstück kurz danach. Es war kaum noch etwas wert, da ein paar Meter weiter die Berliner Mauer hochgezogen worden war.

«Ich habe Bilder von den Seventies gesehen, Rieke. Unglaublich», sagte Lior, und seine Stimme stockte. «Die Straße war abgebrochen, closed up, stop. Sie war weg. Da stand die Mauer und daneben Wuste, Stacheldraht.» Mit dem Haus hatte auch der Betrieb aufgehört zu existieren. Der letzte Eintrag, den er in der Handelskammerakte von Otto Kartberg gefunden habe, sagte Lior, lautete: «Betrieb aufgelöst zum 30. April 1966».

Lior kaute weiter. Er zog sich eine Gräte nach der anderen aus dem Mund. Er fuhr sich mit der Zunge über die Lippen, nahm das Messer exakt auf die gleiche Weise in die Hand und schnitt von der Forelle ein neues Stück ab. Die Gräten knirschten unter dem Messer. Auf der Westseite hätten ein paar alte Häuser der Straße überlebt, sagte Lior, aber der Rest der Straße sei eine Steinwüste gewesen – bis man vor kurzem auch dort begonnen habe, Neubauten hochzuziehen. Auch auf dem Grundstück der Nummer 29.

«Gehört es Agrippa oder Patrizia Immobilien?», fragte Rieke.

«Consul», sagte Lior und biss in seinen Fisch.

«Du bist dort gewesen?» Die Gräten knackten zwischen seinen Zähnen.

«Ich mach Schluss», sagte Lior und zog sich eine weitere Gräte aus dem Mund. «Ich gehe nach Israel.»

«Ich glaube dir kein Wort ...», sagte Rieke, «... kein Wort.» Sie sagte es zwei Mal, damit es ein Fakt würde, dass sie ihm nicht glaubte.

«Die Alijah Berlin ist zu Ende. Nigmar. Urlaub rum», sagte Lior.

Alijah, der Aufstieg, dachte Rieke. Der Aufstieg nach Berlin, von dem Lior vorher mit einem Lächeln erzählt hatte. Der Aufstieg in den fünfzehnten Stock des Bürgeramts. «Ich glaube dir trotzdem nicht, dass ...», sagte sie. Nur halb überzeugt, kaum überzeugend.

«Was ist ...» Lior brach ihr den Satz ab. «Ich habe lange gesucht, nach etwas, was da gar nicht ist», sagte er. Seine Stimme klang nun sehr hart. «Oder es kann nicht sein. Ich weiß es nicht.»

«Du willst nicht sein wie Assaf», sagte Rieke.

«Auf keinen Fall», sagte Lior.

Früher sei es so gewesen, im Mittelalter: Der Sohn des Königs war als Prinz geboren – und sollte einmal König werden. Der Sohn des Schmiedes wurde ein Schmied, der Sohn des Schneiders ein Schneider, der Sohn des Pastors ein Pastor, der Sohn des Juden blieb Jude. Heute gebe es sie auch, die Söhne von Piloten, die Piloten werden, die Söhne von Präsidenten, die Präsidenten werden. Die Söhne von Dieben, die selbst Diebe werden. Aber für ihn sei nun Schluss, sagte Lior. Er breche die Kette der Vererbung.

Wieder fummelte er sich eine Gräte aus der Zahnlücke. Rieke hatte noch keinen Bissen von ihrem frisch filetierten Fisch in den Mund genommen. Das geteilte Tier lag vor ihr, mit Zitronen und Zwiebeln garniert, und es schien immer noch, als würde sein Auge in ihre Richtung sehen.

«Ich gehe zuruck», sagte Lior noch einmal, «nach Israel.»

«Aber was ist dann, also, was ist mit ...», setzte Rieke an.

«Was womit?»

«Na ja, mit ...»

«Hä?»

«Zwing mich nicht, es zu sagen.»

«Was?»

«Nichts», sagte Rieke. «Gar nichts.»

Sie blickte auf das traurige Essen auf ihrem Teller. Der Fisch hatte schon am Tresen nicht gerade gut ausgesehen, aber nun schien er alles verloren zu haben, alles Leben, jeden Geschmack. Seine Augen schimmerten nicht einmal mehr, nicht rot und nicht blau. Sie waren nur noch grau, wie der Rest des Fisches. Auch die Kartoffeln waren grau. Vor dem Fenster zogen graue Wolken auf. Der Fernsehturm am Alex war grau.

Rieke sah Lior an, sein geschwollenes Auge, die kaputte Lederjacke, die an so vielen Stellen hätte geflickt werden müssen.

«Aber deine Jacke», sagte Rieke, und sie wusste, dass es ein lächerlicher Einwand war. «Ich habe ja gar nicht deine Jacke geflickt.»

Lior zog die letzte Gräte aus seinem Mund und legte sie langsam auf seinen Teller, neben die Forelle, deren Skelett er kräftig zerfleddert hatte.

Sein Kopf begann zu pendeln, als spiele da Musik, die keiner außer ihm hörte. Seine Hände lagen flach auf der Tischplatte. Rieke sah die kleinen Wunden, die Risse an den Fingern. Seine Handgelenke waren aufgekratzt. Aber selbst da war er nun grau.

«Und deine Arme», sagte Rieke leise. «Ich wollte mich auch um deine Arme kümmern.»

Lior begann, sich zu kratzen.

«Lass das!», entfuhr es Rieke. Sie griff nach seiner Hand.

Sie hielt sie fest. Lior drückte zurück. Er hielt den Atem an. Rieke spürte seinen Puls, sie sah in seine Augen. Seine Nase stand wie eine Antenne aus dem Gesicht. Rieke hatte Lust, hier, von allen Orten, im fünfzehnten Stock eines deutschen Bürogebäudes, Lior auf der Stelle die Kleider wegzureißen und ihn in sich hineinzuziehen. All das hätte sie sagen können, in diesem Moment, in dem sie endlich wieder seine Hand hielt. Aber sie tat es nicht.

Es war eine bittere Lust, die sie spürte. Weil sie so bitter war, wurde sie stärker. Am Zittern von Liors Hand, daran, dass er mit der freien Hand wieder den Arm zu kratzen begann, daran, dass er sich räusperte, als wolle er etwas sagen, was nicht der Fall war, daran, dass das Grau aus seinem Gesicht verschwand; an all diesen Dingen erkannte Rieke, dass es Lior auch so ging.

Nach einer Weile begann er zu sprechen. Gedämpft, kalt, der kurze Anflug war vorbei. Er löste seine Hände aus Riekes Umklammerung. «Es ist like this ...», sagte Lior. «Ich wollte sagen, warum ich zurückmuss, aber es geht nicht.» Er habe es erklären wollen, aber ihm fehlten die Worte. Er könne es in Hebräisch erklären, aber Rieke nur auf Deutsch verstehen. Es fehlten ihnen Halbtöne, Präzision, «die Schatten».

«Schattierungen.»

«Genau.»

«Es ist komisch», sagte Lior. «Wenn ich mit Freunden spreche, die sagen, sie hätten Alijah Berlin gemacht, dann verstehe ich, was sie meinen. Es ist aber umgekehrt zu dem, was Leute sagen, die Alijah nach Israel machen.»

«Das verstehe ich nicht.»

«Siehst du?»

«Was sehe ich?»

«Die Leute, die nach Israel kommen, um Israelis zu sein,

sprechen ohne Pause über ihr Ziel», sagte Lior. Sie erzählten vom Strand in Tel Aviv, vom Fisch in Akko, vom Salz im Toten Meer. Vom Gefühl, Jude unter Juden zu sein. In Berlin sei es andersherum: Die Leute sprächen nicht übers Ziel, sondern über das, was sie verlassen haben – also über das Gleiche, nämlich Israel. Sie sprächen darüber, dass jederzeit Krieg ausbrechen kann, ein Bus in die Luft fliegen, eine Rakete einschlagen. Dass sie selbst am Strand von Tel Aviv nicht entspannen können, weil ihr Herz so schnell schlägt. Über den Kampf, den das Leben dort bedeutet, die ständige Rechtfertigung vor sich und dem Rest der Welt. Über die Lügen und den Hass, die über Israel ausgeschüttet werden: Sie seien wie Raketen, es brenne zwar nicht, wenn sie einschlügen, aber sie träfen genau. «Jeden Tag heulen die Sirenen.»

Lior sah auf Riekes Teller.

«Willst du den Fisch nicht?»

«Weiß nicht. Erzähl weiter.»

«Hier in Berlin aber», sagte Lior, «muss sich niemand fur etwas erklaren.» In dieser Stadt sei bereits das schlimmste Verbrechen geplant worden. Sie sei zerstört worden, habe gebrannt, sei in der Mitte zerbrochen. Ein echter Haufen Trümmer sei sie. Die Freunde, die hier lebten, redeten gerne über Berlin und wie es sei. Aber wenn sie redeten, merkten sie nicht, dass sie nicht nur über Berlin redeten, sondern wieder das Leben in Israel erklärten. Sie redeten über Israel, als sei das ein Rausch, der den Menschen ganz in sich verzehre. Sie erzählten von der Vergangenheit in Israel und der Gegenwart in Berlin wie über eine Drogensucht, und wie sie clean geworden seien. Die ersten Monate seien hart gewesen, aber jetzt sei es gut. Sie hätten in erster Linie etwas *verlassen* und nur in zweiter Linie das Ziel, an einem anderen Ort *anzukommen*.

«Und was ist mit dir», fragte Rieke, «bist du clean?»

«Bei mir es ist anders», sagte Lior. «Ich bin hier, weil ich etwas suche. Aber es ist schief, ich bin falsch. Ich dachte, mit deiner Hilfe kann ich vielleicht besser finden, was ich suche. Weil du wie ich bist. Du kennst Berlin auch als Haufen Trummer. Du bist aus Berlin, aus einem Haufen Trummer.»

«Trümmer.»

«Trümmer. Ich wollte dich nicht in die Sache ziehen. Ich mag dich, und es wäre besser, wenn du mich nicht gesucht und gefunden hättest ...»

«So.»

«Ja, also: Ich war in Berlin, ich bin in Berlin, weil da etwas ist, mit meine Geschichte, mit meine Großeltern, mit mir. Ich suche hier was. Ich suche hier was, aber ...»

Lior machte eine Pause. Er holte tief Luft, als wolle er unter Wasser tauchen.

«Aber?»

«Aber das bist nicht du.»

Der Satz traf Rieke direkt. In den Hals, in die Brust, in die Wange, in die Augen, überallhin, als habe Lior die Gräten von seinem Teller genommen und sie wie kleine Pfeile in sie hineingerammt.

Riekes Hand ballte sich unter dem Tisch zur Faust, und sie wünschte sich einen kurzen Moment, sie könne den Mann, der ihr gegenübersaß, diesen Scheißtyp, aus dem Fenster schmeißen. Sie atmete langsam durch. Vom Herz her kroch ihr Kälte in den Hals.

«Hau ab», brachte sie noch heraus. Es waren mehr Trümmer als Worte. Trümmerworte. Lior packte seine Sachen, die Mappe, das Büchlein und ging.

Die Fahrstuhltür schloss sich vor Lior. Als die Kabine ächzend hinuntersank, man konnte es gut hören, und Rieke allein war, wollte sie weinen. Das einzige Gefühl aber, das sie hatte, war dumpf. Dumpf und grau und fünfzehn Stockwerke hoch, wie das Haus, in dem sie saß.

Sie nahm sich die Zwiebeln und die Zitronen von den Tellern, die vor ihr standen. Sie drückte die Sachen nacheinander auf dem Handrücken aus und rieb sie sich in die Augen, damit wenigstens ein paar Tränen kamen. Damit sie das zerstörte Fischskelett auf Liors Teller nicht mehr sehen musste. Damit sie die Dächer der Hochhäuser am Potsdamer Platz nicht mehr sehen musste. Damit sie selbst die Kugel des Fernsehturms am Alex nicht mehr sehen musste.

20. Oktober 1946
24 Tischrei 5705

Endlich sind wir unterwegs. Früh am Morgen hat Nils uns aus dem Bett geholt. Wie bei den Übungen. Das Schiff, es ist tatsächlich dieser Schärendampfer, wartete in einem kleinen Hafen ein paar Kilometer vor Marseille. Da standen französische Soldaten am Kai, die haben uns gezählt: eins, zwei, drei. Nils hat den Polizisten Zigaretten und Branntwein gegeben. Dann haben sie rückwärts gezählt, am Ende sind sie einfach gegangen. Es sind viel zu viele Leute an Bord, glaube ich. Wir sind ohne Lotse ausgelaufen, das Schiff hat die Mole gerammt. Jetzt sind Löcher drin. Sie mussten Wasser aus dem Bauch pumpen. Überall stehen und liegen die Leute, ich glaube, es sind über tausend. Die meisten hocken unten im Laderaum auf Pritschen, sie können sich kaum bewegen. Wir haben eine Art Kabine, hier sind wir zu sechst. Die Bänke sind aus Holz, die Wände, die Tür. Es gibt kein Fenster. Ich habe Angst zu schlafen.
Wir sollen eine Woche unterwegs sein, sagt Nils.
Ich wollte nicht auf dieses Schiff, aber Nils hat gesagt, wir hätten keine Wahl. In der Kombüse hat jemand aus Versehen Salz ins Wasser gemischt, jetzt schmeckt alles danach. Die Decks sind zu voll, wir haben Schlagseite.

Vor Korsika kam ein Sturm auf. Die Matrosen, Spanier, die vor dem Krieg geflüchtet sind, hockten schon auf den Planken und beteten. Sie haben die Flagge angefleht, so eine rot-weiße mit zwei Sternen. Ich frage mich, an welchen Gott sie glauben. Nils sagt, das sei die Flagge von Panama, zur Tarnung. Nils und die Leute von der Organisation haben mitten im Sturm Männer rausgesucht, die mussten hoch aufs Deck und hin und her laufen, von Backbord nach Steuerbord, zehn links, zwanzig rechts, damit wir nicht umkippen.

Jedem Zweiten hier unten ist speiübel, mir auch. Mein Hals schmerzt vom Würgen. Meine Augen sind voll Wasser, ich sehe schlecht. Es ist dunkel um mich. Nicht ein wenig, sondern ohne Pause. Wir dürfen nicht an Bord, viele wollen das, um sich ins Meer zu übergeben, aber es geht nicht. Die Briten könnten uns aus ihren Flugzeugen sehen. Hier unten kann man nicht stehen, nicht gehen, nicht sitzen. Es riecht schlecht. Ich kann nicht liegen auf dem Holz. Die Brust brennt, meine Schulter schmerzt, meine Füße. Mir ist schwindelig. Ich mag die Augen kaum öffnen.

Zum Glück schreist Du nicht. Wir sind ja auf einem Schiff. Du isst sogar den Schiffszwieback und das Dosenfleisch. Es ist wie damals auf dem Schiff aus Schweden: Seit wir an Bord sind, geht es Dir gut. Wie gut, dass Du so vieles nicht verstehst. Nils und seine Leute kümmern sich um Dich. Zum Schlafen wickelt er Dich in seine alte Lederjacke, die lauter Löcher hat, und Du kaust versonnen am Revers. Ich würde Dich gerne auf die Schultern nehmen, aber ich kann es kaum. Wenn wir in Eretz Israel sind, wird alles anders. Ich verspreche es Dir.

Nils sagt, die Briten lassen niemanden mehr nach Haifa. Er hat es im Geheimen erzählt. Ich kann das nicht glauben: Sie wissen doch, wo wir herkommen. Wir müssen zu unseren

Leuten! Wie können sie uns abweisen? Angeblich stecken sie uns auf Zypern in Lager.

Ich kann nicht mehr richtig schreiben, meine liebe Kleine. Jedes Wort tut weh. Mein Blick wird grau und blind. Endlich fahren wir in unser Zuhause. Wenn wir da sind, schreibe ich jeden Tag für Dich. Ich verspreche es.
S.

Fast alles hat die Mutter vergessen

Es war acht Uhr am Morgen, und Otto spülte sich in der Toilette den Mund aus. Im Oberlicht lärmten die Tauben. Waren es immer dieselben? Er ließ sich Wasser in den Mund laufen, viel Wasser, damit das pelzige Gefühl verschwand. Alfons Krach hatte ihn am Vorabend abgefüllt, Weinbrand bei Kerzenlicht. Das Kerzenlicht nicht aus dem Grund, dass es gemütlich sein sollte, sondern es musste verdunkelt werden, wegen der Fliegerangriffe. In der Nacht waren Bomben auf die Staatsoper gefallen. Berlin lag im Dunkeln, aber die Briten trafen doch. Otto gurgelte und spuckte ins Becken. Für den Vormittag hatte sich Ralf angekündigt. Am Nachmittag würde er die Mutter in der Klinik besuchen. Noch etwas war an diesem Tag, aber den Gedanken daran spülte Otto sich aus dem Mund und aus dem Sinn und wünschte, der Gedanke würde mit dem Wasser in den Abfluss laufen.

Mit eckigem Schritt ging Otto in den Laden. Er setzte sich auf einen der Stühle, mit denen er den Raum ersatzweise gefüllt hatte. Der Laden war kaum noch ein Laden, mehr ein Kleiderlager. Die ersten Stunden des Tages verbrachte er am Zuschneidetisch, der kein echter Tisch mehr war, sondern der Rest eines Tisches, nach dem Überfall. Er besserte einen Mantel aus, der neue Schulterpolster bekommen sollte. Seitdem Deutschland seine Nachbarn überfallen und der halben Welt den Krieg erklärt hatte, ließen sich die Leute Rosshaareinlagen einnähen. Neue Kleider gab kaum einer in Auftrag, und wenn, dann nicht bei Otto. Sie kamen mit ihrem halbkaputten Zeug. Auf den «Reichskleiderkarten» musste Otto Punkte abstreichen. Da es ihm niemand gesagt hatte, wusste er nie so recht, wie viele Punkte eine neue Rosshaarschulter zu kosten hatte. So viel wie zwei Paar Socken? Wie ein Hemd, ein Pullover? Manchmal tauschte er gegen Lebensmittelkarten, oder die Kunden brachten ihm Konserven und Süßigkeiten vorbei. Das kam ihm entgegen, denn so musste er das Haus seltener verlassen. Nicht dass es ihm im leeren Haus besonders gut gefallen hätte; aber das, was es auf der Straße zu sehen gab, und auch das, was es dort nicht zu sehen gab, gefiel Otto noch viel weniger.

Seit die Wehrmacht marschierte, lief jeder Zweite in Uniform umher. Hitlerjungen, Bund Deutscher Mädchen, SS, SA, Flakhelfer, Reichsarbeitsdienst. Ein Volk in Uniform. Knöpfe zu, Brust raus, auf in den Kampf. Otto seufzte und stopfte noch mehr Rosshaar unter die Schulter des Mantels. Er sah auf die Straße, Ralf musste jeden Moment kommen.

Otto erinnerte sich an den ersten Brief von der Wehrmacht, der einen Tag vor seinem neunzehnten Geburtstag gekommen war, zwei Jahre war es nun her. Er erinnerte sich, wie er sich erst einmal betrinken gegangen war. Wie er Alfons Krach in den Ohren gelegen hatte. Wie er in Betracht gezogen hatte, von der Jannowitzbrücke zu springen. Wie er Ralf schließlich nach langem Hadern um Hilfe gebeten hatte. Ottos Laune verdüsterte sich bei dem Gedanken, dass es allein Ralf zu verdanken war, gerade Ralf – und Alfred –, dass nicht auch Otto heute in einer Uniform Gräben aushob und ein Gewehr nachlud.

Ein Auto fuhr vor. Der Fahrer blieb am Steuer sitzen, auf die Entfernung konnte Otto nicht gleich erkennen, wer drinsaß. Das Auto war dunkelgrün lackiert. Die Beifahrertür öffnete sich, ein Mann in Uniform stieg aus, das war Ralf. Er ging zum Kofferraum und zog einen Stoß Mäntel heraus, legte ihn über die Schulter, zog einen zweiten Stoß heraus. Durch die Beifahrertür sah Otto auch den Fahrer. Aus der Entfernung sah er aus wie der junge Stüttgen.

Ralf drückte mit Schwung die Tür des Ladens auf. Er ging auf Otto zu, mit einem Ruck blieb er stehen, seine Schuhabsätze trat er in den Boden. Es fehlte nur noch der Hitlergruß. Ralf ließ die Mäntel auf den Tisch gleiten. Es staubte. Die Ladentür hatte er offen gelassen, es zog kühl herein. Das Auto wartete mit laufendem Motor. Es roch stark nach Benzin.

«Großer Auftrag!», verkündete Ralf.

Otto zog einen der Mäntel zu sich herüber. Dunkler, glatter Stoff. Er sah nicht gleich die Buchstaben auf dem Kragenspiegel. Aber als er sie sah, zuckte Otto, als säße da eine fette Spinne: «SS».

Ottos Wangen spannten sich.

«Du bist bei der Staffel?»

«Anwärter», sagte Ralf.

Otto nickte. Er sah Ralf nur einmal im Monat, und ihr Verhältnis war rein geschäftlich. Natürlich war es das nicht, weil es das nie gewesen war. Dieses Verhältnis aber war das Einzige, was ihnen blieb. Wenn man es überhaupt ein Verhältnis nennen konnte.

Es hatte etwas mit Ottos Mutter zu tun, die in einer Klinik bei Bernau lag. Manchmal fand Otto bei ihr Spuren, in ihrem Zimmer, die von anderen Besuchern stammten. Auf ihrem Nachttisch, der unter dem Fenster stand, durch das man die Schönower Heide sah, hatte einmal ein neues Deckchen gelegen, gehäkelt. Blumen standen Ende März in einer Vase, und an ihrem Geburtstag im vergangenen Herbst hatte jemand per Post ein Paar lange Handschuhe geschickt. Otto hatte sie in der Schublade des Tischchens verstaut, damit die Mutter sie beizeiten tragen konnte. Er war sicher, dass sie von Familie Krebs stammten. Vater Alfred hatte trotz Hinkebein und überschaubarer Intelligenz irgendwo im neuen Staat einen Platz gefunden.

Da saß er nun an einem Tisch, Herr Krebs, entschied Dinge, von denen er nichts verstand, ließ Akten verschwinden, lachte mit seinen Genossen über dreckige Witze und brüllte hinterher drei Mal «Heil Hitler!».

Otto widerten die Mäntel an, die Ralf ihm in den Laden gebracht hatte. Ralf ging zum Auto, holte einen dritten Stoß und legte ihn auf Ottos Tisch. Der Motor des dunkelgrünen Autos lief unentwegt.

«Morgen bringe ich mehr», sagte Ralf.

Otto deutete zum Auto.

«Ist das Stüttgen?»

Ralf ignorierte die Frage. Otto zog mit zwei spitzen Fingern an einem SS-Mantel.

«Kannst du die Armbinden abmachen?», fragte Otto.

«Wieso?»

«Die stören bei der Reinigung.»

«Leg sie beiseite. Muss alles glänzen! Bügel ruhig drei Mal.»

«Bis wann?»

«Zwanzigster April, große Vereidigung und Appell.»

Ralf schien innerlich aufzuleben, als er «Vereidigung» sagte und «Appell». Er zog das Wort hinter dem «l» nach oben: «ApeLL!»

«Ihr zieht in den Krieg?»

«Wohin auch immer.»

Otto sah Ralf in die Augen, feindseliger, als er wollte. Nicht einen Zentimeter rührte Ralf sich. Ein Gesicht wie gefroren. Ob er noch rauchte? Ralf presste die Lippen zusammen und klopfte mit der Hand auf den Tisch. Otto dachte an den Überfall damals im November. Er hatte Ralf und Alfred nicht in der Hofstraße gesehen. Er hatte sie nicht bei den Leuten gesehen, die alles zerschlagen hatten, die seine Mutter ... Er hatte sie nicht gesehen, und vielleicht waren sie auch nicht dabei gewesen. Aber als ein paar Tage später klarwurde, dass so viele Geschäfte von Juden und so viele Bethäuser zerhackt, ausgeraubt und angezündet worden waren; als klarwurde, dass sie mit den Äxten, die auch in der Spreequelle verteilt worden waren, Menschen ermordet und Fenster zerschlagen, Schränke und Stühle zertrümmert hatten, da wurde Otto noch einmal schlecht. Vielleicht waren sie nicht in der Hofstraße dabei gewesen. Aber mitgemacht, das hatten sie. Und was war mit dem alten Seidel passiert? Wie klein schien dieser Vorfall jetzt zu sein.

Es war klar: Ralf wusste, was Otto wusste, und Ralf erinnerte sich an alles, woran sich Otto erinnerte. Was, wenn nicht ein schlechtes Gewissen, musste es gewesen sein, das Ralf ein paar Wochen nach dem Überfall zu Otto gehen ließ; von der Mutter hatte Ralf damals schon gehört. Was, wenn nicht ein schlechtes Gewissen, brachte Ralf und Alfred dazu, Otto vor der Armee zu schützen? Das war der Beweis, dachte sich Otto, dass sie auch einen Grund hatten, ein schlechtes Gewissen zu haben.

«Was passiert, wenn du weg bist?», fragte Otto.

«Ich sage meinem Vater Bescheid. Aber ich kann nichts garantieren. Es kann passieren, dass ...»

«Was kann passieren?»

«Keine Ahnung. Wir sind im Krieg, Otto. Reichsarbeitsdienst vielleicht. Du bist alt genug. Gestellungsbefehl. Irgendwann hilft dir auch deine kranke Mutter nicht mehr.»

«Was heißt: Sie hilft mir?»

«Du weißt, was ich meine.»

«Weiß ich nicht.»

«Einerlei. Mach die Mäntel fertig, und wir sehen zu, dass sie dich in Ruhe lassen. Alfred macht das schon.»

Otto nickte.

Als Ralf verschwunden war, fuhr Ottos Blick über die Mäntel, die roten Armbinden mit dem Hakenkreuz und die SS-Runen am Kragen. Seit er diese Uniformen zum ersten Mal gesehen hatte, in den Wochen, in denen die Schüler mit den Braunhemden der Hitlerjugend in den Unterricht kamen, hatte er sie nicht gemocht. Sie sahen nicht aus wie Kleider, nicht wie ein Kleid, das der Mensch braucht; ohne das er nichts war als ein Tier – diese Kleider nahmen ihm genau das. Sie hatten keinen anderen Zweck, als ihre Träger in den Kampf zu hetzen wie Tiere.

Otto drehte die Mäntel mit der Vorderseite nach unten, sodass man die Kreuze und die Runen nicht sehen konnte. Er begann, sie aufeinanderzustapeln. Als er fertig war, wollte er dringend zurück zur Toilette, um sich gründlich die Hände zu waschen.

Später nahm Otto die U-Bahn Richtung Norden. Am Gesundbrunnen wechselte er in den Vorortzug. Vom Bahnhof in Bernau ging er zum kleinen Kino, das «Film-Palast» hieß. Er kaufte zwei Billetts für die Nachmittagsvorstellung. Der Portier schrieb mit der Hand eine 12 auf die Kärtchen, denn es war der Zwölfte. Im Schaufenster des Film-Palasts sah Otto sich die Plakate an: «Hans, der Husar» – mit Helmut Graf und Maria Voss. Die Bilder sahen aus, als sei der Film von der Wehrmacht produziert worden. Krieger mit Schwert, verrußte Gesichter, brennende Häuser, eine abenteuerliche Geschichte. Aber es war der neue Film von Maria Voss, und Otto wollte seine Mutter damit überraschen. An einem Zeitungskiosk las Otto in den Schlagzeilen, dass die Wehrmacht nun auch in Jugoslawien und Griechenland stand. Er überlegte, in welche Himmelsrichtung Deutschland sich noch nicht ausgedehnt hatte.

Zur Klinik ging man quer durch den Ort, dann noch eine ganze Weile am Waldrand entlang, Richtung Heide, bis auf der rechten Seite der Kiesweg abzweigte.

Eine Schwester hatte der Mutter schon aufgeholfen. Die Mutter trug ein blaues Kleid mit Blümchen, ihre Haare waren zu einem Nest geflochten. Otto fiel auf, wie viel Farbe die Haare der Mutter verloren hatten, wie das Schwarz dem Grau wich. Er gab ihr zur Begrüßung einen Kuss auf die Wange. Er spürte ihre zitternde Hand an seiner Hüfte, aber ganz ohne Druck und Kraft.

«Otto» kam aus ihrem Mund. Sie nickte. Ein kurzes Lächeln? Sicher nur Einbildung. Sie stand gebückt da, ihr Rücken gekippt, und sie legte eine Hand auf das Nachttischchen vor dem Fenster, durch das man die Heide sah. Die Schwester kam mit dem Mantel. Otto half der Mutter hinein. Er wollte sie unterhaken und mit ihr hinausgehen, aber die Mutter bewegte sich nicht. Sie starrte Otto an, die alte Falte zeichnete sich auf ihrer Stirn ab. Sie hob die Hand. Otto sah sie fragend an. Ihr schwacher Körper wurde starr.

«Die ...», sagte sie.

«Wollen wir nicht hinaus?»

Sie fuhr mit der Hand durch die Luft, als sei da eine Fliege, die sie verjagen musste.

«Die ... Handschuhe», sagte sie schließlich.

Sie gingen durch den Park Richtung Heide. Die Mutter

bei Otto untergehakt. Mit den Handschuhen an den Händen griff sie Otto in die Jacke. Langsam schoben sie sich vorwärts, um jeden Schritt kämpfend. Otto beschrieb seiner Mutter die Blumen, die neben dem Weg wuchsen. Welche Farbe die Bäume hatten, die schon Laub trugen; wie die Sonne den Himmel neu färbte, weil es Frühling wurde, wie die ersten Zugvögel aus dem Sommerquartier zurückkamen, weil die Luft wärmer wurde – bis die Mutter sagte: «Sehen kann ich noch.»

Kurz vor dem Waldrand gab es eine Bank. Sie setzten sich. Die Mutter legte ihre Hände, die in den Handschuhen steckten, auf den Schoß. Ihr Kopf hing ein wenig über. Otto wurde klamm in der Brust. Er dachte an die Mutter, wie sie im Laden gestanden hatte, wie sie in der Küche am Löwenplatz gesessen und genäht hatte, wie sie in Müllrose mit dem Meister am See spazieren gegangen war. Wie sie aufrecht hinter der Theke gestanden hatte, an der Kasse im Laden. Wie sie den Meister, als er betrunken war, aus dem Café Neumann herübergeschleppt hatte.

Fast ein Jahr hatte es nach dem Überfall gedauert, bis sie wieder einen Schritt gehen konnte. Als Otto sie zum ersten Mal sah, im Krankenhaus, Alfons Krach hatte ihn mitgenommen, hatte er gedacht, er sei im falschen Zimmer. Die Mutter hatte da kaum noch Haare, sie lag nur in diesem Bett, in einem Zimmer mit zwei anderen, weit weg vom Fenster, vor dem nichts zu sehen war außer die graue Wand eines Hauses. Die Ärzte hätten viel für sie getan, hatte Krach damals gesagt, sie sei schwer verletzt gewesen, als die Polizei sie mitgenommen habe. Brüche, Quetschungen, Risse, überall, eine schlimme Sache, vor allem am Kopf und im Unterleib und ... irgendetwas war komisch gewesen an dem, wie Krach das gesagt hatte.

Otto hatte ihm nicht weiter zugehört und allein neben dem Bett gestanden, auf dem diese Frau lag, die angeblich mal seine Mutter gewesen war. Er hatte nach etwas an ihr gesucht, was er kannte. Sie hatte die Augen zwar offen gehabt, aber sie schien ins Nichts zu schauen. Sie hatte so anders ausgesehen, so viel kleiner und ohne Kraft, dass Otto es kaum fassen konnte. Sie atmete schwer, selbst das Liegen schien ihr Schmerzen zu bereiten. Otto waren die Tränen in die Augen gestiegen. Er ging hin, ans Bett, ganz automatisch nahm er ihre Hände, auch die waren leblos und geschunden wie der Rest ihres Körpers. Er drückte sie fest. Kaum ein Druck kam zurück, aber als er ihre Hände in seinen Händen betrachtete, waren sie voller Risse und Spuren von all den Nadeln, Fäden, Scheren und Stoffen, und damit wusste Otto, dass es seine Mutter war, deren Hand er hielt. Er war sich nicht sicher, ob er sich darüber freuen oder daran verzweifeln sollte.

«Der Laden?», fragte die Mutter.

Otto schüttelte den Kopf, nicht weil er sie nicht verstanden hatte, sondern weil er seine Gedanken loswerden wollte.

«Der Laden?», wiederholte sie.

«Ich bessere aus», sagte Otto. Er verschwieg lieber, für wen und welche Sachen. Die Mutter fragte nicht. Otto ahnte, dass sie es nicht wissen wollte. Die Mutter nickte. Sie nickte ein Nicken, das viele Jahre älter war, als seit dem Überfall vergangen waren.

«Du bist allein?»

Nun nickte Otto. «Alfons hilft mir manchmal.»

«Hast du ...?»

«Nein», sagte Otto. «Ich habe nichts gehört. Nicht vom Meister, nicht von Selma oder Nils. Kolman ist in New York. Sie haben ihm den Tempel angezün...»

Da machte die Mutter eine schnelle Bewegung mit den Händen, mit den langen Handschuhen. Die Bewegung überraschte Otto: Sie schlug in die Luft, als wolle sie seine Worte vertreiben. Als wolle sie den Gedanken, dass Kolman in New York war, vertreiben. Als wolle sie nicht wissen, dass Otto nichts von den Rettigs gehört hatte. Die Mutter sah von Otto weg. Noch einmal zuckte ihre Hand. Sie gab einen Ton von sich wie ein Hund, dem man auf den Schwanz tritt. Ihr Oberkörper richtete sich eine Ahnung weit auf; um dann vollkommen zusammenzusinken.

Er lege Geld beiseite, beeilte sich Otto zu sagen. Er lege es beiseite, und Rettigs sollten es bekommen, wenn es so weit war. Die Mutter hörte schon nicht mehr zu. Otto dachte, es konnte sein, dass sie eben nicht wiederkamen. Dass sie niemals wiederkamen. Dass die Leute, die eingesammelt wurden, die ihre Wohnungen verließen, die «evakuiert» wurden, keine neuen Wohnungen bekamen. Sie bringen sie weg, dachte Otto. Die Leute verschwinden, hatte Haber gesagt. Sie kommen nicht wieder. Was hatte Kattuso ins Gesangbuch geschrieben? Keiner kann bleiben.

Otto sah zur Mutter. Ihre Lippen ruhten bewegungslos aufeinander, als seien sie zugenäht. Lange Zeit war es auf das angekommen, dachte Otto, was die Mutter *nicht* gesagt hatte, worüber sie nicht sprach. Auf die Leerstellen zwischen ihren Sätzen. Nun kam es auf jedes Wort an, das sie sprach. Weil sie kaum noch sprach, weil da wenig mehr als Leere war. Auch ihr Schweigen war nicht so wie früher, wenn sie einen Satz sagte – und damit drei andere nicht gesagt hatte. Jetzt war ihr Schweigen einfach ein Schweigen. Ein schrecklich altes, fernes Schweigen.

Warum hast du mir früher nicht ein paar Sätze mehr gesagt, dachte Otto, als er auf der Bank neben seiner Mutter saß; nur ein paar Sätze mehr. Als du noch stolz und aufrecht warst und den kleinen Nazi Alfred nach Hause geschickt hast. Als du den Rettigs Geld zugesteckt hast, wo es schon längst verboten war. Und wenn man ganz an den Anfang ging – warum hast du es mir nicht erklärt, als du den Laden übernommen hast vom Meister, um, so musste man es wohl sehen, ihn zu schützen. Wer, wenn nicht du, liebe Mutter, hatte absehen können, was passieren würde? Wenn schon der Nazi Krebs es hatte absehen können, dann du auf jeden Fall.

Als die Mutter schon im Krankenhaus lag, nach dem Überfall, und von den Rettigs keiner mehr wusste, weil Kolman auf dem Dampfer über den Ozean saß, hatte Otto Haus und Laden nur retten können, indem er mit Alfons Krach zur Behörde ging, um beides zu übernehmen. Als sie bei der Handelskammer nachfragten und beim Amt, stellte sich heraus, dass das Haus schon seit drei Jahren nicht mehr auf die Rettigs angemeldet war, sondern auf die Mutter. Der Beamte forderte von ihnen, den Namen Rettig von der Front zu nehmen und sich einen anderen zu überlegen. Der Volksgenosse wolle nicht bei einem Juden einkaufen. Auch wenn Rettig nicht nach «Jude» klang, sollten sie den Namen ändern, denn «dass Rettig einer gewesen ist, das weiß ja der Volksgenosse nicht».

Otto fiel da dem Beamten ins Wort: «Gewesen? – Wie? – Rettig ist ... gewesen?»

Was wisse denn er, sagte der Beamte, nichts wisse er. Wer der Jude Rettig sei oder gewesen sei, ein Jude eben, da könne ja jeder Jude kommen, seinen Laden einfach einem Arier geben und hintenrum die Hand aufhalten.

Mit «Heil Hitler» und einem Händedruck versprach der Beamte Otto und Alfons am Ende, Haus und Laden am

Tag von Ottos einundzwanzigstem Geburtstag zu überschreiben. «Sie sind der Vormund, Herr Krach?», fragte der Beamte.

Alfons sagte: «Ja. Bin ich.»

Damit war Alfons der Vormund.

Otto griff in seine Tasche und drehte sich kurz weg, damit die Billetts eine Überraschung für die Mutter blieben. Er legte sie der Mutter auf den Schoß. Es stand «Film-Palast Bernau» darauf und «Eintrittskarte». In der Mitte sah man die große 12, die der Kinomann quer über die Perforation geschrieben hatte. Die Mutter bemerkte die kleinen Kärtchen erst nicht, dann doch, und sie führte sie sich vor die Augen, als seien sie ein Blatt, das von einem der Bäume im Park auf ihren Schoß gesegelt war. Etwas schien sie zu irritieren. Sie sah die Kärtchen lange an. Schließlich blickte sie fragend zu Otto, die Karten zwischen zwei Fingern wie eine benutzte Serviette. Otto beeilte sich, von Maria Voss zu erzählen, von Helmut Graf und dem Kino unten im Ort. Er half der Mutter nicht dabei, sich an das zu erinnern, was ihr wahrscheinlich in den Kopf gekommen war. Otto war froh darüber, dass sie es vergessen hatte – aber traurig war er auch.

Fanfare, Tusch, Trommelwirbel! Wie ein Rausch prasselte die Orchestermusik aus den Lautsprechern des Film-Palasts auf sie nieder. Die schnellen Bilder von der Leinwand, die üppigen Kostüme, Degen, Violinen, Soldatenröcke und hochgesteckte Frisuren, Puder, Kampf, Schüsse und Schwerter, Helmut Graf mit seiner krummen Nase, seinen Augen aus Eis, seiner schneidigen Stimme. Otto riss der Film im Kinosessel umher, er wollte bald aufspringen und Helmut Graf, als «Hans, den Husar», vor Gefahr warnen, ihm im Kampfe beistehen, mit ihm die Prinzessin von Siebenbürgen verführen und was es da noch alles zu tun gab in diesem Film. Die Mutter aber kauerte in ihrem Sessel, den Blick kaum auf der Leinwand, und wenn Otto einmal zu ihr hinübersah, bekam er ein schlechtes Gefühl. Er zügelte sein Temperament, legte eine Hand auf ihre. Erst als Maria Voss ins Bild kam, schoben sich die Augenlider der Mutter ein wenig nach oben, etwas in ihr reagierte, sie sah die Augen der Voss, ihren stillen, festen Blick, dieser erdenthobene Ausdruck im Gesicht, der bei der Mutter das genaue Gegenteil bewirkte – sie flog nicht mit auf der Wolke der Voss, um dort zu schwelgen und zu träumen. Es holte sie zurück auf die Erde, in den Moment.

Als die Voss nicht mehr zu sehen war und der Abspann über die Leinwand lief, setzte die Mutter an, etwas zu sagen. Sie öffnete den Mund, begann mit «schlecht …», aber mehr kam nicht; nur noch einmal «schlecht …». Die Mutter schloss den Mund. Otto half ihr aus dem Sitz, hinaus ins Foyer.

Auf dem Tresen vor der Garderobe stand ein Kalender, bei dem man per Hand die Tage und den Wochentag austauschen konnte. Die Mutter sah sich den Kalender einen Moment an, sie begann wieder nachzudenken, als erinnere er sie an etwas. Otto war kurz davor, es ihr zu sagen, aber etwas hinderte ihn daran. Er blieb still und legte ihr den Mantel um. Als die Mutter sich umdrehte und ein Plakat an der Wand des Film-Palasts sah, auf dem «Hans, der Husar» und Maria Voss zu sehen waren, da nickte sie, blickte Otto an und sagte: «Schlecht – geschnitten.»

Der Vorortzug fuhr im Gesundbrunnen ein, und Otto lief eine Träne aus den Augen. Eine zweite. Er weinte nicht, er wollte nicht weinen, sie kamen einfach, noch eine dritte, als habe er ein kleines Leck hinter dem Auge. Als sei da etwas geplatzt. Er wischte sich die Tränen am Ärmel ab. Beinahe hätte er verpasst auszusteigen.

Eine halbe Stunde später schloss er den Laden auf. Er zog die Jacke aus und legte sie über die Stuhllehne. Sein Blick wanderte über die Mäntel vor ihm, über sein Tagewerk. Schwarze Nazi-Mäntel. Nazi-Mäntel mit Hakenkreuzen. Wieso sah man die Hakenkreuze? Er hatte die Mäntel doch umgedreht?

Ein Schrecken durchfuhr Otto. Er sah sich hektisch um. An den Wänden hingen nur noch ein paar Kleiderstangen, über die er das hängte, was auszubessern war. Ein paar Stühle, der Arbeitstisch, die Nähmaschine, die einfache, schlechte, die er selbst benutzte. Eine Arbeitsleuchte, die einen kleinen Lichtkegel warf, gerade genug für ihn allein. Die alte Singer stand da, kaputt vom Überfall, nicht mehr zu gebrauchen. Sie war nur noch hier, weil sie für die Räuber vom November zu schwer gewesen war. Man konnte sie nicht einfach wegtragen oder in Beutel füllen oder in Kinderwagen werfen wie Besteck und Uhren und Geld. Otto sah zur Tür, die von der Nähstube in den Hausflur führte. Sie stand einen Spalt weit offen. Hatte er sie offen gelassen? Die Tür?

«Alfons?», rief Otto.

Stille.

Otto ging drei Schritte auf die Tür zu. Sie lag schon im Dunklen, dahinter war ein Lichtschalter, gleich links. Otto schob sie auf, langte mit der Hand hindurch. Er roch kurz etwas, das ihn verwirrte. Gerade als er auf den Schalter drücken wollte, zogen vier Hände an seinem Arm. Sie rissen ihn auf den Boden. Ein Knie wurde ihm auf die Brust gedrückt. Er spürte Metall auf seiner Stirn – ein Rohr, eine Art Stift, ein Klicken, ein ... Revolver.

«Herzlichen Glückwunsch zum Geburtstag», sagte die Stimme einer Frau, die Otto gut kannte, aber nicht so.

«Wie alt bist du denn geworden?», fragte die andere Stimme, ein junger Mann.

«Einundzwanzig», sagte Otto. Sein Herz schlug so laut, dass er seine Stimme kaum hören konnte.

Otto schaut unter die Erde

Selma begann, den ersten Mantel zu zerschneiden. Sie nahm eine Schere und trennte ihn der Länge nach auf. Nils saß neben ihr auf einem Hocker, der Revolver lag auf seinem Schoß. Der Lauf zeigte Richtung Tür. Einen Finger hatte Nils am Abzug, aber eher als sei das ein Ring, mit dem er spielte.

«Mach das nicht!», rief Otto.

«Warum nicht?» Selma schnitt eine Zickzacklinie in den Mantel.

«Das bekomme ich nicht geflickt.»

«Sollst du auch nicht. Soll niemand.»

«Ich muss die Sachen nähen. Das ... ist die Verabredung.»

«Welche Verabredung?», fragte Nils.

«Mit Ralf.»

«Ralf? Der Sohn vom hinkenden Alfred? Warum?»

«Was wäre denn besser, wenn ich es nicht tun würde? Wem wäre geholfen? Euch? Bis gestern wusste ich nicht, ob ihr noch lebt. Und Ralf, also ... er war da, als Mutter weg war. Er ist hergekommen und war einfach da. Er hilft mir.»

«Er hat ein schlechtes Gewissen», sagte Selma.

«Er schützt mich», sagte Otto.

«Wovor?»

«Er hat ein schlechtes Gewissen, und er schützt mich. Mich und Mutter. Darum ist er wiedergekommen, glaube ich. Sie schicken ihr Sachen in die Klinik. Wahrscheinlich hat Alfred es ihm gesagt, dass er hierhergehen soll. Die Mäntel ... bisher ist Ralf nicht mit so etwas gekommen. Das ist eine neue Sache. Vorher waren es andere Kleider. Eine Uniform war mal dabei, Hemden, so etwas. Aber nicht solche Mäntel. Ich wusste nicht, dass er zur SS geht. Jetzt taucht ihr hier auf. Wer kann denn damit rechnen? Alfred ist beim Amt, meine Akte ...»

«Alfred ist beim Amt? Vater Alfred?»

«Ja, genau.»

«Er hat da meine Akte ausgekreuzt.»

«Ausgekreuzt? Was hat er ausgekreuzt?», fragte Selma.

«Mich. Von der Armee. Es ist Krieg.»

«Das weiß ich.»

«Ich kann nicht in den Krieg.»

«Du bist im Krieg, Otto», sagte Selma. «Gestern haben sie die Staatsoper bombardiert. Es ist Krieg in Berlin. Sie werfen noch viel zu wenige Bomben ab. Endlich ist hier Krieg. Ohne den Krieg wären wir nicht zur Hofstraße gekommen.»

«Wieso sagst du das?»

«Ohne die Bomben säßen wir immer noch in diesem Kleingartenverein in Tegel. Ein ganzes Jahr waren wir da. Seit sie den Bauernhof aufgelöst haben. Wir sind auf einem Bauernhof gewesen, Otto, mit anderen Juden. Bis die Gestapo kam, da sind wir weg. Dreißig Menschen lebten auf dem Hof. Vater hat uns da hingebracht.»

«Wo ist er jetzt? Wo sind die anderen?»

Nils blickte zu Selma. Sie starrte an die Wand. Keine Antwort. Otto ahnte, was das zu bedeuten hatte.

«Wir wären nicht bis zum Laden gekommen, nicht so weit in die Stadt», sprach Nils weiter, etwas leiser als seine Schwester. «Ich weiß, dass die Bomben Menschen töten; ich habe ein Haus brennen sehen, da ist jemand aus dem sechsten Stock gesprungen, weil der Rauch schon überall stand. Der hat geschrien wie ein Schwein, bis er unten ankam. Aber ...» Nils zitterte die Stimme, sie brach ihm. Selma übernahm:

«Wenn die Bomben fallen und ihr alle in den Kellern sitzt, nach dem Alarm, das ist die beste Zeit. Dann gehen wir Essen holen, Wasser und Milch. Wir müssen uns nicht verstecken. Dann sind wir kurz frei.»

«Die Bomben ändern nichts», flüsterte Otto.

«Es müssen mehr werden», sagte Nils. «Wir müssen hoffen, dass es mehr werden. Mehr Bomben.»

«Sie werden nichts ändern», sagte Otto lauter. «Es springen mehr Leute aus dem Fenster. Irgendwann fällt eine Bombe in die Hofstraße. Und dann?»

Selma warf den SS-Mantel auf den Tisch. Sie ging auf Otto zu. Sie ist jetzt einen Kopf kleiner, dachte Otto. Früher schien sie mir so groß, aber jetzt ist sie einen Kopf kleiner.

«Hör zu, Otto», sagte Selma. «Du hast Angst. Das verstehe ich. Aber hast du Angst vor uns oder vor ihnen?»

Otto sah Selma in die Augen. Braune, starke Augen. Stark wie die Erde.

«Ich ...»

Selma griff nach Ottos Schulter. Sie zog ihn zu sich hin. «Du hast kein braunes Hemd getragen, erinnere dich, Otto. Du warst nicht bei denen, die Hitler für eine Sagenfigur hielten, das weißt du doch. Erinnerst du dich an meinen Laden? Im Wedding? Erinnerst du dich an Seidel? Den hat dein Ralf erschlagen.»

«Woher willst du das wissen?»

«Du hast es mir erzählt.»

«Vielleicht war er es doch nicht.»

«Natürlich war er es.»

«Und wenn? Was kann ich dafür?»

Ottos Blick wanderte an Selma vorbei auf den Tisch, auf dem die Mäntel lagen. Der kaputte, den Selma zerschnitten hatte. Die anderen mit ihren schwarzen Kreuzen und den Runen am Revers, die wie Blitze aussahen.

«Das ist mein Schutz: Diese Mäntel sind mein Schutz», sagte Otto leise. «Das müsst ihr verstehen. Ich mache das nicht, weil ich es gut finde. Man braucht Schutz. Sie würden mich einfach holen, ohne Schutz, zur Wehrmacht oder zum Arbeitsdienst. Ich wäre nicht mehr hier, ohne Ralf und ohne Alfred. Versteht ihr das? So wie ...»

«So wie wir?», fragte Nils.

Otto nickte.

«Ich verstehe», sagte Selma. «Du hast Angst.»

«Es ist unser Laden, vergiss das nicht», sagte Nils. «Er gehörte meinem Vater, meiner Mutter, meinem Großvater. Ich hoffe, sie erfahren nie, was du hier machst.»

«Ist der Vater ... ist der Meister ...»

«Wovor hast du Angst? Vor uns?», fragte Selma.

«Ich ...»

«Du musst dich entscheiden, Otto. Du kannst hier keine Hakenkreuze bügeln. Nicht, solange einer von uns lebt.»

«Es ... es ist ja auch Arbeit, wisst ihr. Es gibt nicht so viele Aufträge im Moment, etwas zahlt Alfred. Lebensmittelkarten, Zigaretten – und die Sache mit der Akte.»

Selma schluckte. «Du dachtest wirklich, wir kommen nicht wieder, oder?»

«Ich habe jeden Tag gehofft, dass ihr wiederkommt.»

«Jeden Tag, an dem du ein Hakenkreuz gebügelt hast? Oder einen Ärmel gestärkt, mit dem uns ein SS-Offizier später seinen Ellenbogen ins Gesicht rammt? Da hast du an uns gedacht? Und gehofft?»

«So etwas ist euch passiert?»

«Wir sind weg, mitten in der Nacht ...», sagte Nils.

Selma übertönte ihn: «Darum geht es nicht!»

Nils war ein paar Schritte näher gekommen. Er atmete schnell, der Mund stand ihm offen. Der Revolver hing an seiner Hand wie ein halb ausgezogener Handschuh.

«Was ist euch passiert? Was ist dem Meister passiert?», fragte Otto. «Habt ihr ihn zurückgelassen?»

Später saßen die Geschwister auf der Küchenbank. Vor ihnen auf dem Tisch der Revolver. Otto kochte Tee. Eine Kerze gab Licht, keine Lampen. Niemand sollte sehen, dass Otto nicht alleine war. Otto schnitt Scheiben von einem Brot. Selma nahm ein Stück und aß es mit drei Bissen auf. Otto warf einen Blick auf die kleinen Rucksäcke, die im Flur standen. Er fragte sich, wie lange die beiden kein Brot gegessen hatten. Wie lange sie nicht mehr in einem richtigen Bett geschlafen hatten.

Nils bestrich sein Brot mit Butter. Auch er verschlang es. Nils sah älter aus, dünner, härter als früher. Den Kopf kahl geschoren, die Schlüsselbeine stachen hervor wie kahle Äste. Die Mundwinkel rot und aufgerissen. Er trug dreckige, kaputte Sachen. Otto legte das Messer aus der Hand und ging zur Küchentür. «Ich hole Kleider», sagte er. Eine Antwort bekam er nicht. Die Geschwister schmatzten.

Otto suchte im Keller Hosen und Pullover für Nils, zwei Kleider und Strumpfhosen für Selma. Er holte vom Dachboden, was von ihren Dingen übrig war. Er zweigte von seiner Wäsche etwas für Nils ab. Alles schlug er am Fenster aus. Er breitete die Kleidung auf dem großen Bett der Mutter aus, in dem die Geschwister schlafen sollten. Sich selbst stellte Otto die quietschende Liege zurecht, auf der er seit Jahren nicht gelegen hatte.

Als Otto später in der Küche aufräumte, waren die Geschwister bereits im Bett. Er räumte den Tisch ab. Er spülte das Geschirr. Auf der Küchenbank sah er den Revolver. Sie hatten ihn vergessen. Otto kontrollierte mit einem Blick, ob die Geschwister schliefen; dann nahm er den Revolver, rollte die Trommel heraus und ließ die Kugeln in seine Hand fallen. Er steckte sie in die Hosentasche.

Otto schlief in der Nacht wie ein Stein und träumte davon, dass er eine Waffe in der Hand hielt und auf Soldaten schoss, die auf ihn zurannten. Sie trugen dunkle Uniformen. Seine Kugeln fielen einen Meter vor ihm zu Boden und zerplatzten wie dicke, dunkle Bohnen.

Mit trockenem Mund wachte Otto auf. Er trank Wasser, zog sich an und ging in den Laden. Er suchte die Reste des Mantels zusammen, den Selma zerschnitten hatte. Da war nichts zu machen. Er schob ihn ganz unten in den Stapel. Dann begann er, kleine Nähte zu flicken, Taschen zu stopfen, zu bürsten, und legte die Mäntel fürs Bügeln zurecht.

Als das Café Neumann gegenüber öffnete, machte Otto eine Pause. Er kaufte dort Brot und Milch.

In der Küche schnitt er Scheiben vom Brot ab, trank ein Glas Milch. Er aß einen Apfel bis zum Stiel, öffnete das Küchenfenster und warf den Stiel in den Hinterhof. Tauben flatterten auf. Immer die gleichen Tauben. Selma kam aus dem Schlafzimmer. Sie stand in der Küche und sah den Revolver auf der Küchenbank liegen. Schnell griff sie danach. Sie behielt ihn in der Hand.

«Guten Morgen», sagte Otto.

Er trank den letzten Schluck Milch und stellte das Glas auf den Tisch. Er ging hinunter in die Nähstube. Er nahm das Bügeleisen und legte den ersten Mantel aufs Brett. Als er gerade den SS-Kragenspiegel unter dem Eisen hatte, trat Selma hinter ihm in die Stube. Otto stellte das Eisen auf die Kante und sah sie über die Schulter an. Selma blickte zu Boden und sprach mit ihm. Leise.

«Danke für Brot und Milch.»

«Da sind auch Äpfel.»

«Nein, jetzt sind da keine Äpfel mehr. Danke.»

Otto versuchte zu lächeln, aber es ging nicht. Selma stellte sich näher hinter ihn. Er konnte sie riechen. Sie legte eine Hand auf seine Schulter. Erst nur ganz vorsichtig. Aber als Otto darauf nicht reagierte, folgte auch die zweite Hand. Er spürte ihren dürren Körper an seinem Rücken. Ihre spröden Haare in seinem Nacken. Sie drückte ihren schwitzigen Körper an ihn, und es gab für Otto nichts Schöneres als das. Selma roch nach Straße, nach Staub, nach den Schuppen, in denen sie geschlafen haben musste, nach dem freien Feld, nach der Kanalisation, nach den Laken, die Otto ihr und Nils aufgezogen hatte. Ein wenig auch nach Apfel. Otto wollte sich umdrehen, sie in seine Arme schließen und was auch immer; aber es fiel ihm etwas ein. Etwas musste er vorher tun. Er ging in den Flur, suchte die Jacke mit dem halben Revers und zog das Gesangbuch aus der Innentasche. Er kam zurück und legte es Selma in die Hand.

«Das hat Eli für dich hiergelassen.»

Selma drehte das Buch in der Hand und fuhr mit dem Finger über den Einband.

«Was ist das?»

«Ein Gesangbuch. Aus Schweden.»

«Aus Schweden?»

«Er hat etwas hineingeschrieben, hier.» Otto blätterte bis zu Elis Nachricht. Selma las. Wieder. Noch einmal. Otto sah ihr über die Schulter. Der Text war dünner geworden und noch heller und schwieriger zu lesen, aber er war noch da. Ottos Blick fiel auf die letzten Zeilen:

«Ich warte. Eli.»

«Otto, warum gibst du mir das jetzt?», fragte Selma.

«Weil es deins ist.»

«Hast du es gelesen?»

Otto nickte.

«Warum hat es uns nicht erreicht?»

«Kolman wollte es nicht nehmen.»

Selma nickte. «Er wurde überwacht», sagte sie langsam.

«Wärest du mit Eli gegangen?», fragte Otto. «Nach Schweden? Oder nach Paris?»

«Schweden ist ein Code», sagte Selma.

«Wofür?»

«Das weiß ich nicht.»

«Aber wärst du mitgegangen?»

Selma rieb sich die Augen.

«Ich glaube nicht. Das hier ist mein Haus, weißt du? Und Nils ist hier.»

«Der Meister?», fragte Otto.

Selma rieb sich die Augen.

«Was glaubst du, was mit den Leuten passiert ist, die es nicht so wie Eli machen konnten? Glaubst du die Lügen, dass die Juden evakuiert werden? Die sind weg. Der Meister ist weg. Vater ist ... weg.»

«Weg», sagte Otto.

«Ja, weg», sagte Selma.

Ottos Nase zuckte. Ihm war elend. Er wollte seinen Kopf vergraben. Er legte ihn Selma auf die Schulter. Sie strich ihm durch den Nacken. Ihre Haare, die glatt und flach geworden waren und strähnig und spröde und die nicht gut rochen, landeten in seinem Gesicht. Otto legte eine Hand auf Selmas Nacken. Sie schluchzte. Ihr Gesicht wurde feucht. Sie trat von einem Fuß auf den anderen und hielt Otto dabei ganz fest. Sie klammerte sich an seinen Hals, als sei sie ein Schulmädchen. Selmas Hände suchten an Otto Halt, etwas, wo sie sich ausruhen konnten. Einen Ort, an dem sie liegen konnten. Tränen flossen ihr aus den Augen. Aus den braunen, schönen Augen. Wasser auf der Erde. Otto spürte ihren Atem, ihr Herz pumpte verzweifelt. Ottos Lippen waren trocken. Sein Mund zuckte. Zuckte wieder. Aus seinem Augenwinkel löste sich eine dicke Träne, die dort seit vier Jahren geklebt hatte.

Eine ganze Weile standen sie da. Otto hielt Selmas Wangen in seinen Händen. Sie rieb sich die Tränen an seiner Schulter ab.

«Du bist da», flüsterte Selma irgendwann. «Wir haben geschlafen, aber du bist hier.»

«Wo sollte ich sonst sein?», fragte Otto.

Selma fasste Otto fest an. Sie legte ihren Kopf auf seine Brust. War sie kleiner geworden? Die große, schöne Selma. Er hatte sie größer in Erinnerung. Selma, die mit dem Bügeleisen wirft. An der Nähmaschine. Rauchen im Hof. Der hellblaue Badeanzug. Das Kleid, dessen Knöpfe offen waren. Ihr warmer Körper. Ihre warme Haut. Es tat weh in der Brust, an Müllrose zu denken. Da gab es den Meister noch. Selma legte Otto eine Hand auf die Wange.

«Wo du sein solltest?», fragte sie. «Da, wo die anderen hingegangen sind. Die, die nicht mehr da waren, am Morgen, wenn wir aufwachten.»

Otto drückte Selma fest an sich.

Wer schlug da gegen die Scheibe? Otto schob Selma zur Seite. «Du musst weg», flüsterte er. «Schnell, verschwinde.» Mit halb geschlossenen Augen huschte Selma davon. «Sei leise. Geh zu Nils. Bewegt euch nicht. Bitte», hauchte Otto. Er sah um die Ecke zur Tür.

Eine Uniform, die Mütze, war das Ralf? Zu klein für Ralf. Stüttgen. Stüttgen stand vor dem Fenster. Es musste Stüttgen sein. Otto hatte ihn einige Jahre nicht aus der Nähe gesehen, aber er war es. Ganz in Uniform, mit einer Hakenkreuzbinde am Arm. Um die Hüfte ein Halfter mit Waffe, auf dem Kopf eine Mütze mit Totenkopf. An den Händen Handschuhe, über dem Arm ein Mantel. Otto ging zur Tür. Er hörte Selma auf der Treppe. Stüttgen schlug noch einmal gegen die Scheibe. Er winkte. Als von Selma nichts mehr zu hören war, öffnete Otto.

«Heil Hitler. Darf ich?»

Otto musste schnell denken. Stüttgen hineinlassen – und riskieren, dass er etwas merkt? Ihn nicht hineinlassen und riskieren, dass er Verdacht schöpft? Otto trat zur Seite. «Noch ein Mantel?», fragte Otto.

Stüttgen ging quer durch den Laden. Er warf den Mantel auf den Nähtisch und stemmte seine Hände darauf.

«Krebs hat ihn vergessen. Das ist mein Mantel. Wie viele sind fertig?»

«Die Hälfte», sagte Otto.

«Nehme ich mit.»

Stüttgen zog sich die Handschuhe aus. Otto ging zum Bügelbrett und holte den Stapel. Stüttgen blickte sich um.

«Was für ein Loch», sagte er und schlug mit den Handschuhen auf den Tisch.

«Wo ist eigentlich dein Wagen?», fragte Otto.

Stüttgen reagierte nicht. Er schnippte mit dem Finger gegen eine Garnrolle, die wegflog, an die Hintertür schlug, auf den Boden fiel und sich entrollte.

«Ekelhaft. Alles verstaubt und alt», sagte Stüttgen. Er fuhr mit dem Finger einen Regalboden ab.

«Passt zu dir, Kartberg, das Drecksloch. Das hier sind die Mäntel?» Stüttgen zeigte auf den Stapel. «Sag mal, warum putzt gerade du unsere Mäntel? Dass du überhaupt noch arbeiten darfst, nicht, Kartberg? Das liegt an Ralf und eurer ... Freundschaft, oder?»

«Ich würde auch lieber etwas anderes machen. Zum Beispiel ... ein Auto fahren.»

«Was soll das heißen?»

«Nur, dass ich gerne einen Führerschein hätte. So wie du», sagte Otto.

Stüttgen trat auf ihn zu. Er stellte seinen Fuß auf Ottos Zeh. Er zerdrückte mit seinem Stiefel den Nagel am großen Zeh.

«Sei bloß vorsichtig, kleines Aas», sagte Stüttgen.

Otto unterdrückte den Schmerz, der aus seinem Zeh quoll. Er zog den Zeh im Schuh zurück. Stüttgen packte ihn am Hemdkragen.

«Hör mal, kleiner Schneider. Ich weiß zwar nicht, was hier los ist, aber lange kannst du nicht mehr auf deinen Ralf zählen. Bald ist er weg, wird abkommandiert, an die Front. Dann komme ich mal zu Besuch – und zwar nicht, um Mäntel zu holen.»

Stüttgen roch nach Rasierwasser und schalem Bier.

«Mein Ralf?», fragte Otto.

«Tu nicht so!»

Stüttgens Griff wurde fester. Otto hörte ein Geräusch aus dem ersten Stock. Oder ... aus dem Treppenhaus? Otto hustete, möglichst laut.

«Mich kannst du nicht verarschen, Kartberg!»

Stüttgen ließ Otto los. Voller Ekel blickte er ihn an.

Stüttgen sah zur Tür, die ins Treppenhaus führte; an die Decke des Ladens.

«Komisch. Du wohnst doch allein, Kartberg?»

«Ja, aber ...»

«Da war etwas, hinter der Tür. Im Treppenhaus ... Schon wieder. Gehört? Das sind keine Tauben. Wasser oder eine Spülung oder so.»

Otto hatte es auch gehört. Sein Herz schlug schneller. Eine Ausrede musste her.

«Das ist meine Mutter, sie ist aus der Klinik ein paar Tage zu Besuch. Eben schlief sie noch.»

Schlechte Lüge, leicht zu überprüfen, dachte Otto. Stüttgen musste nur Ralf fragen – der wusste, dass es nicht stimmte. Die Mutter konnte die Klinik nicht verlassen. Stüttgen nickte. Zeit gewonnen. Stüttgen drehte sich zu den Mänteln. Er hob sie an, legte sie aber noch einmal auf dem Tisch ab.

«Wo ist das Klo?», fragte Stüttgen.

«Wieso?»

«Du kannst vielleicht blöde Fragen stellen.»

Otto ging vor, besonders langsam, denn er musste nachdenken. War es möglich, dass Nils im Bad war? Selma? Hatten sie das gehört? Die Geräusche? Otto flimmerte es vor den Augen. Er warf einen verstohlenen Blick auf die Waffe, die bei Stüttgen im Halfter hing.

«Warte. Ich klopfe an. Meine Mutter», sagte Otto laut. Otto klopfte.

«Mutter?»

«Ja?», antwortete von drinnen eine Stimme. Otto sah zu Stüttgen und zuckte mit den Schultern. Stüttgen schnaufte. Sie warteten einen Moment. Otto klopfte noch einmal.

«Dauert es noch?»

«Ja ...», sagte die Stimme.

«Drecksloch!», rief Stüttgen. Er machte auf dem Treppenabsatz kehrt, stampfte durch den Laden, hinaus auf die Straße. Otto folgte ihm langsam. Er griff nach den Mänteln und trug sie ihm hinterher. Stüttgen stand halb im Durchgang zum Hof und ließ seinen Urin an den Steinen der Hauswand herunterlaufen. Otto sah nicht hin.

«Heil Hitler!», rief Stüttgen, als er endlich ging, die Mäntel unter die linke Achsel geklemmt. Den rechten Arm hob er zum Gruße.

Einen Tag lang saß Otto in der Nähstube und besserte Mäntel aus, die Geschwister flickten ihre Jacken. Sie sprachen kaum, und wenn, dann ging es ums Bügeln, Nähen, Stopfen. Am Abend gingen sie früh zu Bett, was sollte man auch tun, alles war dunkel im Haus, nur in der Küche brannte eine Kerze. Otto fühlte den Staub und die Fäden und den Filz und die SS auf seiner Haut, und er wollte sich waschen, stundenlang waschen.

Er legte im Bad ein großes, rotes Handtuch auf den Boden, ließ Wasser in die Wanne laufen. Er seifte sich kräftig ein, den ganzen Körper, wusch alles ab, schrubbte sich und zog sich an den Haaren und rieb seinen Körper, bis die Haut begann, rot zu werden. Er ließ sich ins Wasser gleiten, tauchte den Kopf unter. Mit Wasser in den Ohren wollte er selbst Wasser werden, ein Fisch, der wegschwimmt von Berlin, von Deutschland.

Irgendwann stieg er aus der Wanne. Wie lange hatte er da gelegen? Der Spiegel war beschlagen. Er sah zum Oberlicht, in dem keine Tauben saßen. Die nassen Haare hingen vor seinen Augen. Mit dem Fuß suchte er das rote Handtuch. Es war nicht da. Er kniete sich hin, fuhr mit der Hand über die Kacheln. Es war weg. Aber da waren zwei Füße. Otto blinzelte nach oben.

«Suchst du das hier?»

Nils hatte sich das Handtuch um die Hüfte geschlungen. Er war sehr dünn geworden. Nur die Schulterknochen schienen den Körper von Nils noch zu halten, wie dünne Zweige, die aus dem Rückenmark wuchsen. Er hatte die Arme vor der Brust verschränkt. Otto stand auf. Das Gesicht von Nils war nass, hatte er geweint?

Nils ging einen Schritt auf Otto zu, er legte seine Hand mitten in Ottos nasse Haare. Otto war kalt, darum zitterte er. Er hatte kalt gebadet, denn warmes Wasser gab es selten. Aber wenn du kalt duschst, wird dir danach heiß, doch wenn das Handtuch fehlt, dann wieder kalt, und wenn Nils da ist mit dem roten Handtuch, dann wird dir kalt und heiß auf einmal.

Otto bewegte sich nicht, er zitterte bloß. Er bewegte sich auch nicht, als Nils die zweite Hand auf ihn legte, links auf die Rippen. Mit den Fingern ging Nils sanft in die Zwischenräume. Nils hatte Falten unter den Augen. Er hatte Risse und Schrammen am ganzen Körper, seine Haare waren so kurz, dass nicht klar war, ob sie jemals wieder wachsen würden. Die Nägel an seinen Zehen waren grün, schwarz und blau. Otto hielt den Atem an, als die Brust von Nils seine Schulter berührte, und auch Nils blieb der Atem weg. Er atmete nicht, wie er früher nicht geatmet hatte, in der Nähstube, an der Jannowitzbrücke, in Müllrose. Die kurzen Laute, die klangen, als steckte ihm etwas im Hals fest, die kamen dieses Mal jedoch erst heraus, als das Handtuch zwischen ihnen auf den Boden glitt.

Maria bekommt Kopfschmerzen

«Ich kann dir nicht helfen», sagte die Frau aus dem Film. «Ich kann nicht, auch wenn ich will.» Sie rauchte und rauchte, obwohl sie nicht an der Luft saßen, sondern in einem Salon mit blauen Wänden. Sie rauchte und tippte die Zigarette an einem Aschenbecher ab, wie sie es sicher auch in einem ihrer Filme getan hatte. Sie lag auf einem Sofa. Der Ascher, blau, hatte die Form eines Fisches. Daneben stand die Rose, die Otto mitgebracht hatte – denn ohne Blumen brauchte man nicht vorstellig zu werden bei Frau Voss. Sie trug einen knallroten Morgenmantel.

Otto wurde langsam ungeduldig.

«Du sagst, sie leben?», fragte Frau Voss.

«Wenn ich es doch sage. Sie sind bei mir.»

«Der Meister?»

«Er ist nicht dabei.»

Wieder ein Zug, wieder Rauch, den sie in die Luft blies.

«Wie sehen sie aus?», fragte Frau Voss. «Sind sie gesund?»

Das Gesicht von Frau Voss schimmerte bleich von der Schminke. Otto überlegte, woher sie so viel Schminke bekam und welche Marken von welcher Bezugskarte man dafür abgeben musste. Aber eine UFA-Schauspielerin wie Frau Voss musste wahrscheinlich nichts dafür abgeben.

«Ich denke, ja», sagte Otto. «Sie sind gesund.»

«Wie lange hast du auf sie gewartet?»

«Vier Jahre.»

«Wie alt bist du?»

«Einundzwanzig, Frau Voss.»

Sie zog die Braue über dem rechten Auge hoch.

«Schon ein Mann, der Kleine.» Sie suchte nach einer neuen Zigarette. «Ich weiß noch, wie du ...»

«Frau Voss, ich bin mir nicht sicher, ob ich das jetzt wissen will.»

«Schon gut. Du hast vier Jahre lang nichts von ihnen gehört?»

«Nicht direkt. Rebbe Kolman – ...»

Frau Voss unterbrach ihn: «Was muss das für ein Wiedersehen gewesen sein. Wusstest du, dass sie noch leben? Ihr wart sicher ... ganz ...» Der Satz blieb ohne Ende.

Otto dachte an das Knie auf seiner Brust und den Revolver, den Selma ihm an die Stirn gehalten hatte. An die Glückwünsche zu seinem Geburtstag; sie hatten sich das Datum gemerkt. An das atemlose Gespräch im Flur. Den Tee und das Schweigen in der Küche. Selmas Tränen, ihr Kopf auf seiner Brust. Otto im Badezimmer. Der Morgenmantel von Frau Voss war in etwa so rot wie das Handtuch ...

«Ja, es war besonders», sagte Otto. «Nun sind sie da. Sie können nicht bleiben. Sie sind in Gefahr. Ich muss ihnen helfen. Schnell. Bitte, Frau Voss.»

Ein großer, dünner Kerl brachte Tee an den Tisch im Salon. Er hatte einen auffallend geraden Rücken und ein eckiges Gesicht. Die Augen verschwanden in tiefen Mulden, an deren oberem Ende buschige Augenbrauen wuchsen. Er hatte entfernt Ähnlichkeit mit dem Meister, dachte Otto. Der Mann sprach wenig, auch wie der Meister. Nur dass er nicht der Meister war, sondern Mats hieß. Frau Voss stellte ihn vor, mit Nachnamen hieß er Karlsson. Zum ersten Mal an diesem Tag legte Frau Voss die Zigarette aus der Hand und griff nach der Tasse.

Otto rückte näher zu ihr heran.

«Frau Voss, ich habe für die beiden gelogen. Ich brauche Ihre Hilfe. Sehr schnell.»

Frau Voss nickte. Sie legte die Hand zurück auf die Stirn. Die Zigarette lag im Fisch und dampfte. Das Nicken von Frau Voss ging erst in eine unbestimmte Bewegung, dann in ein Kopfschütteln über. Ihre Wangen spannten sich. Sie schien nachzudenken. Sie lehnte sich zurück auf ihr Sofa aus Filz oder Cord, das einmal rot gewesen war. Das Rot ihres Morgenmantels und das des Sofas flossen ineinander. Man konnte nicht mehr sehen, wo das eine begann und das andere endete. Das Sofa war klein und flach, die Lehnen drehten sich ineinander in Form einer Schnecke. Der Rücken war nicht gerade, sondern verlief in einer Art Schwung. Aus dem Nebenzimmer hörte man Karlsson auf einer Schreibmaschine tippen.

«Ich fürchte, ich kann dir nicht helfen», sagte Frau Voss nach einer Weile. «Ich wüsste nicht, wie. Ich kann dir Geld geben. Ein paar Marken. Frag Mats.»

«Wir brauchen ein Zimmer. Einen Unterschlupf. Ein Versteck. Bei mir können sie nicht bleiben. Sie sind in Gefahr. Das ist wichtiger als Geld.»

«Ich habe Kopfschmerzen», sagte Frau Voss hinter vorgehaltener Hand. «Ich kann nicht klar denken.» Das Tippen im Nebenzimmer hörte auf. Mats Karlsson erschien im Türrahmen. «Hier könnt ihr jedenfalls nicht herkommen», sagte Frau Voss. «Ich habe häufig Besuch; und Mats, weißt du ... da kommen nicht nur nette Leute. Es fällt auf, und sie wären noch mehr in Gefahr.»

«Sonst fällt Ihnen nichts ein? Ich will nicht unverschämt sein, Frau Voss», sagte Otto, «aber Sie ... als Schauspielerin ... bei der UFA ...»

«Du überschätzt mich», sagte Frau Voss mit geschlossenen Augen. «Mats?»

Karlsson brummte.

«Das Döschen», sagte Frau Voss.

Karlsson verschwand, und als er zurückkam, brachte er eine neue Tasse Tee und ein kleines Glas mit einer milchigen Flüssigkeit sowie eine Dose. Frau Voss trank das Glas in einem Zug aus, öffnete die Dose und nahm kleine weiße Kugeln heraus, von denen sie eine Handvoll schluckte. Sie hielt sich den Handrücken an die Stirn und wiederholte, dass sie Otto nicht helfen könne und dass sie Kopfschmerzen habe. Ihre Geste wirkte wie im Theater. Otto hörte wohl, was Frau Voss sagte, aber er hatte nicht vor, es zu akzeptieren.

«Ich muss etwas finden!», rief Otto und knetete seine Hände.

«Bitte nicht so laut», sagte Maria Voss und massierte sich die Stirn.

Otto wurde wütend. Dafür war er nicht weit vor der Morgensonne aufgestanden und hatte die SS-Mäntel fertig gemacht. Dafür hatte er sich nicht von Stüttgen beschimpfen lassen und ihn angelogen. Er hatte gelogen, und irgendwann würde Stüttgen es merken.

«Es ist Ihre Pflicht, mir zu helfen!», rief Otto. Er erhob sich von seinem Stuhl. «Das wissen Sie.»

Da ging Karlsson auf Otto zu, legte ihm eine Hand auf die Schulter und zog ihn aus dem Salon. Otto sah nur noch aus dem Augenwinkel, dass Frau Voss die Hand vom Gesicht wegsank und sie langsam einschlief.

Karlsson ging mit Otto ins Nebenzimmer, in dem die Schreibmaschine stand, zu einem Schränkchen am Fenster. Auf dem Schränkchen lief ein Radioempfänger. Karlsson drehte den Ton hoch. Es war so laut, dass Otto dachte, er versuche Frau Voss damit wieder aufzuwecken. Sie spielten einen Schlager mit Cello, Saxophon und deutschem Text. Karlsson setzte sich an den Tisch, auf dem die Schreibmaschine stand, und zog eine Schublade auf. Er nahm ein Büchlein heraus. Nicht größer als seine Hand, roter Einband. Er legte es auf den Tisch. Er schrieb mit einem Stift etwas auf den Fuß einer Seite. Er riss sie aus dem Büchlein. Er drehte sich um und nickte Otto heran. Karlsson hielt ihm die Seite hin.

«Merk dir, was hier steht», sagte Karlsson leise. Es war nicht einfach, ihn gegen die Musik zu verstehen.

«Schreib es nicht auf, sag es nicht laut. Merke es dir. Ich zähle bis zehn.»

Ottos Augen wurden rund und groß. Er sah Karlsson an, dessen Pupillen in den dunklen Mulden seines Schädels verschwanden. Otto öffnete den Mund, seine Lippen wurden trocken. Er las jeden Buchstaben einzeln: «Landhausstraße, bei Wallgren». Noch einmal rückwärts. Noch einmal vorwärts. Er sprach es sich tonlos vor.

Karlsson zerknüllte den Zettel, ging hinüber in den Salon, nahm sich ein Streichholz, zündete ihn an und ließ die Asche im blauen Fischaschenbecher verschwinden. Auf dem Sofa lag Maria Voss und schlief fest. Die Hände waren ihr niedergesunken und der Morgenmantel von der Schulter gerutscht. Karlsson rückte den Stoff behutsam zurück Richtung Hals.

An der Wohnungstür schob Karlsson Otto das rote Büchlein, aus dem er eine Seite gerissen hatte, in die Hosentasche. «Das brauchst du, wenn du dort bist. Zeig es einfach vor.» Wortlos schloss Karlsson die Tür.

Erst als Otto einige Straßen entfernt an einer Bank vorbeikam, wagte er, sich hinzusetzen und das Buch aus der Tasche zu ziehen. Auf dem Buchrücken stand in goldenen Lettern ein Wort, das Otto sofort erkannte.

Als Ralf auftauchte, waren die Geschwister schon weg. Ralf trug seine SS-Uniform, die schlecht saß. Er hatte einen Revolver in seinem Halfter.

«Mach die Tür zu», befahl Ralf. Seine Stimme war anders.

«Wieso?»

«Weil ich es sage.»

Otto bewegte sich nicht. Ralf trat mit der Sohle gegen den Tisch, hinter dem Otto saß, sodass er ihm in den Magen rammte. Otto stöhnte. Ralf lehnte sich über den Tisch und zog Otto am Hemd. Er roch nicht gut.

«Hast du mich nicht verstanden?»

Otto machte sich los. Er nickte, ging zur Tür. Einmal umschließen. Er sah aus dem Fenster: kein Auto. Niemand.

«Ich habe Ärger wegen dir», sagte Ralf.

«Wegen mir?»

«Tu nicht so.»

«Mich hat jemand angeschwärzt, bei der Führung.»

«Dich angeschwärzt? Was hat das mit mir zu tun?»

«Du bist der Grund.»

«Ich?»

«Der Laden. Rettigs. Judengeschwister Rettig. Die leben noch. Weißt du, wie? Die werden gesucht. Brandstiftung, Diebstahl. Sind im Untergrund. Hast du sie gesehen?»

«Meinst du das ernst?»

Ralf ging zwei Schritte auf Otto zu und schlug ihm ins Gesicht. Es klatschte. Otto hielt sich die Nase. Er hatte Blut auf den Fingern.

«Was denkst du? Meine ich das ernst? Du Saukerl?»

Alles tat weh. Die Wange. Die Stirn. Die Haut brannte. Otto biss die Zähne zusammen.

«Also?», rief Ralf.

Otto antwortete nicht. Ralf zog ihn am Hemd über den Tisch. Ralf roch wirklich nicht gut, die Uniform saß am Kragen schief.

«ALSO?»

«Keine Ahnung. Du irrst dich.»

«Ich? Mich irren? Es geht nicht um mich. Es geht um dich. Du musst mir sagen, wo Rettigs sind – ich weiß, dass du es weißt. Man hat es mir gesagt. Du hattest Besuch, gar nicht lange her. Pfui Teufel, was bist du für ein Schwein.»

Ralf spuckte ihm ins Gesicht.

«Lüg mich nicht an, klar!»

«Ich hatte keinen Besuch.»

Ralf schlug Otto noch einmal mit voller Wucht auf die Nase. Warmes Blut lief ihm auf die Lippen.

«Was hattest du nicht?»

«Ich hatte keinen Besuch.»

Noch ein Schlag auf die Nase. Otto zitterte. Sein Atem ging schnell. Schweiß rann ihm in die Augen. Ralf drehte sich um, stampfte zur Kasse, riss sie auf und griff nach allem, was er kriegen konnte. Er stopfte es sich in die Hosentaschen seiner schlechtsitzenden Uniform.

«Es hat euch jemand gesehen, verstehst du das nicht? Du Arsch? Du Judenarsch?»

«Kann nicht sein. Warum bestiehlst du mich?»

«Du lügst», sagte Ralf.

Otto schwieg.

«Wir gehen jetzt hoch, ich werde mich umsehen.»

Ralf griff nach Ottos Ohr, nahm den Revolver aus dem

Halfter, entsicherte ihn und stopfte ihn Otto in den Mund. Zog ihn heraus. Bohrte ihn Otto in den Rücken. Sie gingen die Treppe hoch. Otto stöhnte. Ralf sah kurz ins kleine Zimmer, in dem die quietschende Liege stand, dann ging es in die Küche. Ralf riss an Ottos Ohr. Er riss ihn nach links, er riss ihn nach rechts. Ralf tat so, als würde er etwas suchen, Selma und Nils zum Beispiel. Mit einem Tritt beförderte Ralf Otto auf den Boden.

«Gib mir was zu essen», sagte Ralf.

Otto zog sich an einem Stuhl hoch und legte alles, was er finden konnte und was essbar war, auf den Tisch. Brot, Äpfel und Milch. Ralf zog sein Messer vom Gürtel ab, schnitt und trank und aß, gierig und schnell. Den Revolver behielt Ralf auf dem Schoß. Er stopfte sich die restlichen Äpfel in die Taschen.

Otto setzte sich in gehörigem Abstand von Ralf auf einen Stuhl. Er drückte sich mit dem Handrücken gegen die Nase. Es kam nur noch mehr Blut. Seine Hände waren schon rot, der Hals, das Hemd. Die Nase schmerzte.

«Du hast schon einmal gelogen ...», sagte Ralf mit vollem Mund. Er schlug mit der flachen Seite des Messers auf den Küchentisch. Er kaute noch. «Da habe ich dich gedeckt. Und Alfred. Stüttgen hat mir erzählt ...»

«Stüttgen hat dich angeschwärzt?», fragte Otto.

Das unterbrach Ralf für einen Moment. Er schien nachzudenken.

«Er hat mir erzählt, du hättest Besuch von deiner Mutter gehabt. Wir wissen beide, dass deine Mutter dich nicht besucht. Kann sie nicht. Also sag es endlich: Wo ist die Judenhure? Es könnte auch eine Belohnung für dich drin sein ...»

«Wofür willst du mich belohnen? Es geht um dich, oder?»

Ralf schmatzte. Er nahm das Messer in die Faust und

rammte es in den Küchentisch. Er kaute noch, und als nichts mehr in seinem Mund war, sah er Otto an, mit Augen, um die es gelb war, und mit einem gespenstischen Blick. Zitterte er?

«Du bist verrückt», sagte Ralf schließlich.

«Und was bist du?»

Victoria hat ein Geheimnis

Natürlich war es an der Zeit, sich wieder zu vertragen. Das Gedruckse am Telefon, zwei verkrampfte Treffen im Café, jeweils eine abgesagte Einladung. Der Raum, den der Streit zwischen Iza und Rieke eingenommen hatte, war angemessen gewesen, aber nun ausgereizt. Es war an der Zeit, sich wieder zu vertragen, wie erwachsene Menschen das eben taten. Taten Erwachsene das?

Rieke drückte den Türöffner. Sie versuchte sich zu erinnern, ob ihre Mutter, die ihr als Testbeispiel für Erwachsene diente, sich mal mit jemandem gestritten und danach wieder vertragen hatte. Ihr fiel nur der Mann ein, der Riekes Vater war und auf Bornholm wohnte; mit ihm hatte die Mutter sich nicht vertragen.

Izas Schuhe klackerten auf den Treppenstufen. Die gute Laune, mit der sie hochgelaufen kam, und die heftige Umarmung, mit der sie Rieke im Türrahmen an sich drückte, befremdeten Rieke.

«Schau mal!», rief Iza.

In dem Briefumschlag, den Iza in der Hand hielt, hatte Rieke vieles vermutet, aber kein Schreiben der Fotoschule. Iza war eingeladen, am neuen Jahrgang teilzunehmen.

«Wie bitte?»

«Hast du keinen bekommen?»

Rieke überlegte. Hatte sie einen Brief übersehen? Wann hatte sie den Briefkasten zuletzt geleert? Sie dachte an die

Bilder und an den Abend im Bad. Den blauen Abend im Bad. An Lior.

«Lior ...», sagte Rieke. Sein Name schmeckte wie Lebertran. Seit zwei Wochen hatte sie ihn nicht mehr ausgesprochen, und es hätte Rieke nicht gewundert, wenn in diesem Moment gleichzeitig Blitz und Donner vom Himmel gekommen wären.

«Vergiss Lior», sagte Iza.

Kein Donner.

«Das müssen wir feiern», sagte Iza.

«Hast du etwas im Kühlschrank?»

«Nein ...»

Auf dem Küchentisch stand eine halb ausgetrunkene Flasche Weißwein. Iza nahm zwei Gläser aus dem Schrank, im Frostfach des Kühlschranks fand sie Eiswürfel. Sie stellte die Gläser auf den Tisch und goss ein. Als sie angestoßen und getrunken hatten, versuchte Rieke sich an den Gedanken zu gewöhnen, dass sie Lior anrufen und ihm die Sache mit den Fotos erzählen musste. Eine andere Möglichkeit gab es nicht.

«Der hat ja einen lustigen Bart», sagte Iza und zeigte auf den Mann auf dem Cover des Büchleins, das auf dem Küchentisch lag. Rieke hörte nur halb, was Iza sagte, aber sie spürte, wie ihre Stimmung sich verdüsterte. Sie ging wieder das Essen im fünfzehnten Stock des Bürgeramts Kreuzberg durch. Den Gesprächsverlauf. Minute für Minute. Das hatte sie schon einige Male gemacht in den vergangenen Tagen, um die Stelle zu finden, an der sie Lior dazu gezwungen hatte, sie zu verletzen. Sie musste ihn in die Enge getrieben haben. Zu diesem Schluss war Rieke gekommen.

«Guck mal, man kann seine Kniestrümpfe sehen», sagte Iza als Nächstes. Und: «Was soll denn dieser riesige Schreibtisch?» Iza begann, in dem Büchlein zu blättern.

«Weißt du eigentlich, dass man im Bürgeramt Kreuzberg bis aufs Dach fahren kann?», fragte Rieke. «Fünfzehn Stockwerke, da ist eine Kantine.» Jetzt war es Iza, die nicht reagierte.

Rieke blickte auf das Buch, das Iza vom Tisch genommen hatte. Es war das Büchlein vom Wannsee. Von Doktor Just. «Elieser Kattuso – Stoffhändler und Schoah-Überlebender». Auf der Rückseite war ein Bild von Herrn Kattuso zu sehen: in Paris, unter dem Eiffelturm. Kattuso schüttelte einem Mann die Hand, der einen Kopf größer als er war, eine Brille trug, keinen Bart und kaum noch Haare hatte. Jetzt las Rieke den Klappentext, der Anfang war von Izas Fingern verdeckt, knallrot lackierte Nägel.

«... dass er sich im Keller der ...oria-Gemeinde in Berlin verstecken musste», konnte Rieke entziffern. Rieke nahm die Weißweinflasche und goss sich nach. Einen Eiswürfel dazu.

Iza blätterte weiter.

«Lies laut, wenn du schon liest», sagte Rieke zu Iza.

«Ich schaue mir nur die Bilder an.»

«Und?»

«Der hatte acht Geschäfte in Berlin. Stoff, Konfektion, Feine Herren- und Damenmoden. Schau mal ...»

Iza zeigte Rieke ein Bild, auf dem man Elieser Kattuso sah, «vor seinem Haupthaus in der Kaiserallee», so die Bildunterschrift. «Links im Bild zu erahnen ist das steinerne Tor auf der Rückseite der Victoria-Gemeinde», stand daneben. Man sah ein großes Haus, sechs Stockwerke mit einem riesigen Schild in Rot und Weiß, auf dem «Kattuso – Feinste Konfektion seit 1913» zu lesen war. Daneben eine Mauer und ein Tor mit einem Torbogen. Rieke sah sich das Bild genauer an. Sie hatte das Büchlein einmal durchgeblättert, gleich an dem Tag, an dem sie am Wannsee gewesen war. Damals war ihr nichts Besonderes aufgefallen. Aber jetzt war da etwas; sie erinnerte sich an einen Namen, oder … etwas arbeitete in ihrem Kopf. Sie nahm Iza das Buch aus der Hand.

«Was soll das? Ich lese gerade!», rief Iza.

«'tschuldigung», nuschelte Rieke.

Der Torbogen? Das Haus? Die Bildunterschrift? Rieke drehte das Buch um. Sie überflog den Klappentext. Ein zweites Mal. An einem Satz blieb sie hängen: «Mitte der 1930er Jahre wurde die Situation für ihn so gefährlich, dass er sich im Keller der schwedischen Victoria-Gemeinde in Berlin verstecken musste. Dort bekam er Hilfe, seine Ausreise nach Frankreich zu organisieren.» Rieke las ein drittes Mal. Bis zu den Worten «schwedische Victoria-Gemeinde».

«Entschuldigung? Das Buch?» Iza beugte sich über den Tisch und tippte Rieke auf die Schulter.

«Du bekommst es gleich wieder», sagte Rieke mit halber Aufmerksamkeit. Sie blätterte. Sie suchte. Sie wusste nur noch nicht, wonach. Sie merkte, wie ihr Herz zu arbeiten begann und gleichzeitig ihr Kopf. War das ein Zufall? Es passte – das Gesangbuch auf Schwedisch, der Eintrag «Victoria-Gemeinde». GEMEINDE – die war nicht in Schweden, sondern in Berlin! Sie hatten Juden geholfen, Berlin zu verlassen; so stand es in diesem Buch.

Rieke blätterte schneller, auf der Suche nach irgendetwas, das ihr weiterhelfen würde. Rettig? Hofstraße? Beides nicht zu finden. Aber im Register tauchte ein Name auf, den sie kannte: «Siller, Johan». Das war ein Indiz. Oder doch nur ein Zufall? Rieke legte das Buch zurück auf den Tisch. Sie stand auf und holte ihren Rechner, um im Netz nach der Victoria-Gemeinde zu suchen. Iza sah ihr amüsiert zu, als sei Rieke eine Schauspielerin.

«Alles in Ordnung?», fragte Iza. Das Buch lag vor ihnen auf dem Tisch.

«Jaja.»

«Was steht denn dadrin, in dem Buch?»

«Nichts», sagte Rieke. «Oder doch, sicher viel.»

Iza nahm sich die Weißweinflasche, schüttelte sie ein wenig und setzte sie an die Lippen.

Es gab die Gemeinde noch, mitten in Berlin, an der gleichen Stelle. Nur der Hinterausgang schien zugebaut worden zu sein. Die «Kaiserallee» hieß nun Bundesallee. Rieke klickte sich durch einige Seiten auf Schwedisch, die sie nicht verstand, aber es gab auch einen deutschen Text.

«Rieke?», fragte Iza noch einmal.

Aber Rieke war schon ganz woanders. Dass Iza sich irgendwann verabschiedete, als die Flasche leer war, quittierte Rieke mit einem Nicken.

Am nächsten Morgen rief Rieke in der Victoria-Gemeinde an. Eine Frau Eriksson erklärte ihr, dass es in der Gemeinde einige Rettungsaktionen am Ende des Krieges gegeben habe. Der Pastor habe damals im Keller und auf dem Dachboden Menschen versteckt. Auch in Privatwohnungen. Mal seien die Leute in die Schweiz geschmuggelt worden, mal nach Schweden. Mal per Flugzeug mit falschem Pass, mal versteckt in Särgen. Mal als blinde Passagiere auf Schiffen.

«Einmal war es sogar in Möbeln», sagte Frau Eriksson.

«In Möbeln?», fragte Rieke.

«Ja. Sie haben einen Zug mit Möbeln beladen. Auf der Strecke hat er gestoppt, die Möbel raus, die Menschen rein. Dann ging es weiter, später auf ein Schiff.»

«Wohin?»

«Nach Sassnitz, das ist ein Hafen auf Rügen.»

Rieke nickte. Sassnitz. Rügen. Schweden.

«Danke», sagte Rieke und drückte auf den roten Hörer auf dem Display. Ein Symbol daneben zeigte ihr, dass sie eine neue Nachricht hatte. Sie öffnete; es war ein Foto. Ein merkwürdiges Foto. Eine Hose auf einem Stuhl. Erst auf den zweiten Blick sah Rieke, dass es eine schwarze Lederhose war. Dass es die schwarze Lederhose von Uri war.

Iza schrieb: «Kein treuer Hebräer.»

Herrlich ist die Erde, herrlich Gottes Himmel

Am Sonntag gegen elf Uhr kletterte Otto über die Mauer. An einer Stelle breitete eine Eiche ihre Zweige weit über den Steinen aus, als wolle sie ihm in den Garten hinüberhelfen. Oben, im Wipfel des Baumes und auf den Zweigen ringsum, saßen die ersten Vögel, die aus dem Süden nach Berlin gekommen waren. Sie sangen und konnten nicht wissen, dass der Krieg immer noch in Berlin war, dass er nie mehr in Berlin war als jetzt. Auf die Wiese trauten die Vögel sich nicht. Auch zur Kirche, in der die Orgel gerade einsetzte, hielten sie einen gehörigen Abstand. Der Rasen war gemäht, in den Beeten hatte Stig, der Gärtner, eifrig gepflanzt. Otto ging vorsichtig am Rand der Beete entlang. Bloß nicht zu weit aufs Grün, denn dann hätte man ihn aus dem Kirchenfenster sehen können. Bloß nicht zu weit ins Beet, denn in der frischen, dunklen Erde hätten seine Schuhe Spuren hinterlassen.

In der Steinmauer, über die Otto geklettert war, gab es auch ein Tor, das groß war und breit und von einem gemauerten Bogen eingefasst. Aber dort konnte Otto nicht durchgehen, es war verschlossen. Die offiziellen Besucher der Kirche kamen stets von der Landhausstraße her, von vorne. Den Hintereingang benutzten nur die Unsichtbaren. Ein Kieselweg führte an der Wiese entlang, aber auch dort ging Otto nicht. Er wäre von überall zu sehen gewesen. Nur Gärtner Stig und Pastor Wallgren besaßen einen Schlüssel für das hintere Tor, das durch einen Bogen zur Kaiserallee führte, und sie öffneten es nie tagsüber. Wenn es dunkel war, und nur nach Verabredung und langer Vorbereitung, öffneten sie das Tor. Wer davor wartete, der wusste, warum er das tat, ging hindurch, weiter zur Kirche und setzte sich mit dem roten Gesangbuch, auf dem «Sionstoner» stand, in der Kirche in die letzte Bank. So hatten es Selma und Nils gemacht, und so musste es vor Jahren auch Eli Kattuso getan haben, bevor er ein rotes Büchlein für Selma mitbrachte.

Otto wartete einen Moment hinter einem Wacholderbusch. Er griff in die Innentasche seiner Jacke, der Fliegerjacke mit dem halben Revers. Da war kein rotes Büchlein mehr. Er hatte es Selma gegeben. Otto zog die Hand aus der Jacke. Er holte tief Luft.

Bei ihrem ersten Treffen im Keller, irgendwann vor etwa einem Jahr, hatten sie da gesessen mit dem Büchlein, und Selma hatte es in der Hand gehabt und gelächelt und gemeint, nun sei ja klar, wo es herkam und was Eli damit gemeint hatte. Otto hatte genickt. Dann war Selma ernst geworden und hatte ihn angesehen, so ernst, als käme nun ein Schwur oder ein Geständnis, wie vor Gericht. Sie hatte Ottos Hand genommen und gefragt: «Du wolltest nicht, dass ich die Nachricht bekomme, oder?»

Otto hatte nicht darauf geantwortet.

«Warum nicht?», hatte sie gefragt. «Otto? Warum nicht?»

Otto hatte überlegt, ob er den Satz wirklich sagen sollte. «Ich wollte nicht, dass du gehst.»

Jetzt kniete Otto sich hinter den Busch und fuhr mit dem Finger an einem Zweig des Wacholders entlang. Er zog zwei kleine, dunkelblaue Beeren ab, zerrieb sie in der Hand und roch daran. Er dachte an den Schnaps, den Gärtner Stig aus den Kügelchen brannte, unten, im Keller der Kirche, in dem kleinen Raum gleich neben der Treppe. Es gab kaum etwas Besseres als diesen Schnaps.

Durch den gesamten Keller der Kirche verlief ein Gang in Form eines rechten Winkels, wie ein großes «L». Ganz hinten, etwa unter der Sakristei, gab es einen dunklen, schmalen Raum, in dem Kartoffeln lagerten. Hinter den Kartoffeln aber, und das wussten nicht viele, gab es noch einen Keller, noch kleiner und noch dunkler, den man nicht sah. Dass man ihn nicht sah, war gut, denn in diesem Keller hatten Selma und Nils sich immerhin zwei Winter lang versteckt, bis auf dem Dachboden über dem Gemeinderaum im Hauptgebäude etwas frei geworden war.

Der Dachboden war hell und trocken, aber er hatte einen Nachteil: Bei jedem Fliegeralarm mussten Selma und Nils so schnell es ging zurück in den Keller, und niemand durfte sie dabei sehen. Otto fragte sich, ob die Geschwister wirklich jedes Mal herunterliefen oder einfach dort oben unter dem Dach ausharrten, in der Hoffnung, es werde die Gemeinde schon keiner bombardieren.

Aus der Kirche dröhnte die Orgel, man sang das erste Lied. Ein Chor aus vielen Stimmen trug die fremden Worte hinaus aus den Fenstern, und auch wenn Otto nicht verstand, was sie sangen, wusste er doch, in welchem Büchlein die Noten und die Worte standen, woher das kam, was sie da sangen. Was die Leute genau in diesem Moment in der Hand hielten, war ein kleines, rotes Buch, auf dessen Einband in goldenen Lettern «Sionstoner» stand.

Otto schob den Wacholderzweig beiseite und schlich bis zur Mauer der Kirche. Er stützte sich an den dicken, unförmigen Steinen ab und meinte, die Vibration der Orgelpfeifen in den Fingern zu spüren. Manche Pfeifen brachten mit ihrer Wucht den ganzen Boden zum Brummen und kitzelten die Füße. Otto huschte um die Ecke der Kirche, zu einer Treppe, die von außen unter die Sakristei führte. Die Holztür war geschlossen, aber wenn Selma so gedacht hatte wie er, dass nämlich heute Pfingsten war und damit ein Feiertag, der ausreichend wichtig war, dann wäre die Tür zwar geschlossen, aber nicht verschlossen. Otto drückte die Klinke – die Tür sprang auf.

Nur an Feiertagen wie diesem konnten Otto und Selma sich sehen. Auch dann nur geheim, nicht einmal Nils durfte es mitbekommen. Gerade Nils nicht. Pastor Wallgren und jener Stig, der nicht nur Gärtner, sondern auch Küster und Fahrer war, der für Pastor Wallgren die Bücher führte und den Einkauf plante, der manchmal kochte, ständig Schnaps brannte und gute Kontakte zur Polizei, sogar zur Gestapo hatte, wie man sagte, dieser Stig und der Pastor also sammelten an den wichtigen christlichen Feiertagen mit dem Kastenwagen der Gemeinde all die alten und gebrechlichen Gemeindeglieder ein, die im Heim vor der Stadt wohnten. Sie holten auch die Leute ab, die bei Bauern auf dem Land lebten, weil ihre Häuser in der Stadt von Bomben getroffen worden waren. An der Bundesallee und auch in der Landhausstraße hatten die Briten jedes zweite Haus bereits zerstört. Es standen Staub und Rauch in der Luft, weil die Ruinen der Häuser nebenan zerbröselten und stetig neue Feuer aufflackerten. Kirche und Gemeinde aber waren bisher von keiner Bombe getroffen worden. Vielleicht war sie in den Karten der Flieger eingezeichnet, mit einem großen Kreuz. Vielleicht lag es auch am Garten und den dicken Mauern, die das Gelände wie eine Burg befestigten, sodass kein Feuer auf die Kirche hatte übergreifen können.

An einem Tag wie Pfingsten brachten die schwedischen Frauen Berlins, die deutsche Männer hatten, auch diese mit zum Gottesdienst. Da saßen sie in ihren Wehrmachtsuniformen in den Bänken neben den alten Schwedinnen, die zu schwach waren, einfach ein Schiff in die Heimat zu nehmen, oder zu sehr an Berlin hingen. Otto hatte sie beobachtet, denn auch er ging nun manchmal zur Kirche, obgleich er nichts verstand.

Da hatte er neben Norwegern und Dänen gesessen, die zu dieser Gemeinde kamen, weil ihre eigenen nicht mehr existierten. Neben dem Botschafter des schwedischen Königreichs und seinen Diplomaten hatte Otto gesessen und neben ein paar jungen Helfern vom Roten Kreuz. Neben Studenten aus Lund oder Uppsala, die es trotz Krieg noch immer in Deutschland aushielten. Er hatte auch neben Maria Voss und Mats Karlsson und einer kleinen runden Frau gesessen, die man «Maruschka» nannte und die, wenn es erlaubt gewesen wäre, auch in der Kirchenbank eine Zigarre nach der anderen geraucht hätte. Wenn Otto diese Maruschka anschaute, weil es nicht anders ging; ihre Augen hatten die Farbe von Eisbonbons, und ihr Blick kitzelte seine Neugier; wenn er sie also anschaute, dann schien es Otto manchmal, als zwinkere sie ihm zu.

Nach dem Gottesdienst spazierte die Gemeinde auf der Wiese umher, und man sah sich die Beete an, die Stig bepflanzt hatte, und es gab Wacholderschnaps aus kleinen Gläsern, und über den Köpfen läutete die Glocke im eckigen Turm. Otto hatte sich am Anfang vorgestellt, dass auch Selma und Nils da wären, beim Gottesdienst, zumindest nach dem Gottesdienst, und ihm war beinahe das Herz stehengeblieben, als er stattdessen die Männer in ihren Naziuniformen in den Bänken gesehen hatte. Nur sehr langsam verstand Otto an jenem Sonntag, vor der reichgedeckten Tafel im Gemeindehaus, von der aber doch schon einiges fehlte, wie wenige Leute selbst in dieser Gemeinde davon wussten, wer sich unter und über ihnen versteckte, wenn sie am Sonntag in der Kirche das Abendmahl empfingen. Wer da ausharrte, in den Mauernischen und toten Winkeln, und auf den Zusammenbruch Deutschlands oder auf eine Möglichkeit zur Flucht wartete.

In der Hofstraße war Otto nun wieder allein. Getrennt von Selma und Nils. So war es. Dieses Mal übergab er nicht Rebbe Kolman, sondern Pastor Wallgren Nachrichten an die Geschwister und Kleider und hin und wieder Schokolade. Keiner durfte sie sehen, und sie durften niemanden treffen, die geheimen Gäste der Gemeinde. Es gab sie nicht, weil es sie nicht geben durfte. Sie waren die Unsichtbaren.

Pastor Wallgren und Stig, der Gärtner, versuchten für jeden von ihnen die Ausreise zu organisieren; sie fragten gar nicht erst nach, ob man wollte oder nicht, sie waren einfach der Überzeugung, dass es notwendig war, und sie hatten ihre Beziehungen, sagte jedenfalls Nils. Vor allem Stig, der Gärtner, hatte diese Beziehungen – und den Schnaps. Hin und wieder reichte die Bestechung aus, und ein Beamter stempelte für ihn falsche Pässe, oder Bahnarbeiter sahen im richtigen Moment weg – und Wallgren, der Pastor, und Stig, der Gärtner, schmuggelten ein paar Menschen mit dem Flieger nach Schweden, in Munitionskisten in die Schweiz, auf einem Laster nach Südfrankreich.

Dass Otto Bescheid wusste, zumindest über bestimmte Dinge, hatte Pastor Wallgren von Anfang an nicht gefallen. Nur langsam hatte Wallgren sich daran gewöhnt, dass Otto immer wieder in die Landhausstraße kam. Er fragte ihn stets, ob er sicher sei, dass ihm keiner dabei zusehe. Dass ihm keiner folge. Otto versicherte es ihm. Dabei konnte er es so genau gar nicht wissen. Es seien viele Leute in Gefahr, sagte der Pastor; aber irgendwann fasste der Pastor Vertrauen und lud Otto auch zum Gottesdienst ein.

Weil es Pfingsten war und Otto wusste, dass die Kirche gut besetzt sein würde, war er überhaupt hierhergekommen. Er schob die Tür zum Keller auf, huschte hinein und lehnte sie hinter sich nur an. Selma wäre hinunter in den Keller geschlichen, das lange, dunkle «L» entlang, bis zu jener Tür unter der Sakristei, die zum Kartoffelkeller führte. Sie würde auf Otto dort warten, wo sie einen Sommer und einen Winter mit Nils in der Finsternis auf einer Pritsche gewartet hatte. So tat Selma es immer an den hohen Feiertagen, wobei sie die Höhe des Tages daran ablas, wie sorgfältig der Pastor den Sonntag vorbereitete – wie lange er also in seinem Büro am Schreibtisch saß und an der Predigt feilte. Wie viele Konserven die Heimatgemeinde aus einem Ort namens Norrköping geschickt hatte. Wie sorgfältig die Gemeindeschwestern unter der Woche das Wachs aus den Kerzenleuchtern auf dem Altar kratzten.

Otto schob seine Hände mühsam an den kalten, feuchten Steinen der Kellerwand entlang. An den Kartoffelsäcken vorbei. Gleich würde er Selma atmen hören. Mit einem brausenden Akkord beendete die Orgel oben in der Kirche das zweite Lied. Pastor Wallgren hob die Stimme zur Predigt. Otto tastete sich tiefer in die Dunkelheit, noch ein Stück – da spürte er Selmas Schulter. Ihre Hand, ein Kleid trug sie, ihre Haare, die Wange, das Kinn. Er fühlte nach ihr wie ein Blinder, er fühlte nach ihr, als könne er nicht sehen, als sei sie unsichtbar. Das stimmte ja auch. Aber sie war da.

Ottos Herz sprang hoch. Es gab nichts, was war wie dieser erste Moment im Dunkeln. Gerade weil sie nichts sahen, sondern nur spürten. Nichts, was Otto jemals wieder in seinem Leben fühlte oder roch, war so wie diese Sekunden.

Nichts, was er schmeckte, glich ihnen, nichts konnte sich mit ihnen messen.

Ihre Hände suchten sich, am Anfang noch ungeschickt und ein wenig schreckhaft, und weil es so dunkel war, mussten sie das auch, sich suchen. Sie hatten keine Wahl. Sie waren gezwungen, sich zu ertasten, nach Wochen, manchmal nach Monaten, die es gedauert hatte, bis sie sich erneut trafen, noch einmal im dunklen Keller hinter den Kartoffeln, unter den Pfeifen der Orgel, wann war das letzte Mal gewesen? Ostern. Nicht so lange her. Aber lang genug. Die Finger, die schmalen Knöchelchen, das Handgelenk. Waren sie dieses Mal anders? Wie fühlte Selma sich an?

Langsam an den Unterarmen wanderte Ottos Hand hinauf, über Selmas feine Härchen strich er, die aufrecht standen wie Soldaten beim Appell. Ihre Knie tippten einander an wie Pendel, wie die Rundungen der weißen Lampen über dem unwahrscheinlich langen Tresen des Kuchenkönigs. Der Atem wurde laut, fast so laut, wie Wallgren oben predigte, in einer Sprache, die weder Selma noch Otto verstand, und doch verriet schon der Ton von Wallgrens Worten, worüber er sprach. Da war Wacholder im Raum, er kam aus Ottos Hand, vom Busch draußen im Garten und aus Selmas Mund. Ihr Atem roch nach dem Festtagsessen, aber er roch auch nach Gärtner Stigs selbstgebranntem Schnaps.

Die Kleider glitten ihnen durch die Hände, sie rieben den Stoff zwischen Daumen und Zeigefinger. Viele hundert Mal vollzogene Bewegungen, viele hundert Mal im Laden ausgeführt, am Nähtisch, im Stoffkeller. Sie strichen glatt, zogen und spannten das Material. Wo es eine Falte gab, rollte der Handrücken drüber wie eine Walze. Welche Farbe Selmas Kleid wohl hatte? Welche Farbe Ottos Hose? Wo war der Knopf? Wo der Reißverschluss? Was war der Mensch ohne sein Kleid? Aber was sollte dieses Kleid, jetzt, hier, da man es gar nicht sah? Der Stoff raschelte, knisterte, ein seltenes Geräusch, nicht selten, weil es so selten vorkam, das nicht, sondern weil man es selten hörte. Alles da draußen war lauter, in der Welt, in der es nicht dunkel war wie hier und nicht nach Kartoffeln und Wacholder roch. In der nicht zwei Unsichtbare sich trafen, um im Schutz des Orgeldröhnens sich zu küssen. Darum hörte man da draußen den Stoff nie knistern, nie die Töne der Fäden. Man hörte das Reißen, Schieben und Spannen nicht. Wenn der Stoff langsam verrutschte, wenn die Hände ihn zogen, wenn das Kleid wegmusste und der Gürtel geöffnet wurde, wenn Selma und Otto ihren Herzschlag fühlten und die feuchten Lippen leise, leise begannen, sich Unsinn ins Ohr zu wispern, dann schloss Otto endlich die Augen, weil er ohnehin nichts sah – und Selma tat es auch.

Pastor Wallgren predigte zwanzig Minuten. Als er die Stimme zur letzten Kuppe seiner Rede erhob und doppelt so laut und doppelt so bestimmt wie zuvor seinen finalen Satz verkündete, hielten Otto und Selma zwei Meter neben und zwei Meter unter ihm den Atem an. Otto dachte dabei an Nils, wie auch er den Atem anhielt, wie er ihm manchmal einfror. Es konnte sein, dass auch Selma daran dachte, an Nils, in diesem Moment, an ihren Bruder, denn er durfte niemals erfahren, was sie hier machten. Und doch gehörte er dazu. Er hätte da sein sollen, doch auf gar keinen Fall hier.

«Amen!», rief der Pastor. «Amen», antwortete die Gemeinde. Die Füße der Kirchgänger schabten über den Köpfen von Otto und Selma. Sie hatten keine Möglichkeit wahrzunehmen, dass nicht alle Geräusche, die sie hörten, aus der Kirche kamen. Es dauerte noch einen sehr langen Moment, ein Knacken, ein Husten, ein paar Bewegungen von Wallgren vor dem Altar, bis die Orgel zum vierten Lied einsetzte und der Rock von Selma endlich ganz hochgeschoben war.

Schwer zu sagen, wie lange Nils schon auf den Kartoffeln gesessen hatte. Schwer zu sagen, wann er die Treppe in den Keller nahm und das lange «L» hinuntergegangen war. Vielleicht hatte er Otto bereits dabei beobachtet, wie er Selma in die Dunkelheit folgte? Vielleicht war Nils irgendwo stehen geblieben, irgendwo mitten im Keller, in einem dunklen Winkel, als Wallgren oben predigte, um keine Geräusche zu machen, die man in der Kirche hätte hören können? Vielleicht hatte er von dort alles gesehen? Schwer zu sagen. Hatte Küster Stig Nils in den Keller geschickt, um Kartoffeln zu holen, weil sie bei der Speisung der Unsichtbaren mehr gebraucht hatten als veranschlagt?

Als Otto jedenfalls vom Dunkel ins Halbdunkel trat, bereits auf dem Rückweg, seine Hose saß schief und das Hemd war noch offen, die Jacke in der Hand – sah er Nils dort sitzen. Otto blieb stehen wie aus Stein.

Nils sah ihn mit einem irren Blick an, als überrasche ihn, wen er vor sich hatte. In der Kirche über ihnen Fußgetrappel, sanfte Orgelmusik, Pastor Wallgrens gedämpfte Stimme: Abendmahl.

Selma kam dazu, flüsternd, sehr schnell flüsternd: «Was machst du hier? Du kannst doch nicht hierherkommen. Ich wollte es dir sagen ... nein, das stimmt nicht, ich wollte es dir nicht sagen. Nils, es tut mir leid. Aber manchmal ist es besser, wenn man etwas nicht weiß, und ... ich, ich, also ich. Ich.»

Nils sah seine Schwester lange an, durch das Zwielicht des Kellers. So lange, bis ihre Sätze leiser wurden, bis sie ganz erstarben. Sätze, in denen Selma immer das Gleiche sagte, obwohl sie im Prinzip nichts sagte, aber das immer wieder: «Ich, ich, ich.»

Bis Nils fragte: «Glaubst du wirklich, es geht nur um dich?»

Da waren sie noch einen Moment, stumm, Nils, Selma und Otto, in einem Dreieck im Kartoffelkeller. Otto neben Selma und Nils ihnen gegenüber. Otto dachte an die Nähstube, die Kreide und die Jacke, all das. Er hörte Pastor Wallgren über ihren Köpfen. Jetzt sang die Gemeinde einen Psalm mit einer langsamen, hypnotischen Melodie, in der es um die Herrlichkeit der Erde gehen mochte. Nie wieder könnte Otto diese Melodie vergessen. Nie wieder könnte er diesen Moment vergessen. Er sah Nils an und dachte sich den grauen Anzug mit der Weste dazu, den Nils immer getragen hatte, im Laden. Ein Nadelkissen um sein Handgelenk dachte Otto sich, und auch ein Handtuch legte Otto in Gedanken zwischen sich und Nils auf den Boden des Kartoffelkellers. Es blieb die eine Frage: Was wird tatsächlich aus einem Dreieck, wenn es zerfällt?

Jeden Tag trinkt Otto aus dieser Tasse

Die Tür klemmte, aber dieses Mal bewegte sich etwas im Laden. Rieke blickte hoch auf das Schild, auf dem nur noch «MÖBEL» zu lesen war. Im Schaufenster spiegelten sich die Hofstraße und das Baugerüst am Haus schräg gegenüber. Es kam ein alter Mann zur Tür. Er schloss auf, es rasselte. Die Tür quietschte, wie es nur Türen tun, die seit Jahrzehnten jeden Morgen aufgeschlossen werden. Zwei blaue Augen sahen Rieke fragend an.

«Ja bitte? Was wollen Sie?»

«Reinschauen?»

«Bitte sehr», sagte der Mann. Er ließ die Tür offen und ging zurück in den Laden. Er nahm hinter einem Tisch mit einer Registrierkasse aus Metall Platz. Eine Kaffeetasse stand daneben, dünnwandiges Porzellan, aus der er trank. Rieke sah sich um. Die Möbel im Laden waren zu kleinen Wänden aufgetürmt, zu Gängen, durch die man gehen konnte. Sie sahen frisch aus, restauriert, aufgearbeitet, das Holz warm und lebendig, ganz anders, als man es von außen, durch die trübe Scheibe, gedacht hätte. Rieke spazierte bis zur hinteren Wand des Ladens, an der einige Fotografien aufgehängt waren, in Vergrößerung, schwarz-weiß.

Eine Frau war da zu sehen, in einem Badeanzug mit kurzen Beinen, Trägern und drei sechseckigen Sternen, auf der Brust und im Schritt. Es war auf dem Bild nicht genau zu erkennen, weil die Farbe fehlte, aber Rieke tippte darauf, dass der Badeanzug hellblau war. Man sah eine Balustrade und so etwas wie eine Umkleidekabine. Am Rand des Bildes einen See, vielleicht das Meer. Daneben hingen Aufnahmen von Fotomodellen. Einige der Frauen und Männer waren nackt, oder sie trugen nur wenig Stoff auf ihrem Körper.

Vor einer kleinen Kommode mit Schubladen und Doppeltürchen blieb Rieke länger stehen. Das Stück stand auf eleganten Füßen, war mit geschnitzten Blumen und einem Wappen verziert, auf dem drei Kronen zu sehen waren. Dieses Schränkchen sah wertvoll aus. Rieke zog an einer der Schubladen und war überrascht, wie sanft sie herausrutschte.

«Vorsicht», brummte der Alte. Er kam zu ihr herüber. Rieke nickte und schloss die Schublade.

«Ein schönes Stück», sagte sie.

«Unverkäuflich.» Der Mann drehte sich um. Er trug eine dunkelblaue Hose aus Tweed, was Rieke sofort auffiel, weil die Wolle in mehreren vollen Blautönen glänzte. Das konnte nur Tweed. Die Hose wurde gehalten von einem Hosenträger in der Form eines Ypsilons. Darunter ein weißes Hemd, das von Manschettenknöpfen zusammengehalten wurde, die ebenfalls dunkelblau waren.

«Sagen Sie ...», begann Rieke, «warum steht die Kommode dann hier? Wenn sie unverkäuflich ist?»

«Steht da halt. Bist du Dekorateurin?»

«Nein», sagte Rieke. «Bin ich nicht.»

Komischer Kauz, dachte Rieke. Aber vielleicht kennt er sich in der Straße aus. Rieke machte einen neuen Anlauf.

«Sind alle Möbel hier im Laden restauriert?»

«Alles, ja. Von mir. Ich bin Schreiner, das habe ich gelernt. Ich restauriere seit vierzig Jahren.»

«Ist Ihre Werkstatt hier im Haus?», fragte Rieke.

«Nein, die ist in Frohnau. Wieso willst du das alles wissen?»

«Ich interessiere mich für diese Straße», sagte Rieke. Das klang komisch. Der Alte drehte sich zu ihr.

«Bist du eine von denen, die mir den Laden abkaufen will? Von diesen Firmen gegenüber? Wenn ja: auf Wiedersehen. Dahinten ist die Tür.» Er deutete Richtung Straße. «Ich verkaufe nicht. Auch nicht für eine Mill...»

«Will ich nicht!», rief Rieke, so schnell sie konnte.

«In Ordnung», sagte der Alte. «Ich dachte nur. Du wärst nicht die Erste.»

«Denk ich mir.»

«Denkste dir.»

Der Alte klopfte mit dem Finger auf seinen Tresen. Drei Mal, als sei das ein geheimes Zeichen. Langsam ließ er sich auf seinen Stuhl sinken. Er griff mit zwei Fingern, wie in Zeitlupe, nach dem Henkel seiner Kaffeetasse. Er schlürfte ein wenig, seine Lippen spitzte er wie ein Fisch beim Atmen. Aus dem Augenwinkel konnte Rieke es nicht genau erkennen: Las der Alte? Schaute er nur? Sie machte ein paar Schritte auf den Mann zu.

«Wohnen Sie schon lange hier?»

Er blickte kaum auf.

«Ein paar Jahrzehnte, ja. Erst woanders, dann hier. Aber immer in der Straße.»

«Und ... kennen Sie sich aus?»

«Na ja. Erst haben sie die Straße halbiert, dann wieder verdoppelt. Da hinten war die Mauer.» Er wischte mit dem Arm durch die Luft, dass man Angst bekam, er würde seine Kaffeetasse vom Tisch fegen.

«Hier verlief die Mauer?», fragte Rieke.

Der Alte grummelte.

«Du bist nicht aus Berlin?»

«Doch, bin ich.»

«Dann weißt du es wohl.»

«Ich bin neunundachtzig auf die Welt gekommen.»

«Tatsache? Jetzt kann man schon neunundachtzig auf die Welt gekommen sein. Sachen gibt's.»

Der Mann schaute in Riekes Richtung – aber sah er sie auch? Seine Augen hatten so einen Schimmer. Rieke trat einen Schritt näher an den Tisch. Die Miene des Alten veränderte sich nicht.

«Sagen Sie, ich bin auf der Suche nach einem Schneider. Gibt es hier einen Schneider in der Straße?»

Rieke sah ihn gespannt an.

Hatte sein linkes Auge gezuckt?

«Wozu brauchst du einen Schneider? Neues Kleid?»

«Nein, nein. Ich brauche keinen Schneider. Ich suche einen bestimmten, den es hier mal gegeben hat.»

«Wie?»

Die Stimme des Alten klang gepresst.

«Das Geschäft hieß Mäntel Rettig, mehr weiß ich leider nicht.»

Wieder keine Antwort.

«Mäntel Rettig», sagte Rieke noch einmal, eine Spur lauter.

Nichts. Keine Reaktion. Hatte er sie verstanden? Hatte eine seiner Hände gezuckt? Hatte ein Auge geflackert? Er sah starr geradeaus, dorthin, wo die Tür war. Rieke stützte sich mit den Händen auf seinem Tisch ab, beugte sich vor, kam ein wenig näher. Sie roch das Rasierwasser des alten Mannes. Er roch nicht schlecht. Ein wenig staubig, ein wenig nach Holz, aber nicht schlecht.

«Diesen Laden, den ich suche, gab es mal hier in der Straße. Mäntel Rettig, Nummer 29. Nebenan», sagte sie etwas leiser, mit einer weichen Stimme.

«Nie gehört», sagte der Alte.

Rieke nickte.

«Sagt Ihnen der Name Kartberg etwas? Otto Kartberg?»

«Auch nie gehört.»

Nun stand der Mann auf. Er nahm die Kaffeetasse in die Hand. Das Porzellan schepperte, weil er zitterte. Er sah Rieke an.

Er sagte: «Können Sie bitte meine Tasse mitnehmen, wenn Sie gehen?» Rieke sah in seine Augen, die blau waren wie die Manschettenknöpfe. «Gegenüber ist ein Lokal, das gehört Frau Ly, da geben Sie die Tasse ab. Der Kaffee ist bezahlt. Guten Tag.»

Die Tür des Cafés stand offen, aber Frau Ly war nicht zu sehen. Rieke ging zum Tresen und stellte die Tasse ab. Sie musterte das Porzellan, dünn mit blauem Dekor, leicht gelb angelaufen. Sicher viele Jahrzehnte alt. Der Teller hatte einen Sprung. Rieke stellte das Set zurück. Das Café war eng, aber gemütlich. Hinter dem Tresen standen auf Regalböden Schnäpse, Likör und Whiskey. Eine große Maschine für den Kaffee. Es roch nach Kuchen.

Rieke setzte sich auf einen Sessel und sah durch die Frontscheibe. Durch die offene Tür konnte sie den Baulärm aus den Wohntraumhöfen weiter oben an der Straße hören. Ein dunkelgrüner Stadtjeep rollte vorbei. An der Wand hing eine schwarze Tafel, auf die jemand in lustig tanzenden Buchstaben geschrieben hatte: «Probier Sie auch unseren Bienenstich.» Ein schöner Satz, unfertig, nicht korrekt, aber menschlich, wie der Alte und sein Laden.

Erst ein Quietschen, dann ein Rasseln von gegenüber ließen Rieke aus dem Fenster sehen. Sie konnte es nur ahnen, aber der Alte schien den Laden zu verlassen. Rieke beugte sich so nah zur Scheibe vor, dass sie ihn sehen konnte. Er trug einen Hut auf dem Kopf, so einen runden, und er hatte einen Mantel an. Rieke sah auf die Uhr. Elf Uhr vormittags. Keine Zeit, um zu schließen.

Der Alte zog die Tür vom Laden zu und schloss ab. Zwei Mal. Er prüfte die Tür sogar mit einem Ruckeln. Kurz sah er sich um, links und rechts. Rieke wich von der Scheibe zurück. Der Mann ging, so schnell seine Beine es zuließen, die Straße hinunter, Richtung Spittelmarkt. Er ging mitten auf der Straße und wich auch nur störrisch und unmerklich aus, wenn ein Auto an ihm vorbeiwollte. Sein Gang war ein wenig gebückt. Rieke überlegte, ob sie ihm folgen sollte. Aber wohin? Was dann?

Sie nahm ihr Telefon aus der Tasche. Sie tippte Liors Nummer ein. Sie schaute auf das grüne Symbol, das sie hätte drücken müssen, um ihn anzurufen. Was gab es zu sagen? Rieke hatte eine Vermutung, mehr nicht. Da war dieser Mann, der ... wie hieß er?

Sie hatte ihn nicht nach seinem Namen gefragt.

Rieke steckte das Telefon zurück und stand auf. Ihr Blick fiel noch einmal auf die Kaffeetasse. Sie drehte an dem Stück, das Porzellan klirrte sanft. Durch den Vorhang hinter dem Tresen kam eine kleine Frau mit schwarzen, glatten Haaren, als habe Rieke eine Klingel gedrückt. Sie trug ein rot-weiß geblümtes Tuch, oder einen Rock, so ein Rocktuch, das man sich um den Körper wickelt. Ihr Mund formte sich zu einem «O», sie sagte:

«Otto?»

Rieke fragte: «Wie bitte?»

Rieke deutete auf die Tasse, die sie herübergebracht hatte.

Die Frau sagte noch einmal: «Otto? Ottos Tasse? Vielen Dank.» Sie nickte und legte die Handflächen aneinander.

Rieke musste ihre Gedanken sortieren.

«Sie sind Frau Ly?»

«Ja. Bin ich. Und Sie?»

«Das ist *Ottos* Tasse?»

Jetzt schaute Frau Ly überrascht.

«Ist es nicht?» Frau Ly drehte die Tasse vorsichtig mit der Hand, hob die Untertasse an, sah auf den Boden. «Doch, das ist sie. Ottos Tasse. Otto trinkt immer aus der Tasse, jeden Tag.»

Otto, dachte Rieke.

Ottos Tasse. Jeden Tag.

Rieke nickte Frau Ly fahrig zu.

Sie ging vor die Tür, vor das Geschäft gegenüber. Sie suchte. Am Schaufenster, an der Ladentür. Sie fand einen Briefschlitz mit seinem Namen:

«Otto Kartberg – SCHWEDENMÖBEL».

Rieke fummelte zitternd das Telefon aus der Tasche. Sie brauchte drei Anläufe, bis sie Liors Nummer gewählt hatte. Er nahm sofort ab.

Ein britisches Kriegsschiff hat uns vor der Küste gestoppt. Man konnte Haifa schon sehen, wie es dort am Berg lag. Kannst Du Dir das vorstellen? Mit dem Megaphon haben die Briten gefragt, ob wir illegale Juden an Bord haben. Einer hat gerufen: «Es gibt keine illegalen Juden!» Die Briten befahlen, dass wir nach Zypern umkehren. Sie drohten, uns zu entern. Wir haben Kurs gehalten – nach Haifa. Spanische Matrosen sind über Bord gesprungen und zu den Briten hinübergeschwommen. Der Koch auch. Nils hat mit einem der Männer von der Organisation alle Pässe im Schiff eingesammelt. Sie haben sie zerschnitten und mit dem Wind ins Meer wehen lassen. Sie haben die rot-blaue Panamaflagge eingeholt. Dafür haben sie ein Bettlaken hochgezogen, auf das ein Davidstern gemalt war. Ein großer, gerader Stern. Er ist blau, nicht gelb wie der, den wir in Berlin in den Pass bekamen, den wir tragen mussten. Dieser Stern, der nur Leid und Grauen bedeutet hat, ich muss es so schreiben, soll jetzt den Weg zum neuen Leben erleuchten. Er flattert im Wind über dem Dampfer. Er ist schön.

Nils hat mich heute von der Pritsche geholt und gestützt. Wir sind an Deck gehumpelt, mit vielen anderen. Überall waren Menschen an Deck, das Schiff hatte eine heftige Schlagseite. Oben der Stern auf der Flagge, so einfach, aber schön. Am Himmel kreiste ein Flugzeug der Briten, es waren auch Kriegsschiffe in der Nähe.

Dafür musste ich durchhalten, denke ich. Für diesen Moment, und für Dich. Das kann die Briten nicht kaltlassen. Ich konnte nicht lange an Deck bleiben, meine Augen sind zu schwach. Ich habe Eretz Israel gesehen. Wenn wir nur schon dort wären.

S.

1944

Nichts dazwischen

Als Otto die Augen öffnete, war es hell. Er lag auf der quietschenden Liege im kleinen Zimmer. Selma kniete daneben auf den blanken Dielen, den Oberkörper von der Sonne gewärmt, mit dem Rücken zu Otto, in der Hand eine Zigarette. Sie pustete Rauch Richtung Decke. Otto sah ihren Po, der auf den Füßen ruhte, ihren Rücken, viele rote Striche und Narben auf der Haut, die Haare, die wieder ein wenig Form hatten, über dem Nacken. Otto kniete sich hinter Selma und schlang seine Arme um sie. Er sah aus dem Fenster.

«Wenn dich jemand sieht?»

«Ist es auch egal.»

«Wie ... wieso?»

Ottos Arme sackten herunter.

Er fragte noch einmal: «Wieso?»

«Sie haben die Gemeinde getroffen. Vorgestern. Bombentreffer. Es dauerte eine halbe Stunde. Eine halbe Stunde Bomben und kein Ende. Zwei schlugen direkt im Haus ein.»

«Wo wart ihr?»

«Im Kartoffelkeller.»

Wo sonst.

«Die Fenster sind zersplittert, Otto. Das Glas liegt wie Zucker auf der Wiese, auf den Beeten, in den Räumen. Sogar die Kirchenfenster sind zerstört. Oben auf dem Dachboden haben die dicken Balken Feuer gefangen. Stig und der Pastor sind hochgerannt, obwohl die Bomben noch fielen, und haben gelöscht. In den Schlafzimmern haben die Laken gebrannt, dem Pastor ist die halbe Bibliothek verkohlt. Es gibt keinen rechten Winkel mehr im Haus, als habe eine riesige Faust einmal von der Seite dagegengeschlagen. Die Bäume sind in der Mitte abgeknickt. Überall ist Asche, so eine feine Schicht aus Ruß.»

«Was ist mit Nils?»

«Er bessert mit Wallgren Brüche in den Außenmauern aus.»

«Und wenn ihn dabei jemand sieht?»

«Es ist einerlei. Wir gehen bald.»

«Sagt wer?»

«Sagt Nils.»

«Und du?»

«Ich will nicht.»

«Wohin?»

«Weg, raus aus dem Land.»

Otto stand auf und stellte sich neben Selma. Er sah sie nicht an. Aber woanders konnte er auch nicht hinsehen. Er spürte Selmas Hand an seinem Bein.

«Otto. Weißt du, wann es hier zu Ende ist? Weißt du, was nach dem Krieg passiert?»

«Es ist euer Haus. Ihr werdet zurückkommen.»

Otto legte sich eine Decke um die Hüfte und ging zum Fenster. Er sah auf die Hofstraße hinaus. Auf die Häuser, die Löcher hatten, wo einmal Fenster gewesen waren. Eins sah nur noch aus wie ein Gerippe. Er sah auch auf die aufgerissene Straße.

«Ich will nicht, dass du gehst», sagte Otto.

«Ich auch nicht. Ich nicht. Aber ...» Selma stand auf und hielt sich eine Hand vor den Schoß und eine vor die Brust, als sei da etwas, was Otto nicht sehen dürfe. Sie ging ins Schlafzimmer. Sie zog sich etwas an. Otto auch.

Wortlos gingen sie vor die Tür, Richtung Moritzplatz. Sie liefen die Ritterstraße hinunter. An einer Ecke sah Otto Polizisten. Kurz vor der Prinzenstraße wieder Polizisten. Sie waren zu viert und kontrollierten Passanten. Otto schob Selma weg, quer über die Straße. Links, rechts – da, der Gasometer. Der Stadthafen. Quer durch die Schuppen, runter ans Ufer.

Unter der Binzer Brücke hörten sie Schritte, Rufe, ein Pferd. Otto sah sich um. Das Boot lag immer noch unter der Brücke im Kanal, direkt vor ihnen. Er schob die Plane beiseite, weiter als früher, und sie krochen drunter. Sogar die Blechdose von Bahlsen war noch da.

Sie blieben still dort liegen, wie zwei Sardinen im Öl, ohne Bewegung, das Boot schaukelte leicht. Eine Stunde lang. Irgendwann flüsterte Otto: «Ich habe etwas vergessen zu sagen: Ich will nicht nur, dass *du* bleibst. Ich will, dass ihr beide bleibt.»

Selma nickte. Das wusste Otto, obwohl er es unter der Plane kaum erkennen konnte. Mehr sprachen sie nicht. Erst tief am Nachmittag stieg Selma aus dem Boot. Otto wartete noch und zählte bis fünfhundert, dann ging auch er nach Hause. Den Rest des Tages lag er im kleinen Zimmer auf der Liege und drehte sich von einer Seite auf die andere. Er roch am Laken, am Kissen, legte sich auf den Boden, sah aus dem Fenster und wollte weinen. Aber er konnte nicht.

1944

Schwedenmöbel

Einen Vorortzug hatte Otto fahren lassen, erst in den zweiten stieg er ein. Genauso hatte es Nils gemacht, und Otto machte heute alles, was Nils machte, seit er ihn an der Kaiserallee aus dem Tor der Gemeinde hatte gehen sehen.

Aus dem Tor mit dem Steinbogen war Nils gekommen, das tagsüber eigentlich geschlossen war. Heute war es nicht geschlossen. Ein irrer Lauf war es gewesen. Durch Hinterhöfe, vor und zurück, durch ein Kaufhaus. Otto folgte Nils einfach. Ständig hatte er aufpassen müssen, dass Nils ihn nicht sah. Er hatte sich geschickt wegdrehen müssen, nach unten schauen, eine Zeitung vors Gesicht halten. Nur der Dieb weiß, dass er ein Dieb ist, hatte Otto sich gesagt; aber alle, die dem Dieb auf der Straße begegnen, wissen es nicht. Doch der Dieb weiß, dass er einer ist, und er sieht aus wie ein Dieb, weil er sich fühlt wie ein Dieb. Er schaut wie ein Dieb, und am Ende sieht er überall Diebe.

Es fühlte sich nicht richtig an, Nils zu verfolgen. Ein ums andere Mal wollte Otto einfach zu ihm hingehen, ihm sagen, dass er da war, ganz in der Nähe. Aber das ging nicht. Otto beobachtete Nils, seine Augen richteten sich auf Nils, und es war, als richteten sich andere Augen auf Otto.

Für den Verfolger interessierte sich ein anderer Verfolger. Es hatte nicht erst begonnen, als Nils aus dem Hinterausgang der Kirche gegangen war und Otto ihn dabei beobachtete; es hatte vorher begonnen, als von Nils noch nichts zu sehen gewesen war. Als Otto die Tür des Ladens in der Hofstraße zugesperrt hatte, um zur schwedischen Kirche zu gehen. Eine unklare Furcht.

Otto sah aus dem Fenster des Vorortzuges, sein Spiegelbild vor den Dächern von Treptow. Vor den halben Dächern von Treptow. Vor dem Rauch über Treptow. Vor dem, was da übrig war. Man konnte sich fragen, warum die Bahn noch fuhr. Der Gauleiter von Berlin hatte alle Theater schließen lassen, Tanzen war verboten, Lachen war verboten, Trinken war erlaubt, aber nur so, dass es keiner sah.

Auf dem Fenster der Bahn klebte Staub, oder war es Ruß? Die Sonne senkte sich. Sie beschien die Dreckschicht. Der Dreck leuchtete. Otto sah die Leute im Abteil, deren Gesichter dunkel dröhnten. Nils saß ein Abteil vor ihm. Er trug eine graue Jacke und eine Mütze, die ihm tief im Gesicht stand. Otto hatte morgens die Fliegerjacke angezogen, sie aber im Laufe des Tages ausgezogen und zusammengefaltet, weil er damit zu leicht zu erkennen war. Sie lag auf seinem Schoß.

An der Haltestelle Mönchmühle stieg Nils aus dem Zug. Die Stadtgrenze hatten sie hinter sich gelassen, man sah kleine Häuschen, Gärten und Wald. Otto folgte Nils. Er zog die Fliegerjacke wieder an. Seine Füße trugen ihn wohl, doch es schien Otto, als gehe er gar nicht, als sei ein Teil von ihm im Vorortzug sitzen geblieben und fahre weiter.

Menschen vor, Menschen hinter ihm. Montagabend, es war gerade noch hell. Ein Kiosk mit Zeitungen. An der Treppe zwei Männer in Uniform. Nils ging die Treppe hinunter, Otto musste sich beeilen. Er sah Nils schon nicht mehr. Otto nahm zwei Stufen auf einmal. Am Fuß der Treppe schaute er sich um: links? Rechts? Jemand schubste und meckerte, er solle weitergehen. Rechts ging es in einen kleinen Ort, links sah Otto Wald. Er ging Richtung Wald. Er ging schnell und war wieder konzentriert, und zwar mehr darauf, Nils nicht aus den Augen zu verlieren, als darauf, ob da noch jemand war, der *ihn* nicht aus den Augen verlieren wollte.

Der Weg schwang nach rechts, hinter Häusern entlang, bis er an einer Hecke scharf abbog und sich von den Bahngleisen entfernte. Otto ging so weit wie möglich am Rand des Weges. Jedes Mal, wenn Nils sich umsah, drückte Otto sich in eine Hecke. Oder er ging in die Hocke. Oder er blieb hinter einem Baum stehen.

Sie ließen die Häuser hinter sich. Nils bog in einen Pfad ein, der am Rand eines Waldes verlief. Die Baumkronen türmten sich übereinander auf, es war kein Ende zu sehen, wenn man hineinblickte in den Wald. Nur Stämme und Blätter. Der Boden wurde sandig. Otto bemerkte erst spät, dass Nils im Gras neben dem Weg ging, wahrscheinlich, um keine Spuren zu hinterlassen. Also tat Otto es ihm nach.

Hinter einer Wegbiegung war Nils nicht mehr zu sehen. Verschwunden. Otto lief ein paar Meter weiter, aber der Weg führte eine lange, gerade Strecke entlang, die Nils unmöglich schon hinter sich gebracht haben konnte. Auf der einen Seite sah Otto am Waldrand entlang, auf der anderen über ein Feld. Die Sonne verschwand hinter dem Wald. Bald würde es dämmern.

Otto dachte noch darüber nach, was jetzt zu tun sei, blickte übers Feld, blickte den Weg zurück, den er gekommen war, da griff jemand nach seinem Arm und drehte ihn um. Otto schrie auf. Er krümmte sich vornüber. Ein kleiner Druck in der Seite, wie von einem Stock. Aber der Stock war abgerundet und aus Metall.

«Was machst du hier?»

Nils. Der Druck in der Seite, das war ein Revolver. Otto wagte nicht, sich umzusehen. Er holte tief Luft.

«Wo ist Selma?», fragte Otto.

«Was machst du hier?», fragte Nils.

«Du fliehst? Weg?»

«Und wenn?»

«Ich ... will nicht, dass ihr geht.»

«Wieso ihr?»

«Wo ist Selma?»

«Nicht hier. Siehst du sie?»

«Nein, aber du weißt doch, wo sie ist?»

«Otto, du bist ein Idiot.»

Nils bohrte Otto die Waffe tief in die Seite. Sie drückte ihm die Rippen zusammen. Ein Klicken. Entweder hatte Nils den Revolver entsichert oder gesichert. Nils nahm den Revolver weg. Otto richtete sich langsam auf. Nils schüttelte heftig den Kopf. Er trat nach einem Zweig auf dem Boden.

«Verdammter Idiot! Nichtsnutz! Du ...»

«Was ist denn hier los?», fragte Otto. «Was machst du hier?»

«Weißt du, wie viele Leute du in Gefahr bringst? Durch deinen Starrsinn. Weißt du, was es bedeuten kann, dass du hier bist? Es hätte mir auffallen müssen. Es hätte mir einfach auffallen müssen.»

«Also ist Selma doch hier?»

«Nein, ist sie nicht.»

Otto dachte an das Gefühl, das ihn im Vorortzug beschlichen hatte. Daran, dass Nils einen Zug hatte fahren lassen. Die Umwege, das irre Umherlaufen in der Stadt. Jetzt ergab es einen Sinn. Nils wollte sichergehen, dass ihm niemand folgte.

«Es passiert also heute?», fragte Otto. Seine Stimme war leise und dünn. Nils sagte nichts, aber er nickte. Ein letzter

Sonnenstrahl fiel ihm von der Seite ins Gesicht. Das Licht stand Nils auf den Wimpern, die immer noch wie Gardinen aussahen, wie damals an der Jannowitzbrücke, nur dünner, wie die Haare auf dem Kopf.

«Ich muss dir etwas sagen, Nils», sagte Otto.

«Was?»

«Es kann sein, dass mich jemand verfolgt hat.»

«Was? Wer?»

«Nur so ein Gefühl.»

«Dich hat jemand verfolgt, während du mich verfolgt hast?», fragte Nils.

«Kann sein.»

«Ab wo hast du mich verfolgt?»

«Von Anfang an. Heute Morgen, am Hinterausgang.»

«Seit wann hast du das Gefühl?»

«Von Anfang ...», sagte Otto.

«Seit dem Hinterausgang? Kaiserallee?», fragte Nils.

Otto versuchte sich zu erinnern. Seit der Kaiserallee? Etwas stimmte daran nicht. Es war schon früher gewesen. Wenn ihm jemand folgte, war er schon früher da gewesen. Früher hatte er das Gefühl gehabt. Schon in der Hofstraße, als er den Laden abschloss.

«Eigentlich den ganzen Tag», sagte Otto.

Nils drehte den Revolver nervös in der Hand.

«Den ganzen Tag, sagst du?»

Otto nickte.

«Weißt du, was das heißt?», fragte Nils.

«Dass ...»

«Dass sie nicht mir, sondern dir gefolgt sind. Zumindest zuerst», sagte Nils.

«Mist.»

«Allerdings. Richtiger Mist.»

«Vielleicht stimmt es nicht. Vielleicht ist da keiner.»

«Und wenn doch? Was, wenn doch? Weißt du, was du gemacht hast? Nein, wie auch? Verdammt. Verdammter Idiot!»

Nils griff den Revolver beim Lauf, holte aus und schlug damit gegen einen Baum.

«Weißt du eigentlich ... Otto, weißt du, was du hier machst?»

Er schlug noch einmal gegen den Baum.

«Weißt du denn, was *du* hier machst?», fragte Otto zurück.

«Was hast du gesagt?»

«Wo ist Selma? In der Kirche war sie nicht.»

«Halt den Mund, Otto. Sei still. Red nicht von Selma. Sie ist nicht hier.»

«Ich werde nicht still sein. Ich werde dir noch einmal sagen, dass ich nicht will, dass ihr geht. Beide. Ich hatte so ein Gefühl. Außerdem hatte Selma, also, sie hat, also wir ...»

«Ich will es nicht wissen!», rief Nils.

«Nils, ich verstehe, dass ihr ...»

«Du verstehst nichts! Du verstehst gar nichts. Halt den Mund!»

«Ich will nicht, dass ihr geht. Ich werde versuchen, es zu verhindern. Ich ...»

«Halt den Mund, Otto! Halt endlich den Mund!»

«Ich will nicht, dass du gehst. Ich will nicht, dass Selma geht. Ich will, dass ihr bleibt.»

«Verdammt, es geht nicht darum, was *du* willst!», rief Nils, holte noch einmal mit dem Revolver aus und schlug ihn Otto gegen das Kinn. Er riss eine Wunde. Blut tropfte aufs Revers der Fliegerjacke, von dort auf den Boden. Die Tropfen verschwanden im sandigen Weg.

«Scheiße», nuschelte Nils. Er wischte hastig mit dem Fuß darüber. Er atmete tief ein und sah Otto an.

«Otto. Wenn wir dir so wichtig sind, dann geh jetzt bitte. Das ist das Beste, was du tun kannst. Sonst ist es zu spät.»

«Wir? Also ist Selma hier doch irgendwo?»

«Was?»

«Du hast es eben gesagt: Wenn wir ...»

«Du ... du ... nein, sie ist in Berlin geblieben», sagte Nils und schaute dabei auf den Boden.

Otto hörte etwas und sah sich um. Ein Geräusch, weit weg. War da jemand? Wieder dieses Gefühl. Nils hatte es auch gehört. Er legte sich den Zeigefinger auf die Lippen. Seine Augen wurden groß und rund.

«Still», wisperte Nils.

Man hörte in einiger Entfernung einen Hund bellen.

«Scheiße!»

Otto kniete sich auf den Boden und blinzelte durch den Wald.

«Zwei Männer, ein Hund.»

«Und jetzt?», fragte Otto. Er begann zu zittern.

Nils sah Otto an, auf den Sandweg, wo das Blut gewesen war, auf seinen Revolver, auf Ottos Jacke, in den Wald.

«Wir müssen sie ablenken. Am Ende dieses Weges, eine halbe Stunde Marsch, warten die anderen. Pass auf: Wir laufen in den Wald, da entlang. Nicht weit von hier ist ein kleiner Bach. Ich war vor kurzem dort. Da legen wir eine falsche Spur. Los!»

Sie liefen auf Zehenspitzen in den Wald. Der Hund war noch nicht deutlich zu hören, sie hatten einen Vorsprung. Als sie am Bach waren, ging Nils vor. Er watete durchs flache Wasser, hinüber zur anderen Seite. Dann zehn Schritte weiter. Er riss ein Stück aus seiner grauen Jacke und legte es an eine Baumwurzel. Er ging rückwärts zurück zum Bach. Sie liefen im Bachbett hoch.

Otto rannte über die glitschigen Steine, so schnell er konnte. Einmal blieb er stehen und blickte durch die Bäume, durch die Äste, in Richtung Waldrand. Er hörte den Hund. Nah war er immer noch nicht.

Nach etwa fünfzehn Minuten erreichten sie den Weiher. Der Hund war nicht mehr zu hören und die Männer schon lange nicht mehr. Nils und Otto gingen tiefer ins Wasser, der Grund fiel langsam unter ihren Füßen ab. Otto zog die Lederjacke aus und rollte sie zu einem Bündel, in das Nils den Revolver steckte. Sie sprachen nicht dabei, sie taten es einfach. Otto hielt das Bündel auf dem Kopf fest. Bald standen sie bis zur Brust in moorigem Wasser. Sie schwammen halb, halb gingen sie, bis sie die andere Seite des Weihers erreicht hatten. Sie kletterten an Land und schüttelten sich.

Auf einmal war der Hund da.

Ein Schäferhund. Er stand vor ihnen und sah Otto und Nils verdutzt an. Die lange Zunge hing dem Hund aus dem Maul. Er hechelte. Otto kniete sich hin und wollte ihn beruhigen. Der Hund bellte einmal.

«Lass das!», sagte Nils scharf.

Er griff schnell nach der Lederjacke. Jetzt hielt er die Jacke vor den Revolver und das Bündel an den Kopf des Tieres. Er schoss ihm in den Kopf. Der Hund jaulte auf und kippte zur Seite. Otto riss den Kopf herum. Er hielt sich die Hände vor den Mund. Er wollte kotzen. Nils ließ erst die Waffe und dann die Jacke fallen.

«Hilf mir!», befahl er. Sie nahmen den Hund bei den Beinen und warfen ihn in den Weiher. Otto wurde es weiß vor Augen. Er nahm den Revolver. Er wollte ihn hinterherwerfen. Nils hielt seinen Arm fest, so fest, dass er hätte brechen können.

«Bist du verrückt?»

«Wir müssen weg, schnell», sagte Nils.

Otto übergab sich.

«Komm jetzt!», rief Nils. Der Magensaft lief Otto übers Kinn. Er hatte Mühe, sich gerade zu halten.

Zuerst war es kalt, aber bald wurde Otto warm, weil sie so schnell liefen. Das Jackenbündel hielt er fest in den Händen. Es war kaum noch etwas zu sehen, und sie mussten aufpassen, nicht gegen einen Baum zu rennen oder zu stolpern. Sie liefen einen großen Bogen, erst tiefer ins Unterholz, wieder zurück. Bald lichtete sich der Wald, bald stand er dichter. Sie überquerten einen kleinen Fluss, noch einen breiten Forstweg, und schließlich blitzte zwischen den Stämmen und Blättern etwas Graues auf: ein Bahndamm.

Nils blieb stehen und stützte sich auf seine Knie. Otto tat das Gleiche. Sie keuchten und zitterten. Das Kinn von Nils bebte. Otto faltete die Jacke auf und legte sie ihm über die Schultern. Den Revolver steckte er Nils hinter den Hosensaum. Die letzten Schritte setzten sie langsam.

Am Waldrand, gleich neben dem Bahndamm, stand ein Signalmast. In einiger Entfernung sah man auch die Umrisse einer Hütte. Sie gingen vom Bahndamm einige Meter tief in den Wald. Ein Pfiff. Noch ein Pfiff. Da hockten Leute: zehn, fünfzehn Menschen, alle tiefdunkel angezogen, dunkle Mützen auf dem Kopf, selbst aus der Nähe waren sie kaum zu erkennen. Die Unsichtbaren. Eine kleine, runde Person trat hervor, pfiff noch einmal, ging dann zu Nils und umarmte ihn.

«Gab es Probleme?», fragte die Person leise. Eine Frauenstimme.

«Patrouillen», flüsterte Nils. «Ich musste einen Hund erschießen.»

«Was? Musste das sein?»

Otto kannte die Frau. Er hatte sie in der Kirche gesehen. Es war die Frau, die alle Maruschka nannten. Sie verschränkte die Arme.

«Spuren habe ich gesehen», sagte sie. «Knobelbecher, Zigarettenasche, eine Feuerstelle.» Maruschka sah zu Otto und zeigte auf ihn. Getuschel rings umher unter den Unsichtbaren. Otto suchte die Gesichter ab, die kleinen, hellen Flecken, die langsam aus dem Schummer auftauchten. Selma sah er nicht. «Was macht der hier?», fragte Maruschka.

«Er ist mir gefolgt», sagte Nils.

«Wie bitte?»

Maruschka wurde nervös. «Er muss hier weg. Wo ist deine Waffe?»

Nils gab Maruschka den Revolver. Otto bekam Angst. Er blickte auf den Revolver in der Hand von Maruschka. «Er muss weg», hatte sie gesagt.

Die kleine Frau ging zum Bahndamm, kletterte auf die Gleise und schaute lange in eine Richtung, die Waffe in der Hand.

«Sie kommen bald», sagte sie. Als sie zurückkam, ließ sie den Revolver in ihrem Mantel verschwinden. Sie knieten sich hin und schwiegen.

Vom Zug hörte man zuerst ein fernes Rattern, dann ein dunkles Surren. Bis man ihn schließlich sah: eine Lok, zwei Waggons mit hohem, rundem Dach. Die Bremsen quietschten. Direkt am Signalmast kam die Lok zum Halten. Sofort sprangen die Unsichtbaren auf, auch Nils und Maruschka und schließlich Otto. Wie die Nachtluchse kamen sie aus der Deckung. Sie stellten sich in einer Reihe vor den Waggons auf. Otto suchte nach Selma, aber sie war nirgendwo dabei. In der Hütte auf der anderen Seite der Gleise öffnete sich eine Tür, von dort kamen drei Gestalten herangepirscht. Einen erkannte Otto am Geruch: Stig, den Küster.

Wieder die Frage an Nils: «Was macht der denn hier?»

Nils zuckte mit den Schultern.

«Nur der hintere Waggon», rief Maruschka. Sie lief am Zug entlang. «Hierher!»

«Leiter», sagte Stig zu Nils, und Nils stellte sich mit dem Rücken zum Waggon, direkt vor die Schiebetür. Nils hielt seine Hände vor den Bauch, Stig setzte einen Fuß hinein, Nils hob ihn hoch. Stig leuchtete mit einer kleinen Taschenlampe auf das dunkelrote Holz, da war etwas über dem Türspalt, Papier, eine Banderole, ein Siegel. Man konnte im Schein der Taschenlampe ein Wappen erkennen, außerdem war das Siegel blau und gelb. Stig löste es vorsichtig mit einem Taschenmesser, steckte das Messer in die eine Hosentasche und das Siegel in die andere.

«Fertig», sagte er.

Auf dem Waggon sah Otto in großen Buchstaben mit weißer Kreide ein Wort: «Schwedenmöbel».

Die Schiebetür sauste zur Seite. Stig kletterte hinein und begann kleine und größere Pakete herauszuwerfen, die mit Knacken und Krachen auf das Kiesbett am Rand des Bahndamms fielen. Nils half den Unsichtbaren hoch in den Waggon. Jetzt warfen sie die Pakete raus. Otto hob eines auf. Es bestand komplett aus Holz, kurze Stücke, die mal zu etwas Größerem gehört hatten: einem Tisch, einem Stuhl, einem Schrank, einer Anrichte – es war nicht mehr zu erkennen. Es war nur noch Holz. Die Bündel hatte man mit fester Schnur zusammengebunden. Die Arbeit ging schnell. Bald war der Waggon leer.

Die Helfer sprangen heraus, die Unsichtbaren kamen hinein. Frauen waren dabei, die mit der Räuberleiter hochkletterten, einige Kerle zogen sich einfach am Waggon hoch. Es waren mehr Menschen, als Otto im ersten Moment gedacht hatte. Stig verteilte kleine Döschen mit weißen Pillen.

«Codein», sagte er. «Damit keiner husten muss, wenn es gerade nicht passt.»

Nils nickte. Stig gab auch ihm ein Döschen. Nils schluckte seine erste Kugel und schloss es wieder. Stig gab ihm ein zweites Döschen.

Sie haben uns nach Zypern gebracht. Ich mag es nicht glauben. Ich wache morgens auf und hoffe, es sei nicht wahr. Wir leben in Zelten, es wird kalt, es regnet. Der Boden ist nass, das Essen ist nass, unsere Kleider sind nass. Die Briten haben Stacheldraht um uns gezogen. Ich vermisse Dich, wenn Du tagsüber wegläufst, um mit den Männern Gemüse zu schneiden und zu kochen. Wenn Du mit ihnen spielst. Ich verstehe, dass Du mir nicht zusehen willst, wie ich daliege und huste. Du sollst bei ihnen sein. Du hast so viel Kraft, und Du lachst so viel. Ich weiß nicht, wie viel ich noch schreiben werde, bis wir in Eretz Israel sind.
Es ist kein Traum.
S.

Der Waggon, auf dem «Schwedenmöbel» stand, rollte weg. Oben, in der Tür des Waggons, stand Nils und schaute noch einmal herüber. Eine Hand lag auf seiner Schulter.

Maruschka stand neben Otto, fünf Meter weg vom Damm, vielleicht sechs. Maruschka hielt Ottos Arm fest mit der einen Hand, in der anderen hatte sie den Revolver. Es war stockdunkel. Nicht einmal einen Luftangriff gab es an diesem Tag. Noch nicht. Nur ein Hund war gestorben und viele Menschen, von denen Otto nichts wusste.

Irgendwann hörte Otto einen Schrei.

Er sah zwei Männer mit Kappen und Uniform und Pistolen von links kommen, vom Feldweg her. Ein Schuss wurde abgefeuert, Richtung Waggon. Otto sah es geschehen. Er konnte sich kaum bewegen. Er versteinerte.

Nils sackte, in der Öffnung des Waggons, wo er stand, in sich zusammen. Der Schuss hatte ihn in der Brust getroffen. Er schrie auf. Zwei, drei, vier Hände zogen ihn hoch. Der Zug fuhr viel zu langsam. Noch ein Schuss schlug im Waggon ein, aber dieser traf nur das Holz.

«Gestapo!», riefen die Männer. «Halt!»

Jemand riss die Schiebetür des Waggons von innen zu. «Schwedenmöbel» las Otto auf dem Holz. Die Buchstaben aus Kreide. Noch ein Schuss, mehrere. Aber diese kamen von Maruschka.

Einer der Gestapomänner fiel um.

Er verlor seine Pistole. Seine Mütze fiel ins Gras. Der andere rief noch etwas, aber Otto hörte es nicht. Er verstand es nicht. Nur an einen lauten, schrillen Ton, wie nach einer

Explosion, konnte Otto sich erinnern. War das Maruschkas Waffe? Ein schriller Ton in Ottos Ohr. Mehr Schüsse. Otto schmiss sich zu Boden. Oder zog ihn jemand? Er hatte Tannennadeln im Mund.

«Halt», brüllte jemand. «Gestapo! Stehen bleiben! Anhalten!»

Noch ein Schuss. Stig riss den zweiten Gestapomann zu Boden. Der erste lag schon. Stig schlug dem Mann ins Gesicht: zwei Mal, drei Mal. Mit voller Kraft. Er nahm ihm die Waffe weg. Er hielt sie ihm an die Schläfe, wie dem Hund. Stig schoss ihm eine Kugel zwischen die Augen. Dem anderen, der danebenlag, auch.

Erst als man sie wegtrug; erst als sie nicht einmal mehr winselten, die Männer von der Gestapo; erst als das Knallen aufhörte; erst als Otto selbst mit anfasste, wurde ihm klar, dass er beide Männer kannte. Dass er die Toten kannte.

Nachwort und Quellen

Die Geschichte, die in diesem Buch erzählt wird, ist fiktiv. Ihren historischen Hintergrund bildet das Schicksal jüdischer Läden im ehemaligen Berliner Modeviertel rund um den Hausvogteiplatz sowie die Rettungstätigkeit der Schwedischen Victoria-Gemeinde Ende des Zweiten Weltkriegs.

Im Frühling 2014 durfte ich in Stockholm zwei Mal Walter Frankenstein besuchen. Er ist in Berlin aufgewachsen und lebte mit seiner jüdischen Familie versteckt im Untergrund. Davon hat er mir erzählt, wie auch von der Flucht, die seine Familie über das Mittelmeer bis nach Israel führte. Die Geschichte von Walter und seiner Frau Leonie Frankenstein hat Klaus Hillenbrand in dem Buch «Nicht mit uns» (Frankfurt am Main 2008) bewegend aufgeschrieben. Walter Frankenstein danke ich für seine Zeit, seine Kraft und den Willen zu erzählen – und für mindestens drei Kannen Tee.

Vom Berliner Modeviertel ist heute nichts mehr übrig. Einen ersten Eindruck gibt das Buch «Berliner Konfektion und Mode. Die Zerstörung einer Tradition» von Uwe Westphal (Berlin 1992). Wer es genauer wissen will, sollte die Studie «Ausverkauf. Jüdische Gewerbebetriebe in Berlin 1930–1945» (Berlin 2012) von Christoph Kreutzmüller zur Hand nehmen. Er hat zudem eine Datenbank erarbeitet, die auch im Netz erreichbar ist. Ich möchte ihm für seine Hinweise danken. Zusammen mit Björn Weigel hat er das Buch «Nissim Zacouto. Jüdischer Wunderknabe und türkischer

Teppichgroßhändler» geschrieben, dessen Geschichte in veränderter Form in dieses Buch eingeflossen ist.

Die Schwedische Victoria-Gemeinde gibt es noch heute in Berlin-Wilmersdorf. Vor allem die Pastoren Birger Forell, Erik Perwe und Erik Myrgren trugen ihre Rettungsarbeit; unterstützt vom Küster Erik Wesslén. Die «Aktion Schwedenmöbel» beschreibt der Historiker Johan Perwe in seinem Buch «Bombprästen» (Stockholm 2006), das von seinem Großvater Erik Perwe handelt. Johan Perwe gilt mein Dank für Tipps und Hilfe. Auch die deutsche Widerstandskämpferin Maria Gräfin von Maltzan, die mit der Kirche zusammenarbeitete, erzählt von der Aktion und ihrer Rolle dabei in «Schlage die Trommel und fürchte dich nicht» (Berlin 1986).

Danke

Michael Gaeb und Katharina Schlott.

Schneider Günter Adam (Meinekestraße, Berlin) und Cemal Marmuk (Riemannstraße) dafür, dass ich ihnen bei der Arbeit zusehen durfte. David Jünger für Hilfe und Beratung bei der historischen Recherche. Sven Ekdahl für Hinweise zur Geschichte der Schwedischen Victoria-Gemeinde und Katrin Rydén Thomas für die Führung durch die Keller der Kirche. Wulf Krentzien aus Sassnitz sowie Agneta Nilsson und Eric Sandell in Trelleborg für den Blick ins Hafenarchiv. Dem mittlerweile leider verstorbenen Alfred Gottwaldt für Erläuterungen zu den Waggons der Reichsbahn. Yael Goldman im Goethe-Institut Tel Aviv. Herrn Engel beim Bauamt Kreuzberg. Der Gedenkstätte «Stille Helden». Inbal, Ehud.

Roman, Angela, Jakob, Max und Anne fürs Lesen und Kommentieren.

Judith und Sven, Familie Kala, Kerstin, Helen und Rea für Raum und Ruhe zum Schreiben.

Ronald.

Markus Flohr, geboren 1980 in Hannover, ist Journalist und Autor. Er studierte Geschichte in Hamburg und Jerusalem, besuchte die Henri-Nannen-Schule, war Redakteur bei *Spiegel Online*. 2011 wurde er mit dem Buchpreis Hirzen ausgezeichnet. Heute arbeitet er für *Die Zeit*, *Spiegel* und *Merian*; er unterrichtet Journalistisches Schreiben an der Universität Hamburg. Sein großes Interesse gilt der dritten Generation nach der Schoah. «Alte Sachen» ist sein erster Roman. Markus Flohr lebt mit Frau und Tochter in Hamburg.

MIX
Papier aus verantwortungsvollen Quellen
FSC® C083411

Das für dieses Buch verwendete Papier ist FSC®-zertifiziert.

Markus Flohr, geboren 1980 in Hannover, ist Journalist und Autor. Er studierte Geschichte in Hamburg und Jerusalem, besuchte die Henri-Nannen-Schule, war Redakteur bei *Spiegel Online*. 2011 wurde er mit dem Buchpreis Hirzen ausgezeichnet. Heute arbeitet er für *Die Zeit*, *Spiegel* und *Merian*; er unterrichtet Journalistisches Schreiben an der Universität Hamburg. Sein großes Interesse gilt der dritten Generation nach der Schoah. «Alte Sachen» ist sein erster Roman. Markus Flohr lebt mit Frau und Tochter in Hamburg.

MIX
Papier aus verantwortungsvollen Quellen
FSC® C083411
FSC
www.fsc.org

Das für dieses Buch verwendete Papier ist FSC®-zertifiziert.